高二上学期第一次月考：林汀云，年级5

高二上学期第二次月考：林汀云，年级5

高二上学期第三次月考：林汀云，年级1；许春春，年级287

高二上学期期末考试：林汀云，年级1；许春春，年级157

高二下学期第一次月考：林汀云，年级1；许春春，年级112

高二下学期第二次月考：林汀云，年级1；许春春，年级100

高三分班考试：　　　　林汀云，年级1；许春春，年级478

高三上学期第一次月考：林汀云，年级1；许春春，年级87

高三上学期第二次月考：林汀云，年级1；许春春，年级49

三校联考：林汀云，年级1；许春春，年级36

七校联考：林汀云，年级1；许春春，年级29

全市联考：林汀云，年级1；许春春，年级18

百校联考：林汀云，年级1；许春春，年级6

一模　　：许春春，年级1

暗恋听见回声

上册

ANLIAN
TINGJIAN
HUISHENG

江城以西 著

江苏凤凰文艺出版社
JIANGSU PHOENIX LITERATURE AND
ART PUBLISHING

Chapter 01

白衣少年

2010 年，淮宜市。

成团的乌云往下压，湿漉漉的空气让夏末的燥热添加一分黏腻之感。

旧城区的长途汽车站人山人海，许奈奈背着大包小包从人群中挤出来，垂在胸口的麻花辫上飞舞着乱糟糟的毛絮。

许慧玲在出站口等候已久。

"已经和一中的老师说好了，明天直接去学校报到。高二刚分了班，班上都是新同学，应该蛮好适应的。"

许慧玲接到许奈奈，二人挤上通往新城区的公交，发酵的汗味和农民工的外地口音充斥着狭小闷热的车厢。

许奈奈提着打补丁的行李袋子夹在人群中，低声应道："谢谢姑妈。"

许奈奈自幼父母离异，母亲放弃抚养权，八个月大的她开始跟着爷爷奶奶生活，父亲许建保除了过年回来要钱，基本不在家。

许建保前段时间突然带了一个能当许奈奈姐姐的女人回来，说要结婚。许爷爷被气得高血压发作，住进医院，村里的人都在看许家的笑话。

许奶奶一边骂许建保四十岁的人还不知轻重，一边又怕风言风语影响许奈奈学习，便联系了嫁到大城市的女儿许慧玲，将许奈奈从远宁县转到了淮宜上学。

许慧玲笑了笑："不用谢呀，就当自己家，不要拘束……"

窗外的风景快速地往后移，旧城区的低矮平房逐渐被新城区的高楼大厦代替，沿街两边的绿植修剪得十分整齐，宽阔的大马路上车辆行进井然有序，没有人乱闯红灯，交警站在十字路口中间指挥交通。

天色逐渐朦胧，CBD（中央商务区）大厦顶的电子显示屏上闪烁着五彩斑斓的光，却照不亮许奈奈一潭死水般的瞳孔。

公交转地铁，经过了两个小时，许慧玲带着许奈奈踏上高档小区的园内公交。

这边虽然人不多，却和旧城区的颓败破旧不同。每一块草坪都修整出奢靡的形状，小区大门富丽奢华，上面龙飞凤舞地写着"君颐壹号"四个大字，两边立着两尊白玉石雕刻的石狮子。

许慧玲耐心地对许奈奈嘱咐道："你小时候见过姑爹吧？这个点妹妹应该从补习班回来了，家里还有爷爷奶奶，待会儿记得先叫人。"

杜兴宏是许慧玲的丈夫，两人育有一女，名叫杜梦婷，今年十一岁，上小学六年级。

许奈奈点点头："好。"

许慧玲从包里掏出门禁卡，嘀的一声，锃亮的铁门自动打开了。

远宁县是临江省内出了名的贫困县，县里基本上没有楼房，村里更是连路都没修，都是泥泞的土路，许奈奈从没见过这样高档的小区。

她埋头跟着许慧玲乘上九楼的电梯，电梯启动时轻微晃动了一下，许奈奈扶住墙壁，脸色微白，很明显被吓到了。

许慧玲笑了一下，说："别怕，正常的，记住是 B 栋三单元 907 室，你以后放学直接回家。"

许慧玲又交代了几句，叮咚一声，电梯抵达九楼。

君颐壹号是淮宜市有名的高档小区，高层都是一梯一户，电梯门打开就是玄关。

"哎哟，我们婷婷跳得真好看！以后一定能当个大明星！"

电视的声音传过来，客厅里穿着芭蕾舞服的小姑娘随着音乐的节奏转圈，奢华的皮质沙发上围坐着"观众"，欢笑和鼓掌的声音在电梯门打开时戛然而止。

几道视线齐刷刷地投过来，许慧玲把许奈奈带进屋里。

"姑爹，杜爷爷，杜奶奶，妹妹。"许奈奈咽了口唾沫，扯平皱巴巴的衣角，挨个儿叫人。

无人回应，方才欢乐的气氛不复存在。钱翠英上前关了电视。

许慧玲领着许奈奈换了鞋，笑着打圆场："爸、妈，这是我侄女许奈奈，之前跟你们说过的，成绩很好的姑娘，以后我们婷婷可要跟姐姐多学习，考上一中。婷婷，快叫姐姐。"

话音刚落，杜梦婷像是见到坏人一样扑进钱翠英的怀里："奶奶。"

钱翠英瞥了许慧玲一眼，没搭她的话："你这妈真不知道怎么当的，把婷婷扔在舞蹈班也不去接，还得我这一把老骨头去把婷婷带回来。"

许慧玲皱眉："兴宏，我昨天就跟你说，让你今天下班去接婷婷。"

杜兴宏不动声色地拿起报纸，显然是忘了这件事。

"兴宏加班，哪有时间接婷婷？你每天在家，也不工作，这点儿事都做不好吗？"钱翠英越发不满，"要不是我儿子在外面赚钱养家，你能住在这里？"

许慧玲在许奈奈面前不好解释，抿着嘴沉默着帮许奈奈提起行李。

杜梦婷突然从钱翠英怀里跳下来，警惕地挡住自己的房门。

"不许进去！"杜梦婷活像个卫士，嫌弃地打量着许奈奈，声音尖细地说，"你怎么还梳这种头发呀，好土，衣服也好脏！"

许慧玲呵斥道："杜梦婷，妈妈平时怎么教你的？对客人要有礼貌！"

杜梦婷委屈地看着妈妈，小嘴一撇，哇的一声，哭了出来。

"哎哟，我的乖乖！"钱翠英立马心疼地抱住孙女，作势朝许慧玲挥拳头，"都怪妈妈，妈妈坏，妈妈坏！"

杜梦婷哭得直打嗝，旁边两个杜姓男人一声不吭。

许慧玲无奈地说："妈，你不能这么惯着婷婷……"

钱翠英的眼皮一翻："这怎么能叫惯着？她才多大，你就吼她！"

听到这话，杜梦婷哭得更厉害了。

许慧玲叹了口气，绕过祖孙俩，示意许奈奈跟着自己进屋。

杜家是标准的三室一厅一卫，夫妻俩住主卧，两个老人住次卧，杜梦婷住儿童房，儿童房和厨房之间有间六平方米的杂物间。

"我的乖乖莫要再哭了，奶奶说过她不会跟我们宝贝抢房间住的，对不对？都是妈妈坏！"

许慧玲关上房门，隔绝了客厅祖孙二人说妈妈坏的声音。

杂物间虽小，却收拾得十分整洁。

门对面是一张上下铺，上层堆积着几个大箱子，箱子旁边还有几篮土鸡蛋和米袋等杂物。下层是铺好的床，右手边有扇朝南的窗户，窗户下面是书桌和台灯，门边放着一个木质衣柜。

年前杜兴宏跳槽到大公司托关系买了这里的房子，本来旧房子里的大部分家具都该扔掉，许慧玲舍不得浪费，选了一些能用的旧家具，恰好这时派上用场。

"本来想让你跟婷婷住的，但这孩子实在是被惯坏了，"许慧玲难为情地解释，"她晚上爱踢被子，你现在读高中，正是学习紧张的时候，打扰你学习就不好了。"

"这里已经很好了。"许奈奈斟酌着用词，顿了顿又说，"实在是麻烦您了。"

"哪里麻烦，我们家婷婷要是有你一半懂事就好了。"

许慧玲继而告诉许奈奈洗手间的位置和卧室灯的开关，然后怜爱地摸了摸她的脑袋："那你先收拾东西，我去做饭。"

许奈奈默默地点点头。

许奈奈带的东西并不多，两包行李里有一包是书。她把书本摆在书桌上，然后按照类别整理，又将为数不多的衣服铺平，挂进衣柜里。

客厅里时不时传来刻意压低音调的争执声和小女孩儿的哭泣声，许奈奈没有细听，等收拾完东西，外面传来许慧玲喊她吃饭的声音。

她踌躇片刻，解开自己的麻花辫，扎成高马尾，然后站在门把手前深呼吸，最后下定决心般推开房门。

客厅里不见杜梦婷和钱翠英，许奈奈松了口气。

"奈奈快去洗手，吃饭了。"

杜兴宏和杜爷爷的话少，许慧玲眉眼间难掩倦怠之色，她几次张口想说什么，又顾忌着许奈奈还在，于是作罢。

刚刚杜梦婷又哭又闹，许慧玲阻拦不住，杜兴宏一句话也不说，钱翠英哄着带她出去吃了。

一顿饭吃得沉默且尴尬，饭后杜兴宏和杜爷爷去客厅看《新闻联播》，许慧玲一个人收拾碗筷。

夏末的天气沉闷而燥热，小隔间没装空调，许奈奈出了一身汗。

她趴在小书桌上仔细听着外面的动静，等到一家人都洗漱完各自回房间后，她才小心翼翼地拿上换洗衣物走进洗手间。

从前在乡下许奈奈没见过热水器，她脱光了衣服摸索着打开开关。头顶的淋浴莲蓬头泼下冷水，她凉得一激灵，手忙脚乱地调小水流，却不知道怎样才能把水温调高。

"奈奈，是你在洗澡吗？"许慧玲的声音传来。

"是我。"许奈奈忍着打战的牙关回答。

"热水器会用吗？"

"会……会的。"

"那就好。"

外面传来很轻的关门声。

许奈奈狠下心冲了一遍冷水，然后关掉莲蓬头开关。冰凉的身体被风一吹，起了一层鸡皮疙瘩。她缓了良久，伸手擦掉脸上的水珠，疲惫地叹了口气。

淮宜一中升高二时要重新分班，周围基本是新同学，许奈奈这个转校生的身份显得没那么突兀，再加上她性格内敛，不爱说话，在班上存在感不高。

重点高中的生活枯燥乏味，早六晚十的作息让无数学生怨声载道，但对许奈奈来说没那么难以接受，毕竟这样的作息时间能让她在很大程度上避免和杜家人的接触。就这样，她在杜家住了下来。

开学第一周，迎来开学考试。高二的理综还没有合卷，六科考试分为三天考完，考完最后一科还不到下午四点，外面的天空却已经完全暗下来，不一会儿，便下起大雨。

高二六班的教室点起灯，外面是大雨倾盆，讲台上一大群人围在一起对答案。

许奈奈默默地坐在角落里收拾试卷，忽然教室里的吊灯闪了几下。

刺啦——灯光骤然熄灭，全校停电。与此同时，整栋教学楼爆发出兴奋的尖叫声。

"哇，停电了！"

"安静！大家都回到座位上。"

"谁在踩我？"

黑暗的教室一下子变得混乱起来。轰隆隆的雷声随之而至，电闪雷鸣，狂风大作，窗边的同学艰难地关上窗户。

突然，一道闪电劈亮黑暗的教室。瞬间，女孩儿们惊恐的尖叫声响起。

班主任郑强摸黑走到讲台上敲了几下黑板，教室里安静了下来。

"喊什么，都安静！"

各班教室相继消停下来，除去外面的雨声，只剩安静的呼吸声。

郑强站在讲台上打电话询问情况，学校后勤部冒雨抢修电路，启用备用的发电机。

时间一分一秒地过去，黑暗里不少人开始窃窃私语。

"真希望学校的发电机也坏了，这样就可以早点儿回家了。"

"上一次见到这么大的雨还是我上小学的时候。"

"怎么还不通知家长来接呀？"

"唉，我还想继续对答案呢。"

天不遂人愿，这场大雨下了一个小时还没有停，甚至有愈演愈烈的趋势，眼看着街道上已经涨起了水。

咚咚咚——

郑强又敲了讲台几下，清了清嗓子说："学校机房备用的发电机烧坏了，现在大家排队来用我的手机给家长打电话，从第一排第一列开始，不要吵闹！"

周围人发出窸窸窣窣的声响，打完电话的同学们陆续被家长开车带走。许奈奈隐匿在黑暗中，在最后一个同学被家长接走的时候拿起伞走出了教室门。

"许奈奈，"郑强喊了一声，"你有人来接吗？"在他的印象中，她好像没打电话。

许奈奈愣了一下，轻声回答："有的，老师再见。"

郑强只当自己记错了，没有怀疑："好，路上注意安全。"

瓢泼大雨猛烈地敲击伞面，城市的排水系统濒临崩溃。

许奈奈默默地弯下腰卷起裤腿，细白的小腿顷刻被浑浊的雨水淹没，她的双腿仿佛灌铅般沉重，艰难地逆着水流走出校门。

轰——闪电仿佛要撕裂天空一般，沿途路灯闪烁的暗光看起来有些危险。

校门口的私家车相继驶离，有一些底盘低的轿车熄火了，学生家长在暴躁地打电话喊人拖车。

许奈奈像被隔绝在世界之外，在激烈的怒喝声和嘈杂的雨滴声中维持着渺小的倔强。她不记得姑妈的电话，即使记得，姑妈也没空来接她。这个点，杜梦婷应该也被困在舞蹈班。

旧伞的伞面上有几根生锈的铁丝已经断了，大颗雨滴砸在伞面上，许奈奈几乎握不住伞把手，仅剩的力气只够把书包放到胸前护住。

君颐壹号所在的位置地势比较高，许奈奈平常回去只需要三十分钟，然而今天逆着风，举步维艰，此时的她只希望书包里的书本不要湿得太厉害。

突然，一辆疾驰而过的SUV（运动型多用途汽车）驶过水洼，许奈奈猝不及防地被溅了一身水。她的衣衫湿透，湿答答的水流顺着书包一滴一滴地往下落。

咔嚓一声，破旧的雨伞再也承受不住大雨的撞击猛然塌陷，伞面狼狈地贴在女孩儿纤细的后脖颈。雨水在这一瞬间好似化作密密麻麻的锥子刺向皮肤，一阵大风刮过，9月的秋雨让人感受到彻骨的寒意。

许奈奈忘记思考和迈步，整个人僵在原地。

不多时，黑色的SUV折返。咔嗒一声，车门打开，车上下来一位身姿颀长的少年。

"抱歉。"少年的声音低沉而清润，一只纤细的手递来一件价值不菲的外套。

许奈奈愣住不语。少年踩着雨水上前一步。

雨点被巨大的伞面遮挡住，带有体温的外套搭在许奈奈的肩膀上。淡淡的清香缭绕在鼻间，她缓缓地抬头。

哗啦啦的雨声，昏暗的灯光，少年的手握着伞柄，许奈奈隐约看见他清晰分明的下颌线。

良久，那道好听的声音再次响起："有什么可以帮你的吗？"

一瞬间，少年像一缕光，突兀地闯进许奈奈原本黑暗的世界，定格成照片，保存到她空荡荡的大脑文件夹里。或许是因为她谨小慎微地生活了太久，以至于一丁点儿亮色都足够在她的心里激起惊涛骇浪，直到很多年后再回忆起这个瞬间，她才发现那是漫长的悸动伊始。

"我……"

嘈杂的雨声淹没乱掉节奏的心跳声。

许奈奈勉强找回自己的声音："我没事，快到家了。"

她已经走进君颐壹号小区的范围，所以少年不用问也知道她是这里的住户。

少年俯身拉开车门，低声问："住在哪栋？送你回去。"

许奈奈的呼吸凝滞，这一次她终于看清了他的长相。

少年穿着纯白色连帽卫衣，身材高挑，身形如白杨树般笔直，墨色的瞳孔显得人很清冷，五官的轮廓如同顶级画师笔下的灵动线条，让人不自觉地觉得矜贵。

他在认真地为自己刚刚的失礼提出补偿方法。

鬼使神差般，许奈奈作出回答："B栋。"

低调且贵气的车后座上，许奈奈想着自己身上的泥污，只坐了坐垫的边角，短短的十分钟仿佛半个世纪那样久。

君颐壹号分为高层区、花园洋房和临江别墅三个区域，每个园区之间都有特定的门禁。

许奈奈刚准备摸门禁卡，黑色SUV已经畅通无阻地行驶过大门，经过保安亭，保安正站起来鞠躬目送。

许奈奈稍稍一愣，以前她跟许慧玲回来，这里的保安从没正眼看过她们。

没过多久，SUV停在B栋楼下。

许奈奈紧张地说了一声"谢谢"，不等少年回应，便匆匆下车。然而她刚准备刷门禁卡，忽然意识到自己还披着他的外套。

许奈奈赶紧跑出去："那个——"

逐渐远离的SUV尾灯红亮，车尾气散去，车身很快淹没进昏暗的雨幕里。

许奈奈呆呆地站在原地，身上仍然披着少年长及她大腿的外套。她记得，以前来学校视察的领导都是开这样的车。

许奈奈到家时刚过八点，走进家门就听见哭闹声，一大家子的人都围在卫生间门口，地上全是泥巴。

杜梦婷声音尖锐地喊："我不管，我就要再买一条新裙子，不买我就不脱！"

许慧玲被她溅了一身水，不悦地说："这条裙子刚买几天？你知道有多贵吗？妈妈明天给你洗干净。"

"我同学说奢侈品不能水洗！我们班上的同学每天都换不一样的裙子，我才一条！"

"好好好，都听宝宝的。"钱翠英心疼地哄着。

许慧玲气极地说："妈！"

杜梦婷趁机找最好说话的奶奶撒娇："奶奶，我要买新的裙子。"

啪！许慧玲实在忍不住打了女儿一耳光，紧接着是杜梦婷似乎要掀翻屋顶的号叫。

钱翠英大骇："你怎么打孩子！"

"妈，你别管！"

许奈奈默默地抱着书包换鞋，少年的外套早在电梯里就被她用书包挡了起来。私心作祟，她不愿让旁人知道刚刚发生的事，仿佛这个雨夜是独属于他们的秘密。好在家里现在乱成一团，没人注意到她回来。

书包里的书全部湿透了，许奈奈回到房间小心翼翼地把它们拿出来摊在地上，小隔间剩余的空间不大，地上铺满后只能往上铺挂。就在她准备把男生的外套拿出来时，眼角的余光忽然瞥见桌面上的小镜子。

许奈奈穿的是学校发的夏季校服，蓝白色的短袖加长裤，衣服的主体颜色是白色，被水浸透后呈半透明状，能清晰地看见里面廉价内衣的纹路。

外面的惊雷好像炸到耳边，许奈奈的大脑顿时一片空白，紧贴肌肤的湿衣服霎时变得滚烫黏腻，少女的羞耻心几乎将她淹没。

所以刚刚……

她后知后觉地伸手去脱短袖。

砰！房门突然被大力地打开。许奈奈吓得一颤，赶紧把湿衣服拉下来。

"我活这么大岁数就没见过这么当妈的！"钱翠英骂骂咧咧地闯入隔间，"我带过的孩子不比你多？还教我做事，每天不上班，在家靠我儿子养活……"

"杜奶奶。"许奈奈僵硬地揪住衣襟。

钱翠英仿佛没看见她，直接从地上摆的一摊书上踩过去，随手掀翻挂在上铺的书本，翻箱倒柜地在上铺的篮子里拿了几个土鸡蛋，又警惕地清点数量，最后瞥了一眼许奈奈。

被雨水浸过的书页脆弱得不堪一击，纸页凌乱地粘在地板上，上面还沾着带着泥巴的脚印。

砰的一声，房门被关上。

许奈奈顷刻脱力，整个人靠在墙壁上。

外面的争吵持续到大半夜，杜梦婷喝了钱翠英煮的鸡蛋红姜汤后终于睡着，许慧玲万般不满，也只能被杜兴宏敷衍着推进卧室，几间房门合上，客厅的灯熄灭。

小隔间的房门轻轻推开一条缝，昏暗的光从缝隙中露出一缕，主卧里隐约传来中年夫妻刻意压低声音的争执。

许奈奈抱着干净的换洗衣物轻手轻脚地走进浴室，经过几个小时，她原本打湿的头发风干成了一缕一缕的。

这些天许奈奈有意观察过杜梦婷洗澡前许慧玲给她调热水的步骤，也大致学会了怎么使用浴霸。然而不幸的是最近接连阴雨天，热水器里的热水不足，方才杜梦婷闹那一通又浪费了太多热水，许奈奈只能再次咬着牙，匆匆地洗了个凉水澡。

浴室的脏衣桶里堆满了脏衣服，等待许慧玲明天清洗，最上面的一件正是杜梦婷刚刚哭闹着不愿意换的粉色连衣裙。

许奈奈把自己的衣服用手搓洗干净后晾到阳台上，内衣内裤则挂到隔间的窗户边。

大雨逐渐停歇，窗户上的水流汇聚到窗台上，书桌上交叠摆放着刚刚被踩脏的试卷和书本，破了的扉页被很小心地展平。

许奈奈披着湿漉漉的长发，台灯的光发黄，在窗上映出浅浅的影子。良久，她垂眸展开那件男式外套，露出和杜梦婷裙子一模一样的商标。

之后很多个放学的夜晚，许奈奈都有意无意地在小区大门前驻足徘徊，却再也没有见到那晚的白衣少年。

暴雨夜的偶遇好似一场幻境，如果没有那件昂贵的外套，许奈奈都怀疑是自己做了个混沌不清的梦。

到底是什么样的人能畅通无阻地进入小区，还能让保安的态度那样恭敬？能随手留下一件价值不菲的外套的人又该生在怎样的家庭里？他也住在这里吗？可为什么再也没有见过那辆黑色的汽车？

没有人给许奈奈答案。

初秋的暴雨来得快、去得也快，雨停的第二天乌云退散，至此，阴沉了大半个月的淮宜市迎来阳光。

考试过后，各科老师轮番讲解试卷上的题目，虽然老师们嘴上说着开学考试只是测试一下同学们的水平，成绩不那么重要，但以一中的学习氛围来看，学生们甚至比老师都紧张。

周日上午第四节课结束，大家结伴出去吃饭之余还不忘探讨白天老师讲的题。

"我完了，这次恐怕年级前一百名都进不去了，我妈得打死我。"

"你得了吧！你看看我这次选择题错这么多，年级前四百都进不去，光荣榜连个名字都挂不上去！"

"你们都够了好吗？等成绩出来你们的名字要是出现在光荣榜上，都给我倒立！"

…………

许奈奈默默地收拾好自己错了一半选择题的试卷，离开教室。周日学校周边的小摊生意火爆，她一如既往地淹没在人群里，显得毫不起眼。

杜家虽然能住在寸土寸金的君颐壹号，但家境实际上只能算中产，一件几万元的童装也不是说买就买的，况且小孩子的情绪来得快、去得也快，等闹腾了几天，那件被弄脏的裙子还是被许慧玲送去了干洗店。

某天上学前，许奈奈在玄关处看见干洗店的小票，于是记下干洗店的地址。

淮宜一中时间安排紧凑，高一、高二的学生每周只有周日下午半天假，高三的学生周日下午只有两个小时休息。许奈奈在上个星期的周日将衣服送到干洗店，等了一周，现在才有时间去取。

奢侈品外套的清洗费用远高于寻常衣服，许奈奈来淮宜前奶奶给的生活费有一半都给了干洗店的老板。

干洗店老板贴心地用精致的纸盒包装好外套，肉痛的许奈奈得到杯水车薪的安慰。

终于有了勉强匹配的袋子来装下这件"烫手山芋"。

周日下午五点，短暂的半天假进入尾声，校门口都是穿着校服走进学校的同学。

许奈奈提着干洗店的纸盒，刚踏进校门就看到教学楼大厅的光荣榜前围了一大群人。

光荣榜上年级前十名学生的照片会贴在顶端，年级前四百名的学生则以班级为单位打印出名字排列在下面，这也是大多数一中学子最看重的荣誉。

"光荣榜出来了！"

"这次好快呀！"

"完了，好像没有我的名字……"

一中教学的进度快，学生的整体水平也比县城里高很多，许奈奈清楚以自己在县城里数一数二的成绩在这边大概只能勉强排在中下游。

她对考试排名不感兴趣，刚准备绕路回教室，却猝不及防地看到一张熟悉的脸。

"毫无悬念好吗？我就知道他蝉联年级第一！"

"天哪，七百三十五分，怎么考出来的？"

"你应该说还有什么题是能让他丢分的？！"

…………

刹那间，周遭的空气密度骤然降低，喧嚣的议论声自动按上消音键。许奈奈感觉自己的腿软了一下，紧接着是一阵又一阵耳鸣声。

光荣榜的榜首，少年的照片清冷俊逸，右侧耳骨轮廓上有一颗淡淡的黑痣。

照片上的少年和那晚一样没什么表情，像受人簇拥在云端的、可望而不可即的天之骄子，平等地漠视着每一个人。而照片正下方是电脑打印的微软雅黑字体——高二一班，林汀云。

许奈奈走进教室，把干洗袋放在桌面上，班里每两个星期换一次座位。

"你是许奈奈吧？"

新同桌是个扎斜马尾的女生，两边别着现在很流行的粉色 X 形发夹，和最近热播电视剧里的女主角发型很像。

许奈奈在记忆中将女生和名字对上号："程可柠？"

"嗯嗯。"程可柠笑得很甜，"原来就是你的英语成绩超过了我。"

刚好前面的同学转过头来："一人一张，往后传。"

班长刚从办公室拿来一沓排名表，分发下去，人手一份。

班级三十七名，年级四百二十八名，总分五百六十五分，后面是单科分数及单科年级排名。

许奈奈："……"

许奈奈再也没法儿逃避，看见了自己的成绩。

"你好厉害呀，应该就只有作文扣分了吧？"程可柠指着她英语一百四十五分的成绩说。

许奈奈的英文成绩年级排名第二，程可柠的英语成绩比许奈奈低三分。

许奈奈的眼睛盯着物理那一栏——三十七分。淮宜一中的理综和数学卷子的难度远远大于县高中。这次考试的成绩的确是意料之外但情理之中的差劲。

"也就英语能看。"许奈奈勉强地笑了笑，"我的数学和理综太差了。"

程可柠叹气："我数学和理综也不行。"

程可柠总排名进了班级前十名，英语和语文的分数名列前茅，理综和数学的分数中等。

"不过我弄到了林汀云的卷子，你要看吗？"程可柠热心地问。

"林汀云？"许奈奈的心头一跳。

程可柠很快证实了她的猜想："对呀。你刚刚上来有看到光荣榜的第一名吗？"程可柠晃了晃手里的卷子，神秘兮兮地说，"这就是他的物理试卷哦！"

"你……"许奈奈心跳加速，努力镇定地说，"你怎么会拿到他的试卷？"

"哈哈哈，当然不是原件啦。"程可柠又从书包里拿出一张试卷，"我让明炽帮我打印的复印版。我打印了两份，给你一份。"

即便许奈奈两耳不闻窗外事，校草明炽的名字还是听过的。

明炽是程可柠的发小，每晚放学都会在教室门口等她，时常因为围观的女生太多引起楼道堵塞。

许奈奈没想到那个她以为再也不会见面的少年竟然一直离自己这样近。

她受宠若惊地说:"谢谢。"

"我记得你是转校生吧? 那不知道阿云也很正常啦。"程可柠耸了耸肩,"阿云比较低调,才不像某些人天天孔雀开屏似的。你知道吗? 阿云的数学和物理每次都是满分,入校以来从没有离开过年级第一的宝座! 唉,真不是咱们凡人能做到的。"

许奈奈装作自然地扫视卷面,装订线内的"高二一班,林汀云"几个字写得行云流水。她顿时觉得手上的试卷如有千斤重。

淮宜一中的教学楼是露天走廊式的四合院结构,分东南西北四面,一共五层。教学楼北面一楼到三楼是高一年级,南面一楼到三楼是高三年级,整个四楼和五楼是高二年级,东西两面是高三年级办公室以及卫生间。

许奈奈所在的高二六班在教学楼南侧,是靠近卫生间和楼梯那侧的五楼,而教学楼以北正对面是高二一班。她以前除了按部就班地上下学,从没关注过周围环境,更不知道他所在的班级居然近在咫尺。

自从知道林汀云的班级在对面后,许奈奈如同一只龟缩在壳里的蜗牛,慢悠悠地伸出触角感知世界。

上午大课间的课间操,高二一班和高二六班从左至右隔了四个班,许奈奈最喜欢向左的体转运动。

每周三下午高二一班、三班、五班和六班一起上体育课,如果体育老师没"生病"的话。

郑强同时教高二一班和高二六班的数学,他总会在黑板上展示一班同学满分的解题步骤。

每天放学从一楼大厅经过,光荣榜上他清冷的容颜在白炽灯下熠熠生辉。

许奈奈并没有再次见到林汀云,可他又好像无处不在。

国庆节来临,许慧玲和杜家二老带着杜梦婷去邻市旅游,放假的前一天晚上就出发了。偌大的家里陡然变得空旷了起来,许奈奈出门洗漱难得不觉得拘谨,动作也没之前那么着急。

咚咚咚，浴室门被人敲了两下，许奈奈吓了一跳。

"奈奈，是你在洗澡吗？"外面传来中年男人的声音，是杜兴宏，他因为国庆加班并没有跟着出去旅游。

"对。"许奈奈松了口气，"我马上就好！"

杜兴宏的声音好像很急，许奈奈不敢耽误，迅速擦干身体，换上睡衣，打开浴室的门。

"姑爹，您去吧，我洗好了。"许奈奈披着湿漉漉的头发，脏衣服来不及洗，便一起抱着出来。

中年男人的身体似一堵墙，她有些发怵，毕竟平常除了打个招呼，她没有单独面对过杜兴宏。

杜兴宏状似随意地拍了拍许奈奈的后腰："穿这么少，小心受凉啊。"

许奈奈没穿内衣，被碰到的地方激起一层鸡皮疙瘩，难以言喻的不适感传遍全身。

许奈奈不自在地抿紧嘴唇："谢谢姑爹关心。"

国庆节高一和高二有三天假，许多家在县城里的住校生都回了家，但许奈奈选择留在淮宜。这几天她除了吃饭，大部分时间都在小隔间温习错题，程可柠给的那张试卷被她翻来覆去地看了无数次。

许奈奈不是没有见过学习数理化有天赋的人。正因为有天赋，平常人费尽心力才能推导出来的结果他们只需要凭感觉就能得出答案，这也导致他们即便算对了答案，也会因为中间步骤不详细而被扣步骤分。反之同理，数理化成绩不好的人为了在不会做的大题上得到更多的步骤分，都会尽可能多地把公式写上去，尽管他们不知道用得对不对。

但林汀云不一样，他的逻辑缜密。必要的公式不会少，只需要写一个公式的也绝不会写两个。字迹工整，整张卷子看下来简直可以成为教科书式的标准答案，甚至要更一针见血，给人一种"原来是这样"的恍然大悟感。

这就是天赋型选手的最高境界——知其然，知其所以然。

许奈奈揉了揉发酸的眼眶，一看时间已经是晚上八点。她将试卷上的题都搞明白后，小心翼翼地把复印版的试卷裁剪成小块，对应着贴在崭新的错题集里，并有私心地留下只剩他名字的字条贴进日记本，最后在下面写上一小行字——

高二上学期第一次月考：林汀云，年级1；许奈奈，年级428。

台灯的光显得缥缈，少女红润的指甲轻轻抚平纸张的褶皱，她浅浅地弯了一下嘴唇。

10月底将迎来本学期的第二次月考，许奈奈一改之前的颓废，认真对待起学习。她每晚整理数理化的错题集，只睡三个多小时就起床开始背语文、英语和生物的知识点。

直到考试前一周，许奈奈痛经，同时发高烧。

"三十九点二摄氏度。"

校医是个三十多岁的女性，姓戚。她皱着眉取出体温计，准备给许奈奈输液，又灌了个暖水袋放到她的腹部："同学，学习固然重要，但身体是革命的本钱，就算是铁人也禁不住这么熬哇！"

许奈奈晕乎乎地躺在病床上没有说话，戚校医叹了口气，转身去取药剂。

今天的晚自习是两节物理和一节数学。前两节课许奈奈以为身体难受只是生理期的原因，结果到第三节课郑强点她回答问题，她站起来时差点儿摔倒，大家吓了一跳，发现她埋在衣领里的脸已经红得不成样子，这才慌乱地把她送到医务室。

药水顺着输液管流进许奈奈的身体里，冰与火在脑子里面混乱交织。她迟钝地想坐起来，突然小腹感到一阵坠痛，紧接着下面一阵激流汹涌。

许奈奈僵住了。她看了一眼洁白的床单，小心翼翼地躺了回去，失神地盯着有点儿脱皮的天花板发呆。

"阿云，你刚刚那波回防跳投太漂亮了！你要是能加入校队，那明年打盛越高中不就纯纯虐菜吗？要不然……"

医务室的木制门咯吱一声被推开，许奈奈浑浑噩噩的脑袋顿时清醒过来。下一秒，她听见了在梦里响起过无数次的声音。

"不去。"清冷的少年拒绝得干脆。

明炽的胳膊搭在林汀云的肩膀上，左腿一蹦一蹦地跳进来。他撇着嘴："你怎么什么都不参加呀，能不能有点儿集体荣誉感？"

林汀云："不能。"

明炽："……"

明炽还想说什么，戚校医熟练地端着医用托盘走过去："右脚腕又扭伤了？"

明炽不好意思地摸了摸后脑勺："老毛病了。"

林汀云扶着明炽坐到了椅子上，站到了一边。他额前的碎发被汗水浸湿，似乎刚经历了一场剧烈的运动。

戚校医蹲到明炽跟前没好气地说："都跟你说过很多遍了，腿伤没有好不要剧烈运动，一天不打篮球能怎么样？"

"戚姐，篮球是我们青少年在枯燥无味的生活中为数不多的调味剂，可以激发同学们的团队协作意识，促进——"

"行了，行了，"戚校医无语地打断他，但也被那声"戚姐"叫得浑身舒畅，她检查了一下伤处，"现在阴雨天还会疼吗？"

"不严重，"明炽顿了一下，像是想到了什么，笑着说，"麻烦戚姐不要跟程可柠那丫头讲。"

戚校医白了他一眼："我跟她说什么？倒是你小子这次真的要好好休养。之前车祸骨折那么严重，能恢复到现在已经很不容易了，不要糟蹋身体，这次至少一个月不能打球，不然真的要落下病根了。"

听到这话，明炽整个人都蔫了："戚姐，马上就要开运动会了，高二一班没有我简直跟老鹰失去翅膀、猛兽失去利齿一样，唑——"

"还知道疼？"戚校医冷笑着加了把力，"要是再不听医嘱，就是你要失去双腿了。"

明炽痛得直冒冷汗，戚校医熟练地上药、绑纱布，然后看向林汀云："你要不把衣服脱了？穿湿的衣服小心着凉。"

林汀云："我没事，他比较严重。"

明炽："……"

林汀云的校服外套敞开，露出里面白色的卫衣。他半倚着墙面，双手抱胸，低着头，不知道在想什么。

医务室不大，没有小隔间，毕竟小病拿药就行，大病这里也治不了，平常来得最多的就是训练受伤的体育生，所以对面的林汀云只要一抬头就能看到许奈奈。

许奈奈的身体僵硬极了。她小幅度地往被子里缩，可一动就有"血崩"的感觉，不动又怕让林汀云看见自己。她明明期待过无数次在学校里再见到林汀云的场景，却从未料到会是比上次更加狼狈的场景。

刚下降的体温又噌噌地往上涨，许奈奈紧张得口干舌燥，突然瞥见床头的冷水。

戚校医虽然手上的动作没停，但眼光尖锐："小姑娘，生病了尽量不要喝冷水！"

许奈奈伸出的手猛地僵在半空。

戚校医把托盘收好，走过来倒掉许奈奈床边的冷水，皱着眉说："你们这些小姑娘不知道好好珍惜身体，等以后长大了就知道吃亏了。"

许奈奈窘迫地说："我……"

戚校医提起水壶发现没水了，转身打开水龙头，接完水后，啪嗒一声，电水壶的开关被打开。

她走到床边，唰地一下拉下许奈奈蒙在头上的被子，奇怪地说："哎，你的脸怎么还这么红？"她一边说着，一边用手背碰了一下许奈奈的额头，嘟囔了一句，"没刚刚那么烫了呀。"

许奈奈尴尬地揪住床单："我好很多了，谢谢您。"

"不用这么客气，"戚校医笑了一声，"我刚才说的话你可要记住了，女孩子要爱惜自己的身体，生理期是身体最虚弱的时候，更何况你这都发烧了，不可以再熬夜学习了。"

戚校医一边絮絮叨叨地说着，一边走进药房，室内只剩下热水壶发出咕噜咕噜的声响。

许奈奈脸红得快要滴血，她扭过头努力地降低自己的存在感，然而天不遂人愿。

"是你呀。"明炽还是看到了她。

因为和程可柠同桌的原因，许奈奈最近和程可柠走得很近，再加上程可柠性格开朗，做什么总会叫上她，所以她和明炽也算是打过照面的。

刚刚许奈奈的脸蒙在被子里，后来又被戚校医挡住视线，明炽并没注意到躺着的人是谁。

"嗯。"许奈奈尽量不去看林汀云，十分不自在地随便找了个话题，"你是脚崴了吗？"

"没什么大问题。"明炽不在意地摆手，又故作严肃地说，"你别告诉程可柠啊！"

许奈奈愣了愣，随即想到明炽刚刚和戚校医也嘱咐过，想来应该是很重要的事吧。想到这儿，她郑重地点了下头："我不会的。"

扑哧一声，明炽忽然笑出声。他慵懒地靠着椅背，横在椅子上的右腿被白纱布裹成粽子："没想到程可柠那死丫头还能交到你这么可爱的朋友。"

许奈奈感到有些茫然。

啪嗒一声，热水壶跳闸，氤氲的热气溢出，狭小的医务室温度逐渐上升。

林汀云无视笑得上气不接下气的明炽，径直走到桌旁拿起水壶给自己和明炽各倒了一杯热水。

许奈奈小心翼翼地抬头，刚好对上林汀云看过来的视线。

少年眉目淡然，黑如潭底的瞳孔毫无波澜。

许奈奈屏住呼吸，不由自主地抓紧被角，迅速将眼神伪装成仿佛在等热水壶里的水烧开一样。

"要热水吗？"林汀云很自然地开口询问，嗓音一如那晚低沉。

许奈奈心尖一颤，舌尖后知后觉地传来刺痛感。刚才太紧张，她一下子咬破了舌尖。她咽了口唾沫，很轻地点头："要的。"

林汀云站在她的病床前，白玉一样的指节握着开水壶柄，热水咕噜咕噜地倒满水杯，升腾的热气蒸红了她的耳朵。

许奈奈的睫毛微颤，她强作镇定地说："谢谢。那个，我刚才说错话了吗？"

林汀云抬起眼皮，随口说："别管他。"

明炽："……"

"想到刚刚二中那群人输的模样我就觉得解气。"明炽把裤腿放下来，恢复成安然无事的样子，开启新一轮的游说，"我说真的，阿云，你来校队吧。高三就不能参加比赛了，现在可是最后的机会。"

"没兴趣。"

明炽仰天长叹，后退一步："那运动会呢？你可是班长，班上失去了我这样强有力的猛将，你总得做点儿什么吧？"

林汀云终于瞥了明炽一眼："你想说什么？"

明炽摸着下巴挑眉："帮我参加男子一百米、男子四百米、男子一千五百米、男子跳高、男女混合四乘四百米接力赛……"

林汀云："做梦。"

明炽："……"

一直到最后，许奈奈都没有听他们争论出个结果，不，与其说是争，不如说是林汀云单方面的拒绝，他似乎不喜欢参加集体活动。

戚校医突然问："许奈奈，家里有人来接你吗？"

许奈奈刚想说没有，看到戚校医关切的目光后顿了顿，说道："有的。"

林汀云朝这边看了一眼。

戚校医松了口气："回去好好休息，今天早点儿睡。"接着她转头对明炽说话，语气很明显更强硬："你也是，什么运动会、篮球赛都停一停！"

"知道了，知道了。"明炽毫不客气地将手搭在林汀云的肩膀上，开始睁眼说瞎话，"阿云已经答应替我参加比赛了！"

许奈奈的高烧来得快、退得也快，输了几瓶液的工夫已经退到了三十七摄氏度。

林汀云和明炽走后不久就响起了放学铃，戚校医给许奈奈拔了针，叮嘱了两句才离开。

放学铃声停了，教学楼的灯一盏盏熄灭。

许奈奈摁着手背的针孔，逆着放学的人流回教室拿东西。

干洗店的包装袋放在桌底的书袋里很久了，许奈奈在家里没什么隐私，钱翠英总会旁若无人地进隔间翻东西。所以秉持着多一事不如少一事的原则，她没有把衣服带回去，也没找到机会还给它的主人。

后来杜梦婷又哭闹过几次要买新裙子，许奈奈才知道很多奢侈品服饰的"寿命"很短，大多数有钱人不会再穿第二季，更何况是淋过雨的外套。

"二中那几个体育生手太黑了，他们不就是针对明炽这个篮球队主力吗？明炽被撞飞倒地的时候，脚腕传来的咔嚓声我听着就觉得疼，还好林汀云顶上去了。"

"我还从来没见过林汀云露出那种眼神，简直就是杀气冲天！他连球衣都没换，脱了外套就上场的动作太帅了！"

"对面围着他说各种挑衅的话，他连眉头都不皱一下，反手一个干拔后仰跳投，直接绝杀！"

"啊啊啊，不愧是我崇拜的人！"

许奈奈刚走出校门就听到几个女生交谈的声音，她的脚步停顿了一下。

"啧啧啧，你这话要是被万大小姐听到，恐怕要找你了。"

"啊，应该没事吧，盛越隔得那么远呢！"

"一中到处都是人家的眼线，好吗？"

"要我说，谁能碰到高岭之'云'？还是明炽看着更好接近，恒星般的炽焰至少能温暖我。"

"隔几百万光年的温暖是吗？"

"哈哈哈！"

"那不是林汀云吗？"有个女生突然惊呼。

"哇，真的好帅！"

林汀云单手握着车把手从校门口骑行而过，风吹动他额间的碎发。

许奈奈失神，脚步不稳，一不小心撞到了路边的一排自行车。

自行车倒地的声音让好几个人的视线投过来，许奈奈赶紧躲到树后面。等人都走完了，她才忍着小腹的坠痛扶起倒下的自行车。

她揿了揿太阳穴，背靠着树，将大脑放空。

看起来今晚是一中和二中的篮球比赛，明炽被人下黑手受了伤，林汀云顶替他上场。盛越的万大小姐是谁？原来他是这么多人关注、欣赏的对象。

夜晚的风凉彻入骨，许奈奈又回忆起刚刚在医务室林汀云寡淡无波的目光。

那天大雨，夜色昏暗，他或许根本就没有看清自己的长相。而以他展露的风度和教养，那时候换成任何一个女生，他都会做出同样的选择。

想到这里，许奈奈白皙的脸颊潮红一片。她揪住衣领喘息着，胸腔蔓延出莫名的落寞。

他不记得她了吧。

10 月底，高二年级进行了本学期的第二次月考。

教学楼一层大厅，大红色的光荣榜下又围了一群人，清一色穿着蓝白色校服的人群熙熙攘攘，不外乎那些熟悉的赞叹。

许奈奈站在人群的最后，在高二六班那一列的最后一排看见了自己的名字——班级二十八名，年级三百九十八名。

淮宜一中作为省重点中学，如果能一直稳定在年级前四百名的成绩，即便高考时略有波动，至少也能考上一所一本大学的王牌专业，这也是一中学子紧盯光荣榜前四百名的原因。

许奈奈的视线上移，榜首仍然是林汀云，她凝望着那张熟悉的照片。

"快看，那是不是林汀云？"

"真人比照片更好看！"

忽然，人群骚动起来，许奈奈被挤得踉跄一下，恍然抬头。

不远处，林汀云穿着校服，斜挎着单肩包，包裹在校裤里的腿修长，从容不迫地消失在楼梯口。

许奈奈的呼吸微微停滞。

还没打上课铃，许奈奈失神地回到教室，许多人正在讨论这次的成绩。

"许奈奈的英语好强啊，这次单科排名竟然是年级第一！"

"林汀云被她反超了？"

"怎么可能？两个人并列第一。"张媛指着成绩单，"一百四十八分，他们两个都不是人。"

许奈奈拿书的手顿了顿。她瞥见桌面上发下来的成绩单，惨不忍睹的数理化成绩排名旁边，英语单项的年级排名显得尤为突兀。

她和他的英语单科并列年级第一。

许奈奈的心跳仿佛漏跳了一拍。

"程可柠，你英语班级第一的宝座是不是拿不回来了？"体育委员梁屹吊儿郎当地倚着讲台。

程可柠："你少跟明炽学嘴欠，一百四十七分和一百四十八分能差多少？"

胖子马浩突然接话说："差一名！"

程可柠无语地说："看来你们今天的英语作业都很少。"

她转身在黑板上写下一堆英语作业，微笑着说："明早早读一个一个交了作业才能进教室哦！"

众人："……"

淮宜一中一共四节晚自习，前三节课和白天上课一样，第四节晚自习才是真正的自习课，大家会趁机写家庭作业——如果没有班主任占用的话。

第四节晚自习，郑强夹着教案和试卷踏进教室。

啪——试卷被扔上讲台，砸起一层粉笔灰，前排的同学憋着气，熟悉的开场让全班同学都不敢大口呼吸。

"课代表把卷子发下去。"郑强叉着腰巡视全班，"好了，大家都抬起头来，我花二十分钟把选择题讲完。"

嘴上说用二十分钟，实际上用了半个小时，郑强讲完月考卷子的选择题后，同学们长呼一口气，赶紧写家庭作业。

突然，郑强走下来敲了两下许奈奈的桌子："许奈奈，你跟我出来一下。"

班里的其他人看过来，眼神中或惊讶，或紧张，被班主任找谈话简直是每个高中生最不愿意碰到的事。

走廊拐角的灯光昏暗，郑强拿着许奈奈的数学卷子说："许奈奈，我看了你的数学卷子，曲线方程这一块丢分太严重，这不仅是高二的重点，更是高考的重点哪。"

许奈奈静静地听着班主任的叹息。淮宜一中的教学进度快，和之前在县里中学的进度完全不是一个水平，她高二的基础知识学得不扎实。

站在走廊上能看见整栋教学楼四面灯火通明，高二六班正对面是高二一班，南北两栋楼仿佛是两条不会相交的平行线，却又彼此倒映着对方的身影。

许奈奈看见有人从一班后排走到讲台上，不知道在黑板上写下什么，引起一阵欢呼。

郑强继续说："你的英语成绩这么好，但数理化的成绩太差了，偏科十分严重。不可以马虎哇，已经10月底了，过了年就要倒数着日子了。不过你也不要有太大压力，你现在的成绩考个一本的大学肯定没问题，在咱们学校，只要你不……"

听到"一本"两个字，许奈奈忽然愣住。稳住前四百名和考进一次前四百名的概念并不一样，许奈奈作为转校来的末等生，这一次的进步在别人眼中运气远大于实力。

郑强还在安慰许奈奈考一本大学不难，不知为何，许奈奈却想到林汀云在光荣榜上一骑绝尘的成绩，心头涌上莫名的酸涩，密密麻麻地蔓延到全身。

许奈奈勉强应答："谢谢老师，我会努力的。"

许奈奈回到教室时，晚自习只剩下最后的几分钟。

班上的同学们蠢蠢欲动，郑强走到讲台上咳了两声："大家停下笔，我说件事。"

同学们听到这话，以为班主任又要拖堂，教室里顿时响起一片唉声叹气的声音。

"叹什么气，我不讲题，也不拖堂！劳逸结合是很重要的，学校决定在今年12月21日和22日举办秋季运动会，这是大家高中时期最后一次参加运动会了，欢迎大家踊跃参与！"

"哇！"

"终于补办了！"

"我还以为今年的运动会没了！"

"都拖成冬季运动会了！"

每年的运动会一般是10月中旬举办，但因为最近学校的跑道在修茸，所以今年的运动会推迟了，这一推就推了几个月。

许奈奈明白为什么刚刚高二一班的人欢呼了。

"安静！还剩几分钟放学。"郑强笑着拍了两下讲台，"体育委员上来说一下比赛项目。你们的声音不要太大，把年级主任吵来了，以后第四节晚自习都上数学课。"

体育委员梁屹走上讲台："比赛项目有男子组一百米跑、两百米跑……"

程可柠戳了戳许奈奈的胳膊肘："奈奈，你要报项目吗？"

许奈奈刚准备摇头，突然想到那天在医务室听到的明炽和林汀云的对话。

程可柠以为许奈奈不想参加比赛，于是说："没事，我们可以帮忙写加油稿，给班级加分。"程可柠是班里的文艺委员、英语课代表兼学生会文艺部部长，"不过我还要去学生会帮忙念稿子，到时候班上的稿件就麻烦你帮我收啦。"

许奈奈点点头："没问题。"

程可柠亲昵地说："奈奈，我今天跟你一起出校门。"

"嗯？"许奈奈疑惑地问，"明炽不等你吗？"

程可柠撇了撇嘴："不知道他这段时间在干吗，说要自己一个人回家。哼，当本小姐稀罕跟他一起走！"

许奈奈忍俊不禁："你就这么讨厌他？"

"何止讨厌？我真希望身边从来没有这个人！这次他又进了年级前五名，而我，第一百五十名，我真的……"

这时，打了放学铃，程可柠和许奈奈手挽着手跟着人群走下楼梯，快要分别时程可柠突然说："奈奈，我们加个QQ吧。"

"QQ？"

"嗯嗯。"程可柠打开书包撕下一页草稿纸，写上了自己的QQ号，朝许奈奈眨眨眼，"等你加我哦。"

初中毕业时班上流行填同学录，有一行是QQ号。彼时用QQ聊天十分流行，基本上每个人都有QQ账号，许奈奈不想自己太格格不入，去县里一家修手机的店里，花两块钱请人帮忙注册了一个。但除了把它写到同学录上，她从未用过QQ，后来也没有再登录过。

许奈奈庆幸自己还记得账号和密码，回家后拿出破损严重的滑盖手机。

高一下学期最后一次期末考试是全市联考，许奈奈在远宁县一中理科班排名第一。许爷爷高兴得不得了，直呼老许家的孩子有出息了，于是拿着几个月才赚到的一千块钱，踏入之前从没进过的手机店，买了这部二手的滑盖手机奖励给她。

老人家并不知道这种手机刚上市才只要一千五百八十八元，而这部手机已经用了四年，外壳明显有损伤，卖三百块都算贵的。

思及此处，许奈奈叹了口气，鲜少地连上移动网络，打开手机QQ。她从口袋里掏出程可柠给的小纸条，输入QQ号码。

用户昵称：我的爱情仍是一纸苍白。

个性签名：四十五度仰望天空，眼泪就不会流下来了。

许奈奈呆呆地点了"添加好友"，好半晌没从看到网名的震惊中反应过来。

两秒钟后，手机响起了嘀嘀的提示音，是程可柠同意了好友申请。

许奈奈回过神，看到程可柠发来了两张图片。

我的爱情仍是一纸苍白：他就是于嘉礼！

于嘉礼在盛越中学读高二，许奈奈听程可柠讲过很多次这个人。

许奈奈沉默了一下，缓慢地打字。

叶子：我的手机不是智能机，看不了图片。

我的爱情仍是一纸苍白：没事，运动会的时候我带手机给你看，真的超级帅！

许奈奈还没来得及回答，就被程可柠拉进了一个群——永远的高二六班。紧接着她又进了一个群——淮宜一中 2009 级。

我的爱情仍是一纸苍白：第一个是我们的班级群，第二个是年级群，你嫌吵的话可以屏蔽，不过经常有各科答案出没，谨慎哦！

许奈奈对手机 QQ 不熟悉，按了许久才找到查看群成员的入口。她颤抖着手一页一页地往下翻，突然视线落在某处不动了。

用户昵称：林汀云。

个性签名：无。

许奈奈呆呆地看着林汀云的页面信息，心跳声震耳欲聋。分明是深秋，可她的额角竟然出了一层薄汗。她将手指反复移到"添加好友"上面又松开，然后猛地站了起来。

唰——窗户被大力拉开，窗台上的绿萝叶片因为许奈奈的动作微微颤抖。

许奈奈将双手撑在桌面上，仰头闭眼感受迎面吹来的冷风，心口的躁动终于降了几分。

月考过后，程可柠打印林汀云的试卷时又给许奈奈也带了一份，没有人知道许奈奈看似简单的道谢背后隐藏了怎样的心情。

平复心情后，许奈奈和上次一样小心翼翼地剪下留有林汀云名字的字条贴进日记本。

高二上学期第二次月考：林汀云，年级 1；许奈奈，年级 398。

微风拂过，夜空中浅淡的白色云层缥缈变化，绿萝的枝叶随风摇曳，从许奈奈的视角看到叶子和浮云重叠在一起。

许奈奈收回目光，又写下一行小字——

两点确定直线，会不会有一条是我和他的轨迹。——2010.10.29

Chapter 02

十一点四七

　　自从二人加上 QQ 好友，程可柠几乎每晚都要找许奈奈聊天。久而久之，许奈奈也发现了网络的其他作用，比如查学习资料，只不过她的老式手机不支持程序后台运行，所以登 QQ 和百度只能用一个。

　　许奈奈回家打开手机 QQ，果不其然，两个群消息都是爆满。她忽略各科答案纷飞的班级群，点开年级群，里面的话题基本围绕在这次的运动会上。

　　温柔的最决绝：小道消息，这次林汀云要参加运动会了！

　　别哭，皇冠会掉：得了吧，上次你也是这么说的。

　　温柔的最决绝：真的，骗你我是猪！今天去办公室补作业的时候偷拍了一班运动会的报名表。

　　随后这个人上传了一张图片，奈何许奈奈的手机没办法显示图片。

　　沉默的智者：你竟然敢带手机去学校？

　　温柔的最决绝：请你继续沉默。

　　淮宜亚瑟王：林汀云真参加了？完了，我们班没戏了！

　　迪迦最强：我们一个班的我都不知道。

　　温柔的最决绝：神的世界尔等不必懂。

　　没改备注的、五花八门的网名迅速冒出来刷屏，许奈奈忽然很沮丧自己看不了图片。

月考过后就是 10 月份的月假，班上的氛围轻松了不少。

上午语文早自习后，程可柠赶上生理期腹痛，许奈奈帮她把收好的英语作业送到办公室。

高二办公室在教学楼的对面，许奈奈为了不耽误下节课，加快了步伐。她进办公室的时候一个老师都没在。她歇了口气，把英语作业放到英语老师的办公桌上。突然，她的余光扫见旁边办公桌上的运动会报名表，她记得这是一班班主任的桌子。

昨晚年级群里的消息闪现到脑海中。许奈奈心跳加速，鬼使神差般地伸手将那沓报名表拿了起来。可她还没翻几页，办公室外传来几个老师说笑的声音。

许奈奈呼吸一滞，下一秒，双手迅速翻动报名表。

"这次月考六班的数学成绩进步很大呀，平均分到年级第三了。"

"你们班回回排第一，就不要打趣我们六班了。"

在哪里？他难道没有交报名表？昨天分明有人在群里发了图片的。

外面的声音越来越近，许奈奈双手颤抖，但速度极快地翻页，额角已经冒出冷汗。

"老郑，我是真的羡慕你，六班的数学成绩起来了，一班的同学又不用怎么费心管。"

"是呀，我听说现在每次考完试都有同学自发打印林汀云的试卷。"

"这种学生可遇不可求，大部分人还是得操心哪。"郑强伸手准备推开办公室的门。

咔嚓一声，办公室的门被打开。

"郑老师好。"许奈奈从里面走出来，微笑着说，"我来帮程可柠送英语作业。"

郑强笑着回应："好，你快去上课吧。"

"老师再见。"许奈奈依次和后面的几个老师打过招呼，走出办公室的刹那，额角的一滴汗没入脖颈。

她闭了闭眼，少年苍劲有力的笔迹在脑海中一闪而过。

姓名：林汀云。

性别：男。

班级：高二一班。

出生日期：1994 年 8 月 25 日。

报名项目：男子一百米，男女四乘四百米接力。

月假前一天下午学校例行大扫除，班上的同学分为清洁区和教室两拨人，因为六班教室靠近楼梯，所以天台也划为了六班的打扫范围。

许奈奈看完打扫卫生的分配表后，从郑强那里拿了天台的钥匙，走之前带上了程可柠给她的物理试卷复印件。

天台虽然面积大，但实际上也是最干净的，许奈奈花了不到半个小时就扫完了。

迎着橙色的夕阳，下面隐隐约约地传来同学们的打闹声。

许奈奈放好扫把，靠着天台的围墙屈腿坐下，从怀里掏出试卷。不知道为什么，明明已经不是第一次拿到林汀云的试卷，可每一次打开，她都有种做贼心虚的感觉。

许奈奈深呼吸两口，小心翼翼地抚平试卷被风吹起的一角，对着林汀云的卷子一点点地回忆自己的解题步骤。他的答题步骤和解题方法一如既往地明晰，字里行间透露出他对知识点的熟练掌握。

许奈奈一边感叹他的严谨，一边吃力地运算自己怎么都解不出来的物理大题，复印的试卷有点儿上墨不均，刚好有一道题看不清过程。

许奈奈沮丧地用手撑住脑袋，看着满地散乱的草稿纸叹气。

太阳已经快要下山了，傍晚天台的温度降了下来。

许奈奈准备收拾东西下楼，突然，一阵大风刮过，铺在地上的草稿纸和试卷被吹得乱飞，许奈奈手忙脚乱地去压一边的草稿纸，可另一边的试卷又被刮起来。

天台很空旷，除了地上的排水管和四周的围栏，就只有两边楼梯口凸起的楼梯间。

楼梯间的一面墙体靠外，和围栏融为一体，许奈奈刚刚正是靠着这处墙角演算题目。

哗啦一声，又一张试卷被风吹起来。许奈奈大惊，站起来就往上够。

风却似乎与许奈奈作对，没什么重量的试卷像一片羽毛飞过楼梯间，然后被男生修长的手指夹住。

许奈奈猛地呼吸一滞。

楼梯间的另一面，少年单手后撑，散漫地将长腿半悬空在高楼之外，背对着她的蓝白色校服衣摆随风晃动，挺拔的身姿被落日余晖拉成长长的剪影。

林汀云转头看向许奈奈，琥珀色的瞳孔倒映着夕阳的光晕。

一瞬间，世界仿佛静止了。

许奈奈大脑宕机，除了呆滞竟再也无法做出别的表情，她无比庆幸此时的夕阳火红，遮盖了她不知是因羞怯还是因羞愧而变得通红的脸，周遭空气的流速仿佛变成了零点二五倍速。

林汀云跳下来，衣摆带动的洗衣粉味道掠过许奈奈的鼻尖。

"谢谢。"许奈奈接住他递过来的试卷，如梦初醒一般。

林汀云浅浅颔首，然后转身。

"那个……"察觉林汀云要走，许奈奈鬼使神差般大胆地上前一步。

林汀云回头，依旧没什么表情。

"你……还记得我吗？你的外套还在我那里。"试卷边缘被许奈奈攥出褶皱。

林汀云目光微顿，大概是在思考许奈奈说的事。

许奈奈的脸红得厉害，但她还是鼓足勇气说："那天下大雨的晚上，你让你的司机送我到楼下，还借给我外套。"

"是你。"林汀云的语气平淡。

许奈奈心里一阵落寞，他果然不记得自己了。

"对，我是高二六班的许奈奈。那天晚上多谢你的外套，还有送我回家，"她努力微笑着，"我一直想找个机会把外套还给你，但又不知道你住在哪里。"

许奈奈忽然顿住，她察觉到自己的话里有明显的逻辑错误。上次在医务室她明明见过他，却没提这件事，现在——

"没事。"林汀云并没在意，"不用还。"

"要还的。"许奈奈咬唇看着他，黑白分明的眼里难掩执着之色，"我……我送去干洗店洗过。"

她知道奢侈品外套再次被穿的概率不大，也做了他再次拒绝的准备。

"那多谢了。"林汀云低头看着她，很浅地弯了弯唇，"高二一班，林汀云。"

许奈奈被他的笑弄得恍神，手指不由自主地松开，试卷又一次被吹飞。

她倏然心惊。

林汀云伸出手，试卷再次落到他的手上，这次印着他的名字的一面正好落入他的视线。

许奈奈："……"

她尴尬极了，故作轻松地转移话题："那个，你也是来天台打扫卫生的吗？"

天台很大，以中间为界，一半归六班，另一半归对面同样靠近楼梯的一班。

好在林汀云什么也没问，而是顺着许奈奈的话接了下去。

"不是。"

"这样啊，"许奈奈紧张不已，他的话实在太少了，"所以你刚刚是在释放压力吗？"

"释放压力？"林汀云掀起眼皮，语气终于有了起伏。

许奈奈指了指围墙，笑了笑："高处看风景比较解压。"

林汀云沉默了几秒钟："算是吧。"

"原来年级第一也会有压力。"

"人都有压力。"

许奈奈把被风吹散的碎发别到耳后，林汀云把卷子递给她。

许奈奈露出恰到好处的微笑："林同学，谢谢你，你的外套我会尽快还回去的。"

"不急，直接叫我的名字就好。"林汀云走之前瞥了一眼她的草稿纸，像是提醒，"你第三步算错了。"

许奈奈愣了一下，连忙翻看自己的演算过程。果然，方程式漏了几个参数，难怪她怎么都解不出来。

"谢……"许奈奈后知后觉地开口，而林汀云已经走远了。

太阳已经完全下山，暮色席卷大地，偶尔有几只鸟划过蓝紫色的天空，风更大了。

许奈奈失神地凝望着林汀云消失在楼梯口的背影，抱紧怀中被他拿过的试卷，夜风与她的心跳齐鸣。

淮宜一中是个主要抓学习的重点高中，对于除了学习以外的活动都抱着应付的敷衍心态。

理论上应该开三天的运动会以"部分比赛项目设备不支持"为由压缩成了两天，其中还有小半天是运动会的开幕式。

四乘四百米男女混合接力赛是最后一个比赛项目，因为其比赛过程刺激，一向是运动会上最大的看点。高二在高一后面比，经过几轮抽签，高二六班是高二年级的最后一组，成了整个运动会最后登场的运动员。

"许奈奈，你真的要报名参加男女混合接力赛？"

"怎么了？"大扫除结束后还有三节晚自习才放月假，突然这么多人围过来，许奈奈有些不知所措。

"看不出来呀，瞧着瘦瘦弱弱的，竟然还能参加这种爆发力强的比赛。"前桌张媛由衷地感到佩服。

程可柠无比骄傲地揽住许奈奈的肩膀："我们奈奈是为朋友两肋插刀！"

班上女生参加运动会实在是不太积极，梁屹只好按照学号挨个儿补齐了比赛项目。许奈奈补上的是三级跳，程可柠则是男女混合接力赛的第三棒。

程可柠虽然曾经是国标生，但跑步实在是差得要命，自从听说这个消息就跟霜打的茄子一样蔫了，结果今天许奈奈突然说她可以替程可柠去跑接力赛。

"许奈奈，你想好要跑接力赛了？"梁屹不确定地问，"我还没交表，来得及换。"

许奈奈点点头："不用换了。"

周围又是一阵倒吸凉气的声音。

"不过，我听说体重越轻的人跑步越轻松，说不定许奈奈就是我们班转败为胜的王牌呢！"

"哎，败什么败，还没比呢！"

"笑话，跟高二一班的一组比赛能进前三就不错了，我听说林汀云跑最后一棒呢。"

"林汀云跑最后一棒？"

许奈奈的眼神不自然地闪动。

梁屹半坐在桌子上挑眉："许奈奈，你以前参加过什么比赛？"

许奈奈犹豫地咽了口唾沫："跳远。"

"跑步类的呢？"

"中考体育考试算吗？"

众人："……"

在一阵沉默中，许奈奈不解地问了一句："林汀云不是没参加过运动会吗，为什么大家都这么看好他？"

这句话仿佛沸水滴入油锅，一下子炸开了花。

"这还需要参加吗？"

"我听说之前体育队的教练想要他跟随校队去省里参加田径比赛，比赛第一名可以获得国家二级运动员的证书，高考能加分，结果被他拒绝了。"

"林汀云还需要加分？再加都要超过满分了！"

"林汀云是没参加过运动会，但他上过球场啊，干拔后仰跳投绝杀，贼秀！"

听到这话的许奈奈忍不住抬头，说话的是个个子矮小、躲在角落里的女生，如果不说话她都没发现那边还有一个人。

或许是女生的第六感，许奈奈想，这个女生应该就是年级群里比较活跃的"温柔的最决绝"。

"赵悦，你说的是上次跟二中的那场林汀云替明炽上的小组赛吧？"马浩顿时激动起来，"没想到你也去看了，这还是我第一次看到大神上场，那么多人围堵都能进球绝杀！"

班上的其他男生也都激动地站起来。

"最关键的是人家打的还是主力，那场比赛很明显对方一直在消耗他的体力，换了三个替补！"

"真没想到林汀云的体力这么好。"

"这种耐力和爆发力别说四百米，八百米都能给你全程冲刺。"

三年一度的全市中学生篮球联赛向来是高中生最期待的比赛，整个高中三年只能碰上一次，进入决赛的校队不仅能为校争光，校队所属学校更是会占用上课时间组织学生去看比赛。因此，所有人都希望自己的学校能进决赛。

"哎，梁屹，你不也是校队的吗，林汀云真没加入校队？"

"你就庆幸吧，这次运动会的篮球比赛他不参加，不然还有我们什么事？"

"一个明炽就把咱们都干趴了，好吗？"

"管什么校运动会呀，林汀云要是能参加校篮球队，我直接投降。"

"张胜，你能不能对得起你的名字？"

"哈哈哈——"

他们口中的那场篮球比赛，许奈奈也知道。发烧的那天，她见到林汀云扶明炽去医务室。

当时林汀云的脸颊因剧烈运动而微红，额间的头发被汗水浸湿，像朝阳之上的白云，少了几分清冷，多了些属于少年的朝气和恣意。

那时的许奈奈并不知道他刚结束一场人人称道的篮球赛，更不知道那只帮她倒过热水的手创造过这么多的传奇。

后来，许奈奈试图通过各种道听途说来拼凑、还原那场比赛的场景。

他干拔跳投是什么样？被很多人围堵后的绝地反杀又是什么样？他在看到朋友被针对后，会露出除了淡然以外的其他表情吗？

"没事，重在参与。"梁屹还是写下了许奈奈的名字，"反正我才是直面大神的第四棒，一起加油。"

"好。"

晚自习铃响后人群四散，郑强拿着教案走上讲台，值日生喊了一声"起立"。

许奈奈跟着全班同学一起喊"老师好"，视线却越过窗户，投向对面的高二一班。

月假过后，许奈奈返校的第一件事就是带着外套去高二一班找林汀云。

"林汀云去首都参加数学竞赛了，过几天才能回来。"门口戴眼镜的男生意味深长地打量着许奈奈。

许奈奈被他扫视得很不舒服，但还是礼貌地回了一句："谢谢，那我下次再来。"

然而不幸的是，许奈奈去高二一班找了林汀云好几次，他都没有回校。高二一班同学们的视线越来越灼热。

许奈奈顶着无数好奇者的视线，捏紧纸袋边缘："同学，你好，我找……"

"林汀云是吧？"还是第一次那个戴眼镜的男生，他意味不明地笑了，"他没回来。哎，我说妹子，你也太执着了。"

"哈哈哈……"此言一出，立马引起走廊上围观群众的笑声。

现在是晚自习的课间，白天年级主任经常巡视，没人敢出来乱逛，但到了晚上，即便是实验班的学生也忍不住出来透透气。

"我……"没想到会被这么多人嘲笑，许奈奈脸色发白，后退几步，"我不是……"

"听说你是从远宁县转学来的，知道盛越中学吗？有些人是你不能接近的。"

"张智，你不要太过分了！"

"哇，你这也太欺负人啦！"

"妹子，话糙理不糙，我们班长……"

突然，围成一圈的人群自动分出一条道。

张智的表情变了："班……班长，我刚刚就是给这个女生讲明风险利害……"

林汀云淡淡地扫视众人。他背着单肩包，双手抄兜，最终停在许奈奈身前："怎么了？"

周遭人登时眼珠都要瞪出来，他们竟然真的认识？

"没……没事。"许奈奈压住颤音，递过手提袋，脑袋快要埋到胸口，"还给你。"

林汀云轻声道："谢谢。"

许奈奈一怔，转身的刹那还是不争气地红了眼眶："不客气。"

随着运动会的日子越来越近，操场上几乎都是训练的人。梁屹也开始组织参加接力赛的四个人趁着晚饭后的空当去操场上训练。

运动会当天，上午八点正式开幕，校领导发言过后就是高二一班的明炽代表全体运动员致辞。

"有什么好拍的？真不明白这群女生的审美，明炽就是个披着羊皮的狗。"程可柠在许奈奈的身后嗤之以鼻。

运动会期间学校默认大家可以带手机入校，因此不少女生拿着手机对准主席台上的明炽拍照、录像，当然还有另一拨人将手机悄悄地对准站在高二一班队尾的林汀云。

许奈奈抬起头，林汀云高挑的身姿闯入她的视线。她很快移开视线，手在兜里握紧了手机。自从那天后，她再也不敢往高二一班的门口看了。

"下面我宣布，淮宜一中 2010 年秋季运动会开幕！"校长终于宣布，台下响起热烈的掌声。

各班同学按照之前规划好的看台分区坐下。

"第一个比赛项目是男子一百米，我要去看林汀云！"

"快快快，他是第三组！"

隔壁班的几个女生结伴往看台下跑，许奈奈犹豫了一会儿，刚准备也跟着去，梁屹突然拿着记录本小跑过来。

"许奈奈，你参加的项目是三级跳远对吗？"

"对，怎么了？"

"快去检录处！"梁屹着急地说，"刚刚组委会突然把跳远换到上午了。"

"现在？"

"对，你快过去，迟到了就取消比赛资格了。"

许奈奈被推搡着跑到三级跳的检录区时，人还是蒙的。

"许奈奈、许奈奈，高二六班许奈奈到了吗？"负责检录的老师叫了好几声。

许奈奈跑得气喘吁吁："到……到了！"

"好，去后面排队。"

"高二七班张青。"

"到。"

"高二八班赵玉。"

"到。"

沙坑和一百米赛道位于操场的南北两端，和这边跳远检录处零星来比赛的几个运动员相比，另一边的赛道旁已经围满了人。

许奈奈站在参加跳远比赛队伍的末端，听到操场上响起发令枪的回响。她下意识地朝围满了人的赛道处张望，隐隐听到高昂的尖叫声。

不知道发令枪响了多少声，许奈奈前面只剩下一个人。

"许奈奈，准备。"

许奈奈回过神："好。"

她收回落寞的目光，脱了校服外套，转而将目光投向沙坑，助跑、单足跳、跨步跳、起跃——

"十一点四七米！"

记分的同学感到惊诧，这是目前跳远的最高纪录。

许奈奈捡起校服外套，又抖了抖鞋里的沙子，问："可以走了吗？"

记分的同学满脸佩服地说："还要签个名。"

许奈奈在成绩后面写了自己的名字，然后头也不回地往一百米赛道那边跑。但她终究是来迟了一步，一百米决赛都已经跑完了。

许奈奈到登记成绩的地方询问："同学，请问你知道高二年级一百米比赛的排名吗？"

穿着红马甲的志愿者说："喏，自己看。"

成绩榜上男子组一百米第一名的名字赫然醒目——高二男子组一百米第一名：高二一班林汀云，十一点四七秒。

是完全碾压式的成绩。

许奈奈看着林汀云的成绩，另一边记录三级跳成绩的志愿者走过来。

那人拿起笔在成绩榜的另一列的第一排写下——高二女子组三级跳：高二六班许奈奈，十一点四七米。

女子组三级跳的成绩刚好和男子组一百米的成绩并列在一行。

"哇，这两个数字一样欸。"

"太神奇了。"

"这不是我们班的吗？"

"许奈奈，你跳远这么猛？"

越来越多看成绩的人围过来，六班的同学对着许奈奈发出赞叹的话语。

许奈奈盯着两个一模一样的数字，按捺住心中莫名的欢喜："运气好罢了。"

休息区没有多少人，毕竟所有比赛项目压缩在两天比完，班上大部分参加比赛的同学都游走在田径场上。

许奈奈去主席台帮程可柠送了一次稿子，折返的路上忽然感觉到小腹有下坠感，她猝然停住脚步。今天是 21 号，她的生理期好像就在这几天。

殷红的内裤敲碎了许奈奈的最后一丝侥幸。她绝望地垫上卫生巾，确保裤子上没有痕迹后走出厕所。她生理期前两天是最难受的时候，没想到这次竟然这么巧，正好撞上运动会。

许奈奈沮丧地坐在楼梯上捂着小腹，连带着太阳穴也在隐隐发痛。明天还有接力赛，他们训练了那么久，总不能因为她一个人掉链子。

许奈奈缓了一会儿，脸色苍白地站起来往医务室走。

戚校医对许奈奈还有印象："脸色这么差，又发烧了？"

许奈奈的耳朵有点儿红："没有，就是来那个了，请问这儿有止痛药吗？"

戚校医恍然大悟："有哇，这几天是运动会吧，你有比赛项目吗？"

许奈奈点点头："嗯。"她怕戚校医指责自己生理期时还剧烈运动，急忙补充说，"是接力赛，队友们都很努力。"

"知道，你们这些小年轻，一个个的最重义气了。"戚校医了然，从药柜里拿出一盒止痛药，"上次来的那小子，我记得你也认识的，叫明炽，之前出车祸导致脚腕粉碎性骨折，去国外养了很久才痊愈。现在是好了伤疤忘了疼，非得说什么要为集体而战，三天两头扭伤脚腕，不听医嘱迟早……"

"戚姐又在说我坏话呢？"

一道张扬的男声传来，医务室的门被推开，紧接着狭小的医务室内充斥着汗味。

"这次可不是我受伤啊。"明炽和另外几个人架着一个脸色痛苦的男生躺到床上，"从看台上摔下来，没骨折，有擦伤，麻烦戚姐帮忙处理一下喽。"

林汀云最后进来，不偏不倚，正好站在许奈奈旁边。

许奈奈把止痛药揣进怀里，心跳陡然加速，呼吸都急促了几分。

床上的男生疼得嗷嗷大叫，是那天在一班门口的张智，送他进来的基本是一班的男生。

许奈奈想到那天的难堪，又觉得好歹认识，不打招呼实在有些欲盖弥彰。

许奈奈故作轻松地问："你没去参加比赛吗？"

林汀云："比完了。"

"我好说歹说才勉强让他同意参加了一百米和接力赛，可把我的口水都说干了，"明炽出声打趣，"哎，戚姐，你看我这次可没上场哦。"

戚校医白了明炽一眼："你最好一直这样。"

张智缓过劲儿，惊讶地说："是你呀，妹子……"后面的话被身边另一个男生瞪回去，张智闭上嘴，小心地瞅了一眼林汀云。

林汀云垂下眼，掏出手机滑动两下："非比赛受伤，班费不予报销。"

"啊——"张智绝望地哀号起来，其他人纷纷窃笑。

男生们勾肩搭背地出了医务室，林汀云依然走在最后。他在柜台上放下几张一百元："戚姐，多的先预存，有一班的同学受伤过来开药，直接扣费就行。"

戚校医正在给人换药，回了一句："行。"

林汀云颔首，许奈奈跟在他后面走出去。

她深吸一口气，赶上去与他并肩而行。她也不知是哪里来的勇气，分明那天还决定再也不要莽撞行事。

"你知道发水的地方在哪里吗？"

这次运动会学校提供瓶装矿泉水，一般都是各班组织同学去搬。

林汀云停下脚步，俯视她："你要去搬水？"

"嗯，我去帮帮忙。"许奈奈被问得心虚，"反正我现在没比赛了。"

早上班级群里梁屹号召大家去帮忙搬水，许奈奈的确报了名。

林汀云沉默了一会儿，给她指路："绕过篮球场，再往左拐，那边有志愿者。"

"谢谢你。"许奈奈腼腆地微笑，"那我先走了。"

林汀云点点头："再见。"

二人分道扬镳。直到身后再也没有其他人，许奈奈停下脚步，闭了闭眼，捂住胸口听着自己急剧的心跳声，林汀云今天穿的是那件黑色冲锋衣外套。

运动会期间每天只上三节晚自习，九点就放学了，然而不幸的是晚上下起了小雨。年级群里大家都在唉声叹气，害怕明天的运动会会因为下雨变成自习课。

许奈奈穿着睡衣，把洗干净的内裤挂在窗户栏杆上，从厕所带出来的卫生巾也卷好放在自己房间的垃圾袋里，等着明天带下去扔掉。

忽然，手机振动了一下。许奈奈打开手机，是一条好友申请——

我是永远的高二六班的梁屹。

许奈奈以为是明天的比赛有了调整，赶紧通过了申请。

梁屹：Hello（你好），听说你今天是女子组三级跳的第一名，看不出来呀，真厉害！

叶子：谢谢。

梁屹：明天接力赛一起加油！

许奈奈用手指撑着太阳穴，想了一会儿，轻轻打字。

叶子：如果明天下雨，运动会是不是就要延期了？

梁屹回复得很快：别担心，不会下雨，我看过《天气预报》。

叶子：借你吉言。

梁屹：嘿嘿，早点儿休息。晚安！

许奈奈退出手机 QQ，头枕在手臂上，向远处眺望。

玻璃窗外面一滴滴雨点凝聚的水柱往下滑落，窗外的香樟树整齐排列，枝叶在夜雨中发出沙沙声。

运动会期间不上早自习，七点半之前到校就行。

许奈奈因为生理期的原因多睡了一会儿，出门的时候杜家人正在客厅吃早餐。

许慧玲围着围裙正在端粥，惊讶地说："奈奈，你今天怎么走得这么迟，来一起吃早饭吧。"

饭桌上的杜梦婷满脸敌意地盯着许奈奈，钱翠英在许慧玲的背后翻了一个白眼，转头就把桌子上的两个鸡蛋揣到怀里，俨然一副防贼的样子。

许奈奈捏住书包带子，咬唇轻声说："不用了，我去学校吃，姑爹、姑妈、杜爷爷、杜奶奶、妹妹再见。"

许慧玲嘱咐道:"好吧,一定要记得吃早饭哪。"

"会的。"

许奈奈踏进电梯时缓缓地松了口气。电梯下行,走出楼道时她微微一顿,抬头看了一眼天空。

乌云密布的天空中终于出了太阳,空气中的尘埃浮动,出现丁达尔效应,一束束阳光争先恐后地钻出云层。

许奈奈到校时,很多同学已经坐到了看台上,阳光慢慢地将整个操场笼罩,有些女生撑起了太阳伞。

上午的重点比赛项目是女子长跑,不少人到操场跑道边围观,看台上零星地坐落着几个人。

许奈奈从包里掏出练习册,她不爱凑热闹,运动会的比赛项目对她来说只有"她参加的比赛"和"她没有参加的比赛"两种区别,不过现在还多了一个"林汀云参加的比赛",但除了下午的接力赛,他的比赛也没有了。

许奈奈把校服外套脱下来罩在头上遮挡太阳,整个人缩在校服里看题目。

运动会前,11月底学校进行了本学期的第三次月考。这次许奈奈进步较大,已经取得班级二十名、年级二百八十七名的成绩。按照一中以往的升学率看,稳住现在的排名,高考保底能考上一所211的大学,但这并不是许奈奈的最终追求。

阳光透过校服在练习册上投下斑驳的影子,赛场上发令枪和此起彼伏的欢呼声成为背景音。

"青春如火,炙热我沉闷的心跳;青春如诗,咏成我隽永的诗篇,青春如蓝天,也如白云,不受拘束,肆意张扬,青春更如今日……"广播里播放着程可柠抑扬顿挫地念加油稿的声音。

许奈奈沉迷于解题,笔尖在草稿纸上不停地演算,直到她听到熟悉的名字。

"飞扬的青春,亦如你在赛场上奔跑的身影,高二一班林汀云!"

"哇!"

"谁呀?"

"直接指名道姓,可以呀!"

看台上、赛道边、操场中心的所有人八卦地往主席台看去，广播声依然连绵不绝。

"晨风唤醒骄阳，你的名字唤醒我的心，我想感受你的喧嚣与热烈，即便无法亲眼看见……"程可柠念稿子的声音一顿，"我也在离你十三公里外的盛越为你加油！盛越中学，万施月留。"

"万施月，哪个万施月？"

"盛越还能有几个万施月？人家和林汀云是青梅竹马，这是人尽皆知的事，好吧？"

"是那个淮大物理系老教授的孙女？"

"人家可是代表省舞蹈队去参加国际芭蕾舞比赛，还得了少年女子组金奖。"

"我之前在校门口见过她一次，估计是来找林汀云的吧，本人真的长得超级漂亮，穿的是高定小黑裙，腿又细、又白、又长，听说她妈妈还是国家芭蕾舞剧院的首席，真的属于是老天追着喂饭吃的天之骄女啊。"

练习册薄薄的纸页被尖锐的笔尖划出一道刺目的长痕，许奈奈维持着握笔的姿势，某种无形的压力从四面八方如潮水般涌来。

她僵硬地掀开校服外套。看台很大，各班学生坐得稀稀拉拉，她一眼就看到了站在看台最上面的林汀云。

分明是阳光璀璨的艳阳天，可许奈奈眼里只剩下令人眩晕的黑白色。冰凉的风吹过脸庞，她额角的碎发挡住凝望出神的眼睛。

看台上的林汀云双手揣兜，穿着那件黑色冲锋衣外套，身形宛若白杨般高挑，矜贵清冷的气质浑然天成。他现在的沉默不语，更像是在默认那位张扬的少女的大胆行为。名牌外套是否再次穿上身，对他来说可能只是随手的选择，而非许奈奈可笑的自我安慰。

广播里继续播放加油词，周遭的空气好像在一瞬间变成浓稠黏腻的液体，许奈奈窒息到喘不过气，小腹骤然传来疼痛感。她恍惚地翻开书包，可此时的一切好像都在跟她作对，越是着急，越是混乱。

哗啦一声，许奈奈觉得浑身忽冷忽热，干脆把书包里的东西全部倒出来。

"你在找这个吗？"止痛药的药盒被梁屹捡起来，"你的脸色很差，要不要去……"

"不用。"许奈奈垂着眼，迅速接过药盒。

"你是不是不方便跑接力赛？"梁屹皱着眉担心地说，"我可以去班上找其他女生顶替，反正重在参与，不一定要得名次。"

许奈奈就着凉水吃下止痛药，冰冷的水温顺着喉管一直到凉进胃里。

寒意醒神，许奈奈眼中的世界被缓慢地重新镀上颜色。

许奈奈把药盒和水瓶放进书包，神色恢复正常地说："我没事，下午能跑。"

梁屹欲言又止。

周围的人议论得热火朝天。

"中午我们再练一会儿交接棒吧？"许奈奈呼了口气，急切地想要逃离这里，"我先去一下卫生间。"

主席台后台，程可柠叉着腰，气急败坏地冲着手机那头怒斥："姓万的，你挺有本事呀，稿子隔着大半个淮宜市都能交到我手上！

"什么？挤掉我继妹的报酬？首先，于嘉礼那么优秀，想跟他搭档演舞台剧的女生能排到 M 国，不是某些人哭哭唧唧就能得逞的，你不要把自己想出风头的理由说得这么冠冕堂皇。其次，作为未来顶流的粉丝还没这点儿肚量了？你少来诬蔑我！

"对，我是答应了帮你，但大小姐您能不能看看时机？别人都是为朋友两肋插刀，你倒好，'插我两刀'！"

程可柠气得不轻，瞥见许奈奈路过，又骂了两句，挂断电话。

许奈奈不小心听到别人打电话，有些尴尬："稿子都念完了？"

"别提了，还好刚刚校领导不在，不然听到那一通发言准得发火。"程可柠将脑袋抵在许奈奈的肩膀上，咬牙切齿地说，"万施月竟然敢摆我一道！"

许奈奈心里一紧："万施月是谁？"

程可柠习惯了许奈奈常年游离在班级八卦之外，默认她刚刚又在刷题，没有听到广播，于是从头到尾详细地讲了一遍："她自己倒是高兴了，完全不顾我的死活！她肯定是记恨我上次在省舞蹈队联欢会演上压她一头。小心眼，活该阿云从来不去看她的演出。"

许奈奈从程可柠的话里大约拼凑出这群人的关系——长辈都是世交，

他们以前都在盛越初中部读书。程可柠学的是国标舞，万施月学的是芭蕾，后来程可柠家里不想让她学艺术，于是她就参加中考，上了一中。

"你是不知道，万施月第一次见到阿云的时候眼珠子都快掉出来了，真没出息！"

"你们不是一起长大的吗？"

程可柠奇怪地说："你说阿云哪？不是，我们高一才认识。我只听明炽说过他爷爷是淮宜人，这些年家里好像一直在首都和国外发展，我也不知道他为什么要回淮宜念书。"

许奈奈愣了一下。

程可柠沮丧地说："唉，我都跟她说过一万次了，对了，你刚过来时看到年级主任了吗？我真怕了，那个人一次能训三小时。"

"没有。"许奈奈敛下眼里的苦涩，轻声安慰，"应该没事的。"

"那就好。"

程可柠亲昵地挽住许奈奈，换了话题："下午你要跑接力赛了吧？别紧张，到时候我……"

许奈奈强颜欢笑，心里某处却好像被捅破了个洞，刺痛感顺着血液循环到四肢百骸，每一口氧气都像被刚从水面浮出来的气泡裹挟，难以呼吸。

运动会上午的最后一个项目在十一点半结束，各班组织学生回教室午休。

高二六班正对着高二一班的那侧窗帘被拉上，教室内光线昏暗，有不少手机屏幕的光亮在桌面下闪烁。

许奈奈双手交叠着趴在桌面上，目光空洞地盯着窗帘的一小丝缝隙，不知道在想什么。

下午的项目从一点半开始，大部分人中午都激动得睡不着，毕竟待会儿就是饱受关注的男女混合接力赛。

许奈奈睡不着，干脆去了趟厕所，回来就被程可柠紧紧地抓住："奈奈，奈奈，你紧张吗？"

教室里人声嘈杂，不少人围了过来。

相比于程可柠的激动，当事人许奈奈倒显得格外平静："我还好。"

梁屹侧头看向她，似乎意有所指："别太勉强，反正重在参与。"

"对！"程可柠挥了挥拳头，"尽力而为嘛，反正今天下午所有的加油稿都是为你们而写！"

"哈哈哈，程大小姐，你这难道不是以公谋私吗？"

"怎么了，我们班加油稿投得多不行吗？"

"哈哈哈——"

班上一大群人打闹着往操场走，程可柠在进入操场后就去了主席台。

大概是止痛药的药效发挥了作用，许奈奈感觉肚子没有上午那么疼了。她脱了外套在旁边热身，身上只剩一件单薄的杏色高领毛衣。忽然，不远处传来一阵喧哗，她下意识地抬头，垂在身侧的手不由自主地揪紧了毛衣的衣摆。

有些人不需要聚光灯，天生就是主角。林汀云刻意摒弃集体活动的行为只会为他镀上更加神秘的色彩，以至于只要稍微崭露锋芒就能引起无数人前呼后拥。

赛道起点围满了观众，耳畔充斥着女生们的窃窃私语。

许奈奈强迫自己撇开眼，接力赛已经开始检录了。

裁判和志愿者清扫赛道，赛道边上拥挤的人群被迫往后一退再退，赛道上只剩各班参加接力赛的运动员。

"第一组，高二二班，张倩……"裁判开始点名，运动员按照分组站成五个队列，"第五组，高二一班，宋佳、明炽、方小芙、林汀云。高二六班，张媛、马浩、许奈奈、梁屹。高二八班……"

一班和六班分别是第一、第二跑道，两个班的运动员候场时自然站在相邻的跑道。

"嘿，兄弟，你也参加接力赛呀？"明炽敞着校服外套，两条腿一屈做着赛前准备。梁屹和明炽都在校篮球队，两人一起打过不少比赛，彼此还算熟悉。

"腿怎么样了？"梁屹边压腿边问。

"问题不大，"明炽耸肩打趣，"待会儿我可不会放水哦。"

梁屹不动声色地看向正在神游的许奈奈，笑了："当然。"

两人攀谈了一会儿，马浩也加入他们的聊天："明哥，篮球联赛我们学校能不能进决赛可看你们了。"

明炽挑眉："小事。"

马浩大笑："哈哈哈，要不是我高一的时候身高不够进校队，怎么都是要拼上一拼的！"

"现在还来得及。"

"真的吗？"

几个男生从运动会聊到明年的篮球联赛决赛，其间明炽明里暗里地惋惜林汀云死活都不加入校队。

"但我还是把他当替补报上去了。"明炽不羁地挑眉。

林汀云瞥了明炽一眼。

明炽笑着捶林汀云一拳："到时候主场可是在盛越。阿云，你难道不想在他们的主场血虐他们吗？"

林汀云本来懒得搭理明炽，但还是说了一句："别拿我当幌子。"

"哈哈哈……"

发令枪响了两声，第二组已经进行到了第三棒。

许奈奈自从听到"盛越"两个字后就开始觉得浑身难受，后背好似覆了层毛刺，每呼吸一下都感到刺痛。

第四组的最后一名过了终点线，裁判吹着口哨招手："第五组准备。"

看台上的人们都站了起来。

"到了，到最后一组了！"

"林汀云是最后一棒，这场比赛还有悬念吗？"

"我还是支持我们高二六班！"

"加油！加油！啊啊啊——"

跑第一棒的四个人上了赛道，裁判高举发令枪，啪的一声，四个女生瞬间冲出起跑线。

不得不说，六班的第一棒张媛短跑十分厉害，一开始就跟第二名拉开了小半圈的距离。其余三个人紧追了大半圈，张媛始终保持第一，马浩兴奋得摩拳擦掌，成为第一个跑出去的第二棒。

随后，第二棒的三个人接连跑出，明炽不紧不慢地压了压腿，接过第一棒，转身就从最后一名往前面赶超。

"明炽好帅！啊啊啊——"

"第二了，第一了！"

第三棒的运动员陆续上了跑道，许奈奈深吸一口气。

"别紧张，尽全力就好。"梁屹宽慰她道。

"嗯。"

林汀云近在咫尺，许奈奈鼻尖微酸，失去了之前自然地和他打招呼的能力。

明炽从最后一名追到第一名，与第二名的马浩拉开几十米。一班跑第三棒的女生跑出去一段距离后，许奈奈终于拿到接力棒。风突然变得凛冽，她下垂的高马尾在一瞬间拉成直线。

"许奈奈，加油！高二六班，冲啊！"

主席台上的程可柠拿着话筒站起来，加油稿全部抛到脑后，广播里只剩"高二六班""许奈奈""加油"几个词。

许奈奈似乎听到有很多人在叫她的名字，可周围的世界好像罩上了防护罩，呼吸愈渐沉重，胸口因急速奔跑而逐渐憋闷不止。她的脑海中又想到明媚少女毫不避讳的广播词，以及林汀云毫不在意的纵容。她的眼眶被风吹得发涩，几乎快要落泪。

"啊啊啊，要反超了！"

"冲啊！"

许奈奈与第一名的距离逐渐缩短，终于，在一个弯道她与一班的女生并肩了。

"这女生长得可以呀，以前怎么没在学校见过？"终点处已经跑完的男生嬉笑着聊了起来。

已经跑到对面的少女穿着毛衣，隐藏在宽大校服下的曲线再也遮挡不住。

"你们肯定没见过呀，六班的，"张智瘸着腿，笑意暧昧，"今年刚从远宁县转来的。"

"有人去六班帮我要个 QQ 吗？"

"人家哪里能看得上你？"

"别看她那么瘦，跑起来简直——"

"适可而止！"

张智调笑的话被猝然打断。

林汀云收回冷淡的目光往跑道走，脱下黑色的冲锋衣外套，露出里面纯白的高领毛衣。

就在此时，遥遥领先后面的人半圈的两个女生，在跑到最后一百米冲刺的转弯处忽然撞在了一起。

林汀云抬眼，停下脚步。

仿佛是被利剑穿透腹部的剧痛，许奈奈灰头土脸地在地上滚了两圈，接力棒掉到不远处，她的大脑宕机了几秒钟。

一班的女生个子只到许奈奈的胸口，并排时胳膊肘刚好重击在她的小腹。

一班的女生也没好到哪儿去，粉色的卫衣沾满泥土，狼狈地爬了好几下都没站起来。

"天哪，许奈奈！"

"方小芙！"

四面八方传来惊呼连连，田径场上一瞬间涌去越来越多的人，程可柠直接从主席台跑了下来。

先缓过神的是许奈奈。她艰难地看了一眼后面马上要追上她们的第三名和第四名，缓慢地爬起来捡起接力棒，顺便拉了一把方小芙。

"你……"方小芙惊愕地瞪着眼睛，跟跄几步，很快跑到了十米开外。

一切发生在一瞬间，那些要上来扶人的同学甚至还没跑到两人身边，她们就已经又跑了起来。

许奈奈紧咬牙关，高速奔跑被迫打断后的重启很不好受。

她开始摇晃，分明只想看准梁屹的位置，第一眼却望见了那抹高瘦挺拔的影子。

风吹过许奈奈的耳侧，像是刀削过一般，四肢和受打击的腹部十分疼痛。许奈奈感觉自己不仅下面在流血，呼吸时都尝到了铁锈的味道。

越过接力线的刹那，许奈奈散乱的长马尾因惯性扫过侧脸，她下意识地侧望，周围的一切突然变成电影里的慢动作。

许奈奈的身上满是灰尘和泥土，头发也散了一半，隔着飞扬的发丝，她与林汀云的目光在半空中碰撞。

许奈奈在跑第三棒的人中是第一个交接的，没过多久，方小芙也到了终点。

电光石火间，许奈奈看见红色的接力棒在林汀云手上猛地划出半弧，紧接着耳边一道劲风刮过，白衣少年如一支脱弦的箭穿透虚空。

"林汀云！"

"他追上梁屹了，这才四分之一的距离！"

"我不管，高二六班就是最厉害的！"

"班长加油！"

此起彼伏的加油声响彻操场，混乱中根本分不清到底是谁在呐喊。

许奈奈双颊通红，大口地喘息着，瞳孔紧紧地随着林汀云的奔跑而移动。

少年的长腿在急速奔跑下快成残影，他已经领先梁屹一百米了。

"奈奈，你没事吧？"程可柠急忙上前扶住要倒下的许奈奈，另一边的方小芙也被一班的女生们架住。

"天哪，脸上都蹭破皮了！快送去医务室！"

志愿者、同班同学和裁判老师全部围上来，几个人把两个受伤的女生送到医务室。

离开操场时，许奈奈下意识地回头张望。遥遥领先的白衣少年率先冲过终点线，全场沸腾起来，学生们迅速形成包围圈。随即，她再也看不见他的身影。

戚校医早就习惯了运动会期间各式各样的伤员，但看到她们还是连连叹息："你说你们两个女孩子怎么搞成这样？"

方小芙脸上破了相，所幸伤口不深，不会留疤。许奈奈倒是没什么明显的外伤，可一撩开衣服，胳膊肘、膝盖、小腿上布满了深浅不一的瘀青。

戚校医拿出药酒给许奈奈擦拭，看到她干裂的唇瓣和苍白的脸色，皱眉道："痛经还这么拼命，知道的是说你在参加运动会，不知道的还以为你在参加奥运会呢！"

"奈奈，你来例假了？"程可柠惊讶地说，"那你还跑接力赛？"

"没事，我吃过药的。"许奈奈不太想提这个话题，"你们还是给她看看吧，别留疤了。"

方小芙想到自己刚刚那一下肘击，愧疚得要命，更何况许奈奈还在接力赛时拉了自己一把："我还好，你疼不疼啊？"

许奈奈缓了会儿，把衣袖放下去："还行。"

医务室的大门被打开。

涌进来一大群人，大多是一班和六班的人。

梁屹焦急地赶过来。他刚跑完最后一棒，还在大口地喘息："奈奈，你怎么样了？"

异性突兀地靠近让许奈奈本能地后退："我没事，那个女生脸伤得比我重，看看要不要去一趟医院？"

方小芙蒙了："不是，你……"

那天在一班门口的难堪始终是许奈奈心头的阴霾，眼看着医务室里越来越多一班的同学，她迫不及待地转移话题："我可以回教室了吗？"

戚校医："行，把药酒带着，还有跌打损伤的药膏，这几天伤处别沾水。"

"好。"许奈奈点点头，程可柠扶她去拿药。

医务室的门再次被推开，许奈奈眼前猝然被阴影笼罩，男生清冽的气息自身上散发出来，还残余着剧烈运动后未消散的热意。

方小芙一下子站起来："班长！"

她的嘴有些笨，明明是自己理亏，可现在不知道怎么就稀里糊涂地成了这个样子。

林汀云的臂弯上搭着黑色外套，额间的碎发被汗水浸成一缕一缕的："摔得严重吗？"他俯视着许奈奈，"有没有伤到骨头？"

许奈奈愣愣地摇头："没有。"

林汀云看向戚校医。

戚校医立马了然，将许奈奈和方小芙受伤的情况大致说了一遍："都没大事，运动会结束了好好休息，按时涂药，伤口别沾水，过几天就好了。"

林汀云点头，对戚校医说："许奈奈的医药费算在我们班上。"

这是他第一次叫自己的名字，出乎意料地好听。

许奈奈有些心跳加速："算了……"

"应该的，应该的，"方小芙终于找到机会讲话，"要不是我太想跑快点儿，也不至于撞到你的肚子，特别是你还拉起我，真的蛮过意不去。"

梁屹说："竞技类项目偶尔受伤是正常的，毕竟大家都想为班级争光，但是友谊第一，比赛第二。"

方小芙点头如捣蒜："嗯嗯！"

两个班就此达成和解，好在从始至终没人提及许奈奈的"不自量力"。

许奈奈被程可柠搀扶着爬上五楼，梁屹一路跟在后面，目光里充满了担忧。

"你真的没事吗？"落座后，梁屹折回来低声问。

许奈奈心不在焉地说："没事。"

梁屹沉默片刻，宽慰地说："你今天跑得不错，如果不是我后面没保持住，我们就是第一名了，回去好好休息。"

"谢谢。"

运动会的最后一天也是提前一节晚自习放学。

许奈奈拒绝了程可柠送她回家的提议，到家时还不到九点半，本来有点儿担心会遇见杜家人，可家门打开，里面一片漆黑。看到一个人都没回来，她松了口气。

嘀嘀——口袋里的手机振动着，许奈奈回到房间拿出手机，看到淮宜一中的年级群内，大家正在讨论林汀云。

LTY 的甜心：求林汀云今天比赛的照片，有偿，一张五百元。

淮宜亚瑟王：不是骗子吧？

LTY 的甜心：盛越等你。

迪迦最强：真是盛越的万大小姐？怎么进我们群的？

别哭，皇冠会掉：美女做事，无需解释。

雷欧永远的王座：这也太财大气粗了吧！

怀念你的致命温柔：图这不就来了。

温柔的最决绝：我也有，我也有！

温柔的最决绝：怎么拍都很帅，三百六十度无死角！

年级群里的消息一条接一条，疯狂刷屏，许奈奈微微失神。

无论是白天那篇加油稿，还是现在群里的信息，那位她从未见过、一直存在于别人赞叹中、家世好、长得好的万大小姐，只不过动个手指，就将一中搅得风起云涌。许奈奈几乎能想象到对方是怎样一个自信发光且敢爱敢恨的女孩儿。

她自虐般地点开"LTY的甜心"的主页。

用户昵称：LTY的甜心。

个性签名：我只为你丢盔弃甲。

手机仍在振动，她的瞳孔倒映着屏幕上不断闪动的光亮，身体的摔伤处隐隐作痛。

老式手机不支持查看图片，冰冷的汉字仿佛一道屏障，将许奈奈无情且冷漠地隔离在另一个世界。

许奈奈觉得呼吸困难。她闭上眼喘息着，良久，放下手机，拿好换洗衣物去浴室。为了节约水电，她洗漱向来很快，对着镜子涂完药后，许奈奈忍着伤口的刺痛，穿好睡衣。

砰！门突然被打开。许奈奈刚走出浴室，被吓了一跳。

啪嗒一声，吊灯亮起来了。

钱翠英尖锐的声音在客厅里回荡："兴宏，我早就跟你说娶烟草厂副厂长的女儿，你看哪家媳妇跟她一样，在家里白吃白喝上不了班，还连个儿子都生不出来！我花大价钱买能生儿子的药给她补，她倒好，不喝就算了，还埋怨起我来了！"

杜兴宏无奈极了："妈，您说您何必呢？我们都多大年纪了，这么多年不都……"

"没有儿子就没有根，我们老杜家要绝后了！"钱翠英歇斯底里地喊道，"可怜你妈我一大把年纪还跟着别人在外奔波，就为了给你媳妇弄这药，她还怪我乱花钱！"

"妈，我没怪您，"许慧玲无力的声音响起，"这药很明显就是骗人的。"

杜老爷子没主见，被钱翠英带着听人忽悠，买了几千元的"生儿子良药"。

钱翠英使劲地拍着桌子："什么骗子？隔壁的老太太说家里的儿媳妇就是喝了这个药，立马生了个大胖小子！这么多年要不是我儿子养你，你能住在这么高档的小区？我看你就是看我花钱心疼了。天可怜见，我一个老婆子操了半辈子心，老了还要被儿媳妇嫌弃。你也不看看你自己什么样？要是没有我儿子，你还在农村跟你那个不争气的混球弟弟种地，现在天天倒贴娘家就算了，竟然把侄女都弄到我们家白吃白喝，还给她买衣服——"

"妈！"

啪！玻璃杯四分五裂。

许奈奈骇然后退，可四散的玻璃碴还是划破了她的脚腕。

室内安静下来了，几道视线转过来。

许慧玲的脸色变了，她快步走过来："奈奈，你今天怎么这个时候就回来了？"

家里大概没人注意到她这几天因为运动会的原因比以往回来得早。

"回来得好，我刚想说篮子里的土鸡蛋少了几个，肯定是你拿的吧？"钱翠英咬牙切齿，手指指向她，"农村人就是农村人，爸爸不是个好东西，闺女也只会偷鸡摸——"

许奈奈被许慧玲捂着耳朵推搡进小房间，砰的一声，门板合上，谩骂声被隔绝在外，小隔间内安静得只能听见姑侄俩的呼吸声。

"我没有偷……"

许慧玲转头看见瑟瑟发抖的许奈奈，心一下子就软了："怎么穿得这么少？"

许奈奈被吓到，连外套都没来得及穿。

"奈奈，你杜奶奶肯定是记错了，姑妈知道你不会乱拿东西的。"

许奈奈垂头咬唇，一件羽绒服被塞到她的怀里。

许慧玲轻松地笑了笑："今天逛街，我一看这件鹅黄色的羽绒服，就觉得很适合你，那几件破了的毛衣和棉袄不保暖，别穿了。还有，这是给你爷爷和奶奶买的补品，今年姑妈不能回去过年……"

小床头柜上放着几个包装袋，应该就是钱翠英刚刚骂骂咧咧时提到的"倒贴"。

许慧玲看见许奈奈手里拎着湿答答的内衣和内裤，又是一阵心酸："内衣、内裤都放到阳台上晒吧，这儿太阳少，女孩子的内裤滋生细菌会得病的。"许慧玲温柔地摸摸她脑袋，"今天的事别告诉你爷爷和奶奶。"

对于农村的孩子来说，过冬大都是穿厚重的棉袄，羽绒服算得上是奢侈品，许奈奈的棉袄已经穿了许多年，里面的棉花已经成坨，到了不保暖的程度。

许慧玲尽可能快地嘱咐完，然后走出隔间，随着门被打开，客厅里钱翠英的谩骂短暂地钻进许奈奈的耳朵里一两句。

许奈奈抱着蓬松的羽绒服站了很久，脚腕被割破皮的地方沁出血丝。隔着卧室门，她听不清外面的大人们具体在吵什么，她只知道，冰冷、空旷的客厅里，婆媳之间越发深邃的沟壑，今天因为她再次加深。

手机屏幕再次亮起来，年级群里还在疯狂地讨论林汀云和万施月的往事。

许奈奈的睫毛扇动，她狠心地想关机，手指却抖得厉害。

叮咚，屏幕又亮了一下，这次是短信。

中国移动：尊敬的许奈奈女士，今天是您的生日，一个值得纪念的日子，中国移动与您长久相伴，恭祝您生日快乐，阖家安康。

刹那间，许奈奈的瞳孔放大。大脑紧绷许久的弦好像突然断掉，胸腔仿佛猛地升起一串酸涩的气泡，尖锐刺激的气体直冲脑门。

她涌起落泪的冲动。

Chapter 03
大冒险

后来的几天，许奈奈按部就班地上学、放学，就好像那天的事情没有发生过。

楼下的公示栏张贴着这次比赛的个人和团体名次。

"我们班这次接力赛竟然是第二名！"有人冲上来汇报。

十八个班接力赛分了五组，最后按时间计算排名。

"一班那么猛，我那天看着就害怕。"

"我还记得那天许奈奈爬起来的样子，真像个女战士！"

许奈奈拿了个人三级跳一等奖，高二六班拿了接力赛团体第二名。

经过这次运动会，许奈奈在班上的存在感突然高了起来，大家都从心底记住了这个温柔又坚毅的女孩儿。

12 月 31 日上午，程可柠向许奈奈发出邀请："奈奈，今天下午放假，晚上要不要一起去跨年？"

今年的最后一天是周五，刚好也是月假的第一天。

许奈奈以为和程可柠跨年的都是她那个圈子的人，于是拒绝道："你的朋友我都不认识，还是算了吧。"

程可柠趴在桌子上，斜马尾贴着脸，眼睛弯起来："都是我们学校的人，其实也算是我们班和一班的联谊啦！"

许奈奈愣了一下："和一班的联谊？"

程可柠连连点头："对呀，你不会不知道我们班和一班是兄弟班吧？"

郑强是六班的班主任，同时也教高二一班的数学，这种关系的两个班会被称为兄弟班。

虽然有一个是实验班，但两个班的关系不错，在许奈奈转校前也曾组织过春游等活动，当然这其中不乏郑强希望六班学生朝一班看齐的心愿。

"我知道。"许奈奈忐忑地问，"是所有人都会去吗？"

"也不是，自愿的啦，但大部分人都不会拒绝，毕竟难得出去玩一次嘛。"程可柠只当她要拒绝，连忙说，"奈奈，你别告诉我你今晚还要回去刷题！"

几分钟前，许奈奈确实是这样想的。她犹豫着问："放学就走吗？"

她这算是默认要去了。

"晚上七点在'玉林君记'集体聚餐，今晚零点在长江大桥上有跨年烟花。"程可柠俏皮地眨了眨眼，"回去换身好看的衣服，这破校服我是一天也不想穿了！"

每年的最后一天，长江大桥两侧都会有烟花秀，许奈奈以前在县里时也听说过，却从来都没有真正看到过。淮宜一中在市中心，离长江大桥不远，所以两个班协商后把聚餐的地点确定在"玉林君记"。

程可柠神秘兮兮地从抽屉里拿出一个小礼盒："当当当——提前送你的新年礼物！"

许奈奈受宠若惊："礼物？"

"是啦，和我这个是一对，好姐妹就要戴姐妹款！"程可柠指了指自己头上的 X 形发夹，"对了，我们俩今晚早点儿去，商场的一楼有大头贴机，我们一起去拍照。"

许奈奈小心翼翼地捧着礼盒，点点头："好。"

许奈奈从小内向，没什么朋友，后来因为家庭原因受人排挤，更是没人愿意和她走得近，来一中后她才逐渐知道，原来自己也可以拥有朋友。

上午的课程结束后，大家如火箭般快速逃离学校。许奈奈没有直接回家，而是去了学校隔壁的书店。

书店最外面摆满了新出的杂志，其中最显眼的就是当下最火的漫画杂志，很多穿着校服的学生都围在摊前看。

许奈奈记得程可柠也在追这个漫画，她有好几次看到程可柠和班上的女生因为男主究竟是谁的问题争执不休，以及一群女孩儿边哭边大声念着台词。一起讨论漫画剧情好像是女生之间最好的友谊黏合剂。

许奈奈买了最新一期的杂志后骑车回到家里。

许慧玲上次给她买的羽绒服她一直没舍得穿。她换上新衣服，选了条大红围巾系上，扎起高马尾，将程可柠送她的发夹别在耳侧。

镜子里的少女额头光滑白皙，几缕扎不上去的碎发安静地贴在耳边，大红色的围巾和鹅黄色的羽绒服形成暖系撞色。

自从来淮宜的第一天被杜梦婷嘲笑双麻花辫后，她一直梳着素净的马尾发型，今天还是第一次戴上有颜色的饰品。

许奈奈看着镜子里显得有几分局促的自己，长长地深呼吸，带上手机出了门。

程可柠早早地就到了商场。她穿着收腰短款的杏色棉服，长靴短裙，仿真的肉色丝棉袜裹着两条细长腿，斜刘海，斜马尾，耳侧别着和许奈奈一样的发夹。

大头贴机外有很多人在排队，程可柠远远地就看到许奈奈。

"这里，这里！"

许奈奈走过去，程可柠围着她转了一圈，惊叹着道："果然校服封印颜值，奈奈，你真的很好看！"

所谓一白遮三丑，许奈奈是典型南方女孩儿温婉清纯的长相，加上皮肤好，在人群中便显得亮眼。

许奈奈被夸得耳朵发热："你也很好看。"

这倒不是许奈奈客气，程可柠的长相偏明艳，瓜子脸，双眼皮，笑起来还有两个酒窝，相比于许奈奈温和的五官，她的轮廓更加分明，许奈奈第一次见到她，就觉得她是自己见过最好看的女孩儿。

程可柠挽住许奈奈的手，笑嘻嘻地往前走。不一会儿，就排到了她们照大头贴。

许奈奈从前没接触过这些，开始还有些不自在，后来在程可柠的带领下，操作越来越娴熟。

"真好看哪！"程可柠取出打印出来的大头贴，递给许奈奈一份。

许奈奈摸着残留着打印机余热的大头贴，感觉自己的心也暖了起来。

"可柠，这个送给你。"许奈奈拿出在怀里揣了很久的杂志，"我也不知道你喜不喜欢。"

程可柠看到杂志的封面就开始双眼发光："你怎么知道我喜欢这个？"

许奈奈腼腆一笑："之前听你说过。"

说到这儿，程可柠来了劲头："我跟你说，这个漫画超级好看，我买了全册，你如果入坑，我可以都借给你。我最喜欢……"

两个女孩儿一边聊天，一边逛街，直到快要七点才往"玉林君记"走去。

商场的三楼是餐饮，许奈奈和程可柠到的时候已经有不少人都来了。

两个班来联谊的人加起来八十多人，索性就直接包了个场。

许奈奈看到六张大桌子，叹为观止地说："你们以前也这样聚会的吗？"

看起来像极了在吃席。

程可柠笑了两声："以前都是春游，爬山的时候还真没觉得有这么多人，不过人多也热闹。来来来，我们坐这里！"

程可柠拉着许奈奈坐到最大的那张桌子旁边。许奈奈刚想说要不换成角落里的桌子，门口乌泱泱地又来了一群人。

"你们终于来了！"

不知是谁叫了一声，许奈奈的脊背一僵，她下意识地抬头。

来的是梁屹，他后面还有马浩等一群六班的人。

许奈奈的腰背登时放松下来。

两个班的人陆陆续续落座。

程可柠捧着杂志看漫画的最新更新，激动时还要拉住许奈奈的胳膊疯狂地摇晃。许奈奈被扯得头晕，直到方小芙凑过来，程可柠和方小芙一起尖叫，她才勉强得到解放。

"少看点儿少女漫画吧。"程可柠的斜马尾突然被人揪住，明炽吊儿郎当地靠着椅背。

"你不要揪我的头发！"程可柠怒气冲冲地说，"什么少女漫画？这是热血战斗漫画！"

"是吗？"明炽挑了下眉，"有什么好看的？"

程可柠气极反笑，学他讲话："是呀，有什么好看的，反正——这世界上是没有奥特曼的！"

明炽冷笑着道："程可柠，你完全不懂什么是光！"

"是吗？我八岁的小表妹都知道奥特曼是你们这群中二少年的臆想，哟——"

头发被猛地一拽，程可柠唰地一下站起来。

"明炽，有本事你给我站住！"

"哈哈哈，程可柠，你像个炸毛狮子王。"明炽爽朗地大笑出声，被程可柠追着满大堂跑。

许奈奈撑着下巴听他们打闹，目光移到空荡荡的大门口。人基本上都坐齐了，他没有来。

她说不出心里是什么滋味，明明是意料之中，但仍然有几分不自量力的落寞。

"玉林君记"是一家湘菜馆，口味偏重，菜香浓郁。

"班长来了！"嘈杂的大厅被这声高喝弄得安静了一瞬间，然后骤然炸开锅。

"我还以为班长不来了。"

"年级第一降临，今晚的跨年夜是在冥冥之中指引我明年成绩的走势吗？"

"少做梦吧！"

"坐这儿，我们这桌还有位子。"

林汀云扫视一圈，视线落到许奈奈所在的桌子，许奈奈的心脏骤然收紧。

明炽给林汀云拉开了座位。林汀云从许奈奈身后走过，她似乎感受到一股带着寒气的冷冽气息很轻地掠过。

林汀云坐下，他和许奈奈之间隔着程可柠和明炽两个人。

明炽很显然对这种局面游刃有余，在他的带动下饭桌上的气氛越来越高涨。

许奈奈静静地在角落吃菜，眼角的余光时不时地往林汀云的方向瞄。

林汀云穿着纯白色的羽绒服，黑色的围巾被取下搭在椅背上。他很少说话，握筷子的手指修长，动作慢条斯理，明明是一群人的聚餐，却仍然有种不染尘埃的矜贵。

"我们来玩真心话大冒险吧！"饭局到了后半段，马浩突然站起来大喊。

"可以呀。"明炽懒散地靠着椅背，"输了的人真心话和大冒险二选一，如果都不想选，就喝一杯大家特调的饮料，怎么样？"

"好。"

"我觉得不错。"

"那玩什么游戏呢？"

"逛三园怎么样？"梁屹提议，顺便解释游戏规则，"比如从我开始，我说蔬菜园，那么下一个人就要说蔬菜中的一种，动物园就是动物中的一种，以此类推，一直往下接，犹豫三秒钟或者说出来的东西和前面的人重复都算输，能懂吗？"

"能。"

"可以。"

"那从我开始吧。我们今天逛三园。"

"什么园？"

"水果园。"

"苹果。"

"香蕉。"

"梨子。"

一个人接一个人，跟开火车一样，许奈奈还没反应过来，就轮到了自己。

"三、二、一！"

"许奈奈，你输了！"

"真心话还是大冒险？"

"哈哈哈，你们过分了呀，欺负女生？"

许奈奈感觉无数道视线落在自己身上，她头皮发麻："真心话吧。"

"真心话？"坐在对面的张智拿出手机查百度，"让我来好好找一找，一到十，你选哪个？"

"三吧。"

"真的？"张智突然提高音量。

旁边的人立马凑过去，露出暧昧的笑容："确定吗？"

许奈奈哪儿还有心思在乎他们的脸色，僵硬地点头："嗯，确定。"

"哈哈哈，请问这位同学，你的初吻还在吗？"

"哇，张智，你故意的吧？"

"喂，你们注意点儿影响！"

"有些人是不是假借游戏问自己的真心话呀？"

或许是之前的调侃被林汀云打断过，这次张智倒不敢乱说话："什么呀，你们看百度出来的就是这些问题，她自己选的三！"

真心话大冒险本来就是图刺激，和百度上的其他问题相比，这个问题已经属于很保守了。

许奈奈的耳朵红得仿佛在滴血，连眼角的余光都不敢往林汀云的方向瞄。她小声地说："在。"

"哦哟——"

"干吗，人家本来就是乖学生，这很正常好吗？是你们自己的思想龌龊！"

"哈哈哈……"又是一阵哄笑，大家很快进入下一局。

许奈奈坐得端端正正的，再也不敢分神，脑子里的弦绷得比考试还要紧。

"今天我们逛三园。"

"什么园？"

"大洲园。"

"亚洲。"

"欧洲。"

"非洲。"

"北美洲。"

"南美洲。"

"大洋洲。"

"南极洲。"

最后一个人高声说完，所有人的视线像聚光灯一样汇成一点。

林汀云抬眼，眉尾很轻地挑了一下。

明炽忍不住调侃："啧，你这是什么眼神？快选，真心话还是大冒险？"

地球上只有七大洲，刚刚的顺序走下来，林汀云刚好是第八个人。

林汀云往后靠上椅背："大冒险。"

"好不容易逮住班长，我可不客气了！"张智拿出手机，"一到十，选哪一个？"

"三。"

"真的，不换了？"

"嗯。"

"那么班长——"张智拖长尾音，憋笑憋得肩膀直颤，"请你拥抱右手边第二个异性三十秒。"

"班长右手边的第二个异性是许奈奈。"

"张智，如果你这次不是故意的，我把名字倒过来写。"

"真没有，你们自己看。"张智被冤枉得直跳脚："班长，你不会是输不起吧？"

"少来激将法，我们班长才不是那么没品的人。"

周围的起哄声越来越大，炙热的、揶揄的、看戏的……无数视线来回在两个人身上扫视。

刺啦——就在许奈奈恨不得找个地缝钻进去时，椅子拖动地面的声音骤然响起，林汀云站起身。她恍然抬头，呼吸凝滞。

一下、两下……逐渐逼近的脚步声仿佛敲打在她的耳膜上，许奈奈心跳如雷。

好整以暇的明炽终于感觉到自己玩脱了，他伸手抓了个空："阿云。"

"来真的呀？"

"不是吧，不是吧！"

…………

许奈奈缓缓地抬起僵硬的脖颈，对上林汀云一如既往的清冷无波的眼神。他身上有种很淡的、不知名的香味，手臂越过她的头顶时留下一阵微风。

林汀云拿起她身后箱子里没开封的饮料罐，递给明炽。

"喝特调的饮料，可以吗？"林汀云的声音平静。

"嗐——"

"云哥，你早说呀，我还以为你真的准备抱人家呢！"

周遭一阵唏嘘。

明炽松了口气，恢复成慵懒的模样，挑眉道："那我可要亲自调了，可不能轻易放过你！"

"要我说多加醋！"

"还有酱油！"

………………

林汀云没有犹豫，接过那杯被调得颜色怪异的饮料一饮而尽。

许奈奈的瞳孔瞬间放大。

"班长这么猛的吗？！"

"我要录视频，万大小姐这次起码要翻倍加价了！"

少年吞咽时喉结上下滚动，唇边溢出的液体滑过透着青筋的脖颈。他轻咳几声，清冷的眼底蒙上一层轻雾。

许奈奈立马抽出纸巾递过去。

林汀云用纸巾抵住嘴唇，声音喑哑地说："多谢。"

"真的都喝了呀？"

"我们班长敢做敢当好吗！"

"真男人哪！"

欢呼声快要穿破天花板，起哄的声音一浪接着一浪，另外几桌的人甚至都站起来往这边张望。

林汀云的指腹擦拭了一下唇角，狭长的眼尾在这个动作的映衬下多了几分轻佻。

许奈奈感觉热闹的背景在此刻全部被虚化了，她感受不到餐厅里的热烈欢呼，就这样呆呆地望着他，黑白分明的眼睛在明亮的吊灯下微微颤动。

清冷的云好像在某一瞬间沾染了尘世的浮嚣。

短暂的停顿后游戏的气氛更加热烈。

"张智，终于到你输了，真心话还是大冒险？"

"真心话，选七！"

"真的吗？哈哈哈……"

"别废话！"

"马浩，又到你了，真心话还是大冒险？一到十，快选！"

"大冒险！"

"请你绕桌子跑三圈并大喊'我是笨蛋'！"

……

轮过几巡，一次比一次激烈的真心话大冒险将气氛烘托到顶峰。

许奈奈从最开始的不熟练变得越发游刃有余，在保证不被惩罚的同时，眼角的余光始终关注着不远处的林汀云。

林汀云解开了纯白色的羽绒外套，里面是一件黑色中领毛衣，一缕红霞从脸颊蔓延到耳根，似乎将侧颈的青筋都覆上了淡红色。

许奈奈看着林汀云的样子，突然觉得不太对，拿过桌上的饮料，果然配料表上显示含有酒精，估计是刚刚点的时候没有注意。她连忙提醒大家不要再喝了。

幸好这饮料是后来点的，大家还没喝太多。但看着林汀云和程可柠的模样，估计这两人已经"中招"了。

趁着气氛热烈，没人注意自己，许奈奈借口去洗手间，下了商场三楼。

此时已经十一点多了，夜里的风凉得刺骨，树叶被刮得唰唰作响。

许奈奈拢紧围巾跑到便利店买了两盒热牛奶揣进怀里，回去时同学们已经陆陆续续地从"玉林君记"走出来了。

"你别扶我！"程可柠打掉明炽的手。

下一瞬间，明炽再次扶住程可柠的胳膊："懒得说你，感觉到不对还喝？"

谁也没想到那饮料里居然含酒精，偏偏程可柠还喝了好几瓶。

"你什么意思？我要跟你妈说……"

"有些人最好自己先站稳再说。"

"我这么美丽善良、可爱大方的女孩子，你怎么忍心骂我？！"

"好，那么请这位美丽善良、可爱大方的女孩子先松开我，好好坐下，可以吗？"

明炽的腿撑着自行车，抬起手臂按住程可柠被风吹飞起来的小短裙。

许奈奈突然觉得自己似乎不该出现在这里："我刚刚买了热牛奶，给她暖暖吧。"

明炽笑了一声："她乳糖不耐受，喝不了牛奶，谢谢你呀。"

许奈奈一愣："这样啊，我之前不知道。"

明炽摆摆手，跨上车，后座的女孩儿一下歪倒在他的后背上："没事，快骑车吧，不然赶不上零点跨年了。"

许奈奈点点头。她没有自行车，梁屹提议带她，但被她拒绝了。好在有的人也不小心喝了那饮料，骑不了车，空出一辆借给她。

冬风萧瑟，少男少女们逆着寒风骑行。

如果此时能有一架无人机在城市上空俯瞰，将会看见一支极其庞大的车队驶向长江大桥。

梁屹和六班的一众男生在最前端开路，许奈奈刻意放慢速度，和留在后面断后的林汀云保持着恰到好处的距离。

"到啦！"

"还有十分钟！"

"啊，好凉快呀！"

大家此起彼伏地在狂风中大喊，寒风肆意地乱吹大家的头发。

许奈奈停好自行车。

林汀云双手插兜，站在离人群稍远的地方。他仍然敞着外套，冷风吹过，微红的脸色慢慢变成以前的冷白色。

许奈奈怀里的牛奶被体温煨着，保持着温热。她心跳得很快，缓慢地走到林汀云的旁边。她深吸一口气，活动了一下僵硬的面部肌肉。

"给。"许奈奈双手捧着牛奶，把脸埋进围巾里，只露出一双明亮的眼睛，"暖暖身子吧。"

林汀云侧眸，并没有接。

"我刚刚给可柠买的，但她乳糖不耐受，喝不了。"许奈奈笑着摇了摇手上的另一盒牛奶，呼出的气变成白雾飘散，"我一个人喝不下两盒。"

实际上她买的时候并没有想着给自己买一盒。

"谢谢。"林汀云终于伸手，"多少钱？"

许奈奈摇摇头："不用了，反正你不要也是浪费。"

闻言，林汀云似乎笑了一下，嘴角的弧度很浅，浅到许奈奈以为是自己的错觉。

许奈奈不敢看他："你怎么不跟他们去那边数倒计时？"

林汀云把吸管插进牛奶盒，啪的一下发出很轻的声音："这里挺好。"

"我也觉得。"许奈奈同样将牛奶放到唇边，卷长扑簌的睫毛遮盖她的紧张，"你有新年愿望吗？"

"没有。"

"那为什么要来跨年？"

话刚说完，许奈奈差点儿咬到舌头，心里十分懊恼，会不会显得太过多话？

男生并没有察觉到小女生纠结的心思，他咬着吸管，望向远方："家里太冷了。"

家里冷？许奈奈看着自己呼出的白气，心想，难道不是这里更冷吗？

"倒计时啦！"远处的大喊打破沉默，两个班的人全部趴到大桥边开始倒计时。

"十、九、八……三、二、一！"

砰砰砰——无数烟花从长江两岸升起，巨大的烟花在无垠的夜空中绽放，一瞬间照亮了整个大地。

"啊——新年快乐！"

"我要考进年级前一百名！"

"我要考进年级前五十名！"

"我要考进高三实验班！"

"年级前十名，我来啦！"

…………

破音的尖叫裹挟着新年愿景随着不断上升的烟花贯穿黑夜，一朵又一朵旖旎璀璨的焰火坠落苍穹，随后又被更绚烂的焰火取代。

忽明忽暗的光落在角落的少男与少女的身上。

许奈奈悄无声息地靠近林汀云，一寸又一寸地缩小二人之间的距离。

突然，一滴冰凉的雨水落到她的脸上。她的脚步一顿，又是几滴雨水落到眼角、眉梢处。

夜幕下，如絮的白雪从苍穹飘落下来，像一场静谧而盛大的另类焰火，飞舞在天地之间。

竟然……是雪。

许奈奈呆呆地仰头。

林汀云的身材高挑，右耳处的黑痣若隐若现，内双的眼尾被睫毛的阴影勾勒得狭长，纷扬的雪花在他额前的黑发上凝成白霜。

人声鼎沸，他们并肩静默着，仿佛摒弃在世界的喧嚣之外，许奈奈妄想着这是独属于她和他的隐匿时刻。

他们默契地没有提及刚刚大冒险的意外，抑或对林汀云来说，不论右手边的第二个异性是谁，为了顾全女孩儿的面子，他都会选择以这样简洁且有风度的方式化解尴尬。

砰砰砰——又是一串焰火升空。

雪下得越来越大，烟花的光影照在少年轮廓分明的侧脸上，许奈奈的心跳乱了。

这是 2011 年的初雪。

在这个互联网还不发达的年代，许奈奈并不知道，在未来，初雪有了象征爱情的含义。

彼时的她缩在自己不敢逾矩的壳里庆幸——还好烟花足够绚烂，隐藏了她震耳欲聋的悸动；还好冬雪足够冻人，掩盖了她满脸通红的真相。

好羡慕能落在他身上的雪，好希望我的世界能按下暂停键。——2011.01.01

1 月中旬，学校进行了本学期的期末考试，教室的墙上贴着这次期末考试的总成绩。

"奈奈，你这次进步好大呀！"

"什么？进步了两百多名，我这辈子加起来都进步不了两百多名！"

"许奈奈，你之前考得也太'保守'了吧？"

"不懂了吧，这叫养精蓄锐，总不能一来就'开大'吧。"

不少同学打趣许奈奈，她站在后面看到自己的成绩——班级第五名、年级第一百五十七名。

放假前的最后一节晚自习，郑强例行开班会。

"大家过年回来就是高二下学期，马上升入高三，这个寒假回去每天依旧要跟在学校一样好好巩固知识点，不要开学回来什么都忘记了……"

淮宜一中的学生一共会经历两次分班，一次是高一文理分科，一次是高三分班。学生升入高三后，十二个理科班会变成十六个，缩减每个班的人数以期能让每个学生都被老师照顾到。同时会分出两个实验班，取年级前六十名，全年级学生公平竞争。

"相信大家也知道，高三前有一次分班考试，这一次分班会将所有班级打乱重排……"

许奈奈默默地听着班主任的话。对于以前的她来说，学习只是一件她这个年纪的人都要做的事情。她按部就班地参加每一次考试，并不知道未来要做什么，只知道自己需要成绩单上名列前茅的数字，村里人才不会对他们一家人指指点点。

后来，她被迫来到淮宜，发现从前的自己只是井底之蛙，小县城的第一名在这里只能排在中等偏下。她麻木地认命，直到遇见他，她好似在冥冥汪洋中抓到了一块浮木。

虽然她现在仍然道不明学习的终极目的，却在迷雾茫茫的前路里看见一丝名为目标的光亮。

她想考进实验班，想与林汀云在同一张讲台下听同一节课，想和他在同一间教室里呼吸同一片空气。

这个想法愈演愈烈，仿佛冬日里猝然燃起的一把火，灼烧着她怦怦直跳的心。

腊月二十六，全校放假，许奈奈终于回到老家。

她告别杜家人，不去看他们嫌弃的眼神，起了个大早去赶大巴。为了省钱，她买的最慢的大巴车票，足足坐了六个小时才到远宁县。

"爷爷、奶奶！"许奈奈远远地就看见在村口等候已久的爷爷奶奶。

"哎，慢点儿，慢点儿。"许奶奶笑得皱纹堆在一起，把她的书包取下来，"怎么带这么多书回来，初几开学呀？"

"高三是初五，我们晚两天，初七开学。"许奈奈挽住许奶奶的胳膊，声音都软了下来。

许爷爷惊讶地说："哎哟，这么早就开学啦！"

远宁高中一向都是正月十五之后才开学，省城重点高中总归不同。

许奶奶摸了摸她的脑袋："这半年在淮宜怎么样？能适应吗？"

许奈奈不想让他们担心，话都挑好的说："能的，姑妈、姑爹他们都很好，而且省城的教学资源和学习环境比远宁好，我在远宁排第一的成绩只能在淮宜一中排几百名。但这次我有进步了，在班里排第五……"

许奈奈把许慧玲给她的保健品一一跟爷爷奶奶讲解，然后十分熟练地开始做家务。

许建保因为再婚的事跟家里闹掰后已经有半年没回家，今年仍然是爷孙三人一起过年。

但今年的春节似乎又和往年不同，除了贴年画和陪爷爷奶奶守岁外，其他时间许奈奈都在房间里学习。

除夕这天，外面热火朝天地放着烟花，村里的小孩儿嬉笑打闹，许奈奈心无旁骛地坐在书桌前整理错题集，回顾知识点，偶尔抬头看见被烟花照亮的窗户。

早在 2011 年的第一天，她已经见过了今年最美的烟花。

正月初七，淮宜一中开学，紧接着便迎来本学期的第一次月考，许奈奈的成绩是班级第四名，年级一百一十二名。

看到成绩单后，许奈奈惴惴不安的心情终于放松下来，这是她离年级前六十名最近的一次。

许奈奈一如既往地剪下试卷上写着林汀云的字条，贴进日记本，并把自己的成绩写在下面。

高二下学期第一次月考：林汀云，年级 1；许奈奈，年级 112。

她按压了一下固体胶的凸起处，眉眼满含期冀。

春天是个带有活力、朝气与希望的季节。

今年的市篮球联赛，淮宜一中毫无悬念地进入决赛，赛委会商定清明节假期在盛越中学的体育馆举行总决赛。

消息一出，全校沸腾，校学生会体育部趁课间到高一、高二各班招募志愿者。

"好耶！"

"听说盛越今年打得超级猛，我们这边胜算不大呀。"

"盛越的主力不是于嘉礼吗？程可柠，你给我们透露透露呗？"

课间，程可柠被不少人围住盘问。

"虽然我是一中的，但这事吧，还是得讲实力。"程可柠得意地仰头，"我们于嘉礼德智体美劳样样全能，今年一中恐怕悬了！"

"咦，柠姐的胳膊肘朝外拐呀！"

"哈哈哈……人家可是未来的偶像！"

"……"

许奈奈填好志愿者报名表走出包围圈。

为了更好地准备决赛，校篮球队晚自习时要加练。

梁屹收拾好东西正准备出门，刚好和许奈奈并肩而行。他的眼睛微亮："奈奈，你要报名做后勤志愿者？"

许奈奈点头："你们现在是主力和替补都要训练吗？"

"是呀，比赛状况不定，说不准谁要上场呢。"

许奈奈笑了笑："原来如此，加油。"

梁屹轻笑着道："会的，多谢呀，你一定能选上志愿者的。"

临近比赛，校学生会志愿者招募名单公布，许奈奈被顺利录取，并分发了一套志愿者服装，绿白相间的短袖和长裤，胸口印着红色的志愿者徽章。许奈奈小心地将衣服洗干净，趁家里人都熟睡后挂到了阳台上。

之后几天，校学生会组织了志愿者培训，许奈奈上课之余，也摸准了篮球队的训练时间。

学校的露天篮球场周围没有路灯，校队的训练都是在体育馆内进行。月明星稀，安静的体育馆外没有人影。

明天就是正式比赛，校队的训练时间比以前晚。许奈奈默默地待了一会儿，正准备和往常一样离开。

"传给阿云！"

突然一声呐喊传来，许奈奈停住脚步。

篮球砰砰地撞击着木质地板，鞋底摩擦地面的声音传来。

"哇！三分，好球！"

呼喝声隔着厚重的墙面传到许奈奈的耳畔时已经有些模糊不清。夜风温柔地拂动她垂在身后的发丝，她在黑暗中弯起眼睛。

清明节全校放假一天，总决赛在下午两点半正式开始，但志愿者需要上午九点在盛越中学集合。

我的爱情仍是一纸苍白：你们志愿者也太辛苦了吧，好不容易放假一天还不能睡懒觉。

叶子：还好，生物钟已经习惯了。

我的爱情仍是一纸苍白：嘿嘿，不习惯也没事，反正我会陪你，感动不？

许奈奈沉默了一下，她怎么会不知道程可柠是醉翁之意不在酒。

我的爱情仍是一纸苍白：你说我明天穿粉色的连衣裙，还是水蓝色的半身裙？

许奈奈担任了一个小时的参谋，程可柠终于决定了穿着，互相道晚安后，许奈奈又拿出习题册复习了一会儿。

等到客厅熄灯，她打开房门。想到明天可以与林汀云光明正大地见面，她的心情很好。

自从那天争吵过后，许慧玲发现了许奈奈把内衣和内裤挂在储物隔间的事。她知道小姑娘脸皮薄不好意思拿公用衣架，便去两元店淘了个圆盘衣架，让她专门夹自己的内衣和内裤。

许奈奈跟以前一样准备摸黑去取换洗内裤，忽然看见阳台边有个人影。那个身影高大魁梧，是家中唯一的中年男性。

此时的杜兴宏正站在圆盘衣架下，伸手捏着布料边角，将鼻子凑上去。

许奈奈的笑容瞬间凝固了。

杜兴宏没待多久，也没有发现还有人隐匿在暗处。

啪的一声，主卧的门合上。

许奈奈再也支撑不住，双腿一软，跪在地上。她像是堕入寒冬的冰河里，眼前一片黑暗，冰冷的河水争先恐后地侵入气管，一时间水压上升，耳膜嗡鸣，一串串气泡上涌，她的胃里翻江倒海。

"呕……"许奈奈猛地捂住嘴，眼眶通红，浑身颤抖，却不敢发出多余的声音。

一夜未眠，许奈奈茫然地望着窗外，天空泛起鱼肚白，客厅里逐渐有了动静。她听到许慧玲起来做饭，杜爷爷打开电视机，钱翠英哄着给杜梦婷穿衣服、喂鸡蛋，再然后是杜兴宏上班离开家的关门声。

许奈奈的睫毛颤了颤。

丁零零，八点钟的闹铃响了。她用尽全身力气从床上爬起来，昨晚被杜兴宏碰过的内衣、内裤被她用卫生纸包裹起来，扔到垃圾袋的最下面。

许奈奈赶在集合前的最后几分钟到达盛越中学，门卫见她穿着志愿者的服装将她放了进去。

"奈奈，你终于来啦！"程可柠穿着昨天两人一起挑选的鹅黄色齐膝小短裙，她注意到许奈奈的黑眼圈，担忧地问，"你的脸色怎么这么差，奈奈？"

程可柠叫了好几声，许奈奈才回过神："嗯……我……我第一次做志愿者，有些紧张。"

"这样啊，不用紧张！"程可柠没有怀疑许奈奈的话，"不就是搬搬东西嘛，我帮你！"

盛越中学是淮宜市最大的艺术类双语私立学校，能在这里读书的学生非富即贵。杜梦婷今年小升初，家里也在拼命找关系，想把她送进盛越的初中部。

许奈奈并没有心情欣赏这里奢华的校园建筑，上午的工作完成后，她跟着大家一起去堪比五星级餐厅的食堂吃饭。

"万施月今天恐怕六点就起床化妆了吧。"

"哈哈哈，万施月可真是盛装出席！"

回体育馆的时候，许奈奈的身边经过一群打扮时尚的同龄女孩儿。

盛越中学不限制学生的着装，甚至默认可以化妆，所以盛越中学和一中的学生十分容易分辨。

"来了，他们来了！"体育馆里忽然喧嚣起来。

赛委会主席发表简单的开幕词，双方运动员上场，替补到替补席就位。

许奈奈在入口处引导观众入座，她的眼睛仿佛装有雷达，在人群中一眼就看到了林汀云。

林汀云没有换球衣，穿着黑色冲锋衣游离在喧嚣之外，他大概是真的不准备上场。

"奈奈，你看！"观众落座完毕，程可柠激动地拉住许奈奈，"那边的三号就是于嘉礼！"

盛越中学的篮球服颜色是黑白相间，而一中的篮球服颜色则是蓝白相间。

裁判走到两队中间举起篮球，两方队员站到自己的位置上。于嘉礼与明炽作为双方队长，走到赛场的正中间。

电子显示屏上是两位队长握手的画面，许奈奈也终于见到了程可柠不断念叨的人。与明炽的阳光和林汀云的清冷不同，于嘉礼右耳戴着黑曜石耳钉，标准的丹凤眼透露出不可一世的高傲。

"于嘉礼！于嘉礼！于嘉礼！！"

"一中那边的队长是谁呀？也好帅呀！"

对面看台上响起热浪般的欢呼声，甚至有人举起了灯牌。

裁判吹哨鸣笛，篮球上抛，明炽和于嘉礼同时起跃跳球。

啪的一声，明炽率先抢到控球权，宛如闪电般从侧翼进攻。于嘉礼紧贴其身，身后跟随几名盛越的队员。双方展开激烈的争夺。

盛越的队员很明显对明炽的战术有过研究，从开局起就有两个人紧贴在他的两侧，让他很难有施展的空间。

"明炽被压得好狠哪。"看台上有个男生说。

"我听说盛越的战术就是拖垮明炽。"

"这也太小人了吧，之前二中也这样。"

"不构成犯规，我们也没办法说什么呀。"

场上的局势胶着，林汀云依然不动如山地待在替补席。

许奈奈跟着其他志愿者抬了一箱水到一中休息区，她不经意地抬头，看见他近在咫尺的身影，心跳加快。

"明炽！"赛场上梁屹隔空传球，明炽单手接过球，双手交替做了个假动作，躲过两个人的拦截，直奔篮球架而去。

"哇，进了！"

"明炽太牛了！"

一中看台上响起欢呼声，裁判鸣哨，上半场结束，双方队员回到休息区。

"十八比二十四，差得不多。"

明炽薅了把潮湿的头发，看见了穿着志愿者服装的许奈奈。

许奈奈这才发现程可柠早就没再跟着自己。穿着鹅黄色短裙的程可柠此时正拿着矿泉水挤进盛越中学的休息区。

"队长，你刚刚那个球就不该传给我，不然我们也不会落后盛越。"一中的大前锋自责地说。

明炽眼底的落寞转瞬即逝，很快恢复笑意："没事，最后一次市联赛，参与比赢更重要。"

明炽人如其名，为人仗义，也顾全大局，他是个很好的领导者，比起于嘉礼的一枝独秀，他更会照顾自己的队员。

刚刚场上许多能直接投篮的球他都传了出去，目的就是让所有上场的队员都能获得参与感，毕竟等到高三，所有的活动都与他们无关了。

"队长！"大前锋的眼圈发红。

只有他们这些打辅助的人才知道，这种让位有多么难得。

梁屹皱眉："对面摆明了要拖垮明炽，我们下半场还打阵地战吗？"

盛越的校队今年全员大换血，一中因为课程紧，小组赛时没有机会去其他学校观摩比赛，所以对一中来说，此时的盛越是一个新对手，也因此一开始他们并没有选择冒进的战术。

"下半场打快攻。"一直沉默的林汀云忽然开口，"派两个人盯死对面的三号，他们的防守很弱。"

三号正是盛越的队长，于嘉礼。

明炽的眼睛一亮："可以呀，我还以为你完全不在意呢。"

林汀云给明炽递了一瓶水："你的腿还行吗？"

"行的！"明炽猛灌了一口水，朝前挥拳，"淮宜一中——"

所有主力和替补伸出手，少年们相视一笑。

"必胜！必胜！必胜！"

裁判上场吹哨，下半场开始。

明炽和梁屹分别作为小前锋和得分后卫上场，下半场猝不及防的快攻拉平比分。

"防守哇！"

"拦他！拦他！"

"这都不进？"

扬扬得意的盛越队员仿佛被定身，于嘉礼被两个人死死地围堵后，整个队列瞬间成了一盘散沙。

"一中必胜！一中必胜！"

"明炽加油！"

"冲，冲，冲！漂亮！"

一中的士气大涨，欢呼声一浪盖过一浪，就连许奈奈这种完全对篮球不感兴趣的人都感觉热血沸腾。

或许青春就应该是这样，不仅有教室里刷不完的题和考不完的试，更有赛场上挥洒的汗水，以及为了集体荣誉的全力以赴。

许奈奈捂住自己的胸口，不由自主地也跟着人群喊加油。她眼角的余光所及之处，林汀云仍然从容地靠着椅背，淡然的目光仿佛一枚定心丸，在无形之中告诉她，一中不会输。

"暂停！"裁判一手张开，一手食指接触掌心，做了个暂停的手势，是盛越那边叫了暂停。

盛越休息区。

"怎么搞的，都没吃饭吗？"小前锋气得破口大骂，"防明炽，防明炽，说了多少遍，把他防住！"

"我们也想防啊，可是他跟打了兴奋剂一样，根本防不住！"

"队长，刚刚那两个球要是没掉，或许比分还能近点儿。"

于嘉礼沉着脸，啪的一声解下护腕扔到座椅上，一群人霎时噤声。

"嘉礼，你先喝点儿水。"程可柠刚刚费尽力气挤进盛越的方阵，下半场就要开始了，她赶紧把带来的电解质水递了过去。

"这不是一中的程大小姐吗？"

"一中的过来干吗？"

"还能干吗？找队长呗。"

身后传来窃窃私语的声音，于嘉礼瞥了一眼对面往这边看的明炽。

啪的一声，水瓶在半空划出一道弧线，被精准地扔进垃圾桶。

于嘉礼冷笑着道："你能别来碍事吗？"

程可柠的笑容凝固了，满心期冀被撞得粉碎："我……"委屈又屈辱的泪光在眼眶打转，她捂住嘴，猛地转身跑开。

于嘉礼挑衅地朝对面的明炽歪头，然后朝自己的队员勾手。

盛越的队员凑到一起，于嘉礼压低声音："明炽的右腿有伤。"

小前锋愣住："队长，你的意思是……"

"明白了。"

暂停的时间很短，双方队员再次上场，裁判吹响口哨。

一中休息区的矿泉水即将告罄，许奈奈跟其他志愿者一起去搬运物资。

"给。"许奈奈拿起一瓶矿泉水递给林汀云，并自然地坐到他身边，"我们学校会赢的吧？"

她看见显示屏上的比分是五十四分比四十二分。

"或许。"林汀云握着矿泉水没有打开。

许奈奈点点头，安静地坐在他旁边不再说话。

不知道是不是她的错觉，暂停之后双方队员的进攻更加猛烈，空气中掺杂着两边队员莫名的敌意。

明炽褪去一开始照顾队员的体贴，像只被激怒的豹子般横冲直撞，势不可当。

时间一分一秒地过去，比分慢慢被盛越反超，许奈奈终于察觉到了明炽不正常的进攻和失误，还有他微微发颤的右腿。

"明炽他……"

话没说完，许奈奈的瞳孔骤然紧缩。

"裁判，盛越犯规撞人！"看台上突然有人大喊，然而场上的裁判毫无动静。

"又来了！这不是跟二中那群人一样的路子吗？"

比赛还在继续，盛越的队员得到了甜头，开始在裁判看不见的地方不断制造小摩擦。

看着明炽的体力逐渐下降，林汀云的眼底渐冷，手背鼓起青筋。

许奈奈时刻关注着林汀云的神情，忽然摸到口袋里的手机，她脑中灵光一闪。

盛越搞小动作的前提是监控和裁判的视线盲区，那么……

许奈奈紧张地推开手机滑盖。两方交锋激烈，没有人察觉到许奈奈遮掩着的手机摄像头。

明炽快攻进入内线，上篮的同时对方大前锋也猛地起跳。

壮硕的身体明显侧歪，篮球入筐的同时，明炽被撞飞在地，神色痛苦地抱紧右腿："啊——"

"明炽！"

"裁判这还不判吗？"

"换人！换人！"

场面一片混乱，休息区内的医务人员急忙跑到场上把人抬上担架。

"右脚腕关节错位。"

"他的右腿以前有老伤，快送医院！"

眼前人来人往，许奈奈保持着拍摄的姿势不敢乱动。

场上以梁屹为首的四个人压着怒气回来。

"盛越的人太卑鄙无耻了！"大前锋咬牙切齿地瞪着对面扬扬得意的对手。

梁屹沉着脸："他们和二中校队的手段一样。"

"什么一样？我看就是他们告诉二中的人这么恶心人的方法的！"

"还剩半节，后面还怎么打呀？"

"只有两分钟了，绝对没戏了！"

愤怒的、咒骂的、丧气的……许多声音掺杂在一起。

一分钟暂停时间快结束了，于嘉礼为首的盛越队员已经走上赛场。

林汀云起身脱下黑色冲锋衣，许奈奈立马站起来："我帮你拿。"

林汀云看了她一眼："谢了。"

梁屹问："阿云，你上吗？"

"嗯。"

梁屹担忧地说："这一波还是我和你配合打快攻？"

时间已经不够了，而现在盛越领先十二分。

"不。"林汀云抓起旁边放了很久的球衣，一边往前走一边穿上球衣。

蓝白相间的零号球衣下，"LTY"几个字母缩写因走路而晃动。

许奈奈抱着残留男生体温的外套，听见他沉稳自持的声音。

"所有人，球都传给我。"

市篮球联赛的决赛一共分为四节，每节十二分钟，比赛赛制为积分制，四节结束后得分高的一方即为冠军，若双方比分持平则进入五分钟加时赛。

现在已经到了第四节，一中这边因明炽受伤叫了暂停，现下双方上场，离比赛结束还有两分钟。当前比分七十分比八十二分，盛越领先十二分。

在对方手感正好的情况下，想在短短两分钟内反超对手几乎是一件不可能的事。

"他们一定想追平，然后打加时赛。"盛越的小前锋担忧地说。

林汀云的实力，他们在一中对二中的那场比赛上见识过，当时的他看似顶替明炽上场，却把二中打得毫无还手之力。而现在是同样的情况、同样的局面，即便只剩两分钟，盛越的人也不得不忌惮起来。

于嘉礼戴上护腕："六号、八号你们两个堵他，最后两分钟我们只有一个目的——拖。"

"明白！"

"明白！"

双方队员交替站位，裁判发球吹哨。

暂停之前是明炽进球，所以现在的控球权在盛越。

于嘉礼单手运球直冲内线，然后起跳——

砰的一声，却不是球进筐的声音，只见本该稳稳入筐的篮球在半空突然改变方向。

没有人看清林汀云是什么时候越进的内线，也没有人知道他是怎样越过死死地拦截他的两个人。

少年落地的刹那，场面反守为攻。

林汀云手指灵活地左右传运，直接带球推进对方前场。

砰的一声，篮筐晃动，男生衣摆翻飞，腹肌一闪而过，极其漂亮的一个扣篮。

电子计分器闪烁，剩余时间一分五十秒，当前比分七十二分比八十二分。

"啊啊啊！十秒反攻，帅呀！"

控球权回到盛越队员手中。

梁屹闪身拦截："阿云！"

被汗水浸湿的刘海儿撩过林汀云眯起的黑瞳，他探手接球，随即接上一个挡拆假动作晃过于嘉礼。

剩余时间一分三十秒，当前比分七十四分比八十二分。

控球权再次回盛越队员的手上。

梁屹和一中大前锋利用高速冲撞和肘部挤压形成环形，不断寻找破绽。

梁屹再一次大喊："阿云！"

林汀云目光沉着，敏捷地起跳，接住抛来的边界球，以绝对碾压的体能优势横扫所有拦截的对手。

剩余时间五十九秒，当前比分七十七分比八十二分。

控球权又回到盛越队员的手上。

林汀云上场后瞬间打破僵局，快速进攻，队友全力配合，对方紧密的防守阵型在高强度压迫下溃散，胜利的天平开始摇晃，刚刚垂头丧气的一中看台上的观众起立高呼。

许奈奈忽然想起和林汀云的初遇，倾盆大雨的夏末之夜，少年干净的容颜惊艳了她暗淡的双眼。

林汀云似乎总是游离在世界喧嚣之外，漠然地望着人来人往，分明被众星捧月般地围着，却又显得格外孤独。他穿着黑色或者白色的衣服，从不轻易流露情绪，即便是有人主动和他说话，也只会得到没有波澜的回应。他看似很有绅士风度，可也守着恰到好处的交往分寸。清冷得像天空上没有温度的浮云，始终冷静的目光让人无法揣测他内心的真实想法。

而此时的赛场上，少年意气风发，运球的小臂线条流畅，极具目的性的进攻就像他在试卷上的解题步骤，干净直接，从没有任何赘余，直取最核心的要塞。

他锐利的眼神、利落的进攻、抬手擦汗的动作，都让许奈奈心跳加速。她仍然紧握着廉价的老式手机，即便摄像头早就记录不到对方的小动作——毕竟没有人有那样的机会。

在绝对的实力面前，任何阴谋诡计都是徒劳的，没有人能从他手上夺走一分，或者说，这是一场降维打击。

啪的一声，于嘉礼与林汀云同时抢篮板，篮球入筐，林汀云冷白的手背被打出红痕。

"裁判，公然打手！"

"这也太明目张胆了吧？"

看台上的众人义愤填膺。

裁判吹了犯规哨，二分线内投篮犯规，罚球两个，林汀云扭动手腕，拿球走上罚球线。

"他们是战术犯规。"

许奈奈惊愕地转头。明炽的嘴唇发白，右腿被冰敷着，医务人员给他简单处理了一下，比起刚才受伤处消肿了许多。

"你怎么没去医院？"

"老伤，不至于。"明炽故作轻松地耸了耸肩，笑着打趣，"比赛还没结束，队长哪能先离场？哎，你可别告诉程可柠。"

许奈奈不知怎的从这句话中听出几分落寞，但还是点点头。

明炽继续解释："二十四秒是一场进攻的最长时间，盛越的人利用战术犯规让阿云两次罚球的同时得到了控球权，他们只要拖住这二十四秒，即便阿云两次罚球全进，盛越也会以比我们多三分的优势夺得今年的联赛冠军，就算阿云力挽狂澜，在最后的二十四秒反守为攻，投出三分球，最多也是平局，进入加时赛。"

砰，砰，罚球两次入筐。

电子计时器闪烁，当前比分九十六分比九十九分，剩余时间二十四秒。

许奈奈猛地站起来。

球场上的双方队员争夺得如火如荼，电子计时器上巨大的倒计时数字像悬在人头顶的利剑。

"我知道你想拖进加时赛。"于嘉礼朝林汀云挑衅一笑。

林汀云没看他，在盛越小前锋传球时猛地上跳。

"你——"篮球在半空中被抢断，于嘉礼咬了咬后槽牙，拔腿紧跟林汀云。

二十秒、十九秒……

两人的身体碰撞在一起，宛若风暴般席卷赛场，林汀云直奔篮筐。

于嘉礼喘息间冷嘲道："林汀云，你还有三分球的手感吗？"

与此同时，他径直扑过来试图抢断控球权，林汀云一个漂亮的背身闪躲。

七、六、五……

盛越的八号和六号队员全部围上林汀云，他迅速扫视赛场。

刺啦一声，球鞋在木质地板上划过。林汀云猛地停顿，屈膝弯肘，以于嘉礼为首的两名盛越队员起跳！

三、二——

砰！急停三分！

"最后一秒，是急停三分，啊啊啊！"

"是干拔跳投！林汀云绝呀！"

"平局，进入加时赛！"

"不！不只是急停三分！"

"那是？"

"是三加一。"明炽紧张的脊背放松下来，靠上椅背，轻笑着道，"还得是他呀。"

三加一？

没等许奈奈询问这是什么意思，球场上已经摆成罚球阵列。

三加一，指在三分区域投篮时，防守球员被判定犯规，若投篮成功应计得分并判一次追加罚球，即在原本三分的基础上再加一分，得四分。如果三分球没中，则判三次罚球，得分按一次一分计算。

刚刚盛越的人抢断时，再一次利用了战术犯规。或许他们想的是即便三次罚球全进，他们最坏的结果是进入加时赛。却没有人想到，在盛越这样密不透风的夹击下，林汀云还能稳稳地投进三分球。

如果林汀云罚球成功，淮宜一中将会一次性得到四分，同时以一百分比九十九分的比分反超盛越，成为今年的市篮球联赛冠军。

裁判吹哨裁定罚球一次，看台上的所有人不约而同地起立，视线齐刷刷地落到球场最中心的少年身上。

林汀云低头活动着手腕，额前被汗水浸湿的头发遮挡了他眼底的情绪，没有人知道他在想什么，抑或是他什么也没想。

"不是吧，盛越稳赢的局怎么打成这样？"

"我赌进不了，哪有人回回命中的？"

"进不了，绝对进不了！"

"你们盛越的人积点儿口德行吗？"

"只会搞小动作，别太掉价了，兄弟们。"

"就算没进也有加时赛，狂什么狂？"

看台上双方的观众情绪激动，吵得不可开交。

林汀云站上罚球线，抬头望向近在咫尺的篮筐，准确地计算力量与角度后抬手屈肘——

全场霎时安静下来，空气中好像只剩旋转起飞的篮球划破虚空的撕裂声。

篮球在半空中划出一道完美的抛物线，然后准确地穿过篮网，在地上留下一声很轻的碰撞声。

与此同时，电子计时器再次闪烁——

剩余时间零秒，当前比分一百分比九十九分。

下一秒，一中的观众席爆发出一阵快要掀翻天花板的掌声与欢呼声。

"绝杀！这是绝杀球，啊！"

"啊啊啊！这罚球太完美了！"

"四分！是三加一的四分哪！"

"完全没想到的反杀！"

看台上的掌声雷动，许奈奈紧紧地盯着赛场上的少年，她浑身上下每一个细胞都在叫嚣，手中紧握手机，老式手机的像素远远比不上智能机，却定格下少年意气风发的身姿。

反观盛越的观众席传来一片失望的唏嘘声，球场上盛越的球员脸色沉得快要滴水。不论是对手投进三分球，还是在战术犯规后的三次罚球，对于他们来说，最坏的结果也是平局，进入五分钟加时赛。

最后的二十四秒开始前，没有人想过一中有反超的可能。

林汀云精准地计算命中三分的同时给对方设下战术犯规的陷阱，并在最后的罚球中稳稳得分，这是一个扭转乾坤的绝杀球。

"站住！"

盛越的队员愤懑地围住林汀云，梁屹等人刚想上前，却见林汀云做了个阻止的手势。

盛越的小前锋气愤地说："林汀云，你不要太嚣张了！"

刹那间，球场上剑拔弩张，看台四周沉浸在兴奋中的人也察觉到了不对劲。

无数人或疑惑或担忧或看戏的目光汇聚到球场上，裁判席甚至都有了反应，双方队员的碰撞一触即发。

林汀云薅了薅潮湿的头发，慢悠悠地抬起眼皮："规犯得不错。"

"林汀云！"

明炽因为他们犯规受伤下场，后来他们更是使用战术犯规拖延时间，可现在却因为犯规弄巧成拙。

用你想针对我的手段来打败你，羞辱，这是赤裸裸的羞辱！

林汀云第一次回应挑衅，语气有多平淡，盛越的人就有多气愤。

这人实在太狂妄！

于嘉礼挡住林汀云的去路，冷笑着说："如果打加时赛，林汀云，你还有本事说这句话吗？"

林汀云没有停顿，从于嘉礼的身边绕过时，轻飘飘地瞥了他一眼："我从不打加时赛。"

"你！"

广播开始慷慨激昂地宣布今年篮球联赛的冠军队伍，看台前排的人往下冲，保安们赶紧维持秩序。

赛场上，耀眼的少年脱下套在外面的球衣，逆着后方涌来的人群朝许奈奈走来。

许奈奈手忙脚乱地把手机塞回口袋，抱着林汀云外套的手臂发热。

"林汀云！"

一道身影迅速晃过，空气中浮动着茉莉与玫瑰混合的香味。

许奈奈如被定身，微微放大的瞳孔里倒映出小跑到林汀云身前那个窈窕的背影。

女孩儿披散着长发，修身的短款上衣以及高腰半身裙勾勒出优美的腰身曲线，她踩着麂皮鞋，衬托出完美的腿部线条。

呼吸道仿佛被陡然堵塞，许奈奈感觉自己好似被一只无形的大手掐住喉咙，缺氧的胸腔密密麻麻地蔓延起令人窒息的刺痛感。明明她从来没见过这个人，可脑海中依然蹦出一个名字——万施月。

"万大小姐来了！"

"俊男美女站一起好养眼哪！"

"万施月，林汀云刚刚可是把我们盛越给赢了，你怎么回事呀？哈哈哈！"

万施月是美艳且具有攻击性的长相，她戴着淡水珍珠耳环，底妆清透自然，加深的眼影与卷长的假睫毛使她本身上翘的眼尾显得更加妩媚，明明是十六七岁的年纪，却已拥有初具风情的神秘与性感。

万施月从来不关心这种比赛，若非有人告诉她林汀云今天会来，她绝对不会屈尊降贵地来这种嘈杂的球场。

"赢了盛越是他的本事，跟我有什么关系？"万施月撩动长发，白了看台上的众人一眼，"输了只能说明某些人技不如人。"

万施月的话音刚落，全场哗然，盛越的队员们却敢怒不敢言。

"哇，这就是青梅竹马的友情吗？"

双方看台沸腾不已，尤其是一中这群天天被束缚着、只知道学习的学生们哪里见过这么刺激的场面。

万施月根本不想在这种嘈杂的地方多待一秒钟。她忍着不耐烦，夹着嗓子说："汀云，为了庆祝你夺冠，今晚请你吃饭好不好？我已经在西餐厅订好了位子哦！"

"谢谢，不用。"林汀云躲过万施月靠过来的动作，绕开她往一中的休息区走。

万施月眨了眨眼："怎么不用？你今天可是打'爆'全场啊！这么辛苦自然要好好补一下啦！"

林汀云："盛越的球员应该更需要。"

脸黑成锅底的盛越球员们："……"

万施月仰着头跟在林汀云身后："哎呀，就吃顿饭，不至于这么小气吧？汀云，上次人家生日宴你都没来，你不知道人家有多么伤心！"

许奈奈落寞地看着两人无比般配的身影，听着女孩儿娇媚的撒娇声。她咬住下唇，在许多人围上来的同时默默地后退。

人群将他们越隔越远，许奈奈垂头狠狠地吸了吸鼻子，却不想刚抬头对上了林汀云看过来的目光。

"她是？"一向对身边的事漠不关心的林汀云突然有目的性地看向某个人，这引起万施月的好奇。

"我……我是后勤志愿者。"许奈奈一惊，"刚刚林汀云上场匆忙，拜托我帮他看管衣物。"

"这样啊。"万施月走到她前面，居高临下地微笑，"现在可以给我了，多谢你帮汀云哦！"

"没……没事。"许奈奈心虚得厉害，然而男生骨节分明的手率先伸过来。

林汀云低声说："多谢。"

如出一辙的"多谢"，他们才是一个世界的人。

许奈奈压下泛酸的情绪，挤出微笑："不客气。"

主席台上的主持人宣布总决赛圆满落幕，各学校获得的荣誉将会在统计完排名后予以公示。

按照惯例，市篮球联赛结束的这天晚上校队要组织庆功宴，但因为队长明炽受了伤，只能延期。

同学们陆续回家，许奈奈作为志愿者做最后的收尾工作。

"今天要不是林汀云，我们一中真的要输给盛越了。"

"就是，我真的怀疑当时跟二中的那场比赛就是他们在背后捣鬼。"

"那时候不也是阿云顶上去的吗？今天属于历史再现了。"

"是奇迹再现！"

许奈奈站在外围听一中的同学激动地讨论今天的比赛。

之前的她曾遗憾自己没有见到他跟二中打的那场比赛，只能不断地通过旁人的只言片语拼凑起不甚清楚的情景。直到今天，那些曾在幻想中的情景落到实处，他只用两分钟就打出了不可思议的极限反转。

下午还是艳阳天，傍晚天空就积起了乌云，浓黑的云团浮动，天上淅淅沥沥地下起小雨。

许奈奈走出校门时天色已经完全阴沉，一辆黑色的SUV正停在校门口。

哪怕只见过一次，她还是一眼就认出了熟悉的车牌号，以及无论看多少次都会心跳加速的少年。

"万施月的脸是真好看，跟建模似的，你说云哥为啥一直对她这么冷漠？"

"你好好看看自己什么丑样好吧？"

"哎哎哎，话说早了吧？云哥才不舍得美人淋雨！"

校门口等着家长来接的学生聚在一起聊天。

只见万施月挡在车前不知说了什么，SUV的车门打开，她拎着裙摆满心欢喜地上了车。

引擎响动，黑色的 SUV 疾驰离开，留下一串尾气，很快与雨水融合在一起。

"我听说今年一中艺术节的特邀嘉宾就是万施月。"

"人家估计是冲着云哥才来当特邀嘉宾的吧。"

"哈哈哈！"

许奈奈维持着远望的姿势，小雨在她的头发上凝结了一层淡淡的水雾。

校门口的同学被家长接走，最后只剩她一个人，此时的情景像极了下着倾盆大雨的那晚，只是这一次的许奈奈很清楚地知道没有人会在她浑身湿透时递给她一件外套。

许奈奈漫无目的地走着，最后半蹲在一家店门口躲雨，脑袋埋在臂弯间消耗时间。

她不太想回去，只要踏上通往君颐壹号的路，她就会想到那令人作呕的一幕。

许奈奈不止一次地怀疑是不是自己看错了，可每一次回忆都只会加深那场景在脑海中的印象。

十六岁的少女正值青春期，心智稚嫩却不愚蠢，哪怕她对于两性尚且懵懂，也仍然能判断有些事情是否正确。她无法面对杜兴宏，同时也很迷茫。

所有的女孩儿都会遇见这样的事吗？如果不是，那么这是不是她的错？

没有人能给许奈奈一个准确的答案。

树枝摇晃，香樟叶面翻滚发出沙沙声，路灯的光芒在湿润的地面上反射出微弱的光。

"小姑娘，你去别处躲雨行不，挡着我做生意了。"

肩膀被一位大爷戳了两下，许奈奈霎时感到羞愧："对不起，我这就走。"

许奈奈站起来连连鞠躬，抱着怀里的书包赶紧离开。

外面的雨越下越大了，电光交错着划破天空，噼里啪啦的雨点落在躲雨的屋檐下，街上已经快没人了。

许奈奈勉强看到一处拉下卷闸门的店铺，她跑到屋檐下摸出怀里的老式手机。

本来是想看个时间，却鬼使神差地点开了相册，两段两分钟多的视频和一张模糊的少年背影照让她一潭死水的眼底泛出微光。

许奈奈轻轻地抹干屏幕上的水雾，男生后背上的"LTY"字母缩写熠熠生辉。

照片上分明只有林汀云，许奈奈却沮丧地想到另一个更为明媚张扬的女孩儿。

唰的一声，一辆电瓶车快速驶过，许奈奈弯腰本能地保护手机，身上却猝不及防地被淋了一摊水。发丝往下滴水，她平复许久才狼狈地睁开眼。

大雨仿佛要将整个城市淹没，巨大的雨幕冲刷着黑夜，电瓶车早没了踪影。

许奈奈的鼻尖突然一酸，嗓子仿佛堵了团干涩的棉絮，一整天积压的委屈在这一刻猛然决堤。

原来，不是所有人都会像他一样折回来对她说声"对不起"。

Chapter 04
成为"共犯"

最近，许慧玲发现许奈奈回家的时间越来越晚。她忍不住询问，许奈奈解释临近高三想在学校多留一段时间复习，她感觉不太对，却也无法反驳。同时，她还发现自己拿出去晾晒的内衣和内裤总会被许奈奈拿回小房间，她只当是许奈奈脸皮薄，便不再管了。

时间一晃而过，随着高考时间渐近，高二升高三的分班考试也没剩多少时间。许奈奈不敢掉以轻心，两耳不闻窗外事，只专心学习。

这天课间操时间，高三学生在操场开动员大会，高一、高二的学生有了二十分钟的休息时间。

"奈奈，要不要参加节目表演？"

许奈奈放下笔，对上程可柠亮晶晶的眼睛："节目？"

程可柠给她解释："按照一中的传统，每年五四青年节前后会举办艺术节给高三的学姐、学长们送行，每个班出一个节目……"

淮宜一中没有元旦晚会，每年的五四青年节前后举办艺术节。艺术节的形式也很简单，高一和高二每班出一个节目，学校的舞蹈团和学生会文艺部负责开场舞，再邀请盛越中学的艺术生过来表演。这不仅是高二学生最后一次集体娱乐活动，也是高一和高二的学弟、学妹们给高三学姐、学长们的践行。

程可柠开了个头后，不少人开始讨论。

"今年艺术节盛越来的还是国舞社吗？"

"去年就是盛越的国舞社，今年得换一个吧？"

"肯定得换哪，我听说今年盛越是独舞。"

"独舞？这得是谁呀，这么大的排场？"

"除了万施月还能有谁？大名鼎鼎的芭蕾公主！"

"更期待了！"

"奈奈，你参加吧。"程可柠摇晃着许奈奈的手臂。

许奈奈从刚刚听到万施月名字的落寞中回神："我还是算了，四肢不协调，五音也不全。"

"你又在谦虚吧。"程可柠一脸"你不要骗我"的表情，"上次运动会你说自己体育成绩差，结果三级跳年级第一，男女混合接力赛摔一跤还能反超别人！"

看到程可柠夸张的表情，许奈奈忍俊不禁："真的不骗你，体育能过关大概是因为家里田多，小时候经常瞎跑，唱歌、跳舞什么的真没试过。"

"没试过怎么知道好不好？我告诉你，今年的歌是我特地选的我喜欢的歌手刚出的新歌，反正老郑听不懂歌词，我这次一定要——"

"我可以在后面当背景板。"许奈奈无情地打断程可柠的话。

这哪能有背景板？

程可柠露出一副快哭了的表情："好奈奈，你就陪陪我嘛，你不知道，去年就是我一个人忙前忙后，真的很累！"

"我给你当后勤。"

程可柠："……"

程可柠终究无法劝动一个铁了心不上台的人，正当她准备进行最后一轮游说时，马浩突然大叫着从教室外面跑进来。

"你们快看贴吧，爆了！爆了！"

"什么爆了？"

"马浩，你说清楚行不行？"

"贴吧咋啦？"

马浩喘了半天，环顾四周，确认没有老师后，从兜里掏出智能手机。

"好哇，你小子竟然偷带手机进入学校！"

有人念出了匿名帖子的内容："淮宜一中违规使用外援，并频繁利用视线盲区阻碍于嘉礼投篮，所谓两分钟逆转比赛实乃胜之不武，枉为临江省第一高级中学！"

匿名帖的楼主洋洋洒洒的一大段文字虽然没有指名道姓，但明眼人都知道他说的是谁。林汀云没参加校队，这次以替补身份上报的消息很少有人知道，毕竟同一个学校的人顶替上场是大家心照不宣的默契，没有人会揪着这个死规则不放。

匿名帖的楼主慷慨激昂地引导舆论，有人要证据的时候，则以体育馆监控有死角为由含糊其词，字字句句都在针对林汀云最后的绝杀逆转。

匿名帖才发出来短短一个小时，现在已经有上千人跟帖，一中的学生不能带手机进入学校，很明显是盛越中学的人在带节奏。

"盛越这群人，得不到就诋毁是吧！"

"诋毁林汀云使小动作，他们近得了人家的身吗？自己对明炽使小动作的时候眼睛被狗吃了？！竟然还有脸说体育馆没有监控，如果体育馆有监控，他们第二名的成绩都要被取消！"

"人家林汀云是正儿八经的替补上场，对面后来换的几个人真的是盛越的人吗？"

一大群人围在马浩的手机旁边义愤填膺地议论着，然而光靠马浩一个人在帖子下辩驳根本不管用，发言很快就被新一轮的辱骂淹没。

许奈奈挤不进人群，只能担忧地听着他们你一言我一语地讨论。

这件事迅速发酵，后面几天两个学校的贴吧主页都飘着"淮宜一中，胜之不武"的主题帖。

一中的大部分学生都是住校生，一周才能玩一次手机，少部分走读生也只有每天晚上短暂的几个小时上网时间，根本无法跟二十四小时驻守贴吧的盛越学生对线，再加上不少被一中打败的其他中学的学生浑水摸鱼。一时间，事实几乎被颠倒黑白。

"奈奈，这么晚还不睡？"

听到敲门声，许奈奈将手机塞进抽屉，起来打开房门："姑妈，我马上就要睡了，您有什么事吗？"

许慧玲悄悄地拿出一盒牛奶，笑道："喝完牛奶早点儿休息呀。"

许奈奈轻声道谢，钱翠英不待见自己，这盒牛奶是怎样偷偷递到她手里的，她很清楚。

"别想太多，你杜奶奶就是刀子嘴豆腐心，她对你没有恶意。"许慧玲看出许奈奈的心理负担，苦笑着安慰她，"姑妈挺对不起你的，答应你的爷爷奶奶要好好照顾你，可把你接来后也没怎么管。"

许慧玲一个人要忙活一大家子的起居生活，钱翠英嫌洗衣机洗不干净衣服，每天都嘟囔着让她手洗；老人家的牙口不好，年轻人又不爱吃软糯的东西，做顿饭都要绞尽脑汁地顾及所有人；更别说在教育杜梦婷时两人的代沟了，家里的两个男人只会和稀泥，许慧玲只能独自承受这些委屈。

许慧玲叹息一声，扯了扯许奈奈快要遮不住小腹的睡衣："你这睡衣还是读初中时买的吧，等姑妈闲下来带你去商场买几件新衣服。"

"不用这么麻烦。"许奈奈有些不自在，"我已经给您添很多麻烦了。"

"哪里麻烦？"许慧玲笑着打断她，"这也是你姑爹的意思，他说我这个当姑妈的对侄女不管不顾，来我们家这么久还这么拘谨。"

许奈奈忽然一怔，手里的牛奶盒子变得扎手起来："我……"

"好了，姑妈知道你现在学习忙，先不急。"许慧玲温柔地嘱咐道，"早点儿休息，别把身体熬坏了。"

房门被轻轻地关上，窗户上悬挂的内衣吊盘在轻轻摇晃。

嘀的一声，许奈奈被QQ信息的提示音拉回神。年级群里大家依然在热火朝天地讨论着帖子的事，发出来的贴吧里的截图她都看不见。

许奈奈放下牛奶，退出手机QQ，然后点开浏览器，搜索贴吧登录，这是这几天来她最熟悉的动作。

简陋的贴吧页面上都是盛越学生的阴阳怪气，舆论扩散到今天，当事人从未出现，但匿名网友已经将话题从最初的赛事公平上升到了林汀云的家庭背景。

淮宜的有钱人彼此都熟悉，各家长辈在社交中尚且懂得八面玲珑，但受尽宠爱的各家孩子不懂得何为做人留一线。

匿名六七八五：一中学生比赛时手脚不干净赛委会不管吗？这世道还有王法吗？

匿名二三四六：某人本来就是违规上场，他的成绩就不该作数！

匿名零八九三：兄弟们，都别说了，为了个比赛搭上自己不值当，你们知道人家什么来头吗？

匿名二三四六：什么意思？

匿名零八九三：算了，还是不说了。

匿名零零七九：快说呀！

匿名二三四六：有什么不能说的？现在是法治社会，还能翻天不成？

带节奏的"匿名零八九三"吊足了大家的胃口，无数人蜂拥而至。

匿名零八九三：以前咱们从来没在淮宜听到过这号人物吧？人家直接空降到一中，现在赛委会都因为他闭口不谈，多半是家里有后台。

匿名四五八七：天哪！

匿名一九六七：说不准盛越体育馆的摄像头根本就没有坏，是有人为了封口，所以才……

贴吧上的阴谋论愈演愈烈，许奈奈看着这些字眼，第一次感受到舆论的恐怖。她接着往下刷新几页，无一不是附和上面的话。

许奈奈气得直发抖，却很清楚，无论这些人闹得多大，以林汀云的性格都不会出面反驳。

可是就要这样任由那些人肆无忌惮地诋毁他吗？

许奈奈退出贴吧，打开相册看着里面的两段视频。不知过了多久，她披上外套站起来。

窗外夜风寒凉，楼下的香樟树迎风乱舞。

许奈奈站在窗前远眺，攥在掌心里的手机屏幕闪烁着。

明氏私立医院。

黑色的 SUV 停在地下车库，穿着黑色冲锋衣的少年背着单肩包从专属电梯到达 VIP 病房。

病房内，明炽的右腿打着厚重的石膏躺在床上，手里刷着 iPad（平板电脑）。

"你来——"

话还没说完，啪的一声，书包被甩到明炽的身上，明炽吓了一跳："哎，我怎么说也是个病人，你就这么对我？"

林汀云单手插兜："活该。"

明炽："……"

好歹林汀云是帮自己带作业，明炽决定不跟他计较："贴吧看了吗？你的身份已经快被编上天了，作为当事人，你不该这么淡定吧？"

林汀云戴上耳机，显然对这个话题不感兴趣。

明炽换了个姿势，问林汀云："喂，搞这么大动静，林爷爷不会骂你？"

"他不会上网。"

明炽："……"

明炽叹了口气，重新靠到床头上，百无聊赖地刷 iPad："唉，有些人年纪轻轻就一副老年人的做派，也不知道以后谁能让你——"

明炽猛地坐直。林汀云背对窗户，懒得理他。

"阿云，阿云，你快来看！"

"你的针还是缝得少了。"

明炽晃动着手里的 iPad："你确定不看？啧，人家这视角把你拍得可真清楚。"

林汀云终于转过身。

"我猜是个女生，还是个不怎么会上网的女生。"明炽得意地挑眉，"就是这个摄像头的画质实在太差了，动作快一点儿就变成一帧……喂，拿我的 iPad 干吗？你不是不看吗？"

林汀云拿着 iPad，骨节分明的手指缓慢地收拢，他眯起眼睛。

新帖的楼主是个新注册的实名号，主页规规矩矩地填写了昵称、性别和所在学校。二十三点四十五分五十七秒，她发出第一条帖子，是两段高糊的总决赛视频，配字：眼见为实，请勿传谣！

一家小巷的打印店里。

许奈奈敲下字母，用尽全身力气按下发送键，随后整个人如同虚脱一般软倒在椅子上。

她捂着怦怦直跳的胸口，大口喘息，电脑屏幕发出的光亮照在她苍白的脸上。

许奈奈从小到大都是家长、老师口中的乖孩子，而今天，她竟然趁家里人睡熟后偷偷跑出来找电脑上网，这是她十六年来做的最大胆的一件事。

她不敢去看这条帖子发出去的后果，赶紧退出贴吧，颤抖着手拔下读卡器，取回存储卡重新安装回手机。

打印店的老板是个肥胖的中年男人，眼下挂着黑眼圈，刚刚就是他借了许奈奈读卡器。

"谢谢叔叔。"

许奈奈还了读卡器，小声道谢后，再也不敢多待。

门帘打开又合上，隔绝打印店里的温暖气息，她被外面的冷空气冻得打了个激灵。

"小妹妹。"

许奈奈的后背一僵，几个染着黄头发的人叼着烟将她围住，他们已经盯着她很久了。

"你们要干什么？"她紧张地后退几步。

君颐壹号是高档小区，许奈奈多跑了两条街才在这个偏僻的小巷子里找到可以让她借用电脑传东西的打印店。

"别紧张，哥哥们就是想找你说说话。"为首的人弯下腰，吐了一口烟雾喷到许奈奈的脸上。

许奈奈厌恶地偏过头，烟雾钻进她的衣领，引起阵阵战栗。

不顾一切的冲动冷却过后，那些从前存在于老师和家长口中的危险在这一刻有了实际体验。

"小妹妹是一中的呀？"见她害怕，另外几个人越发起劲，甚至拉起了她的校服，"身上有钱吗？借哥哥们一点儿呗？"

"我……我没有……"许奈奈吓得泪水在眼眶里打转，后背撞到墙面上，退无可退，"刚刚就带了两块钱……"

为首的人高声嘲笑，后面的几个人也笑起来。

"既然没钱，那当哥哥的女朋友怎么样？"

"哈哈哈！"

"王哥能看上你可是你几辈子修来的福气，你知道有多少人想当他的女朋友吗？"

"你不会还想拒绝吧？"

"哎哟，怎么还哭了？哥哥又不是坏人，是不……哎！"

在对方的手快要碰到许奈奈的脸时，许奈奈猛地推开他的手，趁机跑了出去。

"抓住她！"为首的人咬牙切齿，几个小弟跟猴子似的追过来。

许奈奈的跑步速度又怎么比得过手长脚长的男生？

身后的唾骂声迅速逼近，冷风如利刃划过脸颊，许奈奈大口喘气，求生的意识使得她的头脑前所未有地清醒。只要跑出这条巷子，外面就是大路，一定会有巡逻的交警。

啪的一声，许奈奈被绊了一下，只觉天旋地转，手机摔出几米远。

"跑哇，怎么不跑了？"为首的人气喘吁吁的，没想到一个小丫头这么能跑。

几个人围上来，许奈奈匍匐在地，绝望地说："我真的没钱。"

"说了没钱就当老子的女朋友，装什么装？"为首的人狠狠地踢她的膝盖，"真以为穿着一中校服就高人一等？"

"你们在干什么？"

刺啦一声，巷口传来自行车车轮的急刹声，怒喝声在空荡的大街上回响："我报警了！"

几个人脸色大变，为首的人给小弟使了个眼色，几个人立刻跑得不见人影。

香樟树的叶子轻轻飘下，许奈奈的长发凌乱地散开，几缕发丝贴在脸上。

"奈奈？"刚刚出声的男生惊讶地站到她跟前。

许奈奈抬起眼："梁屹？"

梁屹本来是骑车出来给母亲买药的，刚好撞到一群小混混儿在欺负一个女生。

他扶起许奈奈，刚想看看她膝盖上的伤口，她往后躲开："谢谢。"

许奈奈在地上找到发绳，手腕抖了好几次才绑好长发。她的手机电池摔了出来，所幸装上后手机还能开机，没有摔坏。

"你真的报警了吗？"

"没有。"梁屹浅笑着耸肩，"不这样说，我可打不过他们。"

许奈奈擦掉脸上的泥污，被他的话逗笑："你真聪明。"

梁屹被夸得不自在，斟酌着问："你怎么会在这里？"

"没事，就出来买点儿东西。"

梁屹看出许奈奈不愿意多说，便没有再问："你住在哪儿，我送你回去吧，大晚上的女孩子在外面太不安全了。"

许奈奈本想推辞，可想到刚刚的情景一阵后怕："那麻烦你了。"

二人一路无话，梁屹推着车，有意放慢脚步迁就许奈奈的速度，直到拐过最后一个弯，眼前豁然开朗，"君颐壹号"几个大字在路灯的烘托下熠熠生辉。

梁屹的脸色有一瞬的呆滞："你住在这里？"

这里是淮宜有名的高档小区，每个淮宜人都如雷贯耳。

许奈奈没有察觉到梁屹的异样："谢谢，我到了，你也早点儿回去吧。"

梁屹勉强笑了笑："晚安。"

"晚安。"

待到许奈奈消瘦的背影消失在门口，梁屹才收回视线。他推车原路返回，突然看见刚才那个小巷子的另一边有一家门脸儿破旧的打印店，接触不良的电子屏忽明忽暗。

梁屹露出若有所思的表情。

许奈奈很长时间都不敢打开手机，然而即便她有意逃避，那两段视频造成的影响仍然在扩散，可反响并不如预期那样好，甚至是她从未想过的反噬。

课间操时，女卫生间内有人叽叽喳喳地讨论这件事。

"拍视频的女生也太大胆了吧，就这么实名发布，也不怕被报复？"

"我听说盛越的人已经找人在扒她的 IP（网际协议地址）了。"

"啊，那她岂不是惨了！"

"关键是那些视频也没用啊，画质太差了，拿座机拍的吗？动作一快就糊成一团，哪里能看清是谁在推谁呀！"

许奈奈洗手的动作慢下来，水流流过掌心，那天晚上摔倒后留下的擦伤已经结痂了。

"啧，还不如不发，不仅看不清，还被对面的人说是我们在推他们，搞笑！"

"盛越那群二世祖谁惹得起？"

几个女生结伴离开，交谈的声音逐渐变小，卫生间只剩下水流哗啦啦的声音。

外面响起上课预备铃，许奈奈关上水龙头，手掌撑在水池边，瞳孔颤动。

4月中旬后，各科学习任务加重，晚上四节晚自习有三节都在小测，按照以往的作息，许奈奈通常会在放学后留下来多学半个小时再回家，但现在她不敢一个人独自逗留在教室。

放学铃响，许奈奈赶紧收拾书包，踏出校门时，她眼角的余光忽然瞥见等在校门口的几个不良少年。

许奈奈心惊不已，加快步伐，头快要埋到胸口。

实际上，以前的一中门口也有这类人，总有些一中学生有在职高的初中同学。以前许奈奈觉得那些人离自己很远，她不主动接触，对他们的畏惧也只存在于老师和家长的叮嘱中。可自从那晚遇到小混混儿后，她就开始害怕一个人走夜路。

再加上听说盛越的人在找自己，许奈奈开始变得疑神疑鬼，稍有不像一中学生的人出现，她都觉得人家是来找她麻烦的。

许奈奈混在人流中离开学校，平时三十分钟的路程现在十五分钟就能走回家。

她没心情写作业，坐在桌前反反复复地拿出这几天完全不敢开机的手机，她害怕那些女生口中的话是真的，抑或更为严重。

许奈奈轻轻咬着手指，下了很大的决心，才长按开机键。

叮咚一声，最先弹出的是一条短信。

中国移动：尊敬的许奈奈用户，截至2011年4月16日23点18分，您的手机已欠费停机，为了不影响您的正常使用，请到当地营业网点进行交费。谢谢您的合作！

许奈奈一愣。每个学期爷爷奶奶会给她一千五百元当作生活费，学校的物价不高，在食堂吃最便宜的饭菜每月只需要两百八十元，她平时的花销都按最低标准花，话费也是最便宜的基础月租。按道理说，上个月她刚交了五十块的话费，不应该这么快就欠费。

许奈奈咬着手指的力度加重，白皙的手指上留下深深的牙印。

一中一个月就放两天假，但每个星期日的下午高一和高二的学生也有短暂的半天休息时间，幸亏明天是周日，她有时间去营业厅交话费。

许奈奈叹了口气。她清点了一下自己剩余的钱，小心翼翼地叠好一张一百块，又把手机电池抠出来，在确保手机在学校响起来的概率为零后，将它们装进了书包最内层的隔袋。

以往周日下午许奈奈都是随便在校门口吃了饭就回教室学习，所以除了回家的路，她对学校周围的环境并不熟悉。

绕了好几个弯，她终于找到了中国移动的营业大厅，里面有不少正在推销套餐的营业人员。

许奈奈握着手机十分局促地站在门口。

其实如果单纯是给手机交话费她完全可以随便找个小卖部代充，可关键问题是她想问清楚为什么话费用得这么快，这就不得不去营业大厅了。

许奈奈踌躇再三，焦虑地去隔壁两条街转了一圈，终于鼓足勇气踏进了营业厅的大门。

穿着制服的营业员看到进来的是一个穿着校服的高中生，又移开视线。许奈奈只好硬着头皮去人工窗口。

"办什么业务？"工作人员头也没抬地问。

许奈奈揪着手指："我前不久才交了话费，昨天突然停机了，请问是什么……"

"手机号。"

许奈奈犹豫了一下报出了手机号。

工作人员手上噼里啪啦地敲击键盘："流量超出四十兆，欠费四十八块六元。"

"欠……欠这么多？"许奈奈被这个数字砸得晕头转向，"流量超出是什么意思？"

以前许奈奈上网少，最近她才频繁地打开移动网络，所以她并不清楚这些概念。

工作人员不耐烦地抬头："就是流量超出哇，你又没办套餐。"

许奈奈努力地理解这些没听过的名词，还没说话，哗啦一声，一张花里胡哨的宣传单甩到她跟前，工作人员的耐心已经耗尽了："自己去旁边看，来，下一个。"

许奈奈抓住差点儿掉到地上的宣传单，后面的人趁机把她挤到了旁边。

宣传单上"重磅惊喜"几个字被加粗，看着十分醒目，下面列了一个表格——五元三十兆，八元五十兆，十元七十兆，二十元一百五十兆。

许奈奈忍不住皱起眉头，这也太贵了。

她想去问工作人员应该怎么选套餐，可刚刚那人的态度让她望而却步。

"哎，我听说昨天盛越有人找计算机大佬把那个发视频的女生找出来了！"

许奈奈听到这话，顿时心口一紧。她抬眼看见营业厅走进来几名穿着一中校服的男生和女生，其中有一个女生正是那天她在洗手间见过的熟面孔。

"这么快？看来这几天放学得早点儿走，他们堵错人咋办？"

"你没看吗？昨天盛越贴吧的吧主实名发帖，让这个造谣的女生给他们道歉，他们就当作一切都没发生。"

"太有趣了，她造什么谣了？"有人不满地说。

"人微言轻呗，当事人冷处理，本来这事都快过去了。怪就怪她的视频拍得不清晰，完全看不出什么有用信息，还配上那种含糊的文案。再说了，二世祖做事要什么理由，在路上多看一眼都有被打的呢！"

"下星期赛委会就要公示这次市篮球联赛的排名了，我们学校不会真的因为这次的舆论被取消第一名吧？"有人担忧地问，这也是这段时间一中学生回怼盛越学生的原因。

十几岁的少男少女正是集体荣誉感最强的时候，倘若赛委会真的因为舆论而怀疑他们冠军的真实性，那对他们来说简直是奇耻大辱。

"那你们就想多了，你看看这事出了一个多星期了，当事人发声了吗？"另一个男生满不在乎地说，"这事根本就没想的那么复杂，能跟明炽玩到一起去的人会是普通人？你们不会真的以为他只是成绩好吧，我听说林汀云的爷爷是工程院院士，人家根本不在乎这些。"

"那他还这么低调？我爷爷要是院士我得横着走！"

"你们说那个发视频的女生会不会是故意不匿名的，以为能通过这件事引起林汀云的注意？"

"哎，有道理。"

几个人交完话费离开，许奈奈呆呆地拿着花花绿绿的宣传单站在一边。

"哎，你还办不办业务哇？别挡住后面的人！"

许奈奈手里的宣传单被捏出褶皱："办。"

"办什么套餐？"

她快哭似的挤出笑容："我不太懂，您可以帮我推荐一下吗？"

营业员无声地翻了个白眼，指着最贵的套餐说："看你上个月流量超了那么多，还不如办个二十块的，一个月也就多二十块。"

许奈奈早已丧失思考的能力："好。"

当天晚上的晚自习，许奈奈一个字也没听进去，压下想在学校打开手机的欲望，终于等到放学。

许奈奈回到家迫不及待地开机，打开浏览器，登录贴吧，果不其然，自己的帖子下有无数的消息蜂拥而至。

她捧着手机，手腕晃动，上下键按错好几次，才勉强点开界面。

老式手机的贴吧主页简陋单调，可被置顶的那条要求道歉的帖子却那么醒目：致淮宜一中高二某班三字女生——道歉！或者放学别走！

许奈奈迅速往下刷，大部分盛越的人都在骂她，除了少部分一中的学生冒出来说两句公道话，但很快又被压下去。

许奈奈双腿一软，跌坐到床上。她忍不住发抖，白天那些人的话又回响在耳畔——

"你看看这事出了一个多星期了，当事人发声了吗？"

"你们不会真的以为他只是成绩好吧，我听说林汀云的爷爷是工程院院士，人家根本不在乎这些。"

"怪就怪她的视频拍得不清晰，完全看不出什么有用信息！"

"你们说那个发视频的女生会不会是故意不匿名的，以为能通过这件事引起林汀云的注意？"

············

许奈奈慌乱地打开贴吧的个人中心，却完全不知道要怎么设置匿名——可即便现在匿名也于事无补。

QQ 年级群里的学生仍然在热火朝天地讨论，大部分人都在指责发帖的人还不如不发视频，让盛越那群人跳梁小丑般的行为冷下去。

许奈奈看着群里的消息滚动着，视线逐渐模糊。

真的是自己做错了吗？她发出去的视频除了将他再次推上风口浪尖，就没有一点儿作用了吗？她是不是不应该这样强行出头？所以她要去道歉吗？

许奈奈曾以为自己做了正确的选择，此时突然产生了动摇。

她沉默很久，滑动手指，正想去编辑文案，忽然手机振动了一下。

许奈奈的瞳孔迅速放大——

林汀云请求添加你为好友。

许奈奈不敢置信地瞪大双眼，近乎用全身的力气才理解了好友申请页面的短短一行字，林汀云申请加自己为好友，渠道是通过年级群。

许奈奈站起来深吸一口气，又来回走了两圈才确信自己没有看错。

他为什么要加自己？

许奈奈将双手拇指交叠，手指仿佛有千斤之重，落到手机按键的那一刻有系统消息弹出。

你已经和林汀云成为好友，现在可以开始聊天了！

许奈奈的心脏怦怦乱跳，"你好"两个字她还没打完，手机再次振动起来。

林汀云：**把视频原件发我。**

他竟然知道是她。

她的手机像素不高，再加上贴吧发送视频时会压缩画质，所以发出去的视频就是一团糊得不能再糊的画面。

许奈奈忽然明白了什么，可是她的手机连图片都不能查看，怎么发视频？如若不然，她也不会大半夜跑出去找电脑。

林汀云：**不方便吗？**

许奈奈咬住下唇，斟酌半天敲下文字。

叶子：**我把储存卡给你，可以吗？**

对面沉默许久，许奈奈逐渐有些忐忑不安。

林汀云：**不用了。**

许奈奈心口一紧，刚想问他等自己找到电脑再发可不可以，对方又发过来一条消息。

林汀云：**不要回复他们。**

许奈奈一愣，回过神发现林汀云的 QQ 状态已经显示离线。她呆呆地看着变成黑白的对话框，明知他现在收不到，还是敲下文字。

叶子：**好。**

许奈奈反复地看着这短短几句对话，思忖自己有没有说错话。

他会不会因为自己无法发送视频原件而对她有不好的看法？他为什么会知道发视频的人就是自己？他也会跟那些人一样，认为自己发出视频是有利可图吗？可是，他刚刚对自己说，不要回复他们。

许奈奈不知道这些问题的答案，她只知道林汀云不过寥寥数语，已经在无形之中给了她力量。

贴吧上，置顶的热门帖子飘红，下面仍然是辱骂、恐吓、威胁，以及要求她道歉之类的言论。

许奈奈果断地断网离线，睡了这段时间以来最安稳的一觉。

第二天，课间操结束，许奈奈刚走进教室就听见一阵尖叫。

还是马浩拿着手机，一大群人围着讨论，但议论的内容与前几天大相径庭。

"当事人终于出面了！"

"太帅了吧！"

"他是怎么做到把高糊视频调得这么清晰的？"

"我看看盛越的人这下还有什么好说的！"

"你们快看，赛委会发声明了！"

早上六点，林汀云实名发布了一条总决赛视频，没有配任何文案。

视频将之前许奈奈发的两段视频进行了整合，唯一不同的是对清晰度做了处理，随手暂停都是高清画面，甚至放慢倍速能看清盛越的几个队员暗戳戳的小动作，看得出来剪辑这段视频的人是个电脑高手。

许奈奈还在震惊中，梁屹走到她跟前："你知道发视频的女生是谁吗？"

许奈奈的呼吸微顿："是谁？"

林汀云没有配文字，修复后的视频也无须言语，真正意义上验证了许奈奈的那句文案——眼见为实，请勿传谣。

"我也不知道。"梁屹看着她，又移开了视线，"不过不重要了。"

这段视频发布后短短一分钟转发量就过千，而在几个小时后赛委会称收到举报，发布了关于总决赛成绩排名推迟公示的声明。

许奈奈从没想过林汀云找自己要视频原件的目的在这里。令她更惊讶的是，这样光风霁月的少年竟然采用如此简单粗暴的手段证明自己的清白，可她转念一想，他的行为又在意料之中。

林汀云实名发帖的举动就像他的解题步骤，直击要害，也将无数人的注意力从原来发帖人的身上转移。

"你们快看，盛越的吧主出来道歉了！"

"好像是给当初发视频的女生。"

"事实已经板上钉钉，他们不道歉还能怎么样？"

"之前的帖子也都删了。"

"所以那两个视频到底是谁拍的？"

"不重要了！"

周围人的声音就像间隔着一道巨大的幕布从观众席传来，许奈奈单手托腮，视线越过窗子往高二一班看去。

快要高三了，大课间即便不用上操，实验班的外面也没有人走动。

最初，盛越的人含糊其词地造谣林汀云以不正当的身份上场并反败为胜，后来许奈奈发了比赛视频被针对威胁，铺天盖地的谣言几乎颠倒黑白，而今天却又一次被他扭转局面。和那天篮球赛场上的绝杀一样，他干脆利落地又一次证明了什么叫"以其人之道还治其人之身"。

许奈奈不再惴惴不安，甚至感觉自己浑身上下的每一个细胞都在沸腾，能和他一起成为幕后"共犯"，好幸运。

市篮球联赛的结果在赛委会查证后很快公布，盛越中学因为比赛中违规并恶意造谣，被取消了成绩，第二名顺位给了之前的第三名，淮宜一中是本次市篮球联赛当之无愧的冠军。

这件事结束后，3月底的月考成绩也跟着公布。

许奈奈进入班级前三名、年级第一百名，郑强高兴得不得了，想让她在班会上分享自己的学习心得，但被她拒绝了。郑强几番劝说无果，最终只好妥协。

程可柠在篮球比赛过后去首都参加国标舞考级，等她回来时已经是

4 月底了。

"我爸说只要我能考进年级前一百名，就考虑让我走艺考这条路啦！"

"你要转艺术生吗？"许奈奈惊讶地问。

虽然许奈奈早就知道程可柠的家庭条件很好，但依照程可柠现在的成绩，就算她参加高考，也完全可以考上一所 985 院校。

程可柠点点头，随后苦恼地说："其实要不是我爸被我后妈'洗脑'，不让我读艺术，我现在就可以跟于嘉礼一样在盛越读书了，每周双休，没有晚自习。啊，多么美好的生活！"

许奈奈倒是没想到程可柠这么开朗的性格竟然生活在重组家庭。

"那你高三时是不是就要去艺术班了？不过学理科参加艺考还是有点儿吃亏的。"

艺考的文化分是一起排名，不分文理，所以一开始选择走艺考这条路的人会选文科，毕竟相同水平下，文科的分数会考得比理科高。

"我还需要转文科才能考得过他们吗？"程可柠骄傲地挺起胸脯，"高三是去艺术班，还是转去盛越，我还没想好，毕竟盛越是我们这儿最好的艺术类高中，我绝对不是因为于嘉礼才这么想去的！"

转去盛越？许奈奈愣了一下。

程可柠是她来淮宜一中后最好的朋友，她不是没经历过离别，只是从前她与人交往不深，很少出现不舍的情绪。其实仔细想想，还有不到半年她就要升入高三了，整个高中生活也即将进入后半段，现在身边的人不过是人生中的过客，包括他。

程可柠不仅是校学生会的文艺部部长，同样也是班里的文艺委员，去年班级的大合唱节目就是她一手组织的，今年换成了唱跳节目。

艺术节即将来临，程可柠开始新一轮的动员："这次艺术节我们班出一个唱跳节目，这里是歌词，大家看看，想参加的人来找我报名。"

程可柠选的是一首英文歌，并把歌词打印出来发给了全班同学。

"看到楼下的高考倒计时了吗？往上加三百六十五天就是你们的高考倒计时，不要再把自己当成离高考很远的高二学生了！艺术节又怎么样？我以前带的学生艺术节都在观众席刷题的！你们要是有人家的一半……"郑强来到教室里看到大家都在讨论艺术节本来很生气，结果一看歌词竟然全英文，瞬间转变了态度，"哎，是英文歌？不错，现在知道通过艺术节学英语了。"

程可柠站起来笑着回答说："是呀，郑老师，我们都很热爱英语呢！"

"就应该这样，想当初我跟你们一样大的时候，想学英语都学不了……"

郑强还在回忆年少时的光荣战绩，全班学生则是心照不宣的憋笑。

许奈奈没有看歌词，所以一开始并没有意识到大家在笑什么，直到回家后，计算物理大题时偶然翻开差点儿被当成草稿纸的歌词页。

一句句露骨的歌词冲击眼球，许奈奈红着脸把纸翻过去，还好她没答应程可柠上台表演。

英文歌听起来简单，唱起来却不容易，整个六班没有找到一个能和程可柠合唱的人。于是唱歌的部分变成了程可柠的个人 solo（独奏），跳舞的部分是程可柠自编的爵士舞，班上倒是有不少人报名。

每天一到第四节晚自习，参加表演的同学就会被程可柠"假公济私"地带到学校练舞房排练，许奈奈因为之前的承诺，赶鸭子上架，成了程可柠身边最忙碌的小助手。

就这样过了几周，许奈奈还是感到疑惑，这种歌词是怎么过的审，于是她小心翼翼地问梁屹："这首歌的歌词是不是不太适合中学生，万一被审核的老师抓到，可柠会不会出事呀？"

梁屹打破她的疑虑："程可柠是校学生会文艺部部长，她负责艺术节的节目审核。至于能听懂的英语老师，她们……嗯……都很前卫。"

许奈奈感叹道："原来如此。"

艺术节前夕，4 月份的月考开始了，这是分班考试前的最后一次月考，试卷的难度明显比前几次高。

协助程可柠筹备艺术节之余，许奈奈不敢掉以轻心，紧绷的神经在考试结束后才松懈下来。

依照惯例，月考后全校大扫除，许奈奈跟着班上的人把桌椅搬出去，然后去拿扫把和钥匙。这两个学期一直都是许奈奈负责打扫天台，所以钥匙也一直在她手上。久而久之，这块鲜有人去的地方成了她的秘密基地，她有时候会去那里背书。

其实说起来她去天台的目的也并不纯粹，可惜的是，不纯粹的目的并没有得到不纯粹的结果。

那天她在天台做题被林汀云撞见以后，她再也没有在天台上遇见过林汀云，天台上除去日益累积的灰尘和被大风刮上来的香樟树叶再没有其他东西。

许奈奈认真地打扫地面，校服口袋里装着一本英语单词手册，里面夹着程可柠给她的复印版试卷。

每次月考结束后，程可柠都会多打印一份林汀云的试卷给她。

许奈奈总是强装淡定地借着学习的名义答谢程可柠，抱着不清白的心思收下，然后在无人知晓的地方偷偷研究他精妙绝伦的解题步骤。

打扫完天台已经是傍晚了，许奈奈直起腰长呼了口气，恰巧望见天边的落日。

2011 年的淮宜市还没有那么多的高楼大厦，教学楼天台的视野还很开阔。

一阵风吹过，许奈奈好不容易扫成一堆的叶子被吹散。

眼看着劳动成果快要白费，许奈奈顾不上欣赏大自然的美景，赶紧拿起扫帚把落叶扫进簸箕里。

落日晚霞，天台上的香樟树叶漫天飞扬。

许奈奈手脚并用，一边用腿固定簸箕，一边吃力地清扫胡乱飞舞的落叶。就在许奈奈追赶一片落叶到转角时，忽然传来一声轻咳。

拐角处，林汀云随意地倚着栏杆，他手背抵唇，听到动静，侧目看来。

夕阳辉煌而盛大，初夏的微风吹鼓二人的校服衣摆。

二人视线碰撞的刹那，许奈奈抱着扫把下意识地后退一步，她好像突然闯入了危险禁区。

许奈奈曾幻想过很多次在天台与林汀云再次遇见的情景，却从未料到会以这样的方式实现。

"你……"许奈奈咽了口唾沫，垂下眼，头顶的树叶从耳侧滑落，她将碎发别到耳后，小心地斟酌用词，"抱歉，风太大了，我不是故意把树叶弄到你们班的清洁区的。"

天台以中间为界，两边分别是高二一班和高二六班的清洁区，一班因为是实验班，其他清洁区不多，所以早就有人打扫完了天台。

林汀云将吹到肩上的落叶拿下，缓缓走近，停在她带来的垃圾篓旁，低声询问："可以丢吗？"

落日的余晖被少年高挑的身影遮挡，许奈奈嗅到一股不知名的清香。

"可以。"她偏过头，声音带着微颤，那是刻意隐藏剧烈心跳的结果。

林汀云一怔，低笑着道："多谢。"

他的声音清润，略微起伏的尾音像一根羽毛撩拨着她的心弦。

"其实应该是我对你说谢谢才是。"许奈奈鼓起勇气，却仍然不敢看那双冷淡的眼睛。她隐藏了发布视频的私心，只是说："当时我气不过盛越的人颠倒黑白，只是想记录他们犯规的证据，没有想到会造成后面的后果，差点儿就……"

"我知道。"林汀云的语气淡然，"但这不是你的错。"

许奈奈蓦然抬头，林汀云俯视着她："是我应该谢谢你。"

天台的大风像是被突然定住，飘在半空的叶子盘旋着落到地上。

这段时间，许奈奈发视频的初衷被舆论扭曲了太久，久到她已经开始怀疑自己的做法是否正确，却在这一刻得到当事人的肯定。

许奈奈忽然丧失言语与思考的能力，她不知道该不该询问他是怎么知道发视频的人是自己的，更无从探究他究竟用了怎样的办法，才将那段高糊视频还原成如此高清的水准。

她的心跳好像漏跳了一拍，如同乱掉节奏的钢琴曲，琴键杂乱无章地跳跃，阴差阳错地演奏成一曲乐章，一下一下地敲击着她的耳膜。

"我……"

天台又起大风，落叶再次被卷到高空。

一片叶子迎面飞来，许奈奈下意识地遮挡，林汀云越过她，从楼梯间拿出一把扫帚。

许奈奈一惊："我来就可以……"

然而回应她的只有沉默不语。

他在帮自己！意识到这件事，许奈奈差点儿握不稳扫帚。

她沉默下来，在他背对着自己时才敢偷偷瞄一眼，他的背影远比他的脸让她熟悉。

林汀云手长腿长，许奈奈扫完一小片区域的工夫，他已经扫完一大片区域了。

为了防止落叶再次被风吹起来，许奈奈连忙把垃圾桶搬过来，将落叶全部倒进去，盖好盖子。

打扫完，林汀云将扫帚放归原位，打量了一下许奈奈以及那个有她一半高的垃圾桶："你们班就你一个人负责这片区域？"

初夏的树林蝉鸣细微，少女的马尾迎风而动，发尖闪着细微的光。

"是的。"许奈奈轻声解释，"我们班在篮球场还有一片清洁区，所以人手不太够。"

林汀云了然地点头，然后伸手。

"我来，我来就可以了！"许奈奈连忙要把垃圾桶拖过来。

刚刚让他帮忙扫地已经很过意不去，哪里还能让他帮忙倒垃圾？

可林汀云比她更快地抓住了垃圾桶的一边。

"走吧。"林汀云言简意赅道。

许奈奈的耳根发烫，她终是慢悠悠地拎起垃圾桶的另一边。

一般情况下，扫天台的时候不会用上垃圾桶，只是最近落叶较多，风又大，簸箕没办法装下所有的垃圾，所以许奈奈就拿了个垃圾桶上来，却没考虑到自己一个人怎么把垃圾桶运下去。如果早知道今天会碰到林汀云，她宁愿多跑几趟也不愿意麻烦他做这样的事。

相比于许奈奈的慌张，林汀云倒是十分从容。

他行事低调，却不代表存在感低，更何况最近那场篮球赛风波，他还是当事人。

沿路都是穿着校服进行大扫除的学生，许奈奈感到无数道灼热的视线落在自己身上，甚至有不少女生围在一起窃窃私语，谈论他们为什么会走在一起。

短短的一段路走得仿佛有一个世纪那样久。

许奈奈的心情跌宕起伏，她只敢将目光落在地面的影子上，突然她发现，他们两个人的影子错位交叠，像极了牵手。她的呼吸又乱了，雀跃之情来得莫名其妙，也因为抵达目的地而失去得极为轻易。

倒垃圾的地方并不远，林汀云单手拎起垃圾桶，挽起的袖口露出流畅的小臂线条。

他把落叶倒进垃圾站，许奈奈连忙双手接过空垃圾桶："现在我可以自己拿了。"

这次林汀云没说什么，他去旁边的洗手池洗了手，透明的水珠从他的指节滑落。

让这么漂亮的手帮自己倒垃圾真是罪过，许奈奈想着。

林汀云洗完手折回来，她心一慌，迅速躲闪视线，装作刚刚正在看风景。

突然，口袋里的英语单词手册掉到了地上，刚好掉在他的脚边。

许奈奈："……"

林汀云弯腰拾起，印有他名字的试卷露了出来。

这一幕有些似曾相识。

许奈奈尴尬地说："那个……这是可柠借给我对答案的。"

"嗯。"林汀云淡淡地应声，似乎并不在乎这件事。也对，每次月考完，他的试卷就会在全年级到处传，他估计早就对这件事习以为常了。

许奈奈的脸上挂着强作镇定的笑容，她收好了手册和试卷，掌心沁出薄汗。

金灿灿的夕阳壮丽又旖旎，晚霞、微风与身旁的少年拨动着少女懵懂的心弦。

他们一路无话，并肩而行。

许奈奈放慢呼吸，生怕惊扰这片刻的岁月静好。

一直这样走下去吧！能一直这样走下去就好了！

可惜路总会走到尽头，路过篮球场时，他们刚好遇见六班的同学。

"奈奈！"不远处，程可柠挥舞着手臂笑着叫她。

其他同学见状也跟她打起招呼。

"还有十分钟就要上晚自习了！"

"许奈奈，你拿那么大个垃圾桶干吗？"

六班打扫清洁区的同学们提着扫帚和垃圾桶往这边狂奔。

"我先回去了。"许奈奈维持着恰到好处的分寸，对林汀云告别，"再见。"

"再见。"

林汀云单手插兜，高挑的身影逐渐远去，许奈奈掌心的薄汗润湿了垃圾桶的边缘。

"我来拿吧。"梁屹用一只手拿着扫帚，另一只手接过许奈奈手里的垃圾桶，顺着她的目光看去，却什么也没看见。

马浩高声喊道："快跑，还有四分钟，五楼哇，兄弟们！"

"怎么就只有四分钟了！"

"快跑！快跑！"

这边的动静惊动了路过的教导主任："嬉戏打闹，不成规矩！那是几班的？给我站住！"

"完了，被教导主任看到了！"

"我们是高二七班的！"

"八班！"

"九班！"

"二十九！"

"你们这群小兔崽子！"教导主任气得身上的肉直抖，奈何根本追不上他们。

"快，打预备铃了！"

"两分钟爬不上五楼的人就惨啦！"

"我绝对不要是最后一个！"

"待会儿老郑又要骂人啦！"

"哈哈哈……"

众人打闹着朝楼梯口跑，许奈奈被程可柠拉着跑，被他们感染得也笑了起来。

她下意识地回头，大厅上张贴的高二年级光荣榜艳丽鲜红，高高在上的少年容颜清冷俊逸，和其他人下面大段的励志标语不同，他的照片下方只有简短的"天道酬勤"四个字。

在"天道酬勤"四个字的斜下方，是年级第一百名的她。

九十九名，是我和他之间的距离。——2011.04.29

五一劳动节，一中除去高三学生都放了月假。

杜家一向秉持着富养女儿的观念，节假日总会带着杜梦婷去旅游，正所谓"读万卷书，行万里路"，领略不同地方的风土人情，也能培养女孩子的情操。奈何杜兴宏工作繁忙，总是加班，所以这一次依旧是许慧玲带着两个老人和孩子出远门。

许奈奈不敢和杜兴宏单独待在家里。她放弃留校复习的想法，在许慧玲他们出发的当天，就借着回家看爷爷奶奶的名义搭上了回远宁县的早班车，同时她也想和爷爷奶奶商量一下住校的事。

阳光明媚，白云朵朵。

许奈奈坐在大巴靠窗的位子上，一阵风拂过她眯起的眼睛。

为了省钱她通常不会买高速大巴的票，普通大巴从淮宜到远宁县要接近七个小时。破旧的车厢内气味混杂，她有些晕车。

她将额头抵着车窗，忍着胃里的不适，小心翼翼地打开手机，习惯性地翻到相册。

虽然照片像素不高，但也足够定格住少年意气风发的身姿，带着他名字缩写的零号球衣随风鼓动。许奈奈瞬间觉得晕车也没那么难受了。

回到家，和以前一样，许奈奈除了复习，也会担起家里的家务活。

许爷爷早年在煤矿工作，挖煤时遇到塌方，虽然捡了半条命，却留下跛足的毛病，因此只要她在家就尽量帮忙做更多的力气活。

第二天吃过早饭，许奈奈在后院背了会儿单词和古诗，然后去地里摘青菜。

快到中午，她抱着一篮子白菜在后院的井边洗菜，前面忽然传来争执声。

"奈奈已经读高中了，你过年都不回来看她，一回来就要钱，这是当爸爸的样子吗？

"我们奈奈身边没爹又没妈，你带个女人回来让别人对她指指点点，我们两个老东西除了把她送去淮宜还能怎么办？

"那个女人的年纪都能当奈奈的姐姐，你这个畜生！"

…………

争执声越来越大，许奈奈赶紧站起来走进屋。

客厅中，许爷爷拄着拐杖，脸气得通红。许奶奶扶着许爷爷的胳膊，眼里含着泪，不断地摇头。

许奈奈愣愣地看着站在大门口许久没见的中年男人，喃喃地叫了声："爸。"

许建保年纪轻轻就有了许奈奈，今年也才三十多岁。他嘴里叼着烟，头发染成黄色，脖子上戴着夸张的链子，若非眼角有细微的皱纹，第一眼看去就像个不学无术的学生。

"哎，奈奈，你来得正好，过来。"许建保笑呵呵地招手，猛抽两口后，将烟扔在地上，用脚碾灭。

许奈奈踟蹰着往前走，白皙的手背上还沾着一片青菜叶。

"奈奈，你看你今年也十六岁了，该懂事了吧？"

许建保的身上烟味冲人，许奈奈忍不住皱眉，很轻地点点头。

"那爸爸给你找个后妈，你应该没意见吧？"

烟头被踢到她的脚边，她下意识地闪躲了一下，她有点儿怕他。

许奈奈的沉默落在许建保的眼里，还以为是她不愿意，火气顿时就上来了："前些年要不是为了你，我婚都不知道结多少次了！"

"许建保，你说的是人话吗？！"许爷爷气得满脸通红，"我们一分钱都不会给你！还有，那个女人不要带回来，我们是不会认的！你摸着良心问自己，这些年你管过奈奈几天，刚出生就是你妈带回来养着。"

许建保不乐意了："当初不是你们非要养吗？奈奈都没说什么。"

许爷爷狠狠地挥舞着拐杖："她说什么？你要她一个小姑娘说什么？你那些烂事我不想当着孩子的面讲，你要好好想想，过两年奈奈就要上大学了，学费怎么办？生活费怎么办？她长成大姑娘了，要买新衣服、新鞋子……"

"什么新衣服、新鞋子，你要打扮给谁看？"许建保狠狠地瞪着许奈奈，"爸，妈，你们不知道，在外国子女过了十八岁都不会再找父母要钱的，我们要学习别人的先进思想……"

许奈奈被许奶奶拉到厨房帮忙做午饭，留下父子二人在那儿争吵。

许建保是许爷爷和许奶奶最小的儿子，以前家里太穷，好几个孩子都没养活，长大的只有许慧玲和许建保。

许建保被全家人溺爱着长大，人浑得厉害，年轻时一不小心搞大了别人的肚子，不得已结婚。但这段婚姻也没维持多久，二人在许奈奈八个月大的时候离了婚。

女方嫌弃许奈奈是个女孩儿，而且带在身边不好再嫁，于是放弃了抚养权。许建保更是毫无责任心，从女方怀孕起就没着过家。许奶奶心疼孩子，几乎是从许奈奈刚落地就一直养着。

"不给他养个孩子，以后哪儿有人给他养老？"许奶奶总是这样讲，她对许建保的德行了如指掌。

几个小时后，外面已经没有了声音。

许奈奈切菜的动作变慢，她知道爷爷最终肯定妥协了，给了钱。

中午一家人看似和谐地坐在一起吃了顿饭，要到钱后的许建保显然没有刚刚那么暴躁，甚至喝起小酒，开始给家里人开"空头支票"。

"爸，我跟你说，这次我跟朋友去外地炒股，一定能赚大钱，到时候就把你们接到大城市去住。这破地方也别待了！"

许爷爷瞪了他一眼："你以前哪次不是这样说的？最后都亏得血本无归！我们不求你大富大贵，只盼着你能找个好工作，踏踏实实地上班。你看你隔壁王叔的儿子早年就在厂里工作，从基层干起，现在每个月有大几千块的工资。"

许建保满脸不屑，张口就说："爸，这你就不懂了，每个月几千块钱能干什么？要我说还得把钱放在能得到高回报的地方，那些存定期的都是傻子！"

许爷爷有点儿不耐烦："好好吃顿饭！别天天想着高回报，脚踏实地最重要！"

许建保趁热打铁还想要点儿钱："爸，你怎么就不懂呢？现在早就不是你那个年代了，大家都讲究投资，投资懂不懂？"

许爷爷哪里不明白儿子的想法，他恨恨地欲言又止，被气得刚想摔筷子，许奈奈忽然站起来。

"爸爸，"她鼓起勇气，"我可以住校吗？我们家是农村低保，每学期的住宿费只需要两百块钱。"

刚刚还在说"每个月几千块钱能干什么"的人顿时变了脸色，许建保的声音变大："你现在在你姑妈家住得好好的，说什么住校不住校的？两百块钱不是钱？！"

"可是我……"

"可是什么可是？"许建保脸红脖子粗，口不择言地说，"是不是你在人家家里惹麻烦了？我早就说过你的性格不行，闷坏。三岁看大，五岁看老，你五岁的时候跟隔壁老张家女儿一起玩，被别人推进水里，我就知道你不讨人喜欢，不然人家能推你吗？长大了还是这个样子，完全不懂得替别人着想！你明明知道我现在困难，还找我要钱！我们这些做长辈的都知道你是个什么人，你好好想想周围的人对你是什么看法？"

许奈奈眼眶通红，浑身颤抖，被一连串刻薄的质问砸得头晕目眩："我……"

"你住嘴！"表面的平静被彻底撕裂，许爷爷拿起拐杖抢上去，"你又是个什么东西？有你这么说自己女儿的吗？你给我滚出去！"

"爸，我说的有问题吗？孩子就不能惯着，你们把她养得娇气，挑这个挑那个！"

眼见形势不对，许奶奶赶紧拽着许奈奈回到房间。房门关上，拍桌子的声音被墙隔绝在外。

许奈奈呆呆地听着许建保肆无忌惮地对自己进行恶意的揣测。

"奈奈呀，你爸爸这个人……"许奶奶拉着她坐到床边，恨铁不成钢地说，"是我们惯坏了。但是住校这件事你爸说得也有道理，我们家的情况你也知道，两百块钱对别人来说不贵，但爷爷奶奶又没有养老金，要卖多久的菜才能攒到两百块钱呢？"

许奈奈的眼眶酸涩："我不是想要你们出，我爸他都没给过我一分钱。"

许奈奈已经不是小孩儿了，很多大人不说的事不代表她不懂，在养育她这件事上，许建保几乎是没有花费任何成本。

"那他就是没钱，能怎么办？总不能逼死他，是不是？"许奶奶叹口气，"他毕竟是你爸爸，儿不嫌母丑，狗不嫌家贫，你是做女儿的，也要多理解他，他也不容易。跟奶奶说说，怎么突然想住校了？是在姑妈家受委屈了？"

许奈奈死死地攥着拳头："没有。"

许奶奶多少也知道杜家人不好相处，轻声安抚道："你姑妈也很辛苦，当时嫁人就算高嫁，你姑爹还是个争气的，钱越挣越多，他们家有架子也是正常的。你在他们家勤快点儿，看到活就多干，乖一点儿，听话些，他们不会过多为难你的。"

听着许奶奶一如既往的嘱咐，许奈奈心里有些委屈，可是那样难以启齿的事她又怎么说出口？又有谁会信？

"奶奶，我知道了。"许奈奈强忍着哭腔，"我就住在姑妈家里，不住校了。"

许奶奶欣慰地摸着她的脑袋："哎，这才是乖孩子。"

许奈奈偏过头，不让许奶奶看见自己通红的眼睛。

三天假期被许建保彻底摧毁，许奈奈提前一天回到淮宜，好在许慧玲他们也旅游回来了。

月假过后，一中例行公布月考成绩，许奈奈这次成了班级第一名、年级第五十四名。

上个月的光荣榜被换下来，新的光荣榜被贴上去。

许奈奈依然隔着重重人群遥望挂在榜首的少年，阳光为他的照片镀上一层金色。

和之前不同的是，高二一班的第一名和高二六班的第一名在光荣榜的位置上只隔了四个人的距离。

这是分班考试前的最后一次月考，她首次冲进年级前六十名，也代表着她终于拥有进入实验班的入场券。之前觉得虚无缥缈的愿望在这一刻有了可以企及的实体。

艺术节定在5月8日，仅剩一个星期，各班同学都在忙着排练。

艺术节当天，程可柠从下午开始就忙得晕头转向，幸亏有许奈奈帮她，她才能短暂地休息一下。

"再帮我核对一下今晚的节目名单，还有那边的化妆间，别让人过去。"程可柠一边检查设备，一边对许奈奈说。

许奈奈对于节目单上的节目已经十分熟悉："我已经核对过了，就差最后一个节目，可是盛越那边一直没给名录过来。"

程可柠："就是要神秘才对，反正别让人去化妆间就好了，还有道具组也麻烦你帮我检查一下啦。"

许奈奈翻动节目单的手微微一顿，她当然知道独立化妆间里的人是谁："好。"

艺术节在学校的体育馆举办，馆内一共有三块电子显示屏，其中一块为主屏幕，放在正前方，另外两块小的放置在舞台左右两侧。

艺术节是晚上七点开始，下午两点主持人以及表演人员就去后台开始化妆。

平时学校都要求穿校服，艺术节是一中学生为数不多的能穿私服的日子，即便没有节目，大部分人也会穿各自喜欢的服装在看台当气氛组。

程可柠提出要有反差感，主打一个中西碰撞，于是高二六班的节目是唱英文歌，穿的衣服却是改良后的汉服，甚至还给每个人配发了一把扇子。

后台人来人往，许奈奈正搬着东西，突然被程可柠抓过来。二人几番拉扯，最终许奈奈无比不自在地在更衣间换好衣服。

"我还要干活呢，反正又不需要上台，要不我就不穿了吧，这裙子穿着太不方便了。"

"干什么活？让男生搬东西，你只需要帮我盯一下后台的秩序。"程可柠拍了拍身边的凳子，"来，我给你编辫子。"

许奈奈纠结地扯着不到膝盖的裙子，化完妆的程可柠端着一大盘发饰，毫不犹豫地扯开了她的发绳。

"哎——"许奈奈猛地抬手捂头，然而已经晚了一步。及腰的长发披散开，宛若瀑布般垂到纤细的后腰。

"许奈奈，你的头发好长啊！发质也好，看起来好柔顺，你用的什么牌子的洗发水？"

许奈奈尴尬地说了个牌子，悄悄地从旁边拉过校服挡住露出的长腿。

"这么好看的腿挡住干吗？"程可柠察觉到她的意图，唰地一下扯开校服。

许奈奈急红了脸："我……"

"哇！"

忽然外面传来一阵喧嚣，高二一班全体人员穿着制服走上看台。

"他们班穿的是动漫里高中生们的制服欸！"

"好好看，好像二次元的高中生！"

后台的帘子不知什么时候被人撩开，这个视角刚好看到高二一班的座位区。

无数人惊呼着，许奈奈睁圆了眼睛，甚至忘了去抢被扔在一旁的校服外套。

乌泱泱的人群中，林汀云走在最前面。他穿着白衬衣，黑色外套的扣子扣到喉结下方，裁剪得体的黑色长裤包裹着修长有力的双腿，垂在身侧的手背青筋分明，完美得好似刚从漫画里走出来的少年。

不难看出一班的文艺委员是个资深的二次元爱好者。

许奈奈再也不敢抬头，双手揪着裙摆，任由程可柠在自己头上"作乱"。

程可柠审核节目名单时，许奈奈曾帮她打过手，知道高二一班的节目就是文艺委员方小芙的个人独唱。

高二一班毕竟是实验班，一切从简。但实验班到底也是压抑许久的高中生，不能放肆地排练节目，总能租些不同寻常的衣服。

"许奈奈，你好漂亮呀！"一班的文艺委员方小芙隔老远就挥手，引起不少人侧目，"你们班的衣服也好好看！"

方小芙的个子矮，又长了张娃娃脸，此时她梳着双马尾，穿着粉色制服，简直就是动漫里的女高中生。她一边挥手，一边小跑着来到后台。

"谢谢，你们的衣服也很好，唔……"许奈奈的脸蛋被捏住，她震惊地放大瞳孔，程可柠拿着粉底往上扑。

许奈奈含糊地说："我……"

程可柠弯着腰跟她面对面，笑得有些奸诈："必须化，这么好看的脸必须得由我来亲自化妆！"

"哎，你不能这样对许奈奈！"方小芙急了。

许奈奈感激涕零，连连点头。

"你应该这样，眉毛画得细一点儿，我前几天在网上看到古典美人都是这种妆。她的皮肤太白了，不要用这个色号的粉底，还有腮红……"

"对，对，对，给我换个色号的粉底。"

许奈奈绝望地被迫仰着头，两个女生来回捣饬她的脸。

后台的帘子依然维持着被撩起的状态，从许奈奈的视角可以清晰地看到高二一班，而林汀云就在离她不远的地方和工作人员说着什么。

她现在一定狼狈极了，许奈奈沮丧地想。

不知道过了多久，许奈奈感觉自己的脖子都仰得酸了，方小芙和程可柠终于松开她。

一面镜子被放到许奈奈面前，她猝不及防地在镜子里见到被打扮完的自己，头皮一紧："这……"

许奈奈原本及腰的长发混着彩色的发绳编成两条垂到胸口的鱼骨辫。

她本身底子好，眼睫毛不用夹就足够卷翘，白皙的皮肤稍微涂一点儿粉底，鼻尖和脸颊用亮片点缀，眼影是夸张的蓝色，眼尾勾出一抹长长的眼线。

"怎么样，我自创的精灵妆好看吧？"程可柠得意地昂着头。

许奈奈侧身一看，身后的六班女生都是这样的妆容。

她不自在地握住鱼骨辫，从到淮宜那天被杜梦婷说土气后，她再也没扎过两条辫子。

"可我们不是中西碰撞吗？"

"精灵也算西方元素。"

许奈奈说不过程可柠，不自在地抿了下嘴唇，想去擦掉口红："口红的颜色是不是太艳了？"

"别动！"方小芙警惕地抓住她的手。

"这还艳？"给自己涂着正红色口红的程可柠完全不能理解，"都怪你太白了，涂个西柚色都闪得发光。"

方小芙点头如捣蒜。

许奈奈："……"

许奈奈放弃挣扎，正准备站起来披外套，林汀云和明炽已经跟工作人员交流完毕。

"程可柠，你怎么化成这个鬼样子？"明炽的制服外套搭在臂弯处，垂眸揶揄程可柠。

程可柠一撩长发，眨了眨戴着假睫毛的眼睛，头都懒得抬："让开点儿，挡光了。"

"真的吗？"明炽笑着掏出一张专辑。

程可柠的眼睛一瞪："这是？"

"你喜欢的歌手的原版专辑。"明炽的手臂往上一抬，程可柠立刻伸手去够。

"给我的吗？给我的吗？"

"来，叫声爹！"

"你去死——"

许奈奈与林汀云之间再没人遮挡，她登时挺直腰背，坐得比上课还端正。

"嗨。"许奈奈露出微笑，缓慢地抬手打招呼，另一只手在身后找外套。她现在这个姿势，裙摆几乎快到腿根，裸露在外的双腿不安地紧闭。然而紧张的她有些手抖，直到后背出了层汗才终于让她抓到类似布料的东西。

　　她轻轻一扯，哗啦一声，背后的照明灯猛地晃动。

　　伴随着一声闷响，疼痛感却没有出现在她的后背上，男生有力的手掌稳稳地撑住摇晃的灯杆。

　　"小心。"男生清冽的嗓音此刻显得有些温和，紧接着，一件校服落到她的腿上。

　　砰！许奈奈的耳畔好似炸开一朵烟花。

Chapter 05

云是云，我是我

林汀云扶好照明灯，两人之间恢复到之前的距离。

许奈奈的校服偏大，长长的衣摆下垂到腿根，将她的短裙遮了大半，只露出两条白皙的长腿。

她嗫嚅着说："谢谢。"

"没事。"林汀云不动声色地移开了视线。

许奈奈感觉耳边的烟花还在砰砰作响，正准备找话题说点儿什么，人已经走远。

"许学姐，你看看我们待会儿上台的顺序还需要调整吗？"

"许学姐，高二七班的小品第三段音频更换过，是这一条吗？"

"许学姐，高一八班的文艺委员刚刚说要加一条背景音，你看看可以吗？"

"时间长吗？"许奈奈在后台校对幕后流程。

音频负责人犹豫地说："十五秒。"

许奈奈额首，在本子上记录一下："加上吧，跟各班的文艺委员说一下，从现在开始，之前定过的音频不能再随意更改，会影响整场晚会的时长。"

"好的，许学姐。"

艺术节的工作人员基本是文艺部成员，许奈奈最近因为帮程可柠的原因和他们交流得比较多。

"许学姐，你今天真漂亮！"许奈奈正要走，道具组的高一小学妹忽然红着脸说了一句。

程可柠拿着话筒组织队列的声音在礼堂回响。

许奈奈回头，看见不少学弟、学妹用惊艳的眼神小心地望着自己。

从小到大，许奈奈一直都是班上最不起眼的一个人，梳着双麻花辫坐在教室的最角落，除了略显出挑的成绩，存在感十分微弱，甚至有不少男生叫她"书呆子"。

因为家庭的原因她性格内敛，再加上这些不算友好的嘲笑，许奈奈越来越害怕跟陌生人打交道，"形单影只"一直是她的代名词。但不知道从什么时候开始，那些无处不在的恶意离她远去，她的身边忽然多了许多善意，甚至现在她可以做到面不改色地与学弟、学妹们对接工作流程。

许奈奈从回忆中抽离，对他们浅浅一笑："谢谢，你们也是。"

晚会开幕前的最后几分钟，程可柠从前台到后台核查各部门的工作，许奈奈也跟着她来回奔忙。

"你是不是很紧张？"程可柠向来神经大条，许奈奈很少见她这么谨慎。

程可柠嘴硬地说："我怎么可能紧张。"

许奈奈戳破她的谎言："你今天已经检查了八遍道具清单、七遍服装清单、十遍音频顺序，还多加了两轮彩排。"

程可柠："……"

"咳，有这么明显吗？"

许奈奈点点头："是的。"

程可柠无话可说，欲盖弥彰地把服装登记手册翻出来："我这是严谨！毕竟最后一次了嘛，等过几天这届高三高考结束，我就要转去盛越了。"

许奈奈一愣："你真的要转学？"

"对呀，还是觉得去盛越准备艺考更好，"程可柠歪着头调侃说，"怎么，舍不得我？"

许奈奈老老实实地说："嗯。"

程可柠微怔，随即很快恢复嬉笑的模样："哎呀，我就算去盛越了，也是你最好的朋友。到时候我每天晚上都会给你发 QQ 消息，你要是敢嫌我烦，你就完蛋了！"

许奈奈被她逗笑："到时候作业不一样，对不了答案了。"

"那就麻烦你帮我做作业啦。"

许奈奈转过身收拾道具，小声地说："反正你别紧张。"

程可柠愣了一下。

许奈奈不是会表露情感的人，不太好意思地说："后台我帮你看着。"

"许奈奈，你搞得这么伤感干吗？！"程可柠仰头眨了眨眼，掩饰自己眼底的水雾，"出意外就出意外呗，校长又吃不了我，再说——喂，你怎么又穿上校服了？"

程可柠注意到许奈奈身上的衣服，瞬间炸毛。

许奈奈头皮一紧，只好睁着眼说瞎话："有点儿冷。"

"姐妹，夏天了。"程可柠叉着腰冷笑，"你赶紧把校服脱了，这么好看的衣服不露出来简直是暴殄天物，你知不知道？"

"等会儿一定。"

"不要等会儿，就现在！"

"我……"

"你什么你！赶紧，赶紧！"

程可柠扑过来，许奈奈护着裙子连连后退，两个女生在后台的打闹冲散了紧张的情绪。

晚上七点，晚会正式开始，按照之前的抽签顺序，高一年级的节目大部分排在前面，高二六班是倒数第三个节目，最后一个节目自然是盛越的神秘嘉宾万施月的表演。

程可柠在前面盯着调音台，许奈奈握着对讲机一直没离开后场。

"你们说今年万施月的节目会是什么？"几个学生一边候场，一边闲聊。

听到万施月的名字，许奈奈下意识地挺直腰杆。

"是芭蕾独舞吧，她学的芭蕾，她妈妈还是芭蕾剧院的首席！"

"我何德何能居然在现场看到芭蕾舞首席的女儿给我跳舞！"

"你别往脸上贴金了，人家是给你跳的吗？"

舞蹈队的几个女生也加入聊天："我之前见过万施月，就在校门口，她和林汀云一起上了同一辆车，都说他们两家是世交，这不是青梅竹马是什么？"

"可是林汀云好像一直对万施月挺冷漠的。"

"你们这就不懂了吧？外表冷漠，实则护短，对她的好不让人发现。"

"哇！这个我知道，青梅竹马、欢喜冤家。"

"哈哈哈……"

每年来一中参加演出的嘉宾都有专门的休息室，今年来的是万施月，排场更甚。到目前为止，没有人看见过万施月，为了保持神秘感，节目类型都没有对外公布，因此引起大家激烈的讨论。

许奈奈的心情复杂。她换了个地方，不愿再听大家的谈话。

晚会进行过半，没出什么大问题，许奈奈替程可柠松了口气。

倒数第四个节目上场后，高二六班参加节目表演的同学也到了候场区。他们班的节目一共分为两个阶段，程可柠的独唱和男女生合作的爵士舞。

台上的节目接近尾声，程可柠给大家强调了一遍上场顺序。

"奈奈，这个备用话筒你拿着，待会儿有什么问题就靠你了。"

许奈奈莫名地有些紧张："你们最好别有问题。"

程可柠朝她眨了眨眼："安啦，我不会有问题的啦！"

场上的聚光灯熄灭，舞台上的人从另一侧下场。程可柠三两步跳上台，伴舞也迅速站好位，许奈奈赶紧在调音台旁站好。之前都是程可柠负责总控，突然换成许奈奈，她十分紧张。

砰！聚光灯亮起，随着伴奏，程可柠的声音响起。

"这声音也太绝了吧！"

"柠姐！柠姐！柠姐！"

程可柠扎着高马尾半披大波浪，耳朵上夹着红宝石耳夹，别着方便她唱跳的耳麦。流畅的节奏间隔两秒，伴舞团一起转身，全场顿时爆发出尖叫声。

程可柠自信地朝前迈步，露出脸颊上的梨涡，小蛮腰在扭动中若隐若现，又甜又飒。

Could you be an angel（你或许是天使），

Your touch magnetizing（你的触摸极有吸引力），

Feels like（这感觉就像）——

话筒发出尖锐的声音，场下尖叫声戛然而止。

"哎，怎么没声音了？"

"不会是话筒坏了吧？"

…………

真是怕什么来什么。

"这是怎么回事？"许奈奈一个头两个大，焦急地问调音师。

调音师也满头大汗："这套设备太老了，要一项项地排查。"

哪儿还有时间排查？场下已经吵得不可开交了。

许奈奈顾不得会打断台上的舞蹈节奏，拿起备用话筒准备上台："麻烦把这个话筒打开。"

"好。"

You're not like the others（你和别人不一样）。

电光石火之间，低沉的男声空降。

明炽一边调整自己的耳麦，一边从许奈奈手里拿走备用话筒。

许奈奈一愣，只见明炽给她比了个放心的手势，然后他单手撑着舞台边缘，跳上了舞台。

"那是明炽！"

"明哥，公然背叛一班哪！"

男生高挑的身姿出现在屏幕上，每一句歌词都唱出不属于他年龄的蛊惑。

You open my eyes（你让我大开眼界），

And I'm ready to go（而我已准备好了），

Lead me in to the light（带我进入光里吧）！

舞台上，程可柠愣愣地看着明炽迈着长腿朝自己走来，明明话筒失音都能维持镇定的人，却在此时心跳漏了一拍。

间隔一秒的空隙，明炽顺势递给她话筒。

程可柠握住话筒回过神。她歪头挑眉与他隔空对视，眼神交汇的刹那，男女声融合在了一起。

"啊——真的是明炽！"

"他是来救场的吗？"

"帅死我了！"

台上的两个人虽然没有彩排过，却意料之外地十分默契。

后来，有些能听明白歌词的同学甚至站了起来。

"这是我能在一中听到的东西吗？"

"呜呜呜，为什么我觉得他们两个好配呀！"

"别乱说！"

许奈奈终于放下心。她揉了揉脸转身，抬头的瞬间突然愣住。

调音台的斜上方刚好是高二一班的看台，林汀云正靠在最上面的栏杆上，支着长腿，双手环胸。许是察觉到她的视线，他淡淡地垂眸。

恰逢此时，音响里传出男女和声，舞台上的聚光灯五光十色，光晕斑斓流转，二人的视线在无人可知的阴影中短暂地碰撞。

周遭所有的人与物仿佛在刹那间变成虚影，她的眼里只有他的身影。

哐！突然后台传来一阵骚动，许奈奈的眉心一跳，只见舞台的道具被人撞散。

此时，舞台上最后一句歌词落下，伴舞的人摆出 ending pose（结束姿势），热烈的欢呼与掌声响彻场馆，随之灯光跟着熄灭。

倒数第二个节目的人上场准备。

"怎么了？"许奈奈三两步跑到道具旁边。

被道具压住的女生被人扶起来，腿上瘀青了一大块。

许奈奈心惊地说："快送去医务室。"

"不行。"那个女生疼得脸色发白，从怀里捧出一个精致的首饰盒，"这是要拿给万施月的蓝宝石，下个节目就是她上台了。"

许奈奈怔了一秒，顾不上内心的五味杂陈，很快做出决定："你们带她去医务室，东西我去送。"

"可是……"

女生担忧的话还没说完，许奈奈已经拿着东西快速离开。

万施月专属的化妆间与候场区完全相反，为了防止有人打扰，万施月甚至带了专业的化妆师团队。

看台下方人群拥挤，很多高一学生搬着小板凳坐在过道上。

许奈奈跟着程可柠全程参与了艺术节的筹办，自然知道去万施月化妆间的捷径。她用一只手护着裙摆，另一只手握着首饰盒，穿过重重人群爬上了看台的小楼梯，这是一条完全隐匿在黑暗里的小路。

此时台下的观众仍在热情地欢呼，无人知晓黑暗中有人在分秒必争。

许奈奈气喘吁吁地快速穿过看台最上面的走道，垂在胸口的鱼骨辫一晃一晃的。

眼见着倒数第二个节目快要接近尾声，两个西装革履的男人突兀地挡在许奈奈身前。

许奈奈骤然停住脚步。她仰望着比自己高许多的成年人，后知后觉地想到那个离自己万分遥远的词汇——保镖。

"我……我是来给她送东西的。"她大口喘息，急速的奔跑让她觉得嗓子里有一股铁锈味。

许奈奈焦急地说："上一个节目快要结束了，再晚就来不及了！"

两名保镖对视一眼，其中一位上前接过首饰盒，礼貌地说："谢谢。"

随后，两个保镖中的其中一人守在门口，另一个人打开化妆间的门，屋内的光亮一闪而过，许奈奈只来得及看清少女高雅奢华的礼服裙摆。

体育馆是露天式的，万施月的化妆间在最高层，旁边是裸露在外的长廊。

许奈奈扶住栏杆，拖着疲惫的身体往回走，正好看见台上的小品谢幕。

刚刚无暇顾及的复杂心绪缓慢回笼，可讽刺的是，她甚至都见不到那人一面。

忽然，舞台上聚光灯打下来，许奈奈被晃了一下。视野重新变得清晰的那一刻，她的呼吸蓦然停滞。

几束巨大的聚光灯落向舞台的对面，一个早就被清场的高架台上。

"淮宜一中高二一班林汀云！"

麦克风的回音在体育馆上空回荡。

"万施月怎么在那里？"

"天哪！她也太漂亮了吧！"

钢琴被抬上舞台，摄像头与聚光灯纷纷转向舞台。

一时间，全场都沸腾起来，震耳欲聋的尖叫声狂风暴雨般响彻整个场馆。

万施月身穿一袭紫红色的高定礼裙，裙摆处镶嵌着黑色蕾丝，裙子大胆前卫，华丽而典雅，锁骨处挂着一枚反光的蓝宝石。

"我是盛越中学高二一班的万施月。"她落落大方地望着林汀云毫无波澜的神情，轻笑着说，"不知道有没有这个荣幸邀请你合奏一曲歌？"

尖叫声此起彼伏，全场的人沉浸在狂欢的兴奋中，甚至有人悄悄地走上看台给林汀云递了个麦克风。

万施月握着话筒微笑，整个人都在闪闪发光。没有等到回答，她又问了一遍："我知道你会弹钢琴，所以，我能有这个荣幸邀请你为我伴奏吗？"

"我的天哪，林汀云竟然还会弹钢琴！他还有什么不会的吗？！"

"所以万施月今晚的节目不是芭蕾独舞，是弹唱吗？"

"果然是最后一个节目哇，太重量级了！"

人声鼎沸中，无数人的目光锁定在高台上容颜清俊的少年上。

"抱歉，我不会弹这首歌。"音响里传出男生平静的声音。

林汀云面无表情地转身走向黑暗，消失在电子显示屏的投射范围中。

屏幕二分合一，独留万施月绝美的身影。

她没有半分落寞，反而笑意更深，仿佛林汀云的行为早就在她的预料之中："没事，我会弹！"

高架台移动，从半空中缓缓地降落到舞台的正中间。

万施月提着紫红色的裙摆一步一步走到钢琴前，与此同时，舞台的灯光变成朦胧的暗色调，她锁骨处的蓝宝石泛着光晕。

万施月白皙细长的手指滑过黑白间隔的钢琴键，柔和且清亮的声音传遍礼堂。

她平时的声音比较厚实，有种御姐的感觉，此时却有一种独特的缱绻。

场下霎时噤声，观众沉浸在这独特的音色中。

音乐收尾，柔和的灯光变得明亮起来，聚光灯垂直地笼罩着舞台正中央的少女。

万施月高昂脖颈，抹胸设计的礼服凸显出女孩儿完美的曲线，锁骨处的蓝宝石忽明忽暗。

静默一瞬，全场迸发出比刚才更为猛烈的欢呼声。

艺术节结束后，喧嚣过后的场馆归于沉寂，大部分人都已经离场，只剩下工作人员做着最后的清扫工作。

许奈奈默默地清扫完自己负责的区域，有人路过她时停下来。

"许学姐。"

几个学弟、学妹纷纷打招呼，其中一个人激动地说："刚刚还好有许学姐及时救场，如果那条项链万施月没有戴着上场的话，舞台效果估计会大打折扣。"

"是呀，许学姐，小雨被她妈妈接回去了，她让我们对你说一声谢谢。"小雨是刚刚那个摔倒的女生。

"没事，"许奈奈扯了一下嘴角，勉强露出微笑，"收拾好东西就早点儿回去吧，太晚了不安全。"

"好的，学姐。"

"学姐，再见。"

程可柠和梁屹收齐了班里同学的演出服，许奈奈又换回了校服。

"奈奈，晚上要一起参加庆功宴吗？今晚你可是大功臣！"

许奈奈收拾东西的手微顿："我不去了吧。"

程可柠的脸一垮："为什么呀？今天万施月请客，可不得好好宰她一顿！"

许奈奈心中的苦涩感更甚，她想问还有谁参加庆功宴，却不想自取其辱地得到那个肯定的答案，于是说："不了吧，我和他们也不熟。"

"可是——"

高跟鞋踩地的声音由远及近，程可柠话没说完便被另一道女声打断："程可柠，你掉后台了？"

万施月已经换掉了先前奢靡的礼服，但还没有卸妆，锁骨处的蓝宝石闪闪发亮。

她穿着吊带和短裙，倚在门口，双手环胸，十分不耐烦地看着磨磨叽叽的程可柠。

许奈奈的呼吸微顿。

"你能不能有点儿耐心？"程可柠撇了撇嘴，"今晚我可是顶着明天被校领导拉去谈话的风险配合你演这一出戏，你事情做完了就卸磨杀驴？"

整场晚会只有最后这个节目是秘密彩排的，也只有程可柠才有权限这么安排。

"那又怎样？"万施月撩动长发，满不在乎地说，"别忘了，要不是我，于嘉礼已经被你那个不省心的继妹拉去拍对手戏了。"

"什么——"程可柠突然意识到身旁还有许奈奈，表情收住了，"所以呢，为艺术献身又怎么——"

"那下次我不拦了。"

"不行！"程可柠突然察觉到不对劲，"等一下，万施月，你怎么这么暴躁，难不成林汀云不参加庆功宴？"

万施月的脸色一僵，她站直了身："怎么可能？我又不是你，连于嘉礼的头发丝都没见到。"

"哦，你见到头发丝了吗？"

"反正眼巴巴地送水，结果被扔掉的人不是我。"

程可柠："……"

她被气得牙痒痒，反手去挽住许奈奈："我们走！"

许奈奈被程可柠拉得跟跄了一下，万施月终于察觉到还有另一个人的存在。大抵是女生之间存在莫名的磁场，也许是对于林汀云的事她都记得很清楚，她一眼就认出来许奈奈是那天帮林汀云拿外套的女生。

程可柠皮笑肉不笑地说："也不知道是谁连那么重要的项链都能忘记，今天要不是我们奈奈跑那么远帮你送过去，你那花了大价钱才拍下来的蓝宝石就在家吃灰吧。"

万施月为了今晚的演出半年前就开始准备，无论是高定礼裙，还是珠宝首饰都是按照明星走红毯的规格置办。她是个追求完美的人，若是今晚这条项链送不来，她简直要懊悔死。

"是你呀。"万施月清了清嗓子，突然捕捉到许奈奈的神情在听到林汀云名字时的变化。她的眼神变得意味深长起来："谢谢你帮我送项链。今晚要一起吃饭吗？我请客，随便吃什么都行。"

万施月的目光显得坦然而炙热，相比之下，许奈奈有些惭愧："不……不了，我家里人不让我晚归。"

"这样啊。"万施月的表情看上去有些遗憾，她摆弄着价值不菲的蓝宝石，漂亮的眼睛眨动，"那只能下次啦，其实也不全是你不认识的人，你们学校的林汀云也在呢。"

许奈奈的胸口好似有千斤重,她努力牵动嘴角:"好。"

许奈奈以要回教室拿书包为由拒绝了和万施月同行,校门口停了一排豪车,在万施月等人上车后疾驰离去。

世界归于沉寂,待到人都走完,许奈奈最后从教学楼里走出来。

月明星稀,夏夜蝉鸣。她背着书包往外走,淡淡的月光如薄纱一般缥缈,将她的影子拉得很长。她口袋里的手机一直在振动。

许奈奈打开手机 QQ,年级群里的消息瞬间刷屏。

别哭,皇冠会掉:大家快看贴吧,赚钱的机会来了!

温柔的最决绝:我已经发过去了,钱已到账。

淮宜亚瑟王:我还有原图,帮我修图,咱们对半分!

艺术节刚落幕,贴吧瞬间登顶两条爆帖,一条是明炽救场程可柠,另一条则是万施月邀请林汀云弹钢琴。

万施月与林汀云的名字在两所学校的贴吧内热度极高,抓拍拼凑而成的两人的合照疯狂地刷屏,最关键的是万施月本人还放出话来,凡是她觉得满意的合照,每张给拍摄者一千元。一石激起千层浪,这话无异于火上浇油,立刻引得无数人前赴后继。

老式手机只能通过浏览器登录贴吧,许奈奈反复打开手机又关上。

忽然一阵夜风吹来,她凉得一激灵,香樟树叶沙沙作响,她才惊觉四周早无人影。

走夜路的恐惧后知后觉地席卷而来,许奈奈收起手机疾步快走,走着走着便开始跑。后背的书包上下颠簸,她越跑越快,两条鱼骨辫慢慢地散开,仿佛在身后交织成连绵不清的网。她的心脏好像被一只大手揪住,眼眶中还没来得及溢出的水光随着奔跑迎风蒸发。

狂奔无声,却在她的世界震耳欲聋。

不只是因为害怕独自走夜路,许奈奈想。

高考时间是 6 月 7 日和 8 日,5 月底,高一和高二的学生整理出考场就放了假。

小半个月的假期转瞬即逝,程可柠在假期结束后转入盛越,自此,许奈奈又成了一个人。

高考结束后，压力顿时全部落到了高二学生身上，分班考试即将来临，教室里以前嬉闹的氛围好像在一瞬间收敛，就连课间都少了许多打闹声。

许奈奈将自己放逐在无止境的题海中，她又回到了刚转学过来时的状态。

她每晚熬夜学习到两三点，早上五点多起床背单词是常态，饶是精神状态再差，也会在撑不下去的时候强打着精神继续学习。

高强度的学习导致她的生理期推迟了一周，恰好撞上分班考试的第一天。

大概是在惩罚她不爱惜身体，这次痛经格外严重，她吃了两粒止痛药都没办法缓解。

分班考试的前一天，晚自习难得没有老师讲课，留给学生自由复习，许奈奈的脸色十分差。

"奈奈，你很热吗？怎么出这么多汗？"

假期后换了座位，许奈奈坐到了靠窗的位子，同桌是梁屹。

许奈奈勉强地笑了笑，摆摆手，示意梁屹不必管自己。

考前的晚自习暗流涌动，有人窃窃私语，有人埋头苦读。

许奈奈把窗户推开一角，6月的夜风温热地吹来。

教学楼四面环绕，像个巨大的四合院，窗前的一棵榕树直直地冲上穹顶，就连在五楼都能碰到枝叶。月亮半明半暗地浮动在云层里，对面是同样灯火通明的教室。

许奈奈收回视线，手指揉着太阳穴，一边平复着内心难以言喻的烦闷，一边演算新一页的物理错题。

她不敢松懈半分，除了拼命学习，将自己的分数拉高一点儿，她不知道还能干什么，也好像只有这样，她才能在虚幻中找到奋斗的方向和动力。

可惜，事与愿违总是这世间万物的常态，许奈奈高估了自己对疼痛的忍耐力。

后来两天的考场上，许奈奈难受得头昏脑涨。

她浑浑噩噩地落笔，在疼痛中，记不清背了无数遍的语文古诗，想不起来匹配题型的数学、物理公式，就连最擅长的英语都漏听了部分听力内容。离最后一门考完还有十分钟，她再也撑不住，提前交卷了。

"同学，你最后几道大题还是空的！"监考老师站起来，考场上不少人惊讶地抬头。

监考老师不死心地追出去，而许奈奈早就不见人影。

她迅速冲到洗手间，趴在洗手池边剧烈地干呕，好像要将胃都吐出来。她的腹部仿佛安装了一个巨大的搅拌机，浑身忽冷忽热，止痛药完全不起作用。

良久，许奈奈脱力地滑坐在地上。她的额头抵着冰凉的墙砖，脸色惨白如纸，绝望地望着洗手间天花板上的水管。

大概是前功尽弃了吧。

明明自己的生活一团乱麻，但是那天艺术节上的一幕幕仍然不争气地钻进她的脑海。

万施月是那样耀眼，她拥有比自己高出万倍的骄傲与自信，并将其凝聚成青春的烈火，让所有人见证她的热烈与勇敢。

分班考试结束的这天晚自习，同学们聚在一起对答案，教室里时而哄堂大笑，时而一片唏嘘，因为即将分班，教室内弥漫着快要别离的伤感。

许奈奈手上收到了不少同学录，大都是之前没怎么说过话的同学。她照着要求填好递回去。

"奈奈。"桌子突然被敲了两下，是同桌梁屹。

许奈奈心不在焉地说："怎么了？"

梁屹担忧地看着她："班主任找你。"

许奈奈没什么表情地点点头："知道了。"

她站起来，刚刚还嘈杂不堪的教室登时安静下来。

"许奈奈怎么被叫出去了？"

"她考物理时后面的大题全空着，班主任估计要发火了。"

"她可是我们班最有希望考进实验班的，为什么呀？"

"谁知道呢？"

不少人窃窃私语着目送许奈奈走出教室，郑强夹着教案正在教室外面等着她。

许奈奈恭敬地说了一声"老师好",郑强看着她轻声问:"许奈奈,你最近是不是遇到什么困难了?可以跟老师说说。"

一中批改卷子的速度极快,今天下午才考完,昨天考试科目的分数差不多已经出来了。

许奈奈这个学期进步的速度一直是办公室里老师们津津乐道的事,不少其他班的班主任总拿许奈奈在班上当榜样,她考进实验班大家都认为是一件十拿九稳的事。

可让各科老师没想到的是,这一次分班考试她的成绩全面下滑,有老师不信邪地找出她的答题卡,一看全是基础错误,下午的物理试卷竟然还空了三道大题。

许奈奈没有说话,郑强叹了口气,想到之前其他同学成绩下滑的情况,对于原因多少有些猜测,于是委婉地说:"奈奈,你一直是老师觉得最有潜力的学生,你的努力老师也看在眼里,但分班考试只有一次。我知道你们这个年纪的小姑娘心思细腻,但是许奈奈,在老师眼中,你一直是个懂得分寸、知道上进的好孩子。"郑强略显失望地说,"孰轻孰重你要分清哇,你以后还有美好的人生,高中这么重要的阶段就是需要全身心地拼搏奋斗,而不是把心思花在别处,你知道吗?"

许奈奈的后背好似覆盖上一层毛刺,羞辱感像热浪一样一阵一阵地席卷全身。

郑强后来又说了很多,她都听不见。

许奈奈的双腿仿佛灌了铅般沉重,她慢慢地回到座位上,周遭的议论声在郑强走进教室的刹那停歇。

分班考试的成绩在考试结束的第三天公布,许奈奈排年级四百七十八名,比刚转学来一中的时候更差。她被分在高三十二班,入班排名第三十六名,而年级第一名仍然是林汀云。

许奈奈面无表情地看完分班表,无视众多目光折回教室搬东西。

高三年级的教室在南楼的一到三楼,高三十二班在二楼的最东边,而高三一班则在三楼的最西边,像两条不会再有交集的平行线。

分班那天,楼梯间不少人上上下下地拖着书箱找新教室。

许奈奈心不在焉地下楼,突然脚下一歪,堆在书箱最上面的练习册撒了一楼梯，她忍着崴脚的疼痛蹲在楼梯上默默地捡书。

"你没事吧？"梁屹蹲下来帮她捡书，"我也在十二班，我帮你搬吧。"

"谢谢，不用。"许奈奈躲开他的手，将散乱的书整理好放到书箱的最上面，然后继续下楼。

梁屹三两步赶上来，帮她扶住书箱的另一边："慢点儿走，你的箱子太重了，待会儿要是摔下去——"

许奈奈的脚步骤然停住，梁屹一顿，顺着她的目光望过去。

三楼楼梯口正对着高三一班的教室，此时万施月嘴里叼着棒棒糖，站在门口和一班的一群人打成一片。

"没事，我等林汀云呢。你们别叫他，让我给他个惊喜！"

许奈奈紧咬牙关，加快了离开的步伐。

夜晚，小隔间黑暗静谧，许奈奈双手环膝，缩在床上的角落。

"嗯，我没事，你别担心，我挺好的……嗯，晚安。"

程可柠知道许奈奈考试失利的事后特地打电话关心她，许奈奈敷衍几句后挂断电话，将手机扔远。

她将脑袋埋进臂弯，及腰的长发宛若瀑布般披散在脊背上，又顺着纤细的手臂向前滑落。

深呼吸——这是这段时间她最常做的动作。

许奈奈在心里不断地安慰自己：不过是一次分班考试而已，有谁规定只有实验班的学生能考上好大学？

嘎吱一声，小隔间的门被推开。

许奈奈以为是许慧玲进来了，赶紧擦干眼角的眼泪。

"姑……姑爹？"她一惊，双脚并用地往角落缩了几寸。

6月，盛夏，夜晚闷热，小小的窗户看不见月亮和启明星。

杜兴宏反手关上房门，咔的一声轻响如响雷炸裂在许奈奈耳际。

"怎么哭了？"杜兴宏露出长辈和蔼的笑容，坐到许奈奈的床边。

许奈奈的脖子一缩，她躲开他的触碰，却还是被他抓起了一缕长发。

"以前怎么没觉得我们家的洗发水这么好闻。"杜兴宏将发丝放到鼻尖，"小姑娘果然用什么都是香的。"

许奈奈身上起了一层鸡皮疙瘩，冷汗从额头流到脖子，她不敢伸手去擦，稍微一动便觉得头皮发麻。

"姑爹。"她的嗓音发抖，上下牙齿不停地打战。

"别怕呀，跟姑爹说说，怎么哭了？没考好吗？"杜兴宏又往里坐了一点儿，"你们这个年纪的小姑娘啊，就是把学习看得太重了，以后到了社会上就知道很多东西不是学习学得好就能得到的，昨天姑爹的部门来了几个名牌大学的学生，还不是要从底层做起。女孩子嘛，找个好人才是对的。"

杜兴宏粗糙的手指轻柔地摩挲着许奈奈的长发，仿佛抚摸着世上最精美的绸缎，贪恋又迷醉："你看看你姑妈，一个农村出来的中年妇女，现在能住这样的大房子，还有你能进一中读书，不都是靠我吗，不然哪儿有这么好……"

突然，客厅传来一声轻响，许慧玲半夜察觉到杜兴宏不见了，出来叫了两声。

杜兴宏的脸色陡然一变，他低声骂了句什么。

"好好休息，姑爹改天再来看你。"他抓过许奈奈的手亲昵地拍了拍，随即赶紧站起来走出小隔间。

许奈奈全身上下忍不住地颤抖着，她疯狂地揉搓刚刚被抚摸过的手背，她想去洗澡，洗一遍、两遍、三遍、无数遍……手背被磨破皮，沁出血丝，她终于被刺痛感刺激得回过神。

外面传来夫妻二人的低语，原来是许慧玲吵醒了杜梦婷，于是折回儿童房将她哄睡，杜兴宏正好以抽烟之名含糊过去。

客厅归于寂寥，盛夏的深夜蝉鸣不止。

许奈奈死死地咬住下唇，双手穿过发丝，指节青白。她不小心压亮了手机，麻木的瞳孔忽然照进一点儿光亮。她急切地点开浏览器，用尽全身力气才艰难地输入那几个难以启齿的字——被人性骚扰该怎么办？

手机屏上的字黑得刺眼——

穿得太暴露了吧。

一个巴掌拍不响，谁都不是好东西。

别是自己勾引人家还反过来说人家性骚扰。

谁会骚扰正经女孩儿呀？

啪！手机从指间掉到地面上。

许奈奈好似在这一瞬间被完全抽空灵魂，身子倒了下去。

"你真的要把头发剪成那么短吗？"

理发店内，理发师满脸惋惜地握着一把发质极好的黑发。

镜子里的女孩儿面无表情地说："嗯。"

理发师提醒道："你的头发按照市场价能卖两百元，但你这个年纪父母肯定很疼你吧，又不缺钱，头发再长起来可是要花很长时间的，这一剪刀下去就没办法反悔了呀。"

"剪吧。"

理发师叹了口气，咔嚓一声，许奈奈自此告别了自己留了十年的长发。

高三以来，学习强度成倍增加，此前还沉浸在艺术节狂欢中的同学们好像在一夜之间收敛起心性，全年级的学生都在准备着这场名为高考的战争，许奈奈却第一次逃了晚自习。

许奈奈爬上天台顶，齐耳短发随着夜风轻轻飘荡。她往下俯瞰，高度令人晕眩。

不知道是因为失去长发，还是因为今晚的夜风格外凉爽，抑或是因为这一刻远离了喧嚣，许奈奈忽然感到前所未有的轻松。

她不必看到班主任失望的眼神，不用去想那掉到末尾的成绩，更不用去面对家里那毛骨悚然的凝视……积蓄已久的眼泪争先恐后地钻出眼眶，她还是骗不了自己。

许奈奈缓慢地撑住膝盖蹲下，小心翼翼地轻触发尾，是那样冰凉而齐整。刹那间，她听见脉搏剧烈地跳动，积攒的不堪与脆弱好像在这一刻完全决堤。

啪嗒、啪嗒、啪嗒……豆大的泪珠仿佛突如其来的狂风骤雨，将地面染成暗色。

许奈奈双手捂着脸，泪水从指缝中溢出。她死死地咬住下唇，不让自己发出一丁点儿声音，纤弱的脊背无助地战栗着。脚下是灯火通明的教学楼，天台之上是逐渐变黑的天空。

她没考进实验班，此前的目标与追赶像是一个不自量力的笑话。

她无法成为旁人眼中的好女孩儿，只能一次次引来莫名的恶意与揣测。

她做不到摒弃外界的纷扰好好听课，懦弱得像个坏学生，只会选择逃避。

班主任失望的眼神、同学们好事的目光、姑爹不怀好意的接近，还有那个少……

她感觉自己的前途一片渺茫，如同没有月亮和星星的夜空，她失去寻找方向的能力。

究竟什么才是现下努力的意义？

忽然，夜风带来一阵熟悉的清香。

许奈奈微怔，紧接着一只骨节分明的手夹着纸巾落到她的眼前。

她红着眼眶，握住纸巾，吸了吸鼻子，呆呆地仰头。

林汀云绅士地没有看她的脸，他递来一个耳机："要听歌吗？"

天台的晚风吹拂着脸庞，云层翻涌，在苍茫无垠的天空中泛起温柔的涟漪，原来天空还没有完全暗沉。

"再过去一点儿你就要掉下去了。"

许奈奈一愣，这才发觉自己已经走到了天台的最边上。若是有人从下面往上看，像极了新闻里学习压力太大想不开要轻生的女高中生。

许奈奈脊背发凉，冷汗后知后觉地顺着额角落下，一动也不敢动，头顶传来一声很轻的笑声。

"站得起来吗？"

许奈奈转动着僵硬的脖颈，没有束缚的短发胡乱飞扬，眼前被发丝遮挡。大概是被吓到，再加上蹲的时间太久，她的双腿发麻，眼睛因为晕眩而看不清。

许奈奈声音颤抖着说："好像不行。"

"抓住我。"

林汀云的手指修长，手背青筋脉络分明。

求生的本能使得许奈奈忘记一切，她颤颤巍巍地递出自己的手。

手指触碰的刹那，一道电流从指尖瞬间蔓延全身。

她被他拉到安全线内，小腿止不住地发抖，差点儿再次摔倒。

林汀云撑住她的手臂，他的掌心温热有力，将她扶稳后，手掌随即松开。

洗衣液的味道闯入鼻间，许奈奈如同大梦初醒一般，捂着胸口大肆喘气。

"要听歌吗？"他又问了一遍。

林汀云逆着灯光而立，光与暗的分界线仿佛天体之间的洛希极限，一旦越过就会解体分散。

许奈奈呆呆地望着他干净坦荡的眉眼，在这一刻忘了悲伤："要。"

遥远的地平线处，夕阳迫近西山，霞光万丈，给东边升起的新月披上朦胧的光。

楼下是埋头苦读的高三学子，而无人知晓的天台上，少年与少女席地而坐，仿佛一场离经叛道的出逃。

许奈奈坐得笔直端正，忍不住偷瞄左手边靠在墙上、枕着手臂闭目养神的少年。暗金色的耳机线自然下垂，掠过他右侧耳骨上的黑痣，最终搭在和她一样的蓝白色校服上。

让盛夏去贪玩，

把残酷的未来，狂放到光年外。

放弃规则，放纵去爱，放肆自己，放空未来。

…………

左耳传来清晰的鼓点，自然而流畅，仿佛穿透耳膜直击灵魂。

许奈奈从未想过林汀云喜欢的会是这种风格的歌曲。

在这个年代，大部分高中生都拥有一个 MP3（音乐播放器），可这却是许奈奈第一次用耳机听到音乐。她对歌手的认知匮乏到只知道周杰伦，所以不敢贸然开口，以防暴露自己的无知。

"是五月天的《盛夏光年》。"林汀云抬起眼皮。

许奈奈心慌地移开视线。

他是在给自己解释吗？

"很好听。"许奈奈撒谎的心虚让心跳乱了节奏，"我也很喜欢五月天。"

林汀云看了她一眼。

这句"也很喜欢"仿佛在无形之中拉近了他们之间的距离，许奈奈的胆子大了一点儿。

"我刚刚并不是想不开。"她害怕他误会自己，于是解释了一下。

即便知道他不会在意，许奈奈依然很紧张地说："只是分班考试没有考好，想出来透透气。"

"嗯。"林汀云的手臂懒散地搭在膝盖上，嘴里发出毫无起伏的单音节。

晚风轻拂，晚霞笼罩天边，空气中丝丝绕绕地浮动起旖旎与浪漫。可这些不恰当的形容词，却给了许奈奈莫名的力量。

许奈奈像抓住黑暗中的虚拟光线，大胆地将这场梦做到底："班主任让我们写目标专业和院校贴在课桌的右上角，你们班主任说了吗？"

"应该说了。"他回答。

她咽了口唾沫："那你呢？"

倘若他与她对视，定然能发觉她潜藏在眼底的紧张，好在他没有。

许奈奈故作轻松地将短发别到耳后："你有梦想吗？"

你这样厉害的人，会有想完成的目标吗？在你眼中，读书的终极意义又会是什么呢？

"梦想？"

"嗯。"

"有。"林汀云微微仰头，"生物医学。"

不知为何，许奈奈竟然从那始终淡然无波的神情里看见了萧索，少年清冷的外表下似乎蕴藏着无人探听的孤独。

"你一定可以的。"她轻声地说。

"是吗？"

"我相信。"许奈奈的眼睛紧张地眨动，她更像是说给自己听，"等长大后变成更好的人，我们的梦想都会实现。"

林汀云侧眸，气氛在一瞬间变得微妙。

许奈奈抱着膝盖的双臂收拢，一颗心似乎快要从嗓子眼里蹦出来。她不安地想是不是自己说错了什么话，赶紧找补："毕竟你的成绩那么好，如果你都不能实现自己的梦想，我们这些人就更别提了，也不是我一个人这样觉得，大家都这样认为。你的试卷总会被当成解题模板传阅，大家都说你是天才，我之前都不知道竟然还有那种解题方式。"

他淡淡地说："现在你也知道了。"

许奈奈愣住了。

"一时的成绩不代表一切。"林汀云远眺，十七岁少年的嗓音已经初具备成年男性的暗哑，"只要加速度足够大，且为正方向，你就一定能够超越。"

黑漆漆的世界好像挤进一缕阳光。

许奈奈出神地凝望着他的侧颜，内心翻涌起惊涛骇浪，那些从神经末梢传来的自卑还没来得及凝聚便被打散。她的嘴唇张合，可已经丧失说话能力。

巨大的红日缓缓地没入地平线，好像为一场盛大的出逃落下帷幕。

飞鸟振翅，树丛晃动，蓝紫色的天空完全暗下来，她这才发觉今天是夏至。

后来即便过了很多年，每当许奈奈写到"V=at"的公式时，她仍然会想起十七岁那年的夏至。

那天太阳直射北回归线，耳机里循环播放着五月天的《盛夏光年》。她与惊艳了她整个青春的少年离经叛道地逃离冗长的高三晚自习，一起见证了 2011 年白昼最长的落日。

高一新生 9 月入校，高二学生 7 月放了暑假，整个学校只有南楼一至三楼的高三学生。高三没有课余活动，连晚自习都多加了一节。

一个难得放假的下午，许奈奈带着手机找到一家手机维修店。

"要下载五月天的全部歌曲是吗？"老板推了推厚重的眼镜，随口说，"一首歌一块钱。"

许奈奈局促地揪着手："这么贵。"

"你就说下不下。"老板不耐烦地说。

许奈奈摸了摸口袋里所剩不多的零钱，心疼地掏出十块钱："那您帮我先下一首五月天的《盛夏光年》，然后随便下九首其他歌曲，麻烦了。"

老板接过她的钱，鼠标滑动一下，将五月天的歌下载到储存卡里，然后将储存卡还给许奈奈："好了。"

许奈奈接过储存卡插回手机，欣喜地说："谢谢您。"

许奈奈拿着啃了好几顿馒头攒下的钱买了一个廉价耳机，她也是这个时候才知道，耳机也有三六九等之分。劣质耳机时常漏音，她再也没听到过那晚无损的音质。

盛夏的夜晚闷热异常，小隔间里没有空调，许奈奈穿着吊带，露出修长白皙的脖颈，耳机里单曲循环着《盛夏光年》。她写完了一天的作业，伸了个懒腰，吐了口浊气。

自从被杜兴宏骚扰后，她每晚都会在门口堵上一堆杂物，第二天早上再推开出门。

钱翠英平时随意进来惯了，突然发现门被堵住还叱骂过好几次，"真把这里当自己家了""乡下人就是乡下人"等阴阳怪气的话许奈奈听多了也习惯了。

许奈奈揉了揉酸涩的脖子，拉开抽屉，打开日记本，里面赫然夹着两张大红的一百元纸币。

去剪头发之前，她的头脑混乱，并没想到自己养了十年的长发还有这等用处，这两百块钱像一场意外之喜。她小心翼翼地抚摸着纸币，鬓边扎不上去的短发散落几根掉在眼前。她将碎发别到耳后，无声地叹息。

虽然这些钱只够她高三下学期住校的费用，但也算有了盼头。最后半年了，熬过去就好了。

7月底，高三年级进行了第一次月考，许奈奈重回年级前一百名，考到了年级第八十七名、班级第一名。她慢慢地找回了学习状态，并将那句"只要加速度足够大，且为正方向，你就一定能够超越"写在了日记本的扉页上。

8月下旬，高三年级终于要放暑假了，离校那天一辆豪车停在校门口。万施月打扮张扬，带着鲜花高调地出现，校门口一如既往有无数人围观。

许奈奈背着书包站在人群之外，遥望着众星捧月般的少年，在人声最鼎沸的时候默默地转身，心里轻念："林汀云，生日快乐。"

9月初，学校开学，高三理综合卷，同时开始理综周考。

许奈奈发挥稳定，依旧是班级第一名，高出第二名三十分，年级排名第四十九名，成为所有平行班学生的第一名。也是从这一次考试开始，许奈奈稳坐年级前五十名宝座，平行班之内，再也没有人可以超越她。

10月底，淮宜的温度骤然下降，一夜之间从二十摄氏度降到个位数。雾蒙蒙的初冬跳过秋天提前来临，许奈奈的短发已经可以在后脑勺扎起一条几厘米长的马尾辫。

高三年级的晚自习上到晚上十点半，许奈奈回到家时已经快要十一点。

"杜兴宏，奈奈是我的亲侄女，你到底在做什么？你告诉我，你刚刚在——"

"许慧玲，你凭什么说我儿子？都是你们家的人不检点，我早看出不对劲了，大的、小的都不是什么好东西！当年要不是你勾引我儿子，我儿子早娶了烟厂厂长的女儿……"

"呜呜呜……爸爸、妈妈、爷爷、奶奶，我害怕！"

家门打开的瞬间，许慧玲歇斯底里的大喊、杜梦婷破音的号啕大哭、钱翠英尖锐的怒骂声，如潮水般倾涌而来。

本该在小隔间窗台上的圆盘衣架此时正在阳台上轻轻晃动，本该夹在上面的内衣、内裤被扔在地上，上面有可疑的白渍。

啪！书包落地，许奈奈的表情在一瞬间凝固住了。

许慧玲惊愕地转头："奈奈？"

意识到不对，她赶忙追过去："奈奈！"

砰！玄关门发出震天响。

许奈奈夺门而出，那个打了无数个补丁的书包歪歪斜斜地躺在地上。

初冬的深夜，凌晨的大街上除了偶尔路过的汽车便只剩下寒冷的北风。

许奈奈堪堪扎住的辫子已经跑散了，皮筋不知道掉到了哪里，短发凌乱地披散着。

她闭眼仰头，轻声哼着《盛夏光年》的音调，鼻间呼出一片白雾。不知是因为歌曲的力量，还是因为事情已经恶化到了极致，汹涌的泪意竟然在熟悉的音乐中逐渐平息。

许奈奈漫无目的地游走在空无一人的街道上，脸颊和鼻尖被冻得通红。

她的确是那个家里的不速之客，被人排挤在外是人之常情，可她不明白，明明自己一退再退，明明她已经剪掉了"不安分"的长发，恶意依然没有放过自己。

该怎么面对姑妈呢？她对自己那么好。

许奈奈缓缓地坐到路边的花坛上，搓了搓双手，哈了口气。

冬夜萧索，树枝晃动，她出神地凝望着口中呼出的白雾逐渐消失在夜空。

"奈奈，奈奈！"不远处，焦急的声音在空荡荡的大街上回荡。

许奈奈一怔，许慧玲跑过来猛地抱住了她。

脖颈间被滴落上温热的泪水，许奈奈愣愣地睁着眼，许慧玲泣不成声地说："是姑妈对不起你，是姑妈对不起你，那个畜生，他有没有对你……有没有对你……"

"没有。"许奈奈的声音竟然出奇的平静，好像被风一吹就要散在北风里，"姑妈，我可以去住校吗？上一次剪头发，理发师说我的发质很好，长度也合适，所以给了我两百块钱。我的户口是农村低保户，可以申请学校宿舍，一个学期只要两百块钱。"

许奈奈这话一说出来，许慧玲的哭声更加颤抖了："对不起，对不起……"

她重复着这三个字，许奈奈也维持着仰头的姿势任由她抱着。

许慧玲摸着许奈奈的短发："你的头发是不是也因为……"

许慧玲极力隐忍自己即将崩溃的情绪，许奈奈沉默着，明白她正遭受背叛的打击。

良久，许慧玲抹干眼泪，拉开距离，与许奈奈对视："明天姑妈陪你去办住校手续。"

许奈奈的瞳孔颤了颤，扯出比哭还难看的笑容："好。"

许慧玲在家里一向是逆来顺受的性子，哪怕被钱翠英欺负，为了杜梦婷她都忍了下来。她一个人操持着一大家子的起居生活，从未喊苦喊累，这是她第一次如此歇斯底里地发脾气。

许慧玲连夜收拾好许奈奈的东西，第二天一早便去学校办了住校手续，并一次性交了两个学期的住宿费。

"许奈奈，你也住校啦！"

方小芙从前就是实验班的后几名，分班考试不出意外地掉到平行班，同样分到了高三十二班。

许奈奈淡淡地回应："嗯。"

"太好了！"

高三年级的寝室是四人间，轮到方小芙的时候刚好落单，她只能一个人住。现在好不容易盼来了个伴，方小芙高兴极了，帮着许奈奈又是收拾东西又是摆桌子。

许奈奈看着上锁的宿舍门，仿佛快要溺毙的人终于喘了一口气。

高三的学生没有课余活动，就连课间操都被取消了。

高三一班和高三十二班在教学楼的东西两端，走读生离校与住宿生回寝室的路线完全背道而驰。再加上分班后许奈奈将天台的钥匙还给了老师，她再也没有能与林汀云偶遇的机会。

但没变的是，每个暗无天日拼命追逐的夜晚，廉价耳机里循环播放的《盛夏光年》，以及日记本上越来越近的年级排名：

三校联考，林汀云，年级1；许奈奈，年级36。

七校联考，林汀云，年级1；许奈奈，年级29。

全市联考，林汀云，年级1；许奈奈，年级18。

百校联考，林汀云，年级1；许奈奈，年级6。

百校联考结束，整个学校只剩下高三的学生还没放假。

年级前十名会在光荣榜上张贴照片，以前的前十名来来回回就是那些人，照片基本从高一开始就没变过，许奈奈作为第一次冲进年级前十名的学生自然要拍一张全新的照片。

高三办公室外面挂着一张蓝色背景布，摄像师半蹲着指导许奈奈摆动作。

"面带微笑，哎，别太僵硬，对，嘴唇上扬……"

咔嚓一声，相机定格住许奈奈略显局促的微笑。

高三十二班的班主任仍然是郑强，他笑得合不拢嘴："许奈奈简直是我教书这么多年来成绩进步最快的学生了！"

"是呀，当初没考进实验班真是可惜了。"

"是金子在哪里都能发光！"

办公室的老师争相打趣许奈奈，郑强推过来一张纸："写下你的励志名言，要打印到光荣榜上去的。"

许奈奈垂眼看着眼前的白纸，郑强的电脑上显示着光荣榜的图片。她沉默了一下，执笔写下：天道酬勤。

"哎哟，和林汀云的名言一样！"

"天道酬勤好哇！"

"对，就是天道酬勤，我们班那群小崽子但凡长点儿心……"

光荣榜张贴的那一天，教学楼一楼大厅水泄不通，许奈奈安静地坐在座位上自习，晚上放学后，她绕到空无一人的大厅。

"喂！那边是谁？怎么还不走？"保安打着手电筒高声呼喝。

许奈奈一惊，连忙拿出藏在袖子里的手机对准光荣榜按下拍摄键。

"快走，我要锁门了！"保安越来越近。

许奈奈迅速离开，直到无人追赶，她才小心翼翼地打开手机。

年级第一名与年级第六名的照片上下平行摆放着。许奈奈轻轻喘着气，雀跃地将手机屏幕贴在胸膛上，只有这个时候她才敢直视他的眼睛。

高三学生在腊月二十八日放寒假，许奈奈在腊月二十九日回到远宁县。

为了不让爷爷奶奶担心，许慧玲和许奈奈心照不宣地瞒下住校的事。

许慧玲依然没有回家过年，许建保却带着那个二十岁出头的女朋友大摇大摆地回到了村里。

大年三十，阖家团圆，鞭炮声此起彼伏，璀璨的烟花照亮夜空，许家却鸡飞狗跳，人仰马翻。

"今天有她没我，有我没她！"

"她只比你女儿大几岁？许建保，你不要太荒唐了！"

"你女儿长大了怎么办？你把她的脸都丢尽了！她马上就要高考，你这个当爹的怎么这么不知轻重！"

"钱？除非我死了，否则你一分钱也别想拿到！"

…………

许奈奈不想去听屋内永远无解的争吵，她搬着小板凳坐到院子里，怀里捧着写满了字的日记本。

手机时间跳到二十三点五十九分，许奈奈将被风吹散的碎发别到耳后，突然想到去年长江大桥的那场初雪。

倒计时，五、四、三、二、一——五彩缤纷的焰火此起彼伏，簌簌飘落的雪花和烟花的焰火一起落下。

许奈奈抱紧怀中写满了心事的日记本，打开 QQ，找到林汀云的对话框，她踌躇许久，终于按下发送键。

叶子：新年快乐。

新的一年，要逃离这里。

正月初五，高三学生开学，接踵而来的是全省一模考试。

这次考试全省所有的学生都参与，试卷难度参照高考水平，并进行全省排名。简单来说，经过这次模拟考，学生基本可以确定自己能考上什么档次的大学。

寝室里的灯被打开，方小芙睡眼惺忪地看了一眼时间，才五点多。

"奈奈，你一晚上没睡吗？"

"吵到你了吗？"

方小芙摇头："没有，我也该起来背书了。"

她下床穿鞋子，打了个哈欠："跟着你一起学习，我都能考上 985 大学了。"

当初分班考试失利，方小芙失落了很久，甚至生出了破罐子破摔的想法。后来的每一次联考她都游离在一本线附近，想着高考能考个普通学校就行了。可自从许奈奈搬来寝室后，她便再也无法自暴自弃了。

倒不是因为许奈奈很吵，相反她十分安静，从来不会吵到方小芙。每晚回到宿舍，她就默默地戴着耳机，点一盏小灯在角落里做题，每天早上五点起床，不是背单词就是背课文。久而久之，方小芙也被她影响，甚至跟上了她的作息。

为了更加像高考，这次考试的考场不再参照以往成绩，而是依照学号安排考场。

许奈奈和方小芙吃过早饭后因考场不同分道扬镳。

"林汀云一走竞争对手都少了一个。"

"你少来，你配得上跟人家竞争吗？"

"周考、月考、联考，天天考，到底什么时候是个头哇！"

"快了，还有一百多天就解放了。"

不少人从教室出来往考场走，许奈奈的考场刚好在高三一班，她提前去了一班门口候场，却没看到林汀云。

预备铃响了，两个监考老师就位，每个人经过检查后进入考场，开始严格依照高考的要求考试。

许奈奈是个有计划的人，没有外界的干扰后，学习于她而言就像是打通关游戏。

她游刃有余地考完试，暗自估分，盘算着这一次的成绩应该比上次更好一点儿，应该会离他更近一点儿，可她从没想过还有另一个可能性。

"奈奈！"成绩出来的那天，方小芙的声音隔着走廊传到了教室。

教室里大部分人都去看光荣榜了，许奈奈还是跟以前一样在座位上整理错题。

"奈奈，你怎么还这么淡定啊？"方小芙欣喜地跑进教室，将双手猛地撑在许奈奈的桌子上，气喘吁吁道，"你是年级第一名！你竟然成为继云哥之后的年级第一名了！"

许奈奈听到这个消息一时有些头晕目眩："什么？"

方小芙把许奈奈拉起来就往外跑。许奈奈仿佛失去重心，跟跟跄跄地来到一楼大厅。

"太强了，这次年级第一名竟然不是实验班的。"

"你们懂什么？许奈奈这一年来的成绩什么时候比实验班的人差了，当时分班考试她要不是状态不好早在实验班了！"

大厅里人满为患，议论声嘈杂。

许奈奈呆呆地看着自己的照片出现在光荣榜的榜首，可从前的少年却不见踪影。

耳边同学们惊愕和不可置信的议论接连不绝，许奈奈却仿佛听不到任何声音。

"他呢？"许奈奈发出微弱的颤音。

"什么？"许奈奈的声音太小，方小芙没有听清。

许奈奈疯了般地开始在光荣榜上寻找他的名字，甚至连那些他不可能出现的位置都不肯放过，可她依旧没有看见他的名字。

许奈奈的心里隐隐冒出一个她不愿意接受的猜想，又很快被她压下去。

是不是最近又有理综竞赛，所以他没来得及回来参加考试？还是因为什么事情耽搁了？

"奈奈。"梁屹不知何时站到她的身边，"你不知道吗？他不参加高考，已经出国了。"

短短的一句话仿佛一记重锤，瞬间敲碎许奈奈无数个日夜的拼命追逐。

忽然，一个女孩儿不小心撞到许奈奈："抱歉……"

许奈奈跟跄几步，却什么也听不见。她逆着人群，孤独得像一只被丢下的雀鸟，无论如何盘旋都找不到栖息地。

她曾以为他们会有一整个夏天用来告别，可离别就是这样轻易，轻易得没有任何征兆，只剩下再也没有他痕迹的光荣榜，以及天才少年的传说。

原来，夏至那天在天台上是他们的最后一面。

一模考试结束，2月底便是百日誓师大会，许奈奈作为年级第一名，被要求在百日誓师大会上发言。

郑强看出她的心不在焉，只当她是因为突然成为年级第一名压力太大，便出口安慰："许奈奈，你要相信你的成绩上升并非一蹴而就，正所谓天道酬勤，大家都非常期待你的演讲。"

许奈奈回过神，轻轻地点头："好的，郑老师，我会认真准备的。"

后来，数不清的演讲草稿铺满了书桌，她在许多个深夜改了一遍又一遍。

百日誓师大会那天，天气出奇地好，春风拂面，白云飘飘。偌大的操场上，大红色的"2012届高三年级百日誓师大会"的横幅十分显眼。

年级主任与校长冗长的发言结束后，许奈奈握住话筒站上主席台。

"尊敬的各位老师、各位同学，我是高三十二班的许奈奈，很荣幸可以站在这里代表2012届全体高三……"

从小到大，许奈奈都没有什么上台的经验。她最常扮演的角色就是隐匿在人群中的路人甲，抑或协助主角完成舞台表演的"螺丝钉"，她从没想过自己还有站在台上受人瞩目的一天。

"成长之路总是遍地荆棘，有太多的无能为力，可有人曾对我说……"许奈奈的声音有些哽咽，她凝望着台下穿着蓝白色校服的高三学生，身后仿佛凝聚出另一个人的身影，"只要加速度足够大，且为正方向，你就一定能够超越！"

少女清甜的嗓音，顺着初春的晨风飘散到校园的每一个角落。

"最后一百天，愿我们以青春为名的加速度去博一把人生的正方向，我始终相信天道酬勤。命运是一个圆，那些你曾为之努力过的泪水与汗水终将化作累累硕果，以另一种方式归还于你。期待我们都能成长为更好的人，未来在顶峰相见！"

最后一个音节落下，操场上安静一瞬间，然后爆发出雷鸣般的掌声。

浮云攒动，光影婆娑，高台上的少女高仰着头，周边仿佛镀了层朦胧的光。

掌声经久不息，这是独属于她的喧嚣和热烈。

百日誓师大会之后，高考倒计时变成了两位数，时间恍如白驹过隙，随着二模、三模的结束，2012届高三学生终于迎来了高考。

许奈奈成为继林汀云之后再次霸榜年级第一名的人，并在高考中稳定发挥，成了当年的省理科状元，各大媒体争相报道。

高考成绩出来的那天，许奈奈在远宁县的家里，国内顶级高校的招生办老师来到许奈奈的家里，见到正在农田里帮着爷爷奶奶清除杂草的许奈奈。

招生办的老师们一愣，并没想到许奈奈生活在这样艰难的环境下。

"许同学，如果你愿意来我们学校就读，我校所有的专业任你选择。"

"许同学，我校人文社科全国第一，你作为一个女孩子，选择我校是非常合适的。"

几个招生办的老师争相发言，许奈奈默默地听着，小心翼翼地问了一句："哪个专业的学费比较便宜？"

对上许奈奈真诚的眼神，招生办的老师原本喋喋不休的话语停住了，接着有几个老师保证免除学费。

许奈奈想起日记本扉页上的那句"只要加速度足够大，且为正方向，你就一定能够超越"，接着2011年夏至那场白昼最长的落日出现在脑海中，还有那个点亮她混沌青春的少年。

"你有梦想吗？"

落日昏黄，晚霞浪漫旖旎，映照出他眼底散不开的萧索。

"生物医学。"

少年的声音低沉，那是她离他最近的一次。

许奈奈最终选择了 A 大的生物医学工程系，录取通知书在 7 月底送达。

那天，快递员拿着 A 大的录取通知书在村口询问许奈奈住在哪一家，村民个个瞪大了眼睛，跑出来看热闹。

老许家终于不再是村里的笑话，那个在非议和指指点点下长大的少女，以绝对的实力将所有流言遏止，蜕变成众人遥不可及的模样。

按照村里的传统，有孩子考上大学的家庭会办升学宴，这是人情往来中不可缺少的一环。

一听办升学宴可以收份子钱，许建保立刻回来了。

8 月下旬，许家的升学宴设在镇上的饭店里，许建保几乎把所有亲戚都请了过来，他笑得合不拢嘴。

"哪里，我们家姑娘什么都不行，也就学习还行。"

"她高中三年我可是操碎了心哪！"

"哎哟，培养个大学生可不容易，我的白头发都要出来了！"

"是，是，是，是到她该养我的时候了！"

…………

许奈奈沉默地望着许建保颠倒黑白，整场升学宴仿佛成了他的主场。

升学宴结束，亲戚们离开，许建保拿着份子钱，完全没有给许爷爷和许奶奶的意思。

人情往来向来讲究一来一往，今天收的份子钱，实则都是许爷爷和许奶奶过去那么多年给出去的。

许奈奈第一次有勇气拦住父亲："爸爸，我读大学需要学费和生活费，这些钱你不能拿走。"

许建保满不在乎地说："我打听过了，A 大许诺给你全额奖学金，哪儿来的学费？"

"那生活费呢？"许奈奈直视着他，"过往十八年，我的花销都是爷爷奶奶出的，你作为父亲是不是应该负起一点儿责任？"

"你什么意思？"许建保像是被戳中痛处，面红耳赤，"没有我哪儿来的你？！要不是因为你是我女儿，你以为他们会管你？还没长大就全是坏心思，我早就看出你是个白眼儿狼！"

"所以呢？"许奈奈深呼吸，声音不大，"这不是你逃避责任的理——"

啪！许建保一巴掌甩了过来。许奈奈被扇得踉跄了一下，白皙的脸颊很快肿了起来。

"许建保，她是你的女儿，你怎么能……"许爷爷和许奶奶赶紧上前扶住许奈奈。

许奈奈偏着头，脸颊传来的剧痛如被火灼烧，口腔蔓延开血腥味，散乱的发丝遮挡了她低垂的眼睛。

年幼时，许多人和她说："你没有爸爸妈妈在身边，你很可怜，你的家庭是残缺和不完整的。"

她不相信，她总喜欢看着别人家阖家团圆的模样，在幻想里拼凑自己完整的家庭。

她总是安慰自己，父母不是不爱她，他们只是性格不合选择分开；父母也不是不想她，他们只是太忙了，只要她等一等，再等一等，他们就会回来看她。

那时候，她对母爱与父爱有很多期冀，"爸爸"这个称呼在很长一段时间都是安全感的代名词。

直到她一次次被欺负、一次次被责怪……她在岁岁年年中悄然长大，也终于明白，世上不是所有的父母都爱自己的孩子，有些东西她注定无法拥有，也不必强求。

"你可以再打我一巴掌，"许奈奈平静地将被打散的碎发别到耳后，虽然脸颊红肿，眼神却非常坚毅，"如果你不想老了以后没人给你养老的话。"

许建保的瞳孔一缩，他高举的手臂无论如何都打不下去。雏鸟初具羽翼，不知不觉间拥有了他不敢撼动的力量。

许建保终究没有拿走那几万块的份子钱，他灰溜溜地离开远宁县，家里又只剩下许奈奈和爷爷奶奶一家三口。

暑假接近尾声，许奈奈拿出剪头发得来的两百块钱买了个全新的行李箱。

风吹过，8月末的田野晃动着丰收的波涛。

高考结束后，许奈奈去打了两个月的暑假工，买了人生中第一部智能手机。

她已经不需要去手机维修店花钱下载歌曲，也懂得了怎样选择流量套餐，还知道了越来越多的歌手，只不过手机里大多还是五月天的歌曲。

遥远的天际飞过一架飞机，许奈奈站在田埂上，忽然想起今天是8月25日，是他的十八岁生日。

她开始追逐飞机奔跑，明知他不可能在里面，明知自己的行为有多么不自量力，可至少那架飞机曾到过他身处的高度。

稻田的田埂狭窄而绵长，却绊不倒从小生长在这里的少女。猎猎秋风呼啸而过，她跑散了头发，已经及肩的发丝与高高的水稻交相呼应。

不知跑了多久，许奈奈的速度慢了下来。

她大口地喘息，脱力地跌坐在田里，在这片没有人影的土地上，她再也压制不住自己汹涌澎湃的泪水。

许奈奈跪倒在地，双手捂脸，近乎失声地号啕大哭，廉价的耳机里传来阿信深情的嗓音。

突然好想你，你会在哪里，

过得快乐或委屈。

突然好想你，突然锋利的回忆。

…………

天空只剩下飞机过后残留的痕迹，在这一刻，被学校淡化的差别残忍地撕开帷幕。

她终于明白，叶子和浮云不会相见，蓝天上看不见的机翼和小镇炽热的大地，这才是他们之间赤裸裸的距离。

2012年9月，许奈奈开始踏上人生的新征程。

远宁县到首都的火车硬座要二十多个小时，她在无数次昏昏欲睡中被摇晃清醒。

宿舍里全是各地的高考状元，班里大部分是保送生，她突然发现自己和别人还有很大的差距。原来世界上还有那么多优秀的人，原来自己以为的终点只不过是人生的起点。

她吃力地适应学校的氛围，疯狂地弥补自己和同学之间的差距，将自己麻痹在竞赛与学习当中。

闲暇之余，她还是会想起他。

那本早该封存的日记本断断续续地补上永远不会见光的后记。

林汀云，我考上了 A 大，我还是好喜欢你。——2012

林汀云，我今年获得了国家奖学金，你在 M 国应该更厉害吧？——2013

林汀云，我拿到推免名额了，你呢？——2014

林汀云，我发了一篇一作，又偷偷喜欢了你一年。——2015

林汀云，五月天出新歌了，叫《后来的我们》，我好喜欢里面的歌词，"也许你还记得，也许你都忘了，也不是那么重要了，只期待后来的你能快乐，那就是后来的我最想的……"所以，后来的你快乐吗？你有成为一名医生吗？后来的我依然很喜欢你，可是暗恋实在太苦涩了，我可以不喜欢你了吗？——2016

你放下他了吗？未来的许奈奈，收到请回答。——2017

又是一年夏至，太阳直射北回归线，北半球白昼最长，黑夜最短，夕阳辉煌而盛大，温柔的晚风吹动天空的浮云，红日最后的光影穿透云层奔涌而出。

"你怎么还留着高中时的练习册？今晚又有家教吗？"室友惊讶地问。

许奈奈回过神，摸着书页，笑了笑："没有。"

"那挺好，"室友挤眉弄眼，"晚上和公大的人联谊，奈奈，这次要来呀！"

许奈奈沉默片刻，轻轻点头："好。"

书页褶皱的练习册和日记本第一次被放到象征着不会再开启的柜子里，许奈奈拿好包出门，宿舍门关上，发出很轻的声响，仿佛一场无声的告别。

忽然，一阵微风从窗台钻进室内，轻轻吹开了柜子的门，钻了进去。

有着少年笔迹的试卷贴在练习册上早就泛白，书页哗啦作响，最终停在最后一页，仿佛跨越时空回答着少女那些年无疾而终的岁月——参考答案：略。

追逐他其实是一件很不自量力的事，排名的上升不会真的靠近他，我的加速度再大也赶不上他的起点。

我只能在我的世界里独自演绎着一场又一场窥不见天光的独角戏，奋不顾身，又意兴阑珊。

时隔多年，许奈奈还记得那个倾盆大雨的夏末，做不完的试卷和考不完的试，那些艰难攀爬的年级名次，逐渐拉近的分数差距，以及那个惊艳她整个混沌青春的白衣少年。

或许不会再见了吧，可我仍然庆幸遇见过你，哪怕此去经年，云是云，我是我。

Chapter 06
好久不见

2022 年，鹭城，春。

鹭城大学，纳米材料与生物医药国家工程实验室。

"癌细胞又养死了？怎么别人都没养死就你养死了？"

"培养箱漏气？那就修，这不是你一个星期没有数据的理由！"

"读研就不要想着偷懒，实验不成功多从自己身上找原因，别怪环境艰苦，大家都一样，这就是人的问题，我读研的时候恨不得天天住在实验室，还梦鱼，你干脆改名梦游算了！"

门外，许奈奈准备敲门的手悬在半空中。

不一会儿，办公室的门打开一条缝，江梦鱼揣着实验记录本，扁着嘴走出来，看见许奈奈时微微一怔："许老师。"

"嗯。"

许奈奈绕过江梦鱼走进办公室，淡淡的桂花香残留在空气中。

办公室里，中年男人靠在老板椅上，圆鼓的肚腩快要把衬衫撑破。

冯阳喝了口茶，长吁一声："今年绝对不招女生了，说也说不得，女生有什么用，根本指望不上她们……"

"师兄。"许奈奈站在办公桌前。

冯阳抬起眼皮，脸色一变，笑呵呵地说："我没有说你。哈哈哈，就是现在的小女孩儿真是一点儿苦都吃不了，哪儿像我们那时候……"

许奈奈语气淡淡地说："以我们实验室的设备和条件，完全无法达到鑫瑞医药的合作指标，我的建议是这个项目没必要继续接触了。"

冯阳立刻坐直，着急地说："合同上写的是按进度打款，横向课题哪儿有每一个都顺利的。对方是大公司，前期投入起码三百万，到时候启动资金至少五十万！"

许奈奈："我不会跟你去骗人。"

"这怎么能叫骗人？"冯阳动之以情，肥硕的脸上挤出褶皱，"奈奈，你看哪，咱们实验室的条件确实差了点儿，所以才更需要多拉项目哇。对方公司明显对你之前在 *Nature Nanotechnology* 上发表的文章感兴趣，这就是咱们课题组的招牌。再说了，如果能把学术成果转化为实业产出，对我们国家的生物医学领域不也是一项重大的贡献吗？"

Nature Nanotechnology 是学术界顶级杂志之一，能在上面发表一篇文章代表着著作者在某一领域已经达到很高的水平，冯阳这些年总拿着她的这篇文章做宣发。

许奈奈深吸一口气："一种靶向药问世需要极大的资金和很长的时间投入……"

冯阳不耐烦地说："好了，这件事就先这样。你的当务之急就是好好准备下个月的学术交流大会，实验室的那几个人就交给你带了。还好今年的学术交流大会在鹭城举办，不然路费、酒店住宿费又是一大笔花销。这次学术交流大会最大的赞助商是鑫瑞，他们公司肯定正在进行多方面的背调，这时候就要拿出我们组……"

许奈奈大二时跟着导师进了实验室，冯阳是当时实验室延毕了两年的研究生师兄。

当年的冯阳正面临第三年无法毕业就要被清退的风险，还好许奈奈帮了他不少忙，才在最后一年勉强毕业。

毕业后的冯阳来鹭城大学读博士后，捡了个空子顺利留校，后来在许奈奈最难的时候帮了她一把，让她来到自己的课题组。

许奈奈不想再听冯阳的话，干脆转身离开。

实验室内，水流哗哗作响。

"服了，要不是许老师及时来到鹭大给他发了几篇论文，他哪儿还能升副教授！"江梦鱼气愤地洗着烧杯，满身怨气，"买两瓶乙醇都要说浪费，一盒乳胶手套还妄想我们用一个月，设备天天坏，还是十几年前别人不要的东西，小气得要命！许老师……"

许奈奈套上实验服："初稿写完了吗？"

江梦鱼尴尬地说："今晚一定写完。"

水龙头被后面来的苏泽关上。

许奈奈瞥了一眼两人："下周日前给我就行，苏泽，你多盯着点儿小鱼。"

苏泽："好。"

江梦鱼松了口气，说："许老师，您当年读研究生的时候也这么难吗？我感觉我根本毕不了业。"

"还行。"

江梦鱼："……"

这就是天才吗？

苏泽拿来平板电脑："许老师，丰悦医药的付总刚刚发消息说要考虑和我们关于 MOFs（金属有机骨架化合物）材料的后续合作是否继续进行的问题。"

——这话便是要终止合作的意思了。

如果是一年前，她或许还会绞尽脑汁地去想如何解决问题，但如果一个课题组的负责人就只想着卷个启动资金就跑路，那她也没必要"皇帝不急太监急"。

"知道了。"许奈奈戴好手套，拿起扳手，"培养箱哪里坏了？"

几个人忙碌了一下午，终于将设备修得勉强能用。

临近傍晚，实验楼下传来巨大的跑车引擎声。

正在帮许奈奈收拾工具箱的苏泽脸色一变，说了句"我要去喂小白鼠"，转眼就没了人影。

江梦鱼疑惑地说："他刚刚不是才喂过吗？"

许奈奈默默地看向楼下，跑车打着双闪，仿佛在和楼上的人调皮地打招呼。

夕阳绚烂，晚风缠绵，粉色的跑车仿佛带着女人身上茉莉与玫瑰混合的香味。

万施月摘下墨镜，朝车窗外张望："你手下那个纯情的小硕士呢？"

许奈奈坐上副驾驶座，系好安全带："喂小白鼠去了。"

万施月"呀"了一声，把墨镜重新戴上："好想看他喂小白鼠哦。"

"你放过他吧。"

万施月："……"

引擎启动，跑车唰地一下驶离学校。

万施月穿着小吊带，把高跟鞋脱下来，随意地扔在副驾驶座下。她单手扶着方向盘，微风将她玫红色的长发吹得宛如波浪："干吗？我就是想跟他交个朋友，你别老用龌龊的心思想我！"

刺啦一声，车轮急转，没什么人的大马路上，跑车疾驰向前。

万施月继续娇嗔地说："啧，江山易改，本性难移，这么多年过去我还是喜欢别人对我爱搭不理的感觉。上个月在酒吧认识了一个服务生，我还以为是个多么高冷的大学生，结果你猜怎么着？加了微信后每天早安、晚安不断。拜托，谁要他主动啊，真的很掉价！"

许奈奈大学四年从没有找家里要过一分钱，学费是全额奖学金，生活费则是靠自己打零工赚。

大二时她对电脑的需求越发地大，为了攒钱买电脑一天要做好几份家教，经常半夜才能回宿舍。那个时候学校忽然有人宣传起了国际义工，简单来说就是去 M 国打工三个月，能赚一万美元。

彼时的许奈奈只是个不谙世事的大学生，虽然有防备，但在金钱的诱惑下还是被冲昏了头脑，再加上去的是 M 国，她没有犹豫多久就报了名，结果最后她被分配到 M 国 X 州的酒店当服务生。

人生地不熟，语言也不通，所谓的一万美元根本没有影子，反而因为签证、住宿、机票等问题她倒贴了不少钱。

当时的许奈奈无助极了，甚至没有钱买回国的机票，没想到她竟然碰上了万施月。

"你为什么在这里？程可柠找你找疯了。"万施月满脸不可置信地看着穿着服务生制服的许奈奈。

万施月回国时顺带捎上许奈奈，分道扬镳前，她突然拦下许奈奈，语气笃定地说："喂，你也喜欢他吧？"

刺啦一声，将沉浸在回忆中的许奈奈唤醒，粉色的跑车泊进专属的 VIP 停车位。

手机铃声响起，万施月按下蓝牙，开始补口红："干吗？"

程可柠等得不耐烦："你们怎么还没到？我快要饿死了！"

万施月一边戴口罩，一边对着镜子扶墨镜，顺带取出鸭舌帽挡住张扬的玫红色长发："女明星出行哪里是你这种凡夫俗子能懂的，要低调，造成交通堵塞就不好了。"

程可柠冷笑着说："是吗，就你这种十八线糊咖？"

万施月气得牙痒痒："程可柠你！"

嘟嘟嘟，电话被挂断，万施月不可置信地说："程可柠真是有病！奈奈，你说是不是？喂，你怎么不理我！"

许奈奈紧握安全带，嘴唇发白，双眼直冒金星："我再也不要坐你的车。"

万施月："……"

鑫瑞大厦。

站在二十八楼的落地窗前刚好能将整个鹭城俯瞰，不夜城灯红酒绿、纸醉金迷，霓虹灯将天空映得透亮。

落地窗前，男人的身姿颀长。他单手插兜，穿着笔挺的定制西装，浑身上下散发着与生俱来的矜贵。

"林……林总，"鑫瑞的总经理急急忙忙地赶来，他慌乱地擦着冷汗，完全没想到总公司会来人，"这是……这是您上次要的关于治疗白血病的纳米药物研究领域内所有的研究院与高校，因为背调还未完成，所以我们没有贸然给您发过去……"

窗外霓虹流转，屋内的气氛随着男人的沉默越发严肃。良久，他转过身，漆黑的瞳孔仿佛凛冬深夜里的万丈深海，并不凌厉，却不怒自威。

鑫瑞的总经理颤颤巍巍地继续说："我们评估后觉得可以进一步沟通合作的有临江省纳米材料研究院、A大医学院国家重点工程实验室……"他递上一沓简历，"还有一位鹭城大学的工程师，只不过这位工程师的履历有点儿特殊，之前明明在这个领域发表过顶刊，是A大为数不多本硕博连读的免疫学博士，中途不知道为什么销声匿迹了一年，所以现在在鹭城大学工作。"

林汀云随意扫了一眼，目光在一份简历上停了下来。

姓名：许奈奈。

性别：女。

出生日期：1994年12月22日。

毕业于A大生物医学工程系，工学学士，免疫学博士，现任鹭城大学纳米材料与生物医药国家工程实验室工程师，主要从事纳米材料免疫应答及用于白血病治疗的纳米药物研究，代表作品发表在 *Nature Nanotechnology* 等杂志。

照片上的女人看起来温柔淡雅，在一瞬间唤醒他尘封多年的记忆。

CBD 商场负一层。

许奈奈脸色惨白地撑着车门，用尽全身力气才忍住胃里的翻涌。

"你要不要喝点儿水？天哪，我觉得我开车很稳哪，怎么会这样？"万施月来回踱步，烦躁地抓了把头发。

许奈奈接过矿泉水抿了一口。

万施月不放心，绕过去拉开车门："我这就开车送你去医院。"

"别。"许奈奈赶紧拉住她，"上去吧。"

万施月心急地说："真没事？"

"你别转了。"

万施月："……"

二十八层的高空餐厅里的包厢隔绝了外界的喧嚣，巨大的玻璃窗刚好面对着大海。

包厢内，程可柠靠窗而坐，她穿着粉色的一字肩裙子，长发半扎半披，右侧别着一个发夹。

门被打开，万施月双手抱胸，嫌弃地打量着程可柠，阴阳怪气地说："粉色娇嫩，你如今几岁了？"

程可柠无语地翻了个白眼："本小姐永远十八岁。"

万施月"啧"了一声，许奈奈拿过菜单，这里是鹭城为数不多的川菜馆。

程可柠叹了口气："鹭城的菜真是太寡淡了，奈奈，我真不懂你怎么能在这里活下去。"

鹭城临海，口味清淡偏甜，而淮宜位于西南地区，口味一向较重，她们作为土生土长的淮宜人，自然是很不习惯。

许奈奈："还行，我们学校食堂的馒头都加糖。"

程可柠和万施月："……"

她们随意点了几道常吃的川菜，又叫服务员上了柠檬水。

啪！万施月从包里拿出两个粉色包装盒，靠上椅背："我让人从国外带了各种样式，试过之后还是觉得这一款最适合咱们亚洲女人，送你们了，2022 年的新年礼物。"

程可柠和许奈奈："……"

"你们这是什么表情？"万施月突然眯起眼睛，"别告诉我，你们都还单身。"

程可柠："2022 年已经过了三个月了。"

万施月："你别转移话题。"

程可柠："我转移什么话题？"

万施月微笑着说："你倒追了十几年还没把人追到？"

"怎么？"程可柠顿时恼羞成怒，"肤浅，太肤浅了！你完全不明白什么是爱情！"

万施月嘲讽地说："你看看人家在乎你吗？上次差点儿把你送到那个年纪都快当你爷爷的导演那儿！"

"才不是！"程可柠努力辩解，"你们都不懂他，于嘉礼真的很不容易！"

"你快别说了！"万施月咬牙切齿地说，"你这个顶级'恋爱脑'！"

"呵呵，也不知道是谁当年连人家的学校都搞不清楚就追到 M 国。"程可柠冷笑着说。

剑拔弩张的气氛骤然一变，两个人默契地对视一眼，然后将视线转过来。

许奈奈刚夹起一筷子鱼香肉丝，轻轻地说："我只是想参加国际义工赚钱。"

"哦，赚那种浑身上下只剩护照的钱？"万施月惬意地撩了一下玫红色的头发，"反正我去那儿可不是为了谁。"

程可柠："对，是为了追求真爱。"

万施月："……"

大二那年暑假，许奈奈对家里人说要留校做实验，实则以国际义工的名义去了M国。

程可柠在国内怎么都联系不上许奈奈，急得差点儿报警，这时万施月打来电话说许奈奈跟自己在一起。彼时她们三个都还只是十九岁的小姑娘，经过这件事关系莫名其妙地好了起来。

万施月恨铁不成钢地说："我怎么就和你们两个'恋爱脑'认识了，不会传染吧？"

程可柠懒得理她。

"只要你能帮我把纯情小硕士钓……约出来，我帮你追林——"万施月倏然止住话。

林汀云不是淮宜人，当年空降一中，后来更是走得突然，没人知道他真正的背景。

光阴如梭，转眼已经过了十年。

许奈奈瞥见隔壁同样高耸的大厦，上面写着"鑫瑞"二字。她收回视线，喝了口柠檬水。

万施月见许奈奈满不在乎的样子，松了口气："哎，要我说两条腿的男人还不好找？别学程可柠吊死在一棵树上，我觉得你那个同学就很不错……等等，再过几年他是不是三十岁了，那还是算了，'年下'多香！"

程可柠捧着脸，也跟着感叹："从一中到公大，再到现在调任鹭城，啧，梁屹追你好多年了吧？"

程可柠明天要去首都陪于嘉礼进组，万施月下个星期也要回淮宜，三个人今天聚完下次也不知道什么时候再见面。

这次是许奈奈请客，付款后她拒绝了万施月送她回去，并表示自己喜欢饭后散步消食。

"那好吧。"万施月戴上墨镜无比遗憾地说。

轰——粉色的跑车启动离开。

许奈奈："……"

海岸线离CBD不远，3月的鹭城还有些冷。

许奈奈没有直接回去，她拢紧外套，口袋里的手机振了很多声，微信上冯阳发来十几条信息。她随便扫了几眼，"学术大会""鑫瑞""项

163

目"等字眼让她感到头疼。

许奈奈不想回复，于是关掉手机，双手插在外套的兜里，沿着海岸线漫步。

浅水区有人在游泳，浪花拍打着岸边，夜色朦胧，海面波光粼粼，晚风带着微咸的气息。

一辆纯黑色轿车停在路边，于绍透过后视镜观察自家老板的脸色。

"林总，要走吗？"

车后座的男人几乎与黑夜融为一体，微弱的路灯光线照着他棱角分明的下颌线："推掉下个月8号和9号的行程。"

于绍愣了一下："您要去学术交流大会吗？"

通常来说，这种子公司赞助的交流大会老板并不会过多关注。

不远处的海边公路上，女人纤细的身影逐渐离开他的视线。

林汀云移开目光："嗯。"

于绍应声回答："是。"

鹭城大学给编内教师分配了教师公寓，只不过房子又老又破，许多老师并不会住在这里，但为了省钱，许奈奈没有搬出去住。

许奈奈去学校操场上跑了三公里，回去时路灯闪了两下忽然熄灭。教师公寓是20世纪建成的，设备都很老旧，就连小区大门的锁都是坏的。

许奈奈淡定地打开手机的电筒，她早已不是十年前那个怕走夜路的小女孩儿了。

回到家，许奈奈洗完澡打开笔记本电脑，江梦鱼和苏泽的论文初稿已经发来了。她一边擦头发，一边点开文件，随后江梦鱼又给她发了微信消息。

梦里有鱼：许老师，阮茜跟您请过假吗？她这几天一直没来实验室，我怕她出什么事了。

江梦鱼、苏泽、阮茜三个人是许奈奈带的研究生。

阮茜性格内敛，话不多，加上课题总是受阻，许奈奈一度害怕她的心理出问题。上个星期阮茜突然找她请假，说要回家一趟，她没有怀疑，便准了假。

许奈奈安抚了一下江梦鱼，不一会儿，阮茜也发来了论文初稿，她悬着的心这才放下。

改完江梦鱼的论文已经过了零点，她揉了揉眼眶，点开很久没有打开的文件夹，准备整理PPT。

许奈奈看着之前自己执着研究了那么多年的课题，浅浅地叹了口气。要不是手下的研究生需要学术会议的指标才能毕业，即便冯阳再怎么强硬要求，她都不想去参加这次学术交流大会。

全国纳米生物与医学学术交流大会三年举办一届，受邀的人都是业内大佬，这一次举办地设在鹭城，鹭城大学好歹是个985院校，自然承担布置会场的任务，会场设在郊区新建的校区。

许奈奈调查了一下会场周围的酒店，最后得出结论——住不起。

于是学术交流大会当天一早，许奈奈带着手下的研究生坐最早的校车来到新校区。

"许老师，我看见我的墙报了！"刚下车，江梦鱼激动地指着墙报区，"苏泽、阮茜，还有你们的！"

各高校的硕博生入选的会议论文将会以墙报的形式张贴在会场外面。

苏泽默默地帮她把滑下肩膀的书包带子拉上去："走吧。"

许奈奈领着他们去座位席。

学术交流大会为期三天，许奈奈的演讲在最后一天。这天，她化了个淡妆，长发梳成高马尾，白衬衫搭配半身黑裙，脚下是一双五厘米的黑色高跟鞋。

前面还剩三个人时，许奈奈到后台候场，手里打印的资料被她轻轻地捏在指间。

座位席后方，江梦鱼小声感叹说："哇，第一次见许老师穿得这么正式，也太有气质了吧。"

一直不说话的阮茜也跟着点头："我也觉得。"

到许奈奈上场时，她深吸一口气，踩着高跟鞋走上讲台，无数人的视线聚集在她身上，有惊讶，有不解，也有怀疑，毕竟，能站在这里面对业内大佬做汇报的人无疑是这个行业内的佼佼者，更何况今天并不只是简单的学术交流大会，有不少企业在台下观望合作的可能性。

许奈奈受到怀疑也十分正常，学术圈的女性本就偏少，更何况她还如此年轻。

许奈奈并没有受到影响，她调整话筒，用流畅的美式英语说："尊敬的各位专家、学者、教授，大家下午好，我是许奈奈，来自鹭城大学纳米材料与生物医药国家工程实验室，我今天汇报的题目是《超顺磁性氧化铁纳米材料表观修饰及白血病治疗》……"

台上的聚光灯耀眼，女人用温和的声音娓娓道来，仿佛在讲述一个引人入胜的故事。

"她就是 A 大本硕博八年毕业的免疫学博士吧，这么厉害的起点怎么来鹭大了？"

"听说她博士毕业后消失了一年，错过了应届生的身份，就只能去鹭大了。"

"难不成是回去生孩子了？"

"这状态看不出来有孩子呀，好年轻。"

"我觉得很有可能，我们组好几个女博士都在读博期间怀孕生子了。"

"那又怎么样？以她的能力以后去国外读个博士后，回来留任 A 大只是时间问题。"

二楼包间的大屏幕上实时转播着一楼会场的演讲，室内的人在窃窃私语，大部分都是权威学者或者药企高管。

音响环绕着流畅标准的美式英语，林汀云站在最后一排，手边是许奈奈的简历。

于绍推门进来，低语说："林总，这是您要的许博士在上学期间发表过的文章汇总，数量不多，但都是影响力极高的期刊。"

于绍跟了林汀云很多年，非常清楚他对白血病领域靶向药的执着。虽然于绍不知道其中的原因，但能让老板亲自来参加这次的学术交流大会，实在太过罕见。

于绍继续说："近十年来，许博士一直致力于纳米材料表观修饰白血病治疗的研究，这在高校学者中很少见，很符合我们公司意向合作的人选。"

大部分留任高校的学者为了评职称，都会尽力在各方面多发文章，去申请基金，像许奈奈这种多年如一日钻研一个课题的人实在少之又少。

"外面墙报上的论文是她的学生写的？"林汀云问。

于绍回答："是的，据我们调查，许博士手下的几个项目很受药企界关注，去年她还与丰悦签订了 MOFs 材料研究项目。"

林汀云的手指有一下没一下地轻点纸页，他转头望向窗外，这个视角刚好能看见台上落落大方的女人。

她汇报完毕后鞠躬，台下登时响起掌声。专家组评审发问，她一一回答，而后在又一轮的掌声中从容下场。

他低声说："我知道了。"

会议结束，许奈奈不出意料地被许多药企的高管拦下，无外乎是交换名片，以及询问后期意向合作的可能。她微笑着一一回复，没有给出具体的承诺，也得体地给彼此留有一线余地。

等到许奈奈从人群里出来时，最后一趟校车已经走了。她踩着高跟鞋，慢慢地走到校门口。

晚风微凉，她突然看到一辆熟悉的轿车。

许奈奈停顿了一下，准备换条路。

"奈奈！"梁屹三两步就赶上她，担忧地说，"你的脚怎么了？去车上我给你处理一下。"

许奈奈退后一步："我没事。"

"哪里没事，你看你走路的样子，是不是高跟鞋把脚磨破皮了？"梁屹皱眉道，"我先送你回去吧。"

"我自己可以打车。"许奈奈偏过头拒绝他，一阵风将碎发刮到脸旁。

梁屹的手抬起，想帮她将头发别到耳后，却在半空中停住。

他轻声地问："这么晚你一个人打车很危险，让我送你回去，好不好？"

许奈奈无声地叹息："我……"

这么多年，梁屹对她的好她不是没有感觉到，她深谙不喜欢就要坚决拒绝的道理，也为此付出过行动，可梁屹的态度实在让她难以回绝。

梁屹苦涩一笑："我只是想看你安全到家，没有别的意思。"

"许博士请留步！"一个突兀的声音打破微妙的氛围。

于绍气喘吁吁地跑过来，抱歉地笑了笑："我们老板想见见您。"

梁屹蹙眉，将许奈奈拦到身后："抱歉，她的脚现在不方便。"

于绍有些着急："我们老板就在后面，不用走……"

"好。"许奈奈从梁屹后面绕过来。

于绍欣喜地给她带路。

许奈奈抬眸，梁屹的瞳孔骤然一缩。

不远处，男人西装革履，脸部轮廓流畅，五官锋锐。如果说十年前的少年是天穹上遥不可及的浮云，那么十年后的他便是无垠黑夜里深不可测的黑洞。

许奈奈平静地移开视线，林汀云朝她走来。

月明如昼，树影摇曳，春夜微风温柔却仍带着凉意。

林汀云低头看着许奈奈，嗓音低沉地说："好久不见。"

林汀云站在许奈奈身前，许奈奈感觉扑面而来一股冷气。她缓缓地抬头，对上他深不见底的眼眸。

四下无声，路灯昏黄，光影疏离，一棵棵凤凰树在灯光下摇晃。

她瞳孔微颤，声音轻柔地说："别来无恙。"

那些奋不顾身的岁月如浮光掠影，在这微凉的夜色中释怀，不是意料之中的重逢，她却比意料之中更加平静。

梁屹故作轻松地笑了笑："好久不见，没想到在这里见到你。"

林汀云浅浅颔首以示回应。

他本就性情淡漠，中学时除了明炽基本上跟谁都不熟，哪怕梁屹与他曾是校篮球队的队友，二人也没什么交流。

于绍是个机灵人，自然看出了自家老板和面前二人不同寻常的关系。

他忽然想起来，许博士的简历上写着高中毕业于淮宜一中，和自家老板来自同一所高中。

于绍笑着解围："许博士，我们老板对您的研究课题很感兴趣，可以聊聊吗？"

许奈奈还没说话，梁屹率先开口："现在已经很晚，她脚上有伤……"

"可以。"许奈奈对于绍浅笑，"只不过要劳烦你们待会儿送我去地铁站。"

于绍连连点头："当然，我们必然把您安全送回去。"

许奈奈已经应允了，梁屹自然不好再多说什么，只是在许奈奈走之前，他仍然不死心地叫了她一声："奈奈。"

许奈奈回眸。

梁屹维持着笑意："早点儿回家。"

许奈奈点点头。

梁屹遥望着许奈奈和林汀云走远的身影，后槽牙缓缓咬紧。他沉着脸往回走，一打开车门，副驾驶座上赫然摆着一束红玫瑰。

后座的人鬼鬼祟祟地冒出头："师父，怎么样？哎哟！"

吴骏的后脑勺被拍了一巴掌，他捂着脑袋委屈极了："师父，这可是我今天专门去花场弄的鲜花，还沾着露水呢！师娘呢？你怎么让她跟别的男人跑了？"

梁屹捶了一下方向盘，血压噌地一下往上升："闭嘴。"

吴骏毫无察觉，他好像热锅上的蚂蚁，急得抓心挠肝："这可怎么办哪，我们现在——"

"滚回去巡逻！"

吴骏的话戛然而止："……"

于绍十分有眼力见儿地拉下了车后座的挡板，宽敞的后座突然显得有些狭窄。

许奈奈靠着车窗理好裙摆，随意地开口："你也来了鹭城。"

"嗯。"林汀云递过来一枚创可贴，视线移到她的脚上，"贴上会好受些。"

许奈奈捏住创可贴的边缘，莞尔一笑："在车上脱鞋是不是不太方便？"

"不会。"

许奈奈将落到眼前的碎发别到耳后，小心翼翼地脱下高跟鞋。

丝袜已经被磨破了，不难看出她平时不爱穿高跟鞋。

林汀云静静地望着许奈奈，她的腰身纤细，后颈的骨节因低头而凸显出来，从他的角度能看见她脖子上的青筋。

刺啦一声，许奈奈双手用力地撕开黑色丝袜，小巧的脚背从里面钻出，脚的小指头处沁出血迹，与白皙的肤色形成刺眼的对比。又是几声轻微的撕裂声，她将丝袜一点点往上撕到脚腕。

在许奈奈贴上那枚创可贴之前，林汀云移开了视线。

晚上八点对鹭城来说还算早，于绍将车开到一家高档咖啡店门口。

林汀云绅士地为许奈奈拉开车门，有了创可贴做阻隔，许奈奈走路要比刚刚舒服很多。

于绍留在车内，他们二人上了二楼的包厢。

咖啡店内人声嘈杂，包厢内却静得出奇。

许奈奈开门见山地说："不知道林总对我的课题有什么指教？"

林汀云因为许奈奈的称呼微微蹙眉，他慢条斯理地卷起衣袖："谈不上指教，你的专业水平要比我更高。"

这时，服务员说了声"打扰一下"，送来两杯卡布奇诺。

许奈奈回过神，笑了笑："过奖。"

许奈奈也是在很多年后才知道，他当年口中的"生物医学"或许并不是指这个专业本身，M国没有医学本科，想学医学专业需要读四年生化专业的预科，再申请进入医学院。

所以那些绞尽脑汁的猜测不过是她放不下他时的精神寄托，十年前他在天台对她说过的梦想大概根本没有那么多弯弯绕绕。他只是随口应答，真正受到影响的，其实只有她。

"你的履历很精彩，我读过你的文章，"林汀云双手交叠，目光灼灼，"所以想与你合作，通过纳米颗粒结构的表面修饰和白血病诊疗一体化。"

眼前被推来一沓纸质资料，许奈奈第一眼就看到了右上角鑫瑞的logo（标志）。

他竟然是鑫瑞的总裁！

狭小的包厢内静谧无声，只剩两人轻浅的呼吸声，以及纸页翻动的声音。

林汀云很耐心地等待她的答复。

许奈奈放下资料，轻声说："以贵公司的资质完全可以选择更好的研究院合作。"

——这便是婉拒的意思了。

林汀云并不意外："我们公司将会在实验室阶段提供三百万美元的

支持，"他明明是上位者游刃有余的姿态，却丝毫不显得盛气凌人，"希望你能考虑一下。"

许奈奈没有直接回答，只是说："一种靶向药从实验室研发到临床需要投入大量的时间和精力，这个时间至少得八年到十年，甚至更长，还不能保证最终临床实验通过……"她换了个更直白的说法，"很有可能投入十几年时间也得不到你想要的结果。"

林汀云的指节摩挲着杯沿，他抬眼轻笑："如果 A 大的博士都做不到，我想不到谁还可以。"

许奈奈微微一怔。

她喝了口咖啡，调整了一下表情："一个项目的成功并非一个人的功劳。"

"也取决于你背后的资金链与资源，"林汀云泰然自若，再次摆明条件，"在我这里，所有能用钱解决的问题都不是问题。"

许奈奈沉默一瞬间，沉沉地呼了口气："抱歉。"她继续说，"我们实验室的规格达不到你们想要的要求，没有必要浪费时间。"

林汀云有些诧异，这么多年来，他见过许多虚与委蛇的人，他很明白这是世人的生存之道，谈不上谁更高贵，谁更低贱，可这是他第一次遇见如此耿直的拒绝。

他沉默片刻："可以加个微信吗？"

许奈奈不解地抬头。

林汀云显得矜贵而从容："你不必现在就给我答案。"

这场谈话最终没有结果。

林汀云有意控制聊天的时间，许奈奈回到鹭城大学时还不到晚上十点。

许奈奈婉拒他要送到楼下的提议，林汀云也没有坚持。

她回到家打开灯，看着微信上"FY"的好友验证消息久久没能回神。

原来重逢也和离别一样，那么猝不及防。

鑫瑞作为鹭城的药企巨头，想要与之合作的高校与研究院比比皆是，许奈奈不觉得林汀云会死耗在一个平平无奇的实验室上。

与林汀云的微信对话框始终停留在那句已经成为好友的系统提示

上，许奈奈并没有将这件事放在心上。她按部就班地改着手下研究生的论文，直到冯阳把她叫到办公室。

"丰悦的那个项目是怎么回事？怎么第一期启动款都没打完就要结束？"冯阳肥硕的胸部气得大肆起伏。

许奈奈面无表情地说："人家按照合约打了二十万元的预付款就已经仁至义尽了。"

冯阳难以置信地说："你这是说的什么话？"

他噌地一下站起来，忽然手机响了，他看了一眼微信消息，很快变了表情："哈哈哈，我就说付总不至于这么不相信咱们。奈奈，收拾一下，今晚跟我去见付总。对了，把那几个研究生也带上。"

许奈奈想到付总那肥头大耳的样子就觉得恶心："带他们做什么？这个项目已经进行不下去了，除非你把实验室的那套设备全换一遍，再把你申请的基金全都用来购买原材料和仪器……"

"行了，行了，"冯阳不耐烦地摆摆手，"今晚还是在塔威莱国际大酒店，早点儿去准备一下。"

丰悦的项目是许奈奈刚来鹭城大学时签的横向项目。彼时的她尚且有雄心壮志，每天早出晚归地泡在实验室，就想做出个结果，甚至用这个项目申请了一百万元的国家自然科学基金。

可她没想到冯阳会是项目进行的绊脚石。

做科研实际上需要投入大量的人力和财力，冯阳只顾着在外面开公司捞钱，对实验室的用度抠得不能再抠。许奈奈资历尚浅，名下没有基金，每次找冯阳要钱都要扒层皮。

久而久之，她也看清了冯阳只想赚钱的真面目，现在的她就是想把手下的几个研究生顺顺利利地带到毕业。

许奈奈知道冯阳要自己带着研究生的目的，所以并不打算带江梦鱼和阮茜，没想到江梦鱼却来办公室找她。

"许老师，您今晚又要去见那个付总啊？"

许奈奈淡淡地说："不是我想去见，是陪你的大老板去见。"

江梦鱼撇了撇嘴："那个付总看您的眼神油腻死了，我陪您去吧，还能帮您挡挡酒。"

"你别自己先倒了。"

江梦鱼急了："哪有哇，许老师，您怎么看不起我呀！"

许奈奈哑然："苏泽呢？"

"今天早上就出去了，还没回来呢。我又有两天没见到阮茜了，上次见还是她那个富二代男朋友开着跑车来校门口等她，但肯定没您闺密那辆粉色的跑车帅！"

许奈奈无语地说："行了，你真想去？"

江梦鱼连连点头："五星级酒店呢，好不容易蹭一顿老冯……老板的饭！"

许奈奈失笑道："行，走吧。"

江梦鱼激动地跳起来："耶！"

许奈奈带着江梦鱼到酒店门口时刚好晚上六点。

她先去前台预约包间，然后跟江梦鱼一起泡茶等人。不一会儿，几个大腹便便的老总穿着快要撑破的白衬衫姗姗来迟。

付总看见许奈奈眼前一亮："许工还是这么漂亮，哈哈哈……"

"老冯啊，你有眼福哇，手下的工程师长得这么漂亮，我还以为是大学生呢。"

"这话可不能乱说呀，人家许工可是 A 大的高才生，本来是可以出国的，现在到老冯这个小庙可是委屈人家了。"

"哈哈哈……"

冯阳暗戳戳地朝许奈奈挤眉弄眼，示意她去敬酒，许奈奈装没看见。

她想端茶杯，然而手还没碰到杯沿，一只肥腻的手便搭在了她的手腕上。

酒店二楼长廊，于绍拦住服务生，下巴朝没有关门的包厢点了点："那边是在做什么？"

服务生回答："好像是鹭大的老师和合作公司聚餐。"

于绍跟林汀云工作这么久以来，上赶着找他们公司合作的人比比皆是，这次林总亲自出面，却在一个女工程师的身上碰了钉子，想和人家合作被拒绝，结果人家转头就去跟别的药企应酬。他有点儿不敢看自家老板的脸色。

他默默地瞄了一眼时间，提醒道："林总，会议要开始了。"

林汀云身穿裁剪得体的白衬衫，身姿挺拔，臂弯处搭着西装外套。

他看着被人团团围住的身影，长廊的灯光在他的眼帘下留下深浅不一的阴影，遮挡了眼底的情绪。

酒过三巡，包厢内的气氛高涨，桌上的酒瓶已见底。

许奈奈读研时，导师爱喝酒，她跟着练出了酒量。只不过酒混着喝容易醉人，此时许奈奈的头有些晕。

"许工真是巾帼不让须眉呀，来，来，来，满上！"付总喝得面红耳赤，提着酒杯乱晃。

许奈奈躲过他若有若无的触碰，冷静地说："付总，您喝多了。"

付总胡乱地摆头："没有，我哪儿会喝多，我清醒着呢！是不是？"

此言一出，立刻引得其他人附和。

"是呀，付总的酒量可好了，就是酒吧的老板都喝不过他！"

"要我看，许工的酒量也不输酒吧老板，这面不改色的。"

"那可不，也不看看是谁的直系师妹！"冯阳此时满脸通红，大声调侃，又看了许奈奈一眼："人家付总叫你呢，怎么不去，给我点儿面子？"

许奈奈已然快要忍到极限，忽然眼前的酒杯被人夺走。

江梦鱼一下子喝完酒："我们嗝——许老师不胜酒力，我代她跟各位老总喝！"

"哦哟，这小姑娘有两把刷子！"

"老冯，你们课题组真是卧虎藏龙啊！"

江梦鱼替许奈奈挡了一杯又一杯酒，许奈奈拦都拦不住，直到她捂着嘴夺门而出。

许奈奈一惊，赶紧跟出去。

"哎呀，许工怎么走了？"

"小姑娘还是不行啊！"

洗手间内，江梦鱼吐得昏天黑地。

"好点儿了吗？"许奈奈无奈地给她递纸巾，"让你别来。"

江梦鱼的脸颊通红："可我……我就是看不惯老冯天天指使你做……做这些！"

许奈奈觉得又好气又好笑："我拿钱办事，他们又不能把我怎么样，你看看，你才是最累人的一个。"

"呜呜，我不！呜呜呜……我实验做不出来，根本做不出来……"江梦鱼泪眼婆娑，神志不清地抱住许奈奈的腰，开始胡言乱语，"许老师，我好想毕业呀。"

许奈奈摸摸她的脑袋："会毕业的。"

江梦鱼又嘟嘟囔囔了几句，许奈奈听不太清，只好扶着江梦鱼朝酒店大门走。

苏泽骑着"小电驴"刚到酒店门口，停好车跑过来："许老师。"

许奈奈将江梦鱼架上后座："把她安全送到宿舍。"

苏泽点头，担心地说："那您……"

"我没事。"许奈奈摆摆手，"快走吧。"

苏泽还想说什么，奈何江梦鱼东倒西歪的，完全没有意识，他只好用衣服将她和自己绑在一起，先骑车离开了。

许奈奈站在门口凝望着他们远去，忽然，她的肩膀被人搭住，一股臭烘烘的酒气扑面而来。

付总猥琐地说："许……许工怎么出来了？你这酒量在老冯手下真是屈才了，不如到我们公司来，我保证给你最……最好的待遇！"

许奈奈脸上的笑意完全消失："是吗？"

付总一听有戏，龇着大黄牙："那可不，我呀——"

哐当一声，付总的大喊引来不少路人和酒店服务生的关注。

只见一名肥硕的男子倒栽在花坛里，两条腿不断地扑腾着。

"喝多了吧。"

"这都能摔？"

"快来几个人把他拔出来！"

酒店二楼的贵宾室，巨大的单面玻璃正好对准外面的花坛。

天花板上的吊灯锃亮，会议结束后，屋里只剩下穿着白衬衫的林汀云和站在他身后的助理。

林汀云的指尖揉着太阳穴。

于绍过了好半晌才从刚刚的一幕中回过神："看样子许博士并不是个好拿捏的人。"

明明瞧上去柔柔弱弱的，竟然一脚就把体重大她两倍的成年男人踹进花坛，动作利落得仿佛应对这种情况十分熟练。

于绍想了想，问出这几天以来的疑惑："您与许博士是高中同学吗？"

林汀云没有犹豫："嗯。"

于绍试探着问："林总，您或许可以试试打感情牌，有这层关系在，许博士或许会重新考虑与我们合作。"

林汀云蹙眉："感情牌？"

"对。"于绍继续说，"老同学嘛，这层关系在社会上其实是很有分量的，毕竟青春时期的情感总是最令人怀念的，这么多年再见面肯定觉得亲切。上次看许博士的反应，应该是记得您的，这时候叙叙旧，或许结果就不一样了。"

林汀云靠着椅背，摩挲着下颌："我与她寒暄过。"

于绍想到那被带进咖啡店的一大堆资料："……"

您那不叫寒暄！

于绍知道老板是个惜才的人，再加上这个项目他执着了太多年，现在好不容易有机会碰到合适的人，失去这个人才太可惜。

"或者我们可以从那个副教授入手，"于绍分析着说，"据今晚来看，许博士接受丰悦的项目多半是因为那个副教授，如果我们可以与他连上线，到时候许博士也没办法拒……"

"不用。"

跨海大桥霓虹灯闪烁，一辆黑色轿车疾驰着，车外的景色快速闪过。

目的地是一栋临海别墅，这些年，林汀云回国后都住在这里，一来是因为去鹭城国际机场转机方便，二来是因为这里远离淮宜与首都。

林汀云将车停在地下车库，搭乘电梯上到三层，窗外的光影滑过他的下颌线。

别墅的装修风格偏冷色调，白墙与黑沙发，巨大的落地窗前是无边的大海，仿佛一场寒潮即将上岸。

林汀云没有开灯，他脱下西装外套，单手扯开领带，白衬衫绷开几粒扣子，窗外透进来的月光映照出他的锁骨。随着衬衫被他脱下，无人可见的脊椎处布满了常年扎针的痕迹。

林汀云穿着睡衣懒散地半靠着沙发，额间垂下几缕发丝遮挡住黑瞳。

这时，手机铃声响起。他看了眼备注，铃声响到第二轮才按下接听键。

电话那头响起焦急的中年女人的声音："二少爷，夫人的病情又加重了，吵闹着要见您——"

林汀云打断对面的话："见我，还是见他？"

对面的人话音一顿，半晌没有出声："……"

林汀云的额角露出青筋，他厌恶地说："别来找我，我不是她的主治医生。"

他挂断电话，下意识地摸出茶几下的烟盒，修长的手指夹起烟。

咔嚓一声，猩红的火苗仿佛隐匿在暗夜里蠢蠢欲动的野兽，拒人于千里之外是他的保护色，袅袅上升的烟雾用来迷惑世人的眼。

空旷的房子显得有些寂寥，他一时有些茫然，不知道自己该干什么。突然，他的脑海里闪过一个画面——

"你有梦想吗？"

林汀云拨通于绍的电话。

"林总。"

林汀云的嗓音透露着被烟雾浸染过后的沙哑："去调查一下丰悦近些年的债务情况，营业执照、税务登记等政府批件是否合格，另外通知法务部准备企业并购合同。"

电话那头的于绍一愣："林总，您这是要收购丰悦？"

林汀云没有直接回答，他掸落烟灰："你刚刚说老同学叙旧，一般都去哪里？"

于绍一喜，看来老板是准备采用迂回战术了："是这样的，与老同学叙旧需要考虑目的和对象，如果只是单纯的班级同学聚会，大都会选择去饭店、KTV等适合多人活动的地方，如果是有目的地约一个人，则会依照对方的需求选择地点……"

林汀云耳边的蓝牙耳机忽明忽暗，右耳骨的黑痣若隐若现。

他若有所思地打开微信，点开空白的对话框。

于绍还在继续说："其实您要是约异性的话，也没那么麻烦，完全可以选择电影——"

"通知鑫瑞研发部，鹭城新建的实验基地空出一天。"

于绍："？"

许奈奈彻底得罪了丰悦的老总，冯阳急得上蹿下跳，反观当事人怡然自得，好像什么都没发生。

实验室里，江梦鱼用实验记录本挡着脸，看了眼不远处正在电脑前办公的许奈奈，悄悄地问："许老师真的把付总踹到花坛里了？"

苏泽洗着烧杯，淡淡地说："没看见。"

江梦鱼疑惑地说："哎，你那天不是在吗？"

"在费力地把你弄回来。"

江梦鱼的脸一红："我……我有那么重吗？"

"小鱼。"

江梦鱼跑过去，甜美一笑："许老师。"

许奈奈将鼠标在她的论文上移动："这几个地方的格式要改，我做了批注发给你。"

江梦鱼感激涕零地说："谢谢许老师！"

试问有哪家研究生有这么"保姆级"的导师。

江梦鱼屁颠屁颠地去拿笔记本，忽然又高喊着跑回来："许老师，您快看！"

许奈奈抬头。

江梦鱼将手机递过来，激动地说："丰悦好像跟鑫瑞合并了，我们是不是间接接了鑫瑞的项目呀？"

"这不是合并，"苏泽默默地走过来，"这叫收购。"

许奈奈看着微信公众号上的推送文章，穿插在文章中的照片上有个熟悉的面孔，是林汀云身边的助理。

江梦鱼眼巴巴地盯着文章："许老师，这样的话我们的项目是不是可以多弄点儿钱了？"

许奈奈移开视线，继续改稿子："应该不能。"

"为什——"江梦鱼忽然住嘴。

她想起来了，她的许老师不久前才把人家老总踹到花坛里去了。

"他们的高层有变动。"苏泽伸手滑动几下手机。

江梦鱼看过去，眼睛一亮，一字一句地读出来："经调查，原丰悦医药总经理付某涉嫌挪用公款，现已停职审查。"

许奈奈敲键盘的手指一顿。

许奈奈被冯阳叫到办公室。

"哎，好，好，好，于助理客气了，能去贵公司观摩是我们的荣幸，哈哈哈……"

冯阳挂断电话，笑着对许奈奈招手："师妹来了，快坐，快坐。"

一听这个称呼，许奈奈就知道没什么好事："不坐了，有什么事？"

"哎呀，师妹这就见外了不是？付总确实不是个好东西，这不被查了嘛！"

冯阳是个欺软怕硬的主儿，以前许奈奈觉得多一事不如少一事，时常忍耐，他便有恃无恐。而这一次他真的把许奈奈惹怒了，这才发觉许奈奈根本不是个任人欺负的性子。

他讨好地笑着说："哎呀，奈奈，你说你在学术大会上遇见林总这么重要的事怎么不跟师兄说呢？"

许奈奈淡定地说："我已经拒绝了鑫瑞的合作请求。"

"什么？"冯阳差点儿跳起来，随即又忍下去，"这……鑫瑞的项目不急，之前是师兄考虑欠妥，没有顾及你的心情，但现在不会。这不，刚刚鑫瑞的于助理给我打电话，邀请我们参观他们新建的实验基地呢。现在丰悦被鑫瑞收购了，咱们可得好好把这个项目做下去，这样才能继续跟鑫瑞……"

丰悦成了鑫瑞的子公司，其所有项目由鑫瑞全权接手，其中自然包括那份和许奈奈所在的研究室还没有终止的合约。

晚上回到公寓，许奈奈洗漱过后披散着快要及腰的黑色长发，坐在电脑前修改手下研究生的论文。

手机铃声响起，她接通电话："喂？"

对面传来略带歉意的中年女人的声音："是小许吗？我是朱颖，抱歉这么晚打扰你，请问你这个周六有空吗？"

许奈奈坐直身体："朱姐，这个周六我们组要去实验基地参观，恐怕没有空，请问有什么事吗？"

"没事，没事，"朱颖连笑几声，"你忙你的，晨晨！"

"奈奈姐姐！"电话被人抢走，小姑娘软糯糯的声音从听筒里传出来，"晨晨今天学会叠千纸鹤啦，想送给你，奈奈姐姐什么时候来看晨晨哪？"

许奈奈的眉眼弯了弯："姐姐这个周末要忙工作，下周来看你好不好？"

小姑娘虽然有些失落，但仍然乖巧地答应："好的，晨晨会等你的！"

"晨晨真乖。"

一年前，偶然的一个机会许奈奈接触到一家阳光福利院，田晨晨是阳光福利院的一名儿童白血病患者，不忙的时候，周末许奈奈会以志愿者的身份去给小孩子上课。只不过她最近实在太忙，算起来已经有半个月没有去过了，如果不是要去参观实验基地，她本来打算这个周末去的。

许奈奈的心情因田晨晨的话变好，她做完今天的工作后起身推开窗户。

正值初春，凤凰树长出来朵朵花苞，许奈奈又回忆起那些追逐他时暗无天日的岁月。

她记得他每一个干净利落的解题步骤，然后在少年苍劲有力的笔锋中拼凑出一个完整的他。时隔多年，再次重逢，他用行动证明了她当年的幻想并非虚假。

他那为达到目的直击核心要塞的行为要比当年更为直接，毫不拖泥带水，此路不通，便换一种自己无法拒绝的方式。

广袤无垠的夜空繁星点点，浮云缓慢飘浮，微风吹过她鬓边零星的碎发。

许奈奈趴在窗边放空大脑，其实现在已经很少有什么事情会影响到她，她只是忽然想到，如果十八岁那年的少女知道未来会有与他距离这样近的一天，一定很开心吧。

鑫瑞研发基地，总裁办公室。

林汀云负手而立，于绍进门汇报："各部门已经准备就绪，确保仪器设备正常运行。"

一开始，于绍以为老板想通过邀请许奈奈参观实验室来拉拉关系，结果老板反手就收购了丰悦，直接接手了丰悦跟鹭城大学的合作项目，一跃成为许博士的甲方。

于绍想了想:"林总,其实现在我们成了甲方,理论上来说应该……"他们接待我们才对。

后面的话于绍不敢再说,办公室内只剩下诡异的平静。

冯阳一下车就自来熟地开始和人套近乎,全靠于绍过人的寒暄功力这才不至于让场面显得过于尴尬。

许奈奈带着苏泽、江梦鱼还有阮茜三人跟在后面。忽然手机振动起来,她低头看了一眼,脸色大变。

于绍还在前面讲解:"这边是我们实验基地新采购的表征仪器,我们实验室支持新药三期临床实验……"

江梦鱼的眼睛瞪得像铜铃:"天哪!苏泽,你快看,那是球差电镜啊!还有原子力显微镜、气相液相色谱仪……这得花多少钱?许老师……咦,许老师呢?"

许奈奈急忙跑到楼梯间接起电话:"朱姐,晨晨怎么样了?"

刚刚参观到一半,朱颖突然发微信消息说晨晨又开始骨痛。

朱颖急得抹眼泪:"吃什么吐什么,浑身疼得直打滚,哭闹着要见你。"

许奈奈看了眼时间,深吸了口气,下定决心:"我现在就过来。"

手机挂断后,她抬头愣住。

楼梯的拐角处,林汀云居高临下,不知道来了多久。

"林……"

"你有急事?"他问。

许奈奈咬唇点头:"非常抱歉,今天我恐怕没办法参观贵公司的实验室了。"

林汀云一边挽着袖口,一边下楼梯:"去哪儿?我送你。"

许奈奈一怔,瞥见窗外狂风大作,乌云翻滚,竟是变了天。

鑫瑞实验基地建在郊区,莫说打车,恐怕公交车都等不到。

她不再犹豫:"多谢。"

许奈奈跟着林汀云来到地下车库,车内奢华低调,秉持着乘车礼仪,许奈奈坐到了副驾驶座上。

她系上安全带,坐得端端正正:"去阳光福利院。"

林汀云骨节分明的手掌握住方向盘，白衬衫被卷起，露出小臂。他微微侧目，许奈奈双手握着手机，满脸焦急之色。

"嗯。"引擎启动，林汀云一脚踩下油门。

轰隆隆！一道雷声炸响在天际。

跨海大桥下海浪翻涌奔腾，骤雨激烈地拍打地面，黑色轿车宛若一只隐匿于夜色中的猎豹，冲破暴雨幕布，化成一道残影。

"领养了小孩儿？"林汀云直视着前方，指尖轻点方向盘，他能清晰地感受到许奈奈的不安。

"没有。"许奈奈摇摇头，"是一个患白血病的孤儿。"

林汀云握住方向盘的五指忽然收紧。

许奈奈看着微信里朱颖发来的安抚她的消息，叹了口气："只可惜还没找到合适的骨髓，受了太多罪。"

车窗外的景物在疾驰中快速闪过，大雨在车窗上留下一道道斑驳的雨痕。

光影忽明忽暗，车外的反光镜上溅起水花。

林汀云喉结滚动，低声说："会找到的。"

福利院距离实验基地有不短的距离，好在错过了车流高峰，不过一个小时就到了目的地。

阳光福利院位置偏僻，生锈的大门被狂风吹得哐当直响，树枝摇晃，叶面翻滚发出沙沙声，破旧的路灯因接触不良闪烁着微光。

许奈奈一下车甚至来不及打伞便往里面跑。

林汀云撑着伞跟在她后面绕了两栋楼，终于爬上一栋老式宿舍楼，里面不断传来小女孩儿痛到极致的呼喊。

"晨晨！"许奈奈推开房门，看见朱颖双眼通红，怎么都按不住在床上打滚的田晨晨。

小女孩儿因为化疗剃了光头，形如枯槁的手臂上都是针孔，她不断扭动，单薄的衬衣被汗浸湿。

林汀云停住脚步，没有再往里走。

白血病患者在没有移植到合适的骨髓前通常会使用 TKI（酪氨酸激酶抑制剂）治疗，只不过副作用极大，常见症状为浮肿、毒害肝脏、恶心呕吐及四肢痉挛，白血病细胞从骨髓中清除时甚至会引起严重的骨痛。

不挡风的木质门板只能阻隔视线，痛到极致的哽咽声与狂风暴雨混杂在一起，凄厉而哀绝。

林汀云垂眸收好雨伞，许奈奈轻柔的嗓音逐渐平息小女孩儿的哭泣，也如一片羽毛拂过他的耳膜。

不知过了多久，木质门板被推开。

朱颖急切地走上去："怎么——"

"嘘。"许奈奈压低声音，朝里面示意，"吃过止痛药，睡了。"

朱颖终于松了一口气，这才发现旁边还有个人："梁——"

林汀云一袭黑色西装，从始至终沉默不语，好似与夜色完全融为一体。

朱颖的后半句话堵在喉咙中。

"这位是……"许奈奈想了想，解释说，"我的朋友。"

林汀云的眼帘动了动，缥缈的灯光让他看清许奈奈的脸。她跑得很急，淋了不少雨，纯白的 T 恤湿成了半透明状态。他不动声色地移开视线。

朱颖惊讶地说："原来是小许的朋友哇，这么急着叫你们过来，实在不好意思，雨下得太大了，要不今晚就在这里将就一下吧？"

许奈奈没有问题，毕竟以前也在这里过过夜，甚至还留有换洗衣物，只不过……

轰隆隆！又是一道雷声炸起，屋檐流下瀑布般的积水，轿车孤单地停在院子里，好似被世界遗弃。

"这边还有一间空房，你要将就一下吗？"许奈奈小心地试探着问。

林汀云点头："好。"

他应答得太爽快，这下轮到许奈奈愣住了。

朱颖没看出许奈奈的惊讶："那我去抱床被子过来。小许，你带你的朋友去走廊尽头那间空房吧。"

阳光福利院是 20 世纪一位慈善家自费建成，收养的都是被人遗弃的残疾孤儿，后来那位慈善家去世，这里逐渐荒芜，每年除了国家补贴，也没有其他社会资金来源，设备、建筑都很老旧。

许奈奈和林汀云走进房间后，她才感觉到不对劲。林汀云身材高挑，浑身上下给人一种矜贵的感觉，实在和狭小的旧宿舍楼格格不入。

忽然一阵凉风吹过，许奈奈打了个寒战："我是觉得这雨下得实在太大了，你现在开车不太安全。就是这里可能条件简陋了点儿。"

"没事。"林汀云脱下西装外套。

许奈奈双手揉搓着手臂，轻声说："今天谢谢你送我。"

滋啦！屋顶的电灯闪烁，下一秒猛地熄灭，室内陡然陷入黑暗。

许奈奈吓了一跳，慌忙摸索支撑点，砰的一声不知踢到什么，紧接着手臂一紧，整个人撞上一个坚硬的胸膛。

窗外黑云翻滚，大雨弥漫，雨点砸着屋顶，狂风猛烈地刮动窗户，喧嚣嘈杂的世界仿佛在这一刻变成电影里的背景乐。

林汀云只觉得怀里撞进一团柔软，许奈奈身上淡淡的桂花香钻进鼻间，一种从未感受过的触感如触电般通过胸口传到四肢百骸，温暖且柔和，她纤细的腰身因冷意在他的臂弯里瑟瑟发抖。

他缓慢地松开拉住她的手腕，耳根发热，身体前所未有地僵硬。

忽然，一道闪电如长鞭划破长空，昏暗的室内陡然变亮。

许奈奈猛地回神，这才惊讶地发觉他们的姿势有多暧昧。林汀云的胸膛太过坚实，她撞得有些耳鸣。

"我……"

"当心着凉。"

林汀云率先后退一步，拉开两人之间的距离。

许奈奈的肩膀被人披上一件宽大的西装外套，清冽的薄荷香萦绕在她的鼻间，她捏着衣领愣住。

雨夜、雷电，以及少年绅士的外套，惊鸿一瞥的初见跨越十几个春秋，再次上演。

"谢谢。"许奈奈抿唇，睫毛忽闪着，"我去看看朱姐，电路可能又被雨水浇短路了。"

说完，她不给他反应的机会，转身就跑出了房间。

林汀云凝望她消失在门口的背影，匿藏在黑暗中的眼睛里暗流汹涌。

老宿舍楼年久失修，朱颖撑着伞，她的丈夫周立辉踩在梯子上顶着大雨检修电路。

许奈奈的身上还套着林汀云的外套，长长的衣摆遮住了她的大腿根。她熟练地翻出工具箱打开配电箱，实验室的仪器设备总坏，有时候也会造成电路短路，时间长了，许奈奈也知道怎么修理电路。

然而许奈奈还没拿起扳手，一只手从头顶探过来，拿起扳手："我来。"

许奈奈一惊："你……"会吗？

回应她的是林汀云娴熟的检修手法，许奈奈扭头看着他。

林汀云的个子很高，他甚至不用踩梯子就能够到配电箱，定制的西裤包裹着修长的双腿，贴身的白衬衫将他整个人衬得十分高挑。

滋啦几声，走廊的灯闪烁起来，二楼的电路恢复正常。

他弯腰放好扳手，重新点亮的白炽灯照在他高挺的鼻梁上，投下一道光影。

"没想到你还会这些。"

"不是很难。"

许奈奈手里的工具箱一并被林汀云搬回原处，一楼朱颖和周立辉也将电路修好了。

朱颖抱着干净的被褥过来，看到许奈奈身上的外套愣了一下："刚刚真是不好意思，这里电路老化得太严重，还要麻烦你们。"

朱颖虽然不知道林汀云的身份，但通过气质也能察觉到他的不简单，她没有多问。

宿舍楼虽然很旧，但朱颖会定期打扫，房间都很干净，许奈奈的房间就在林汀云的隔壁。

洗漱过后她穿上之前放在这里的睡裙，看着床边的男士外套，犹豫一会儿，她推开房门。

站在走廊上的林汀云闻声侧眸，许奈奈没想到他竟然没睡。

大雨还在下，汇聚成巨大的雨幕，成为他们并肩而立的背景板。

许奈奈将外套还给他，二人谁也没有说话，过了一会儿，她温和地试探："你应该没有接触过这类群体吧？"

像他这样养尊处优的天之骄子，突然来到这种地方，遇见这样的事，她总觉得会吓到他。

林汀云的臂弯处挂着外套，狭长的眼尾下敛。

许奈奈只当他是默认，心里越发愧疚："刚才事出紧急，很抱歉。"

"你常来这里？"他忽然问。

许奈奈一愣："是。"

"她叫什么名字？"

不知为何，许奈奈在林汀云低沉的声音中听出些许温柔的感觉。

"她叫田晨晨，今年六岁，是朱姐前些年在田埂上捡到的弃婴。"许奈奈的眼底浮现出淡淡的哀伤，"以前福利院收养的大都是天生残疾的小孩儿，当时朱姐还说总算有个健康的孩子了，却没想到在去年查出了白血病，因为没有找到合适的骨髓，只能保守治疗，可惜副作用太大，时不时便会骨痛。"

林汀云低头看她："她很信任你。"

许奈奈耸耸肩："可能是因为我经常给她带零食吧。"

一道闪电照亮她柔美的侧脸，林汀云的呼吸微顿，蜷缩在身侧的手指缓慢收拢。他将情绪隐藏得很好："所以，你是因为她选择研究这个课题的？"

许奈奈轻笑道："我一年前才认识她呢。"

户外的夜风呼啸不止，吹动许奈奈耳边细碎的长发。林汀云凝望着，竟生了几分想要帮她将碎发拂至耳后的心思。

是了，她的简历上写着去年才入职鹭大。

"林总，研发新型药物并非简单的商业投资，一种靶向药从实验室到三期临床，这中间有太多不可抗力的因素，大部分项目会在半途夭折，所耗费的人力、物力、财力也会打水漂。"许奈奈顿了顿，"如果您只是想谋利，选择白血病靶向药的研究并不是一个性价比很高的研发项目。"

她很理智地向林汀云阐述自己的想法，就像重逢的第一天那样。

"如果不是为了谋利呢？"林汀云认真地看她，"你会答应吗？"

"林……"

"你可以直接叫我名字。"

林汀云的目光灼灼，他能感觉到，她似乎在与自己拉开距离。

许奈奈稍做停顿，微笑着说："林汀云。"

林汀云收拢的掌心松开："嗯。你会答应吗？"他又问了一遍。

许奈奈反问："我们不是已经有项目在合作了吗？"

这下轮到林汀云怔住了。

许奈奈的眉眼温柔，说话的声音很轻，仿佛在这场经久不息的大雨中觅得一处宁静之地。

她进屋之前转头，莞尔一笑："祝我们未来合作愉快，晚安。"

"晚安。"

木质门板被轻轻合上，林汀云单手插兜，仰头靠着墙壁。

大雨哗啦，好像在不断地冲刷出那段"出逃"的记忆，少年时代于他而言不过是黑白色的纪录片，他很少回想过去，却在此时不可抑制地将眼前这位在医药领域有所建树的科学家与多年前那个生理期也要忍痛跑接力赛的女孩儿重叠在一起。

岁月更迭，她成长得令人惊艳，早已不再是那个会躲在天台上偷偷落泪的女孩儿了。

Chapter 07
他不能喝酒

暴雨来得快去得也快，由于第二天是工作日，许奈奈不得不天还没亮就起床。

晨晨昨晚被哄睡后再没醒来哭闹，走之前，许奈奈轻手轻脚地去看了她一眼，然后同朱颖嘱咐几句便准备回学校。

轿车依然停在昨晚的位置，林汀云骨节分明的手透过挡风玻璃若隐若现。

许奈奈下楼的脚步放缓，她看见车窗降下。

林汀云："上车。"

许奈奈开始重启之前的项目。

丰悦被鑫瑞接手之后不仅延续了合约，甚至又额外拨了一百万元作为研究经费，并且将实验室里老旧的仪器全部换新。

冯阳天天在办公室里笑得合不拢嘴，许奈奈则带着手下的研究生夜以继日地泡在实验室赶进度。

"阮茜今天又没来吗？"许奈奈戴着护目镜在通风橱旁边核对今天的数据。

江梦鱼一边打下手，一边说："是呀，这几天都没看到她，上次见她好像躲在花坛边哭，估计又和她的男朋友吵架了吧。"

整个鹭大都知道阮茜有个特别有钱的富二代男朋友，基本上每隔几天就换辆跑车来接她，大家都开玩笑说阮茜都傍上大款了还读什么研究生，然而每次谈到这个话题她都只是笑笑不说话。

许奈奈皱眉："她如果再不来做实验，这篇文章就没有她的名字了。"

许奈奈虽然宽以待人，但也有一套自己的原则，作为几个研究生的导师，她向来一碗水端平。

许奈奈有把握这次的文章能登上期刊，也想让几个参与项目的研究生有个更好的履历，但如果阮茜从头到尾都不出力，许奈奈再加上她的名字就是对江梦鱼和苏泽的不公平。

江梦鱼吓了一跳："许老师，我这就去给她打电话！"

江梦鱼自然没有打通阮茜的电话，顺带着又在实验室里熬了个大夜。

许奈奈体恤他们，让他们先回去，后半夜她自己来值守。

如此忙了一个星期，直到一天晚上，许奈奈正在昏昏欲睡，江梦鱼的电话打了进来。

"许老师，不好了！阮茜现在在宿舍楼的天台上！"

许奈奈瞬间清醒过来。

夜色笼罩着大地，十一层楼高的天台边缘没有遮挡，阮茜的双腿悬空在外，仿佛被风一吹她就要飘走。

许奈奈火急火燎地跑上十一楼，楼下已经站了不少人，消防车尖锐的鸣笛声由远及近。

"许老师……"江梦鱼快要哭了。

阮茜的半个身子已经悬空在外面，没有人敢接近她。

许奈奈小心翼翼地往前走，阮茜忽然转头，许奈奈吓得脚步停了下来，好在她并没有什么过激行为。

"阮茜。"许奈奈轻声试探，"有什么话咱们下来好好说，好不好？"

阮茜盯着许奈奈，身子没有再往前倾。

这是一个很好的征兆，其他人全部后退，许奈奈继续小心翼翼地往前。

时间一点儿一点儿地流逝，所有人都屏住呼吸，宿舍楼下已经拉起了气垫。

就在许奈奈慢慢靠近阮茜时，阮茜忽然捂住嘴开始啜泣。她的肩膀耸动，抽泣的声音越来越大，肩膀颤动的弧度几乎是一不小心就要晃下去的程度。

就是现在！许奈奈猛地伸手，用尽全身力气将阮茜一把拽下来！

"天哪，好险！"周围惊呼连连。

许奈奈抱着阮茜在天台上滚了几圈，手掌轻抚她颤抖着的脊背："没事了，没事了。"

阮茜在许奈奈的怀里哭得上气不接下气，声音颤颤巍巍地说："怎么办？怎么办？许老师，我怀孕了……"

鹭城市第一医院，血液科主任办公室。

实际年龄为三十多岁的男人顶着一张二十岁出头的脸，他穿着白大褂，慢悠悠地倒了一杯茶，递给林汀云："什么风把风云集团的总裁吹我这儿来了？"

林汀云双手交叠，没有接过他的茶。

纪霖早就习惯林汀云跟他哥如出一辙的性子，将茶杯放到他面前的茶几上，怡然自得地低头品茶："听说你最近找了个免疫学博士，为了让人家参与你的项目，直接把人家正在合作的小公司收购了？"

林汀云没搭这话："急性白血病女童除了骨髓移植还有什么更好的治疗方式吗？"

纪霖收敛笑意："急性白血病的话得来医院做个全方面检查，这事你比我清楚，不是吗？"

室内陡然陷入沉默，纪霖自知失言，打着哈哈说："怎么？阿云，你又看上哪个白血病小孩儿了？"

林汀云端起面前的茶杯晃荡着："阳光福利院的一个六岁小姑娘。"

纪霖蹙眉，他在鹭城待了这么多年竟然都没听说过这个福利院。

林汀云饮口茶，将茶杯啪的一声放在茶几上。

"喂！"纪霖心疼地扶住摇晃的茶杯，"你懂不懂品茶呀？"

"不懂。"

纪霖咬牙切齿地说："你真跟你哥一个德行。"

林汀云瞥了纪霖一眼，纪霖骂骂咧咧地收拾茶具："哎，我说，好歹我也算是你的半个长辈，这么多年你也该……"

砰！办公室的门被猛地关上，墙壁落下几粒灰尘，纪霖面前再无人影。

纪霖："……"

"啊，我的门，你轻点儿！"

林汀云有些烦躁地出了门，他单手扯了扯领带，沿路不少医护病患侧目看他。

"纪主任的朋友也太好看了吧。"

"还单身吗？好想上去要联系方式！"

"你看看人家那能买下整个医院的气场，是你能高攀得起的吗？"

议论声纷纷，林汀云视若无睹地穿越人群，早就等在外面的于绍赶紧跟上去。

"林总，十一点还有个会，现在是直接去公司还是……"

林汀云忽然停住，于绍跟着闭嘴。

他小心地打量自家老板的眼神，并顺着目光望过去："咦，那不是许——"

林汀云狭长的眼眸眯起。

不远处，许奈奈正坐在一群显怀的孕妇中间，拿着病历本等候在 B超室外。

许奈奈一夜未眠，她在宿舍安抚着阮茜的情绪，一直到天亮，终于等到医院上班的时间，她与阮茜一起到市医院挂了妇科。

阮茜失魂落魄地攥着"孕八周"的检测报告，她的眼睛肿得像核桃："许老师，这件事可以先别告诉我的父母吗？"

许奈奈替她收好报告单，抽出纸巾给她擦眼泪："你已经是成年人了，这些事当然由你自己做主。"

为了保护阮茜的隐私，昨晚的事最终以她"科研压力太大，一时想不开"而对外宣告，好在人没事，这件事的热度也渐渐降了下来。

阮茜的眼眶一红，又落下一串泪："可是怎么办？我不知道该怎么办，明明就一次……怎么会怀上！"

年轻的女孩儿总是容易耳根子软，情到浓时便存着侥幸心理，许奈奈不是第一次见到这种情况。

许奈奈无声地叹息："你的男朋友知道这件事吗？"

阮茜咬唇摇摇头："我不会让他知道的。"

许奈奈不解地问："为什么？"

阮茜捏着被泪水浸透的纸巾，自嘲地笑了笑："许老师，他的母亲曾来找过我。"

许奈奈去年刚入职时江梦鱼与苏泽还没读研，研三的阮茜在很长一段时间是她唯一的帮手。

阮茜出生在乡下，从全国有名的高考大省冲出重围考上鹭大，并被保送读研，她是个沉默且顽强的女孩儿。

那时候许奈奈总会在阮茜的身上看到自己以前的影子，再加上阮茜是自己的第一个学生，许奈奈总会对阮茜多些关心。她一直知道阮茜有个男朋友，只不过这是阮茜的私事，她很少过问。

"以前我年少无知，总觉得所谓的门当户对不过是世俗的枷锁，只要两个人足够相爱，所有的困难都会迎刃而解，可现实却告诉我，门第悬殊才是那道永远无法跨越的天堑。他不可能和我结婚的，最后他选择的一定是同样家庭背景的女孩儿，而我只不过是他年少轻狂时的一段风流韵事……"

阮茜性格内敛，没什么朋友，许奈奈对她来说是为数不多的可以倾诉心事的人："许老师，有时候我总在想，如果没有遇见他就好了。"

有钱人家虽然外表光鲜亮丽，但其中的利益纠葛错综复杂，他们的伴侣注定不会是普通人。

不知为何，许奈奈忽然想到了林汀云。

阮茜抚摸着小腹，小心翼翼地问："如果我想生下这个孩子，您会觉得我是个不自爱的女孩儿吗？"

阮茜的眼神脆弱得令人心疼，许奈奈帮她把碎发别到耳后："不会。"

阮茜的眼睛睁大。

许奈奈温柔地说："我只会觉得你是一个很伟大的妈妈。"

许奈奈的声音温和有力，阮茜似乎在满目疮痍的生活中寻到了一丝慰藉。

距离研究生毕业答辩还有两个月，前段时间一直游离在外的阮茜突然振作起来，回到了实验室。

阮茜开始日夜守在实验室，有时候许奈奈怕她怀孕辛苦，想让她休息，都被她拒绝。

"我得让我的宝宝知道，她的妈妈是个很坚强的人。"阮茜总是笑着对许奈奈说。

作为许奈奈的"开山弟子"，阮茜的专业能力毋庸置疑，她的回归让项目的压力顿时少了一半，许奈奈也终于有机会喘口气了。

周末，许奈奈去超市买了些零食和玩具，乘公交车去阳光福利院。

许奈奈拎着大包小包的东西刚进门，便看见一辆熟悉的车停在院子里。

"奈奈姐姐！"二楼的栏杆处，穿着公主裙的晨晨眼睛一亮，噔噔噔地跑下楼。

许奈奈赶紧放下东西，晨晨瘦弱得几乎只剩骨架的身体重重地撞入她的怀中。

"慢点儿跑呀。"她轻嗔着说。

晨晨在她的怀里蹭来蹭去，咯咯直笑。

院子里忙活的几个大人闻声转头，梁屹从几个旧箱子上跳下来，惊喜地说："奈奈，你来了。"

上次暴风雨吹坏了院子里的晾衣架和一些摆设，梁屹今天过来帮朱颖夫妻修东西。

许奈奈点点头。

梁屹又伸手："晨晨，到哥哥这儿来，你奈奈姐姐很累了。"

晨晨搂着许奈奈的脖子不肯撒手，许奈奈笑着将她抱起来："咱们晨晨这么轻，姐姐这点儿力气还是有的。"

"就是，就是。"晨晨转头朝梁屹吐舌头。

梁屹哑然，只好帮许奈奈把地上的水果和玩具拎起来。

"听说上次大暴雨那天晨晨骨痛，你连夜赶过来了。"梁屹低头问。

许奈奈抱着晨晨坐到院子的石凳上。晨晨因为化疗剃光了头发，不过他们总是买各式各样的假发来打扮她。

许奈奈帮晨晨把散开的假发编成鱼骨辫："嗯。"

梁屹的眼里有些心疼："你可以叫我的，那么大的雨你一个人……"

"奈奈姐姐可不是一个人哦，"晨晨踢着小短腿，满是青紫痕迹的小胳膊不断地挥舞，"还有一个眼睛很好看的哥哥。"

梁屹一愣。

许奈奈显然也没想到晨晨还会记得林汀云。

"眼睛很好看的哥哥？"梁屹不愿去想那个猜测。

晨晨绘声绘色地说："只不过他没有进来，我偷偷瞄到了一丁点儿！"

许奈奈忍俊不禁："晨晨很喜欢他吗？"

"嗯嗯！"

六岁的小姑娘对喜欢的概念很单纯，只要不讨厌的都能归为喜欢，梁屹却笑不出来了。

"是奈奈姐姐来了！"

"奈奈姐姐！"

"奈奈姐姐又带好吃的来啦！"

教室里面的其他孩子听到动静纷纷朝外面张望。

晨晨从许奈奈的腿上跳下来，眼巴巴地看着梁屹手里的零食："小梁哥哥，我们比赛谁先跑到那里谁就先吃第一包小馒头好不好？"

梁屹挑眉："真的要和哥哥比赛？"

晨晨连连点头。

"那开始啦？"

晨晨看着十分严肃，摆好姿势。

梁屹佯装蓄力："一、二、三，跑！"

"晨晨加油！"

梁屹故作不敌摔倒在地，孩子们的欢呼声响彻在福利院里。

许奈奈站起来，眉眼温柔地望向他们。

一辆黑车停在福利院大门对面许久，里面欢乐的众人并没有注意到他们何时到来。

车内的气压很低，给福利院的捐款合同躺在车后座。

"林总，还要进去吗？"于绍谨慎地询问。

林汀云默默地凝望那仿佛一家三口玩闹的情景。良久，他漠然开口："回公司。"

暮色降临，林汀云从公司独自驾车驶过跨海大桥。

高三那一年，是他最后的自由时间。

那时的他对身边的很多事都不感兴趣，但身处学校的大环境下，他总是无法避免地面对喧嚣，大多数事情他都是听过则忘，却唯独记得天台上的女孩儿对他说"我相信"时的眼神。

轿车驶进地下车库，临海的别墅还是那样静谧得仿佛毫无人气。

林汀云单手扯下领带，站在巨大的落地窗前，凝望着广袤的海平面逐渐被黑暗笼罩，那天在妇产科门口看见她的情景再次出现在他的脑海。

"听说她博士毕业后消失了一年，难不成是回去生孩子了？"

咔嚓一声，火苗点燃烟，燃起淡蓝色的烟雾，林汀云半合的眼眸模糊在缥缈的烟雾里。

重逢那天她与旁人并肩而立，福利院里他们融洽无间。

林汀云的手指收拢，心里涌起自己都未曾发觉的复杂情绪。

和鑫瑞的合同包括三个阶段，第一个阶段乙方需要提供两篇 MOFs 材料应用专利，有了阮茜的加入，其中一篇已经有了眉目。

许奈奈正在实验室修改专利数据，忽然手机振动起来。她瞥了一眼，愣住了。

FY：明天有空吗？

和林汀云加上微信好友以来，他们的聊天界面始终一片空白，许奈奈都快忘了她还有他的联系方式了。

Nacia：有，怎么了？

对话框上面显示"对方正在输入"。

FY：鑫瑞预备给阳光福利院捐款，希望你能帮我联系到福利院的负责人。

许奈奈的困意顿时消散，她来回看了好几遍信息才确信自己没有看错。

Nacia：我明天一直在实验室，你什么时候有空？我可以来找你。

FY：明早八点，我在鹭大正门等你。

Nacia：好。

许奈奈激动得手指颤抖，却忘了林汀云作为一家大型企业的总裁，不应该由他来向她询问捐赠事宜。

她当晚十一点就离开了实验室，躺在床上时还觉得有点儿不真实。

阳光福利院与其说是一家福利院，其实更像是一对没有孩子的中年夫妻养着一群残疾的孩子们，每年能申请到的国家补助微乎其微，因为规模太小，也很少能吸引到社会上慈善家的注意，即便有些人会提供一些帮助，也不过是杯水车薪。

翌日早上六点半，许奈奈准时起床。她选了件相对正式的衬衫，下面搭配港风西装裙，长发温柔地披在身后。

许奈奈拎着托特包来到校门口，远远地便看见了那辆价值不菲的黑车。她小跑着上前，礼貌地敲了敲车窗。

车门打开，于绍坐在驾驶座，后座只有林汀云一人。

林汀云穿着灰色的定制西装，里面搭配白T恤，他没有打领带，妥帖的黑色长裤包裹出他流畅的腿部线条。

许奈奈愣了一下，她以为这种捐赠协议会有许多公司高层出席。

黑车驶离校门，隔离前后座的挡板缓缓降下。

许奈奈拂了下长发："你为什么会突然想到给阳光福利院捐款？"

林汀云闻言弯了弯唇角："企业家都有一颗慈善心。"

听他难得的调侃，许奈奈也轻笑出声："待会儿还会有其他人过来吗？"

林汀云："没有。"

许奈奈抿了下红唇，试探着问："那会不会引起你们公司高层的异议？"

毕竟看他昨晚的意思，这并不是一笔小数额。

"不会。"林汀云顿了顿，又补充了一句，"小钱而已。"

许奈奈轻咳一声："……"

忽然车辆急刹，许奈奈整个人往前倾倒。

砰！预料之中的疼痛感没有出现，她的额头撞上一个温软的东西，左臂被一只有力的手掌扶稳。

许奈奈抬头，发现是林汀云用手掌垫住了她的额头。

"林总，前面忽然有个行人横穿马路。"于绍心有余悸的抱歉声传来。

宽敞的后座仿佛一瞬间变得狭小，林汀云近在咫尺的呼吸温热地喷洒在她的后脖颈处。

他的手掌大而有力，将她纤细的手臂完全攥在掌心，隔着薄薄的衣料灼热地烤着她的皮肤，周围的空气在这一刻突然变得浓重黏腻。

直到许奈奈包内的文件掉出来，打破安静。

她猛地与林汀云拉开距离，弯腰去捡滑到地上的文件。

一张印有市医院名字的 B 超单从那沓文件中散落到林汀云的脚旁，他帮忙捡了起来。

看到 B 超单上的检查结果，林汀云向来沉稳无波的瞳孔陡然一颤，早有猜测的事实摆在眼前，他还是有一瞬间的错愕。

"谢谢。"许奈奈的声音温和。

林汀云这才发觉自己拿着那张报告单看了很久。他松开手指，看着她毫无波澜地整理文件。

"你……"林汀云压住莫名翻涌的情绪，想到她的工作环境，移开视线，喉结上下滚动，"孕妇还是少接触化学药剂比较好。"

许奈奈茫然地眨了眨眼，好半晌都没理解他的话："我没怀孕。"

"嗯？"林汀云侧眸。

先前许奈奈陪阮茜去市医院后，阮茜的检查报告一直放在许奈奈的包里，后来收拾东西时也忘了拿出来。许奈奈终于反应过来闹了多大的乌龙。

"这不是我的 B 超单。"她不自然地咬了咬嘴唇。

林汀云有些讶异，这才注意到那张报告单上的名字不是她。

黑车开进破旧的小院子，和那晚不一样，那天下着大雨，天色昏暗，看不清车牌，再加上第二天走得早，朱颖夫妇来不及惶恐，他们已经离开了。

"这车可不便宜呀！"

"你少说两句！"

朱颖夫妇赶紧下楼，许奈奈率先下车与他们沟通了一下林汀云的来意。

朱颖夫妇惊讶得合不拢嘴，于绍趁机拿着合同上前攀谈。

许奈奈拎着包站在原地，林汀云关上车门站到她的身后。

忽然，一个小小的身影迅速跑过来，一把抱住了林汀云的大腿，林汀云的身体一下子僵住了。

"小梁哥……"晨晨的笑容一顿，大大的眼睛茫然地盯着林汀云冷肃的面孔。

今天他们来得很早，晨晨还穿着睡衣，刚刚洗漱完毕，没戴口罩，锃亮的小光头也还没来得及戴假发，饱受疾病折磨的小脸十分苍白，却又洋溢着天真的笑容。

林汀云表面不动如山，实则身体无比僵硬。他一动也不敢动，生怕伤到了这个瓷娃娃一般的小姑娘。

"晨晨，他不是小梁哥哥。"许奈奈弯腰朝晨晨温柔地笑着，"他姓林，你可以叫他小林哥哥。"

晨晨松开双手，似懂非懂地揪着许奈奈的衣摆："我知道他是那个眼睛很好看的哥哥。"

林汀云愣了一下。

许奈奈摸着晨晨的脑袋，抬头对林汀云解释："那天她见到你了，之前还同我说你的眼睛很好看。"

在商界叱咤风云的男人没有半点儿跟小孩子打交道的经验，他紧紧地抿着嘴唇，半晌才僵硬地蹦出两个字："你好。"

许奈奈："……"

晨晨倒是没看出他的局促，开心地说："小'梁'哥哥好！"

六岁的小姑娘正在换牙，漏风的牙齿将"林"叫成"梁"，许奈奈耐心地纠正她，可牙齿漏风属实是不可控因素，直到最后朱颖唤她去戴口罩，她仍然甜甜地叫着"奈奈姐姐，小'梁'哥哥再见"。

"你和你的男朋友与他们都很熟？"林汀云忽然开口。

许奈奈略显尴尬地说："他不是我的男朋友。"

林汀云怔了一下："我以为……"

到了二十七八岁的年纪，身边的大多数人即便没结婚也有了固定的交往对象。

许奈奈耸了耸肩："他也是因为可怜这里的孩子，所以来得比较勤，我只不过是个'大龄剩女'罢了。"

林汀云紧缩的心脏在这一瞬间完全放松，攥紧的指节松开，他压下莫名上扬的唇角："原来如此。"

鑫瑞集团与阳光福利院签署了捐赠协议，其中包括修缮宿舍楼的三百万元，以及若干新家具更换的费用，并承诺每年固定往阳光福利院的公账上捐赠二十万元作为孩子们的生活费。

于绍领着朱颖夫妇去政府机关补办了公办福利院的证明，在鑫瑞集团捐赠的同时，每年还能申请到很多国家补助。

鑫瑞总裁办公室。

于绍拿着文件敲门进来："林总，您吩咐的事情已经办妥了，除了修缮宿舍楼的工期未定，其余设备已经到位，只不过董事长昨天打电话询问过这次捐赠……"

林汀云头也没抬。

于绍咽了口唾沫："董事长说希望您能给他一个回复。"

"他什么时候这么在乎这点儿小钱了？"林汀云的语气淡然。

于绍冷汗淋漓："……"董事长当然不在乎这点儿小钱，他在乎的是您主动回电。

林汀云签完文件，抬眼："推掉这个周末去淮宜的行程。"

于绍一惊："可是——"

当年风云集团遭遇危机，林汀云临危受命，绝地逢生，后来集团蒸蒸日上，因为他卓越的领导能力，例行会议经常缺席也无人敢质疑。但这次的会议毕竟董事长会亲自参与，林董甚至通过各种细枝末节的小事向他打听林总的行程。

于绍抹了把额头的冷汗："您周末有很重要的事情吗？董事长说……"

"嗯，"林汀云双手交叉，后靠椅背，"私事。"

于绍露出疑惑的表情，林总什么时候有工作之外的私事了？

朱颖夫妇独自拉扯这些孩子太多年，突然获得如此大的帮助，对许奈奈感激涕零。

"这和我没关系，是他主动找到我，希望能给福利院一些捐赠的。"许奈奈想了想，轻笑着说，"可能是企业家偶然出现的善心吧。"

朱颖却不信，声音激动得院子外面都能听见："要不是多亏你认识林总，林总又怎么会突然给我们福利院捐钱？小轩的助听器也换了个新的，我上次看到价格，好几个零！小胖这几年长得快，之前的义肢太小，总是磨损皮肤，这次于助理竟然带着他去定制……"

要不是林汀云的身份实在高不可攀，加上福利院地方简陋，朱颖夫妇差点儿让许奈奈从中拉线请人家吃饭。

许奈奈与朱颖聊完，走到二楼教室，戴着口罩坐在第一排的晨晨立马站起来挥舞着小短手。

这些孩子因为身体特殊，很难融入正常的学习环境，许奈奈便经常来教他们读书写字。

今天学的是数学，许奈奈刚在黑板上写好加减法算术题，院子里忽然传来汽车的引擎声。

坐在窗边的小孩儿探头张望，晨晨的眼睛一亮，大声呼喊，今天的发音格外正确："小林哥哥！"

许奈奈一愣，很快回过神，敲了敲黑板："好了，大家注意力集中，我们今天学习两位数加减法。"

讲完课，许奈奈让他们自行做课后的练习题。她走出教室，看见林汀云不知在走廊上站了多久。

方才许奈奈在上课，朱颖不好打扰，只能眼睁睁地看着林汀云在门口站着，现下许奈奈出来，朱颖仿佛见了救星般："小许，你看……"

许奈奈侧头安抚她："朱姐，你去忙你的吧。"

朱颖不放心地一步三回头，路过林汀云时万分局促地叫了声"林总"。

一时间，走廊只剩下他们二人。

"今天怎么有空过来了？"许奈奈率先开口。

林汀云垂眼看着她，朝阳的光晕融进春色，氤氲了她柔美的轮廓。

"偶然路过。"他说。

这么偏远的地方除了不远处的高速公路，似乎没有能路过的机会。

许奈奈只当他是因为工作原因刚下高速公路，笑了笑："要不要进来休息一会儿？只不过这里有些简陋，肯定比不上你的办公室舒适。"

林汀云摇摇头："不会。"

福利院的装修老旧，哪怕刚刚接受捐款也不会在短时间内改头换面。

林汀云跟着许奈奈走到了教室后排。

教室内埋头写字的孩子们听到动静纷纷抬头，又在撞到林汀云严肃的表情后吓得将脑袋埋得更低。

许奈奈不可谓不尴尬，毕竟这里实在简陋。

"奈奈姐姐，"忽然，她的衣摆被一个坐着轮椅的小男孩儿扯了扯，是小胖，"这道题怎么做呀？"

许奈奈扫过课本上"12-2"的数学题，刚准备回答，忽然灵光闪现："小胖，你要不要问问这个哥哥？"

许奈奈顶住林汀云投来的目光，弯腰轻声说："这个哥哥很厉害哦。"

小胖睁着清澈的眼睛，林汀云低头俯视着他。

许奈奈顿时头皮发麻。

良久，林汀云终于开口："哪道题？"

十分钟后——

"小林哥哥，为什么十二减二不等于一呢？我这样写……"小胖把十二后面的二划掉，"不就是一吗？"

林汀云："因为……"

小胖小小的眼睛里满是疑惑："可是，十的后面是零呀，十加二不就是……"

林汀云的指腹抵着突突直跳的太阳穴。

小胖惊喜地说："一百零二吗？"

扑哧一声，许奈奈忍不住笑了。林汀云冷静地抬眼，许奈奈捂住嘴，转身继续教晨晨写字。

"一对一私教"持续了一个小时，小胖终于似懂非懂地暂时认同了十二减二等于十的结果。

就在他准备再次询问时，朱颖在楼下喊了声"开饭了"。

林汀云率先站起身，不知为何，许奈奈从这个动作中看出了几分如释重负之感。只不过他的耐心要比她想象中好太多，竟然可以招架这种天马行空的问题一个多小时。

孩子们吃饭的地方在一楼，朱颖夫妇为了招待林汀云，忙活了一上午，收拾出另一个房间。

"我们这儿实在不能入眼，恐怕要委屈林总了。"朱颖窘迫地说。

周立辉质朴的脸上藏不住因为招待不周而产生的难为情："林总如果不嫌弃的话，我陪您喝一杯，您真的是我们……"他不太会说话，急得脸都红了，才憋出一句，"我们的活菩萨。"

"你说什么呢？"朱颖责怪地看了眼丈夫，又怕惹林汀云嫌弃，连连说："我们家老周嘴笨，但您对福利院伸出援手，实在是雪中送炭。"

夫妇二人拿出很多年前别人捐赠的茅台酒："希望林总不会嫌弃我们招待不——"

"等一下！"许奈奈刚进来就看见他们正在倒酒，着急地说，"他不能喝酒的。"

夫妇二人惊得对视一眼，林汀云始终低垂的眼帘缓缓抬起。

时隔经年，许奈奈还是清楚地记得那年跨年夜的心跳加速。

那是 2011 年的第一场初雪，少年误饮下带有酒精的饮料。清冷的云在那一刻染上尘嚣，她也是在那时知道他酒精不耐受。

"他待会儿要开车。"许奈奈的大脑飞快地运转。

朱颖夫妇瞬间了然，林汀云今天并没有带助理。

周立辉遗憾地看着已经倒了半杯的酒："实在对不起，我们——"

"没事。"林汀云接过酒杯。

另外三个人都愣了一下。

朱颖首先回神，惊喜地说："小许，你待会儿可以给于助理打电话让他来接林总吗？林总好不容易来一次，总得尝尝我们家压箱底的宝贝。当然，这些东西在林总眼里肯定不值一提。"

周立辉听闻眼睛登时又亮了起来，朱颖夫妇恢复了热情。

许奈奈心底有些担忧，可见林汀云默认了，她也不好再多说什么。

虽然福利院的厨房简陋，但朱颖做饭的手艺极好，许奈奈经常来这里的一个原因就是想蹭饭。

周立辉开始还有些拘谨，随着酒过三巡，他也慢慢熟络起来，从福利院建成讲到现在收到资助，一个人声情并茂地说也不觉得尴尬。

许奈奈抿着饮料，注意着林汀云的表情。本以为他会嫌周立辉说得太多，可大多数时候他只是默默地聆听，偶尔回应一两句，许奈奈总觉得这时候的他虽然一如既往地沉默，却很放松，他似乎并不排斥这种与他的身份格格不入的地方。

不知不觉已经快到傍晚，临时收拾的房间灯光昏暗，但许奈奈仍然清晰地看见他脖子根处逐渐蔓延的红晕。

吃完饭，许奈奈拦住不断往外走想要送他们的夫妇二人："朱姐，你们别担心，我已经给于绍打过电话了。"

林汀云坐上副驾驶座，视线锁定在正在告别的许奈奈身上。

饶是他极力保持清醒，可快要痛裂的太阳穴还是在昭示着他的体质无法适应酒精。

手机屏幕亮起，于绍发来消息：林总，我十分钟之内一定赶到。

林汀云用一只手的指腹抵着眉骨，另一只手打字：你可以下班了。

正打车赶过来的于绍一脸疑惑。

许奈奈朝车走来，站在驾驶座的旁边张望。一个小时前她给于绍发了消息，按道理说他应该快到了。

忽然，车窗降下来，林汀云的手肘抵着副驾驶座的窗户："怎么不上来？"

许奈奈解释说："你的助理应该快到了。"

"他来不了，"林汀云镇定自若地说，"家里有事，临时请了假。"

许奈奈愣了一下，她刚刚给于绍打电话时他还在公司，但话已至此，许奈奈只好拉开车门。

"你的车……"她坐上驾驶座，却哪儿都不敢碰，"我怕给你刮了。"

林汀云淡淡地说："没事，随便开。"

许奈奈："……"她哪儿敢随便开，她一个月的工资都不够给这辆车补个漆！

许奈奈抿紧红唇，小心翼翼地系上安全带后启动引擎。

她点开导航记录，发现他的路线极为简单，除了鑫瑞和临海别墅区，就是阳光福利院，并没有省外记录。

"你家在……"

"嗯——"林汀云的尾音拖长，他好整以暇地歪头看着她，酒精让他的神情看起来显得有些慵懒。

许奈奈被他的眼神蛊惑得恍神，她胡乱地点了一下别墅区的位置："是这儿对吧？"

"嗯。"

许奈奈谨慎极了，双手扶着方向盘，眼睛时不时地扫视后视镜。

林汀云安静地靠着椅背，素来冷肃的眼眸里溢出毫不遮掩的温柔。

短短一个小时的车程硬生生地被许奈奈开了两个小时，当她将车停在地下车库时，后背都出了一身冷汗。

许奈奈解开安全带，抹了一下额角的虚汗："林……"

坐在副驾驶座的男人用手背抵着额角，眉心微皱，脖颈上的红晕比刚刚更甚，看起来应该很难受。

许奈奈没有继续叫他，她放缓呼吸，伸手准备给他解安全带。

突然，她的手腕被人猛地抓住。

"啊！"许奈奈只觉得身体一轻，整个人向前扑去。

林汀云睁开眼，眼眸中迸发出凌厉之色。

"你先松开我。"

许奈奈的话使他理智回笼，他垂眸一看，她纤细的手腕已经被自己捏出红痕，他后知后觉地松开手。

许奈奈几乎整个人都趴在林汀云身上，驾驶室的空间狭小，她的腿被别住，撑在他胸口的双手下意识地摸索着找支撑点。她的手腕再次被抓住，只是这一次的力度轻了很多。

林汀云的嗓音低哑："别乱摸。"

脑子里嗡的一声，许奈奈的脸红到了脖子根："我……我起不来了。"

林汀云转了一下头，看见许奈奈的脚腕卡在座椅之间。

他手腕用力，许奈奈惊呼一声，整个人便被他抱起来，平稳地放回驾驶座上。

与此同时，林汀云因酒劲上头，险些失去了平衡，炙热的呼吸喷洒在她的头顶，气息明显乱了。

四周一下子安静下来。

许奈奈察觉到不对劲："你是不是不舒服？"

回应她的是他越发沉重的呼吸声。

许奈奈顾不上暧昧的姿势，弯腰从他的臂弯里溜下车，迅速打开副驾驶座的车门把人扶出来。

早在看到导航时，许奈奈就知道这个地方是高档住宅区，可当她真的看见面对大海的巨大落地窗时还是震惊不已。

林汀云躺在沙发上紧蹙眉心。他随手扯开领带，绷掉几粒衬衫纽扣，露出里面泛红的皮肤。

"你怎么样？"许奈奈检查他的手臂，还好没有出现红疹，"林汀云，你能听见我说话吗？我送你去医院好不好？"

没有听到林汀云的回答，她的语气越发激烈："你明明知道自己酒精不耐受，为什么还要逞强喝酒？"

"你怎么知道？"林汀云忽然睁眼，眼神里蕴含着探究之意。

许奈奈愣了一下，随后移开眼："你家有蜂蜜吗？我去给你冲蜂蜜水。"

她站起来就要走，手腕忽然被人抓住，林汀云掌心滚烫的温度仿佛要将她的皮肤融化。

大抵是酒精作祟，林汀云沙哑的声音带着与往常不一样的轻佻："如果没有这次，下次他们还会找你，不是吗？"

朱颖夫妇虽然嘴上总说不敢请林汀云吃饭，但按照他们的性格，如果没有这一次，以后一定会不断地通过许奈奈来表达他们的谢意。

许奈奈当然明白这个道理，咬了咬牙："那也不需要你这样。"

她挣开林汀云的束缚，林汀云看着自己空荡荡的掌心许久。

许奈奈烧好热水，然后给于绍打了个电话，简单说明了情况。

于绍听到消息十分震惊，并说马上带私人医生赶过来。

暮色暗淡，太阳没入西山，遥远的海面上只有灯塔的光亮。

巨大的落地窗前，林汀云的背影静谧而深沉，完全没有醉酒的模样。他就这样安安静静地坐在那里眺望窗外，黑夜的神秘为他镀上孤独的色彩。

叮咚一声，门铃响起。

林汀云回头，与拿着蜂蜜水的许奈奈隔空对视。流动的空气变得混沌，没有开灯的客厅被黑暗完全笼罩。许奈奈先一步移开视线，来到门前打开门。

"林总，您怎么样了？"于绍着急慌地跑进来，后面跟着一位家庭医生。

静谧的空间涌进杂音，突兀的外来人将他们隔开。

家庭医生给林汀云绑上血压计，脊梁上的疤痕和针孔隐隐作痛，酒精不断地侵蚀着林汀云的神经末梢。他看着许奈奈离开，只剩下那杯蜂蜜水放在客厅的茶几上。

许奈奈连续加了一周的班，终于整理好了和鑫瑞的合同里规定要交的第一个专利。

阮茜定期产检，生活步入正轨，并和老家的公司签了劳务合同，预计5月份答辩结束就过去入职。

晚上八点，许奈奈离开实验室回到家。她刚打开门，一只会飞的蟑螂便迎面而来，她被吓得后退几步。果然就算在南方待了一年，她还是无法接受这里的蟑螂。

许奈奈小心翼翼地打开灯，环顾四周，确保没有蟑螂后松了一口气。

4月的鹭城回南天严重，家里所有的东西都湿漉漉的，走廊上还有不少水蚁飞来飞去。

她把晾了半个月才勉强半干的衣服收进来，随即冲了一杯咖啡坐到窗边打开电脑。

阮茜是5月份毕业答辩，江梦鱼和苏泽则是6月份开题答辩，忙着做实验之余，许奈奈还得改他们的论文和开题报告。

时间一分一秒地过去，困意上涌，许奈奈不知何时睡了过去，直到空气中弥漫起一股烧焦的味道她才被惊醒。

她迟钝地睁开眼，忽然瞳孔放大——外面的尖叫声不断，房间内也弥漫着浓重的烟雾。

起火了！

"救命啊！"

"起火了！"

一切发生得太快，惊慌失措的人群如同无头苍蝇一样往外跑，紧闭的门板四周溢进黑烟。

许奈奈用湿毛巾捂住口鼻，眼睛被浓烈的烟雾刺激得快要睁不开，然而她的手指还不断地在键盘上敲动。

文件传输进度百分之五十……

公寓外聚满了围观的人群，几辆消防车呼啸而过，几架消防云梯迅速搭上楼。

时间一分一秒地过去，文件传输的进度条也快要结束。

文件传输成功的那一刻，玻璃窗被爬上二楼的消防员猛地敲碎。许奈奈用尽最后的力气拔下U盘，整个人脱力地倒在地上。

"这里还有人！"

"她晕过去了，快带她出去！"

许奈奈晕晕乎乎地感觉自己被人背起来移到救护车上，意识抽离的最后一瞬间看见火光冲天。

鑫瑞大厦。

林汀云搭上专属电梯直通顶楼，电梯里的显示屏播放着今日新闻。

"据我台记者报道，4月22日晚，鹭城大学二期教师公寓由于电动车违规充电引发火灾，目前致一人轻伤，其余人员安全……"

鹭城大学？

林汀云抬眼，屏幕刚好切到实时画面，老式教师公寓火光冲天，一名女子被消防员背着送上了救护车，他的手掌忽然攥紧。

电梯门被按开，于绍不解地说："会议马上要开始了，您……"

林汀云大步离开："会议取消。"

嘀嘀嘀……病房内的仪器有规律地发出声响，许奈奈缓缓地睁开眼睛。

江梦鱼担忧地凑上来："许老师，您醒了？"

许奈奈忽然感到胸部一阵剧痛："咳咳咳……"

"许老师，您慢点儿！"江梦鱼手忙脚乱地倒水，许奈奈咳得满脸通红。

昨晚在火场她吸入太多烟尘，虽然没有导致肺部感染，但现在还是不好受。

她艰难地开口："U盘……"

江梦鱼立马了然："在呢，在呢！昨天送您到医院的消防员说您昏过去了还抓着U盘。"

U盘里面不仅有几个学生的论文，还有和鑫瑞的项目合作资料。

听到U盘没事，许奈奈松了口气。

"消防员说昨晚火势还没那么大的时候，低楼层的人完全可以跑出来的，您要是早点儿逃生就不至于吸入这么多烟尘了。"

许奈奈的手肘撑着床，江梦鱼一惊："您别乱动，我扶您起来。"

许奈奈除了吸入太多烟尘，额角还在晕倒时磕破了皮，因为要拷贝资料的举动让她"成功"地成为这次火灾里唯一受伤的人。

许奈奈办了出院手续，脑袋上还缠着纱布。她拒绝了江梦鱼的陪同，独自回到教师公寓。

昨晚住在一楼的教授给电动车充电时着火，许奈奈发现时，火势已经蔓延到二楼。所幸消防车来得及时，火势得到控制。

许奈奈还穿着昨晚的 T 恤，她呆呆地站在楼下，看见一楼和二楼早就烧得面目全非，楼下还拉着警戒线。

从高中在姑妈家寄宿开始，她的人生便开始了飘零之旅，上了大学后，她也辗转跟不同的人同住。在很长的一段时间里，许奈奈的梦想都是拥有一个自己可以自由支配的住所。后来家里出事，她不得不放弃大好前程回淮宜待了一年，再回来时早已错过了最好的机会。

许奈奈没有抱怨，她很清楚国内人才济济，没有谁缺少谁就不能活了，更没有人等她。

她失去应届生的身份，也没有海外留学的经历，更是因为多年只研究一个课题，发表的论文数量少，所以来到鹭大已是她最好的选择。

虽然这个地方房价高，但好在学校分配教师公寓，她终于有了一个像模像样的家。

"我的房子呀，我还收藏了那么多名画！"

忽然，一位老人的哭号声传来。

许奈奈缓缓地转头，她认出了说话的人正是住在她家楼下的退休老教授，也是昨晚大火的始作俑者。

一辆轿车停到警戒线外，上面下来了一对年轻男女。

男人没好气地说："爸，我说要您跟我们一起住，你非得住在这个又小又破的教师公寓，看，出事了吧！"

男人的妻子也很不耐烦："爸，您这次就跟我们走吧！这都是些什么事呀，我们住那么远还要过来……"

老人仍然在哭天喊地，完全不为所动。

男人见说不通，给老婆使了个眼色，两个人拉着老人准备上车。

"等等。"许奈奈走上前，冷静地说，"这次火灾是因为你的父亲违规给电动车充电导致的，现在我家里的东西已经全部被烧毁，依照法律，你们要等额赔偿。"

"赔偿？"女人顿时变了脸色。

男人瞪大了眼睛："我们赔偿什么？这火是我们放的吗？"

许奈奈深呼吸："如果你们有异议，我们可以去警察局。"

"你这个小姑娘也太强词夺理了吧！"老教授忽然大喊一声，"我难道不是受害者吗？我的画都毁了呀！可怜我这么一大把年纪，舍不得给儿女添麻烦，一个人住在教师公寓，遭遇这种事不说，现在还要被你讹上！"

老教授的哭喊声立刻引来一众围观群众，老教授在这里住了几十年，与邻里街坊十分相熟。

"张教授这么大年纪了还受到这样的惊吓，真是遭老罪了。"

"你这姑娘看着好好的，也没什么事，为什么要为难一个老人家呀？"

"这是鹭大的教师公寓，又不是你的房子，何必这么咄咄逼人呢？"

"都是鹭大的老师，人家还是你的前辈，你这姑娘真是不懂尊老爱幼。"

教师公寓里住的人不多，再加上昨天的火救得及时，除了老教授自己的家，只有住在二楼的许奈奈家受牵连。

声讨声越来越大，那对夫妻冷哼一声，扶着老教授准备上车。

许奈奈被气得浑身发抖："你们不能走！"

"还有什么事呀？"男人鄙夷地说，"我看你也是鹭大的老师吧，鹭大现在新招的老师都是这种素质吗？"

他身旁的女人也冷哼一声："没看见我们也是受害者吗？更何况这是鹭大的公寓，校领导都没说什么呢，你在这儿要什么赔偿？"

"我说了，如果你们对我的要求有异议，我们可以直接去警察局——"

女人猛地推开许奈奈的肩膀，许奈奈猝不及防地跟跄着后退。

忽然，一只温热的手掌将她扶稳，随后，一股清冽的薄荷香将她包裹。

"我说你这人是不是听不懂——"一张名片出现在男人面前，他倏地将剩下的话咽下去。

林汀云居高临下，眸光锋锐地说："我的律师会来联系你。"

说完，他揽着怀里的许奈奈朝车走去。

林汀云的气场过于强大,直到黑车启动离开,年轻夫妇才回过神。

"什么律师?我的天,鑫瑞!"

"嘘,你小点儿声!"

"我们要不别带爸回家了。"

"你说的什么话!"

车窗外的风景快速后退,夕阳照在副驾驶座上沉默的女人的脸上。她披散着快要到腰的长发,额头缠着一圈纱布,原本红润的唇瓣苍白如纸,卷长的睫毛在眼睑处投下淡淡的阴影。

林汀云骨节分明的手指握着方向盘,目光直视前方:"去我家?"

许奈奈的目光闪了闪,她刚想说不用,却发现自己无处可去。她的身份证消失在大火里了,现在快要到晚上,她连去酒店开房都做不到。

似乎察觉到她的局促,林汀云装作满不在乎的样子说:"合作双方,互帮互助,毕竟你是我的乙方。"

黑色轿车迎着金灿灿的落日,穿过跨海大桥。

许奈奈第二次来到这个寸土寸金的高档住宅区,却是第一次认真地打量他的住所。玄关处没有任何女性相关的用品,室内装修偏冷色系,没什么烟火气,很明显是单身独居。

"谢谢你。"许奈奈想了想,"等我补办完身份证后就会离开,还有律师的费用麻烦你到时候告诉我一声——"

"喝点儿什么?"林汀云打断她的话,思忖过后又补充了一句,"能喝凉的吗?"

"白开水就行。"

许奈奈静静地坐到沙发的一边。她双手抱着手臂,从这个视角能看见海浪拍打着沙滩,不少小孩子卷着裤腿在红日背景下肆意地奔跑。

林汀云挽起衬衫袖口,露出里面精壮的小臂线条。他拿着玻璃杯站在不远处,同样凝望着正在远眺的她。

明明遭受如此大的变故却一声不吭,若非方才他感受到掌心下她肩膀的颤抖,就要被她骗过去了。

似乎从与她重逢之后,林汀云总会频繁地回忆起尘封多年的过去。他想到黑白记忆里为数不多的几次彩色画面,那时的她还不如现在沉稳，更加青涩稚嫩，极力忍耐时也会眼眶通红。

手机振动起来，是于绍发来的消息：**林总，您要的东西我让小黄放在门口了。**

林汀云收起手机，去门外拿了包裹，然后将一杯热水递到许奈奈的眼前："暖暖。"

4月的鹭城，傍晚温度还很低。

许奈奈松开环臂的手，捧住水杯："谢谢。"

林汀云将包裹放到她的身边："你看看合不合适。"

许奈奈好奇地打开包装袋，下一秒突然红了耳根。完整的套裙整整齐齐地叠在一起，旁边还有一套真丝睡衣，以及全新的内衣、内裤。

林汀云在她打开袋子时移开视线，拎起搭在沙发上的外套。

"你去哪儿？"许奈奈红着脸，发觉他似乎要出门。

林汀云回眸："我今晚住酒店。"

许奈奈一愣，他在为自己腾出空间？可寄人篱下的是她，哪里有让主人离开的道理？

"不用这么麻烦。"许奈奈把碎发别到耳后，小心试探着说，"你家应该不止一个房间吧？"

海面上薄雾缥缈，遥远的海岸线冉冉升起明亮的启明星，月亮在海平面荡漾，海鸥盘旋着飞过别墅的窗前。

女人的耳垂殷红，那双曾惊艳过他的眼睛，如小鹿般荡漾着粼粼波光。

林汀云的喉结上下滚动，理智告诉他，她只是不愿意麻烦自己，可心里却还有一个声音诉说着相反的答案。

黑暗遮盖住他晦涩的眸子，良久，林汀云低笑着说："当然。"

次卧与主卧相邻，装修风格也是冷色系，面积有她之前卧室的两倍大。屋内显得空旷而冷肃，许奈奈走进去便打了个寒战。她不由得怀疑他是怎样的一个人，能在这种环境里待下去。

林汀云为她打开卧室的灯，灯光为清冷的空间增添了几分温度。

"谢谢。"许奈奈从兜里掏出U盘，尴尬地说，"我可以借一下你的电脑吗？昨天火烧得急，就只拿出来一个U盘。"

林汀云低头看着许奈奈额头上的纱布，她的手腕上还有擦伤。他想起白天的新闻报道中，这次火灾只有一个人受轻伤。

"是为了拷文件受了伤？"他问。

许奈奈更不自在了："毕竟里面有太多数据了，下个月需要交付给你们公司第二个专利的资料也在里面。"

林汀云的喉结滚动，他终是没有说什么，转身去外面。许奈奈连忙跟上去。

客厅巨大的落地窗前是个小吧台，橙黄色的小灯在头顶排列齐整，玻璃窗上倒映出两个人并肩的影子。

林汀云的笔记本电脑如他的人一样简约，U 盘插上去，屏幕上弹出读取界面，许奈奈松了口气。

微信异地登录需要两个好友验证，许奈奈正踌躇着，林汀云已经将验证码发过来，又给于绍拨了个电话。

不一会儿，许奈奈的微信显示登录成功，微信消息界面开始不断闪动，全是看到新闻的人发来的消息。其中发信息最多的就是万施月和程可柠，名为"淮宜无敌霹雳三大美少女"的微信群直接炸了。

许奈奈的眼皮跳了跳。

万施月：许奈奈，你怎么不接电话？

万施月：你还活着吗？

程可柠：我怎么看那个被抬上救护车的人长得这么像她呢？

万施月：有一说一，那个消防员的身材不错。

程可柠：离谱。

许奈奈硬着头皮打了一句话报平安。

许奈奈：活着，房子没了。

万施月：哈哈哈……早就跟你说换个好房子，非要住那种老破小的房子。不过被猛男抱的感觉怎么样？

许奈奈：……

许奈奈的太阳穴突突直跳，她完全不敢看身边人的脸色，硬着头皮说："补办身份证需要我的户口本，我现在没手机、没收货地址。"

"可以寄给我。"林汀云慢条斯理地晃着手里的玻璃杯，好像完全没有看见电脑屏幕上的对话。

许奈奈已经不知道应该怎么感谢他好了。

许奈奈：我的身份证被烧了，补办需要户口本，你们谁在淮宜，能帮我取一下吗？

万施月：人在 Y 国。

程可柠：我帮你寄。

万施月：你不是在剧组陪于嘉礼吗？

程可柠：我对男人过敏。

万施月：？

许奈奈抬头问林汀云："你家的具体地址是？"

林汀云转过电脑，在对话框里打下住宅地址、电话和姓名。

许奈奈犹豫了一下，按下发送键。刹那间，群里被问号刷屏。

万施月：收货人是谁？

程可柠：你怎么回事？

万施月：你什么时候跟他在一起了？

啪！许奈奈在事态失控之前关上电脑。

"那个……"她斟酌了一下用词，"你还记得万施月吧？"

林汀云看向她："淮大物理系万教授的孙女？"

这语气怎么好像完全不记得人家一样？算了，不记得就不记得，再多说下去就是此地无银三百两了。

"嗯。"许奈奈含糊着答应下来，"我可能还要借用一会儿你的电脑，还有些数据没有处理完，我的学生快要毕业答辩了，时间比较紧。"

"没事，不急。"

许奈奈怕打扰到林汀云休息，抱着电脑去了次卧，顺带将换洗衣物一道带了进去。

卧室门很轻地合上，林汀云坐在吧台边，凝望着她的背影消失在视线中。

落地窗前是一望无际的大海。

林汀云站在窗前，修长的手指间夹着一根雪茄，袅袅的烟雾从他的唇边缓缓升腾，迷乱了他深邃的眼眸。

偌大的房间、永远不会有人踏足的次卧、除了医生再没人为他泡过的蜂蜜水……他早就习惯黑暗与寂寥，生命宛若一潭死水，心脏跳动的节奏枯燥乏味——

　　直到现在，一墙之隔的另一边，传来浴室水流的哗啦声，是她在洗澡。

　　林汀云夹紧指间的烟。他强迫自己将视线落在窗外广袤的海平面上，尼古丁麻痹着神经，水流声却仍然清晰可闻。

　　林汀云试图闭上眼，可女人白皙的脖颈、脆弱又倔强的眼神，以及那次在倾盆大雨的黑夜撞上自己胸口的柔软触感，都在黑暗里成千上万倍地放大，浑身翻涌的血液仿佛一触即燃，这是他过往二十七年的人生中前所未有的心悸。

　　林汀云烦躁地掐灭雪茄，扯开领带和衬衫，走进浴室将冷水开到最大。

Chapter 08

我相信你

　　远宁县是淮宜市下属的小县城，程可柠花了半天时间才找到许奈奈的家。为了不让许奈奈的家里人担心，她只说是工作上需要，许奶奶没有怀疑，便将户口本交了出去。

　　火灾发生的第四天，许奈奈的户口本终于被寄到鹭城。她马不停蹄地去派出所补办证件，却被告知异地补办身份证需要等六十天。

　　鹭城的房价很高，鹭城大学周围更是寸土寸金，许奈奈一时之间找不到合适的住房，本地也没有可以借住的朋友，只好继续留在林汀云家里。

　　许奈奈结束一天的工作已经是晚上十点，校门口人不多，只有一个老人缩在角落，身前摆了一摊还没卖完的小白菜。

　　许奈奈走回来，问："老人家，这个怎么卖？"

　　老人淳朴地笑了笑："一起打包，两块钱给你。"

　　"好，我全要了。"许奈奈掏出两枚硬币，老人用蓝色塑料袋将一大捆小白菜包起来。

　　终于卖完菜的老人揣好兜里的钱，骑着破旧的老式自行车消失在茫茫夜色里。

　　许奈奈拎着塑料袋望着老人的背影，刚一转身便看见那辆熟悉的黑色轿车正在路边打着双闪，看样子已经来了有一会儿了。

　　她走过去，车门咔嗒一声打开。

"这是？"林汀云单手扶着方向盘，朝她手上的菜挑眉。

"买点儿菜可以在家——"话说到一半，许奈奈忽然停下来。

是了，现在的她寄住在林汀云家里，不是那个可以自由做饭的教师公寓。

"我习惯了。"许奈奈抱歉地笑了笑，"会不会弄脏你的车？"

"不会。"

临海别墅地处偏僻，园区范围大，出租车也进不去，因此这几天林汀云总会在下班时顺便接她，毕竟鑫瑞大厦和鹭城大学离得不远。

林汀云启动引擎，又问："习惯什么？"

许奈奈抱着塑料袋，反应过来他是在问自己："这里不让摆摊儿，但总有些农民会在城管不在的时候摆摊儿，我偶尔碰见，就会多买一点儿，反正很便宜。"

"不怕买到不好的吗？"

"当然不会。"许奈奈笑了笑，"你大概不知道，其实这种菜才是最新鲜的，这些大都是他们自家种的，而且每天现摘，农药很少。"

"你很懂这些吗？"

"因为我家也是这样。"许奈奈抚平怀里塑料袋的褶皱，"我小的时候爷爷也会经常天不亮就起床去卖菜，然后在镇上到处躲城管，晚上卖完才会回来。"

她的声音很轻，像是在说一件对她来说无比寻常的小事。

林汀云的心口仿佛被冬日的夜风裹挟，他忽然很想知道她成长在什么样的家庭里。

"你的童年一定很快乐。"他说。

"嗯？"

林汀云狭长的黑眸半掩在驾驶座的黑暗中，他低声询问："能看到活的鸡、鸭、猪、羊，还有很大的旷野和稻田，是吗？"

许奈奈忍俊不禁："你没见过吗？"

"没有。"林汀云说，"我很少出门。"

许奈奈了然，以他的家世大抵也接触不到这些。

"不过我刚刚买菜的时候忘记我现在住在你家了，"许奈奈不好意思地说，"你家开过伙吗？"

林汀云抿唇缄默，看他的样子，许奈奈已经知道答案了。她摩挲着怀里的塑料袋，忽然想到什么。

　　"你现在饿吗？"许奈奈眨了眨眼睛。

　　林汀云垂眸看她，"不饿"两个字刚到嘴边，说出口时变成了"可以吃"。

　　许奈奈忽略了他话语中的别扭，指了指不远处的夜间超市："那我们在那里停一下，我去买点儿配料。对了，你能吃辣吗？"

　　"能吃一点儿。"

　　"葱、香菜和姜都能吃吗？"

　　"可以。"

　　"你还有什么忌口吗？"

　　"没有。"

　　关上车门前，许奈奈折回来问了一句："喝的呢？不能喝酒的话酸奶怎么样？我觉得芦荟味的酸奶很好喝。"

　　林汀云抬眼："都随你。"

　　"好。"许奈奈笑着朝他挥手，然后小跑着进了超市大门，副驾驶座上的蓝色塑料袋因为她的离去发出轻微的响声。

　　林汀云单手扶着方向盘，直到她的身影消失都未收回视线，隐匿在暗处的黑瞳晦涩不明，他已经数不清自己独自生活了多少年。

　　超市快要打烊了，许奈奈只好赶紧去食品区买了几卷挂面，想着林汀云家里估计什么调料都没有，又去拿了一些调料。

　　这次大火几乎烧毁了许奈奈所有的东西，幸亏家里没有现金，她带着户口本去补办了手机卡，并买了个新手机，银行卡里的存款安然无恙，也算是这些天最大的安慰了。

　　那天叫嚣着撒泼的始作俑者是个欺软怕硬的人，当时看到许奈奈是单身独居女性便想踩在道德的制高点糊弄过去，结果转眼就收到律师函，对方还是鑫瑞的法务，再加上本身就是他们理亏，所以后来甚至还没到走法律程序的那一步，对方便提出私了，并一次性赔偿了十万元人民币。

　　许奈奈知道这件事一定有林汀云从中周旋，她很感谢他，奈何他什么都不缺，她想不出来怎么去感谢他。

许奈奈最后去冰柜里拿了几盒芦荟味的酸奶，出门看见车还打着双闪在原地等她。

"买这么多东西？"林汀云瞥了一眼。

许奈奈把东西放到后备厢，然后系上安全带："以后晚上你要是饿了，我可以给你煮碗面。"她不好意思地笑了笑，"短时间内，我估计很难找到房子，恐怕还要打扰你一段时间，等我找到房子一定立刻搬走！实在是很抱歉，你要不算个价钱，这段时间就当我租了你的次卧，可以吗？"

"不用，"林汀云启动车子，薄唇微弯，"你给我煮碗面就行。"

"……"

许奈奈的厨艺尚可，回到别墅后，她熟练地处理菜叶，架起不锈钢锅烧水。

林汀云家的厨房平时就是个摆设，不过豪宅的好处就是哪怕是个摆设也有完善的配套设施。

许奈奈在水池边洗菜，林汀云进来后问："我能做些什么？"

许奈奈系着围裙环顾四周，拿起一把香菜："你会择菜吗？"

林汀云俯视，许奈奈仰头，两个人一时间相顾无言。

许奈奈放弃了："算了，你还是——"

林汀云打断她的话："我试试。"

几分钟后——

"香菜主要是留叶子的。"

林汀云："……"

"小白菜的菜心别扔啊！"

林汀云："……"

"你把鸡蛋壳打到蛋液里面了。"

林汀云："……"

"辣椒籽不用放一起的。"

林汀云："……"

最后，林汀云被许奈奈推出厨房。厨房的门被她大力合上，林汀云高挺的鼻梁差点儿撞上玻璃门板。

林汀云看了一眼自己湿漉漉的双手，又抬眼看着厨房内围着围裙正在忙碌的许奈奈。

她的腰身很细，围裙的细带松松垮垮地垂在后腰处，及腰长发扎着低马尾，鬓边垂下几缕碎发，被她用手往后撩。

她的动作灵活，毫不拖泥带水，细得仿佛一折就断的手臂竟然能单手拎起炒锅反复颠勺。

寂寥已久的房子第一次有了类似于家的烟火气。

光线昏暗，林汀云半倚着墙壁凝望着她，薄唇溢出淡淡的笑意。

厨房门打开的刹那，一股油香味窜了出来。

许奈奈端着刚出锅的两碗葱花汤面，表层刚淋上的热油还在滋啦作响，两个澄黄透亮的荷包蛋卧在面上，葱花、香菜用作提味、点缀，旁边摆着煮好的小白菜。

"睡前不宜吃太多，将就一下，垫垫肚子吧。"许奈奈解开围裙，拉开高脚凳坐上去。

许奈奈将一盒芦荟味酸奶推到林汀云面前："不知道你喜欢什么味道，我就拿了我喜欢的。"

林汀云静静地看着她，将吸管插进去："还不错。"

他尝了口面，味道完全不输于高档餐厅里的食物，甚至要比那些饭菜的水平更高："你的厨艺挺好。"

许奈奈浅笑一下："生活必备技能而已，也就会煮点儿面。"

林汀云当然知道她在谦虚："专门学的吗？"

"看多了就……"他的眼神太过认真，许奈奈顿了一下，"专门学也能学会，不过你应该没必要学。"

林汀云不解地问："为什么？"

许奈奈撕开酸奶盖舔了一口，含糊地说："因为你不需要考虑外食餐费支出呀，毕竟会有很多人给你做饭吧。"

林汀云看着许奈奈唇边残留的奶渍被粉嫩的舌头灵巧地卷走。

林汀云的喉结上下滚动，他捏紧筷子，缓慢地别开脸。

许奈奈是真的饿了，下午实验室的仪器又坏了，她修了一下午，耗费太多体力，不一会儿，汤面就见了底。

林汀云把厨房的锅端过来。

许奈奈："我吃不了这么多。"

他淡淡地说："我吃。"

许奈奈："……"

她想，他属实给自己面子，剩下的大半锅面最后都进了他的腹中。

许奈奈想起身去收拾碗筷，林汀云拦下她："这个我会。"

在许奈奈愣神的工夫，他已经将锅、碗收拾好端起来。

林汀云的背影高大，定制西裤包裹着修长的双腿，从背后看宽肩窄腰，是完美的黄金比例，可这样的人竟然站在与他气质迥然不同的厨房里洗碗。

许奈奈双手托腮，不知为何，她总觉得他刚刚那句话仿佛是想证明些什么。

日子很快回到正轨，哪怕房子被烧，许奈奈在找房子之余工作还是要继续。

冯阳从来不管学生，一心扑在自己的公司上面，学校的事宜自然落到了许奈奈的身上。

她身兼数职，却仍然会在周末去阳光福利院给孩子们上课。

5月初，阳光明媚，微风中有了初夏的感觉。

许奈奈刚给年纪大的孩子上完物理课，院子外传来引擎声，几个活泼的孩子已经率先探出了头。

"小林哥哥！"院子里传来晨晨的欢呼声，她现在通过三期化疗，病情算稳定了，精神状态还不错。

"小林哥哥的助理又带来了好多东西，我好喜欢小林哥哥！"

这段时间林汀云来得勤，每次带来的玩具和零食都是他们没见过的，所以他取代了梁屹在孩子们心中的地位，为此许奈奈还调侃他们"喜新厌旧"。

"你一来他们连作业都不写了。"许奈奈靠着门，无奈地看着心已经飞了的孩子们。

林汀云给于绍一个眼神，于绍立刻会意："好了，好了，都别抢，写完作业才能拿！"

此言一出，顿时一片哀号，下一秒，孩子们规规矩矩地回到座位上开始做题。

许奈奈："……"

"奈奈姐姐，"衣摆被晨晨小心地扯了扯，她的眼睛亮晶晶的，小手挡在唇边小声问，"小林哥哥是你的男朋友吗？"

许奈奈愣了一下，抬眸见林汀云目光灼灼地看着自己。

"不是呀，"她不动声色地弯腰坐到她身边，佯装恼怒，"小姑娘家家的才多大就知道这些？"

晨晨咯咯地笑着："我听朱阿姨说的，她说你们——"

"晨晨。"许奈奈赶紧打断，"来，姐姐教你做算术题。"

有了玩具作奖励，孩子们做题的专心程度顿时提升了一个档次，许奈奈不用多管，走出教室。

林汀云站在走廊上，听见她的声音，转过头将一盒芦荟味的酸奶递过来。

许奈奈抬眼："我也有奖励？"

林汀云挑眉："小许老师授课有方，不应该奖励吗？"

许奈奈咬着吸管轻笑出声。

林汀云眼角的余光注视着她，他状似无意地问："我听说你是我们那一届的高考状元。"

这不是什么秘密，但对于当时在国外的他来说确实是一件刚得知不久的事。

"陈年旧事了。"许奈奈的语气淡然，"况且，如果你没有转学，这个状元也轮不到我。"

林汀云的瞳孔一颤，他缓缓侧目，试图在她的神情中找到她记得自己的蛛丝马迹。

"怎么了？"许奈奈坦荡地与他对视，轻松地笑着，"你霸榜年级第一那么久，不会真的以为我们都忘了吧？"

原来如此，也是意料之中，林汀云说不清自己是否有些失落。

他看着她，目光温柔地说："这是你努力后应得的荣誉，与任何人都无关，即便我参加了高考，也不一定就比你强。"

许奈奈的瞳孔微颤，她拿着酸奶盒子的手指缓缓收紧。

5 月中旬，各大高校陆续组织研究生毕业答辩和研二开题报告。

许奈奈忙着陪阮茜修改论文，抽空还要帮江梦鱼和苏泽修改PPT。

"栀栀，果然还得是你崇拜的人，你不知道我这个废物的PPT在许老师的手下简直化腐朽为神奇！"江梦鱼一边收拾东西，一边跟闺密岑栀打电话，她忽然压低了声音，"我跟你讲，最近还有个巨帅的老总每天等许老师下班，我猜……"

阮茜怀孕才三个月，暂时看不出来，课题组除了许奈奈，其他人都不知道这件事。

等人都走后，阮茜坐到许奈奈身边，问出这段时间大家都十分好奇的问题："许老师，每晚开豪车来接您的人，真的是您的男朋友吗？"

许奈奈正滑动着鼠标的手一顿："不是。"

"这样啊，我还以为你们是一对呢。"阮茜有些遗憾，"不过我想应该也快了吧。许老师，我好羡慕您，这么优秀，又这么漂亮，大概只有像您这样的人才能配得上家世好的人吧。"

自从阮茜和男朋友分手，并决定毕业后独自去小城市发展当个单亲妈妈后，她的心境顿时开阔了不少。

"现在想想当时的自己还真够可笑的，竟然会觉得自己是他的唯一。"阮茜自嘲地说，"许老师，您说我要是跟您一样厉害，是不是结局就会不一样了？"

许奈奈的眼里映着电脑屏幕上密密麻麻的数据："我也没有你想象得那么厉害。"

阮茜没听出她语气里的落寞，感叹着说："怎么会呢？A大的博士，还发过那么厉害的期刊，鹭大这座小庙绝对困不住您，您以后要是再去国外进修，一定会成为科研界的大佬，不，您现在就已经是医药领域很棒的新星了！"

许奈奈笑笑不说话。她指出阮茜论文中的问题，阮茜一一记下，然后先回了宿舍。许奈奈又是最后一个离开实验室的。

夜凉如水，明月皎皎。

许奈奈走在鹭大的石板路上，手机里租房APP的咨询消息全部石沉大海。看来，她低估了在鹭大周边租房的难度。

许奈奈放慢脚步，在即将走出校门时忽然停下，她知道谁在外面等她。

十七八岁的许奈奈会因为离他这么近而兴奋得整夜睡不着觉，但二十七八岁的许奈奈不会。

随着年岁的增长，阅历渐丰，棱角磨平，青葱岁月的一腔孤勇成为回忆，成年人的世界终究要比少年时复杂。

许奈奈坐到路边的花坛边看着手机发呆，忽然手机振动起来，她定睛一看，租房 APP 上终于有房东回复了她的消息。

黑车穿行在空荡无人的沿海公路上，遥远的灯塔光亮时而一晃而过。

临海别墅区占地面积极大，可没有几家住户，沿路大部分是黑漆漆的空房，亮着灯火的房子并不多。

以前许奈奈总会听与异性合租的女性说生活不方便，或是对方的分寸感太弱，或是对方的生活习惯太差，可与林汀云合住是一件很舒服的事。

明明她根本算不上是他的室友，只不过是个暂时无家可归的被收留者，可他仍然给予她最大的尊重。

因为别墅区特殊的地理位置，他下班后会来接她，回去后除了商量吃什么饭，他一般会待在房间里给她尽可能多的个人空间，就连一起吃夜宵，他也会主动承担洗碗的工作。

时间并没有让林汀云失去少年时的光芒，反而岁月在他的身上沉淀出属于成年男性的独特魅力。

许奈奈拉开冰箱门，从前空荡荡的冰箱里不知不觉地摆满了果蔬食材，上层冷藏柜里囤着满满一排芦荟味酸奶。

她微微一愣，自己并没有买，那就只有……

许奈奈拿了一盒酸奶，抱着笔记本电脑坐到客厅落地窗前的高脚凳上。

她打开电脑里还没处理完的实验数据，想了一下，又打开手机与房东沟通看房的时间。

"这么晚还要工作？"林汀云清冽的嗓音在身后响起。

许奈奈下意识地关掉手机界面，虽然林汀云保持着恰到好处的距离，并没有逾矩的意思。

她笑着说："都是资本家的打工人罢了。你买的酸奶很好喝。"

"你喜欢就好。"林汀云坐到她旁边，看见她电脑上密密麻麻的数据图，"做这个课题是什么感觉？"

许奈奈咬着吸管："打工人只想认真打工。"顿了顿，她又补充一句，"如果真的能帮助更多人也好。"

林汀云微微低头，看着许奈奈纤细的手指操纵鼠标，熟练地在绘图软件上绘出 Y 偏移堆积线图。

这些文献与名词对他来说并不陌生，甚至算得上熟悉，毕竟他就读于名校，申请了 AMCAS（M 国医学院申请系统），考了 MCAT（M 国医学研究生院入学考试）。

林汀云的眼神波动。他凝望着许奈奈温柔姣好的容颜，仿佛看见自己无疾而终的东西，正在通过另一种方式延续。

她清丽而美好，娴静的外表下拥有着他不曾有过的蓬勃生命力。

鑫瑞大厦。

晨会结束后，所有人都松了口气，得出结论——总裁最近心情不错。

林总不会是恋爱了吧？他今天竟然都没有嘲讽我们。

这可比老张之前代理时好太多了，林总就算是骂我，我也是心服口服的！

我赌一块钱，林总绝对恋爱了，你们有谁见林总那么在乎一个项目过吗？自从接手丰悦和鹭大的项目后，林总凡事都要亲自过问。

就是个 MOFs 材料，之前满世界背调的治疗白血病的项目不跟了吗？

这你们就不懂了吧，首先稳住这个项目的大佬，后面还怕没人来做白血病的项目吗？

你们一定不知道这个项目的工程师是个巨温婉的大美女，我见过真人的。

求图！

于绍看着工作群里的八卦消息，又暗自偷瞄正伏案办公的林汀云。

林汀云虽然待人和善，但对待工作从来都是雷厉风行，但凡有一丁点儿差错，他都会用泰然自若的模样怼得你哑口无言。今天的晨会上有几个人汇报出错，大家战战兢兢地准备迎接"风暴"，没想到老板根本没有在意。而且这段时间老板晚上都是自己开车回家，甚至还要绕路经过一下鹭大。

"于绍。"林汀云忽然开口。

于绍赶紧收起手机："林总，有什么事吗？"

林汀云的指尖有一下没一下地轻点着桌面："打工人是什么意思？"

于绍的表情有一瞬间的呆滞："您是问打工人这个词的含义？"

"嗯。"

于绍在脑海中疯狂地思索着组织语言："其实就是字面上的意思，比如我们都是打工人，是为公司打工的人。"

林汀云慢条斯理地把玩钢笔，重复着他的话："我们都是打工人。"

"不，不，不，"于绍赶紧解释，"您不是打工人！"

"那我是什么？"

您是资本家！

于绍结结巴巴地说："您是老板。"

林汀云的指节抵住下颌："资本家？"

"理论上确实是这个代名词。"

林汀云点点头："这样啊。"

于绍满头大汗："……"老板您是一点儿也不上网的吗？

"于绍。"

"哎。"

林汀云问："打工人都喜欢什么？"

"当然是不打——"于绍头皮一紧，赶紧补救，"大家都是很有责任心的员工，如果公司能给更多福利，就是打工人最大的福气！"

林汀云了然："嗯。"

于绍缓缓地呼了口气。

"我记得你有老婆。"

于绍差点儿没跟上这转了一百八十度弯的话题："是的。"

"孩子多大了？"

"还……还没有……"

于绍刚过三十岁，事业正是蒸蒸日上的时候，刚刚成家，还没来得及要孩子。

林汀云掀起眼皮，略有些不自在地说："你……怎么追的你老婆？"

于绍愣了一下，很快反应过来他真正想问什么："追女孩儿的话，当然是要投其所好。"

林汀云挑眉："哦？"

于绍有些腼腆地挠挠头："我当年和我老婆认识时还是个月薪两千块的毛头小子，除了一腔真心也没什么能给她。我老婆喜欢月季花，但是花店的月季花一枝就要十块钱，还活不了几天，所以我当时就买了些月季花苗种在阳台上，一棵花苗就一块钱，一年能看到两季呢！当然您跟我肯定是不一样的。"

林汀云沉默了一会儿："今天你早点儿下班吧。去给各部门分发下午茶，安排什么你来定，走我的私账。"

于绍受宠若惊地说："好的，林总！"

沿海城市的春风和煦，海浪裹挟着微咸的暖风拂卷大街小巷。

和平路 268 号在小巷末尾，是一家挂着"赵氏花艺"招牌的花店。

斑驳的墙面被五彩缤纷的花朵层层簇拥，巷子的空气里浮动着不同花的清香，花店装修简约而淡雅，虽然铺面不大，却看着格外温馨。

林汀云将车停在巷口，价值不菲的黑车顿时引来周围不少人的观望。

"赵姐带大的豪门公子又来看她啦？"

"简直比亲生儿子来得还勤哦。"

林汀云穿着黑色斜纹单排扣西装，随意敞开，露出里面的纯白 T恤，定制的黑色西装裤包裹着他紧实有力的双腿。

赵玉芬正抱着一大盆紫罗兰出来，见到来人，眼尾笑出褶皱："小林来啦？"

林汀云唤了声"赵姨"。

"快进来坐。"赵玉芬把双手在围裙上擦拭，又悄悄地打量了他一眼，"怎么了？来给女朋友挑花？"

林汀云一愣，摇摇头："不是。"

"还不是女朋友呀！"赵玉芬一眼看破，笑得暧昧，"你也是，今年就快要二十八岁了，这么多年一个人也该找个伴儿。"

赵玉芬以前在林家做过十几年保姆，林汀云基本上是她一手带大的，后来离开林家，跟着儿子来鹭城开了家花店，也一直与林汀云保持着联系。

"林董前些年不是给你找过一些……"想到他们父子之间的嫌隙，赵玉芬忽然顿住，她打了个哈哈，"来看看，想选什么花？如果不是女朋友的话，玫瑰可能不太合适，你知道她喜欢什么吗？"

她喜欢什么？他好像并不知道。

狭小温馨的室内摆满了颜色各异的花，为了保证花不会太快枯萎，花店都会选择花苞，利于储存。

林汀云环顾四周，视线定在一处："芦荟吧。"

赵玉芬笑了："现在的小姑娘大都喜欢养多肉，芦荟好养活，还能吃能用。那我给你包起来？"

林汀云点点头："谢谢。"

哪怕赵玉芬再三推托说不用给钱，林汀云还是强硬地付了款。

林汀云将芦荟放在副驾驶座上，开车前往鹭城大学。

小小的一盆芦荟还没长大，种在一个巴掌大的小盆里，外面围着一层粉纱。汽车行驶过程中，粉纱因颠簸左右摇晃。林汀云眼角的余光时不时往旁边瞟，薄唇浅浅勾起。

他今天下班早，正赶上晚高峰，跨海大桥上堵成一片红色灯海。

忽然，手机振动了一下，林汀云随意一瞥，却再也移不开眼。

Nacia：我已经找到房子，今天搬走啦，抱歉打扰你这么久，非常感谢你这段时间的照顾。

许奈奈与房东沟通好后，第二天就去看了房，房子是个老旧小区的二居室，虽然小区不新，但房子装修得不错。房子位于鹭城大学周边，价格虽然超出了她的预算，但若是去偏远的郊区租房，每天的通勤成本加起来也不比这个少多少。

许奈奈实在不愿意再麻烦林汀云，于是当天就与房东定下了半年的租期。她的东西不多，请了半天假便将东西搬走了。

林汀云回到家时，偌大的房子已经恢复成之前独居的模样。

次卧的床被收拾整齐，她甚至在走之前将家里里里外外全部打扫了一遍。

无垠的夜空上月亮高悬，缥缈的月光晦暗寂寥。

林汀云走到窗边，将那盆小巧的芦荟放上桌台。

巨大的落地窗前依旧是浩瀚的星空与大海，地板砖干净透亮，粼粼波光泛起涟漪，黑暗几乎与他融为一体。

林汀云修长的手指拂过芦荟的嫩叶，带刺的边缘刮蹭着他的指腹。

许奈奈新租的房子正好在教师公寓旁边的小区，透过客厅的窗户还能看见被烧得漆黑的墙壁，现在公寓四周拉上了黄色的警戒线，施工队终于对这栋几十年前的宿舍楼进行整修。

昨天，学校给住在公寓的老师安排了新的公寓，许奈奈不过提前了一天，便错过了分配住处的机会。

许奈奈的房东是个很和蔼的老太太，见她是个独居女孩儿，贴心地给她换了把新锁，房间内的家具都是现成的，倒省得她再去购置。

二居室大约八十平方米，不算很大，但被许奈奈布置得很温馨。

她从冰箱里拿出一盒新开封的芦荟味酸奶，刚坐到电脑前，微信图标闪动。

许奈奈用牙齿撕开酸奶盖，点开图标。

严教授：小许，最近在鹭大怎么样？

严正华是许奈奈在 A 大的博士生导师，也是她从本科时便跟着的老师，本来应该今年退休，现在又被学校返聘了五年。

许奈奈拉开椅子，双手放在键盘上，轻轻敲下几个字。

Nacia：谢谢严老师关心，一切顺利。

对方很快回复。

严教授：如果在鹭大待不下去，老师这儿永远欢迎你回来。

许奈奈咬着吸管，手指悬空在键盘上许久都没有落下。

严正华是一位非常德高望重的老教授，在学术界名望极高，是出了名的严师，可他对许奈奈颇为青睐。

她读博士的最后一年，严正华甚至已经给她写好了前往国外 S 大的推荐信，只等她出国留学归来便可以名正言顺地留在 A 大，成为他手下最年轻的小导师。

当年所有人都觉得许奈奈一定会按部就班地踏上这条学术界的青云路，继承这位老院士在 A 大的全部资源，甚至调侃她是严老的"皇太女"。可让所有人意外的是，许奈奈并没有去走这条无数人认为的康庄大道。

博士毕业后她回了淮宜一年，再次出现在众人视野中时，竟然去鹭大做了个小小的工程师。

她迟迟没有回复，对方又发来一条消息。

严教授：小许哇，老师希望你能明白，科研这条路并非你想象的那么单纯，当今世界顶级期刊能落地的项目少之又少，但你不能认为这是错误的，你既然选择待在高校，便是默认这个圈子的规则……

许奈奈静静地看着屏幕上密密麻麻的文字，这几乎是严正华每隔一段时间都会发过来的内容。

许奈奈不觉得厌烦，她心里有深深的感激，以及淡淡的无奈。

她一个毫无背景的普通学生，何德何能被这样德高望重的老院士看重至此？

A大人才济济，她的履历纵然出众，但绝对不到非她不可的地步，毕竟，严正华手下的留校名额是多少人挤破头都无法得到的东西。

Nacia：谢谢严老师的关心，我在鹭大过得不错，前段时间参加学术交流大会遇见嘉明师兄等人。听说您近日身体欠佳，请一定保重身体，若有机会，学生一定会去看您！

按下发送键，许奈奈合上电脑，喝完最后一口酸奶，将盒子扔到垃圾桶。

她能想象到屏幕另一边的老者看到这段话会如何叹息。

5月底，研究生毕业答辩。

许奈奈参与了几场答辩评审，在月底的最后一天提交了阮茜的答辩通过的决议。

阮茜早早就做好了离开的准备，已经在工作的城市找好了房子。

答辩通过的第二天，她委托江梦鱼给她寄学位证和毕业证，自己连毕业照都没拍，便搭上了前往江南的火车。

"我也好想毕业呀。"江梦鱼羡慕地看着阮茜空荡荡的工位，又看了眼面前一大堆还没处理的数据，沉沉地叹了口气，"我真的能毕业吗？"

苏泽瞥了她一眼："你一天要问八百遍。"

江梦鱼："……"

江梦鱼不想跟苏泽讲话，她一边叹气，一边处理数据，忽然眼角的余光瞥见好几个穿着工作服的男人刷开实验室的门禁。

江梦鱼被吓了一跳："你们干什么？"

许奈奈火急火燎地赶回实验室的时候，气相色谱仪已经被搬到了楼下的实验室。

江梦鱼急得快哭了："怎么办？许老师，这可是鑫瑞公司送给我们的机器，我们好不容易有台高端的机器了。"

许奈奈看着实验室的一大块空地，已经猜到是谁干的了。她抿紧红唇，拿着手机走出实验室。

"喂？师妹呀。"

"冯阳，气相色谱仪呢？"许奈奈第一次叫冯阳的全名。

电话那边传来冯阳满不在乎的声音："哎呀，师妹生这么大气做什么？实验室不是还有那些旧的仪器吗？修修再用就是了，一群做不出什么东西的研究生用那么好的仪器干吗？"

许奈奈咬牙切齿地说："那是鑫瑞送给我们的东西。"

"那又怎么样？"冯阳反问，"送给我们的自然就是我们的了。再说了，课题组之间互相买卖仪器是再正常不过的事，不就是卖给楼下的实验室了吗？他们要真想用，去楼下找认识的同学帮帮忙呗，多大点儿——"

许奈奈直接挂断电话。

冯阳是整个课题组的老板，所有的一切都要挂在他的名下，包括鑫瑞送来的仪器设备。

何况课题组之间相互转卖设备实在是再正常不过的事，名义上其他组的人也的确可以去学校官网进行设备预约，然后走课题组的账去使用仪器。

许奈奈握紧手机，气得胸口大肆起伏，她没有立场去阻止这件事的发生。

"许老师……"江梦鱼小心翼翼地走出来。

许奈奈调整好自己的情绪，轻声说："走吧。"

江梦鱼眼巴巴地看着她："去拿回来吗？"

许奈奈疲惫地说："去修旧的气相色谱仪。"

海岸边潮涨潮落，湿漉漉的沙滩绵延出一条长长的分界线。

傍晚的落日辉煌无声，无数海鸥振翅飞在一栋栋别墅之间。

林汀云半倚着吧台，客厅没有开灯。他修长的手指摩挲着盆栽边缘，那株小芦荟被照料得很好，小小的叶子要比前些天大了许多。

与鹭大的合同进行到第二期，许奈奈作为项目的乙方负责人，理论上需要去公司进行一次季度汇报。

林汀云思忖片刻，打开微信对话框，很快得到了对方的回复。

Nacia：具体什么时间？我提前准备一下。

FY：本周六下午有空吗？

Nacia：可以。

对话框停留在许奈奈简短的回复上，林汀云看了眼日期，关上手机。

他薄唇微勾，昏黄的夕阳倒映在他浅褐色的瞳孔中。

还有三天。

于绍不明白自家老板怎么突然要在周六召开项目会议，毕竟从前这种项目会议他从来都不会亲自参加。

饶是满腹疑问，于绍还是提前确定好会议室，将消息通知给项目部的同事。

直到周六那天，于绍在公司门口看见许奈奈时，才恍然大悟。

与他同样感到惊讶的还有整栋大厦的全体员工。

公司群里传的消息竟然是真的！

我们老板什么时候亲自去接过乙方？

有项目部的同事在现场吗？我想看女生的近照！

项目部的人都签保密协议了，别想了。

不拍 PPT 不就好了。

许奈奈跟着林汀云走进总裁专属电梯，并不知道自己的到来引起多大的骚动。

今天只是一次寻常的项目汇报，许奈奈穿得相对休闲，碎花连衣裙搭配针织开衫，及腰的长发编成鱼骨辫垂在一侧。她手里还是那只托特包，里面放着平板电脑和笔记本。

她没什么表情地看着电梯楼层数字往上跳动。

林汀云垂眸看见她左耳上有一枚圆润小巧的珍珠耳钉，再往下是纤细白嫩的脖颈与锁骨。

叮，电梯门打开。

林汀云绅士地为许奈奈挡住电梯门，许奈奈的脚步一顿，她颔首以示感谢。

他望着许奈奈率先离开的背影，不知为何感受到了她的疏离。

许奈奈做过许多类似的报告，无论是之前读书的时候，还是后来在鹭大帮冯阳处理项目的烂摊子时，她对这些内容实在轻车熟路。

早就准备好的 PPT 内容非常详细，鑫瑞项目部的负责人偶尔提问。也会得到她专业的回答。

林汀云默默地坐在长桌的另一端，注视着她落落大方地侃侃而谈，唇角不自觉地弯起浅浅的弧度。

后面的流程进行得很顺畅，许奈奈回答完最后一个问题后，会议结束。

项目部的其他人颇有眼力见儿地提前离开，于绍感到口袋里手机振动，便知道公司群大概又炸开了锅。

林汀云站起来："你先去忙。"

于绍连连点头："是。"

许奈奈正在放映台收拾东西，忽然鼠标被人拿起，随后一只修长的手给她递了过来。

交接的刹那，两人的手指短暂地触碰，许奈奈仿佛被灼烧般立刻缩回手："谢谢。"

林汀云缓缓放下手，方才被她碰到的指腹轻轻捻搓："一起吃饭吗？"

这场会议持续了两个多小时，会议室的窗户正对着逐渐西沉的太阳，刺眼的落日在玻璃的反射下泛着金色的光。

许奈奈低着头："不了，我今天要早点儿回家。"

林汀云一愣，似乎没想到许奈奈会拒绝自己。

他沉默了一下："我送你。"

许奈奈的嘴唇微微张合，似乎还想拒绝，可她一抬头看见林汀云灼热的视线，咽回了推辞的话："谢谢。"

鑫瑞到鹭大的路程林汀云早已轻车熟路，沿路的霓虹灯光影婆娑，掠过并排而坐的男女。

"你住在这里？"林汀云按照导航快到达目的地时与她搭话。

许奈奈点头："嗯。"

林汀云的指尖轻点方向盘："离学校近，挺方便的。"

窗外的风景浮光掠影，行人与建筑快速倒退，天上乌云成团，是要下雨的征兆。

林汀云将车停在小区门口时，已经有蒙蒙细雨覆上了挡风玻璃。

许奈奈没有急着下车："项目的进度你今天也看到了，后续涉及的内容在实验室进行的难度很大，我的建议是……"

她又开始了之前的那套"放弃理论"，不论是白血病靶向药研制项目，还是 MOFs 材料，她似乎总是那么悲观。

"我相信你。"林汀云忽然开口。

暗沉的天色在林汀云棱角分明的脸上留下了淡淡的阴影。

他是那样认真地看着许奈奈，黝黑深邃的眸子里仿佛淬着蛊惑人心的光芒。

"我……"许奈奈找回自己的声音，她移开眼，咽了口唾沫，"我只是跟你分析这个项目的成本，理论上来说，现在停止项目对你们公司来说是一件性价比很高的事。"

林汀云的嗓音低沉："我说了，我相信你。"

许奈奈的眼睫毛轻轻颤动，她动手去解安全带。可好像与她作对一样，她越是心急，安全带便越是解不开。

许奈奈紧咬下唇，忽然鼻间闯入一股清冽的薄荷香。她的瞳孔一缩，林汀云高大的身体倾斜过来。

他的呼吸温热，喷洒到她的脖颈时却猝然滚烫。

咔嚓一声，安全带解开。

车外大风呼啸，车内静谧无声，这一声清脆的解锁声仿佛在一瞬间打乱了两个人的心跳。

许奈奈回神，猛地推开他："谢谢。"

她胡乱地打开车门，双手护着头往居民楼里跑。

林汀云被她推得撞上驾驶座的椅背，他的手掌覆上被她碰过的地方，目光晦暗。

许奈奈一口气跑上三楼，门合上后，她靠着墙面缓缓地滑了下来。

心跳声简直乱得不能再乱，许奈奈烦躁地捂住额头。良久，她沉沉地吐了口浊气。

外面的天空已经完全暗了下来，浓厚的黑云笨拙地游离在天空。

许奈奈关上窗户，然后打开台灯。

室内灯光缥缈，许奈奈窈窕的影子在窗户上若隐若现。

她去厨房下了碗面，又拿出一盒芦荟味酸奶。可她还没得及插吸管，电话便响了起来。

"小许，小许！"电话那头的朱颖带着哭腔。

许奈奈的心头一紧："朱姐，怎么了？你慢慢说。"

朱颖哽咽着："晨晨好像复发了。"

轰隆隆，一瞬间电闪雷鸣，锃亮的光撕裂天空，照在许奈奈愣神的脸上。

许奈奈听着听筒那边的朱颖哭得泣不成声，艰难地开口："哪个医院？"

"市第一医院。"

砰！大门被甩得震天响。

许奈奈忘了带伞，就这样穿着家居服跑下楼。

大雨倾盆，沿路全是忙着躲雨的路人。

她茫然地跑在大街上，沿路的出租车全部亮着"满座"的红灯。

"停一停，停一停！"

许奈奈急切地拦车，大雨模糊了她的视线，却没有一辆车为她停下。

唰的一声，一辆汽车疾驰而过，许奈奈猝不及防地被溅了一身水。

被大雨淋湿的家居服紧贴肌肤，衬出她玲珑有致的身体曲线。

一阵风刮过，许奈奈双手环胸，冷不丁地打了个寒战，她哆嗦着准备继续拦车。

突然，一道暖光扫过，黑色轿车停到她跟前。车窗降落，露出男人的脸。

许奈奈怔了一下，完全没想到林汀云居然还没走。

林汀云扫了一眼她狼狈的模样，喉结滚动，言简意赅地说："上车。"

闪电撕裂云层，暴风骤雨穿透黑夜，医院的玻璃窗上噼里啪啦地砸下无数雨点。

晨晨从去年确诊急性白血病开始，她前前后后已经做了六次化疗，每一次化疗都要经历骨穿和腰穿，瘦小的她身上几乎全是针孔和瘀青。前段时间她的病情有所好转，朱颖以为终于守得云开见月明，却不想昨天她忽然开始上吐下泻，反复发烧，身上莫名出现数块血斑，一切都指向最坏的结果——白血病复发。

朱颖夫妇赶紧开车来了市第一医院。

许奈奈赶到医院时，晨晨已经被送进了ICU："朱姐，晨晨怎么样了？"

朱颖的眼睛已经哭红，她哽咽着说："好像是急性复发。"

"谁是田晨晨家属？"医生戴着口罩出来。

"我是！"朱颖赶紧跑过去。

医生冷静地说："二次复发引发肺部轻度感染，还好你们及时送来，不然后果不堪设想。但现在的情况依然不乐观，最好赶紧找到合适的骨髓进行移植，旁系亲属匹配成功的例子也是有的，你们亲属都去做做配型，错过了这周就只能把病人带回家了。"

肺部感染可谓是白血病患者的天敌。

朱颖的脸瞬间煞白："医生，真的找不到合适的社会供者了吗？"

医生遗憾地摇摇头："病人去年就登记在册，要是找到院方自然会通知你们的，没通知就是没结果，亲属都去做做配型吧。"

医院长廊刺鼻的消毒水味直冲口鼻，沉默笼罩着所有在外面等候的家属。

朱颖捂住嘴，崩溃地弯腰失声痛哭。

白血病一旦复发，则意味着化疗药物治疗失败，而且以前所有使用过的化疗药物产生耐药性，除非进行骨髓移植，否则回天乏术。

可晨晨是被捡来的孤儿，别说旁系亲属，就连直系亲属都无从寻找，哪里能在这短短的一周内找到合适的配型？

ICU内禁止家属陪床，每天只有半个小时的探望时间。

朱颖买了张折叠床准备睡在医院走廊等待探望时间，福利院还有其他孩子，周立辉需要回福利院照顾他们。

许奈奈坐在医院走廊的长椅上，身上淋湿的家居服还紧贴着皮肤。

她的双眼无神，没有哭，就这样静静地坐着，仿佛与世隔绝一般。

林汀云靠墙而立，通过医生和朱颖的谈话，他已经猜到发生了什么。

"擦擦水，别着凉。"林汀云脱下价值不菲的外套递过来，露出来的商标彰显着它极为不凡的价格。

许奈奈的眼睫颤动，她没有接过他的衣服。

她把贴在脸颊边的湿发别到耳后，自嘲地说："似乎总是在大雨夜麻烦你。"

忽然，残留着体温的外套轻轻地搭在她的肩上，若有若无的薄荷香与淡淡的烟草味混合在一起。

林汀云垂眸轻声说："不是麻烦。"

许奈奈抬眸。

林汀云的瞳孔深邃，就像苍茫宇宙中的黑洞，没有任何物质可以逃脱他的捕捉。

许奈奈听见自己的心跳乱了节奏，那是她不愿意面对的心动。

"我……"

"阿云。"走廊尽头，一道男声打破这边的暧昧氛围。

纪霖穿着白大褂，手里拿着记录本，在看见林汀云身边的女人时愣住了。

他的眉头一动："哟，我们家阿云什么时候身边有女人了？"

林汀云紧抿嘴唇："纪霖。"

"好了，好了，还没怎么着呢，就护上了。"纪霖撇了撇嘴。

他看了眼记录本，歪头朝被林汀云挡在身后的许奈奈挑了挑眉："美女，请问你是田晨晨的？"

"老师。"许奈奈站起来，她将身上的衣服脱下，递回给林汀云，走上前对纪霖说，"我是他们福利院的志愿者老师。"

听到"福利院"几个字时，纪霖嬉笑的表情稍微收敛："原来是许老师，你好，我是田晨晨的主治医师纪霖，接下来病人将由我负责……"

纪霖公事公办地提出了几个治疗方案，但是都只能拖延晨晨的存活时间，争取找到匹配的骨髓。

许奈奈认真地听着，询问了些病情相关的问题。随后，她沉默了一下，又问："如果找不到骨髓呢？"

"最多还能活一个月。"纪霖来回打量着眼前的两个人，大概确定了许奈奈就是那个被林汀云用手段"拉拢"过来的工程师。

"许老师，你也做过白血病靶向药治疗研究的吧？应该知道当今市面上能用于治疗白血病的药物副作用都很大，病人实在太小了，承受这些大剂量的药物已经是极限了。"

许奈奈没想到纪霖会知道自己做过什么课题，但也知道纪霖的话确实是真的："谢谢你，纪医生。"

"应该的。"

台风登陆鹭城，骤雨抽打着地面，黑沉的浓云吞噬了所有光亮，大树被吹得东倒西歪，沿路的广告牌被吹得从高空坠落。

"5 月 31 日，中央气象台发布台风蓝色预警，鹭城有大到特大暴雨……"医院的挂屏电视播报着《天气预报》。

许奈奈用一只手护着怀里的饭盒，另一只手甩着雨伞上的水，身上早已湿透。她的嘴唇发白，强打精神按电梯抵达血液科所在的楼层。

晨晨在三天前脱离生命危险转入 VIP 病房，家属可以随时探视。

前几天朱颖一直寸步不离地守着晨晨，眼瞅着精神状态越来越差，许奈奈实在看不下去，开始与她换班。

"小许哇，你跟林总是什么关系？"

ICU 病房的费用一天一两万元，晨晨一共住了五天，十来万元的医药费不是朱颖夫妇能出得起的。周立辉到处筹钱，好不容易凑出五万元，去缴费时却被告知已经有人缴费了，甚至还预存了十万元作为后续的医药费。

晨晨现在刚出 ICU 便被转到 VIP 病房，且不说费用，市第一医院的 VIP 病房床位何等紧张！

许奈奈垂眸打开饭盒："没什么关系。"

朱颖疑惑地说："那林总为什么无缘无故地对我们这么好？当初还专门让你牵线给福利院捐款——"

"他是我的甲方。"许奈奈打断她的话。

朱颖才不信许奈奈的话，谁家甲方不想着压榨乙方做项目，反过来帮助乙方做慈善？朱颖可不认为对方是单纯地可怜晨晨，多半是因为许奈奈。

可是见许奈奈不愿多说，朱颖也识趣地没有再问，只是担忧地提醒道："小许，我知道你是高知女性，但我瞧着林总生得那么好，还那么有钱，有些事还是谨慎得好。这次他垫付的钱，我们两口子哪怕砸锅卖铁也是要还的，希望你不要因为这个有心理负担。"

朱颖一个中年女人，活了大半辈子，事情看得很通透。她见过不少年轻女孩儿因为长得漂亮被那些纨绔子弟看中，对于他们来说耗费半条命都凑不上的医药费，不过是这群公子哥为博美人一笑的小钱，只是蝇头小利，便足够引来无数女孩儿前仆后继。

朱颖是真的喜欢许奈奈，虽然她们认识不过一年，但许奈奈帮了他们太多太多，她不愿意许奈奈因为晨晨的事稀里糊涂地走上不归路。

许奈奈眸光闪烁，她把饭盒递过去，轻松地笑了笑："朱姐，你在想什么呢？有病房就住，有药就治，哪儿有你想的那么复杂？"

"不过去打个招呼？"

血液科主任办公室内，纪霖喝着热茶，电脑屏幕上是晨晨今天的检测报告。林汀云坐在他对面，以他的视角刚好可以看见斜对面的病房里，女人背对着他的背影。

林汀云回头看了一眼，问："小姑娘的病情怎么样？"

纪霖"啧啧"两声，摇头道："不太乐观。"他推出一沓资料，"这两天新入库的骨髓资料都在这里了，根本找不到匹配度能达到移植程度的骨髓源。"

纪霖继续说："她就是你之前来咨询过我的白血病女童吧？"

"嗯。"

"因为那个女工程师？"

"不全是。"

那便是有一部分是了。

"我发现你小子没你哥勇敢。"纪霖朝后靠着椅背，似乎回忆般地感叹，"阿风当年追时雨的时候，可比你直接多了。"

林汀云蹙眉："我是我，他是他。"

纪霖直起身，手肘放在桌案上，认真地打量他："真的这么坦荡？"

林汀云缄默。

"这几天我经常看到这位女工程师来送饭，她在高校的工作应该很忙吧，啧啧，这么瘦也不知道身体能不能吃得消……"纪霖故意停顿一下，以医生的口吻继续说，"反正我今天早上见她的脸色很差，应该撑不了多……"

话音未落，林汀云忽然起身。

纪霖愣了一下，看着林汀云的背影，似乎在这一刻透过他看到了另一个人的影子。良久，他失笑着摇头："这小子真像他呀。"

晨晨前几天在 ICU 里只能靠营养液维持生命，现在好不容易转进VIP 病房，医生告知家属可以吃些清淡的流食。

化疗对身体的伤害巨大，晨晨的精神状态很不好，她几乎是吃什么吐什么。朱颖要一直留在医院陪床，所以许奈奈便担下了送饭的责任。

朱颖一勺一勺地喂晨晨吃了粥。晨晨看着许奈奈，小嘴巴虚弱地张开动了动，似乎是想说什么，可很快药劲儿上来就睡了过去。

"我去洗碗。"朱颖压低声音比了个手势。

许奈奈点点头："我也要去上班了。"

朱颖笑了笑："快去吧，记得吃饭。"

许奈奈拎着包走出病房，轻轻关上房门。就在她转身的刹那，感到一阵眩晕，她的脚步跟跄了一下。

"你没事吧？"

手臂突然被人扶住，林汀云担忧的眼神撞进许奈奈缓慢恢复清明的眼中。

她一惊，连忙甩开他，可还没来得及站稳，眼前忽然一黑。意识抽离的最后一瞬间，她听见林汀云紧张地唤的名字——

"奈奈！"

病房内，护士在输液架上挂了一瓶葡萄糖。

许奈奈悠悠转醒，第一眼便看见靠在窗边的林汀云。

窗外狂风大作，黑云遮盖了所有的阳光，天花板的吊灯在他的眼睑下投下淡淡的阴影，他静静地注视着她。

许奈奈这才想起，方才晕倒时栽进一个强而有力的臂弯。

"奈奈姐姐怎么也生病了呀？"小女孩儿虚弱的声音打破这一室的

沉默。

晨晨戴着氧气面罩，两张病床间的帘子被拉开。

朱颖给身上插满管子的晨晨掖被角："因为奈奈姐姐……"

"因为她不吃饭。"林汀云淡淡地说。

晨晨睁大眼睛："奈奈姐姐怎么可以不吃饭呢？不吃饭对身体不好哦，晨晨就有很认真地吃奈奈姐姐煮的粥呢。"

晨晨化疗后期进食困难，但总不能完全靠营养液生存，每次疼得厉害就只能靠朱颖和许奈奈轮流哄着喂。

许奈奈被晨晨单纯的发问说得脸上一热，毕竟几个小时前她还在哄着晨晨说不吃饭对身体不好。

但她最近的确太忙了，医院、学校、家里三头跑，刚刚本来打算去吃点儿东西垫垫肚子，却没想到因为低血糖先晕倒了。

许奈奈抱歉地笑了笑："晨晨，姐姐下次一定好好吃饭。"

病房的门被打开，于绍提着饭盒进来。

朱颖很有眼力见儿地把两张病床之间的帘子拉上，于绍帮许奈奈把床摇起一半后也迅速离开。

林汀云将手从口袋中拿出来，单手扯过床前桌，饭盒上的标志醒目，是一家高档港式餐厅，万施月来鹭城时约她一起去过，里面的价格对她来说是望而却步的程度。

林汀云说："生病了吃点儿清淡的。"

许奈奈缓缓地将没有打针的手从被子里拿出来，低声说："谢谢。"

一只手不太好解包装袋，林汀云帮她解开，小拇指不经意地碰到了许奈奈的手背。

许奈奈的手动了动："你怎么在这里？"

"来找纪霖。"

许奈奈忽然抬眼："是因为……"

林汀云的眼神望向拉紧的帘子，没有继续说下去，许奈奈立刻了然。

林汀云去见晨晨的主治医师多半是因为晨晨，朱颖就在旁边，有些话不太好当着家属的面直说。

许奈奈点点头，从床头抽出手机，在备忘录上打下几个字："是有合适的骨髓吗？"

林汀云看着她的手机屏幕，摇摇头。

许奈奈亮起的眼睛瞬间暗淡下来，她放下手机，落寞地拿起筷子夹起一个虾仁。

她今天出门时没有扎头发，不少碎发落到眼前。她怕头发落到碗里，一动也不敢动。

林汀云注意到她的动作："不合胃口吗？"

许奈奈环顾四周，没有看到发绳。突然，她看见刚刚被他解开放到床头柜上的包装绳："不是，能麻烦你帮我把那条绳子拿来吗？"

林汀云不明所以，还是给她递了过去。

许奈奈目测绳子的长度，足够绑住她的头发，于是抬手准备系头发。

"别动。"

忽然，许奈奈左手的手腕被人抓住。她下意识地挣开，却被握得更紧。

林汀云修长的手指圈住她纤细的手腕，粗粝的指腹能清晰地感受到她受惊的脉搏。

"不知道自己还打着针吗？"林汀云的嗓音低沉。

许奈奈左手背的针管已经开始回血，林汀云轻轻地将她手背放平。

许奈奈倒是真的忘了自己在输液的事。

针孔处传来微微的刺痛，手腕似乎还残留他方才触碰的余温。

"我只是想绑头发。"她低声解释。

林汀云俯视着她被浓密长发包裹的小脸，理解了她的意图："我帮你。"

许奈奈面露犹疑之色："你会吗？"

林汀云反问："很难吗？"

林汀云伸手抚上她快要及腰的长发，不太熟练的指尖笨拙地碰到她的侧颈。

许奈奈登时一颤，可就是这一颤，林汀云好不容易握住的长发散了一半，他手疾眼快地勾住碎发，防止它掉到碗里。

许奈奈："……"

许奈奈咽了口唾沫："要不还是我自己……"

"不行。"

床边凹陷一角，林汀云坐到她身侧。隔着薄薄的衣料，许奈奈身上淡淡的茉莉香在他的鼻间萦绕。他的动作比刚才更加小心翼翼。

许奈奈的长发宛若瀑布般丝滑柔顺，厚厚的一把握在手里像是丝绸。

他谨慎地一手理顺头发，一手绑发绳，不知过了多久，松松垮垮的长发终于捋顺，可往前一看，许奈奈的脸颊两边仍然耷拉两撮发丝。

林汀云的眉头皱得能夹死一只蚊子，他正欲重来。

"可以了！"许奈奈赶紧躲开，而因为这一动作，原本就扎得不太紧的头发又松下了几缕。

林汀云放下手，低声说："抱歉。"

许奈奈眨了眨眼，坐直身体："道歉做什么，真的可以了。"她一边说着，一边拿起汤勺舀了一勺粥吃到嘴里，示意给他看，"没想到你还会帮女人扎头发。"

两人的距离极近，林汀云垂眸看许奈奈唇边沾了一粒米，情不自禁地伸手给她抹去。

许奈奈顿时一愣。

"第一次扎，不太熟练。"他抽出一张湿巾慢条斯理地擦拭手指。

湿巾被揉成一团扔进垃圾桶，林汀云将她散开的碎发温柔地拨到一边："吃吧。"

许奈奈的手指蜷缩着，卷长的睫毛抖动不止："哦。"

许奈奈下午还要去学校，所以没有在医院多待。

黑车停在医院大门口降下车窗，林汀云看着许奈奈："送你一程。"

许奈奈犹豫了一下，还是拉开车门，毕竟她确实有事向他询问。

"你想问晨晨的病情？"林汀云先开口。

许奈奈点点头。

林汀云："新一批骨髓志愿者里没有相匹配的人员信息。"

骨髓志愿者信息入库大多经历重重关卡，她想林汀云必然用了手段才得到第一手消息。

"如果能找到晨晨的父母就好了。"她轻叹一声，故作轻松地笑了笑，"听说亲生兄弟姐妹之间匹配的概率最高，你说她会不会有个亲弟弟呢？"

林汀云听到"亲弟弟"几个字时神情一顿，他的喉结滚动："或许吧。"

许奈奈只不过随口一说，没有注意到他的语气。

车内十分安静，林汀云突然问："你还相信变成更好的人能实现梦想吗？"

许奈奈愣住了。

十字路口的红灯亮起，车辆缓缓停下。

林汀云的嗓音低沉，他像是在询问一个再随意不过的问题。可这句话好像穿越了十多年的岁月，在今日以另一种方式重现二人少年时代的最后一次见面。

十七岁的夏至那天落日漫长且盛大，老旧的天台上少女的心绪隐秘而肆意。

"你有梦想吗？"

"生物医学。"

"你一定可以的。"

"是吗？"

"我相信。"

少女紧张地望着遥不可及的少年："等长大后变成更好的人，我们的梦想都会实现。"

"你还相信吗？"林汀云侧眸看她，深不见底的黑眸蕴含着无人可知的情绪。

许奈奈望着车窗外面的路人出神。这时雨小了很多，街上的行人撑着伞来去匆匆，天空阴沉沉的。

忽然一群穿着高中校服的男生和女生打闹着穿过斑马线，雨点为他们做伴，即便阴雨蒙蒙也阻挡不住他们身上属于少年人的朝气与光芒。

许奈奈的声音很轻："会有人信的。"

Chapter 09
时间抚不平的差距

台风天结束，天空拨云见日，光束穿过飘浮的尘埃坠落凡尘。

七楼住院部的窗帘打开一条缝，病床上插满管子的晨晨抬起沉重的眼皮。

时至今日，除了骨髓移植再也没有任何办法，六岁的晨晨还没来得及好好看看这个世界，就已经在冰冷的仪器的嗡鸣声下逐渐走向凋零。

今天，晨晨的精神格外好，拔针后她甚至能下地走路，连吃饭都不会边吃边吐。

许奈奈去纪霖的办公室时刚好碰见林汀云，她没有觉得有多意外。

"病人精神好是好事。"纪霖看着电脑屏幕上的各项指标，最后说了一句，"问问她还有什么愿望，有时间带她出去走走吧。"

许奈奈心里咯噔一下，即便她早有心理准备，可真正从医生嘴里听到的时候还是很难接受。她的声音颤抖："真的没办法了吗？"

纪霖抿唇不语。

林汀云站起来："去病房吧。"

许奈奈握紧拳头，低头出了主任办公室。

晨晨正站在洗手台边上洗脸，手臂上的针孔和瘀青让人触目惊心。

"奈奈姐姐，小林哥哥！"晨晨被病痛折磨得面如枯槁，咧嘴笑起来的样子几乎可以用"瘆人"来形容。

晨晨不过六岁，对生死的概念还很模糊，哪怕身体遭受巨大的折磨和痛苦，也在大人们"去医院打针就会好"的说辞下忍耐下来。

许奈奈的眼眶发热，她取出柜子里好久没有用过的假发，弯腰强颜欢笑："晨晨想出去玩吗？"

晨晨乖乖地坐到床边，任由许奈奈给她穿衣服："嗯嗯，晨晨想去游乐场，想和小胖、小轩，还有其他小伙伴们一起去！"

以前化疗期间，她不能受风，白血病患者免疫力低下，游乐场人多，朱颖总是不愿意带她去。

许奈奈抬头看见朱颖捂着嘴背过身去，她说："好，那姐姐给晨晨梳头发、穿衣服，打扮得漂漂亮亮地去游乐场，好不好？"

"好！"

朱颖一边抹眼泪，一边给周立辉打电话，让他把福利院的其他孩子带出来。

许奈奈给晨晨换好衣服，林汀云敲门进来时，她正在给晨晨"编辫子"。

年前买的公主裙穿在瘦得只剩一把骨头的晨晨身上，像是套了个大壳子，可她对着镜子仍然很开心："小林哥哥，你的生日是什么时候哇？"

林汀云轻声说："8 月 25 日。"

"哇，那你比奈奈姐姐大三个多月哦！"晨晨算着，"小林哥哥，你过生日那天可以邀请我去吃蛋糕吗？"

许奈奈偷偷擦干眼底的水雾："只要晨晨愿意去，哥哥当然不会拒绝。"

林汀云敛目看她，蜷缩在身侧的手指缓缓收紧。

晨晨低着头咯咯地笑，像一个健康的孩子一样晃着小短腿。

"可惜晨晨的六岁生日已经过啦，那时候还不认识小林哥哥，不然一定给小林哥哥留一块蛋糕，是我最爱的水果味哦。朱妈妈老是不让我吃凉的，我晚上偷偷从冰箱里拿了一小块，奈奈姐姐要帮我保密哦！"

"好。"

"奈奈姐姐，我之前听小胖说游乐园有很大很大的过山车，还有旋转木马和喷泉，还有好多形状不一样的冰淇淋，里面还有很多小朋友，可是我和那些小朋友不一样，所以不能去。"

"今天就去。"

"奈奈姐姐，那我今天可以吃一小口冰淇淋吗？就一点点！"

"可以。"

"奈奈姐姐……"

晨晨好像有说不完的话，许奈奈一一耐心地回答，编好最后一缕鱼骨辫，她轻声地说："晨晨可以抬头照镜子啦。"

晨晨却没有抬头，她咳了两声："奈奈姐姐，其实晨晨还想跟你一起过生日。"

许奈奈一顿，眼角余光瞥见晨晨的白裙子上滴了几滴血，一滴一滴的血珠从她的口鼻处流下，凝聚成串，血渍晕染得越来越大。

许奈奈如被定身："晨晨？"

她慌乱地抱起晨晨要往床上放，林汀云猛地伸出手臂阻止了她的动作。

"不能平躺！"林汀云神色凝重地从她的怀里抱起晨晨。

哇的一声，晨晨抽搐着呕出一摊血，全部喷在他洁白的衬衫上。

林汀云置之不理，他娴熟地将晨晨抱成半卧的姿势，任由一口又一口的血全部吐到自己身上。

许奈奈的大脑一片空白，她手忙脚乱地按了床头铃，穿着白大褂的医生全部涌进病房。

晨晨刚刚穿上的公主裙被撕开，瘦得只剩骨头的身体又被插上各种仪器，编好辫子的假发落到床下。

病床被快速移出病房，抢救室的灯牌亮起，主治医师拿来病危通知，朱颖跪在地上号啕大哭，一切混乱不堪。

许奈奈呆滞地站在原地，只剩下手指还在微微颤抖。

林汀云静静地立在她身后，从来都干净整洁的白衬衫上是一大片血迹。

许奈奈喃喃着说："你说，她是不是知道自己可能活不久了？她的生日在1月，她是不是知道自己过不了明年的生日了？"

所以晨晨问林汀云的生日，所以她的最后一句话是好想再过一次生日。

一直以来，他们都将晨晨视作不谙世事的小姑娘，从来不跟她解释她的病情，更没有人告诉她死亡是一件怎样的事，他们以为她什么都不懂。

"奈奈。"林汀云的喉结滚动，他低声说，"会没事的。"

许奈奈颓然地靠着墙壁，她咬着指节，身体颤抖得厉害："林汀云，其实我也不是那么想当一个单纯的打工人，可是能落地的科研项目实在太少太少了，发几篇期刊论文、申请各种国家科研基金、评职称，然后成为教授、院士，多么一帆风顺的青云大道哇！他们没有错，错的是我，是我自负、天真……"

她哽咽得语无伦次，却硬生生地没让泪落下来："我救不了任何人，我的课题根本就救不了任何人！"

忽然手臂一紧，许奈奈被揽入一个温暖的怀抱。

林汀云身上清冽的薄荷味混合着血腥味，与滚烫的呼吸将她完全裹挟，两颗同频跳动的心脏隔着薄薄的衣衫聊以慰藉。

林汀云极力地隐忍着想要用力的冲动，只是轻轻地环住她的腰背。他低叹一声，像是某种安抚："你已经做得很好了。"

这是一个无关情欲的拥抱，她在他克制的掌心下轻微地战栗。这一刻，林汀云在她身上仿佛见到了自己曾经的影子，执着、顽强，又不顾一切地想要冲出桎梏，却终究无能为力，任凭命运捉弄。

可她又与自己不一样，她走着那条自己无法继续的路，正在做着自己未能完成的事。

"奈奈、奈奈！"走廊的尽头传来一个急切的男声。

梁屹猝不及防地撞见抢救室外相拥在一起的男女。

林汀云抬起狭长的眼睛，手臂圈着许奈奈纤细的腰身，他淡淡地与梁屹对望。

林汀云的眼神很平静，梁屹的心脏却像是被大掌猛地揪紧，甚至比肩胛上还未好的伤更痛。

"田晨晨家属。"抢救室的门打开，戴着口罩的医生走出来。

许奈奈倏然回神，她赶紧从林汀云的怀中退出，跟着朱颖凑上前。

"病人已经转到无菌移植仓，如果三天内找不到合适的骨髓配型，你们作为家属就准备一下后事吧。"

"师父，您跑那么快干什么？身上还有——"吴骏的声音戛然而止。

林汀云拿起搭在长椅上的西装外套，修长的手指一枚一枚地扣上单排扣，黑色的定制西装挡住里面被血染红的白衬衫。

梁屹穿着旧牛仔裤与黑色 T 恤，衣领下露出白色的纱布，是在急诊科处理过的伤口。他攥紧拳头，跟林汀云擦肩而过："奈奈，朱姐，我们找到晨晨的亲生父母了。"

许奈奈与朱颖愕然地一起回头。

"是昨天户籍科那边传来的消息，千真万确！"吴骏摸摸后脑勺，有点儿为难地说，"就是那户人家不太好说话。"

从去年开始，梁屹便托同事去查晨晨的亲生父母，本来没有抱太大的希望，却不想在昨天有了消息。

梁屹刚接到消息，就去登门拜访，结果那户人家一听说"女婴"，砰的一声差点儿把门给摔烂。

许奈奈蹙眉："他们家在鹭城吗？"

梁屹点头："就在庆安区。"

庆安区正是福利院所在的片区，没想到那户人家弃婴后这么多年都没搬走。

朱颖红着眼焦急地说："那我们赶紧去找他们哪，晨晨已经进移植仓了，要是……"

"实在不行我们就把人带——"吴骏双手抱头，眼泪汪汪地说，"师父你打我干吗？！"

梁屹咬牙切齿地说："怎么教你的？不要暴力执法！你是什么部门，凭什么带人？"

公安系统不同警种隔行如隔山，他们麻烦人家户籍科找人已经很不好意思了。更何况就算骨髓匹配成功他们也没有资格要求人家来进行骨髓移植。

众人的面色沉重。

"具体地址在哪儿？"林汀云忽然开口。

许奈奈看向梁屹。

梁屹打开手机地图："距离医院二十二点八千米。"

林汀云颔首，许奈奈知道他的意思："我跟你一起去。"

梁屹蹙眉："昨天我们已经去过一次，他们肯定有所警觉，你们不一定能见到人。"

林汀云问："你们开什么车去的？"

梁屹一愣。

吴骏回答："警车，怎么了？"

周围一阵沉默。

许奈奈打破平静："普通老百姓见到警车应该都会害怕，他们做贼心虚，不见你们也正常。"

林汀云默契地说："这次开我的车。"

晨晨移植骨髓刻不容缓，朱颖留在医院，其他四个人来到地下车库。

"师父！"吴骏看见林汀云的车，瞪得眼珠子都快掉下来了。他比了个"八"的手势，压低声音，难掩激动地说："起码八百万元起步，我竟然看到真的了！"

梁屹咬牙看着许奈奈娴熟地坐上副驾驶座，抬手就给了吴骏一个暴栗："看你那没见过世面的样子，上个月所里缴获的车不比这辆车贵？"

吴骏委屈巴巴地说："那是收缴的，这又不是……"

"再多嘴，滚回去！"

吴骏："……"

许奈奈系上安全带，透过后视镜看见梁屹的脖子上包扎着的白色纱布。

"你受伤了吗？"她转头询问，"要不我们去就行了。"

林汀云侧目，看见许奈奈面带担忧地望着后座的人。

梁屹正用手肘抵着车窗生闷气，闻言赶紧坐直，挑眉说："小伤而已，不至于。"

"这还小伤！"吴骏夸张地说，"师父，你的胳膊差点儿就废啦！"

梁屹气得太阳穴突突直跳，他迟早把这个小兔崽子扔出去。

"只是擦伤，哪里有那么严重？"梁屹清了清嗓子，吊儿郎当地靠着车门试图挽回形象，"还有多久到？"

林汀云瞥了眼导航："一个小时。"

车辆在公路上疾驰，路边的高楼大厦逐渐被平原、田地代替。庆安区靠近郊区，突然有一辆华贵奢靡的车行驶过来引得不少人纷纷回头。

林汀云将车停在一栋破败的老土房前，房子外面围着一圈篱笆。

"待会儿咱们先敲门，等里面的人把门打开一条缝，我们就……"

吴骏正说着，忽然瞥见梁屹的眼神，"我们还是先敲门。"

林汀云打量着四周，目光落到不远处一大片空荡荡的废弃房屋上，墙壁上写着一个字——拆。他冲梁屹撇了撇嘴，梁屹明白了他的意思。

庆安区属于鹭城新规划的开发区，大部分当地居民的房屋都被划分到了拆迁范围，而晨晨的亲生父母所在区域刚好属于拆迁边缘。

林汀云把西装外套递给吴骏，并拿出一副墨镜。

吴骏紧张地抱着他一年工资都买不起的外套，颤颤巍巍地戴上墨镜："那啥，我要是给你撑破了……"

吴骏的身材魁梧，很明显和林汀云的身材不是一个量级。

林汀云："不让你赔。"

吴骏松了一口气。他艰难地穿上西装，戴上墨镜，把头发往后捋了两把，没想到还真有公司高管的模样。

许奈奈把长发编成两股，搭配今天的碎花裙，妥妥的高管小秘书。

因为那家人见过梁屹，林汀云身上染血的白衬衫又太过骇人，因此伪装成拆迁走访人员混进去的只能是吴骏和许奈奈。

梁屹蹙眉："你就这么确定这家人很想拆迁？"

"嗯。"林汀云看向对着车窗编辫子的许奈奈，"没记错的话他们去闹过。"

梁屹不解："闹什么？"

"闹着要把他们也划到拆迁范围。"

"你怎么知道？"

林汀云无比自然地说："哦，这里是我公司刚承包的地皮。"

梁屹："……"

林汀云虽然不会直接过问一线项目，但重大事件都记得大差不差。鑫瑞与政府合作给居民的拆迁费很高，大多数当地居民都十分配合。

梁屹彻底哑然，愤愤地磨了磨牙，离林汀云远了些。

"我们这样真的可以吗？"许奈奈还是有些不太自信，她从来没有这样骗过人。

吴骏拍了拍胸脯："别怕，你跟在我后面就行！"

梁屹叼了根烟："你放心，这小子伪装出任务的时候从来没被人怀疑过。"

吴骏："……"总觉得不是什么好话。

林汀云温柔地看着她："你尽管去，我们都在。"

许奈奈微怔，不自然地别开眼："嗯。"

不得不说吴骏的演技很是精湛，往前迈步的刹那，暴发户的气质瞬间覆盖了刚才在梁屹面前唯唯诺诺的模样。

许奈奈夹着包跟在后面，往后瞄了一眼，梁屹和林汀云已经走到了视线盲区。

咚咚咚，吴骏上前敲门。

许奈奈屏住呼吸，不一会儿，门里面传来了拖鞋踢踏的声音。

"谁呀？"不耐烦的中年女声由远及近，门被打开了一小条缝。

吴骏把墨镜拉下来，笑眯眯地说："李桂芳家，是吧？"

李桂芳警惕地说："你是谁？"

许奈奈在旁边假装公事公办地说："您好，我们是鑫瑞集团的走访人员，按照公司规划，你们的住所被划到第二期拆迁范围中，可以进去聊聊吗？"

李桂芳的眼睛瞬间瞪大："拆迁？孩儿他爹，快起来！"她顿时把门打开，喜笑颜开地说："原来是鑫瑞集团的老板，快快请进！"

几十年前建的土平房还用着黯淡的钨丝灯，家具陈设老旧，客厅的电视机上方挂着一张陈旧的一家三口全家福照片，站在中间的是个男孩儿，看上去十岁左右。

许奈奈的目光微微一顿。

肥硕的中年男人从歪歪斜斜的卧室门内走出来，脸上的肥肉笑得直颤："哎哟，怎么都站着，快坐下，泡茶……你们是谁？"

砰！大门被猛地打开，一切发生得太快，两个人影不知何时闯了进来。

"是你！"李桂芳看见门口进来的两个人，吓得转头就跑。

吴骏迅速上前将人拦住："不准动！"

林汀云站在最后面抵着大门。

男人的小腿直颤，啪的一声双膝跪地："我们没违法！"

许奈奈俯视着他们，背出方才对好的台词："按照我国刑法第二百六十一条，对于年老、年幼、患病或者其他没有独立生活能力的人，负有抚养义务而拒绝抚养，情节恶劣的，处五年以下有期徒刑、拘役或者管制。"

"弃婴，哪里来的弃婴？我们只有一个儿子，哪来的弃婴？"李桂芳在地上尖叫，"我要去告你们私闯民宅！"

梁屹冷哼："是吗？我们可没说什么弃婴！"

李桂芳愣住："你们骗我！放开我！我要告你们！"

她疯狂地挣扎着，尖锐的指甲在吴骏的脖子上划出几道红痕。

梁屹蹙眉摇头，吴骏龇牙咧嘴地松开人。

得到自由的李桂芳连滚带爬地摸到桌上的手机按下"110"，她正准备拨通，听见一个沉稳的男声——

"李桂芳，女，四十三岁，六年前曾在庆安区医院产检……"林汀云慢条斯理地开口。

李桂芳的手指猛地顿在半空。

林汀云从最后面慢慢走上前，许奈奈侧过头，刚好瞧见他轮廓分明的下颌线。他薄唇含笑，眼底却沁着寒意，胸前凝固的血渍将他整个人衬得凌厉而危险。

"我们不想为难你。"林汀云修长的手指从容不迫地从怀里夹出一张银行卡。

啪的一声，卡片落到李桂芳的手边。

林汀云弯腰，似笑非笑地说："二十万块，去做骨髓配型。"

"二……二十万！"中年男人的眼睛瞪得老大，他们这辈子都没见过这么多钱！

"我去，我——"

"我们不去！"李桂芳愤恨地拍了丈夫一巴掌，把那张银行卡扔了出去，"什么骨髓移植，我们又不匹配，去什么去！"

中年男人被这一巴掌拍醒，是了，即便他们不懂法，也知道抛弃婴儿的罪名一旦坐实，等待他们的便是法律的制裁。而只要他们的骨髓匹配，任由他们怎么狡辩，弃婴都成了板上钉钉的事实。

"对，凭什么要我们去？我没记错的话，捐献骨髓需要本人自愿吧？"中年男人吞吞吐吐的，突然变得硬气起来，"你私闯民宅，还逼我们去捐献骨髓，我要告你们！"

吴骏气得咬牙切齿："那可是你们的亲生女儿啊！"

李桂芳大声尖叫："什么女儿不女儿的，我们只有一个儿子！"

许奈奈心急如焚，她走到李桂芳面前试图劝说："骨髓移植不会伤害你们的身体机能，她还只是个六岁的孩子，你们只需要去试试。"

"不试！滚！你们都滚！"李桂芳忽然拿起旁边的铁锹猛地朝许奈奈挥来。

砰的一声，铁锹砸过来，预料中的疼痛却没有出现，面前传来男人的闷哼声，许奈奈的瞳孔骤然放大："林汀云！"

林汀云的身体晃了晃，他反手一把抓住铁锹，李桂芳被铁锹带着往后倾倒。

"啊——"

铁锹掉在地上，梁屹手疾眼快地将她按在墙面上。

"你怎么样？有没有事？"许奈奈焦急地抓住林汀云的胳膊。

林汀云单手按住她的手背，薄唇发白，眼里却带着笑意："没事。"

许奈奈一点儿都不信，刚刚那一声身体与铁锹的碰撞声她听得分明，他的后背肯定青紫了一大块。

吴骏终于找到了说话的机会："你们这是故意伤人！"

"伤人怎么了？你们还私闯民宅呢！我们夫妻今天是不会离开这个家一步的，有本事你们就抓我们！"

"我去。"忽然，一个轻微且紧张的少年的声音在大门口响起。

室内所有人的视线齐刷刷地转过去。

只见大门不知何时被人推开，男孩儿身上穿着蓝白相间的高中校服，死死地盯着室内的一片狼藉。

许奈奈看清男孩儿的面孔，又转头看了一眼墙上的那张全家福。虽然年龄相差很大，但他的五官轮廓都像极了晨晨。

少年关上大门，拎着书包走进来，目光带着恐惧却坚毅地望向林汀云："我愿意捐骨髓。"

"你不愿意！"李桂芳瞬间崩溃，奈何她被梁屹制住，只能大声道，"你愿意什么愿意，出去！"

"然后看你们眼睁睁地放任那个孩子去死吗？"男孩儿的语气平淡，他从破旧的书包里拿出一张体检单，"这是我高考的体检单，我是健康的。"

许奈奈的瞳孔颤动，她侧头望着林汀云。林汀云朝她颔首。

梁屹给吴骏使了个眼色，吴骏立刻上去接替他按住李桂芳。

李桂芳目眦欲裂："不！你回来！"

黄昏，金黄的夕阳照在田野之上。黑车快速穿行在麦田间，而此时车内一片沉默。

忽然手机响起，林汀云按下蓝牙外放。

"阿云，找到合适的骨髓了！"纪霖的声音十分激动，"是个刚高考完的学生！"

车内的所有人不约而同地看向周子珩。周子珩的头埋得更低。

答案不言而喻。

纪霖的声音继续传来："我看了一下，是昨天才入库，目前还没联系到。"

林汀云："我们已经在路上了。"

说完他挂断了电话。

许奈奈咬唇："你……"

周子珩低声解释："高考前老师给我们播放过一个白血病患者的纪录片，我和同学约定高考完就去捐献骨髓。"

他平静地诉说自己愿意捐献骨髓的原因，而他根本不知道，因为他提前去医院的举动省下了骨髓配型所需的时间。

林汀云单手撑着方向盘，通过后视镜瞧见许奈奈的侧脸。

梁屹坐在副驾驶座上，手背抵着唇角往后望："高考结束了，还穿着校服？"

周子珩不自在地说："家里没别的衣服穿。"

谁知梁屹却笑了笑："挺好，校服蛮不错的，我那时候毕业了也天天穿校服，现在穿警服喽。"

车内的气氛缓和了不少。

许奈奈手里拿着周子珩的报告单，上面赫然写着——

周子珩，男，十八岁。

她轻声确认："你身份证上的年龄成年了吗？"

周子珩继续点头："成年了。"

许奈奈悬着的心放了下来。

按照国家相关法律，未成年人捐献骨髓需要监护人签字，她实在不愿意面对那对难缠的夫妻。

周子珩紧张地问："姐姐，我们是直接去医院吗？"

"嗯，你……"许奈奈暂且不知怎么对他称呼晨晨，只好说，"她已经进入移植仓了。"

在没有骨髓源的情况下进入移植仓基本上就是一件拿命赌博的事。

周子珩的声音微微颤抖："她是我的妹妹吗？"

许奈奈看着他，缓缓地点头："是。"

周子珩再次沉默下来，良久，他鼓起勇气看向林汀云："可以别让我的父母在这段时间找到我吗？"

周子珩想，在这里能做到这件事的应该只有开车的男人了。

林汀云闻声抬眼，对上周子珩清澈的眼睛："可以。"

大概是晨晨受了太多折磨，老天爷不忍刚刚盛开的花朵就此凋零，周子珩来到医院后一切无比顺遂。

高考前的体检项目较为完善，省去了全面体检的步骤；骨髓配型完美契合，排异风险降到最低。

周子珩当晚就入了院。

朱颖刚见到周子珩时就震惊得说不出话："小许，他是？"

许奈奈将事情告诉她，朱颖听了整个过程，一时间对这个和晨晨长得七分相似的少年生出怜爱。

"按照流程，应该还要再做一次全身检查，但田晨晨等不了了，你们家属要签署知情协议。"纪霖作为主治医师要公事公办。

朱颖连忙答应下来。

纪霖又针对捐献者的情况，嘱咐周子珩这几天要饮食清淡，告知他打动员针后会出现的副作用，以及这几天早起都要进行血常规化验。离开前纪霖给了林汀云一个"你小子果然行"的眼神。

待到做完这一切已经过了零点，从白天晨晨发病到紧急转进无菌仓，再到找到她的亲生父母，并得到直系亲属的骨髓捐献，一切都快得跟做梦一样，此前一年无论如何都找不到的骨髓源竟然在今天出现转机，找到了。

许奈奈站在病房外，仍然觉得有些不真实。

梁屹无视林汀云的灼热视线走到她旁边。他刚想说话，吴骏火急火燎地拿着电话跑来："师父，郑队召我们赶紧归队！"

梁屹的脸色一变，他低声骂了一句："奈奈，我……"

许奈奈朝他点头："你去吧，这里有我。"

梁屹不复之前的吊儿郎当模样，一边往外跑，一边拿起手机："郑队，是，我马上到！"

病房外剩下许奈奈、林汀云和朱颖。

透过门上的玻璃窗，他们看见周子珩安静地坐在病床上，身上的衣服已经换成了病号服。

移植的前五天，供者需要连续打动员针调动体内细胞，这种针打下去后供者的身体会持续发热，并伴随着腰酸背痛及其他副作用。

他刚抽了血，打过一针动员针，此时脸色有点儿发白。

"要进去看看吗？"林汀云打破平静。

许奈奈摇摇头："不打扰他了。"

林汀云身上还穿着染血的白衬衫，许奈奈心里有些过意不去："你先回去吧。"

"我送你。"

许奈奈张了张嘴："我先……"

"小许，你们都辛苦一天了，这儿我看着就行，没事的。"朱颖笑着压低声音，"这医院我可比你熟多了！"

晨晨在移植仓，朱颖只能在外面干等。

许奈奈想了想，点点头："辛苦朱姐了，我明天再来。"

凌晨的大街上人很少，不夜城的霓虹灯还在闪烁。

林汀云的车开得很慢，许奈奈抱着包望着窗外。

白日的兵荒马乱逐渐平息，那个没有名分的拥抱此刻不约而同地出现在二人的脑海，可他们又默契地没有提及。

"在想什么？"林汀云的手随意地搭在方向盘上。

许奈奈轻声说："我在想，还好晨晨的哥哥已经成年了，如果他是小孩儿，也不知道脐带血会不会留下来。"

林汀云目不斜视："只要骨髓匹配度高，未成年人也可以捐献。"

许奈奈垂眸："理论上是这样，但孩子太小总觉得有点儿残酷。"

"如果能救人，他应该也会愿意的。"

"所以还好周子珩已经十八岁了。"许奈奈还是有点儿担忧，"只不过动员针连续打这么多天，也不知道他会不会很难受。"

林汀云安慰说："你放心，都在人体可承受的范围内。"

"我知道。"许奈奈笑了笑，她研究白血病治疗药物这么多年，理论上的东西没什么不了解的，"但他还是会难受哇。"

林汀云的呼吸微顿，许奈奈说这话的声音很轻，如同一根轻飘飘的羽毛扫过他的耳膜直抵心尖。

车停在许奈奈家的小区门口，她解开安全带，准备下车前，看到林汀云白衬衫上的血迹十分刺眼，难以想象他这样的人居然穿着这样的衣服跟她奔波了一天。

车上导航仪上的时间跳到凌晨两点三十分，许奈奈知道他是一个人住的。她想到他替自己挡的那一棍子，几番犹豫："那个……"

林汀云同样看到了时间，又望向窗外漆黑的小路："不敢上去？"

她小心翼翼的模样实在可爱，只不过贸然提出送她上楼有些冒犯。

林汀云伸手打开远光灯。

"不是。"许奈奈赶紧否认，咽了口唾沫后终于开口，"你后背的伤怎么样了？"

林汀云侧眸。

"我的意思是你现在还疼吗？"许奈奈语无伦次，耳根泛红，"也不是，就是我家里有些药，你要不要跟我上去，我帮你处理一下。"

许奈奈的声音越来越低，周围静得只能听到凤凰树上的蝉鸣。

砰！忽然，一朵凤凰花落到车窗上。

许奈奈的眼睫一颤，她刚好对上林汀云深邃的目光。

"奈奈，"林汀云的喉结上下滑动，嗓音沙哑，带着几分轻佻，"你在邀请我吗？"

这实在是过于暧昧的语气，可又是那么正常的一句话。

许奈奈别开眼，忽然忘了刚刚为什么要问。

林汀云凝望着她小巧通红的耳垂，几根不安分的发丝轻轻地落在她的肩膀上，她在紧张。

林汀云的眸光闪动，他低笑说："不用麻烦了。"

"怎么叫麻烦？"许奈奈终于想起自己询问的初衷，她很是懊恼地说，"你就一个人在家，也没人可以帮你上药，刚刚在医院时忘了让医生帮你看一下的。"

明明人家是因为她受伤，可忙到后来她却将这件事忘得一干二净。

许奈奈越想越觉得过意不去，下车走过去打开驾驶座的车门："不行，你跟我上去处理一下。"

车门被突然打开，夜风又吹落了一地细碎的凤凰花瓣。

许奈奈穿着碎花裙，长长的黑发编成鱼骨辫，斜挎着托特包。

"不涂药的话过几天会越来越疼的，"许奈奈义正词严地说，"你相信我，我的技术很好的。"

林汀云没想到她还有这么执拗的一面。

老式小区的楼道简陋，楼梯间大都堆积着各家的杂物。许奈奈打着手电筒在前面带路，之前她没觉得楼梯间狭小，可现在林汀云跟在身后，她顿时感觉这里十分逼仄。

好不容易爬上三楼，许奈奈一边摸钥匙，一边随口问："你有多高？"

"一米八五。"

许奈奈的手一顿："那你注意额头。"

林汀云有些不解，这时，屋门打开，带起一阵风，头顶的风铃前后摇摆，他下意识地抬手抓住。

许奈奈忍不住笑了，她弯腰从鞋柜里拿出一双新拆封的拖鞋："你将就着穿一下吧。"

林汀云修长的手指将风铃拨到一边，叮叮咚咚的碰撞声在静谧的夜色中显得尤其清脆。他看着面前的男士拖鞋，目光扫视过她的房间。

她的家并不大，却很温馨。小巧的两居室，收拾得干干净净，窗台边养着一盆绿萝，阳台上挂着换洗衣物，鹅黄色的蕾丝内衣轻轻晃动。

林汀云移开视线，却蓦然看见阳台角落悬挂的男士 T 恤。

许奈奈没注意到林汀云的表情。她踩着拖鞋去厨房倒了杯白开水："给，你先坐会儿，我去拿药。"

林汀云的手里被塞进一个小瓷杯，许奈奈小跑进卧室，抱着一个小医药箱，然后踮着脚，用撑杆取下阳台的黑 T 恤。

"你家还有其他人吗？"林汀云貌似无意地问。

许奈奈随口回答："没有哇。"她把黑 T 恤叠好放到沙发上，弯腰取出棉签，"脱吧。"

林汀云忍不住看了她一眼。

许奈奈眨了眨眼睛，这才发觉自己刚刚脱口而出的两个字有多么轻佻。她后知后觉地红了脸，手指搓着棉签棒："咳，我的意思是你这件衬衫要不要先脱下来，我给你上完药后，你再换件干净的？"

林汀云的视线落到那件黑 T 恤上。

许奈奈注意到林汀云的视线，心想他这样的人估计会有点儿洁癖，平日穿的衣服基本是她这辈子都不会接触的品牌，现在让他穿自己的廉价拖鞋和 T 恤总归有些憋屈。

许奈奈尴尬地解释："独居女性在家里放点儿男性物品能少点儿困扰，你放心，拖鞋和 T 恤都是干净的，没有人穿过。"

"你遇到困扰了吗？"他突然问。

许奈奈一愣，摇摇头："现在没有。"

这个小区不比之前的教师公寓好到哪儿去，治安说不上差，但也算不上好，上个月还有男人尾随独身女性的事情被报道出来。

林汀云露出若有所思的表情，手指覆上染血的白衬衫领口。他一粒一粒地解开纽扣，头顶的白炽灯在他性感的锁骨处打下阴影，随着他手指的下移，健硕的胸肌与腹肌一寸寸暴露在空气中。

明明是再简单不过的动作，可他做起来却显得矜贵从容，好像每一分、每一秒都赋予了不一样的意味。

为什么这个男人脱件衣服都像在撩人？

忽然，林汀云狭长的眼尾轻轻抬起，许奈奈呆滞的眼睛猝不及防地撞进一汪深海。

她猛地侧开头，差点儿咬到自己的舌头："那个，你可……可以不脱完……"

什么叫不脱完？好像她一开始就想要他脱完一样！

许奈奈手里的棉签棒几乎快要被捏断。

忽然她的头顶传来林汀云很轻的一声低笑："嗯，知道了。"

许奈奈:"……"

她硬着头皮打开碘酒。

林汀云并没有完全脱下衣服,衬衫的尾端松松垮垮地搭在腰际。他用指尖点着太阳穴,好整以暇地看着许奈奈将棉签在碘酒里面搅了又搅。

许奈奈实在受不了他的视线:"你转过去。"

林汀云眉尾轻挑,乖乖地照做。

他的脊背上有一道青紫的印痕,肌肤有渗血的迹象,看起来触目惊心。

许奈奈小心翼翼地用棉签碰了碰他的伤处:"可能会有点儿疼,你忍一下。"

林汀云的视线通过玻璃窗的倒影凝望着许奈奈模糊的容颜。

冰凉的药水一点点刺激着他的神经末梢,他清晰地感受到棉签一寸寸地摩挲过他的脊背。

"咦?"许奈奈突然眯起眼,她似乎在一片青紫中看见针孔状的疤痕。

可正常人谁会在这个地方打针?更何况能留下疤痕的针孔实在少见,除非十分频繁。

她有些不解,凑近用手点了点:"疼吗?"

许奈奈如羽毛般的呼吸轻轻喷洒在林汀云的肌肤表面,她的指腹微凉,一刹那的触碰如同电流般传到四肢百骸。

林汀云蜷缩在身侧的手背紧攥出条条青筋,极力克制,才没让她察觉出不对劲儿。

他的嗓音喑哑:"不疼。"

许奈奈只当是自己眼花看错了,换了根新的棉签继续给他往下涂:"那就好。"

夜色沉寂如水,宛若打翻的墨汁厚重地弥漫天际。

窗外蝉鸣声声躁动,凌晨三点,万家灯火销声匿迹,仿佛唯剩这处狭小的一方天地遗留在世界之外。他们共处一室,白炽灯的光在这一刻变得旖旎而炙热。

"好了。"许奈奈扔掉最后一根棉签。

她抬头看到墙上的挂钟显示的时间,转过头问:"要不在次卧住一晚?"

怕引起误会，许奈奈赶紧补充："现在太晚了，你疲劳驾驶也不太好，回去估计天都快亮了，明天还要上班，我这儿刚好有空着的房间，而且上次我家失火的时候也多亏你收留我。"

林汀云听着她的话，垂眸看见她白皙的侧脸因焦急染上红晕。

"更何况……"

啪的一声，桌上的医药箱忽然掉在地上。

许奈奈大惊失色，刚准备捡起来，脚底一滑。她绝望地紧闭双眼，却没有脸着地，反而整个人跌进一个温暖的胸膛。

世界仿佛静止了。

良久，林汀云的胸膛振动着，低沉的声音带着笑意一下一下地传入她的耳膜。

"你的技术确实不错。"

许奈奈："……"

许奈奈几乎是手脚并用地从林汀云的怀里爬出来，林汀云看着她手忙脚乱地收拾东西，然后抱着小药箱跑进卧室，而他的胸口还有她的指甲不小心剐蹭出来的红痕。他垂眸，深幽的眼底波涛汹涌。

林汀云穿着衣服的时候，许奈奈只觉得他身材高挑，可未曾料到西装之下有着这样分明的肌肉线条。她突然就明白了万施月时常在她面前念叨的"穿衣显瘦，脱衣有肉"。

许奈奈盖着被子缩在床上，她纠结了半天，打开微信群。

许奈奈：有人在吗？

两人秒回信息。

万施月：我这儿大白天呢。

程可柠：在片场困死了。

程可柠当年转去盛越后并没有参加艺考，而是去学了导演，美其名曰以后于嘉礼的每一个剧本都要由她递上。

万施月：怎么？深夜寂寥？不应该呀，你们不是同居了吗？

许奈奈认真地写了一长段小作文，详细地解释了那次家里失火的前因后果，以及她与林汀云的合作关系。

万施月：哦，所以你们住两个房间？

许奈奈：？

紧接着程可柠往群里发了一个营销号链接，文章标题是"如何追同居对象"。

许奈奈：？？

许奈奈：**你也变了！**

许奈奈扔开手机，颓然地瘫在床上，完全忘了刚刚准备问她们什么。

咚咚咚，卧室的门被敲响，许奈奈一个激灵坐起来。

"来了！"她踩着拖鞋下床。

打开门，林汀云高大的身影在她的脸上投下一片黑影。

许奈奈的长发凌乱，黑白分明的眼睛里满是紧张。

好在林汀云套上了那件黑 T 恤，不至于让她再次直面冲击。

许奈奈吞吞吐吐地问："怎……怎么了？"

林汀云弯了一下嘴唇："你家的热水器怎么用？"

许奈奈恍然大悟："我帮你开。"

老式小区还没通天然气，热水器还接着厨房的液化气。

许奈奈帮他调好水温，突然想起来什么："你刚刚涂了药，还不能沾水。"

"后背不会沾水。"

"那你洗……"许奈奈猛地闭嘴。

浴室逼仄，水汽氤氲升腾，狭小的空间登时温度灼人。

啪！许奈奈一把关掉花洒，结巴着说："可……可以了，我先回房，你还有什么事再叫我。"

她完全不敢看他的眼睛，头快要埋到胸口，想从他的身边挤出去。

"奈奈。"林汀云忽然叫她。

许奈奈浑身一震，她缓缓地抬头，浴室的灯光在他高挺的鼻梁下投下剪影。她不可抑制地想起刚刚程可柠分享的文章标题。

林汀云的眼里映出她呆滞的神情，他低笑道："晚安。"

嗡的一声，许奈奈感觉自己的脸红到了脖子根。她移开眼，挤出浴室后顿了顿，背对着他，很轻地回了一句："晚安。"

周子珩与晨晨的骨髓匹配度很高，晨晨的手术很顺利。手术成功后，晨晨暂时不能出移植仓，纪霖说只要后续没有出现严重的排异反应即可，现在她已经脱离了最危险的时期。所有人的心终于缓缓落下。

"你现在感觉身体怎么样？"营养师送来了午餐，许奈奈坐在周子珩床边摸摸他的头，"今天不烧了。"

周子珩手术后像得了场重感冒，脸色差得厉害，即便医生说这是正常现象，朱颖和许奈奈还是很担心。直到林汀云请来专门的营养师，周子珩的身体才逐渐调养过来。

"我很好，感觉还能去打球。"

周子珩笑了笑，要比刚与他们接触时开朗许多。他到底只是个十八岁的男孩子，许奈奈心生怜爱。

周子珩不太好意思地摸了摸后脑勺："我什么时候可以看到妹妹？"

许奈奈轻笑着说："没有意外的话再过半个月她就可以出来了，她和你长得很像哦。"

周子珩的眼睛亮了几分："谢谢奈奈姐。"

从骨髓移植到后续调养，一切都顺利得不可思议。

许奈奈不知道林汀云到底用了什么办法摆平了周子珩的父母，也不知道他究竟是动用了怎样的人脉关系才能让晨晨在这么短的时间内做完移植手术，后来更是直接安排专业营养师来调理周子珩的身体。他似乎对骨髓移植的流程十分熟悉。

许奈奈和鑫瑞集团的合作项目进行到第二期尾声，也是最难的一个部分，她去实验室的次数变得多了起来。

然而生活总是不会一帆风顺，在一个寻常的清晨，实验室的 AFM（原子力显微镜）不翼而飞。许奈奈看着空荡荡的实验室，沉默很久。

江梦鱼小心翼翼地站在她的身后："昨天下午您不在的时候，有几个工程师过来搬走了，说是冯老师……"

"我知道。"许奈奈的声音平静。

有了上次气相色谱仪被卖给楼下课题组的经历，她就知道鑫瑞送来的其他仪器也会遇到同样的事情，毕竟一台仪器价值几百万。她只是没想到这一天来得这么快，他们的项目正到后期紧张的时候，现在没了这些仪器，无异于雪上加霜。

"许老师，我们现在手上有好几个样品都需要检测，化学院也有一台 AFM，但是最近临近开题，AFM 的预约已经排到了下个月，所以我……"江梦鱼停顿了一下。

许奈奈转头："你怎么了？"

江梦鱼揪着手指头，小声试探："我就把样品寄给我在首都读研的闺密让她帮我测，她叫岑栀，您还记得这个名字吗？"

许奈奈在记忆中将少女的脸与名字对应："是淮宜一中的？"

"嗯嗯！"江梦鱼惊喜得连连点头，手舞足蹈，"我们高考前您回学校宣讲，那时候……"

许奈奈想起来了。

2017 年 3 月份，她正在读研究生，当时接到高中班主任的邀请回了趟母校。

许奈奈惊讶地说："你也是淮宜一中的？"

江梦鱼的话戛然而止，她快哭了："呜呜呜……我就猜您不记得我，但您怎么真的不记得我呀！"

许奈奈："……"

许奈奈安慰地摸了摸她的脑袋："现在记得了，不错，知道资源利用。"

江梦鱼瞬间变脸，嘿嘿一笑："许老师，栀栀说了，这段时间她都有空，如果我们急的话，可以帮我们测。"

许奈奈想了想："那就麻烦她了，你也别私下寄，让她把费用的发票发过来，测一个样本按照标准收费就行，走课题组的账。"

"好的，许老师！"

江梦鱼快乐地小跑着离开，许奈奈的视线落回空荡荡的实验室，林汀云派人送来的几台仪器只剩下一台。

她气息翻涌，拿出手机给冯阳编辑了一条微信消息：如果你敢把剩下的仪器也卖掉，这个项目我不会再继续做下去了。

半个月后，医生宣布晨晨可以离开无菌仓，福利院的小朋友们都守在仓门口等她出来。

周子珩紧张地站在最后面，许奈奈给他递上一束向日葵。

周子珩一愣："奈奈姐？"

许奈奈浅笑："小姑娘喜欢向日葵。"

就在这时，仓门打开，病床由两名护士缓缓地推出来，饱受病痛折磨的晨晨在鬼门关走了一遭，仍然睁大眼睛努力地看着世界。

"晨晨出来了！"

"呜呜呜，晨晨你再不回来我们都无聊死啦！"

"我们还等着你一起去游乐园玩呢！"

小朋友们七嘴八舌地跟晨晨打招呼，周子珩局促得不敢上前。

许奈奈用胳膊肘抵了抵他："一起走？"

周子珩下定决心："嗯。"

许奈奈拨开人群，走到前面，晨晨的声音掩饰不住喜悦："奈奈姐姐！"

许奈奈怜爱地看着她，鼻子不由得发酸："我们晨晨真棒，大家都等着跟你一起去游乐园玩呢。"

晨晨没什么力气地点头。

周子珩鼓起勇气将向日葵递到她面前，晨晨瞪大眼睛。

他的个子很高，在一众小孩子面前显得鹤立鸡群。

"晨晨，你好。"或许是血脉相连，即便是第一次见面，周子珩的不安在看到晨晨的一瞬间消失殆尽，他弯下腰，温柔地抚摸她满是针孔的手臂，"我是你的新朋友。"

"哇，晨晨有新朋友啦！"

"我们都有新朋友了！"

"大哥哥，可以帮我写作业吗？"

"小胖，你怎么这样子，作业要自己写啦！"

朱颖和周立辉站在旁边偷偷抹眼泪，小孩子们围在床边欢声笑语。

许奈奈默默地退开，一转身，便看见站在不远处的林汀云。看样子，他应当来了很久。

她愣了愣："你怎么来了？"

林汀云朝她走来："听说晨晨今天出仓，过来看看。"

许奈奈点头，忽然说："一起吃个饭吧？"

林汀云垂眸："嗯？"

许奈奈微笑着说："就去你上次给我送饭的港式餐厅，怎么样？"

实际上，许奈奈很早之前就想请林汀云吃饭。

她对高档餐厅的认知完全来自万施月与程可柠。

她们三个人聚餐总是轮流请客，万施月请客时会按照自己的消费观去五星级餐厅，而轮到许奈奈时，她也不会打肿脸充胖子，明明是条件差异过大的闺密团，却意外地相处得十分融洽。

可面对林汀云时，她不可以毫无顾忌，不可能带着他去吃一家普通的湘菜馆，就像当初让他暂时穿黑 T 恤时会无地自容一样。

这家港式餐厅主打高档消费，地方不算很大，却极其奢华，餐厅主体建在水上，优雅的钢琴曲充满整个大厅。靠窗的卡座能望见五光十色的霓虹灯，华丽的水晶灯投下静谧温和的光晕。

两人选了靠窗的座位，林汀云表示自己不挑食，许奈奈随便点了几道招牌菜。

服务生送上水果、点心，以及一瓶红酒和白开水。

"你不能喝酒，我替你喝了？"许奈奈将红酒倒进高脚杯，轻轻地抿了一口。

红润的酒渍晕染在许奈奈饱满的红唇上，林汀云将视线移开，喝了口白开水压下心头莫名的躁动。

她将杯里的红酒一饮而尽："这些天多亏你，要不然晨晨可能真的就回天乏术了。"

许奈奈一边说着，一边又倒满一杯酒，继续敬他："谢谢你。"

她的手腕忽然被人按住，林汀云蹙眉："别喝了。"

许奈奈满不在乎地笑着："我的酒量很好的。"

她长长的睫毛低垂，掩盖住眼底的情绪。

服务生陆续上了菜。

许奈奈说："我不知道能怎么感谢你。"

林汀云的声音低沉："我不需要你的感谢。"

许奈奈捏紧高脚杯，忽然不敢再往下问。

林汀云的喉结上下滑动："奈奈，我……"

"哥哥，要买一枝玫瑰花吗？"一个抱着一篮子玫瑰花的小男孩儿仰着头站到他们桌边，"很便宜的，一枝只要十块钱！"

"喂，你这小孩儿怎么又来了？！"餐厅的服务生愤怒地驱赶。

小男孩儿见状连玫瑰花都来不及收，拔腿就准备跑。

"等等。"林汀云忽然出声，从怀中掏出几张红色钞票，"我全要了。"

小男孩儿欣喜地说："谢谢哥哥！"

短暂的插曲过后，一大束玫瑰花被递到许奈奈面前。

许奈奈垂眸望着玫瑰花，她的心脏怦怦直跳，过了好久才找到自己的声音："你买这么多花做什么？"

她没有接，他便一直维持着递花的姿势。

林汀云的目光灼灼，他捕捉到她脸上一闪而过的抗拒，轻声说："你不是也会买老爷爷卖不完的菜吗？"

许奈奈咬紧下唇，这怎么能一样？

暧昧氛围骤然滋生。

"我去趟洗手间。"扔下这句话，许奈奈逃跑一般地离开了卡座。

林汀云凝望着她仓皇逃走的背影，骨节分明的手指缓缓收拢。

洗手间里，许奈奈双手撑在水池边，脑子里反复回放着方才的对话。

她的心跳乱得厉害。

哗啦一声，她捧起一捧水淋到脸上，然后沉沉地吐了口浊气，又平复了一会儿心情才出去。

"服务生。"许奈奈检查了一下自己带的钱是否充足，叫住路过的服务员，"三十二桌先买下单。"

服务生拿出平板电脑："女士，您那桌已经被那位先生买过单了。"

许奈奈一怔："是吗？"

"是的，女士，请问还有什么可以帮您的吗？"

许奈奈呆呆地摇头："没有了，谢谢。"

服务生颔首："祝您用餐愉快。"

高档餐厅内仍然回响着悠扬的钢琴曲。

许奈奈握紧手机。

靠窗的卡座处，林汀云的背影清冷典雅，那是与生俱来的矜贵。

原来有些差距并不是时间可以抚平的。

那束玫瑰终究没有送出去，许奈奈没有理由收下，林汀云也没有理由坚持。

林汀云将玫瑰花摆在落地窗的吧台前，与那盆芦荟摆在一起，嫩绿与火红相互交映。

林汀云单手撑着沙发，极目远眺。

敏锐如他，怎么会感受不到她对自己的回避？

实验室只剩一台GPC（凝胶渗透色谱仪），许奈奈加班加点，想赶在冯阳对这台仪器下手前完成与鑫瑞集团的项目。

叮咚一声，电脑微信振动，备注"严教授"的对话框弹出。

许奈奈脱下橡胶手套坐到电脑前。

严教授：小许，最近过得怎么样？

熟悉的开场白，许奈奈几乎能想到严正华接下来的话。她叹了口气，刚打下几个字，对方便又发来了一条消息。

严教授：我有个老朋友在淮宜，他手下正缺人，不知你是否感兴趣？

严教授推送来一张名片，对方的名字是林居明。

许奈奈一愣，赶紧将刚刚打的字删掉。

林居明是国内最早从事核物理研究的一批科学家，只要是在学术界，哪怕不在同一个领域，对这个名字都不会陌生。

许奈奈深呼吸几口，冷静下来。

Nacia：严老师，您好，林院士一直从事核物理研究，我研究的方向似乎与他并不相符。

严教授：他刚在淮宜组建了新的研究团队，准备主攻白血病新型靶向药研究。我向他推荐了你，他对你很欣赏。

许奈奈的呼吸顿时凝滞，这句话无疑是对她巨大的肯定。

只不过一个研究了大半辈子核物理的老院士怎么会突然转变方向来研究新型白血病药物呢？不过纳米材料合成同样涉及物理领域，或许这就是原因吧。

许奈奈踌躇半晌，谨慎地打下一行字。

Nacia：感谢您的信任，我会认真考虑的，若有机会我会向林院士投递简历。

尽管只是一句漂亮的客套话，对面的老头儿显然很受用。

严教授：有任何困难都可以与我沟通。

Nacia：谢谢严老师。

打下最后一行字，许奈奈靠在椅背上，出神地望着天花板。

读书期间，严正华对她的帮助不可谓不多，可后来他们在学术上出现分歧，许奈奈不愿意做空壳科研，她更想让自己研究的东西从实验室走向临床，真正地用到病人身上。

可是能落地的科研项目实在太少了，她的愿望比孩童想登上月球还要天真，一种靶向药从构思到实验室阶段，再到通过三期临床测试，其中消耗的人力、物力、财力巨大，甚至到最后也很有可能是竹篮打水一场空。比起去开拓一个新的方向，大部分企业会选择修饰已有的药物来获得更多利润。

同样，大部分高校与研究院的工作人员因为评职称的压力也会去选择发表文章。一个课题发过一篇期刊便结束了它的价值，至于以后如何落地、如何实施都是待命题。

世界顶级期刊与实业产能严重不匹配，站在他们各自的角度来说这些都没错。

严正华也时常劝许奈奈，十篇正刊哪怕能落地一篇，都是科研界对世界的巨大贡献。

她怎么会不懂？可是落地的那一篇文章为什么就不能是她的文章？

她执拗地不肯妥协，所以她没有发表足够数量的文章，无法留校，也没办法参与职称评定。

许奈奈接受自己的选择带来的后果。

可她的老师却始终记得她，哪怕她曾经与他发生过争执。

Chapter 10
叶子无法与云并肩

8月，盛夏，鹭大的凤凰花盛开得正热闹，沿路的杜果树上结满了金黄的小杜果。

许奈奈顶着烈日从实验室里出来，惊飞了正在路边啄食小杜果的鸟雀。

今天是晨晨出院的日子，调养了两个月的晨晨各项指标终于恢复，后面只需要定期检查，不复发的话就再也不用化疗了。

许奈奈轻车熟路地来到医院住院部，晨晨正在朱颖的帮助下穿衣服。

这段时间周子珩天天在医院陪她，兄妹二人的感情突飞猛进。

"录取通知书到了？"

周子珩站在病房外等待，见到许奈奈有些脸红。他摸了摸后脑勺："嗯。"

许奈奈笑了笑："哪个大学？"

"鹭城大学医学院。"

许奈奈惊讶地说："学医呀？"

周子珩点点头，看了眼关着的病房门："想帮助更多像晨晨一样的孩子。"

周子珩的眉眼清秀，他在说这句话时眼里散着细碎的光。

许奈奈在心底轻叹，问："你这段时间跟你的父母沟通过吗？"

自周子珩执意捐献骨髓以来，林汀云做到了当时答应周子珩的话，没有让周子珩的父母来医院闹过一次。

可他们总归是周子珩的父母，所以在移植手术后，他回过一趟家。

提及此事，周子珩疲惫地说："不用管他们。"

许奈奈了然，家家有本难念的经，他不愿意多说，她自然也不会再问，只不过——

她抿了抿嘴唇："晨晨以后还是留在福利院吧。"

周子珩握紧拳头："实在是麻烦你们了。"顿了顿，他继续说，"晨晨不太适合在我家长大，我上大学后会做兼职，到时候她的生活费——"

"你是她的哥哥，不是她的父亲，"许奈奈打断他，微笑着说，"更何况晨晨是登记在册的孤儿，阳光福利院已经申请了新的国家基金，他们的生活费自然有人承担。"

这个年纪的少年总是满腔正义，疾恶如仇，突然知晓自己父母的弃婴行为对他而言无异于是毁灭性的打击，他将父母的错揽于自身，想要代替他们弥补偿还。

周子珩的瞳孔颤动："奈奈姐……"

"奈奈姐姐，小周哥哥。"

此时，病房门被打开，打扮好的晨晨穿着粉色的公主裙，新买的假发是栗色的小卷毛，此时有几缕散在晨晨的脸颊边，让她尽显娇憨。

为了不让晨晨小小年纪就有负担，他们并没有将她的身世告诉她。

周子珩熟练地弯腰将晨晨抱起，眼神温柔："晨晨要多吃点儿饭，太轻了。"

晨晨不愿意面对吃饭的问题，搂着哥哥的脖子看着许奈奈："奈奈姐姐，怎么没有看到小林哥哥呀？"

移植后的晨晨变得更加活泼，虽然还是很瘦，但看上去精神了很多。

"小林哥哥他……"自从那天过后，除了项目上的对接，许奈奈已经许久没有联系林汀云了，"他很忙呢。"

许奈奈随便找了个理由，晨晨的脸垮下来："还有十五天就是他的生日啦，小林哥哥答应过我要请我去吃蛋糕的，他是不是忘记了？"

许奈奈哑然，随即想到晨晨一个人待在移植仓的时候估计总想着这件事，心软了不少："小林哥哥怎么会忘记呢？他肯定是——"

"晨晨，过生日怎么能让寿星自己买蛋糕呢？"一直没说话的周子珩忽然开口，他的话是对晨晨说，眼睛却看着许奈奈，"小林哥哥对咱们这么好，应该由我们准备礼物，对不对？"

"对哦！"晨晨恍然大悟，"那我们一起给他过生日。奈奈姐姐，你到时候偷偷地叫小林哥哥来福利院，我们给他一个大大的惊喜，好不好？"

话音刚落，晨晨、周子珩、朱颖和周立辉几人期待地看过来。

许奈奈婉拒的话卡在喉咙口，她咽了口唾沫："行。"

鑫瑞大厦。

站在二十八楼总裁办公室的落地窗前能将整个鹭城收入眼底，林汀云单手插兜，看着鹭城大学的方向。

8 月的凤凰花开得正好，入目所见皆是一片火红。

"林总，时小姐来了。"

女人清脆的高跟鞋踩地的声音逐渐接近，大门被轻轻地合上。随着她的走近，空气中散开一股淡淡的玫瑰香。

"阿云，"女人穿着优雅得体的紫色连衣裙，拎着包站在他身后不远处，声音温和，"好久不见，你还好吗？"

林汀云没有回头，室内静默无声，女人却一点儿也不觉得尴尬。她早就习惯了他的沉默和冷淡，同样也清楚地知道，她在他的心里总归与旁人不一样。

"我刚从 M 国转机回来。你还记得吗，你十四岁的时候一个人跑去 F 城，我们迷路了很久……"她陷入回忆，自顾自地说，"那时候我们还在街上遇到了小偷，还好——"

林汀云转身，眼底的情绪淡漠。

女人的话戛然而止，她生了一双极为漂亮的眼睛，此时正近乎贪婪地凝望着他："阿云——"

"我没心思听你叙旧。"他冷漠地打断她的话。

她轻抿红唇："对不起。"

林汀云不想多待。

"阿云！"察觉到他要走，女人急切地上前几步，"回来吧，我们都很想你。"

8月中旬，鹭城又迎来新一轮的台风天气，乌云蔽日，狂风大作，沿街的广告牌被吹得七零八落，窗外树梢哗啦作响。

许奈奈正在办公室里整理数据，手机响了，她瞥了一眼手机，备注是"姑妈"。

许奈奈戴上耳机，按下接听键："喂，姑妈。"

许慧玲担忧的声音从耳机里传出来："奈奈，在上班吗？我看你们那儿又是台风天气，你要小心，少出门，昨天我还看到朋友圈里有人在台风天出门被广告牌砸中……"

当年许奈奈因为那件不光彩的事搬出杜家后，许慧玲对她感到非常愧疚，后来她读大学的时候许慧玲总会给她买新衣服，或者带家里做的辣椒酱等。

许奈奈自幼父母离异，母亲因为她是女儿放弃抚养权，在某种程度上许慧玲相当于她的母亲。

她好笑地听许慧玲唠叨半天，然后安慰道："姑妈，我没事的，鹭城的天气我已经习惯了，台风已经快过去了，你别担心。"

许慧玲还是不太放心地多嘱咐了几句，然后话锋一转，提到单身男女都逃不过的话题："奈奈，你这么多年在外面工作，有没有交男朋友哇？"

许奈奈滑动鼠标的手稍微一顿："没有。"

许慧玲继续唠叨："姑妈知道你是个上进的好孩子，但你这个年纪确实应该考虑一下自己的终身大事，你以后还准备留在鹭城吗？"

许奈奈看着桌面上还没有投出去的简历，轻声说："不一定留在鹭城。"

许慧玲松了口气："在外面也不是不好，我就是担心你万一远嫁，在婆家受了委屈怎么办？姑妈认识的几个阿姨的儿子都还不错，学历高，家世也不算高攀，你千万不要跟姑妈一样，找个比自己条件好太多的……"

这大概是许慧玲最常跟许奈奈说的一句话，每当谈及婚姻大事，别的家长都巴不得女儿钓个金龟婿，许慧玲却常常劝许奈奈不要高攀。

许奈奈当然明白，许慧玲在杜家过的什么日子，她心知肚明。

"我知道的，姑妈。"许奈奈无奈地说，"我还单身，结婚早着呢。"

"这怎么能早？"许慧玲急了，"你今年就要满二十八岁了！我跟你说，你要是有时间回来，我帮你约几个人相看相看，你也不能天天搞科研把人搞傻了。"

许奈奈："……"

许奈奈不敢再继续这个话题，随口敷衍着应了几声"下次一定"，才终于把许慧玲应付过去。

窗外狂风渐息，大雨不知何时停歇。

许奈奈收拾东西下班，可刚走到校门口一束远光灯就打了过来。她短暂失明了一瞬间，银灰色的跑车已经停到了她的跟前。

远光灯调成近光灯，砰的一声，车门打开又被关上，穿着黑衬衫的男人走下车："许老师，你好。"

许奈奈眯起眼打量来人，男人五官俊朗，此时他正紧紧地抿着嘴唇，眼眸里蕴含着狠戾，眼底布满红血丝，敞开的黑衬衫露出锁骨上纯黑的 Q 形文身。他无论从穿着打扮还是自身气质，都非常人可及。

许奈奈确信自己从没见过此人："你是？"

"我叫纪盛。"男人递过来一张名片，目光死死地盯着许奈奈的表情，"请问你知道阮茜在哪儿吗？"

原来是阮茜的前男友。

许奈奈看了眼名片，确定自己的判断没错，是个世家豪门的公子哥："她已经毕业了，具体去向我也——"

"你不是她的老师吗？为什么会不知道她去了哪儿？"纪盛咬紧后槽牙，察觉到自己失态，"抱歉，我……"

"我是她的老师，但她的去向属于她的个人隐私，我无权探听。"许奈奈冷静地说。

纪盛将手指烦躁地插进头发，大口呼吸，然后小心翼翼地问："那她走之前有跟你说过什么吗？"

许奈奈无意参与别人的感情纠葛，正准备说没有，不知为何突然想到阮茜。

"以前我年少无知，总觉得所谓的门当户对不过是世俗的枷锁，只要两个人足够相爱，所有的困难都会迎刃而解，可现实却告诉我，门第悬殊才是那道永远无法跨越的天堑。他不可能和我结婚的，最后他选择的一定是同样家庭背景的女孩儿，而我只不过是他年少轻狂时的一段风流韵事……

"许老师，有时候我总在想，如果没有遇见他就好了。"

许奈奈敛目："她说自己以后不会再回鸢城了。"

话音一落，纪盛仿佛在一瞬间泄气。他颓然地撑着引擎盖，手背青筋暴起，隐忍地低声说："谢谢。"

许奈奈绕过他径直离开，砰！身后传来拳头砸上引擎盖的声音。

与此同时，许奈奈的手机振动起来，屏幕上方弹出一条简历发送成功的通知。

给林汀云过生日这件事由晨晨主导，周子珩、朱颖、周立辉和福利院的小朋友筹备，而许奈奈唯一的任务就是把林汀云约来。

他们两个的微信对话框还停留在上一次的项目汇报上。

许奈奈犹豫了很久，终于发出消息。

Nacia：25号晚上有空吗？

对方秒回信息。

FY：怎么了？

他回复得太迅速，她甚至都还没有组织好下一段话，那群孩子非要准备惊喜，她又不能直说原因。

许奈奈苦恼地撑着头，想了半天才想出一个蹩脚的理由。

Nacia：晨晨刚出院不久，最近身体的状态不错，福利院想给她办个欢迎会，你有时间过来吗？

FY：可以。

许奈奈盯着屏幕眨了眨眼，她没想到这么随便的理由他都能答应得那么快，总裁都这么闲的吗？

25号那天是周四，许奈奈请了一天假，起了个大早去福利院，院子里全是孩子们吹的气球。

"奈奈姐姐！"晨晨穿着粉色的吊带裙，戴着公主发型的假发。

晨晨跑过来，把自己的假发翘起一角："你看，我长头发啦！"

只见晨晨光秃秃的脑袋上长了一层黑黑的小绒毛。

许奈奈忍俊不禁，给她把发套戴好："以后晨晨的头发一定会长得跟假发一样长的。"

晨晨嘻嘻一笑，福利院的其他孩子也跑过来，七嘴八舌地汇报进度。

"奈奈姐姐，今天小梁哥哥过来吗？"忽然有人问。

"他好像又出任务去了吧。"许奈奈想了想，她似乎有一段时间没有听到梁屹的消息了，就连晨晨出院时他也没过来。

梁屹的工作特殊，几个月不见人影是常事，小朋友们虽然有些失落，但更多的还是兴奋。

"我长大以后也要当跟小梁哥哥一样厉害的警察！"

"可是警察都是有腿的呀。"

"啊，这可怎么办呀？"

"你把假肢穿上，下次我们玩游戏的时候你当警察不就好啦！"

"好！"

院子里的气球被悬挂在各个角落，墙壁上的黑板上用粉笔写着"祝小林哥哥生日快乐"，黑板的空白处还有许多奇形怪状的图案，大都是小朋友们的涂鸦。

许奈奈帮朱颖准备了晚餐，朱颖夫妇总害怕招待不周，连食材都是起早去市场买的。

傍晚，小院子热热闹闹地点起灯，主角还没来，周子珩抱出一把吉他。

"奈奈姐，会弹吉他吗？"

许奈奈坐在院子的秋千上发呆，闻言转头，一群人正双眼放光地看着自己。

周子珩不好意思地摸后脑勺："我初学，还不会弹一首完整的歌。"

读高中时，周子珩一直想要一把吉他，后来他去做了两个月的暑假工，这才攒钱买了一把吉他。

许奈奈犹疑地说："我也不太会。"

"没事，奈奈姐，你弹什么都行！"

"对呀，对呀！"

许奈奈读大学的时候，身边人才辈出，A大的学生都不是死读书的书呆子，除了专业能力极强，课外活动也丰富多彩。

那时候的许奈奈因为林汀云的原因十分喜欢五月天，便自学过一段时间的吉他，五月天的经典曲目都会弹。

"你们知道五月天吗？"她问。

小朋友们面面相觑，周子珩惊喜地说："奈奈姐也喜欢他们吗？"

看来周子珩也是五月天的粉丝。

盛夏的夜晚蝉鸣不断，静谧的郊区唯独这片院落热闹非凡。

许奈奈抬头仰望，日落西山，东方玄月高悬，启明星冉冉升起。

天台、微风与少年，她想起十一年前的那个夏至日。

"给你们弹一首《盛夏光年》怎么样？"

"好耶！"

小朋友们纷纷欢呼，周子珩把晨晨抱到腿上，大家将许奈奈围在中间。

许奈奈抱好吉他，试了下音。

悠扬的旋律在她白嫩细长的指尖流转，奏起尘封在心底的回忆。

我骄傲的破坏，我痛恨的平凡，

才想起那些是我最爱，

让盛夏去贪玩，把残酷的未来，狂放到光年外。

…………

音乐的节奏加快，清透的女声随着音调层层上扬。

长大难道是人必经的溃烂，

放弃规则，放纵去爱，

放肆自己，放空未来，

我不转弯，我不转弯

…………

林汀云关上车门，却没有再往前走。他的视线越过重重人群，落在最中心的许奈奈身上。

她今天穿了一件水蓝色的荷叶边长裙，及腰的长发搭配嫩绿色的发带编成鱼骨辫温柔地垂在胸口。

在许多人眼中，许奈奈一直都是温婉柔和的，很少有人将她与这样快节奏的音乐联想在一起。可她唱出来的感觉又与原唱完全不同，她的声音清脆，弹唱时给人的感觉，更像是释然。

不知为何，他忽然回忆起高中时候，眼前知性淡雅的女人与穿着校服剪成齐肩短发的瘦弱少女缓缓重叠在一起。

那年的盛夏落日辉煌，启明星高悬，晚风轻拂而过。

他逃离枯燥乏味的晚自习来到天台，却看见少女站在天台上。她轻飘飘的，好像被风一吹就要往下坠落。

"奈奈姐姐好厉害！"

"这首歌很难的，奈奈姐竟然弹得这么好！"

"奈奈姐姐为什么喜欢这首歌呀？"

林汀云见许奈奈将碎发拨到耳后，水蓝色的裙摆随风摆动，她笑得很温柔："因为我曾经喜欢的人很喜欢这首歌。"

"奈奈姐姐有喜欢的人吗？"

"那他现在在哪里呀？"

…………

小孩子们七嘴八舌地询问，忽然有人高喊一声："小林哥哥！"

许奈奈微微一愣，缓缓抬眸与林汀云幽暗深邃的眼神汇聚在半空之中。

砰！砰！砰！好几个礼花筒一起释放，无数彩带猛地蹿上夜空，随后自上而下，仿佛坠落的繁星。

小朋友们挥舞着手上的礼花筒，晨晨被周子珩驾到脖子上喊得最大声："三、二、一！祝小林哥哥生日快乐！"

林汀云的瞳孔微缩。

周遭欢呼雀跃，漫天的彩带如同巨大的幕布旖旎绚烂，还没装修完的墙面上画着五彩斑斓的涂鸦，院落的中心摆着一个三层蛋糕。

悠扬的吉他声在鼎沸的欢快声中浅浅流转，为众人的合唱伴奏。

"祝你生日快乐，祝你生日快乐……"

闪闪发光的碎片落在许奈奈的睫毛上，她从凳子上站起来，细嫩的手指流畅地弹奏。

明明只是一首简单的《生日颂》，林汀云却感觉心弦与琴弦融为一体。

她那双眼睛如同一汪湖水，白皙的手指拨动琴弦，涟漪荡漾，吉他琴腔震颤，带动他肺腑微微共鸣。

"小林哥哥许愿，吹蜡烛！"晨晨清脆的声音唤回他的思绪。

林汀云被一群小朋友簇拥着来到蛋糕桌前，院子里的彩灯关上。

《生日颂》演奏到最后一段，他侧目望着许奈奈，黝黑的眸底闪烁着蜡烛的微光。很久很久之前，也曾有人为他弹过《生日颂》。

"阿云十岁生日快乐，可以许愿喽！"

"希望哥哥可以早日康复。"

"傻阿云，愿望说出来就不灵了。"

…………

忽然，林汀云的脸上一凉，一块蛋糕抹到他的侧脸。

"哈哈哈……小林哥哥生日快乐！"晨晨坐在周子珩的肩膀上，手指头上沾着奶油。

"晨晨。"周子珩的眉心一跳，他完全没注意到她什么时候沾的奶油。

跟在林汀云后面的于绍同样被吓得心惊胆战，却不是因为晨晨胆大妄为的行径。

自家老板有多厌恶与林家产生瓜葛，就有多厌恶过生日。

还记得之前刚成立鑫瑞分公司的时候，当时正在竞争总监的候选人为了讨好他，在会议结束后自作主张地请全公司的人喝下午茶，并订了蛋糕为林总庆生。一向对下属宽容的林总看到蛋糕后突然沉下脸，什么话也没说，径直离开，过了一段时间后，那位候选人便因为工作失职离开了鑫瑞。

虽然那位候选人后来确实被查出挪用公款的行为，但为何突然要查他，原因无人敢问，从那个时候开始，知晓内情的人都不敢再提林总的生日。

于绍咽了口唾沫，刚准备解围，却见林汀云抬手抹了一下脸上的奶油。

完了，完了，对方可是林总这几个月费心费神救助的小姑娘，应该不会……

"谢谢。"林汀云闭上眼睛，尝了一口指尖乳白色的奶油，"很甜。"

于绍的表情顿时有些失控。

晨晨笑得更开心了，她抓着小辫子："这可是奈奈姐姐做了一下午的成果哦！"

闻言，林汀云抬眼看向许奈奈。

许奈奈不确定林汀云有没有听到自己说的那句话，不过即便听到，也大概记不起来了吧。

她把吉他放到桌子上，与他对视，微笑着说："生日快乐。"

"哎哟，晨晨，寿星都没切蛋糕，你怎么就把蛋糕挖了那么大个洞！"朱颖心疼地大喊。

晨晨眨了眨眼："啊，这是小轩让我干的。"

小轩跳脚说："我没有，明明是小胖！"

小胖抓耳挠腮地说："什么呀，我才没有！就是晨晨自己干的！"

"才不是我！哎呀，小周哥哥快跑，快跑！"

被揪着头发的周子珩："……"

朱颖懒得去抓罪魁祸首，连忙招呼林汀云和于绍落座："我们这儿简陋，都是家常菜。"

于绍去后备厢拿出一大堆礼盒，大都是给晨晨的补品，朱颖夫妇受宠若惊，又是好一阵感谢。

气氛再度活跃起来，今日的主角是林汀云，他少不了被小朋友们拉着问东问西。许奈奈原本还担心他被自己"骗"来会不开心，现下看来他的耐心属实好得超乎她的想象。

微信弹出江梦鱼的消息，许奈奈瞥了一眼，立刻皱起眉头。

小胖拿来科学作业，他今天穿戴着假肢，乖巧地站到林汀云身边："小林哥哥，奈奈姐姐说你很厉害，那你可以教我什么是元素周期表吗？"

"元素周期表就是……"

小胖睁着小小的眼睛："那为什么氢的元素是 H 而不是 L 呢？"

林汀云的眉心忍不住跳了起来："因为门捷列夫。"

"为什么门捷列夫要这样取名而不是……"

…………

林汀云终于打发走了似懂非懂的小胖，刚刚抬头，便见人群后方的许奈奈悄然离场。

许奈奈给冯阳拨了好几个电话，对方才终于接通了。

"师妹……"

"你不用再叫我师妹了。"

她的声音十分平静，电话那头的冯阳忽然慌了神："师妹说的是什么话，哈哈哈……你是不是想问那台 GPC ？嘁，一看你就是太年轻，你一个女人肯定不知道什么叫资源最大化，我们现在……"

许奈奈漠然地听他狡辩，完全不想搭话。

不得不说，冯阳是个很精明的人，他巧妙地利用规则漏洞，完全符合流程地获得最大的利益。

许奈奈觉得疲惫，她不想和他再浪费一秒钟。

"师妹，你有在听我说话吗？师妹，师——"

她挂断电话，一转身，便看见林汀云站在走廊的另一端。她微微有些心惊，但确信这个距离以及蓝牙耳机的漏音程度，他应该听不见自己和冯阳的对话。而且他应该也有意在回避听她打电话。

"晨晨恢复得不错。"见她收起耳机，林汀云单手插兜，走到她旁边。

许奈奈轻轻"嗯"了一声："还是多谢你在这段时间对她的帮助。"

林汀云不喜欢她生硬客套的答谢，他眼眸深沉，喉结滚动："今晚……"

"你不记得和晨晨的约定了吗？"许奈奈故作轻松地打散二人之间旖旎的气氛，她微微仰头，微微勾唇，"她说要给你过生日呢。"

林汀云低声说："谢谢，我很惊喜。"

许奈奈避开他灼热的目光："你喜欢就好，你不知道晨晨他们准备了多久，我只需要负责把你'骗'过来，开始还担心你没时间，没想到你还挺好约。"

"如果是你约，我随时都有时间。"林汀云轻声说。

许奈奈垂在身侧的手指收拢，不敢继续接话："你知道每年这个季节鹭城的海边会有'蓝眼泪'吗？超级漂亮，本来今天他们想把地点定在海边的，但慕名来观赏的游客实在太多了，所以……"

"你想去吗？"他忽然开口。

许奈奈耸着肩打趣："想去也没办法呀，现在都是等着看'蓝眼泪'的游客，过去看人头吗？"

林汀云看看她："你想去就可以。"

许奈奈终于忍不住抬头，对上他炙热而认真的视线。

月光缥缈，院子里隐隐传来孩子们的欢声笑语。他们相对而立，暧昧的氛围再次在二人之间浮动。

许奈奈垂在身侧的手指一紧再紧，她勉强扯动唇角："可我不想看人头。"

林汀云看了眼腕表："你相信我吗？"

许奈奈怔怔地陷入他深邃无底的黑色瞳孔，喃喃着说："相信又……"怎么样？

手腕蓦地被抓住，许奈奈被他拉着走。

林汀云拨了通电话，他的嗓音低沉性感，讲的似乎是法语，她完全听不懂。

许奈奈的大脑一片空白，再回神时人已经坐上了他的副驾驶座。她猛地坐直，院内大家玩得正开心，丝毫没有发现主角已经偷偷离开。

"你——"

引擎启动，林汀云单手打了圈方向盘，轰隆一声，汽车驶离福利院。

窗外的景色迅速后退。院子里的人听到声音才察觉不对，跑出来张望。

忽明忽暗的光影在男人棱角分明的脸上流转，不知为何，许奈奈在这一刻有一种离经叛道的荒谬感。

乡村小路没有限速，林汀云将油门踩到底。

许奈奈揪紧安全带："你要带我去哪儿？"

"不用看人头的地方。"

"……"

豪车奢靡的顶级配置在难行的乡野之路上发挥出了它极大的作用，二人一路畅通无阻，毫无颠簸，林汀云将车开到一处荒废的旷野。

咔嚓一声，车门解锁。

许奈奈不明所以地跟着下车，入眼所见是被夷为平地还没来得及开发的荒芜之地。

这里的确不用看人头，但也没有海呀！

忽然，遥远的天际传来巨大的噪声。嗡鸣声越来越近，黄土被大风吹起。

许奈奈下意识地抬头，瞳孔倏然放大。

天上竟然飞来一架直升机。

漫天黄沙是他恣意背影的幕布，猎猎劲风灌满他敞开的外套。

林汀云站在盘旋落地的直升机前朝她伸手："过来。"

许奈奈愣愣地抬起手，林汀云粗粝的指腹贴上她细腻的腕骨。

轰隆隆，直升机再次上升，很快消失在苍茫无垠的夜空中。

一切发生得太快，地面除去被吹散的尘土，再也找不到它曾来过的痕迹。

许奈奈感觉自己跟做梦一样，林汀云给她戴上降噪耳机，她俯瞰着小如蝼蚁的高楼大厦。

直升机飞越浩瀚的大海，几经辗转，最终停到一处无人的小岛上。

海风湿热，带着微咸的气息，浪花哗啦啦地拍打着礁石。

许奈奈眯着眼被林汀云扶着走下直升机，一睁眼，猝不及防地呆住。

遥远的海岸线与辽阔无垠的夜空接壤，亮闪闪的星斗镶嵌在夜幕上，满天繁星仿佛坠入大海，每一片浪花都散发着璀璨的荧光。

直升机不知何时离开，许奈奈维持着被震撼的姿势，水蓝色的裙摆迎着夜风翻卷。

夜里的海风微凉，她忍不住打了个寒战。下一刻，被披上一件带有体温的外套。林汀云站到她的身边，海岸的荧光蓝与壮阔的星河成为他们并肩而立的背景。

他的眼里只有她："这个小岛还没开发，每年都有'蓝眼泪'。"

他的语气平淡，好似随口说了句"今天天气真好"。

许奈奈的眸光微闪，她缓缓地走到海岸边。

"蓝眼泪"由海水中的荧光藻形成，并非所有海域都有。鹭城的海域大都开发完全，能看到"蓝眼泪"的地方寥寥无几。

"这是'海萤'。"许奈奈弯腰捧起一捧海水，荧光蓝如流沙般从她的指尖流逝。

"蓝眼泪"是由于气温升高藻类活跃产生的，当气温达到二十五摄氏度以上，则会出现更加难得的"海萤蓝"。

海萤离开海水后生命只有短短的十秒，仿佛昙花一现，给大自然留下极致的璀璨，瑰丽又短暂。

林汀云静静地看着她掬起海水，心脏的振动在这一刻达到峰值。

经过这段时间的相处，他不是没有感受到二人之间微妙的情愫，他懂得成年人的默契，也绝对不会做她不愿意的事。

他自认遇事果决，任何事他若无百分之百的胜算，绝不会莽撞行事，可他从未料到某一天自己的理智会在日渐澎湃的情愫面前落败。

是暴风雨夜里哄睡女童的低声耳语？

是空荡冷清的家里剩下的芦荟味酸奶？

是谈及专业时她眼里藏不住的光芒？

是医院走廊上难忍悲伤的哽咽？

还是那首触动人心的《盛夏光年》？

他说不清从哪一刻开始，无法自拔地因为她蓬勃的生命力沦陷。

林汀云的喉结滚动，他低声唤她："奈奈。"

许奈奈站起来。

她的肩上还披着他的外套，掌心残余海萤的荧光，鬓边碎发随着海风浅浅浮动。

林汀云收紧掌心："我——"

"林汀云。"许奈奈突兀地打断他。

她隐藏起落寞而复杂的情绪，不敢再听她无法给出答案的问题，或许再也不会有今天这样的机会了吧？

"有件事可能要告诉你一声。"许奈奈回眸，很轻的声音随风飘散，"我曾经喜欢过你。"

中华文化博大精深之处便在于，一句话只需要增添一个词或者一个字，所传达的意思就是天差地别。

林汀云不确定自己是否真的听清那句散落在风里的话。

可他又肯定她真切地说了一句"曾经"。

许奈奈巧妙地抢占先机："不知道你还记不记得，高三分班考试之后我没考好，去天台散心，结果走到了最边上，要不是你拉我一把，我可能就掉下去了，发现你也喜欢五月天我还很惊讶，再加上你长得那么好看，在意你也不过分吧？"

她深吸一口气："其实也不仅是我，那时候应该没有人不关注你，哦，对，还有明炽，毕竟你们一个是年级第一，一个是校草，最吸引青春期的小姑娘们了。"

她是如此轻描淡写地与他说起过往。

林汀云的瞳孔颤动："那现在呢？"

"现在？"许奈奈靠在礁石上，任由大风吹散她的长发，"其实年少的喜欢大都很浅薄，进了大学和社会，体验过更加丰富多彩的人生后，应该没多少人还记得有那样一段经历吧。"

她仰头看他，眉眼间蕴含着松快的笑意："算起来我们已经高中毕业十年了吧，其实还能见到你我挺意外的，那天都差点儿没认出来。"

原来如此，难怪重逢那天他在她的眼里看见了讶异，难怪她一次又一次理智地拒绝与他的合作，难怪……

"要上去坐坐吗？"许奈奈扶着一块巨大的礁石，想要往上爬。

林汀云下意识地帮她护住被海风吹起的裙摆，见她坐稳，他单手支撑，长腿一跃，来到她的身边。

"谢谢你今晚带我来看'蓝眼泪'。"

缥缈的月光笼罩着许奈奈姣好的容颜，那双黑白分明的眼睛里倒映着荧光蓝。

林汀云的话被堵在喉咙中，嗓音发涩："举手之劳，你喜欢就好。"

他的举手之劳于她而言是永远无法跨越的鸿沟。

许奈奈忽然很讨厌自己这么清醒，她双手环膝："还没问你毕业后去哪儿读书了呢？"

"S大。"

"读商科吗？"

林汀云敛目，遮掩住眼底翻涌的复杂情绪："嗯。"

"国外的生活习惯是不是和国内很不一样？"

"都是一日三餐。"

"那岂不是顿顿都要吃汉堡，啊，没有辣椒我会疯掉的。"

"也有中餐厅。"

"那里的中餐哪里有国内的正宗。"许奈奈枕着小臂，脸颊被挤出一坨软肉，望着他，"是不是？"

林汀云侧眸："是。"顿了顿，他补充道，"我也挺喜欢吃辣的。"

"真的吗？"许奈奈茫然地眨眨眼，"我还以为……"

林汀云低笑："我的祖籍也在临江省。"

浪花席卷，海风呼啸，绚烂壮观的荧光蓝海浪一浪紧接着一浪地拍打着他们身下的礁石。

不知道话题从何时开始转变，他们仿佛真正的老朋友一样有一搭没一搭地询问彼此过往的岁月。

"那你呢？"林汀云的腿一屈一伸，手肘搭着膝盖，海风吹动他额前的碎发，"A大本硕博连读的天才可不多见，怎么不留在那里？"

他的外套对她来说有些肥大，她小小地缩成一团，除了长长的水蓝色裙摆，几乎看不见四肢。

"我也挺好的，反正做科研不就那样，总会遇到各种问题，有人的地方就有矛盾，我太固执，可能在这个领域算死不悔改？"许奈奈说着，竟然逗笑了自己。

林汀云凝望着她，认真地说："奈奈，这世间很多事情都没有办法评判对错。"

许奈奈愣怔片刻，睫毛扑扇着："你说得对。"她缓缓地抬头，与他对视，微笑着说，"那我们就做我们认为对的事情。"

我们就做我们认为对的事情。

许奈奈的瞳孔被染成琉璃色，散发着光晕。

林汀云垂眸："奈奈，我可以抱你一下吗？"

许奈奈一愣，藏在外套里的手掌倏然收紧，她强迫自己移开视线："看，太阳出来了。"

荧光蓝的海面被璀璨的晨光代替，天边泛起鱼肚白，大海浩荡无边，太阳从遥远的海岸线乍破天光。

一缕金黄的光束在空气浮动，因为丁达尔效应，阳光穿越绵延的云层。

"没想到我们竟然在这儿坐了一整晚。"

林汀云的气息将她笼罩，许奈奈被迫仰头，猛地瞪大双眼。

林汀云隔着自己的外套将她完全抱在怀中，他这才惊讶地发觉她究竟有多么瘦弱。

海风拂面，成群的海鸥从天边结伴飞来，不远处有渔民乘着渔船在波光粼粼的海面上撒下渔网，海天交界处，偶尔有几条鱼跃出水面。

扑通扑通，许奈奈分不清是鱼坠落水中，还是心跳的声音。

他们谁都没有先开口，那句未曾说出的话，二人也默契地再也没有提及。

许奈奈的眼眶酸涩得厉害，她努力地睁大眼睛，驱散雾气。

曾经，她因为他的光芒追随了许多年；现在，却也因为他的光芒退缩。

成年人的世界终究要比少年时的复杂，她可以和万施月与程可柠轮流请客买单，可生活不一样，她讨厌亏欠，更害怕巨大的差距带来的窒息和压抑。

地面的叶子永远无法和天上的云并肩，哪怕它们曾在高空短暂地相遇，这短暂的接触脆弱到连阵风都抵抗不住。

他们已经不再是可以冲动的年纪，没有时间去经营一段注定没有未来的感情。

"林汀云，"她在他的耳畔轻声叫他，半开玩笑地说，"你还会带我回去吗？"

即便我没有给出你想要的答案，即便这场你眼中的举手之劳成为白费心力。

林汀云隐忍地收拢掌心，下颔抵着她的发顶，声音沙哑地说："会。"

岛屿上浪漫旖旎的"蓝眼泪"像一场瑰丽易碎的梦，以至于后来过了很久再想起，许奈奈仍然觉得不太真实。

那天之后，他们没有再见面。

许奈奈按部就班地做着项目，与冯阳周旋着，争取让仪器能在实验室多待几天。

9月初，许奈奈投递的简历得到回信，竟然是林院士亲自回复的，希望与她一对一地线上面试。

许奈奈好好地整理了一下自己才敢点开视频，她紧张地双手交握，电脑屏幕上方出现一位头发花白的老者："林院士，您好。"

林居明笑容和善，完全没有一位德高望重的老院士的严肃感："许博士，你好，老严经常跟我提及你。"

许奈奈谨慎地点头，一五一十地将自己的简历陈述了一遍。

严正华与林居明算是同门师兄弟，学术根源不分家，后来林居明主修核物理方向，严正华则选择了纳米材料，并在后来跨界联合生物学。

林居明的眼尾笑出褶皱，看上去很亲切："目前我们研究院大都是跨专业研究员，我打算这个月底送他们去 S 大进修两个月，如果你愿意加入我们，我希望你可以做领队。"

S 大的生物医学属于世界顶尖水平。

许奈奈一愣："我的资质怎么够？"

林居明笑着打破她的疑虑："我虽然名义上是个院士，实则在白血病领域不如你，你不必妄自菲薄。"

许奈奈简直受宠若惊，后来二人又简单地交流了一些专业相关的问题，林居明提出让她好好考虑，他会等她的答复。

许奈奈心里有些忐忑，不敢贸然应下，直到实验室最后一台设备被冯阳以各种理由送走，她才意识到这个地方她根本不愿意再待下去。

"师妹，你这是……"

编制内工程师的辞呈只需要上交学院，等冯阳知道这件事的时候许奈奈已经收拾好了东西。

"还记得我之前跟你说的吗？"许奈奈漠然地看着他，"如果你敢把剩下的仪器卖掉，这个项目我不会再继续做下去。"

冯阳终于慌了，奈何他能够左右送到他名下的价格高昂的仪器，却无法左右一个铁了心离开的在编工程师。

9 月中旬，许奈奈给了林居明明确的答复，她希望自己能做副领队，领队仍然由实验室原来的负责人担任。

林居明很欣赏她的谦虚、谨慎，遂爽快地答应，并给她提供了完整的日程表以及全部人员的信息。

许奈奈一一收下，去 S 大进修的时间定在月底，淮宜的研究员从淮宜国际机场直接飞往 M 国，而许奈奈则从鹭城出发与他们会合，剩下的时间她对手头的工作进行了详细的汇总与交接。

许奈奈要离开的那一天，江梦鱼与苏泽在校门口给她送行。

江梦鱼哭得上气不接下气："许老师，呜呜呜……我不想要你走，怎么办？等我毕业……毕业了，我要给你们研究院投简历！我还要跟您，呜呜呜……"

苏泽一边给江梦鱼顺气，一边也默默地红了眼眶："许老师，祝您一路顺风。"

许奈奈无奈地摸了摸江梦鱼的脑袋："你们也要好好做实验，争取顺利毕业。苏泽，多帮帮小鱼。"

苏泽轻轻点头，许奈奈又嘱咐了几句。

她最后看了一眼这个凤凰花盛开的大学，然后头也不回地搭上了前往机场的出租车。

鑫瑞大厦。

于绍拿着刚刚从鹭大发来的项目总结，鼓足勇气才敢敲开总裁办公室的大门。

"林总，刚刚许工将项目完整的指标整合文件发过来了。"

自从林总生日后，公司的气压降了好几度，全体员工战战兢兢，高层们开晨会如上刑一般。

他就说林总不爱过生日！

林汀云没有抬头："不是还有第三期？"

于绍顿时冷汗淋漓："许工说第三期的实验无法进行，已经将前面两期整合完成，并……"

林汀云的手指微微一顿："并什么？"

于绍眼一闭、心一横："并单方面结束了整个项目。"

咔！昂贵的钢笔笔尖倏然折弯，林汀云的手背鼓起青筋，他的黑眸眯起："什么意思？"

于绍硬着头皮说："刚刚鹭大传来消息，许工上周就递交了辞呈，今天好像就要飞……"

于绍只觉得眼前一晃，砰的一声，大门猛地关上，等他再回神时眼前已经没了人影。

暮色渐沉，跨海大桥蜿蜒壮阔，海浪随着潮汐涨落，黑色轿车疾驰在公路上。

林汀云死死地握着方向盘，拨出的电话永远显示忙音。

为什么？为什么这么突然？

他明明已经遵循她的意愿克制自己不去打扰她，她为什么还要走？

"对不起，您呼叫的用户……"

林汀云咬紧牙关，再次拨打她的电话，就在他以为会得到同样的结果时，另一头传来许奈奈的声音。

"喂?"

林汀云的眼尾泛红,喉咙堵塞:"你……"

"林总,贵公司的工作我已经交接完毕。"她的声音听起来那么温柔又那么残忍,"两篇专利文章我已经公开,剩下的两篇需要由你们着手发布,这些数据由我与我的研究生学生江梦鱼和苏泽完成,希望你们在公开专利时能够带上他们的名字。"

嘈杂的背景传来航班即将起飞的提示音。

"再见。"

刺啦——尖锐的刹车声刺耳,车子急停在路边。

林汀云扶着方向盘的手指泛白,耳麦里传来挂断电话的忙音,他额角的青筋直跳。

无论是项目还是她的学生,她都安排好了,她早就做好了离开的准备,她根本就没有——

林汀云颓废地松开手,整个人被孤独落寞笼罩,呢喃着发出颤抖的声音:"那我呢?"

"2022 年 5 月 27 日,气相色谱仪持有人变更为鹭城大学尚为钢教授;2022 年 6 月 8 日,原子力显微镜持有人变更为鹭城海洋物理研究所;2022 年 7 月 10 日……"

鹭城大学,纳米材料与生物医药国家工程实验室,副教授的办公室内气压极低。

冯阳坐在办公桌的主位,随着于绍继续往下念,他额角的冷汗越来越多。

沙发上,林汀云慢条斯理地卷着袖口,茶几上的茶水的热汽氤氲了他晦暗不明的瞳孔。

"林……林总,如果我没记错,刚刚于助理说的那些仪器都是贵公司与我们签署过赠予协议的吧。"冯阳咽了口唾沫。

分明这里是他的主场,可现在他却完全被压了一头。

于绍收起文件夹,公事公办地说:"冯副教授,总计三千五百万美元的四台仪器的确为我司赠予。"

三千五百万美元!冯阳被这个数字吓得眼冒金星。

当时鑫瑞收购丰悦并顺势接手这个半死不活的项目，对冯阳来说简直是天上掉馅饼，毕竟借着许奈奈的名头去签这个项目时，他只想拿到五十万元的启动资金就结束，哪里知道还有后续，甚至鑫瑞还送了他们那么多昂贵的仪器！

这些仪器都是鑫瑞从自己的研究基地直接转送来的，赠予合同上也没有写明价格，很明显就是看在许奈奈的面子上，随便走了一下流程，冯阳根本不知道这些仪器竟然这么值钱！

卖便宜了！冯阳的心里顿时十分懊恼。

"你看，于助理，你也说了是赠予不是？"冯阳虽然科研能力极差，却是个极为狡诈的"老油条"，他很快便抓住了重点。

冯阳为难地说："林总啊，您肯定没在高校里待过，我们这些做老师的也很难哪，能申请的基金太少了，大头资源都在上面的老教授和老院士手上，可手里的项目要做，手下的研究生也要带不是？您不懂，虽然这些仪器名义上更改了持有人，但在学院的仪器预约平台上面还是可以约到的，我们又不是不能用了……"

林汀云的指尖有一下没一下地敲击着扶手。

他不说话，冯阳便有底气："所以您今天过来是因为合同有问题吗？这个您放心，我们这儿都是正儿八经地走程序，绝对不会有任何违法交易！"

冯阳中气十足，显然知道若是真的追究，自己在法律程序上也毫无错漏。

林汀云轻笑着说："看来冯副教授精通法律。"

冯阳得意地笑了两声："过奖，过奖，我们经常和各家企业打交道，当然……"

"我们公司支付的项目经费对于冯副教授这么缺钱的课题组来说应当不少才对，现在怎么说结束就结束？"林汀云缓缓地抬眸，疑惑地挑眉，"有什么难言之隐吗？"

冯阳在心里把许奈奈骂了一万遍，嘴上说："您看，咱们组条件在这儿，也不是所有横向课题都能有结果不是？再说了，您公司要求的条件，我们都已经达到了——"冯阳的眼珠子一转，顿时有了主意，"其实最主要的还是许奈奈没有契约精神，当初她无处可去，是我收留了她，现在倒好，她有了新的橄榄枝马上翻脸不认人！我当时就说呀，女人就是不行……"

"那还真是委屈冯副教授了。"林汀云往后靠着沙发，修长的手指交叠于腹部，"不知道冯副教授还记不记得，丰悦之前那些与你交好的高层。"

冯阳的眼皮直跳，他干笑着说："哈哈，我们算哪门子交好，违法乱纪的事我可不敢乱来！"

"是吗？"林汀云似笑非笑地说，"我还以为冯副教授如精通法律一样熟知风月。"

冯阳心底咯噔一下，刚想开口，林汀云已经从沙发上站了起来。

"冯副教授，三千五百万美元对我来说不值一提。"林汀云居高临下地睥睨着冯阳。

他的薄唇微微上扬，眼神却带着寒意，吐字如淬寒冰："过往半年，你之所以没有和他们一起进监狱，是因为你曾是许奈奈的上司，仅此而已。"

冯阳的笑意僵在脸上："林……"

砰的一声，办公室的门被无情地关上，楷书临摹的"志存高远"字画被震下来随风摇摆。

真正的上位者从不以凌厉暴戾示人，他更像一把入鞘的利剑，给人以温和的假象，却在暗中游刃有余地掌控一切。

他知道，他什么都知道！

哗啦一声，冯阳双目空洞，从办公椅上滑跌在地。

当晚，"鹭城大学冯阳副教授逼走手下工程师""鹭城大学冯阳副教授学术造假"等词条登顶，各大社交平台霎时沦陷，鹭大紧急公关，却无论如何都压不下热搜。

一时间，社会的舆论如沸腾的潮水，教育部被惊动，连夜展开审查，罪证抽丝剥茧，拉出由冯阳出资的整条产业链，全部都是他用来笼络社会商界人士的风月平台。

短短两天，鹭大官方发布处罚公告，冯阳被取消副教授职称并永不录用，违法组织聚众卖淫等恶性事件移交法院审理。

林汀云随手搅乱一池静水，外面吵得热火朝天，幕后本人却好似无事发生。

"林总，许工手底下的两个硕士生已经转到了宋教授名下，两篇专利文章分别由二人作为一作发出。"于绍一五一十地汇报近期工作进度。

这些天老板吩咐的工作似乎都与许工有关，这实在不像老板以前从不参与纷争的作风。

于绍欲言又止："林总，时小姐昨天已经飞回淮宜了，她始终见不到您，就让我转一句话……"

"说。"

于绍硬着头皮说："时小姐说，以前的事林董和夫人固然有错，但也是为了您好。夫人毕竟是您的母亲，她最近状况很差，时小姐希望您能看在她的面子上回一趟淮宜。"

话音一落，室内陷入沉寂，墙上的挂钟钟摆的声音在此时显得格外清晰。

二十八层高的落地窗透进夕阳的光辉，林汀云抬眸，盛大的落日映在他黝黑的眼底。他眺望着远方，薄唇轻启："知道了。"

夜幕低垂，繁华城市的霓虹灯璀璨。

林汀云开车从地下车库驶出，却在路口被一辆车横向拦截。

前方刺眼的远光灯一扫而过，林汀云黑眸微眯，对方率先下车，走到他跟前敲了敲车窗。

林汀云降下车窗，露出他清晰的下颌线。

梁屹调侃着道："想见你一面可真不容易。"

外人见鑫瑞总裁都要层层预约，梁屹一个公职人员，除了蹲人也没别的本事。

"有事？"林汀云吐出极简的两个字。

"那倒没有。"梁屹朝他挑肩，"聊聊吗？"

林汀云侧眸，二人对视片刻，他伸手关了引擎，算是默认。

男人之间的沟通方式向来简单，比起许奈奈的左右顾及，梁屹显然没那么多条条框框。

"我不喝酒。"林汀云推拒梁屹递来的啤酒。

大排档烟雾缭绕，浓烈的油烟味呛人。

梁屹原本以为会看见林汀云不耐烦的一面，可林汀云的耐心明显比他想象中好太多，这人不但没有皱眉，甚至和他一起吃起了烧烤。

"大老板也吃垃圾食品吗？"梁屹意味不明地揶揄。

林汀云眼也不抬："老板也是人。"

梁屹："……"

他低声哼笑，穿了很久的黑色 T 恤下露出白色纱布。

林汀云随口提醒："受伤了最好不要喝酒。"

梁屹轻嗤："那我岂不是每天都喝不了了？"

林汀云："……"

梁屹吊儿郎当地倚着椅背，后槽牙磨了磨。

真该死呀，这个人怎么在这种地方看上去都显得那么高高在上。

"哎，你知道我为什么要当警察吗？"不等他回答，梁屹自顾自地说，"因为十几年前，她为你比赛遭受污蔑而奔波的那天晚上，遇见地痞流氓，可我那时候除了骗他们警察来了，根本保护不了她。"

林汀云倏然抬眸，梁屹没有说名字，可他们之间能提到的那个她，除了许奈奈别无他人。

"她大概永远不会知道，我也追逐了她十多年。"啤酒无法醉人，梁屹却觉得自己有些醉了，"她曾经去过一次 M 国，不是读博期间，是更久之前，我听说她是以国际义工的名义被分配去了 X 州，在当地被骗了钱，浑身上下只剩护照，我知道的时候她已经被万施月带回来了。"

林汀云眯起眼睛："为什么要跟我说这些？"

"呵"了一声，梁屹自嘲一笑："可能是因为我要走了吧。"

林汀云忽然发现他身边没有那个咋咋呼呼的小跟班。

"你们这样的人，应该永远都无法理解我们这些底层人物的悲欢。"梁屹给自己倒满酒，易拉罐在他的掌心被捏到变形。

林汀云出声："梁屹。"

"好了，不想多说了，我要走了。"梁屹不耐烦地摆摆手，眼眶发红，却笑得轻描淡写，"吴骏牺牲了，我要去顶替他的空缺。或许一年，或许两年，也或许永远都不会回来。"

梁屹承认自己面对林汀云时有一种骨子里的自卑。时隔多年的重逢，当他看见他们再次并肩而立时，他便知道自己永远不会再有机会。

"淮宜一中小前锋。"

梁屹的步伐一顿。

林汀云在他背后站起来，梁屹缓缓地回头。

西装革履的男人右手握拳敲击左胸，这是属于他们篮球队的默契手势，林汀云微笑着朝他挑眉。

梁屹的瞳孔骤然一缩，时光在这一刻仿佛迅速倒退。

遥远的学生时代，与盛越中学激烈的篮球比赛，对手使用卑劣的手段犯规后，他拼尽全力配合，天之骄子的绝地反击，少年人满腔热血地抛洒汗水。

那时候没有成年人的多思多虑、没有思维定式，大家穿着一样的校服，奔跑在同一片篮球场上，为了同一个目的欢呼雀跃。

他又想到许奈奈，她在凝望别人背影的时候，他也在看着她。她艰难地攀爬至年级前列，却从未回头看到他也从吊车尾的成绩中考上公大。

他跟随她去首都，又因为她调任鹭城。他并不后悔自己一次次的抉择，因为在这一次次抉择中，他也找到了自己人生的意义。

"记得好好纳税，"梁屹转身仰头轻笑，潇洒地挥手，无人可见处，他的眼眶含着热泪。

他随口道："走了。"

奈奈，只是这一次，我就不跟你走了。

海天一色，临海别墅窗台上的玫瑰花已经枯萎，旁边的芦荟却生机勃勃。

林汀云斜靠着沙发，把玩着手里的打火机，咔的一声，他点燃烟头，猩红的火星成为黑暗中唯一的亮色，他的眼睛被淡蓝色的烟雾缭绕。

林汀云没有将烟放到唇边，他只是看着烟灰一截截地落下，比起让尼古丁直接麻痹神经，这是他做过最多的动作。

过往许多年，他习惯了一个人，难眠的夜晚对他来说不算难熬。可是人一旦有过期冀，便很难再回到先前的孤寂。

那晚的岛屿上，许奈奈释然而轻松的笑容，在梁屹口中却是截然不同的另一面，林汀云第一次分不清虚实。

星辰辗转，潮起潮落，月落西山，新一轮的红日从海平面缓缓升起。

林汀云扔掉燃到根部的烟，抱起窗台的芦荟，将干枯的玫瑰扔到垃圾桶。他打开车门，按下蓝牙耳麦。

　　"林总，您要我查的事有结果了，许工接受了淮宜一家新晋生物公司的 offer（入职通知），这家公司今年才注册成立，我们查不到他们的底细。"

　　林汀云单手撑着方向盘，窗外的景色如浮光掠影。

　　他疑惑地问："查不到底细？"

　　"是的，对方很神秘，公开的法人与股东都没什么背景，看上去就是个平平无奇的生物公司。"

　　林汀云不相信平平无奇的生物公司会得到许奈奈的青睐，可是能让他们都查不到底细的公司实在少见。

　　"我知道了。"

　　车辆迎着朝阳疾驰，和平路 268 号在小巷末尾仍然花团锦簇。

　　赵玉芬抱着新鲜的盆栽到外面晒太阳，见林汀云过来十分惊讶："怎么现在有时间过来了？"

　　芦荟被安静地放在副驾驶座，林汀云轻声问："它还需要移盆吗？"

　　赵玉芬探头看了一眼："不用了，这个品种的芦荟最多就长这么大，如果旁边长出小芽再挖出来放到小花盆里就行。"

　　林汀云点点头。

　　赵玉芬笑着说："怎么，就过来问我怎么养花？"

　　林汀云不置可否。

　　赵玉芬一边摆弄花，一边感叹："前几天小雨也来看过我，没想到这么多年她还记得我这个老婆子。她回淮宜了吧？小林，你什么时候回去呢？"

　　林汀云帮她搬起一盆盆栽，没有说话。

　　赵玉芬望向他，眉眼间难掩怜爱之色。她看着他长大，明白他经历过什么，可林家待她不薄，她这个年纪的人总是希望阖家团圆。

　　"小林，你终究是林家的二公子。"

　　林汀云的眉心微蹙。

　　赵玉芬知道他讨厌这个称呼，叹了口气，还是说："先生也是个执拗的人，我知道你委屈，但他毕竟是你父亲，还有夫人……你是年轻人，多体谅体谅他们，他们也不容易，这么多年多亏小雨一直陪在夫人身边——"

"我知道。"林汀云打断她的话。

他帮赵玉芬将几个最重的花盆摆好，低声说："赵姨，我走了。"

赵玉芬一愣，一时竟不知他说的"走"是去哪里。

"小林，"她没有继续劝他，而是轻笑着问，"那个你要送芦荟的姑娘呢？"

林汀云拉车门的手微微一顿，方才聚集在眉心的阴霾缓缓散开。他勾起唇，眉眼温柔："有机会的话，下次带来让您见见。"

暗恋听见回声

下册

ANLIAN
TINGJIAN
HUISHENG

江城以西

著

江苏凤凰文艺出版社
JIANGSU PHOENIX LITERATURE AND
ART PUBLISHING

Chapter 11
隔壁邻居

三个月后，淮宜市，启耀生物医药实验基地。

刺骨的寒风在大楼紧闭的窗户外呼啸作响，会议室内，空调开着，暖气十足。

"当今国内外对于急性白血病治疗方案通常采用化疗或者造血干细胞移植，但化疗治疗通常会因产生耐药性导致急性复发……"

许奈奈穿着纯白色的高领毛衣，栗色的毛呢大衣搭在椅背上，她拿着激光笔流畅熟练地讲解着PPT。

"根据我们部门前期各方面背调学习统计，当今最常使用的白血病靶向药有化学组合疗法，即米托蒽醌、依托泊苷、阿糖胞苷，或嘌呤类似物，但因其副作用大且易产生耐药性导致病人复发，我们部门提出使用超顺磁性氧化铁纳米材料表观修饰……"

公司高层端坐在长形会议桌边，他们聚精会神地看着PPT，时而低声交谈。

直到许奈奈说了一句"汇报到此结束"，各位公司高层彼此对视一眼，会议室内响起整齐的掌声。

"许副总监不愧是林老亲自选中的人，这专业能力十分强啊。"有人笑着感叹一句。

"毫不夸张地说，小许虽然最年轻，但确实是我们这群人里面对白血病领域最了解的，哈哈哈……"左手边第一位正是研发部总监赵志强，是个四十多岁的中年男性，也是这次去 S 大交流的项目领队。

"哦哟，能得你一句称赞可真不容易。"

"老赵以前在淮大可是被学生挂到论坛上的'魔鬼导师'！"

赵志强皱眉"啧"了一声："你们这群人，都不知道小许为了给你们讲明白今天的汇报熬了多少个通宵！"

"哈哈哈……"

几位公司高层你一言我一语，顿时将刚刚紧张的气氛变得松快，许奈奈暗自松了口气。

眼前这些人是启耀的股东，个个都是各自领域内的佼佼者，虽然他们之前没做过白血病的药物研究，但地位摆在那儿，总会给她带来无形的压迫感。

"好了，好了，小许，对于这个项目后续你准备如何开展？"主位上，林居明笑着打断几位老朋友的调侃。

许奈奈站直身体，翻到研究计划那一页再次详细阐述，末了说："林院士，如今项目刚刚起步，在研究初期需要使用大量仪器设备，由于一架仪器价格昂贵，我建议公司专门组建检测中心，购买常用的大型仪器设备，不常用的仪器我们可以和高校合作。据我了解，淮宜大学有许多我们使用次数不多的仪器，我们可以与淮宜大学合作共享仪器平台，并向社会开放检测中心，按时计费，这样在满足我们测试需要的同时，还可以最大程度地降低仪器的成本。"

许奈奈侃侃而谈，PPT 上罗列着她几番对比后性价比最高的大型检测仪器，以及组建仪器检测中心的可行性分析报告。

林居明满眼欣慰之色："你们还有什么意见吗？"

赵志强："刚好材料学院和化学化工学院有几个课题组最近打算购买新仪器，淮宜大学那边我可以去谈。"

"我没有意见。"

"我也没有意见。"

"好。"林居明满意地点头，"那这件事就由小许负责，没别的事就散会吧。"

几位公司高层纷纷离场，许奈奈收拾好平板电脑，林居明还没走。

"小许，这些天很累吧，来淮宜还适应吗？"林居明说话很温和，许奈奈想起自己的爷爷，感到很亲切。

"谢谢您的关心，我以前高中在淮宜读书，这边的气候我很适应。"

林居明有些惊讶："你高中也在这边读书吗？"

许奈奈点点头："我送您下去吧。"

林居明对许奈奈一见如故，不仅仅是因为她是老友最得意的门生，更是因为她身上那股谦虚又认真的韧劲。

电梯行至负一层，一辆黑车正在地下车库打着双闪，见人出来，助理连忙上前搀扶。

林居明干枯的手掌拍了拍许奈奈的手背，和蔼地笑着说："你回去吧。"

之前读博的时候许奈奈有幸获得去 M 大做交换生的机会，也是在那时练熟了英语口语，这次去 S 大的几个月却和上次完全不一样。

因为项目急，他们的行程排得很满，许奈奈却无比享受这种在自己热爱的领域忙碌的感觉。

许奈奈回到办公室，打开手机看了一眼时间。

下午七点三十分，手机提示栏干干净净，只有一条中国移动发来的生日祝福。

许奈奈不怎么在意地关上手机，翻开项目企划书，心底是前所未有地放松。

君颐壹号，临江别墅园。

黑车穿梭过蜿蜒的盘山公路，一栋中式设计的别墅正屹立在半山腰上。

门厅高挑，两边各坐落一尊石雕狮子，草书雕刻的繁体"林宅"牌匾高悬于顶，庄严又肃穆，长廊曲折，庭院中央还有一个小型的青铜雕塑喷水池。

张妈正在花园浇水，听到外面汽车落锁的声音下意识地张望，看到来人后，顿时瞪大双眼："二……二公子？二公子回来了！"

林汀云一袭纯黑风衣，步伐生风，他面无表情地穿过长廊，冷肃的冬风拂过他沉寂如水的黑眸。

巍峨的中式大门从两边打开，清冷的空气扑面而来，大门的影子自下而上缓缓地扫过他棱角分明的脸。

与外面古老的中式庭院不太相同，金碧辉煌的大厅中，洁白透亮的大理石板泛着亮色，装饰烦琐的吊灯散发着清冷的光。

餐厅里摆放着整整一面墙的红酒，中年男人穿着简约的家居服，拿着红酒瓶取下眼镜："你终于愿意回来了。"

十年前，林汀云被他们强行带回 M 国，自此以后他便再也没有回淮宜。

林升平从红酒架上拿出一瓶八二年的红酒，倒进高脚杯。

林升平朝他举杯："喝点儿吗？"

红酒在杯子里荡漾，林汀云沉默着，始终没有说话。沉默是父子二人这么多年最常见的相处方式，林升平略有尴尬地放下红酒杯。

"阿云，你现在……"

大门再次被打开，是时雨扶着林居明走了进来。

时雨看到站在客厅中间的林汀云眼前一亮："阿云，你回来了！"

林汀云侧眸，林居明松开时雨的手，颤颤巍巍地走到他跟前。

"爷爷。"他颔首。

林居明连着"哎"了好几声，眼眸里染上湿润："张妈呢，快多做几个菜！"

张妈笑得合不拢嘴："老先生放心吧，都是二公子爱吃的！"

今晚厨房做的是法餐，张妈连忙招呼其他用人摆上前菜。

林汀云与林升平相对而坐，用人在他们之间摆上鹅肝与黑松露，红酒被再次推到林汀云的手边。

"阿云，这可是爸爸这么多年的珍藏，你哥哥可最好这一口了。"林升平率先打破沉默。

林汀云不为所动，时雨揪紧餐巾纸，林居明皱眉轻斥："阿云今天才回来，不喝就不喝，你也少喝点儿。"

几次得不到回应，林升平面上已经有点儿挂不住。

林居明适时岔开话题，询问林汀云的近况，他一一回答，公事公办的态度仿佛拒人于千里之外。

"阿云！"

"夫人，您把鞋穿好再下去！"

忽然楼上传来一阵骚动，底下众人的脸色大变，一个披散着头发的中年女人光着脚跑下楼："阿风，是不是阿风回来了？"

"惠儿！"林升平赶紧制止，奈何宋惠毫无顾忌地横冲直撞，他完全拦不住。

时雨护着林居明站起来。

宋惠猛地冲过去抓起林汀云的手，她披头散发，空洞的眼睛死死地盯着林汀云的脸，视若珍宝般反复摩挲："阿风，你怎么今天回来了，不上学吗？"

周围几人对着林汀云摇头。

林汀云低着头，凝望着被宋惠死死攥紧的手，喉结艰难地滚动："今天放假。"

宋惠似懂非懂地点点头。

林升平终于松了口气，他试探着去拉人："惠儿，咱们先上……"

"不！"宋惠突然尖叫起来，"你不是阿风，你回来做什么？你回来做什么？啊——"

哗啦一声，餐桌上的桌布被宋惠癫狂地扯下，餐具噼里啪啦地碎了一地。

"惠儿！"

"阿姨，您别冲动！"

宋惠歇斯底里地随手抓起一把餐刀猛地掷过去。

餐刀插进墙壁，林汀云偏过头，鲜血顺着侧脸流下一道触目惊心的红痕。

"你们为什么要他回来？为什么？我的阿风呢？"

宋惠被时雨拦腰抱住；林居明气得头晕被张妈扶稳；林升平面红耳赤地对林汀云挥手，让他暂时离开。

林汀云眼帘下垂，大概是习惯了这种情景，也早就预料到自己回来的后果，他并不觉得有多痛。

林汀云的指腹麻木地摩挲过鲜红的血渍，周围充斥着尖叫与喧哗，而他好像听不见，世界在这一刻仿佛被静音。

这场闹剧没有结束，林汀云一口饭菜未动，离开了林家老宅。他开着车漫无目的地游走在空荡荡的大街上，直到路过一家便利店，他将车停在路边。

初冬萧索，暮色如水，雾霭沉沉。

林汀云下车，一团白雾从鼻腔缭绕散开。身上的黑风衣似乎与夜色融为一体，他犹豫了一会儿，才走进便利店，突兀地带进一股寒气。

守店的店员正打着盹儿，猝不及防打了个激灵。

店员不耐烦地想骂人，抬头看到林汀云格外出众的气质以及脸上没有处理的伤口，吓得将话咽回腹中："您……您要什么自己拿。"

便利店内十分狭窄，天花板也很低，林汀云高大的身形显得格格不入。

他径直走到冰柜前，看见仅剩的两杯芦荟味酸奶。

叮咚一声，便利店的大门再次打开，只是这次格外轻柔，没有带进来过多的寒风。

林汀云拿着两盒芦荟味酸奶刚付完款。

"咦？"熟悉的女声在身后响起，"老板，没有芦荟味的酸奶了吗？"

林汀云的身体一震，他僵硬地抬头，撞进那双黑白分明的眼眸里。

"啊？没有了吗？"便利店店员疑惑地站起来看了一眼，"冰柜里没有那就是卖完了。"

无言的沉默被店员的话打破。

许奈奈扶着玻璃柜门，回过神："哦，哦，好的。"

林汀云从看见她的那一刻便没有收回视线，她穿着栗色的毛呢大衣，纯白的围巾将她的大半张脸遮住，白皙的脸颊被冬日的晚风吹得泛红，她的手上还拎着一个小蛋糕。

今天是她的生日吗？

"麻烦把这些一起结账吧。"许奈奈去货架那边拿了些零食。

收银机嘀嘀响动，两人并肩站立，谁也没有先开口。

店员："一共二百九十八元，要袋子吗？"

"要。"许奈奈始终垂着头，亮出微信二维码。

店员帮她将东西装好，她拎起塑料袋，身边的人却一直没有离开的意思。

咔的一声，酸奶盒被轻轻掰开，许奈奈下意识地抬头。

林汀云将一盒芦荟味酸奶递到她眼前，低声说："给你。"

夜寒如冰，衬着路灯的光有些萧索，寒风狂烈地吹动树梢，街边的小贩相继收拾东西离开。

许奈奈捂紧围巾，林汀云不动声色地站到风口，为她挡住大部分寒风。

"林……"

"还要叫我林总吗？"林汀云的声音低沉，"我已经不是你的甲方了。"

许奈奈一愣，没有说话。

林汀云单手插进风衣兜里，另一只手拿着那盒芦荟味酸奶，随口问："你住在哪里？我送你回去。"

许奈奈摇摇头："不用了，我就住在后面的小区。"

启耀是新注册的生物公司，她作为最早一批入职的研究人员得到了最高待遇，林居明给了她研发部副总监的职务，薪资方面也比从前在鹭大好很多，甚至还能有项目分成。

金钱方面不发愁，许奈奈也终于租得起像模像样的单身公寓了。

林汀云扫了一眼身后的小区，是近两年明氏新开发的楼盘，回淮宜前听于介绍过。

"今天是你的生日？"他的视线落到小蛋糕上。

"嗯。"许奈奈轻轻地点头。

林汀云敛目，嗓音温和："生日快乐。"

许奈奈微微一笑，拿着那盒酸奶朝他晃了晃，小声地说了句"谢谢"。

林汀云因为她的笑有一瞬间的恍神。

"你的脸怎么了？"许奈奈早就发现他脸上的伤口，忍不住问出口。

经她提醒，林汀云这才想起自己的脸上还有伤口，他淡淡地说："没事，不小心蹭到而已。"

林汀云的皮肤偏白，五官轮廓棱角分明，那双狭长的眼睛是冷清的内双，突兀的伤口为他增添了几分触目惊心的破碎感，显得无端寂寥。

许奈奈微微皱起眉，不论他的话是否属实，他的样子看上去并没有话里这么轻描淡写。

"你要不去医院处理一下吧，如果是被利器割伤，感染了就不好了。"

林汀云凝望着她担忧的眼眸，薄唇微动："不用。"

"可是……"许奈奈抿了抿嘴唇，想着再怎么劝说也是无果，"算了，你过来一下。"

林汀云安静地跟着她走到路边的长椅上坐下。许奈奈放下小蛋糕和塑料袋，在包里不断地翻找着什么。

她今天没有背之前那个用了很久的托特包，新的帆布包是简约的卡其色，上面还有一个可爱的笑脸图案。

她似乎很喜欢编头发，及腰长发总是编成精巧的鱼骨辫温顺地搭在耳边，留下几缕碎发在鬓边随风轻舞。

林汀云情不自禁地将最长的那缕碎发给她拨到耳后。未曾有丝毫肢体接触，又隔着厚厚的围巾，许奈奈并未发现他的动作。

"可能会有点儿疼，你忍一下。"她终于找到之前随手放在包里的酒精消毒液，在卫生纸上喷了几下，晕染开后轻轻地贴上他的伤口。

刹那间，林汀云搭在膝盖上的手蜷缩收拢。

冰凉的消毒液带着微微的刺痛感从伤处蔓延开来，黑暗掩饰了他颤抖的眸光。

许奈奈微凉的手指隔着润湿的纸巾一点点地按压他早已凝固的血痕，明明知道她是无心之举，林汀云的手仍然一点点紧握起来。

"我没有别的创可贴了，你将就一下吧。"许奈奈尴尬地拿着一个粉色的卡通创可贴，"上次不小心割破手，部门的实习生给我的。"

林汀云的眉心微皱："新工作很累吗？"

许奈奈笑着摇摇头："还好，我觉得比在鹭城时好很多。"

伤口在右边颧骨处，林汀云任由那个与他的气质相差十万八千里的创可贴贴在侧脸上。

许奈奈忍不住笑出声。

林汀云疑惑地问道："怎么了？"

许奈奈将脸埋进围巾，闷闷地笑："怪可爱的。"

林汀云："……"

他不自在地去摸脸。

许奈奈一惊："哎，别撕！"

林汀云瞥了一眼被她抓住的手指，许奈奈仿佛被灼烧般赶紧松开。

她别开眼，耳根泛红："我……我才给你贴上，你怎么能撕下来？"

"我没撕，"林汀云张开手，认真地解释，"你看。"

许奈奈的睫毛扑扇着，不知为何竟然觉得他认真的模样有几分从前没有察觉的可爱。

"没撕就行，这几天别沾水。"

咕噜一声，许奈奈忽然不说话了，窘迫地捂住肚子。

好在林汀云并没有觉得有什么，他只是问："饿了吗？"

"加班太晚，还没来得及吃饭。"

林汀云环顾四周。

许奈奈察觉到他的意图："这边比较偏，而且这个点已经没有饭店营业了。"

"我可以带你……"

"不用麻烦啦。"

林汀云薄唇轻抿，那种熟悉的被拒绝的感觉再次涌上心头。

许奈奈拆开蛋糕盒："不介意的话，和我一起过个生日怎么样？"

买小蛋糕会附送一支小小的蜡烛，她将它插到蛋糕的正中心："你有打火机吗？"

林汀云愣了愣："有。"

他从风衣的口袋里摸出打火机递过去。

她随口问："你抽烟吗？"

林汀云紧接着反问："你不喜欢吗？"

许奈奈浅笑："我不喜欢，所以不抽。"

夜晚风大，几次吹灭刚点燃的蜡烛。

就在许奈奈准备再次尝试时，忽然一道温热而清冽的气息传进鼻间。她抬眸，是林汀云脱下自己的风衣外套为她挡住了寒风。

呼啸的寒风吹动路边香樟树的叶子，林汀云高大的身体在寒风凛冽的冬夜里为她营造了一个温暖的空间。

咔的一声，打火机点燃蜡烛。

"你可以许愿了。"他温柔地注视着她。

缥缈的火焰在她的眼眸中跳动，许奈奈双手合十，闭上双眼——

希望奶奶身体健康，长命百岁。

希望新的工作顺利，项目顺利。

希望……

蜡烛被轻轻吹灭，林汀云没有问她许了什么愿，许奈奈也没有说。

"谢谢你陪我过生日。"

林汀云垂眸："上次你也陪过我。"

话音一落，二人都陷入沉默。

许奈奈没接话，他也默契地保持缄默。

她拿起塑料刀将蛋糕一分为二，把大一点儿的那块给了他。

林汀云捧着蛋糕盘，撩起眼皮。

许奈奈已经舀了一勺蛋糕放到嘴里，唇齿不清地说："吃点儿甜的会开心一点儿。"她一边说着，一边又拆开一袋辣条，"但吃太多甜的也会腻，你吃这种垃圾食品吗？"

林汀云用行动回答了她。

许奈奈咬着勺子，愣愣地看着他咬了一口辣条。

像神坠落凡尘。

下一刻，他评价："还不错。"

许奈奈："……"

她摸了摸额头："没想到你的确能吃辣。"

林汀云拿着包装袋的手收紧，她还记得自己随口说过的那句能吃辣。

风云集团的总部在 M 国 H 城，去年才慢慢往国内转移，因为之前是从淮宜发家，所以尚有家底在这边，只不过前些年他回国后一直在鹭城发展，许多项目重心都在那边。

决定回淮宜后，林汀云花了三个月的时间交代工作，今天才乘坐私人飞机回来的。

他近乎日夜兼程，回来的第一时间便是回老宅，却不承想饭都没吃，就匆匆离开了。

林汀云后知后觉地察觉到饥饿感，不知不觉吃完了大半个蛋糕。

啪的一声，酸奶盒被许奈奈戳开，她递过去一盒酸奶。

"干杯。"许奈奈歪头轻笑，"也谢谢你请我喝酸奶。"顿了顿，她又问，"你现在有开心一点儿吗？"

林汀云微微一愣。

许奈奈的脸上带着小心的试探，像冬日里猝然燃起的一簇火光，刹那间温暖了他空寂已久的心。

两个人就这样在冬夜的小区长椅上吃完了蛋糕和几包零食。

起初许奈奈还觉得这件事太过匪夷所思，但看着对方从容自如的模样，她也慢慢地放下了莫名的不自在。

吃完后，许奈奈拒绝了林汀云送她回家的请求，对他说自己住得很近后，礼貌地告别并消失在黑夜里。

林汀云敞开黑色风衣，仰头看着挨着马路的那栋楼在十五层亮起灯光。

十年前，父母和哥哥定居在 M 国，林居明因为返聘的原因一直留在首都，那时候偌大的林家老宅只有他一个人。十年后，家里的人纷纷归来，他却在这一刻无家可归。

停靠在路边的黑车开着暖气，林汀云的视线始终落在十五层的窗户上。

这栋小区是一梯两户的户型。

他收回目光，透过后视镜看见自己脸上那个粉嫩的创可贴，随后拿出手机拨通一个电话。

"喂？"电话里响起一道懒洋洋的男声。

对方的背景音嘈杂喧闹，时不时还有人蹦出几句英文脏话。

林汀云看了眼腕表，计算那边的时间："淮宜盛安区的百叶小区是你刚投资的楼盘吗？"

"是呀。"电话那头的男人低声笑着，"怎么？你这些年不是专注捣鼓生物医药吗，什么时候对房地产感兴趣了？"

林汀云从怀里摸出一根烟，忽然想到刚刚许奈奈的话，又塞回去："A 栋十五楼的第二户给我留着。"

男人难以置信地笑了一声："你吃错药了？"

好好的别墅不住，跑来住小居室？

林汀云把玩着手里的打火机，语气淡然地说："我听说程氏集团的大小姐要订婚了。"

电话那头的人静默下来。

"哦，对了，对象好像是于——"

"OK，闭嘴。"

林汀云缄默片刻，勾唇："你什么时候回国？"

明炽咬牙切齿地说："快了。"

"行。"林汀云挂断电话前说了一句，"我的事别忘了。"

明炽："……"

"我要订婚了！"程可柠宣布。

客厅的茶几上摆着平板电脑，上面显示三个人的群聊视频。

许奈奈刚洗完澡，一边擦头发，一边坐到沙发上。

万施月难以置信的尖叫声响起："你确定自己是清醒的吗？"

视频那边的二人背后都是黑夜。

万施月正穿着比基尼从海岸进到屋子，程可柠则穿着厚厚的羽绒服在片场吃盒饭。

"程可柠，你看看你现在像什么样子？蓬头垢面、不修边幅、灰头土脸。"

"还好吧。"程可柠皱眉，对着摄像头扒拉了一下刘海，"这几天一直熬大夜，拍夜场，没时间化妆。喂，万施月，你懂不懂什么叫为艺术献身？"

"哟，还为艺术献身呢，"万施月挑了挑精致的眉毛，"你少写点儿霸道总裁的本子吧。"

程可柠："你有种别接。"

万施月："……"

许奈奈一边听着她们互怼，一边默默地擦干了头发。

当年高中毕业，程可柠学了编导，万施月学了表演。两个人虽然家里都很有钱，但走的路完全不一样。

程可柠读大学时，家里断了她的零花钱，于是她致力于拍"霸道总裁爱上我"等题材的网剧，常年被网友骂，一直苟于温饱线。

万施月则相反，她大一那年因为长相性感冷艳被一位导演看中，演了一个女反派，小火了一把，却因此招来大批黑粉。万大小姐哪里能受这委屈？本来她就是为了体验生活才学的表演，毕业后基本属于半隐退，在家"啃老"。

一个找不到女主角，一个接不到戏，两人倒也算境遇相似了。

万施月冷笑着说："你别给我打岔，订婚到底是什么意思？"

"字面上的意思呀。"程可柠眼里的喜悦藏不住,"先不说这个了。奈奈,我给你寄的香水你收到了吗?"

茶几上放着刚拿回来的快递盒,许奈奈还没来得及拆:"香水?"

她拆开快递袋,里面是一个极其精巧的包装盒。

许奈奈认不出奢侈品的品牌,万施月已然十分懂行地说:"啧,花了几个月的工资呀?"

程可柠:"……"

程可柠懒得搭理万施月,她用手撑着脸对许奈奈笑,冻红的脸颊露出两个可爱的酒窝:"作为咱们三个中最后一个步入二十八岁的许小姐,生日快乐呀!"

许奈奈心头一暖,没想到她还记得:"谢谢,不过你送的礼物太贵重了,我可还不起。"

程可柠满不在乎地摆摆手:"不是很贵啦,最重要的是这个味道,嗯……很适合谈恋爱,保证林汀云闻到后欲罢不能,哈哈哈——"

许奈奈有些心虚,小声地说:"我还单身呢。"

程可柠:"?"

万施月:"?"

三个人同时沉默下来。

程可柠:"不是,你们都住在一起了,还不在一起?"

许奈奈:"我纠正一下,那是半年前我家不小心……"

万施月:"但你们的的确确、真真实实地住在同一个屋檐下生活过,对吗?"

许奈奈:"其实我们住两个房间,他从来没有……"

程可柠:"你喜欢他吗?"

许奈奈:"我……"

万施月:"喜欢不喜欢另说,我的眼光向来不差,好歹长成那样,花痴一下不过分吧。"

程可柠:"所以你们到底怎么回事?"

万施月:"速速招来!"

许奈奈"……"

许奈奈被两个人反复盘问,抵不住她们的火力,硬着头皮简单地说了下前因后果，省去了去私人小岛的环节，大抵意思就是两人没戏。

程可柠和万施月当然不信，揪着她针对这个问题探讨到凌晨两点。

许奈奈第二天起床后眼睛下面有两个大大的黑眼圈。

"许副总监，昨晚没休息好吗？"部门的实习生为她倒了一杯咖啡。

"嗯。"许奈奈恹恹地打了个哈欠，道了声"谢谢"，继续看购买大型仪器的招标书。

新公司刚起步，核心人员自然能者多劳，许奈奈虽然名义上是副总监，但实际上在部门有着绝对的话语权。

因为她提议公司组建仪器检测中心，所以仪器采购环节也由她负责。

之后的一段时间，许奈奈每天早出晚归，除了跟进新项目，最重要的就是大型仪器的招标方案。

购买大型仪器涉及金额较大，招标前公司高层领导前前后后开了许多次会。

公司内部通过后，从政府立项备案到招标工作正式启动足足花了两个星期，终于赶在年前走完了招标流程。

"许副总监，您看看，这是几家公司的投标书。"助理叶素拿来一沓资料。

许奈奈翻看了几下，最终视线定在最后一页："风云集团？"

叶素解释说："是的，许副总监，风云集团在生物医药方面涉猎广泛，包括但不限于药物研发、医疗器械、测试仪器等，他们这次投标的公司正是生产大型测试仪器的子公司。"

许奈奈回淮宜前对风云集团有所耳闻，基本上在医疗器械领域风云集团处于半垄断的强势地位，来竞标也是理所应当。

"我知道了。"她没怎么在意地收好资料，看了眼时间，已经是下午六点。

林居明上了年纪，身体有很多基础病，前几天听说不知道什么原因血压骤升，人正在住院。

许奈奈将今天的工作收了个尾，去楼下买了束花，然后搭车去林居明住院的医院看望他。

林氏私立医院住院部 VIP 病房内，林居明戴着氧气管，手上还拿着财经新闻的报纸。

哪怕现在电子媒体发达，老一辈的人还是更习惯阅读纸质材料。

林汀云提着果篮站在门口，林居明透过老花镜看到了他。

"来了。"他将手里的报纸折叠一下，林汀云上前接过去帮他放好。

林汀云脸上的伤已经痊愈，他眼里的情绪淡漠，林居明无声地叹了口气。

林家世代商贾，从淮宜发家，是这里有名的商业巨头，只不过到了林居明这一代旁支凋零，他自己也投身科研事业，家族企业便传到了林升平手上。

与林居明温和的性子不同，年轻时的林升平雷厉风行，强势又不接受质疑，林氏产业遍布全国各地，后来重心往国外转移，一家人也常年定居在 M 国的 H 城。

直到一场变故，林氏遭遇前所未有的危机，对家公司纷纷落井下石，危在旦夕之刻，林汀云临危受命，执掌家业。

当时外界只知道林家的下任继承人叫林俞风，对林汀云的存在知之甚少。

林汀云接手公司后，所有人都觉得这个二十岁出头的年轻人不堪大任，林家已是强弩之末，却不想他的手段比其父更加果决狠辣，短短一年便将林氏起死回生，并更名为风云集团。

自此以后，他成了林家新任掌权人，并以绝对强势的地位在商界屹立不倒，无人置喙。

"最近好吗？上次你回来得匆忙，咱们爷孙俩都没有好好聊聊。"林居明温和地问。

"我很好，爷爷不必担心。"

林汀云与家里人关系淡漠，唯一算得上熟络的也只有林居明。

林居明的年纪大了，他不希望家里总是四分五裂的："其实你爸这个人就是嘴硬心软，听说你愿意回来，他把自己珍藏那么多年的酒都拿出来了，要不是那天——"

"爷爷，我喝不了酒。"

爱吃法餐，能与林升平对饮的是林俞风，不是林汀云。

林居明一愣，劝慰的话哽在喉中，再也说不出来。

"你哥他……"林居明叹了口气，仿佛一下子老了很多，"他也是个可怜的孩子。"

"嗯。"林汀云坐在床边削了个苹果。

林居明接过他递过来的苹果："我当时跟你爸说让他送你妈妈去疗养院，他怎么都不愿意……其实你妈妈这段时间精神状态不太好，我们还想着她见到你或许会好一点儿，没想到……咳咳……"

林汀云起身给他倒了杯温水，语气平淡地说："嗯，我知道。"

林居明咳得满脸通红，好半晌才缓过气。

他到底是上了年纪，总想着家和万事兴，所以欲言又止地说："唉，你要是实在不想回来，暂时待在外面也行，但你要记住，这里永远都是你的家……"

"爷爷，"林汀云蜷缩的手指动了动，他的眼帘低垂，看不清情绪，"您没有大碍我就先走了。"

"阿云。"林居明赶紧在他的身后叫住他。

"你的年纪也不小了，也是时候找个体己的人了，那些跟你一样大的人孩子都能跑了，爷爷最近认识了一个很是年轻出众的女孩儿，她跟你同岁，你要不要见……"

"不用。"

许奈奈到医院时已经过了晚上八点，本以为老人家睡得早，准备把花悄悄放下就走，却没想到林居明还没睡，看到她来还十分开心。

他拉着许奈奈问了项目进度，她一五一十地汇报了项目的情况。

林居明和善地微笑着："小许，你办事我是放心的，招标的事你看着决定，这方面你是专家。"

许奈奈被夸得不好意思："我会尽力的。"

林居明满意地点头，话锋一转："小许，你现在有男朋友吗？"

许奈奈只当他是在担心自己未来的婚育问题会影响工作："还没有，您放心，近段时间我不会考虑结婚生子。"

林居明摆了摆手，像长辈一样平易近人："我就是想问问你呀，你喜欢什么类型的男人？"

许奈奈："……"

她没想到林居明会这么关心自己的终身大事，询问的架势跟许慧玲难分伯仲。她硬着头皮应付完一系列盘问，最后在林居明和蔼可亲的招呼下礼貌地告别。

走出住院部大门，许奈奈终于松了一口气。她拦了辆出租车回到百叶小区，刚下车，万施月在微信群里发来信息。

万施月：典藏款怎么样？是不是很好用？

许奈奈皱起眉头，好半天才想起来她说的典藏款是什么东西。

许奈奈：我没收到。

许奈奈乘上电梯，手机断网了一会儿，电梯门再次打开时，万施月连发了好几条消息。

万施月：不对呀，我这边明明显示签收了！

万施月：临江省淮宜市盛安区百叶小区 A 栋 1502 室。

万施月：就是这个地址，没错的呀！

许奈奈把钥匙插进锁孔，有一瞬间的无语。

许奈奈：我家住在 1501 室。

万施月：……

万施月：那怎么办？你隔壁有人吗？

许奈奈转头看了眼背后紧闭的门。她才搬过来没多久，而且每天早出晚归，隔壁有没有人住她还真不清楚。

许奈奈刚打下几个字，忽然想到一个很严重的问题——

许奈奈：你有没有选择私密发货？

万施月：什么私密？

许奈奈的太阳穴突突直跳。

许奈奈：就是在快递盒上打码。

万施月：打码干吗呀，又不是什么见不得人的东西。

程可柠：哈哈哈……

许奈奈：……

许奈奈放弃跟万施月沟通。她握着手机踌躇了一会儿，转头按响了对面的门铃。

手机还在振动，不用看就知道是万施月和程可柠在群里疯狂地刷屏。

许奈奈按了三遍门铃，门内还是没有反应。

她叹了口气，敲下几个字。

许奈奈：对面应该没人。

程可柠：没人谁签收的？

万施月：撬他家门锁！

许奈奈：别太荒谬。

就在此时，咔的一声，许奈奈背后响起门被打开的声音。

室内温热的暖气在寒冬的夜晚涌出，身形颀长的男人穿着家居服挡住背后的光亮。

许奈奈本能地回头，刹那间，大脑一片空白。

还不如没人。

楼道内安静得连根针落地的声音都能听见，窗外呼啸的寒风在这一刻显得尤为清晰。

许奈奈大半张脸埋在纯白色的围巾中，完全没想到会在这里看见林汀云。她干巴巴地开口："你也住在这里？"

"嗯。"林汀云点点头，"你住对面吗？"

许奈奈僵硬地"嗯"了一声："那个，我朋友给我寄东西填错了门牌号，你最近有收到陌生的包裹吗？"

她越说声音越小，脚指头不由自主地蜷缩起来。

"有。"林汀云撑着门把手，低声说，"外面冷，先进来吧。"

这栋楼是一梯两户的户型，除非该楼层的住户，没有人能到达相应的楼层。

这边的房价不便宜，许奈奈又不喜欢和别人合租，一个人住太大的房子也不划算，因此她租的房子是偏小的二居室，林汀云这边则是三居室。

亮堂的客厅空荡荡的，窗台上摆着一盆生长旺盛的芦荟，虽然房子依然没什么人气，但和鹭城那栋萧条冷肃的别墅比起来，这边竟然算得上有烟火气。

林汀云给她倒了杯热水，房间内空调开得暖气很足，许奈奈局促地坐在沙发上，脸颊已经覆上一层薄薄的红霞。

"谢谢。"她捧着他递过来的热水，"我的快递。"

"嗯。"林汀云从玄关的桌上拿来一个包裹。

许奈奈的心里有种不祥的预感，她赶紧拿过来。

只见包装盒上无比显眼地写着"性感内衣两件套"，收件人处写着"新晋二十八岁小许公主殿下"。

许奈奈："……"

林汀云低头看见许奈奈的耳根迅速染上可疑的红晕，在纯白色围巾的衬托下，红润的耳垂显得小巧又可爱。

他不动声色将手背抵唇："是你的吗？新——"

"是我的！"许奈奈忽然提高音量，耳朵里嗡嗡作响，每一根头发丝都在散发着尴尬，唯恐他再往下多说一个字，"谢……谢谢！我……我先走了。"

眼前一道白影晃过，许奈奈近乎是落荒而逃，身上淡淡的香味残留在空气中。

砰的一声，对面的门打开后猛地被关上。

林汀云倚在玄关处，想到方才看到的内容，他露出若有所思的表情，嘴唇不可抑制地扬起弧度。

许奈奈接连好几天都不敢早回家，每次到楼下都要习惯性地看一下十五层，只要隔壁亮着灯，她便会想到那次"社死"的经历。

许奈奈安慰自己，他一定没看到包装盒上的小字。

可是——他为什么会是自己的邻居？难道这边只是他的一处住所？可实在是太巧了！但也能说得通，不然上次怎么会在便利店遇见他？

"许副总监，许副总监？"

叶素叫了她好几声，许奈奈才回神："嗯？怎么了？"

叶素将中标信息放到她跟前："这次中标的公司分别是……"

叶素一一汇报了启耀这次招标的中标公司："冷冻透射电镜的中标公司是风云集团旗下的莱特医疗器械有限公司。"

这也是意料之中的结果。

启耀刚刚起步，即便能和淮宜大学合作共享仪器平台，也不可避免地需要配备基础仪器设备。

风云集团作为生物医药类的巨型企业，各种仪器质量和价格也要高于其他企业。

为了控制成本，对于一些基础的小型设备，许奈奈选择了相对便宜的器械公司，但像冷冻透射电镜这种大型设备，就需要选择专业性强、售后有保障的企业。

"冷冻透射电镜的中标金额是一千三百万美元，许副总监，这个价格您看？"

在生物医药领域，冷冻透射电镜是一个极为重要的表征仪器，低配置的市场价都在七百万美元左右，稍微高一点儿的配置放眼全国也不过几千台。

他们作为一个新晋的生物公司，要想和淮宜大学达成长久的仪器共享合作，自身自然需要有质量过硬的仪器在手上，一千三百万美元的价格也在预算之中。

许奈奈点点头："我知道了，拿去公示吧。"

叶素应声。

"公示期通过后与对方公司负责人联系，尽量在年前签署书面合同。"

"是。"

腊月寒风呼啸，天空飘下今年的第一场雪。

许奈奈趁着中标公示期的闲暇回了趟远宁县。

家里的陈设还是十年前的模样，她的房间里还有高中时候的书册，泛黄的日记本扉页还写着那句"只要加速度足够大，且为正方向，你就一定能够超越"，自从大学毕业将它从宿舍搬回家后，她已经不知道有多久没有看到这个日记本了。

许奈奈回忆得出神，许奶奶叫了好几声她都没听见。

许奶奶直接进了卧室："这些书留着也没用，我看隔壁老张的儿子刚刚高中毕业就把书拿去当废品卖了，放这儿多占地方？"

老人家总是喜欢在家收拾整理，这些尘封的书本在她眼中不如卖废品划算。

"哎呀，奶奶，不能卖。"许奈奈赶紧把书收好，边撒娇边推着许奶奶出门，"好香，让我看看今天做了什么好吃的。"

2020 年，许奈奈博士毕业，许爷爷查出肺癌晚期，病灶已经转移，医生说化疗都是徒劳，唯一能做的就是在为数不多的时间里带许爷爷做些他想做的事。

那时候全家人跟许爷爷隐瞒病情，他喉咙疼得吃不下饭，家里人就骗他说是上火；时不时发烧，就骗他说是着凉。许爷爷大概是相信了这些说辞，直到某一天，他突然跟许奈奈说其实他很想去首都看看她的学校。

于是许奈奈拿出自己的积蓄买了两张头等舱的机票，带着许爷爷连夜去了首都。在回来的路上，人就已经不行了。后来一觉过后，许爷爷再也没有醒来。

许爷爷去世后，许奶奶便一直一个人留在远宁县，许慧玲说了好几次把她接去淮宜都被拒绝。

"妈，你怎么还用这些抹布，之前不是买过新的吗？赶紧扔了！"许慧玲皱着眉在厨房里忙前忙后。

杜梦婷读大学之后，许慧玲的日子不比之前紧迫，她每年过年前能抽出几天时间回老家看看母亲。

许奶奶赶紧阻止："哎，还能用，还能用，不能扔！"

"这么黑，全是细菌，换新的又要不了几个钱！"

"我一个老家伙，不干不净，吃了没病。"

厨房内，许慧玲与许奶奶上演着每次回来都要发生的争执，许奈奈见怪不怪地坐在餐桌旁，盛了碗冬瓜排骨汤。

"奈奈今年过年还回来吗？"吃饭期间，许奶奶问。

许奈奈想了想："可能回不来了，公司的项目比较紧迫。"

许奶奶有点儿失望地"哦"了一声。

许奈奈立刻笑着说："有时间的话，元宵节我回来陪您。"

许奶奶笑得露出几颗漏风的牙齿，嘴上说着"工作最重要"，实际上已经站起来去日历上看离元宵节还有多少天。

许慧玲实在有些无奈："妈，您先吃饭，吃完再去看。"

"哎哟，天天唠叨我，你赶紧回去吧。"

许慧玲："……"

吃过饭，许奈奈和许慧玲帮忙收拾家里的卫生，然后就准备启程回淮宜。

这些年从远宁县到淮宜的大巴车基本全是高速的，再也不像十年前那样可以省下十几块钱去坐低速大巴车了。

但许慧玲勤俭节约惯了，即便如此，她还是能找到省钱的方式，比如在村门口等过路大巴车能比去车站买票便宜二十块。

许慧玲拉着许奈奈在村口等车："现在的年轻人花钱都大手大脚的，我看婷婷每次都买一堆化妆品，之前的还没用完又买了一大堆，要是婷婷能像你一样学会省钱多好。"

忽然，一辆出租车停到她们面前，后备厢打开，许奈奈帮许慧玲把行李放上去。

许慧玲茫然地问："这是？"

许奈奈解释道："顺风车。"

许慧玲顿时皱起眉："奈奈，你怎么也浪费钱？这么远得好几百块钱吧，我就坐大巴车。"

"哎呀，车都来了。"许奈奈笑着把人推上车。

司机确认了目的地，许慧玲还在絮絮叨叨。

许奈奈无奈地说："姑妈，赚钱就是为了生活得更好，您也别太辛苦了。"

许慧玲稍稍一愣，转头看她，叹了口气："你这孩子！"顿了顿，她小心地问，"最近跟你爸爸联系过吗？"

许奈奈的内心没什么波澜："没有。"

许建保从她小时候就一直在外地生活，跟家里人很少联系，除了要钱基本不会回来，她读高中的时候，他还闹着要跟一个年纪能做她姐姐的女人结婚，后来也不了了之了。

许爷爷去世时他倒是回来了，没了能要钱的人，许建保这些年倒显得安分不少。

许慧玲无声地叹息着："你爸爸也挺不容易的，这么大年纪的人了，还天天在外面乱跑，不知道在干什么。"

许奈奈无所谓地笑了笑："他干什么我不想管，我只希望他别乱惹事，别生大病，等老了回来找我养老就行。"

许慧玲被许奈奈的言论惊到，可转念一想，许建保这么多年没尽过一天父亲的义务，许奈奈能长这么大，还能这么优秀，得吃多少苦。

许慧玲心里泛起酸楚，家家有本烂账，家家理不清。

顺风车的终点定位在君颐壹号，司机先送许慧玲回家。快到目的地时，许奈奈在后视镜里看到一个熟悉的身影。

街头的转角处，相比十年前胖了不少的杜兴宏穿着快要绷开的西装，正搂着一个年轻女孩儿，两人难舍难分。

许奈奈坐直身，她转头看向许慧玲，许慧玲正好别过头。

她难以置信地说："姑妈……"

许慧玲勉强笑了笑："没事，我先走了，你注意安全。"

许奈奈回去后查了一下杜兴宏这些年的履历。

十五年前，杜兴宏跳槽的公司正是莱特医疗器械有限公司。

当时莱特作为风云集团刚涉猎生物医药领域的子公司，在淮宜刚起步。

杜兴宏"背刺"原公司，跳槽进了莱特，这才有了在君颐壹号买房的能力。

杜兴宏虽然能力不够出众，但为人处世非常圆滑，这些年即便没有升任高层，也在所属部门混了个总监的职务，明面上完全找不出任何错处。

"许副总监，中标公示期过了，对方公司的负责人说明天有时间与我们签署书面合同，让我来询问您的意见。"

今天已经是腊月二十五，签完合约后还有书面报告流程要走，如果拖到年后，政府相关部门放假，就又要耽搁很长一段时间。

"我没问题。"许奈奈后仰靠着椅背，眼睛盯着杜兴宏的简介若有所思，"你尽快安排。"

许奈奈准备好明天要用的资料后下了班，走到家楼下时她抬头，十五楼的窗户正亮着光。

距离那件事已经过去了一段时间，现在看到那户灯火，她竟然觉得习惯了。

许奈奈在楼下的便利店买了夜宵，回到家洗完澡继续看明天的合同。

不出意外的话，对方的负责人很有可能会是杜兴宏。

十年前，许奈奈寄宿在杜家期间不好的经历使她很长一段时间内对男性产生了心理阴影，那时候的她经常处于自我怀疑的状态中。随着时间流逝，她现在再次想起，心里那股熟悉的恶心感还是涌上心头。她只希望明天签订合同的时候，自己能忍住，不要出什么差错。

一夜好眠，第二天许奈奈起了个大早。

她换上较为商务的卡其色毛呢大衣，及腰长发梳成干练的高马尾，并礼貌性地化了个淡妆。

许奈奈拿包准备出门，门把手却在此时卡住了。她心里一惊，放下包，双手并用，只听哐当几声，大门依然毫无动静。

丁零零，手机振动起来，许奈奈按下接听键。

"许副总监，您到了吗？"

寒冷的冬日，许奈奈却急得满头大汗："我这里出了点儿问题，你们先去，跟对方公司说明一下原因，我很快就到。"

叶素担忧地问："您出了什么事，需要帮忙吗？"

"我家门锁坏了，"许奈奈有些窘迫，"等我给开锁公司打个电话，你们先过去，别让人家等太久。"

她挂断电话，立刻拨通开锁公司的电话，然而最近的开锁公司派人过来也要接近一个小时。现在除了等待，她也别无他法。

但公司那边总不能让所有人都等她，看来今天她只能缺席了。

许奈奈咬唇沉思，想来想去，又给叶素打了个电话："叶素，你听我说，我刚刚把合同文件发过去了，你按照我说的，跟他们谈——"

"许副总监，刚刚乙方的负责人突然走了。"

许奈奈一顿："嗯？"

叶素也有些疑惑："他说他待会儿和您一起过来。"

许奈奈愣住了："什么意思？"

没等叶素回话，许奈奈便听见身后的阳台窗户处传来轻响，她维持着握电话的姿势转身。

北风凛冽，寒气氤氲。

林汀云单手撑着窗台，利落地翻越两户相邻的栏杆。他平稳落地，抬眼与她呆滞的眼睛对视着——

晨光撕不透寒冬云层的灰白，她也看不清他逆光而立的表情。

"许副总监，许副总监，您还在听吗？"

许奈奈挂断电话，三步并作两步地跑过去打开阳台玻璃门的锁扣。

哗啦一声，玻璃门敞开，寒风猛地钻进室内。

十五楼的两户虽然户型不大相同，但面朝南的阳台是并排的。

两个阳台相隔着约莫一米的空隙，中间没有能借力的挡板，往下是令人眩晕的高度。

许奈奈心惊胆战地说："你怎么从这边过来了，这里可是十五楼！"

由于翻越的动作，林汀云脱了外套，只穿了件黑色高领毛衣。

"我以为……"林汀云的喉结滚动。

他垂眸看着她焦急的面孔，似乎并没有因为被锁在家里而害怕。他放下那颗悬着的心，转了个话头："家里有工具箱吗？"

许奈奈的眉头皱得能夹死一只苍蝇："有，不过我没用过，就是之前在网上随便淘的家用工具。"

许奈奈在实验室锻炼出来的修理技能，在面对坏了的门锁时无能为力，她搬出崭新的工具箱。

林汀云挽起袖口，露出流畅的小臂线条，他随意翻动几下："够用。"

外面寒风刺骨，林汀云的脸泛红，许奈奈看着他取了几样工具，后知后觉地关上阳台的玻璃门。

"你……"许奈奈犹豫地说，"你怎么知道我在家？"

"你的助理不是跟你说了吗？"林汀云修长的手指灵活地拧动扳手，低敛的眉眼蕴含着一抹不轻易可见的温柔，"我来带你一起走。"

许奈奈心脏忽然漏跳一拍，但很快，她便发现了更重要的信息。

她咽了口唾沫："你是莱特的负责人？"

"算是。"

他的公司不是在鹭城吗？为什么莱特的负责人也是他？

许奈奈有些茫然无措。

正巧开锁公司的人打电话过来："许小姐，早高峰路上堵车太严重了，您恐怕还要再等半个小时。"

咔嚓一声，锁扣解开。

"不用了。"许奈奈还没从上一个震惊中缓过来，喃喃地对电话那头说，"麻烦你们白跑一趟了，跑腿费我会付的。"

林汀云娴熟地将拆卸下来的门锁装回去，试着开合几下大门，并没有再出现卡顿的现象。

许奈奈挂断电话，小声开口："谢……"

"钥匙不用换，锁芯是好的。"林汀云弯腰将扳手扔回工具箱，他抬头，"走吗？"

许奈奈将剩下的"谢"字咽回腹中，拿起沙发上的包和文件夹："你不回去拿你的外套吗？"

林汀云随口说："外套在车上。"

刚刚来时他在楼下简单估算了一下两户阳台之间的间距，便顺势脱了外套。

许奈奈点点头："这样啊。"

大门被锁上，他们走进了十五层的电梯。

她与他并排站立，同时伸手去按一楼的电梯键，两人的手指碰到一起。

林汀云按下电梯键，被她碰过的指节微微蜷缩。

许奈奈赶紧收回手，耳根染上尴尬的红晕。

被自家大门锁在家里，还让项目的乙方过来解救自己，怎么想这都是很魔幻的经历。

一路无话，电梯一层层下降。

叮咚一声，电梯门打开的刹那，冷空气混着雪花涌入，许奈奈冷不丁地打了个寒战。

天空又开始飘落绒毛般的小雪，小区的树上还残留着昨夜的霜白，短短几十分钟，黑车顶已经覆盖了一层薄薄的积雪。

林汀云径直往前，整个人被单薄的高领毛衣衬得瘦削挺拔，却没有半点儿畏寒的瑟缩。

身体真好。

许奈奈缩着脖子，默默地拢紧围巾。

签署合同的地点定在启耀生物实验基地，正是许奈奈每天工作的地方，驾车不过短短十分钟的路程。

叶素等在公司门外，许奈奈一下车她便过来接走对方手上的资料。

许奈奈拍了拍身上的雪花，刚刚抬头便看见满脸笑容迎上来的杜兴宏。

"林总，接甲方这种小事就应该使唤我们去——奈奈？"杜兴宏的话戛然而止，眼睛瞪得锃亮。

许奈奈拢在袖子里的手紧了紧。

杜兴宏笑了两声，趁机套近乎："好久没见，你都长这么大了。你是启耀的项目负责人吗？真没想到我们奈奈现在都这么有出息了。林总，您有所不知，奈奈是我侄女，高中的时候还寄宿在我们家好久呢。"

林汀云低头，没有错过许奈奈眼里一闪而过的厌恶："认识？"

"嗯。"许奈奈淡淡地应声，"我们先签合同吧。"

招标公示结果已出，签订合同不过是走个流程。

会议室内，许奈奈和林汀云各自坐在甲方、乙方的第一顺位，乙方的负责人在投影上进行 PPT 展示。

许奈奈翻阅资料："购置冷冻透射电镜的预付金为总金额的百分之三十，我们公司会在五个工作日内汇款，但在此之前——"稍稍停顿了一下，她继续说，"按照合同规定，贵公司需要在三十个工作日内依循规格配置交付冷冻透射电镜，由于即将过年，时间会往后顺延，不知道我们可以不可以先去厂里看看设备？"

杜兴宏的眼珠子转了一下，这么多年他在公司基本上处于边缘化，好不容易赶上这个项目，哪能在马上要成的这个时候多个岔子？

他开始打感情牌："奈奈，你这是做什么？你还信不过姑爹吗？咱们也是医疗器械领域的大公司了，签了合同的项目，你还怕我们——"

"可以。"林汀云用手指摩挲着合同，抬眼看着许奈奈，"只不过冷冻透射电镜在南城分厂，你愿意过去吗？"

许奈奈避开林汀云灼热的视线，半打趣地说："贵公司报销机票吗？"

林汀云挑眉："当然。"

许奈奈执笔在合同上签下自己的名字，推过去，微笑着说："合作愉快。"

林汀云的指腹按住合同扉页，他勾了一下嘴唇："合作愉快。"

与莱特定下腊月二十八前往南城的约定后，许奈奈又签订了几个跟其他小公司采购小型设备的合同，忙得甚至连饭都来不及吃。

许慧玲见她辛苦，从家里带了些饺子送到许奈奈的公司。

"那是许副总监的妈妈吗？"

"她们长得好像啊。"

"都一样漂亮！"

对于这些言论许奈奈皆一笑而过，没有承认，也没有否认。

"奈奈，工作再忙也要注意身体，你看你都瘦了。"许慧玲心疼地帮她把头发别到耳后。

许奈奈咽下最后一口饺子，朝她扬了扬碗："我挺好的，谢谢姑妈，我就当提前过年啦！"

许慧玲无奈地给她收拾碗筷："工作就这么忙吗？大过年的还要出差？"

许奈奈纠正她的话："不是过年，是过年前两天。这个项目涉及的金额太大了，不去看一眼，我实在不放心。"

许慧玲："反正我是不懂你的工作项目什么的，身体才是革命的本钱。"

许奈奈托腮望着外面的大雪，忽然问："姑妈，这么多年你就没有想过离开吗？"

许慧玲的手指一顿："我知道你在想什么，你也别担心我，婚姻不就是这样，熬一熬就过去了。"

果然如许奈奈猜测得那样，许慧玲早就知道杜兴宏在外面有人。

"我前几天见到姑爹了。"

许慧玲顿时紧张起来："怎么了，他……"

许奈奈笑着摇头："打了个照面而已。"

虽然那件事已经过去了十多年，但在许慧玲心中始终是个坎。她宁愿自己过得不好，也不希望许奈奈在这件事上再受到伤害。

"姑爹今年在家过年吗？"她问。

许慧玲点点头："本来听说有个外派的差事，不知道为什么不让他去了。不去也好，安安分分地待在家里过年。还有，你也是，过完年就二十九岁了，是时候找个对象了。上次我跟你说的张阿姨家的儿子就很不错……"

许奈奈头疼地揉着太阳穴："结婚有那么好吗？"

许慧玲觉得这话有些莫名其妙："哪有女人不结婚的？你以后难不成要一个人过一辈子吗？"

"那您觉得结婚幸福吗？"

许慧玲一愣。

许奈奈继续说："如果说结婚不能让自己更幸福，那为什么要结婚呢？"

许慧玲默默地把饭盒装好："所以你得找个门当户对的、管得住的男人，别跟姑妈一样。"

"姑妈，门当户对就一定会幸福吗？"许奈奈的目光远眺，她轻声呢喃，"家庭背景相差太大的人在一起，就一定不会幸福吗？"

过了四九，正逢大寒节气，淮宜接连下了一场又一场雪，温度降至今年的最低温。

许奈奈本就畏寒，出差的前一天还赶上生理期，她强忍着身体的不适和林汀云在微信上一一核对这次出差的流程。

杜兴宏这次不在出差人员的行列，按照许奈奈的理解，这次跟他们一起去南城的只有林汀云和他的助理。

Nacia：有什么需要我准备的吗？

FY：不用。

FY：明天早上九点的飞机，有问题吗？

许奈奈脸色苍白，调好暖气，又吃了一粒止痛药，趴在床上定了好几个闹钟，然后返回对话框艰难地给林汀云打下一行字。

Nacia：没问题。

天光大亮，寒风萧瑟，天空好似覆盖了一层霜雪一样苍白。

枕头旁的闹钟响到第五个的时候，许奈奈才迟钝地睁开双眼。

喉咙仿佛被火灼烧般的刺痛，小腹像被人塞了个搅拌机一样，浑身上下有种被人打了一顿的滞痛感。

许奈奈万般艰难地拿起手机，迷迷糊糊地看了眼时间——八点半。

她的瞳孔放大，霎时清醒过来。手机的消息栏弹出五个未接来电，通话人全是林汀云。

完了，肯定要错过航班了，还让人白等那么久。

许奈奈的耳朵嗡嗡作响，她手忙脚乱地爬起来，这时又有一通电话拨进来。

她看了一眼备注，又是一阵头大。

"喂？"一张口，许奈奈便被自己哑得不成样子的嗓音吓了一跳。

她夹着手机，咬紧牙关开始套衣服："实在对不起，我……"

"开门。"

她愣住。

林汀云低沉的声音再次响起:"我在你家门口。"

许奈奈迅速套好外套,对着镜子涂了一下口红,掩饰自己苍白的唇瓣,挎着包朝大门跑的同时,手指灵活地将长发用一个鲨鱼夹盘在脑后。

她一边系鞋带,一边打开门:"对不……"

"给你带了早餐。"林汀云骨节分明的手拎着早餐袋举到眼前,刚加热不久的三明治冒着热气,染白了透明的包装袋。

许奈奈伸手接过早餐,林汀云清俊的脸缓缓出现在视线之中。

他低声说:"抱歉,因为大雪天气航班延误,让你白起了个大早。"

航班延误?

许奈奈有些茫然,忽然想到什么,赶紧按开手机,微信对话框中的对话停在早上五点半。

FY:航班延误,改签到下午一点,S航的航班。

Nacia:……

许奈奈的表情一片空白。

航班延误是什么时候的事?她为什么还回复了一串省略号!

许奈奈完全想不起来自己曾在五点半的时候短暂地清醒过几秒钟。

"啊,这样啊,没事。"许奈奈心虚地拨了下头发,太阳穴突突直跳,"那个,我们要现在走吗?"

"不急。"

许奈奈的头发盘得有些松散,落下的几缕长发凌乱却不失美感,未施粉黛的眉眼显得她有些虚弱,独独抹上的口红给她增添了一抹亮色,甚至还因为口红涂得急切在唇角晕开,更添几分鲜活的气息。

林汀云垂眸温和地说:"你先吃早餐,我们十一点出发。"

"好。"许奈奈更心虚了,欲盖弥彰地扬了扬手里的包装袋,"谢谢你的早餐。"

"没事。"

砰的一声,大门被关上。

许奈奈抱着温热的早餐袋坐在沙发上,懊恼地取下发夹任由长发铺满后背,心想还好没耽误正事。

林汀云带的早餐是小区楼下一家高档西餐店的，许奈奈摸着塑料袋的温度，约莫他后来又在家里加热过。

难怪他给自己打了那么多个电话。

许奈奈吃完饭后，难得地化了个全妆，苍白的脸色在腮红和口红的点缀下才显得有了几分气色。出门前她在腰腹处贴了几个暖宝宝，并带上了止疼药。

学生时代她就痛经严重，高考时为了避开经期甚至还去医院找医生开了药。痛经成为习惯，她不是没有尝试过喝中药调理，但始终见效甚微，后来她索性放弃了，反正每个月难受不过一两天，多吃几粒止痛药也能熬过去。

十点半，许奈奈准点出门，林汀云与她一起下楼，于绍开车前往机场。

天空阴沉，白雾混杂着雪花。

许奈奈本来还担心这一趟航班会不会也临时取消，可不得不说，S航不愧是国内著名的航空，哪怕推迟了半个小时起飞，仍然神奇地提前半个小时到达。

刚出机场，莱特南城分厂的负责人已经在停车场等待。

他们坐上后座，林汀云忽然问："你没带助理吗？"

南城虽然没有下雪，但温度仍然处于零下。

许奈奈取下背包，因为只出差一晚，她带的东西不多："嗯，叶素不是淮宜人，因为春运不好买票，我让她先回家过年去了。"

林汀云眼尖地看见她的额角冒出细汗，可车内的温度明明不高。

"林总，先去酒店吗？"司机在前面问。

林汀云还没说话，许奈奈忽然出声："可以先去厂里吗？"她看了眼时间，"不然待会儿他们该下班了。"

司机笑了笑："林总接待大客户，肯定要加班的呀。"

许奈奈用询问的目光投向林汀云。

林汀云颔首："先去厂里。"

淮宜到南城的飞行时间是两个小时，即便提前半个小时到达，也已经是下午三点多了，再加上厂房在郊区，真正抵达时已是下午四点半。

止痛药的药效有点儿过了，许奈奈默默地擦拭额角的虚汗，拿好包和记录本跟着下车。

来接待他们的是器械厂里的高级工程师，典型的理工男装扮。

工作人员拿来两套白大褂、护目镜、医用口罩以及塑胶手套。

"林总，许副总监，麻烦通过一下净化风淋室。"

冷冻透射电镜等大型贵重仪器需要放置在干燥、洁净的环境内，在进入仪器间前有一段长长的消毒通道，而风淋室则是门口的第一道关卡。

风淋室的面积不大，一次只能进入两个人。

许奈奈先走进去，林汀云跟在她后面。咔嗒一声，两边门锁紧闭，两侧喷出混着凉气的劲风。

许奈奈被吹得身体歪斜了一下，忽然手臂被人轻轻扶住。凌乱的发丝在风中飞舞，她顶着强风抬头，隔着护目镜与他深沉的眼眸对视。

凉气钻进衣领，明明处在这样剧烈的强风下，许奈奈竟然还能清晰地透过消毒水的味道闻到林汀云身上清冽的气息。

强风停歇，出口的自动门打开，许奈奈回过神。

林汀云垂下手，微微皱眉："你很热吗？"

她额角的汗似乎越来越多。

"没事。"许奈奈率先走进消毒通道，两名工作人员也跟了上来。

冷冻透射电镜在通道的最内间，工作人员一边讲解，一边带路。

"许副总监，我们这款冷冻透射电镜与德国厂商合作，是应用于透射电镜下的超低温冷冻传输技术，最低温可到零下两百摄氏度……"

许奈奈礼貌地询问："我可以上手操作一遍吗？"

每台冷冻透射电镜的参数都不一样，眼前这台很明显和她之前在 A 大用的那台不同，这台仪器价格昂贵，若因为使用差错导致仪器损坏，后续维修麻烦不说，费用肯定不少。

工程师点头："可以的。"

冷冻透射电镜的体积很大，几乎占据了整个设备间。

林汀云双手插在白大褂的口袋中，眉头轻蹙。

许奈奈坐在仪器前全神贯注地听着工作人员介绍每一步程序设定，然后用一只手在笔记本上记录下重点，另一只手却总是按着后腰。

"制样步骤我大概会，只不过之前用的仪器和这台不一样，我先自己试试？"许奈奈浅浅地微笑着，口罩上方的眼睛弯成月牙状。

工程师笑着回答："当然可以，没想到许副总监这么懂技术。"

"过奖了。"

制样台精细，许奈奈套在乳胶手套里的手指细长而灵活。忽然，她的手腕轻轻发抖，护目镜下的眉毛忽然皱紧，额角不住地渗出细汗。

"许副总监？"

"没事。"许奈奈深吸一口气，很快调整好状态，将样品台顺利安放好。

工程师继续往下讲解。

林汀云对仪器技术了解得不多，从始至终都安静地陪在后面。

"我可以再去看一下你们隔壁的球差矫正透射电镜吗？"许奈奈浅笑着问，"虽然我们公司目前还没有对此立项，但未来如果有需求，会优先考虑与贵公司合作。"

工程师稍有犹疑。

林汀云点头："可以。"

工程师松了口气："许副总监、林总，麻烦请跟我来。"

球差矫正透射电镜和冷冻透射电镜放置在不同的房间，中间隔离出消毒范围，许奈奈让他们稍等一下，自己去了趟洗手间。

这台冷冻透射电镜要比她想象中的更加高级，届时无论是公司自测，还是外界送样，回本都不是问题。更何况，作为一个常年奋斗在科研一线的工作人员，遇见这样高配置的仪器都会万分珍惜。

许奈奈对着镜子把晕开的口红擦掉，唇瓣虽然苍白，眼里却难藏兴奋之色。

洗手间隔壁是开水房，她摸出口袋里事先准备好的止疼药，算了下时间，距离上次吃药已经过去了六个小时。

许奈奈打开热水开关，水箱上红灯闪烁，显示没有热水。她皱了皱眉头，不死心地又试了几次，仍然没有热水，倒是旁边的冷水十分充足。

想着外面还有一群人在等着自己，许奈奈咬了咬牙，干脆接了杯冷水。她将药放到嘴里，拿起冷水杯。

忽然手背被人按住，许奈奈抬眼。

林汀云递来一个黑色的保温杯："喝热的。"

许奈奈微怔，胶囊外壳在口腔的温度下融化，弥漫开苦味。

杯盖被他拧开，适宜的水温冒着氤氲的热气。

许奈奈后知后觉地感到尴尬，但还是接过他的水杯："谢谢。"

她喝完水，想去给他洗杯子，可他比她更快一步。

"球差矫正透视电镜可以明天再看。"林汀云从容地移开视线，好似什么也没发生。

还好他没多问，许奈奈轻松了不少："明天不是除夕前一天吗？"

林汀云："除夕前一天怎么了？"

"你们厂的员工都不放假的吗？"许奈奈带着揶揄的语气说，"我只是看个设备，就让他们全员加班，未免有些太残忍了。"

林汀云失笑："你还挺为他们考虑的。"

许奈奈耸耸肩："打工人何必为难打工人？"

虽然她的脸色因为身体原因显得十分苍白，可那双黑白分明的眼珠却透着闪闪发光的神采。

林汀云低头看着她，目光很久都没有移开。

球差矫正透射电镜毕竟是个价格上不输于冷冻透射电镜的宝贝，许奈奈提出参观便只是参观，丝毫没有提出让工程师为难的上手操作的要求。

等他们从厂里出来时，已经是晚上九点了。

车停在园区外，车门自动打开，林汀云绅士地为许奈奈护住头顶。

五星级酒店坐落在南城临江的街道上，二十七楼是高级西餐厅。

许奈奈在房间里舒服地洗了个热水澡，林汀云给她发来消息。

FY：吃点儿什么？给你送下来。

许奈奈隔着衣服在肚子上贴好新的暖宝宝，然后开始打字。

Nacia：下来？

FY：嗯。

他发来一张靠窗俯瞰临江的照片。

许奈奈知道酒店有送餐上门的服务，但这是她第一次住五星级酒店，就这样一直待在房间里实在太可惜。

Nacia：你在上面吗？我来找你。

对话框显示对方正在输入，良久，他只发来一个字。

FY：好。

Chapter 12
新年快乐

悠扬的钢琴曲在酒店的用餐大厅内环绕。

林汀云坐在窗边，穿着休闲的黑毛衣，许奈奈从侧面只能看见他狭长的眼尾。似有所感，他转头看见她走到跟前："吃点儿什么？"

许奈奈卸了妆，长发随意用发夹绾住，泛白的嘴唇上扬："也是你们报销？"

林汀云的指尖轻点桌面："嗯。"

许奈奈没什么胃口，随便点了一份意大利面便作罢，服务员收走菜单，端上一杯热气腾腾的红糖水。

许奈奈愣了一下，她不用猜也知道是谁的吩咐。

"谢谢"两个字说得太多便显得有些无用，许奈奈沉默地捧着玻璃杯。

她问出了放在心里很久的疑惑："你和莱特公司是……是什么关系？"

林汀云诚实地说："它是我的子公司。"

"鑫瑞？"

"也是。"

许奈奈喝了一口红糖水，道出心中的猜测："所以你是风云集团的？"

"CEO（首席执行官）。"

果不其然，他竟是风云集团的 CEO，能开得起私人飞机随意去小岛的人，怎么可能只是一家生物公司的老板。

知道真相，许奈奈反而没有之前那么局促了。她笑着说："能让风云集团的 CEO 陪我出差，简直是莫大的荣幸了。"

林汀云理所当然地说："你是甲方。"

许奈奈哽住了一下，话虽如此，可又觉得哪里不对。

她又喝了一口红糖水："明天几点的飞机？"

"下午一点。"

许奈奈疑惑地说："为什么不买上午的机票？"

林汀云温和地回复："你可以多睡一会儿。"

许奈奈移开视线，笑了笑："可是回去得太晚，你怎么来得及回家过除夕？"

冬夜霜冷，窗外宽阔的江面倒映着两岸的霓虹。

2023 年，不少地方解除了烟花禁令，对岸偶尔有些孩童穿着棉袄放烟花，坐在二十七楼的人看着就像一颗小小的星子。

林汀云的嗓音低哑："我不过除夕。"

许奈奈识趣地没有多问："没事，就算没办法阖家团圆，你的家人也会在另一个地方希望你万事顺遂的。"

林汀云的声音晦涩："是吗？"

"对呀。"许奈奈捧着脸，有点儿遗憾地说，"其实我也有几年没回家过年了，今年本来以为可以回去的，没想到还得出差。"

林汀云认真地说："只要你想回去，我可以送你——"

"不用。"许奈奈生硬地打断他的话。

林汀云蜷缩手指，紧抿薄唇，眼底流转的波光缓缓地黯淡下去。他有些懊恼，自己是否过于激进而惹她不快。

"一个人也不是不行呀。"

林汀云微微一愣，抬眸看见她莞尔轻笑。

"要一起过年吗？"

腊月二十九，他们乘坐下午一点的航班回到淮宜。

许奈奈先回了趟公司，林汀云将她送到生物实验基地后并没有离开。

他坐在后座看着许奈奈的背影消失在拐角处，忽然问："于绍，你怎么不回家？"

于绍赶紧坐直，讨好地笑了笑："林总，您都还在一线工作，我哪儿能生育？"

于绍是土生土长的鹭城人，以前不过是林氏集团在鹭城分公司的小职员，在林氏集团出现危机时，林汀云雷厉风行地接管公司，于绍是他一手提拔起来的"老人"之一，算起来也跟了他许多年了。

林汀云的指尖轻点膝盖："我记得你说你老婆怀孕了？"

于绍显然没想到上个月在部门发喜糖的事会传到老板耳中。

林汀云在公司员工的眼中向来是个严谨的大老板，这些年在白血病新型药物的项目上投入颇大，没有人见过他有除了工作之外的私生活。

大家都惋惜老板白长了这张好脸，俨然一副要孤独终老的模样，因此哪怕于绍是总裁助理，也不敢在他面前提及工作之外的事。

于绍战战兢兢地说："是，当时您忙着工作，我怕打扰您，就没有……"

"嗯。"林汀云低声说，"你走吧。"

于绍心里一惊。

林汀云表情淡然："你让孕妇一个人过春节？"

于绍后知后觉地察觉到老板的意图："您的意思是？"

林汀云靠着椅背，双手交叠于腹部："下车，自己打车去机场。"

于绍："……"

竟然是让他回家过年！于绍欣喜地连连点头。

似乎自从认识许副总监后，自家老板便越来越有人情味了。

"那您注意安全，"于绍飘飘然地下了车，笑着补充一句，"祝您和许副总监新年快乐！"

启耀生物实验大楼。

"许副总监还不下班呀？"

"提前祝许副总监除夕快乐！"

"明年见！"

除夕前夜，公司的人陆陆续续下班，空荡荡的大楼里只剩下保洁阿姨在做最后的打扫工作。

许奈奈是个行动派，她趁着有时间，赶紧将数据整合成文件传到了自己的电脑上，做完这一切，已经是晚上八点。

偌大的办公楼只有她这一间办公室还亮着灯，许奈奈倒了杯热水，伸了个懒腰，活动了一下酸疼的身体。

这时，微信弹出消息。

FY：正巧路过你们公司，要一起回去吗？

电脑文件传输进度显示已完成，许奈奈拔下 U 盘。

Nacia：可以，我现在下来。

黑车仍然停在下午她下车的位置，只是林汀云从后座移到了驾驶座上。

手机被放在驾驶座和副驾驶座中间的凹槽里，备注"时雨"的电话打进来，响了很多声，他终于按下接听键。

"阿云，你还在淮宜吗？"

林汀云耳朵上的蓝牙耳机闪烁，右侧耳骨上的黑痣若隐若现，他语气冷淡地问："有事？"

时雨的声音一如既往地轻柔："爷爷今天出院了，我去接他的时候他向我问起你呢。"她稍微停顿了一下，带着试探的口吻说，"你今年要回来和我们一起过年吗？"

大地银装素裹，暮色裹挟着风雪，一眼望去一片苍茫。

许奈奈裹着围巾的纤弱身影出现在黑暗尽头。

林汀云打开双闪："如果你们想过个好年，最好别让我回去。"

电话那头，时雨咬紧下唇，潋滟的瞳仁微微颤动："其实只要我们两个站在一起，阿姨的情绪一般都会很稳定的。哦，对了，我这儿还有你哥哥的几件衣服……"

"我不在的时候她的情绪更稳定。"

时雨不死心地说："阿云，我们知道你怨你哥哥，可是你既然愿意回淮宜，肯定不会希望这个家如此支离破碎，那你为什么就不能——"

时雨难以置信地听着听筒里的忙音，他竟然会挂自己的电话。

许奈奈刚走近，车门就缓缓打开，车里的暖气霎时传遍全身。

林汀云关了手机屏幕，右手搭上方向盘，看见她手里的电脑包："放假还加班？"

许奈奈把围巾松开点儿："有空就看看。"

她对待工作似乎总是那么认真、严谨。

林汀云没有多说，问道："回去吗？"

许奈奈刚想点头，忽然想到什么："你家有菜吗？"

"什么？"

许奈奈已经知道答案了："去一趟超市吧。"

林汀云不解地问："怎么了？"

许奈奈微笑着道："我们俩家里的加起来估计都凑不出两盘菜。"

林汀云："……"

许奈奈最近加班加得有些过分，家里都没开过几次伙，冰箱里仅剩搭配面条的小白菜。

腊月二十九这天，大部分商店已经关门，只有少部分商店还在营业。

许奈奈循着记忆给林汀云指路，奈何她是个路痴，车子绕了好几条街才找到一家开着的超市。

林汀云欲言又止："其实年三十也有餐厅营业，可以点外卖。"

"那怎么行？"许奈奈虽然心虚，但还是硬着头皮反驳，"哪怕只有一个人过年，在家做饭的仪式感也不能少。"

林汀云低声问："你的身体可以吗？"

许奈奈低头解开安全带："还行，现在已经没那么不舒服了。"

和异性聊这个话题总有些尴尬，她清了清嗓子，一本正经地说："难道你不准备跟我一起拿东西？"

林汀云垂眸，眉峰挑了挑。

夜间超市人很少，蔬菜和肉食区大部分都已经清空，大概是因为明天就要过年放假了。

许奈奈刚推出一辆推车，下一刻就被林汀云"劫"走。

林汀云的身形高大，浑身散发着不容忽视的矜贵之感，此刻他却单手推着沾有菜叶子的推车。

见许奈奈不动，林汀云回头："不走吗？"

许奈奈埋在围巾里的嘴唇弯了弯："来了。"

许奈奈在肉食区挑了些排骨，在蔬菜区拿了冬瓜，在半成品区拿了南瓜饼、春卷和米酒汤圆，最后在冰柜里拿出一箱芦荟味酸奶放到推车里，转头一看卖饺子皮的地方只剩下面粉了。

许奈奈遗憾地"啊"了一声："没有饺子皮了。"

林汀云不懂她在遗憾什么："明天我让人送饺子过来。"

许奈奈皱眉说："包饺子可是春节的头等大事，怎么能买包好的？"她转头拎了一袋面粉。

淮宜处于南北的交界线，米饭为主，面食大都靠买。

许奈奈仰头看向他："你会和面吗？我家买了擀面杖，还没用过。"

林汀云："……"

许奈奈觉得自己大概问了句废话。

"算了，试试。"她自顾自地将面粉放进推车，后来又拿了碎肉和韭菜。

这不是许奈奈第一次和人搭伙过年，却是第一次这么自在。她之前读博的时候经常留校，当时和课题组的同学们一起过年，买菜时总有分歧。林汀云属于吃饭完全不挑食的人，许奈奈买菜便显得很轻松。

等她选了一些小零食后，他们去收银台付了款。

林汀云抢在许奈奈前面出示付款码，许奈奈不动声色地给他的支付宝转了账。

她拎着几个塑料袋："我邀请你一起过年，至少也要 AA 吧，不然显得我占你便宜似的！"

林汀云似乎想说什么，可看见她轻松的笑容，最终没有开口。

不得不说身边有一个成年男性会省下许多事，平时许奈奈要搬几趟的购物袋，林汀云一次性就都拎进了后备厢。

价值千万的车后座上堆满了廉价的小零食，许奈奈有些暴殄天物的心虚感。

砰的一声轻响，林汀云关好后备厢，绕了过来："怎么还站在外面？"

许奈奈移开视线，忽然看见不远处绽放在夜空中的烟花，原来他们已经开车到了郊区。

"我们要不要也去买点儿鞭炮？"许奈奈小声地提出建议，一双眼睛里流转着期待的光。

林汀云低头看她："去哪儿买？"

许奈奈指了指不远处，补充了一句："这次我肯定不会带错路了！"

许奈奈虽然没来过淮宜郊区，但或许是出生在农村的直觉，车拐了几个弯还真的找到了售卖鞭炮的小卖部。

许奈奈的眼睛都亮了。她每种爆竹都买了些，林汀云很自然地帮她拎起塑料袋。

黑暗的田野边回荡着摔炮的回音，偶尔有几个小孩儿跑出来在黑夜里放蹿天猴。

许奈奈手里也拿了几根，犹豫着怎么同林汀云借打火机："你小时候放过鞭炮吗？"

"嗯。"

许奈奈惊讶地说："你竟然也会放鞭炮。"

林汀云看了她一眼："我为什么不会？"

"我以为……"

啾——砰！尖锐的鞭炮声蹿上夜空，短暂地炸开一小簇火花，仿若星子坠落，不远处传来小孩子们欢快的笑声。

林汀云正等着许奈奈的下半句话，忽然一支蹿天猴递到他眼前。

许奈奈兴奋地说："你要不要跟他们比比谁的蹿天猴放得高？"

林汀云看着小鞭炮，认真地说："烟花火药是根据固定的高度的物理方程计算后进行填充的，同一类型的鞭炮上冲高度误差在百分之五上下，差别不大。"

许奈奈："……"

许奈奈无语地往上拉了拉围巾，只露出一双眼睛，低垂着头小声嘟囔："那也还有基础高度和百分之五的误差呢。"

林汀云低笑一声，修长的手指捻动蹿天猴的引线。

咔的一声，打火机点燃引线，下一秒引线滋滋燃烧。

许奈奈一愣："你……"

鞭炮从林汀云的指间猛地蹿出。啾——砰！一小簇烟花冲上夜空又快速下落。

许奈奈被吓得不轻："你……你怎么这么突然？"

"看看哪个更高。"

林汀云弯腰又拿出几支蹿天猴同时卡在虎口处。

"哎！"

林汀云侧眸。

许奈奈往旁边退了几步，小心地指了指他的手："不怕被炸到吗？"

她虽然喜欢放鞭炮，但玩这种有冲击力的鞭炮大都非常谨慎，哪儿像他似的，眼睛眨也不眨地说点就点。

林汀云勾唇，眉毛轻挑："怕什么？"

话音刚落，数支引线同时被点燃。

"哇！"

"你们看那边！"

"他们有好多呀！"

不远处，小朋友们兴奋的声音响起来。

"我也试试。"许奈奈观望了片刻，先拿了一支，成功点燃后大着胆子学着林汀云在手上拿了数支。

越来越多的小孩子跑到周围围观。

小朋友们攒几天的零花钱才能买一支鞭炮，而大人却可以肆无忌惮地购买。

许奈奈越玩越起劲。

砰砰砰！一阵阵火花簌簌坠落，小孩子们欢呼雀跃，许奈奈的眼睛在黑暗中明亮璀璨。

林汀云将双手插在黑色风衣的口袋里，静静地站在她身后，嘴角噙着温柔的笑意。

许奈奈放完了自己买的一大袋蹿天猴还不够，中途又去小卖部买了几把，等她反应过来的时候已经快要十一点了。

意识到时间不早，她将剩下的鞭炮分给了小孩子们。

"小孩儿真好，放一支鞭炮都能开心一整天。"许奈奈上了车，感叹地听着越来越远的欢笑声。

林汀云单手打方向盘，随口说："过会儿他们的父母就要出来抓人了。"

"嗯？"许奈奈抱着包歪头浅笑，"你很有经验？"

林汀云："一点点。"

许奈奈低笑出声："我还以为你是那种童年没什么娱乐活动的小孩儿，你们家对你应该要求很高吧。"

林汀云侧目："我哥很喜欢放鞭炮。"

许奈奈惊讶地说："你还有哥哥？"

"嗯。"

"他比你大很多吗？"

"八岁。"

"你们小时候是不是经常偷偷跑出去玩，被父母抓住后锅都甩你身上？"

林汀云转头看向她。

许奈奈眨了眨眼："怎么了？我周围有哥哥、姐姐的朋友都是这样。"

"没有。"林汀云的眸光闪烁，他似乎陷入回忆，"他不会让我被父母看见。"

许奈奈感叹："你哥哥对你真好，你们的感情一定很不错吧。"

林汀云微怔，薄唇紧抿，握住方向盘的手指缓慢收拢。

黑色轿车畅通无阻地穿梭在空荡荡的马路上，窗外景色浮光掠影，年关将近的夜晚，路灯照在街上显得有些萧索。

车子驶进小区地下车库，身边没有动静，林汀云转头，发现许奈奈不知何时睡了过去。

她的脑袋斜靠着安全带，白色围巾的绒毛遮挡了她大半张脸。她应该是极累的，眼底乌青弥漫，怀中仍然抱着电脑包。

林汀云沉默片刻，探过身，骨节分明的手指搭上安全扣。

咔的一声，安全带被解开。

许奈奈的额头即将撞上车窗的前一秒，他抬手托住她的侧脸。

车内暖气充足，掌心触感绵软，女人身上清淡的发香缱绻缭绕。

林汀云眼睑低垂，温柔且心疼地为她拨开散到眼前的发丝。

空荡无人的地下车库萧索而静谧，车灯的光氤氲迷离，女人的红唇轻合，白皙的脸颊有一道很浅的被安全带勒出的红痕。

林汀云的黑眸闪烁，喉结上下滚动，他忽然有种想要吻她的冲动。

回家的这段路似乎格外漫长，许奈奈醒来时发现车刚刚泊进地下车库。她缓慢地坐直身子，脑袋还有点儿蒙："抱歉，我刚才不小心睡着了。"

林汀云默默地将绕完第三圈的车停进停车位："没事，刚到。"

安全带系在身上似乎换了个位置，不过许奈奈并没有多在意："明天来我家吗？"

后备厢放满了今晚采购的食材，她猜林汀云在家应该没做过饭。

"可以。"

采购的食材仍然由林汀云拎着乘上电梯，二人在走廊分别。

"晚安。"林汀云忽然在背后对她说。

许奈奈稍微一愣，浅笑一下："晚安。"

窗户外万家灯火一盏盏熄灭，似乎在等待迎接年末的最后一天。

林汀云没开室内的灯，他半倚着阳台的栏杆，修长的指节之间夹着一支雪茄，却并没有点燃。旁边相隔一米的阳台上，窗帘透出微光。

本身他就烟瘾不重，再加上上次偶然听闻她不喜欢烟味，他已经很久没有抽烟了。

隔壁阳台的地板上时而投下人影，大抵是她在客厅里来来回回地走动。

林汀云的手机振动，是时雨发来了几条消息。他不太想看，干脆将手机调成静音扔到一边。

露天阳台染上寒冬腊月夜晚的冷肃，林汀云微微仰头，一呼一吸间淡淡的白雾缭绕散开。

上一次有人在身边陪他过春节是什么时候？好像已经是十五年前的事了。

隔壁的灯熄灭，林汀云黝黑的眼底倒映的最后一缕光消失。

他忽然想到十几年前，那是 2011 年的除夕，房间冰冷空旷，偌大的别墅在用人走后更显清冷。

别墅巨大的落地窗前是一架奢靡华贵的钢琴，少年靠着琴架，手机听筒里是女人哽咽的哀求。

"阿云，回 M 国吧，回来吧，算妈妈求你。"

女人声声泣泪，从哀叹到歇斯底里。

"好。"他麻木地应下。

电话那头瞬间安静下来，随即爆发出惊喜的声音："真的吗？阿云，妈妈就知道……"

少年挂断电话，眼神漠然。他陷入黑暗中，孤独地凝望着远处朵朵升空的璀璨烟花。

直到手机屏上方弹出一条 QQ 消息。

零点时，一个网名叫"叶子"的女孩儿给他发来了一句"新年快乐"。

红日冉冉升起，乍破云层的晨光逐渐揭开夜幕的黑纱。

门铃响起，林汀云打开大门。

"差点儿忘了今天还要贴对联，还好我们公司发了几副，你要选一副吗？"

许奈奈穿着鹅黄色的毛绒家居服，一只手抱着一沓对联，另一只手拎着小板凳。

林汀云松开门把手让她进来："怎么贴？"

许奈奈讶异地说："你不知道？"

她把几副对联摆在茶几上，对联下方有"启耀生物"的标志。

"我准备贴这一副。"

大概是因为今天没打算出门，她打扮得比较随意，用一个发夹将长发松松垮垮地绾住，整个人显得随意又知性。

林汀云收回视线，看见对联上的字，上联是"占天时地利人和"，下联是"取九州四海财宝"，横批是"财源不断"。

他笑了一声："倒是吉利。"

许奈奈得意地笑着："你也选一副。"

林汀云对这些没感觉，随便拿了一副。

许奈奈拆开包装，搬着小板凳准备去外面贴对联。

忽然一只手臂从后探来，林汀云温热的呼吸喷洒在耳侧："我来。"

许奈奈侧头，唇瓣轻柔地蹭过他高挺的鼻梁。顿时，她的瞳孔一缩。

啪嗒一声，手上的胶带掉在地上滚了几圈，许奈奈从凳子上慌乱地跳下来。

林汀云回望她落荒而逃的背影，抬手摸了摸自己的鼻梁，薄唇弯起浅浅的弧度。

两个人搭伙过年，食材都在许奈奈家，林汀云自然而然地来到她家。

许奈奈躲在厨房里不敢出去，支架上的手机里还播放着怎么和面的视频教程。

她有些心不在焉，低头准备和面。

厨房传来"啊"的一声，林汀云闻声立刻走进来："怎么了？"

许奈奈尴尬地捻动被糨糊裹着的手指："水好像加多了。"

林汀云："……"

许奈奈目瞪口呆地看着他娴熟地准备水和面粉，他的袖口挽至腕骨以上，骨节分明的手指灵活地将面粉揉成一团。

她咽了口唾沫："你竟然会和面？"

林汀云淡淡地说："很难吗？"

许奈奈语塞。

"之前看你……"许奈奈话说到一半停了下来，将"切的菜那么烂"几个字咽回肚子里。

"嗯？"

"没事。"许奈奈默默地去旁边处理其他食材。

两个人的年夜饭准备得并不复杂，许奈奈炖了一锅冬瓜排骨汤，又熬了一锅米酒小汤圆，炒了几盘小菜。

菜香从厨房里钻出，扩散到整个房间。

和面与擀面皮的任务交给了林汀云。

许奈奈捧着煮好的米酒小汤圆到客厅，看到林汀云的样子，轻声感叹："没想到你还会包饺子。"

小巧精致的饺子在林汀云手中成形，他低声说："我妈妈以前经常给我哥做。"

许奈奈了然："你妈妈还会亲自做饭呢。"

林汀云抬眸。

许奈奈笑了笑："我以为你们这种家庭一般都不会亲自下厨的，毕竟油烟味那么重。"

"因为我哥喜欢。"

"原来如此。"她吹了吹碗里的小汤圆，随口一问，"那你喜欢吗？"

林汀云一愣，手里的饺子皮被捏出凹陷。

从来没有人问过他喜不喜欢。

许奈奈并没有注意到他的异常，舀了两碗米酒小汤圆忽然意识到什么："不对——米酒小汤圆里面没有酒精吧？"她握着勺子站起来，苦恼地紧皱眉头，"你还能喝吗？"

林汀云："……"

客厅里播放着没人看的《春节联欢晚会》，墙上的挂钟指到二十二点。

将几盘饺子放到冰箱冷冻层，两人一起吃了年夜饭。

窗外灯火通明，家家户户的窗户上倒映着阖家团聚的影子。

许奈奈的脸被暖气蒸得通红。

林汀云也脱下了黑色风衣，纯黑的高领毛衣衬出他完美的腰身比例。他半靠沙发，长臂搭着扶手："你有什么新年愿望？"

许奈奈单手托脸："希望明年的项目顺利吧。"

林汀云沉默了一下："这么看重工作？"

许奈奈调侃道："工作顺利才会财源滚滚呀。你呢，风云集团 CEO 的新年愿望是什么呢？"

"我没什么愿望，"林汀云的目光灼灼，喉结微动，"如果真要说的话……"

砰！外面突兀地响起鞭炮声。

许奈奈先是一愣，随后赶紧踩着拖鞋跑到窗边。

打开窗户，直冲苍穹的烟火正好炸开一片绚烂的花火，火星坠落四周。

"快来，快来！"许奈奈趴在窗户边，欣喜地朝林汀云招手。

大开的窗户窜进冷风，林汀云随手拿起她放在沙发上的外套披到她的肩膀上。

恰逢此时，电视里的主持人在喊着新年倒计时。

砰砰砰！四面同时冲出数不尽的烟花，天空顿时被照亮，宛若白昼。

"五、四、三、二、一！"

"新年快乐！"

天空飘雪，和烟花交错在一起，光影流转，照着许奈奈姣好而兴奋的容颜。

烟火声震耳欲聋，很多人在烟花的吸引下迫不及待地打开窗户朝外张望。

林汀云默默地站在她身后，目光缱绻地凝望着她的背影。

"新年快乐。"

这一刻，他好像也成了万家灯火里的一员。

虽然之前说过年没时间回去，但大年初一，许奈奈还是回了趟远宁县，她陪了许奶奶几天，直到初六要上班才踏上返程。

新年伊始，项目上的琐事总是很多，好在公司新招了几个人，许奈奈的压力才减了不少。

可工作一旦有了喘息的空隙，生活上的压力便接踵而来。

花好月圆：奈奈，真的不能开玩笑了，女人步入三十岁就只能找二婚男人了，说不定还离异带孩子。你给我个准确时间，我帮你约人。

花好月圆：不是说一定要结婚，你总得认识几个异性。

紧接着她发来了一串名片推荐。

许奈奈："……"

许慧玲对她很好，唯一无法招架的就是这狂热的催婚架势。以前她还能推托，毕竟天高皇帝远，可现在，一来她回了淮宜，二来在长辈的眼中，今年她就要二十九岁了，哪怕她的二十八岁生日刚过。

Nacia：我最近加班。

花好月圆：加班连吃顿饭的时间都没有吗？

花好月圆：我跟你说，上次我跳广场舞认识了一个阿姨，她儿子在体制内工作。

"许副总监，莱特的冷冻透射电镜预计明天抵达淮宜，这是资料。"叶素拿着资料走过来。

许奈奈扔开手机："放这儿吧。等等——"

叶素回头："许副总监，您还有什么吩咐？"

许奈奈头疼地揉着眉头，有些病急乱投医的感觉："问你个私人问题，你面对家里的催婚一般会怎么做？"

叶素一愣，随即举起右手露出戒指，笑了笑："许副总监，我已经订婚了，今年年底就准备结婚了，到时候请您吃喜糖。"

许奈奈一哽："恭喜。"

时雨拜托于绍打听到了林汀云的新住址，好几次"守株待兔"后终于堵住了他的车。

车前，时雨拎着包，眼睛被冷风吹得通红："阿云，爷爷又生病住院了，你不去看看他吗？"

林汀云虽然从不轻易对人示以凌厉的一面，但他决定的事向来没人可以动摇。若说家里还有谁能让他稍微顾忌，大概就只有林居明了。

林汀云扶着方向盘，冷淡地看着挡在车前的时雨。

"阿云。"

咔的一声，他打开车锁。

时雨一喜，连忙坐进副驾驶座："阿云，今年过年家里可热闹呢，你的几个叔叔也回来了，三表哥的女儿已经上幼儿园……"

黑色轿车驶向林氏私立医院。

哪怕得不到林汀云的半点儿回应，时雨仍然温和地讲述着家里的情况。

住院部 VIP 病房所在的区域很冷清，林汀云的臂弯处搭着外套，他径直走向最里面的那间病房。

林居明正坐在轮椅上看报纸，听到动静，缓慢地放下报纸转头，脸色微变，时雨站在林汀云背后赶紧对他使眼色。

"您要见我不用装病。"

话音刚落，二人皆是一愣。

时雨拿着包的手指收紧，红唇尴尬地翕动，她刚想说什么，看见林居明无奈地朝她摆了摆手。

时雨无声地叹气，为爷孙俩关上房门。

"胡说，我装什么病？"林居明丝毫没有被拆穿的尴尬，一本正经地抵着唇咳了几声。

林汀云面无表情地给他倒了杯水："有什么事？"

"你说的什么话？没事我就不能见你吗？咳咳！"林居明又咳了几声。

林汀云漠然地看着他演戏。

林居明见他无动于衷，尴尬地挺直腰背："你就要二十九岁了，小雨是个好孩子。"

"不可能。"

林居明哽住："那你要怎么样？一个人孤独终老吗？"

"我可以不结婚。"

"你！咳咳——"林居明这次是真的被气到了。

林汀云再次面无表情地给他加满热水。

"不管怎么说，你不喜欢小雨也行，但不可以不结婚！上次我跟你说的女孩儿就很好——不准说不！"林居明瞪着眼睛阻止林汀云即将开口的拒绝。

他苦口婆心地说："这是我老朋友的学生，A大生物医学本硕博连读的天才，当时可是我花了好大的心思才把人家从鹭城大学挖过来的，能力强，又谦逊，跟你同岁，长得俊俏，性格也好，我瞧着和你十分般配，现在也还单身……"

林汀云越听越觉得熟悉。

林居明时刻关注林汀云的表情，开始使用激将法："我打听了，人家现在也被家里安排了到处相亲，你别老觉得我在逼你，你去见人家，人家也不一定能看得上你。"

林汀云："……"

老爷子哼了两声："怎么样？心动了吗？"

"爷爷。"林汀云的眼睛眯起，露出若有所思的表情，"她叫什么名字？"

"奈奈，快来！"

许奈奈刚下班，就被许慧玲拉着上了出租车。

"我听介绍人说对方是个很优秀的青年，刚刚从国外留学回来，学的也是生物医药，跟你是同行，你们一定有共同话题！"

那天许慧玲说要给许奈奈安排相亲后，许奈奈迫于无奈去见了几个被媒人包装得天花乱坠，实则十分奇葩的"精英男人"。

有些相亲过程过于离谱，许奈奈不忍许慧玲失落，便说自己和人家合不来，然后找理由拒绝后面的相亲。直到今天，许慧玲终于忍不住直接来公司门口堵人。

"奈奈，姑妈知道你优秀，但要求也不能太高了……"

许慧玲苦口婆心地劝说，许奈奈无奈地揉着太阳穴，看着车窗外的风景往后倒退。

这次相亲约在时代广场负一层的咖啡厅，许慧玲陪着许奈奈来到门口，冲她挤眉弄眼，甚至学着年轻人做了个加油的手势。

许奈奈："……"

许奈奈对着微信上发来的座位号找到了靠窗的卡座，第一眼看见的便是相亲对象锃亮的发顶。

她犹疑地走上前："你好？"

相亲男摸了两把没几根头发的脑袋，看到她的长相时眼前一亮："你好，是许小姐吧？"

许奈奈"嗯"了一声，坐到他的对面，服务员送上菜单。

"一杯卡布奇诺。"

"好的，女士。"

相亲男看了一眼菜单上的价格："看来许小姐平时消费还挺高的呀。"

许奈奈微微皱眉。

相亲男笑了两声："许小姐别介意，我这人说话比较直。哈哈哈，女人嘛，婚前适度消费是完全可以的，但要是结婚过日子的话还是需要省着点儿。听说你是免疫学的博士？"

服务员端上咖啡，许奈奈淡淡地点头："嗯。"

"真巧，我在国外攻读的也是相关专业，今年刚回国。你们国内的土博士应该不知道，国外这些年在这个领域遥遥领先……"

相亲男越说越夸张，俨然一副成功人士荣光归国的姿态。许奈奈自始至终没什么表情。

"许小姐，请问你以前谈过恋爱吗？"相亲男凑近，认真地解释，"我这个人还是挺保守的，许小姐应该理解吧？"

许奈奈抿了口卡布奇诺，笑着反问："先生谈过恋爱吗？"

相亲男颇有几分自豪："嘿，哪个男人年轻的时候没点儿……"

"看来先生的情史很丰富哇。"

许奈奈看了眼时间："今天的时间不早了，我先回去了。"

"我送你，我送你！"相亲男赶紧站起来。

他与许奈奈差不多高的个头，故意露出手腕上花五千块买的新表。

"许小姐，我很喜欢你的长相，性格我也觉得不错。忘了跟你说，我已经进入启耀生物研发部的最终面试，谈的薪资还不错，月入过万不是问题，以后结婚，我希望家里的钱由我来管。对了，启耀你大概不知道吧，就是现在跟风云集团合作的大公司，未来发展前景非常好……哎，许小姐，我看你这么瘦，生育方面会有问题吗？"

许奈奈感到肩头一热，脚步骤然停顿。她强忍着踹人的冲动，将他的手臂从自己的肩膀上扯下来："请您自重。"

许奈奈的手指用了力，相亲男顿时痛得龇牙咧嘴。

他干笑两声："许小姐真会开玩笑，未来我的打算是生两个孩子，一男一女，咱们中国人看重的就是一个儿女双全，对吧？"

许奈奈："……"

"我妈说了，女人还是得顾家。听说你现在是搞研发的，会不会很忙，以后能平衡家庭吗？"

许奈奈："……"

相亲男不死心地又准备上手："许小姐，婚后我还是希望你可以辞职……啊——"

相亲男的手腕被人攥住。

许奈奈一愣，回头看见林汀云不知何时站在身后。

林汀云云淡风轻地手上用力，相亲男踉跄着后退数步，一屁股坐到地上。他抱着手臂，疼得脸色苍白。

相亲男难以置信地来回打量着他们："你……你有男朋友还出来相亲？不知廉耻！"

林汀云的眸光微冷，他从怀里掏出纸巾，一点点擦拭着方才许奈奈被碰过的地方。

许奈奈退后一步，林汀云的动作一顿。

"首先，我不想把话说得太绝，但先生，您的做法属实不地道。"许奈奈冷漠地从口袋里拿出一张写着"启耀生物研发部副总监"的名片扔到他的身上，"其次，明天的面试你不用来了。"

许奈奈居高临下地站着，仍然保持着良好的社交礼仪："祝您早日找到良缘。"

相亲男的脸色骤变，他最终连滚带爬地跑走。

"练过吗？"林汀云在身侧开口。

许奈奈低头咧了一下嘴："学过一点儿女子防身术。"

林汀云并不意外，毕竟他还亲眼看见过她脸不红心不跳地将比她重两倍的成年男性踹进花坛，她对此似乎很有防范意识。

许奈奈随口问："你怎么在这边？"

林汀云回答："总部在附近。"

许奈奈抬头，果然看见旁边一栋巍峨入云的大厦顶端上挂着显眼的"风云集团"四个字。

"地段不错。"

手机振动起来，她解锁一看，是刚刚的相亲男。

夸张的自拍头像下面弹出几条消息——

卡布奇诺五十四块钱。

餐位费 AA，一人二十四块钱，加起来七十八块钱。

头顶传来林汀云一声低笑。

许奈奈："……"

许奈奈嘴角抽搐着给相亲男转去一百块钱，看到对方秒收款后，她立刻把人拉黑。

林汀云与她并肩，忍不住嘴角上扬："刚刚是在相亲？"

"嗯。"许奈奈半是无奈半是开玩笑地说，"总得给家里人一个交代，毕竟在他们眼中，我这个年纪，再不相亲的话就只能找二婚男了。"

林汀云垂眸："那未免太过暴殄天物。"

许奈奈勾唇，不置可否："我先走了，晚上还约了朋友。"

"要我送你吗？"

"谢谢，不用了。"许奈奈笑了笑，"再见。"

林汀云望着她离开的背影："再见。"

在又一次相亲失败后，许奈奈秉持着多一事不如少一事的原则，仍然没有将不愉快的相亲过程告诉别人，倒是男方倒打一耙，明里暗里说她太强势，不好相处。

许慧玲听到这话顿时不乐意了，跑去同介绍人理论了一番，双方闹得不太愉快，之后她给许奈奈介绍对象也不如以往频繁了。

许奈奈一点儿也不在乎这种无关痛痒的诋毁，刚好冷冻透射电镜也到了，公司研发部新招了不少员工，她每天忙得乐在其中。

周五下班后，许奈奈去超市采购了些食材。

过年时林汀云包的饺子留在了她家，当时她就有点儿过意不去，毕竟人家花了心思做的东西一点儿没带走，这次她便想着多包点儿饺子给他送去。

Nacia：你什么时候回来？

林汀云没有回复，许奈奈放下手机，将长发扎成低马尾，去厨房处理食材。

初春，周末的阳光温暖惬意。

许奈奈买的是现成的饺子皮，她熟练地将包好的饺子摆到客厅铺上薄膜的桌面上。

手机忽然振动了一下，却不是林汀云发来的消息。

林院士：小许，今晚有空吗？

许奈奈在围裙上擦了擦手。

Nacia：有的。

林院士：最近公司怎么样？今晚出来吃顿饭吗？

林居明成立启耀生物有限公司后并没有掌握实权，他更像是个中间桥梁，将手底下的人脉聚拢在一起，共同做一个他从未涉猎过的项目。

在许奈奈心中，除了自己的恩师严正华，最为敬佩的人就是林居明，不可否认，她能有现在的地位，多亏他的看重。

当时许奈奈初回淮宜，对于新公司的人和工作流程都不熟，大都是林居明带她出去参加各种酒局，拓展人脉，她猜测今天大抵也是同样的目的。

Nacia：好的，您把位置发过来。

许奈奈将饺子收拾好，然后去洗了个澡，并化了个淡妆。她选了一件淡绿色的长裙，外面搭配了一件白色针织衫。

许奈奈出门时是下午五点，等她坐上出租车，林汀云终于回复了她消息。

FY：怎么了？

微风吹进车窗内，许奈奈将碎发别到耳后。

Nacia：下午多包了些饺子，想给你分点儿。

FY：现在有空吗？

Nacia：晚上有事。

对话框上方显示"对方正在输入"，过了半天林汀云才发来信息。

FY：公事？

Nacia：嗯。

林居明发来的定位是江边的一家高级法国餐厅，许奈奈刚到门口，便被统一服饰的服务员引上二楼包厢。

林居明穿着中山装等候已久，身边并没有别人。

"林老先生。"

林居明和蔼地笑了笑："小许来了，坐。"

许奈奈坐到他旁边，看着面前显然是两人用餐的长桌，她有些疑惑："今天是要见……"

林居明率先张口："小许，我还记得你之前说，你喜欢有责任心、能力出众，还比你大一点儿的男人，对吧？"

许奈奈的眉头一皱："是这样……"

林居明故作苦恼地说："我之前大概有跟你说过，我有个孙子与你同岁，刚好比你大几个月，样样都好，就是身边没个女朋友。唉，可怜我一个老头子一大把年纪了还要替他操心……我看你是个好孩子，不知道能不能帮我劝劝他？"

许奈奈："……"

头一次听人把相亲说得如此清新脱俗。

"其实我也……"没什么经验。

许奈奈的话还没说完，吱的一声，包厢的房门被打开。

她回眸，顿时愣住了。

林居明朝来人招手："阿云，快来。"

林汀云穿着浅灰色的休闲西装，没有扣上扣子，显得有几分随意。他单手插兜，一步一行间，西装裤衬出他那双优越的长腿。

林居明自顾自地开始介绍："奈奈，他叫林汀云，跟你同岁，哦，对了，他高中也在淮宜读的，说不定你们还是……"

林汀云拉开椅子，坐到她对面："爷爷，我们是高中同学。"

林居明一愣："认识呀，那敢情好！"

他就说这小子怎么听到许奈奈的名字后突然愿意来见见。

林居明满脸喜悦地站起来，助理赶紧进来扶他，他暧昧地说："我就不打扰你们了，哈哈哈……你们好好聊。"

砰的一声，包厢门再次被关上，室内顿时只剩下诡异的安静。

"公事"突然变成"私事"，许奈奈还沉浸在突然见到林汀云的震惊中。

菜单被推到跟前，林汀云修长的手指按着菜单边缘。

"点菜吧。"林汀云倒没有一点儿意外。

许奈奈不动声色地扫了一眼完全看不懂的法语，以及后面类似于价格的一串零。

林汀云似乎笑了一声："不跟你 AA。"

许奈奈"……"

她别开脸，随口说："我不挑食，你随便点就行。"

林汀云没有多说，唤来服务生，时不时冒出几句夹着法语单词的菜名。林汀云的嗓音低沉暗哑，标准的法式发音显得性感。

这不是许奈奈第一次听他讲法语，上一次还是在鹭城，他带她看"蓝眼泪"时打电话叫直升机。

服务生拿着菜单离开。

许奈奈清了清嗓子："你是林老先生的孙子？"

"嗯。"

是了，他们都姓林，只是从前许奈奈没有往这方面想过。

她笑了笑："没想到林老的孙子也要来相亲。"

林汀云注视着她，弯了弯嘴唇："毕竟在长辈眼中，我这个年纪再不相亲，二婚的都不要。"

许奈奈："……"

气氛骤然缓和，许奈奈忍俊不禁，同样用他的话回复他："那未免太过暴殄天物。"

法式餐厅的用餐流程烦琐复杂，一顿饭吃下来吃没吃饱另说，时间倒是花了不少，二人离开餐厅时已是晚上九点。

路上车水马龙，霓虹灯璀璨闪烁。

许奈奈率先轻松地开口："我知道你也是被家里逼着出来相亲的，

按照流程的话，我明天会跟你爷爷说我们两个人不太合适，这样也不会……"

"他们逼不出来我。"

气氛陡然变得微妙起来，许奈奈缓缓地抬头。

"是我知道你会来才来的。"

许奈奈一怔。

林汀云不懂什么是相亲流程，但他想，至少还差一个正式的自我介绍。

"我叫林汀云，到今年8月满二十九岁，高中在淮宜一中，S大工商管理博士学历，现任风云集团首席执行官，近几年公司发展重心朝生物医药倾斜，旗下子公司涉猎项目包含但不限于肿瘤药物研发、医疗器械设计、人工智能医学影像诊断……"

林汀云的臂弯处搭着灰色的西装外套，白衬衫领口的扣子被解开，露出里面性感的锁骨。他垂眸认真地说："你……要和我试试吗？"

许奈奈容颜清秀，温柔的晚风吹动她摇曳的淡绿色裙摆。她没有说话，低敛的长睫毛掩盖了她的真实情绪。

林汀云垂在身侧的手指缓慢地收紧："你不一定要现在回答我。"他故作轻松地说道，"等你想好了再给我答案。"

从小到大，因为过于出众的外貌，林汀云身边从来不乏追求者。他拥有良好的教养，无论追求者多么狂热，都会游刃有余地婉拒。直到遇见许奈奈，他才初次尝到被拒绝的滋味。

林汀云已经不记得上一次出现忐忑不安的情绪是什么时候了，无论父亲对他再怎么责备，母亲冲他再怎么歇斯底里，他都只会淡漠地任他们发泄，然后安静地处理伤口，等待着下一轮的循环。

他习惯了无动于衷，心如死水般活了太多年，却从二十八岁与她重逢开始，心脏重新产生了陌生的跳动节奏。

与她的微信聊天记录停留在要不要送饺子的话题上，只是那袋饺子他并没有收到。

工作上二人的合作因为结清尾款走向尾声，他没有能与她聊天的公事了。

又是一个彻夜难眠的夜晚，林汀云半倚着阳台，修长的指节夹着快要燃尽的香烟，猩红的火星在没有光亮的暗夜里若隐若现。

隔壁的房间没有亮灯，他听于绍说，许奈奈带着新员工去首都参加培训，出差了。

她什么时候回来？她还会回来吗？

商界上叱咤风云、惹人生畏的男人在这一刻不再凌厉，他垂着眼睛，淡蓝色的烟雾缭绕，遮住了他暗淡的瞳孔。

由于公司新进的设备已经调试完毕，以及其他研发项目相继启动，许奈奈这次出差安排得很匆忙。

她带着研发部新进的员工去首都培训，3月初才回到淮宜。

和淮宜大学谈仪器共享的事因为赵志强的帮忙进行得相对顺利，许奈奈带着几个实习生跑了一段时间业务，实习生熟练后分担了她手里不少杂活。

测试中心初步投入使用，白血病新型靶向药的研究项目成功开题，许奈奈紧绷的神经放松了不少，恰好3月5日是许慧玲的生日，许奈奈请了半天假。

许慧玲作为一个给全家人鞍前马后的家庭主妇，为数不多的空闲时间是下午两点到五点。

许奈奈算着时间给她打了个电话，这时候她果然刚洗完一大家子的衣服，准备出门买晚上的菜。

"婷婷奶奶非要吃超市的卤牛肉，家里做的还不行，非要我去买，这人老了真是事多。你要带我去哪儿？"

出租车停在一家高档甜品店门口，许慧玲立刻皱眉："这是？"

许奈奈笑着将人拉进去："哎呀，您跟我进来就好。"

许奈奈预定的是二楼的小包间。她们刚落座，服务员便送上早就做好的小蛋糕和一捧康乃馨。

"祝您生日快乐！"

许慧玲红了眼眶，哽咽了好几下，嘴上却说着："这要不少钱吧？浪费这个钱干吗？我又不喜欢过生日。"

许奈奈忽略她的口是心非，督促着她："您赶紧许愿啦。"

杜梦婷虽然是许慧玲的亲生女儿，但母女二人并不亲近。

杜梦婷青春期时十分叛逆，把许慧玲气得每次都拿许奈奈举例，再加上钱翠英的无限溺爱和教唆，一直到现在，母女的关系都不怎么样。

许慧玲更是在婚后就没再过一次生日。

"我们奈奈真是长大了。"许慧玲难为情地摸了摸眼角，接过许奈奈递来的小刀，切开蛋糕。忽然腹部一痛，她佝偻起腰背。

许奈奈顿时紧张起来："您怎么了？"

许慧玲笑着摆手："不碍事，不碍事，可能是胃胀气了。"

"姑妈，你要对自己好一点儿。"许奈奈皱眉说。

许慧玲哪里不明白她的意思："刚刚又看到你姑爹了？"

许奈奈的睫毛一颤。

刚刚在楼下等许慧玲的时候，她的确在转角看到杜兴宏和一个年轻女人，只是这次的对象似乎换了一个。

许慧玲见怪不怪地苦笑："其实这些我都知道，但你也别劝我，忍忍就过去了，总不能让婷婷这么大了还要看自己父母闹离婚的笑话。"

许奈奈捏着塑料勺子，低低地"嗯"了一声："姑妈，我准备过几个月去看看房子。"

"怎么了？现在住的地方不好吗？"

许奈奈摇摇头："我是想买房子。"

许慧玲一惊，笑着说："可不得了了，我们奈奈都准备买房子了。"

许奈奈托着腮轻笑："暂时只是先看看，还没那么多钱呢，有个属于自己的房子总觉得安心。"

许慧玲知道许奈奈这么拼命是为了什么。

当今社会，虽然提倡男女平等，但女性在婚姻中仍然处于弱势地位，别人或许还有娘家作为后盾，就算在婆家受了委屈，也还有父母作为避风港。可许奈奈不一样，她身后没有任何人。

许慧玲轻叹："你别给自己太大压力，看你这脸色，恐怕最近又天天熬夜加班吧？"

许奈奈摸了摸脸，轻笑着说："有这么明显吗？"

许慧玲越发心疼："你以后结婚留在淮宜，生了孩子我去帮你带，肯定不让男方家里人欺负你，你没有妈妈，我就是你的妈妈。"

"哎呀，您别想得那么远，"许奈奈有些感动，"对象都没有呢。"

许慧玲皱眉。

因为上一次的奇葩相亲男，许慧玲跟介绍人闹得很不愉快，对方自然也就没有给许奈奈介绍对象。

为此，她最近特地提高了跳广场舞的频率，结果认识的人的儿子大多已经结婚了。

"没关系，等姑妈再给你相看。咦，你是不是有情况了？"许慧玲说到一半，忽然注意到许奈奈的心不在焉，她的眼睛亮了，"是之前给你介绍的人里面有觉得合适的了？是张阿姨的儿子，还是……"

"不是，"许奈奈戳着蛋糕，含糊地应了一声，"不是您之前介绍的。"

这便是真的有情况了。

许慧玲来了精神："那是谁？谁介绍的不重要，重要的是对方人品好不好，有没有责任心。对了，他是什么家庭？"

"高知家庭……"许奈奈吞吞吐吐地说，"反正他很有钱。"她又补充道，"非常、非常、非常有钱。"

许慧玲沉默下来。

"我回淮宜是因为我的老师帮我介绍到他朋友的公司工作，就是之前跟您提过的林院士，他是那位院士的孙子，最近和我们公司合作的乙方 CEO。"

许奈奈越说声音越小，等待着许慧玲的反驳。

却不想，许慧玲轻笑出声："我们奈奈竟然已经成为那么厉害的人的甲方了。"

许奈奈没想到许慧玲的第一句话竟然不是反对。

"您不是说……"

"门当户对确实很重要，"许慧玲沉默了一下，轻声说，"可是你之前不是也问过我，家庭差距太大真的就一定不幸福吗？姑妈经历的是一场失败的婚姻，实际上并没有资格给你提供明确的建议，我只能以我失败的经历告诉你，不门当户对，是有可能不幸福的，但我们也不能保证，门当户对就可以完全避免这种风险。"

"你只需要明白，无论何时何地，哪怕对方与你的差距非常大，你也要时刻保持清醒，不要像我一样，将自己的一切完全奉献给男人与孩子……"许慧玲顿了顿，含笑的眼里一片清明，"你喜欢他，对吗？"

许奈奈一愣："我……"

"姑妈相信，我们奈奈这种高才生一定有自己的判断，"许慧玲温柔地抚摸着她的鬓角，"那么，剩下的就询问自己的心吧。"

许奈奈给许慧玲打了辆出租车送她回家，自己却没有回家。

初春的傍晚晚风微凉，时代广场一片灯红酒绿。

她拎着包，漫无目的地走在街边，直到一对小情侣走到她面前。

女孩儿腼腆地说："美女，可以帮我们俩拍张照吗？"

许奈奈点点头，小情侣以身后的大厦为背景亲昵地依偎在一起。

"三、二、一！"她按下拍摄键。

女孩儿欣喜地过来道谢："谢谢。"

"不客气。"

女孩儿接过手机，男孩儿半搂着她。

"宝贝，以后我们要是能去这里上班就好了。"

"一定可以的，到时候我们一起努力，买个大房子。"

"然后再生个宝宝。"

"谁要跟你生宝宝！"

小情侣打情骂俏的声音随风飘远，许奈奈恍惚地抬头，这才发现对面是风云集团的大厦。

广场前有很多人，滑滑板的、带孩子出来玩的、卖花的，人群熙熙攘攘，大都成双成对，热闹非凡。

不知为何，许奈奈忽然很想见他，她拿出手机。

Nacia：你在公司吗？

对方秒回。

FY：在。

Nacia：我在你们公司楼下。

FY：等我。

他回复得太干脆，许奈奈捏着手机出神。身体忽冷忽热，是血液因为情绪波动而开始翻涌。

"奈奈！"

男人的声音穿越重重人群在身后响起，她蓦然回首。

喧嚣的背景倏然虚化，周围的世界好似在这一刻变成电影里的慢动作。

林汀云走到她跟前，却不敢先开口。

两人相对沉默着，只剩下他轻喘的呼吸，以及不知是谁震耳欲聋的心跳。

许奈奈攥紧手机的手指微微战栗："你来了。"

林汀云是跑过来的，敞开的风衣外套被晚风吹起边角。他的气息不稳，那双极好看的眼睛里情绪复杂。他的目光炙热："我来了。"

许奈奈知道自己是个胆小鬼，她理智得可怕，正因为无人可以依靠，她才会把人生的每一步都过得像提前演算好的数学方程，计算出最好与最坏的结果，然后做出权衡利弊的选择。

她可以因为追求不同果断地离开 A 大，放弃所有人眼中的大好前程，可以接受自己去鹭大后受到的挫折，也明白跳槽到淮宜是自己的最优选。

同样，她也畏惧一切不确定因素。

站在岁月的彼端回望，她上一次冲动，竟然还是学生时代追逐他时的不顾一切。

原来，比年少时暗恋更为致命的，是重逢后他要比以前更加优秀。

原来，惊艳过自己整个青春的人即便再次相遇，也仍然无法做到无动于衷。

"林汀云。"

"我在。"

晚风温柔，围绕着他们浅浅浮动。

许奈奈手握历经漫长岁月得来的选择权，突然想再冲动一次："我们试试吧。"

马路上飞驰而过的汽车卷起尘埃，人声嘈杂，林汀云黑色的衣摆被风轻轻地吹动，他的手掌蓦地收拢成拳，心跳的节奏在这一刻全盘错乱。

林汀云的眼底复杂与欣喜纷乱交错，最终汇成一句沙哑中带着细微战栗的低语："我以为你不会再给我答案了。"

在这段仿佛度日如年的等待时间里，他极力克制着无数次想去见她的冲动。

他答应了给她时间去思考，也做出了尊重她意见的承诺。

在鹭城没有开口的告白，在几百个日夜后的今天得到回应，他应该庆幸自己还拥有等她回应的机会。

"我在你眼中就是个言而无信的人吗？"许奈奈的心同样跳得很快。

"只不过，我想要一个正式的开始，"许奈奈的手指轻轻握紧，她小声地说，"你是不是……还有一句话没对我说？"

很多人说，一段感情不清不楚地开始，大多也会不清不楚地结束。但随着年岁渐长，这种界限也越来越模糊，成年人之间已经无需太多言语，便能默契地知晓对方的意图。可许奈奈还是幼稚地希望有一个清楚的起始点，哪怕它的句号来得很快，抑或真的会开启直至人生终点的旅途。

林汀云怎么会不懂她？

"奈奈，"林汀云含笑低声道，"做我的女朋友，好吗？"

许奈奈潋滟的瞳光泛起笑意："好。"

华灯初上，霓虹闪烁，街道纵横交错，人群来来往往。

"为什么今天会想到过来？"

身份突如其来的转变对两个从未谈过恋爱的人来说都很陌生，他们并肩而行，之间始终保持着一拳的安全距离。

许奈奈垂头看着裙摆翻动："如果说是想见你，你信吗？"

林汀云的心绪微动，他低声说："你可以跟我说的。"

"然后呢？"

"我就会来找你。"

许奈奈调侃道："那如果我在很远的地方呢？"

林汀云垂眸看她："我也会来。"

他的眼睛很好看，标准的内双丹凤眼，眼尾狭长，黝黑深邃的眼眸仿佛是一汪深不可测的大海，深沉而蛊惑。

许奈奈不自在地偏过头："我们现在去哪里？"

这实在是个很尴尬的时间点，吃过了晚餐，还没到深夜，许奈奈第一次发现情侣之间能做的事情是如此匮乏。

"你想要那个吗？"林汀云忽然开口。

许奈奈顺着他的视线看过去，是刚刚要她帮忙拍照的小情侣在买彩灯气球。

女孩儿晃着气球亲昵地靠在男孩儿的肩膀上，男孩儿俯身在她的唇上落下一吻。

不知想到什么，许奈奈红了耳根："奔三的人了，还是别了吧。"

林汀云疑惑地说："和年龄有什么关系吗？"

"你不觉得幼稚吗？"

"为什么幼稚？"

许奈奈试图给他解释："毕竟都不是十八九岁的小……"

说话间，许奈奈的小拇指忽然被勾起，下一秒，林汀云修长有力的五指霸道地穿过她的指缝，十指相扣。

许奈奈怔住。

不知何时，二人的距离突破安全线，林汀云身上清冽的气息倏然靠近，他牵住了她的手。

感受到她的呆滞，林汀云的黑眸蕴着笑意："嗯？不是什么？"

男人掌心炙热的温度顺着紧贴的手心丝丝缕缕地传递到她的身上，相比于他的泰然自若，她被扣住的手指还维持着僵硬的姿势。

许奈奈轻轻地挣扎了一下，却被握得更紧。

她的脸红得不成样子："没……没什么。"

二人以前明明不是没有单独相处过，可为什么到现在全都变了味道？

许奈奈一动也不敢动，最终那个看上去只有小朋友才会玩的彩灯气球还是被塞到了她手里。

二人在时代广场漫步了一会儿，林汀云提出送她回家。

直到他们踏进电梯，许奈奈才想起来，自己似乎是将人从公司叫出来的。

"你不加班了吗？"

"不了。"

许奈奈紧张得双手握住气球棒，仿佛抓住了唯一的救命稻草。

林汀云挑眉："气球这么重？"

许奈奈紧张得眼睫毛像小扇子一样扑扇着，口中故作轻松地说："怕飞了。"

林汀云："……"

叮咚一声，电梯门打开，许奈奈逃命一般先踏出电梯门。

"奈奈。"林汀云在身后叫住她。

"嗯？"

"明天送你上班。"

许奈奈低声回答："好。"

她掏出钥匙准备开门。

"奈奈。"他又叫她。

"嗯？"

林汀云低笑："晚安。"

许奈奈心头微动："晚安。"

Chapter 13

别推开我

作为一个单身了二十八年的事业型女性，许奈奈一直害怕会因为恋爱或者婚姻打乱自己已有的节奏。

可事实是，她实在高估了两个工作狂能腻在一起的机会，即便住在对门，他们见面的次数也少之又少。

确定恋爱关系后不久，林汀云便因公务去外地出差，许奈奈则按部就班地加班，每天等待她的除了策划案就是项目书。

但这也给了她足够的空间和时间去适应这段感情，相比于见面时的脸红心跳，在微信置顶的对话框中聊天显然更让她自在。她发过去一张图片。

Nacia：昨天又买了几袋面粉，还是亲手擀的面皮包饺子更好吃。

与此同时，风云集团总裁办公室。

叮咚一声，手机提示音响起。

办公桌后的林汀云低头看了一眼，唇边浮起温柔的笑意。

于绍敲门进来："林总，这是万盛集团与我们公司下一期项目的合同，如果没问题的话，麻烦您签个字。"

林汀云一目十行地扫过重要信息，确定无误后拿起钢笔落下苍劲有力的签名。

于绍正准备走，忽然很不小心地瞥见自家老板的电脑浏览页面上无比醒目的标题——情侣之间必须做的一百件小事。

于绍："……"

他发誓自己绝对不是故意的！只不过老板果然恋爱了！难怪这几天有如沐春风之感，甚至都比以前爱笑了！

于绍仿佛发现了不得了的惊天八卦，秉持着下属的自我修养兼丰富的过来人经验，他大着胆子试探："林总。"

"嗯。"

于绍抱着文件嘿嘿一笑："您第一次谈恋爱吗？"

林汀云凉凉地瞥他一眼。

于绍赶紧解释："我绝对没有要冒犯您的意思！就是其实网上很多东西比较夸张，女孩子嘛，都是很在乎仪式感的，您可以先送送花，制造一些亲密互动。还有，女孩子也很喜欢记录生活，但是不能操之过急。"眼看着老板的表情不对，他赶紧说，"对不起，林总，我这就走。"

"站住。"林汀云往后靠着椅背，挑眉道，"多说点儿。"

于绍："……"

"许副总监，这张电镜图有问题吗？"叶素疑惑地看着许奈奈。

许副总监已经盯着这张图看了快十分钟了，甚至还露出奇怪的笑容。叶素忐忑极了，担心这张图有问题，恐怕实验又要重来。

"嗯？"许奈奈回过神来，有些心虚地滑了下鼠标，"没问题，你这段时间带的新人工作能力不错。"

叶素松了口气，不好意思地笑了笑："多谢许副总监夸奖。"

时间来到下午六点半，已经过了下班时间。

许奈奈的工位靠窗，她往外一瞥便看见不少人成双成对地出门。

启耀招人更喜欢招情侣或者夫妻，原因是两个人扎根在这里，跳槽的概率较小。

可是她以前怎么没发现公司有那么多对情侣？

许奈奈托腮，点开微信群，丢进去一枚重磅炸弹。

许奈奈：谈恋爱都能做什么？

程可柠：？？？

万施月：程可柠，稳重点儿！

万施月：多久了？

许奈奈：一个月。

万施月：呵，女人。

程可柠：谈恋爱真没什么意思，还不如搞钱。

万施月：你谈过？

程可柠：？

群里的两个人又开始互怼。过后，万施月老气横秋地发表意见。

万施月：都一个月了呀，那你们应该也做过不少事了吧？

万施月：不过每个人谈恋爱的感觉都不同，我给你点儿"典籍"吧。

许奈奈正在喝水，看到万施月发来的露骨文件顿时呛得满脸通红，赶紧抽出纸巾擦拭被水喷湿的键盘和电脑屏幕。

她刚刚甚至很认真地准备记笔记！

程可柠：啧，学到了。

万施月：哟，这话能从你嘴里说出来，可真不容易。

程可柠发了一连串发怒的表情。

许奈奈：还不至于到这一步。

万施月：？

万施月：你们不是都谈一个月了吗？

在许奈奈沉默的那几秒钟时间里，万施月已经完全明白了她的进度条。

万施月发来一条链接——某方面不和谐，她竟提出离婚。

万施月：把效率提高起来，不要到最后才发现对方不行！

程可柠：撩他！

万施月：可以主动一点儿，以我对林汀云的印象，多半是个性冷淡！

程可柠：快上！

万施月：过了三十岁身体就开始走下坡路了！

程可柠：不要犹豫！

一个只有苦恋倒追的经历，一个向来是被众星捧月的大小姐，两个人敢说，许奈奈还真敢听。

许奈奈：可是会不会太快了？

万施月：你们发展到哪一步了？

程可柠：适当加快进度是没问题的。

许奈奈：牵手。

她甚至觉得牵手都还很难为情。

群内瞬间安静了，过了好一会儿，程可柠率先发出信息。

程可柠：还行，比我多牵个手。

万施月：没什么好说的了。

许奈奈的眉头皱得能夹死苍蝇。

许奈奈：所以呢，你们的建议是？

万施月：出门右转，再读一遍你那不准早恋的淮宜一中吧。

程可柠：建议直接去附属幼儿园。

许奈奈：……

事已至此，许奈奈已经完全忘记了刚刚想问她们问题的初衷，她陷入了沉思。

叮咚一声，又一条微信消息弹出来。

FY：回去我给你做。

他回复了她那句"还是亲手擀的面皮包饺子更好吃"。

FY：还在加班吗？

许奈奈回过神打字。

Nacia：嗯。

屏幕那头的林汀云低头微笑。

FY：能不加班吗？

许奈奈的眼睛一亮，约莫猜到了什么。

Nacia：那得看是什么理由。

FY：我在你公司楼下。

许奈奈一下子坐直了身子。

Nacia：你真的回来了？

FY：嗯。下来。

黄昏日暮，落日给大地镀上了一层金色的光。

黑色轿车无比显眼地停在大门门，男人白衬衫搭配定制西裤，他单手插兜，修长的双腿半倚着车门。

"哇，那个男人好帅！"

"好像是之前莱特公司的负责人，来我们公司签过合同。"

"人家是风云集团的首席执行官！"

"他来等谁？"

"还能有谁，肯定是许副总监呀！"

"哇！"

来往的人频频侧目，见到许奈奈出来甚至发出了起哄声。

许奈奈小跑过去。

不知道是想到刚刚闺密团不着边际的话题，还是周遭人的视线，她的耳朵热得厉害："你今天怎么在这里等我？"

为了不惹人注目，之前他送自己上班时，许奈奈都是在前面拐角处下车，却不想他今天直接将车开到了公司大门口。

他低声说："不可以吗？"

许奈奈轻轻地搓了一下脸："没有。"

林汀云绅士地为她拉开副驾驶座的车门，入眼的是一束火红的玫瑰花，许奈奈一愣。

"喜欢吗？"

这是她第一次收到鲜花，以前单身时看到别人送花，她作为旁观者最大的感受便是浪费钱，还不实用，没想到轮到自己时，还是有些不能免俗的喜悦。

许奈奈抿起上扬的嘴角，目光灼灼地说："喜欢。"

晚高峰的马路堵车严重，高架桥上亮着密密麻麻的汽车尾灯，即便小区离公司不远，可短短的路程仍然堵了接近一个小时。

许奈奈回到家，把那束火红的玫瑰摆到客厅的茶几上，借口让林汀云去厨房看她和的面，她自己则赶紧将阳台上晾的内衣、内裤收起来，扔进卧室并锁上卧室门。

"怎么样？我学得还行吧？"

她穿着鹅黄色的开衫，披散的长发回家后用发夹松松垮垮地盘在脑后，那双黑白分明的眼睛里写满了期冀。

林汀云不忍心打击她，手背抵唇，笑了一声："下次可以叫我。"

许奈奈是个学习能力很强的人，做饭也不在话下，唯独面对面食时有几分老天特地关上窗户和门的砢碜感。

许奈奈倒没觉得有什么问题："可以呀，那今天就麻烦你了。"

她一边说着，一边挤进狭小的厨房，熟练地从下面的柜子里拿出一件还没开封的大码围裙。

许奈奈蹲在地上望着他："之前我那件你穿着太小，早就给你准备好了，你看看怎么样？"

林汀云沉默了两秒钟，有些无语地说："你的准备工作做得挺充分的。"

许奈奈自顾自地拆开包装袋："那总不能让你撑破我的小围裙吧。你弯一下腰。"

林汀云俯身，她踮起脚将围裙套进他的脖颈。

"每天总在外面吃不健康，饺子是很好的储备食物，我想过了，我们可以每周做一些可以速食的食物，为了身体着……"

突然，许奈奈头皮一痛，整个人趴进他的怀里，原来是头发缠到了他的衣扣上，胡乱拉扯的双手被他有力的大手单手扣在背后。

"别动。"

头顶传来林汀云暗哑的声音，他的白衬衫在拉扯中被她扯掉了两颗扣子，露出大片精壮的胸膛。

两人的身体隔着单薄的衣衫贴紧，淡淡的幽香缭绕鼻间，狭小的厨房迅速升温。

"我给你解。"他的手指轻轻地一圈一圈地解开她缠成乱麻的发丝。

许奈奈疼出眼泪，声音发颤："你轻一点儿……"

林汀云的手指一顿，喉结滚动："嗯。"

"呜……真的好痛……"

"别说话。"

许奈奈："……"

她的侧脸完全贴在林汀云半裸的胸膛上，他松垮的衣领好像立马就要掉下去。

奈何双手被扣在身后，她鬼使神差地张口咬住衣领，并小心翼翼地帮他往上扯了扯。

就在此时，发丝解开，她一个错位，牙齿磕上他结实的胸肌。

许奈奈："……"

林汀云："……"

林汀云的身体骤然僵硬起来，他松开抓住她手腕的手。

许奈奈心虚地看着牙印后退几步，砰的一声，后腰撞上洗手台。她双手后撑，退无可退。

林汀云俯身而来，高大的身躯将她完全锁在狭小的空间内，许奈奈第一次意识到来自成年男性极具压迫感的体型差。

许奈奈别过头，林汀云一把掰过她的脸，阻止她的闪躲。他的嗓音沙哑，似笑非笑地说："你在做什么，嗯？"

林汀云的手指没有用力，粗糙的指腹轻轻贴着她细腻的皮肤，许奈奈的耳根红得快要滴血。

"我在……"她眼角的余光瞥见林汀云胸口的牙印周围泛起红晕，随着他的呼吸一起一伏，性感又撩人。

"我……我就是看你的衣服快掉……掉下去了。"许奈奈结结巴巴地开口，顺带着伸手帮他往上扯了扯衣领，"你看，现在就好多……"

许奈奈的手指又往上抬了抬，林汀云单手撑住洗手台，手掌轻车熟路地穿插过她的指缝。

两人之间的距离迅速拉近，他身上的气息将她完全笼罩，她惊愕的瞳孔中只有他放大的俊颜。

"你……"

一枚轻吻落上眉心。

许奈奈的呼吸一滞。

"疼吗？"林汀云抵着她的额头，一呼一吸间手掌游走到她的后腰，那是她方才撞到洗手台的地方。

许奈奈登时感觉自己通身窜起一股奇异的电流。

"不疼。"她心跳紊乱，一把推开他钻出厨房，"你……你自己系围裙吧，我去打扫客厅！"

林汀云半倚着洗手台，看着她逃离的背影，低笑了一声。

情侣住对门的最大优势就是便利，再加上这种一梯两户的户型根本没有其他邻居打扰，便显得更加自在。

"我听于绍说，你明天又要飞国外，这么频繁地出差，身体会不会受不了？"

吃过晚餐，两人各拿着一盒芦荟味酸奶，靠在阳台的栏杆边吹晚风。

在一起的这一个月以来，他们见面的次数并不多，即便偶尔能见面，也是下班后短暂的休息时间。和其他情侣的浪漫约会不同，能够一起做饭聊天，对他们来说都是弥足珍贵的相处机会。

"习惯了。"林汀云搂住她的肩膀。

许奈奈的身体僵了僵，但没有挣扎："你家里人肯定会担心你的吧，我记得你说你有个哥哥，怎么没听你提及他？"

闻言，林汀云的眸光闪烁，嗓音低沉："他去世了。"

许奈奈愣了一下："对不起，我……"

"没事，"林汀云的手在她的肩膀上轻轻摩挲，极目远眺，"他已经离开八年了。"

许奈奈没想到他会有这样的一段往事，她想了想，轻声说："那……他已经是个八岁的小朋友了。"

林汀云微微一愣。

"所以今年他就是小学三年级的学生了，再过四年读初中，然后再过三年他考上淮宜一中，变成我们的学弟，然后……"

林汀云忽然俯身将她搂入怀中，许奈奈一顿。

遥远的天幕挂起明亮的启明星，皎洁的月光如薄纱笼罩着这对相拥的男女。

她的下巴抵着他的肩膀，林汀云隐忍的呼吸喷洒在她的脖颈处，他没有说话。

许奈奈黑亮的瞳仁微微颤动，良久，她缓缓地抬手环抱住他的后背，散在风里的声音很轻："然后你就可以以优秀校友的身份，回去见到他啦。"

今年的清明节是周三，许奈奈起了个大早去赶大巴车回远宁县扫墓，林汀云已经坐上了去国外的飞机。

许奈奈扫完墓，匆匆地和许奶奶吃了顿午餐，又赶紧坐大巴车赶回来，第二天还要上班。

她洗过澡，敷了张面膜疲惫地躺在床上，给林汀云汇报了今天打仗般的行程。

对方应当也是刚落地不久，秒回消息。

FY：怎么不开我的车？

Nacia：不敢开。

开玩笑，哪怕许奈奈现在的工资比以前翻了几倍，但仍然是个修不起顶级豪车的打工人。

对话框显示"对方正在输入"。

FY：等我回来带你去买辆新车。

许奈奈噌的一下坐起来。

Nacia：我正好打算买辆代步车。

Nacia：二十万元以内就够了，我自己买。

Nacia：但是我不太懂车，你能帮我看看吗？

以前在鹭城工作的时候，宿舍离学校近，她没觉得车有什么特殊用处，现在回了淮宜，即便公司配了车，但到底不是自己的，回远宁县的时候还是很不方便。

林汀云办事效率很高，许奈奈提出买车想法的第二天，于绍便开始跟她约看车的时间。

"这些车的预算真的在二十万元以内吗？"

4S店内，许奈奈狐疑地看着平板电脑，其实她根本不用看平板电脑，只需要看大厅中央巨大的标志，她就不应该选择进来。

于绍笑着说："许小姐，您放心，林总和这里的老板是熟人，您只需要选择自己喜欢的车就好了，这些车的配置和油耗都很适合女性日常通勤。"

这些话许奈奈已经听了一上午，每一家4S店老板都能被说成是林汀云的熟人。

许奈奈不傻，当然明白其中有什么猫腻。但她既然决定自己买车，就必然不会占他的便宜。

"好了，今天就看到这儿吧。"许奈奈把平板电脑放下，拿起包就往外走。

于绍赶紧跟上："许小姐，是有哪里觉得不合适的吗？"

许奈奈低头在手机上滑动几下，礼貌地微笑着说："给你发过去了一些国产汽车品牌，后面就在这个范围中选购汽车吧，麻烦你了。"

于绍："……"

接下来的几天，于绍深刻地明白了什么叫"不是一家人，不进一家门"。

这位未来的总裁夫人看似和善温柔，实际上极其聪明有主见，和自家老板有着如出一辙的坚持和果断。

他不但没办法完成"悄无声息"地为她的购车计划"添砖加瓦"的任务，反而被迫列出了一堆二十万元以内，性价比比较高的国产汽车车型。

许奈奈在权衡之下，选择了一款白色的国产新能源汽车。

他们的效率很高，从确定到提车就花了两天时间。

"你们老板不是还在国外出差吗？你怎么会在淮宜？"她记得林汀云很信任于绍，通常出差都会带上他。

于绍当然不能说自己刚落地就被林总赶回来帮忙选车了，他干笑着说："哈哈……是这样的，林总这次行程安排有分公司的人全权负责，所以我就没有跟着去。"

许奈奈点点头，没有怀疑。她收好购车合同和一系列证件。

这些天忙着选车对比，许奈奈只是将这件事当成工作一样对待，但真正坐上车的驾驶座时，后知后觉的恍惚感接踵而来。

她真的全款买了一辆车。

许奈奈小心翼翼地启动引擎，新奇地在主城区兜了一圈。

她最后将车停在公司楼下，给林汀云拍了张方向盘的照片发过去。不一会儿，对方打来视频电话。

许奈奈赶紧对着后视镜整理了一下头发，调整角度按下接听键。

"在休息吗？"他这次出差的国家和国内没有时差，现在正是中午时分。

"嗯。"林汀云上半身穿着白衬衫，领带板正地系紧，西装外套搭在后面的椅背上，看环境应该是在酒店的总统套房。

"新车不错。"

许奈奈的眼睛弯起来："我也觉得不错。"

她看着车窗外的白云，突然很想和眼前人分享自己的喜悦："林汀云，你知道吗？我从来没想过自己可以拥有一辆车，哪怕它也就十几万元，但对我来说……"

她从小生在乡村，对大城市永远心存敬畏，后来来到淮宜读高中，她是那样格格不入，年少时刻入骨髓的自卑即便后来变得优秀，也总是难以磨灭。

许奈奈渐渐反应过来自己是不是说了太多，毕竟这种价位的车他肯定是看不上的："不好意思，我就是有点儿激动。"

"道歉做什么？"屏幕那边，林汀云用手指抵着太阳穴，眼神温柔，"我们奈奈这么棒，恭喜你。"

忐忑的心情因这句话化作一缕风被吹散，许奈奈心尖颤荡。

她思绪几番变化，最后露出一抹微笑："谢谢，等你回来，我带你兜风。"

林汀云的嗓音从手机里传过来有些沙哑，他低笑着说："那实在是我的荣幸。"

挂断视频电话后，许奈奈将车停到地下车库。她刚准备进电梯，电话再次振动起来。

许奈奈的心情不错，脸上还带着与林汀云通电话时的甜蜜笑容："不是刚刚打过——"

"喂？请问是许慧玲的家属吗？"

许奈奈一愣，看了一眼屏幕，发现是陌生的手机号码："我是，请问你是？"

"我是市医院护士长，刚刚许慧玲女士在街上晕倒，被送到我们医院的急诊科。我们看她的紧急联系人是您，请问您现在有时间来一趟医院吗？"

许奈奈的笑容瞬间凝固。

"女士，您在听吗？"

"在，"许奈奈的脑子里嗡嗡作响，她在电梯门关上前冲了出去，"我马上过来！"

许奈奈以最快的速度赶到医院，许慧玲已经从急诊科转到了妇科。

病床上，看见许慧玲转醒，许奈奈心急如焚地问："这是怎么了？"

许慧玲的脸色苍白，朝她摆摆手："没事，老毛病。"

主治医师在旁边："B超显示病人的子宫肌瘤已经超过五厘米，并伴随严重腹痛、贫血等症状，不排除恶变的可能，建议住院进行进一步检查，及时做切除手术。"

许奈奈被"子宫肌瘤""恶变"等词砸得一阵头晕目眩，还没等她反应过来，许慧玲满脸紧张地说："什么手术？我不做手术，我现在就要出院。"

"姑妈！"许奈奈一把按下许慧玲掀被子的手，皱眉道，"你早就知道自己有子宫肌瘤？"

许慧玲不敢看她："唉，大多数人都会有的，慢慢就好了。"

主治医师见多了这样的病人，淡淡地说："子宫肌瘤的确是女性最常见的良性肿瘤，一般情况下不会恶化，但您已经出现晕厥和腹痛，且伴随着阴道出血……"

"不用说了。"许慧玲越听脸色越苍白，"奈奈，真的没事，我……"

"您好好住院，听医生的话。"许奈奈的态度强硬，"我去办住院手续。"

许奈奈知道许慧玲抗拒治病的原因。

虽然许慧玲对许奈奈的婚姻态度很开明，但对自己仍然是上一辈的旧思想，不然也不会在发现杜兴宏出轨后选择忍气吞声，而这种妇科病对她来说更是难以启齿的"隐疾"，更何况她在婆家的地位不高，要是让钱翠英知道，估计又是一场鸡飞狗跳的家庭纠纷。

许奈奈仔细回想，那天带许慧玲出来过生日的时候她似乎就有腹痛的症状，只不过当时许奈奈满脑子想着怎么应对林汀云的告白，忽略了那些细节。

她有些懊恼地交完住院费，拦着主治医生又询问了一番。

"病人现在的情况已经控制住，即便有恶变的趋势，只要及时做切除手术，后续注意保养就没有大问题。"

许奈奈稍微松了口气："谢谢您，医生。"

经过许奈奈苦口婆心的劝说，许慧玲终于同意住院。

许慧玲不想影响在外地工作的杜梦婷，许奈奈便依着她，没有给杜梦婷打电话，倒是得到消息的杜家人果然来闹了一顿。

"什么子宫肌瘤，我怎么没得过？肯定是你不检点，不知羞耻，早就说你看着不像个安分守己的人，快跟我回去，咱们老杜家的脸都要被你……"

医院的保安把骂骂咧咧的钱翠英架出病房，许奈奈砰的一声把房门关上。

病床上许慧玲眼神疲惫，带着歉疚说："给你添麻烦了。"

许奈奈摇摇头，坐到许慧玲旁边削苹果，她忍无可忍，却欲言又止："姑妈……"

忽然，手机铃声响起，许奈奈看了眼备注，脸色微变。

许慧玲笑了笑："男朋友吗？"

许奈奈不自在地点头："我去接个电话。"

医院人声嘈杂，许奈奈快步走到楼梯间，确保背景看起来是正常的后按下接通键。

林汀云的背后是黄昏的橙光，他戴着墨镜，清冷的面容因见到她扬起微笑："在加班？"

"嗯。"

林汀云墨镜下的黑眸眯起："你的脸色看上去不太好。"

许奈奈心虚地摸了摸脸："有吗？可能最近项目很忙吧。"外头走廊响起呼叫铃，她吓得赶紧往楼下走了几步，"你呢？怎么现在有空给我打电话，没有在工作吗？"

林汀云沉默了一下，声音听不出端倪："看夕阳。"

手机摄像头转为前置，许奈奈见到了一片壮阔的海湾与落日，密密麻麻的船舶正慢慢前行。即便是隔着屏幕，她都感受到了震撼。

他继续说："想和你一起看夕阳。"所以给你打来电话。

许奈奈心头一暖："嗯，我看到了。"

钱翠英被保安赶出医院，病房暂时恢复清静。

许慧玲的检查结果出来了，好在没有恶变，但因为出血与腹痛的原因，医生还是建议切除肌瘤，手术时间排在下周三。

本来想请护工看护，但因为最近护工资源紧张，找了很久都没找到，许奈奈只好亲自上阵。

她开始在医院、公司和家里三头跑，有时候来不及，干脆租个折叠床睡在病房。

手术的前两天，许奈奈回了趟家。她准备收拾两天的换洗衣物去医院留守，虽然医生说是小手术，但毕竟要在身上开刀，她还是放心不下。

茶几上的玫瑰花已经枯了，确定关系时林汀云送给她的彩灯气球也瘪瘪地靠在旁边，许奈奈还舍不得扔。

她从冰箱里拿出一盒芦荟味酸奶，室内没有开灯，傍晚的落日缓缓地落下西山。

许奈奈发着呆，喝完最后一口酸奶，拎起沙发上的背包打开大门。

眼前突然投下一道阴影，门外的男人刚刚抬手，大抵是还没来得及敲门。

看清对方的脸，许奈奈愣住："你不是下个月才……"

脸颊忽然被他捧起，林汀云的指腹摩挲着她眼底的乌青，有些心疼地说："怎么弄成这样？"

许奈奈没想到林汀云会突然回来，他风尘仆仆地提着行李箱站在她家门口，显然是还没来得及回去放行李。

她后退两步，眸光闪躲："不是跟你说了吗，最近一直在加班。"

他一个字都不信："那你现在准备去哪儿？"

许奈奈很是心虚："去……去公司。"

林汀云拎起她放在一旁还没来得及背上的背包："你是卖身给公司了吗？"

他的语气算不上重，许奈奈心里却莫名其妙地觉得委屈。

"把包还给我。"她倔强地从他的手里夺回背包，"你刚下飞机好好休息，我现在有事要……"

砰！大门被关上，林汀云强硬地拽住她的手腕往屋里走。

许奈奈踉跄挣扎着，跌跌撞撞地被扔上沙发。

林汀云用手掌垫着她的后脑勺，下一刻，极具压迫感的气息倾压而来。

"你干什么？"

"知道要我休息，怎么不知道你也需要休息？"

林汀云单手撑在她的身侧，声音低沉，又心疼又无奈："为什么不懂得照顾自己呢？"

许奈奈缩在沙发里，别开脸，不敢看他的眼睛："我真的有很重要的事去做。"

"什么事？"他紧跟着问。

许奈奈咬住下唇，含糊地说："跟你没关系。"

这段时间她已经尽量在忽视林汀云家世好的事实，将自己摆在与他平等的地位，所以她现在不想让自己的家事打扰两个人的相处。

"跟我没关系？"林汀云的黑眸危险地眯起来，"那你说什么跟我有关系？"

许奈奈："……"

她不说话，屋里只有墙上的挂钟在响动，没有开灯的客厅一片昏暗。

这场无声的对峙持续许久，林汀云闭了闭眼，先选择了认输。

他俯身抵住她的额头，千言万语化成一句叹息："奈奈，我是你的男朋友。"

他们看不清彼此的眼神，黑暗中只剩越发浓重的呼吸声相互交缠。

许奈奈被他的气息灼烧得浑身发烫，瞳仁颤动，她深吸一口气："我……"

就在此时，手机铃声响起，许奈奈犹如抓到救命稻草一般："我去接个电话。"

林汀云起身，她双手并用地拿过手机。

"喂，你好。"

"您好，请问是许奈奈小姐吗？您之前在我们平台预约的护工已经排到号了……"

原来是之前许奈奈预约的家政平台。她与对方沟通片刻，确定护工今晚开始上班。

许奈奈挂断电话，再次面对林汀云时终于松了口气。

她轻松地笑了笑："其实没什么大事，就是我姑妈的身体出了点儿问题，要做个小手术，这段时间家政平台人力紧张，一直没约到护工，所以我就多跑了几趟，现在没事了。对了，你怎么会突然回来？"

她按亮沙发边的落地灯，昏黄的灯光霎时照亮二人的眉眼。

他怎么会感受不到她对自己的防备？汹涌的情愫像被戳破的热气球，干瘪地坠下高空。

林汀云的喉结滚动，嗓音低涩："提前结束工作了。"

医院有了人照顾，许奈奈也不用大半夜再跑过去。

她不想再和林汀云聊这个话题，几番保证今晚不去医院，也不加班后，林汀云也没有再继续追问。

两天后，许慧玲的手术进行得很顺利，术后的她被转进了 VIP 单人病房。

许奈奈在病房外看着床上的许慧玲，转头给林汀云拨了个电话。

"病房是你安排的吗？没必要这么麻烦的。"

许奈奈揉了揉太阳穴："后面的住院费我来出，你垫付的费用我到时候会转给你。"

电话那头的林汀云静默几秒："不用。"

"用的。"许奈奈看了眼时间，继续说，"就这样吧，你去忙，我待会儿也要去公司。"

风云大厦三十六层总裁办公室，林汀云单手插兜，合身的黑色定制西装勾勒出他笔挺的身姿。

蓝牙耳麦闪烁着蓝光，右侧耳骨处的黑痣若隐若现，他轻声地说道："嗯。"

对方传来轻快的应答，电话挂断，他久久没有回神。

直到手机再次振动，林汀云垂眸。

银行发来转账记录，汇款人是许奈奈。

他握着手机的手背暴起青筋，良久，仰头呼出一口浊气。

许慧玲的肿瘤剔除得很干净，医生建议留院观察一周。

有了护工后，许奈奈的工作量顿时减了一半。她下班后照常来看许慧玲，可刚走到病房外，就听到病房里面传来激烈的争执声。

许奈奈的脚步一顿。

"妈，你不是老跟我说爸爸养家辛苦吗？他就是个粗心大意的性格，你这么多年不也习惯了吗，怎么都不至于到离婚的地步吧。你们现在闹离婚，到时候整个小区都要笑话我们家，我那些朋友还不知道怎么看我呢！"

"婷婷，这次要不是你奈奈姐……"

"奈奈姐、奈奈姐，天天把她挂嘴边，到底她是你女儿还是我是你女儿？不就是个住院费吗，她能出我也能出！还不是你非要瞒着我，不然我赶回来还能有她什么事？我知道了，离婚肯定也是她怂恿你的吧？我就知道她没安好心，自己父母离婚，家庭破碎，就教唆起别人……"

"杜梦婷，你说话注意点儿！"

"妈，你又为了她吼我！"

许奈奈坐到门口的长椅上，里面的争执持续了很久。

"妈，你这么多年都没出去工作，离婚了谁来养？许奈奈吗？"

"我有手有脚要谁养？你走，回来干什么？走！"

"好，好，我回来碍着你了，我走，你就只记着你的许奈奈吧，那当时干吗不直接把她过继过来，免得我这个废物给你丢人现眼！"

"你！"

砰的一声，病房门被甩得震天响。

杜梦婷怒气冲冲地夺门而出，看见长椅上的许奈奈，表情凝固了。

许奈奈拿着包站起来，两人擦肩而过，谁也没有开口。

许奈奈装作刚来的样子，和许慧玲聊了会儿天，见她的心情好了点儿才离开。

她乘电梯来到地下车库，发现杜梦婷竟然还在楼下没走。

车库内，杜梦婷双手环胸靠着电梯旁的墙，一头披肩波浪长发，化着张扬的烟熏妆，皮裙加小吊带，夸张的大耳环前后摆动。

"自己没妈，抢别人的妈倒是很有一套手段嘛，许奈奈。"

许奈奈连眼也没抬："请你注意言辞。"

"哟，高才生骂起人来还有包袱呢，还注意言辞，"杜梦婷不屑地笑，"我就不注意了，你能把我怎么样，要去告诉我妈妈吗？"

杜梦婷几乎是在许奈奈的阴影下长大的，青春叛逆期时，她最讨厌许慧玲天天在她耳边唠叨许奈奈有多么优秀，"别人家的孩子"简直是她最恶心的词汇。

许奈奈没有和杜梦婷争论的打算。

"站住！"杜梦婷拦在她面前，大声质问，"是你教唆我妈离婚的吧？"

许奈奈终于抬眼。

许奈奈的举动落在杜梦婷眼中无异于默认，她咬牙切齿地说："许奈奈，你真以为自己很厉害？我要是早知道我妈有子宫肌瘤，我肯定带她来医院，还轮不到你这个外人在这里装腔作势！你很得意是吧？"

"我的确提过这个建议。"许奈奈淡淡地说，"但你妈妈在今天之前，从来没有过任何想要离婚的想法。"

"果然是你！"杜梦婷只能听见前半段话，她扬起手掌，"你自己家庭不幸福，能不能不要祸害别人的家庭啊！"

杜梦婷扇耳光的手在落到许奈奈脸上的前一秒，手臂被大力抓住。

许奈奈的手腕发力，动作利落地将她的手臂反剪到背后并往前一推。

杜梦婷的脸狼狈地贴着墙面："你……"

"首先，我没有时间在这里跟你讨论这些无聊的问题，"许奈奈要比杜梦婷高出一点儿，她面无表情地低头在杜梦婷的耳后说，"其次，你觉得你妈真的是因为你爸没承担丈夫的职责而选择离婚吗，杜梦婷？"

杜梦婷一愣："你什么意思？"

许奈奈言简意赅地说："你爸出轨了。"

杜梦婷的头脑霎时一片空白，紧接着是骤然提高的尖叫声："不可能！"

许奈奈懒得管她，松开手，自顾自地朝车位走去。

"不可能！不可能！绝对不可能！许奈奈，你骗我！"杜梦婷大喊道，"你给我站住！什么出轨，你还挺能编，我可不知道我爸出轨！但我倒是知道某些人读高中的时候就心思重得要命，不知羞耻地勾引我爸爸……"

许奈奈离开的步伐猛地停住，瞳孔骤缩。

杜梦婷看着她突然变得僵硬的背影，语气更加讽刺："你以为我那时候小就什么都不懂吗？我奶奶都跟我说了，你当时故意穿得很少在家里晃来晃去，还把自己的贴身衣物晾在阳台上，我们出去旅游的时候就你跟我爸爸在家，那么多次，谁知道你还干了什么见不得人的——"

"你闭嘴！"许奈奈忽然提高音量，眼眶发红，"你根本什么都不知道。"

"我什么都不知道？"杜梦婷得意地冷笑，说出口的每一句都带着钱翠英式的刻薄，"许奈奈，你真把我们所有人都当傻子呀，大家心里都门儿清，我妈不忍心让你颜面扫地，所以把你送去住校，你装模作样剪个短发给谁看？"

许奈奈的耳朵嗡鸣，她拼命地快步往前走。

杜梦婷咄咄逼人，紧追不舍："你跑什么？被戳到痛处了吗？听说你现在还傍上了个富二代，挺行啊！哎，你的博士学位不会也是靠——"

啪！清脆的耳光声回荡在空旷的地下停车库。

许奈奈的呼吸急促，浑身战栗。

她颤抖着手，呆滞地抬头，却猝不及防地看见后面车位停着的黑色轿车，以及站在车门边西装革履的林汀云。

他不知来了多久。

杜梦婷难以置信地捂住脸："你竟然敢打我！怎么？你心虚了，是吗？我奶奶说的真没错，你就是来破坏我们家庭的狐狸精！"

"女士，您冷静一点儿！快来人拦住她！"

于绍大惊失色，听到动静的保安赶紧跑过来连拖带拽地架走杜梦婷，场面顿时一片混乱。

其实这么多年，许奈奈没怎么见过杜梦婷。她不喜欢杜家，许慧玲也有意避免她和杜家人有任何来往。

两性之间的受害者常常是女性，但受到谴责唾弃的也同样是女性，哪怕那时候她只不过是个十七岁的高中生。

当年那件事发生后，钱翠英无条件地维护杜兴宏，第一反应自然是责怪别人不检点，杜梦婷从小耳濡目染，盛怒之下最能反映她内心的潜意识。

许奈奈的脊背发凉，那些尖锐带刺的言论仿佛锋利的刀一下下地剜着她的心脏。尘封多年的伤疤被血淋淋地撕开，那时窒息到令人作呕的场景竟然在此时又变得清晰起来。

她耳鸣不止，甚至看不清眼前人的神情。人在面对伤害时的本能反应就是逃离。

许奈奈下意识地转身，可还没踏出一步，手腕被人猛地拽住，她的身体骤然僵住。

地下车库空旷无人，头顶的烟雾报警器闪烁着红光。

她的手腕在克制不住地颤抖，林汀云觉得心脏仿佛被一只大手攥紧反复揉搓。他没想到会听见这样一场争吵。

"奈奈，"他刻意不去刺激她的伤痛，"你之前不是说，等我回国要带我去兜风吗？"

林汀云低声温柔地说："现在还有机会吗？"

许奈奈背对着他垂下眼："可是我现在不想开车。"

他的手掌缓慢地往下，最后覆盖上她紧攥着车钥匙的拳头："我开，可以吗？"

许奈奈紧绷的拳头一寸寸松懈，那串车钥匙最终落进林汀云的掌心："好。"

白车穿行在车来车往的长江大桥上，副驾驶的车窗降下一半，许奈奈没什么表情地看着窗外，风吹动她的鬓发。

"我们去哪儿？"她问。

林汀云开车的间隙看了她一眼，笑道："我曾经的秘密基地。"

落日盛大，金灿灿的夕阳在江面上泛着粼粼波光。

林汀云将车停在外面的停车位，牵着许奈奈走到江滩边。

"读高中的时候，我有时候不想上学，要么去天台吹风，要么翻墙离开学校来这里坐坐。"

许奈奈惊讶地说："你还有不想上学的时候？"

"嗯，很多时候。"

许奈奈："……"

很难和随便学学就能霸榜年级第一的人交流。

林汀云随口说："不然怎么能碰见逃课到天台上的你？"

许奈奈踢开脚边的鹅卵石，闷闷地说："我就只逃了一次课，谁知道那么巧还能碰上你。"

林汀云低笑了两声，侧头看向她，轻声问："所以那天，就是因为这件事吗？"

许奈奈与他交握的手指攥紧："嗯。"

她不再像刚刚那样激动，语气又恢复成以往的平淡："都过去了，没什么大事。"

人只会在自己认定的安全范围里露出脆弱的触角，除此之外的任何社交都将建立在无形的屏障之外。

不远处的江岸边有许多小孩儿光着脚丫玩水，江面上漂浮着显眼的橙色游泳包。

他们不知不觉地走到了一片小树林。

"奈奈，"林汀云的思绪翻涌，他终于开口，"我之所以提前回国，不是因为结束了国外的工作，是因为我很担心你。"

他的人生中有一半的时间都待在医院，无论在国内还是国外，他对医院的感知都非常敏锐。

她故意躲在医院楼梯间接电话的事骗不过他，那憔悴的面孔更无法让他完全放下心来。

林汀云不是感情外露的人，比起言语，他更喜欢用行动表达自己的感情。今天的这些话对他来说，已经是斟酌很久的结果。

许奈奈咬唇："我不想麻烦你。"

"你为什么会觉得是在麻烦我？"林汀云双手握住她的肩膀，弯腰与她对视，认真地说，"你为什么不能多信我一点儿？"

"那些事我一个人可以。"

"我知道你的能力很强，可是奈奈，我是你的男朋友，"他低声地说出上次没有说完的后半句话，"你可以依靠我呀。"

许奈奈沉默了几秒钟："林汀云，你不懂。"

"我想要我喜欢的人安心、快乐，也错了吗？"

夕阳西下，天空变成蓝紫色，昏黄的光晕映在他隐忍的黑眸中。

"我只想要你开心，你明白吗？"他近乎乞求地叹息，"你别推开我。"

许奈奈倏然愣住，有那么一瞬间，她觉得自己很残忍。

"林汀云。"许奈奈闭了闭眼，嗓音发颤，"其实我只是那时候过得不太好……"

她强忍下难受的心情，终究不愿意把那段恶心的经历拿出来再说一次，尤其是面对他。

"你也知道，很多老一辈的人爱对年轻女孩儿评头论足，然后衍生到方方面面，就连我的长头发都可以编派出一大堆莫须有的罪名。我表妹是她一手带大的，跟我姑妈都时常发生争吵。老太太灌输的观念在她心中根深蒂固，她对我有误解也可以理解。"

林汀云满眼怜惜，俯身吻上她眼尾的泪痕。

许奈奈浑身一僵，这才发觉眼眶竟然溢出水光。

林汀云的动作很轻，温柔地从眼帘吻到鼻梁，最终停在嘴唇之上。

他抵着她的额头，修长的手指挑起她的下巴，指腹来回摩挲她的唇瓣，嗓音哑得厉害："可以亲这里吗？"

他是那样尊重她的意愿，就连接吻都要征询她的同意。

许奈奈的目光呆滞，被那双宛若黑洞的眼睛蛊惑："嗯。唔——"

得到允准，林汀云瞬间掠夺了她的呼吸。他捧着她的脸颊，温柔地亲吻着她。

许奈奈的气息早就乱了，她无助地揪住他的衣领，他滚烫的呼吸迷乱了她的神思。

"林……"求饶的话被强硬地吞没，她的眼尾溢出水光。

就在许奈奈快要站不住时，林汀云有力的臂弯揽住她纤细的腰身。

他终于松开她。

许奈奈如同溺水的人被捞上岸，她趴在他的胸膛上大口喘气。

林汀云在她头顶低笑，捏了捏她的脸："肺活量太低。"

许奈奈以为他又要亲自己，立马捂住嘴，脸颊潮红："不行了。"

林汀云失笑，抱着她坐到旁边的长椅上。

"你姑爹就是之前莱特那边的总监？"他顺了顺她被自己弄乱的头发，轻声问。

许奈奈捂着红润的脸，人还有点儿蒙："是，我查过他，十几年前从耀辉生物公司跳槽到莱特的，不过五年前耀辉已经被你们公司收购了吧。"

听她对自己公司的业务那么熟悉，林汀云似笑非笑："宁愿去大费周章地调查，也不愿意来问我，嗯？"

"没有。"许奈奈奋力辩解，"我当时查他的时候还没跟你在一起呢。"

"哦。"

"真的！"许奈奈焦急地说，"那时候我还以为跟我一起去出差的会是他。"

林汀云当然记得。

那时他刚回到淮宜，发现她是启耀的研发部副总监，便投了他们公司的标。签合同时，他注意到了她对杜兴宏的抗拒，所以后来出差的人换成了自己——虽然也不排除他的私心。

"你姑妈真的打算离婚？"

许奈奈点点头："她不是冲动的人，这次应该是下了决心，只不过男方多半会让她净身出户。按照法律，应该是不可以的吧？"

她今天也委婉地跟许慧玲提了这件事，不知为何，许慧玲现在对于离婚的意愿非常强烈，甚至还试图自己找律师。

林汀云："依照法律，除非一方同意净身出户，否则夫妻婚后共同财产肯定是要分的，不过让一个人同意净身出户的办法有很多。"

许奈奈的脊背一凉。

"可是他出轨，这也没办法吗？"

"我可以给你联系最好的律师，只不过没有必赢的官司，出轨最多只会判定成婚姻的过错方，从而让你姑妈分到的财产多一些。"

以杜家咄咄逼人的态度，加上杜梦婷完全不理解自己的母亲，别说赔偿，许慧玲被逼净身出户的可能性很大。

"那……"

"奈奈，我说了，让一个人净身出户的方式有很多。"

许奈奈愣住了。

林汀云抬起眼帘，薄唇微勾："一个人不会只在一个地方犯错的。"

"你的意思是？"

"你还记得他出轨对象的外貌特征吗？"

许奈奈苦思冥想，摇头："好像每次都不一样，不过有个共同点，她们都非常年轻。"

林汀云露出若有所思的表情："所以他的目标对象很明确，一般都是年轻貌美的女孩儿。你说他当时是'背刺'原公司进的莱特？"

十多年前，林汀云根本没有机会接触家族企业，后来接手这一大堆烂摊子时人在 M 国，回国后很长一段时间，他工作的重心都在鹭城，现在回到淮宜不过半年，各方面都还在磨合中，自然对那时候的事不清楚。

"嗯，我也是听别人说的，当时闹得挺大的，据说是耀辉的一个重点保密项目，但杜兴宏在那个公司没什么前途，就窃取项目数据给刚刚落地淮宜的莱特。正因为这样，莱特给了他高薪高职。"

再后来，耀辉被风云集团收购，成了一家人，这些事情也就没人提了。

林汀云了然："难怪他能住在君颐壹号。"

"嗯?"

林汀云解释:"君颐壹号是风云集团在淮宜为数不多的楼盘,一般都优先安排给集团的内部人员居住。"

"那竟然是你家开发的楼盘。"

"有什么问题吗?"

"没。"

林汀云挑起她的下巴,啄了口她的嘴唇:"以后也是你的。"

许奈奈立刻从他的怀里跳起来,脸红到脖子根:"你……"

"嗯?"林汀云双手环胸,靠着长椅。

许奈奈红着脸,恼羞成怒地夺走他手上的车钥匙:"我先走了,你来迟了就自己打车回去吧!"

被扔在小树林的林汀云:"……"

阳光明媚,万里无云,一辆白色轿车正停在高档西餐厅对面的马路边。

许奈奈刚接通和万施月的视频电话,副驾驶座的门就被人咣的一声拉开。

一条被白色高腰紧身裤包裹的大长腿率先跨进车内,砰的一声,副驾驶座的车门关上。

程可柠从容地单手摘下墨镜,将单反相机捧在掌心,纤细的手指夹着一沓照片递过去,得意地挑眉:"来了!"

许奈奈一张张翻看,惊讶地说:"这么多?"

"嗯哼?"程可柠慢条斯理地撩动长发,轻叹一声,"可真是累死本美女侦探了。"

"啧,还美女侦探,你什么时候能把你那身粉色的衣服换了?"视频那边,万施月摇着红酒杯翻了个白眼。

程可柠毫不在乎地将平自己的粉色卫衣,微笑着说:"那你把你那辆粉色的超跑先换个颜色呗?"

万施月:"……"

不出许奈奈所料,许慧玲提出离婚后,杜家人的第一反应就是让她净身出户。

钱翠英横行霸道，杜兴宏不愿意将自己的财产分出一半，就连亲生女儿都不支持。

许慧玲心灰意冷下准备答应净身出户，好在许奈奈及时制止了她。

杜兴宏的出轨证据如果确凿就能起诉离婚，届时他就不能威逼许慧玲净身出户了。

只不过杜家人对许奈奈的面孔实在太熟悉，她这才不得已寻求两位闺密的帮助。

程可柠拍的照片，正是和杜兴宏有过密切来往的对象，照片大多来源于会所、餐厅和酒店大堂的监控。

"近一年来，更换的对象不少于十人，看上去年纪都不大。"程可柠摸着下巴。

视频的另一边，万施月滑动鼠标，嫌弃地说："啧，我调查了淮宜市内预存款超二十万元的高档会所，这个叫杜兴宏的老男人即使去，基本上也是充当领导的陪客，就是个当牛做马的，出轨对象可以排除这个范围。"

法院判定出轨的条件十分苛刻，只要没有当事人亲口承认，这些捕风捉影的照片都没办法当作证据。

可是成年人之间你情我愿的来往太常见，没有人会愿意来做这种事情的证人。

许奈奈点头，目光移向对面的高档西餐厅。

二楼靠窗的位子，杜兴宏打扮得人模狗样，怀里抱着一个正在哭的女孩儿，时不时地抽出纸巾给她擦眼泪，看上去是在安慰她。

许奈奈眯起眼："几个月前，杜兴宏就在和这个女孩儿接触了。"

那时她刚回淮宜，在许慧玲家楼下见到的就是这个女孩儿，或许他们真正在一起的时间要比她见到的更早。

程可柠举起单反相机对焦，咔嚓一声。

"这个女孩儿长得还真不赖。"程可柠调整相机，将照片放大。

许奈奈侧头，程可柠将长发撩到一边，露出白皙的脖颈，以及上面很是刺眼的红痕。

许奈奈随口问："你的脖子怎么了？"

程可柠一僵："被蚊子咬了。"

许奈奈皱眉，程可柠忽然大叫："奈奈，你看！"

程可柠赶紧又将照片放大了几倍，最终定格在那个女生微凸的腹部。

"她是不是怀孕了？"

风云集团的总裁办公室。

"怀孕了？"

于绍颔首："是的，林总，根据我们调查，这段时间杜兴宏频繁出入妇产医院，对方是个刚大学毕业两年的女生。"

林汀云垂眸瞧着于绍整理的资料，指尖轻点着桌面："继续。"

"依照您的吩咐，我们也去整理了近十年来杜兴宏参与过的项目，他在2013年、2015年、2017年分别完成两个十万元级别和一个百万元级别的项目，其中2017年项目结束后，财务部有一次裁员，而很巧的是，被裁员的会计正好负责杜兴宏的工程项目。"

风云集团的子公司众多，林汀云不可能对每一家都非常了解。

莱特作为风云集团十年前在淮宜开设的子公司，这么多年过去已经相对独立，这次如果不是因为查杜兴宏，他倒是不知道下面的公司内部竟然还有这么多不为人知的秘密。

林汀云危险地眯起眼睛："去找到这个会计。"

"是。"于绍又问，"那这个女孩儿？"

桌案上的一沓资料中，最上面的正是一个女孩儿的照片。

张娜，女，淮宜大学毕业。照片上的女孩儿面含微笑，笑起来的五官有些熟悉。

于绍将其他曾经与杜兴宏有过瓜葛的女性照片一一排开，她们基本上都有一个共同特征——右侧锁骨处有一颗很小的黑痣。

"这些女性长得似乎都……"于绍有点儿疑惑，"和他自己的老婆很像，那他为什么还要出去找小三？"

林汀云的指节抵住唇瓣，后槽牙缓缓咬紧："不是像他的老婆。"

于绍一愣，忽然意识到什么，后背骤然一凉。

这分明是像许小姐！

傍晚，蓝紫色的天空在夕阳的余晖中多了一层橘黄色，一轮弯月冉冉升起。十五楼的窗台边，和煦的晚风轻柔地吹动鹅黄色的窗帘。

许奈奈趴在茶几上睡着了，窗帘好几次撩过她的侧脸，她皱着眉扒拉开。

又是一阵风吹过，窗帘飞舞，下一秒被林汀云骨节分明的手拦住。

茶几和地上摆满了照片，打印的黑白资料从桌上被刮落到地下。许奈奈盘腿坐在乳白色的地毯上，两条手臂交叠垫着脑袋。

旁边落地灯的光影很暗，在她白嫩的脸上投下一片淡淡的阴影，细腻的绒毛清晰可见。

林汀云把窗帘卷好，半蹲到许奈奈的身边。他将沙发上的毛毯取来轻轻地给她盖上，随后拨开几缕不听话的发丝。

光晕缥缈，呼吸轻浅，细小的尘埃轻轻地浮动在静谧无声的室内。

许奈奈卷长的睫毛微微扑扇，她睁开了眼睛。

"醒了？"林汀云的声音低哑含笑。

许奈奈揉了揉眼睛，清醒了不少："你回来了。"

在一起不久后，林汀云将自己的家门钥匙给了许奈奈，礼尚往来，许奈奈也将自己家的钥匙给了他。

许奈奈刚想坐直身子，忽然咝了一声，默默地坐回去，尴尬地说："腿麻了。"

林汀云低笑一声，帮她挪开上面的茶几，手握住她的小腿。

许奈奈浑身绷紧："哎！"

"我帮你揉一揉。"

林汀云握住她的脚腕，将蜷缩的双腿一点点伸直。

许奈奈的手指紧紧地攥着衣角，忍着麻痹感将下唇咬出印记，一双黑白分明的眼睛还覆着刚醒的淡淡水雾。

林汀云的喉结微动，他移开视线，双手交叉，按着穴位一寸寸往上揉捏。

她的小腿很细，他一只手就能圈起，大抵是她缺乏运动，掌心中的触感很软，他几乎能猜到在这层布料下的肤色是怎样的白嫩，或许稍微用点儿力就能留下红色的指印。

脆弱的东西总是惹人怜惜，却很矛盾地让人生出破坏欲，这实在是一种太过陌生、又带着本能的冲动。

林汀云的呼吸渐重，他一个不小心，没有控制好力度。

许奈奈呻吟一声，林汀云倏然回神："抱歉，弄疼你了。"

许奈奈红着脸摇摇头，她活动了一下双腿，这才注意到满地的照片和资料。

她窘迫地说："我这儿有点儿乱。"

"不乱。"林汀云俯身帮她捡起资料整理好，顺便瞥了一眼那张西餐厅窗口的照片，"今天拍的照片？"

许奈奈点点头，简单地将许慧玲的情况说了一遍："所以现在要找到杜兴宏出轨的有力证据，然后起诉离婚，由法院分配财产。"

林汀云敛目，静静地看着她微皱着眉毛清晰地讲述调查的过程。

春末的温度不冷不热，许奈奈穿着浅蓝色的牛仔裤，上身是白色吊带外搭绿色针织外套。

此时她的外套微微敞开，白色的吊带若隐若现，锁骨右侧的黑色小痣也时隐时现。

林汀云的黑眸深沉，倏然收拢拳头，被她叫了好几声才回过神。

"那个女孩儿是淮宜大学毕业的，才工作两年。"林汀云强迫自己移开视线，从公文包里拿出自己带来的其他资料，"父母双亡，由姨母带大，怀孕十三周。"

许奈奈的瞳孔放大。

"只要我们带她去做亲子鉴定，证明这个孩子的生物学父亲就是杜兴宏，出轨的证据就是板上钉钉。"

哪怕先前早有猜测，可真正听到这个结论时，许奈奈捏着 A4 纸的手指仍然忍不住颤抖："可是这对那个女孩儿来说简直是毁灭性的打击，她甚至没有父母在身边。"

林汀云没有错过她脸上的表情，他越发攥紧拳头。

是他的疏忽，她这样坚韧的女人，怎么会因为十年前虚无缥缈的谣言生出那么大的情绪波动？

"那个女孩儿是自愿的吗？"他问。

许奈奈沉默不语。

林汀云继续说："年轻的女孩儿面对这种事情，她们的第一反应会是什么？"

她不说话，他就继续往下说："隐瞒、自责、忍气吞声，以为自己的退步能得到对方的放过，却换来下一次更为过分的侵犯，然后继续隐瞒、自责……可这明明不是她的错，不是吗？"

许奈奈始终低着头，那张 A4 纸早被捏出褶皱。

聪明人之间的交谈往往不需要将话说得太明白，许奈奈知道骗不过他。

她深呼吸，最终吐出一口浊气："你知道了。"

两个人都明白在指什么。

林汀云捏起许奈奈的下巴，她被迫撞进他隐忍的眼底。

她的红唇张合："我……"

"奈奈，我有些后悔。"林汀云闭目吐气，额角青筋几番跳动，克制着汹涌的情愫，"那时候我和你明明离得那么近，为什么就没有帮帮你呢？"

他的声音很轻，轻得好像只是在说一句无关痛痒的错过。可他的眼尾又泛着红，颤抖的瞳仁溢出心疼。

空气中弥漫着丝丝缕缕的情动，窗外的晚风都显得多余。

真过分，他不知道自己的那双眼睛有多么惑人心智吗？

"你已经帮过我了。"许奈奈双手捧住他的脸，眼里闪着泪光，却依然露出笑容，"在我剪掉长发的第一天。"

说完，她凑上去吻他。

他先是一愣，继而托住她的后颈反客为主。

哗啦一声，茶几上摆好的资料又被撞落，林汀云欺身而上，许奈奈海藻般的长发铺满了乳白色的地毯。

林汀云单手锁住她的手掌撑在耳边，他们十指交握，交缠在一起的呼吸声一浪盖过一浪。

绿色的针织外套不知何时落下，单薄的白色吊带松松垮垮地挂在臂弯。

林汀云炙热的吻从红唇滑过脖颈，轻轻吮吸着她右侧锁骨上的黑痣。

许奈奈被迫仰头，揪住他的黑发抑制不住生理性的战栗："林汀云。"

林汀云强行遏制生理本能，怜惜地将她环在臂弯里，给她拉上外拿·"你别怕。"

许奈奈满脸红晕，迷迷糊糊地看着他。

忽然她眼角的余光瞥见，被他们撞掉的公文包里，露出的财务账册明细。

许奈奈微微睁大双眼："那是？"

林汀云往后靠着沙发，仿佛抱小孩儿一样将她搂到怀里："我说过，一个人不会只在一个地方犯错。"

许奈奈震惊地说："他真的……"

早就该想到，一个靠背叛原公司谋取前途、毫无契约精神的人，所经手的东西能干净到哪儿去。

许奈奈叹息："在此之前你先别轻举妄动，我想去见见那个女孩儿。"

如果强奸罪名一旦成立，或许不用等到起诉离婚，毕竟按照正规流程，起诉至少也要等上三个月。

"他之前的那些情人都是成年人吗？"许奈奈问。

林汀云"嗯"了一声，拿出清晰的图片。

之前程可柠收集的资料大都是监控录像和抓拍，很难看清脸，而林汀云拿到的资料显然更完整。

许奈奈只看了几张便感到一阵恶寒。

林汀云拿走照片，俯身又吻上她。

等许奈奈被吻得呼吸不得，他终于松手。

他抵住她的额头，眼睛里似乎藏着烈焰，一字一句地说："我会让他付出代价。"

许奈奈抬眸，脸色潮红，眼里水光未散。她轻声说："我也会。"

林汀云久久地凝视着她，指腹摩挲着她的唇瓣，喉结滚动："奈奈。"

"嗯？"

"你别这样看我。"

许奈奈不解："为什么？"

"看上去好像在勾引我。"

许奈奈："……"

他是怎么一本正经地说出这种话的！

她愤愤地咬牙，挣扎着要站起来，林汀云一把拽住她的手腕。

许奈奈只觉得一阵天旋地转，一下子坐到了他的身上。

林汀云的手臂紧箍着她的细腰，她的双手撑住他的肩膀，耳朵红得仿佛在滴血："放开我！唔……"

林汀云扣住她的后脑勺，仰头擒住她的唇，强势而又霸道地侵蚀着她的呼吸。

"换气。"他的声音沙哑。

"我……唔……"她的眼尾溢出泪。

没有束缚的另一半窗帘被风刮起，七零八散的资料被吹得呼呼作响。

绿色针织衫外套再次不翼而飞，锁骨处的吻痕呈现红紫色，许奈奈泪眼汪汪地趴在他的身上大口喘气："你怎么老咬我！"

林汀云倚着沙发，手掌轻轻地顺着她的脊背，低笑时带着胸腔振动。

他不答，她更加不满地扭了扭被他桎梏的后腰，控诉着说："你的皮带硌到我了！"

林汀云："……"

Chapter 14
暗恋听见回声

　　林氏私立医院。

　　许奈奈站在妇产科的走廊上，手里的亲子鉴定检测报告上面赫然写着"符合亲生关系"。

　　叫张娜的小姑娘精神状态不是很好，一度出现抑郁倾向，最初接触她时要么不说话，要么就是说的话前后矛盾，一边歇斯底里地说是杜兴宏强迫她，一边眼神空洞地重复自己喜欢杜兴宏，他是自己的男朋友。

　　许奈奈找了心理医生对她进行了接近半个月的干预，才让她的状态有所好转。

　　张娜的姨妈对他们的工作十分配合，取完检测样本后，张娜在前天做了流产手术。

　　许奈奈捏着手里的检测报告，视线落在斜对面的病房里，小姑娘的姨妈正在喂她喝粥。

　　"我突然不想让她去报案了。"

　　林汀云低头看向许奈奈："为什么？"

　　许奈奈抿着嘴唇，按开电梯，牵着他下到负一楼。

　　"杜兴宏很狡猾，他这种人绝不会把事做绝。我听张娜姨妈的说法，估计是循序渐进，等到跨越底线后，再以长时间的洗脑和甜言蜜语让张娜将所有责任揽到自己身上，甚至生出'他是我男朋友'的想法。"

　　许奈奈打开车门，转身环住他的腰身："你有看过一本书吗？"

林汀云垂眸，抬手抚摸她的发顶："什么书？"

"《房思琪的初恋乐园》，里面有一段话我记忆犹新。"许奈奈轻轻地蹭了蹭他的胸口，男人身上清冽的淡香让她很安心。

她轻声复述："'他发现社会对性的禁忌感太方便了，强暴一个女生，全世界都觉得是她自己的错，连她自己都觉得是自己的错，罪恶感又会把她赶回他身边'，因此张娜才会出现自相矛盾的两种精神状态。"

许奈奈感觉到揽住自己腰身的手臂紧了紧，她笑了笑："我没事。我就是觉得，张娜好不容易在心理医生的干预下有点儿好转，如果强行让她回忆，无异于再次遭受一遍当时的痛苦。更何况强奸罪举证复杂，事情又过了那么久，立案太难，所以不如让这件事暂时停在这里。至于杜兴宏……"她摇了摇手里的检测报告，"有这个就够了。"

林汀云微皱眉头，大约猜到她要干什么："你要一个人去见他？不行！"

许奈奈失笑："你都还没听我说完呢。"不给他开口的机会，她继续说，"杜兴宏胆小怕事，但不笨，我单独跟他谈，立场是希望他和我姑妈平分财产离婚，你明白吗？"

林汀云作为集团首席执行官，如果参与进这件事，杜兴宏一定会产生怀疑。

这段时间，他们为了不打草惊蛇，无论是调查公司账务还是联系张娜都是私下进行。

林汀云却并不打算退让，他认真地说："奈奈，我不可能让你一个人去见他。"

许奈奈好笑地掰开他攥紧自己的手腕："又不是我一个人去。"

林汀云的眉头皱得能夹死一只苍蝇："还有谁？"

许奈奈勾唇："还有柠柠陪我呢。"

"程可柠？"

"嗯嗯。"

林汀云缓缓松开眉心："我安排人……"

"不需要！"许奈奈赶紧拒绝，双手做交叉状，"你不准插手，否则我就……"

林汀云似笑非笑地说："你就怎样？"

许奈奈在脑子里疯狂搜寻能威胁他的方法："我就……唔!"

他俯身在她的唇上落下一个吻,并未深入,潮湿的气息喷洒在她的侧脸:"有事随时叫我。"

许奈奈双手撑着他的胸膛,轻轻地"嗯"了一声:"那我先走了?"

"嗯。"

林汀云松手,目送白色轿车驶出地下车库,掏出手机拨了个电话。

"喂?"电话那头传来男人懒洋洋的声音。

"给你发了个定位。"林汀云单手插兜,直至白车消失在视野中,才收回视线。

"西餐厅?怎么,你要请我吃饭?"男人吊儿郎当地笑着,"搞得这么隆重!"

"不是。"林汀云斜靠着车身,淡淡地说,"你老婆在这儿,注意她的人身安全。"

电话那边沉默了一瞬间。

"哟,你怎么就这么好心……"明炽狐疑,话锋一转,"你女、朋、友、也在吧?"

林汀云:"……"

明炽完全看穿,笑着说:"OK,我知道了,欠我个人情哈。"

不出许奈奈所料,杜兴宏一见到亲子鉴定就慌了。

"叔叔,您爬到这个位置很不容易吧?"程可柠笑出两个小酒窝,"这些东西如果发到网上,您这些年那可真是——太可惜了呢!"

程可柠是戏剧学院出身,虽然拍的小网剧又糊又挨骂,但表演的基本功还是十分扎实的。

"怎么说呢?这份亲子鉴定只是一个开始。哎,你也别怕,我们奈奈想要的其实非常简单……"

许奈奈细长的手指推出一份离婚协议书,笑意不达眼底:"在上面签字,和我姑妈协议离婚,我保证女方不会报案。"

杜兴宏的牙关在打战。

在他的眼中,眼前绝美的女人早已不再是十多年前任他拿捏的小女孩儿,俨然成了一位索命的阎王:"你……你拿什么保证?"

程可柠面带微笑，甩出一个 U 盘，在他刚要碰上的时候又收回来："这里面是你强迫人家的视频原件，你先签，我马上销毁，否则……"

"签，签，我签！"杜兴宏颤抖着手，笔都拿不稳。

协议离婚平分的只不过是他名义上被许慧玲知道的财产，这和前途、名声比起来实在不值一提。

许奈奈冷眼看着他写下自己的名字，程可柠随手扔出 U 盘，杜兴宏捡起来，头也不回地跑出餐厅。

恰好服务员送上两份牛排，程可柠优雅地执起刀叉。

许奈奈收好离婚协议，随口问："你哪里弄来的视频？"

程可柠头也没抬，笑着说："骗他的。"

许奈奈："……"

许慧玲拿到离婚协议后的第一时间便是搬出杜家，杜梦婷早就成年，除了财产分割外，二人并没有争夺孩子抚养权的问题。

许奈奈给许慧玲争取了几十万元的离婚财产，许慧玲本想全给她，但被她义正词严地拒绝了。

许慧玲轻叹："我拿着这么多钱也没用，那就等你结婚的时候，当作送你出嫁的嫁妆吧。"

许奈奈的心里十分感动："不用的，我自己有钱，您可以拿着这些钱去开个小店。"

许慧玲摇摇头，笑着说："我一个初中毕业的中年妇女哪儿懂什么开店？我现在就想回去陪你奶奶，她一个人在乡下，年纪大了，总是要有人照应的。"

许爷爷去世后，许建保再也没回来过，许奶奶一直一个人生活。她年纪大了，手脚迟钝，上个月还在田里摔了一跤，好在没伤到筋骨，但也把许奈奈她们吓得不轻。

许奈奈无奈地说："那您保重，有什么需要随时给我打电话。"

立夏已至，暖风和煦，许奈奈依依不舍地送许慧玲搭上了回远宁县的大巴。

今天刚好是周末，她去私立医院探望张娜，林汀云在门口等她。

"不开心？"

许奈奈今天没开车，她坐在副驾驶座上脑袋放空地看着窗外。

"没有。"她摇摇头，轻笑，"就是觉得，淮宜又只有我一个人了。"

十几年前许奈奈来这边求学，人生地不熟的，总有孤苦伶仃之感，后来与许慧玲相处得仿佛亲生母女，现在又送她离开了淮宜。

蜷缩的手被林汀云宽厚的手掌包裹，许奈奈侧眸，林汀云单手搭着方向盘，眉眼温柔："你还有我。"

许奈奈回握他的手："嗯。"

"今天来我家吧。"林汀云状似随意地说，"给你拿了瓶八二年的红酒。"

林汀云知道许奈奈的酒量不错，她这一次没有回绝。他买了牛排和其他配菜，身上系的还是她送的那条藏蓝色围裙。

"你的刀工真的有长进。"许奈奈趴在厨房门口，瞪大眼睛惊叹，"西蓝花切得像西蓝花了。"

林汀云："……"

三居室的面积要比小二居的大不少，整体冷色调风格的装修，连桌角墙边都给人锋利凌厉的感觉。

今天是烛光晚餐，客厅没有点灯，两根蜡烛在长桌的两边摇晃。

许奈奈趁林汀云煎牛排的时候，特地去对面换了条吊带白裙，及腰的长发随意地披散在背后。

林汀云见到她时微微一愣，轻笑："这么正式?"

许奈奈双手托腮，眉眼弯弯："大总裁亲自下厨，总得有点儿仪式感。"

窗外的日光渐渐暗淡，灰咖色的窗帘暧昧地翻动，刀叉与盘碟轻微碰撞。

红酒倒入红酒杯。

许奈奈轻轻抿一口，她眯着眼轻叹："你不能喝酒实在太可惜了。"

林汀云凝望着她的红唇晶莹如血，喉结微动："也不是没有别的办法尝试。"

许奈奈举着红酒杯，眨眨眼："嗯?"

"过来。"

刺啦一声，高脚凳在木质地板上划出轻微的声音。

为了省事，许奈奈没有穿鞋，长及脚踝的白色长裙随着步伐摇曳，长如瀑布的发丝散落在背后。

夕阳从窗户的缝隙钻进一缕，打在反光的地板上，衬出她白皙的脚背。

她走到他面前，或许是酒精作用，黑白分明的眼睛里添了几分迷离。

许奈奈勾了勾被酒染红的唇，向前探身，歪头问道："怎么，你还敢喝酒？"

林汀云的白衬衫挽至手肘处，精壮有力的小臂上青筋凸起。他伸手握住她拿着红酒杯的手："怎么不敢？"

杯里的红酒被他一饮而尽。

许奈奈的瞳孔骤缩："你……唔……"

下一秒，林汀云的手擒住她的下颌往前一带，灵活的舌尖撬开她的唇齿，被口腔温热过的红酒顺着交缠的唇舌渡了进来。

许奈奈大口喘息着，上勾的眼尾晕开妩媚。她又倒满一杯红酒，不服输地笑道："那就再试一次。"说罢，她小抿一口，凑上去含住他的唇瓣。

林汀云一怔，本能地扣住她的后脖颈，另一只手臂将她拦腰抱起。

5 月初，风云集团以莱特公司的名义对杜兴宏挪用公款一案进行起诉，人证、物证确凿，近十年来累计超过三百万元，被认定为触犯刑法第三百八十四条第一款，追究刑事责任。

与此同时，张娜忽然向公安局提交三个总时长超过一小时的视频，记录了杜兴宏最初不顾她意志的强迫行为，以及数段威胁她的语音，经核查无误，警方以强奸罪立案。

风云集团的总裁办公室。

于绍："那几段视频没有经过任何删减，大概是杜兴宏为了追求刺激拍摄的，也不知道那个小姑娘是怎么弄到的。"

更不知道她用了怎样的勇气将这种视频交出去。

于绍继续说："林总，还有一件事，杜兴宏好像跑了。"

强奸罪立案后，检察院批准对嫌疑人逮捕，可等警方到杜兴宏家里时，却只有两个老人，他被初步判定为畏罪潜逃。

林汀云随口问："最后一次见到他是什么时候？"

于绍思索了一下："好像是三天前下午在百叶小区。"

三天前，刚好是张娜一案立案的当天。

百叶小区！

林汀云倏然握紧拳头。

电脑显示此时是下午六点，正是许奈奈平时下班的时间。

于绍也反应过来了，震惊道："他不会是去找许小姐……"

从杜兴宏的视角上看，许奈奈当初用假U盘骗杜兴宏签了离婚协议，现在却"出尔反尔"，拿出真视频去告了他。

人一旦走投无路便会做出极端的行为，而许奈奈显然是他最憎恨的对象。

"我们现在该……林总！"

砰的一声，大门关上，于绍赶紧跟着林汀云跑出去。

跨江大桥。

晚高峰堵车严重，许奈奈百无聊赖地听着车内的广播，手机弹出"犯罪嫌疑人杜兴宏疑似畏罪潜逃"的新闻。

她下滑屏幕，微博上基本都是怒骂他的帖子，甚至有专业人士科普，一旦他被抓获，数罪并罚，情节恶劣，可能被判有期徒刑超过三十五年，哪怕律师再厉害，二十五年的刑期也跑不掉。

许慧玲显然也看到了新闻，给她发消息询问情况，她安抚性地回复了几句。

且不说他们已经离婚，就算尚存婚姻关系，杜兴宏挪用公款也属于个人行为，不会牵连到许慧玲。

许慧玲放下心来，嘱咐她开车注意安全。这时，林汀云的语音通话弹出。

"喂？"许奈奈按下接听键。

"奈奈，你现在在哪里？"林汀云的声音急切。

许奈奈有些莫名其妙："下班路上，嗯，现在在大桥上堵着。"

"别回家！"林汀云的后槽牙紧咬。

他将油门踩到最底，手指迅速地在导航上调出长江大桥的位置：

"打开共享位置，往人多的地方开。"

许奈奈不明所以："怎么……"

林汀云的声音沉稳："你听我说，杜兴宏跑了，三天前最后出现的地方是我们小区楼下。你现在打开共享位置，等我过来。"

许奈奈被这一连串的消息砸得头晕眼花。

嘟嘟嘟——后面的车辆急促地按喇叭，她猛地回神，踩下油门。

"他要报复我吗？"

"他报复不了你。"

下了大桥，车辆分流，许奈奈选了车最多的那条道，忽然眼角的余光瞥见后面紧跟着一辆没有牌照的黑色轿车。

她的瞳孔一缩："林汀云，好像真的有人在跟着我。"

窗外霓虹灯闪烁，街上行人来来往往，没有人注意到有一辆没有牌照的轿车正在缓慢地移动，一步步逼近前面那辆白色轿车。

"别怕。"黑色轿车快速超车，林汀云冷静地观察共享位置上逐渐接近的两点，他出声安抚，"我很快就到。"

许奈奈咬紧下唇，轻轻地"嗯"了一声，可变故就发生在这一刻——

砰！许奈奈的车受到撞击，她狠狠地往前一扑，周围顿时响起尖叫声。

"天哪！"

"追尾了！"

"奈奈，你怎么样？回答我！"

嗡嗡的声音在脑子里回荡，许奈奈咬紧牙关，抬起头，只见后面那辆车又往前一撞。

刺啦一声，车轮急转，许奈奈忍着头痛猛打方向盘。

"我还好。"

人流量大的地方不能去了，她眯着眼，快速地往前开，后面的黑车也死死地追着不放，一黑一白两辆车在人、车逐渐减少的马路上飞驰。

许奈奈的双手扶着方向盘，脸色苍白。

窗外的风景快速后移，黑车不断拉近和白车的间距，后视镜映出杜兴宏狰狞的脸。

油门已经被踩死，车身不断晃动，刚刚被撞的地方出现越来越明显的故障。

"林汀云。"许奈奈的嗓音发抖，发红的眼睛缓缓垂下，她望着两个人隔了三公里的定位点，"我好像没跟你说过，我很喜欢你。"

林汀云沉默了一下，含着笑的声音缓缓响起："嗯，我知道。"

与此同时，网络延迟导致的两个定位点忽然跳动着重合在一起，一辆黑色轿车迅速逆向冲来。

许奈奈倏然抬头，黑色残影划过白车的车身。刹那间，她呆滞的瞳孔倒映出林汀云一闪而过的凌厉侧颜。

"林——"

砰！尾随的黑车与黑色轿车发生巨大的碰撞声。

许奈奈的瞳孔一缩，她猛地踩下刹车，听见林汀云沉稳缱绻的嗓音在耳麦中留下最后一句话："我也爱你。"

周围的空气仿佛被完全抽离，世界在这一刻寂静下来。

那辆本该撞上白车的黑车被黑色轿车横空拦截，巨大的声响让许奈奈的耳朵嗡鸣作响。

金属碰撞，玻璃碎裂，浓烟滔天，黑雾滚滚。

许奈奈的脸色惨白，指甲陷入掌心也丝毫没有察觉，眼前的世界仿佛在刹那间坍塌，所有的景物都失去颜色。

她的心里后知后觉地涌起难以遏制的恐惧。

他竟然替自己挡住了杜兴宏的疯狂撞击！

许奈奈的嘴唇来回张合，却发不出一丝声音，甚至没有勇气回头看一眼。

突然，车外传来中年男人暴烈的怒斥，他的嗓子仿佛被滚烫的铁水浸过，粗犷可怖。

许奈奈立刻就听出来这是杜兴宏的声音。

她倏然回神，后视镜中，满脸是血的杜兴宏手中握着匕首，双目淬毒般从废车中爬出来。

许奈奈的眼睛瞪大，她连忙推开车门下车。

两辆车剧烈碰撞，黑色轿车的后门完全凹陷进去。

砰的一声，一条长腿猛地踹开车门，林汀云大力扯开领带，额角的鲜血顺着下颌一滴滴地落在沾满灰尘的白衬衫上。

背后火光冲天，他逆光而立，浓烈的黑烟成为他桀骜不驯的背景色。

林汀云的黑发散乱，手指捏着还在工作的蓝牙耳机，淡蓝色的耳麦不断闪烁着。

他缓缓抬眸，凌厉的目光越过满地的残骸，温柔地说："奈奈。"

两个人的通话仍然没有挂断，耳机滋滋的电流声敲击耳膜，然后传到神经末梢。

许奈奈扶着车顶忍不住地颤抖着。

他喘着粗气，声音沙哑："别怕，我在。"

林汀云是典型的高智商理科全才，在看到许奈奈和杜兴宏一前一后的车时，便在心中计算好了最佳的拦截角度。

许奈奈与杜兴宏的车距太近，不可硬闯，而人类面对危险的本能反应都是退避，哪怕是一心报复的杜兴宏也不会例外。

林汀云便利用这一点，在许奈奈车身错开的刹那，将油门猛踩到底，杜兴宏看见急冲而来的黑色轿车，第一反应果然是猛踩刹车，而这个犹豫的时间将白车与黑车之间拉出刚好够黑色轿车插进去的距离！

于是，林汀云猛打方向盘，将车身拉平，利用后座挡下了黑车的撞击。

他赌赢了。

本性懦弱的杜兴宏根本做不到孤注一掷地和他们同归于尽。

"贱人！"杜兴宏张牙舞爪地握着匕首胡乱挥舞，朝许奈奈冲过来。

"你明明都说了……都说了……只要我签离婚协议书就不把视频放出去！你骗我！啊——"

咔嚓一声，腕骨错位，杜兴宏手里的匕首落地，他顿时发出杀猪般的惨叫。

林汀云紧抿嘴唇，膝盖猛地抵住他的肚子，将人放倒在地。

"呵呵，你是她男人？"杜兴宏大口呼吸着，他被压制在地面上，鲜血淋漓的脸上露出骇人的笑，"那你知不知道她小时候有多美？"

林汀云蓦地一怔，抬手掐住杜兴宏的脖子，咬牙切齿地说："你闭嘴。"

杜兴宏呛得满脸通红，却哈哈大笑："咳咳！你知道她最好看的地方是哪里吗？刚洗过澡肩膀上的小吊带……啊！"

林汀云一拳猛地砸向杜兴宏的脑袋。

"哈哈哈！少女的清香你知道是什么滋——"

砰！砰！砰！

"林汀云！"

鲜血滑过林汀云充满戾气的眼尾，他额角青筋鼓动，一只手掐着杜兴宏，另一只手攥成拳头挥出去。

许奈奈心中大惊，完全不知道这边发生了什么，只见被林汀云死死按住的杜兴宏口吐鲜血，直翻白眼。

这简直是不要命的殴打！

"你别打了！他会死的！"

林汀云的后槽牙咯吱作响，紧攥的拳头倏地顿在半空。他抬起赤红的双眼，瞳仁中倒映着许奈奈急切奔跑过来的身影。下一刻，他僵硬的身体被温软的双臂环住。

许奈奈从未见过如此暴戾的林汀云，在她眼中，他向来是沉稳自持、游刃有余的模样。

她紧张地上下摸索："你还好吗？有没有受伤？我们快去医——"

林汀云一下子揽过她的腰身，双手颤抖，手臂的力度几乎将人嵌入身体。

不远处传来警笛与救护车的声音。

警方控制住现场，医护人员抬起地上不省人事的杜兴宏上了救护车。

"快拉上警戒线！"

"给他套氧气瓶！"

"林先生，许小姐，麻烦你们跟我们走一趟。"

烟雾冲天，警笛闪烁，他们在人声鼎沸中紧紧相拥。

林汀云贪婪地嗅着她身上的淡香，嗓音沙哑："我没事。"

杜兴宏涉嫌故意杀人，从 ICU 转出后被警方拘留。

虽然两辆车刹车及时，但仍然造成了剧烈的撞击，林汀云的头部被撞伤，缝了四针，诊断为轻微脑震荡，医生建议住院观察几天。

警察做完笔录离开，许奈奈出去给许慧玲打电话报平安。

这次事件登上了新闻头条，许慧玲哭诉不止，总说是她害了许奈奈，怎么就遇上了这种人渣。

许奈奈无奈地宽慰许慧玲，返回病房时忽然听到里面传出争吵声。她停住脚步，不再往前走。

"这么多年你离家不归，我从来都没有说过你一句！可是林汀云，你今天为了一个女人，竟然敢以身犯险，明天是不是就要跟纪家那个不成器的儿子一样抛弃家族，去过什么闲云野鹤的生活？"

林汀云："我心里有数。"

"你有什么数？去撞亡命之徒的车吗？！

"你爷爷心脏不好，这两天的新闻我都没给他看，你知道昨天集团的新闻发布会上那些媒体都在问什么吗？没想到我一把老骨头了，还要出来给你澄清花边新闻！小雨在我们家这么多年，你总得给人家一个交代——"

"奈奈不是花边新闻，要给时雨交代的也不是我。"林汀云平淡地打断林升平的话。

哗啦一声，桌椅被掀翻。

"我不管你在想什么，都给我适可而止，待会儿你妈妈就要到了……"

叮咚一声，电梯门打开。一个穿着淡紫色连衣裙，长相温婉的女人扶着一位难掩贵气的中年妇女缓缓地从电梯里走出来。

"阿姨，您小心。"时雨提醒宋惠。

宋惠笑吟吟地握住她的手："有你真是他的福气。"

许奈奈握着手机愣愣地往旁边移动一步，等她反应过来时，宋惠和时雨已经进了林汀云的病房。

刚刚还在怒斥林汀云的林升平立刻换了个态度。

他忙不迭地走过来扶着宋惠到病床边。宋惠先是心疼地看着林汀云额头的白纱布说了些什么，紧接着拉着时雨和林汀云的手满脸欣慰地交握在一起。

许奈奈在门口呆滞地看着这一幕。

VIP 病房的门逐渐合上，病房里一家和睦，年轻的女人站在林汀云身边微笑不语。

忽然，时雨不经意地抬头，在病房门关上的最后一秒钟，与许奈奈失神的目光短暂地碰撞。

杜兴宏因强奸罪、挪用公款罪、故意杀人未遂罪，数罪并罚，最终被判无期徒刑。

半个月后，林汀云的身体恢复得不错，他拆线后出了院。

生活再次回到正轨，许奈奈负责的白血病靶向药项目也有了新的进展。

这天，许奈奈刚开完会，便听叶素说林居明在办公室等她。

许奈奈给下属交代了后续工作，打开办公室的门，忽然愣住了。

"小许来了呀。"林居明正在跟时雨聊天，闻声笑着回头，眼尾笑出皱纹，"快过来。"

他早就想介绍她们俩认识了。

林居明挂着拐杖站起来，笑着说："你们年轻人聊天，我一个老家伙就不插手了，小李。"

"林老先生……"

助理扶着他往外走，路过许奈奈时，林居明意味深长地拍了拍她的肩膀。

砰！办公室的门被关上，安静的室内只剩下一站一坐的两个女人。

时雨先站起来伸出手，打破僵局："许小姐，你好，我叫时雨。"

许奈奈弯腰将怀中的文件夹放到桌上，回握住时雨的手："你好，我是许奈奈。"

时雨微笑着说："我知道你的名字，林爷爷经常提起你，你的履历在业内非常出名。"

许奈奈说不清心里是什么滋味，但外表仍然维持端庄得体："时小姐过奖了。"

"你不用这么客气地叫我。"时雨自然地给她拉开凳子，轻声问，"我可以叫你奈奈吗？"

许奈奈颔首："可以。"

林居明办公室的鱼缸里养了三条红龙鱼。

红紫交映的红龙鱼在鱼缸里游动，使得水藻来回晃动。

时雨注意到她的视线："漂亮吗？"

许奈奈："嗯。"

时雨轻声说："龙鱼一共分为三个品种，金龙鱼、红龙鱼和青龙鱼，这三条是我 2020 年从国外拍卖回来的，林爷爷很喜欢，它们是红龙鱼中的贵族，叫紫艳红龙鱼。"

许奈奈收回视线："时小姐家里很有钱。"

时雨笑了笑："不是我家有钱，是林家。"她补充道，"我的父母很久之前就离世了，我在林家长大。"

许奈奈放在膝盖上的手指缓缓收拢。

时雨为她倒了杯茶："你和阿云……"

"恕我冒昧。"许奈奈没心思听她慢条斯理地说话，"请问时小姐今天是来宣示主权的吗？"

时雨得体地将茶杯放到许奈奈面前。

"奈奈，我今年三十四岁。"

许奈奈一愣。

眼前的女人容颜姣好，紫色修身裙勾勒出完美的身材，看上去最多二十五岁。

时雨笑了："不信？"

许奈奈摇头。

"你可以放心，他是你的。"时雨双腿交叠，细嫩的指尖优雅地摩挲着茶碗。

"我也有一个非常、非常喜欢的人。"时雨的目光远眺，她仿佛陷入回忆，温柔的眉眼中蕴含着散不开的苦涩，"奈奈，你想听阿云小时候的事情吗？"

许奈奈下楼时已经是晚上八点，手机上的微信收到了好几条消息。

五点三十八分——FY：晚上一起吃饭？

六点四十五分——FY：还在加班？

七点三十九分——一通未接电话。

FY：许副总不来接我了吗？

那天车祸，林汀云的车当场报废，许奈奈的车竟然是其中受损最小

110

的，只有后备厢被撞得凹陷，保险公司会理赔。

许奈奈心里很过意不去，林汀云顺势提出让她接自己下班的要求，并说暂时没有钱买车。

她当然不信，但也没有戳穿。

Nacia：今天见了客户，有些忙，现在就过来。

对方秒回。

FY：我在你们公司门口等你。

许奈奈正在园区的便利店买酸奶，看到信息后一怔，赶紧往外看。

收银台前面是一对情侣，他们相互打掩护，从放口香糖的货架旁拿了一盒跟口香糖包装很像的盒子。

"美女，还有别的东西吗？"收银员问。

许奈奈回过神，随手拿了两盒，耳朵有点儿红："加上这个，谢谢。"

盛夏的晚风温热湿腻，淮宜的夏夜温度仍然不低。

林汀云的身姿挺拔，他穿着白衬衫和西装裤，见到她来，清冷的脸上带着淡淡的笑意。

许奈奈从远处遥望着，想到方才时雨的话，突然眼眶发酸。她不想开车，坐在副驾驶座上出神地吹着晚风。

"我今天见了时雨。"

林汀云沉默了一下，随后声音依旧平稳："见她做什么？"

许奈奈望着他镇定的侧颜，额头上还有没有完全恢复的伤口。

"你不问我怎么认识她的吗？"

林汀云："……"

她勉强扯了一下唇角："你不准备给我介绍一下她是谁吗？"

林汀云将车开进地下停车位，引擎熄灭，空旷的车库只有两个人的呼吸声。

他的呼吸沉缓，约莫猜到了什么："她跟你说什么了吗？"

许奈奈垂眸轻声说："她说她跟你们一起长大……你妈妈是不是很希望你和她在一起？"

林汀云握住方向盘的手指收拢，有些急切地说："她是她，我是我，奈奈，我不管你听到什么——"

"林汀云。"她出声打断。

许奈奈故作轻松地说:"我的家庭情况你应该都知道,可是你好像从来都没有跟我讲过你的家庭。"

林汀云倏然停顿,竟然没有勇气继续往下解释。

见他沉默,许奈奈便继续说:"你知道吗?从小到大我家里人一直都在跟我强调找另一半要门当户对,差距太大的两个人在一起很难幸福。从这个层面来说,其实我们是不匹配的。"

许奈奈往后靠着椅背,声音很轻:"你可以随时带我坐直升机去私人岛屿看'蓝眼泪';你也可以轻而易举地安排好晨晨手术的事情;还有,我今天才知道你爷爷办公室的红龙鱼是时雨专程在国外花了大价钱为了哄你爷爷开心买下来的,每一条的价格都是我这辈子难以赚到的。也很抱歉,上次在医院不小心听到了你和你家人的谈话,但我很快就走了……"

"奈奈。"林汀云不敢看她,也不敢往下听。

有过之前被拒绝的经历,她说的这些话实在太熟悉。

林汀云隐藏在黑暗里的身体忍不住发颤:"你也要扔下我了吗?"

如果人生有选择,林汀云在很长一段时间里都希望自己只是个普通家庭的孩子,他可以带着父母最纯粹的期盼和爱出生在这个世界上,他可以单纯、快乐地长大。

他挣扎过,又因为绝对的强权被彻底湮灭,后来他终于有了独立的能力,将那段不愿提及的往事永远尘封在坟墓里。

忽然,林汀云听到身边传来一阵压抑的啜泣声,在安静的车厢中显得尤为清晰。

他红着眼睛转头。

"林汀云,"许奈奈死死地捂住胸口,眼泪成串地打湿衣襟,"怎么办?我的心好疼啊!"

他说"也",他的第一反应甚至不是质问自己为什么要说这些。

许奈奈回到淮宜与他见面的那天,他现在缝针的位置也有一处渗血的伤口。

她忽然想到少年时,他最常穿的衣服颜色是黑与白,像被世界隔绝在外的囚徒,除了明炽,与其他人的关系都十分淡漠。

许奈奈已经不记得上一次这样歇斯底里地哭泣是什么时候了。她以为自己拥有了足够的能力稳定情绪，却从未想过，当一切决堤之时，任何强忍克制都是徒劳。

"对不起，对不起，是我骗了你……

"不喜欢你是假的，不记得高中时候的你也是假的，少年时期的喜欢根本没有变淡，我也不是一开始就喜欢五月天……

"跨年夜那晚，我没有多买牛奶，是特意给你买的。你耳机里的那首《盛夏光年》是我第一次听到流行音乐。我想跟你考上同一个班，我太想……太想追上你了，可你怎么走了？"

许奈奈不断哽咽，双手无助地捂住脸，泪水从指缝里流出。

她哑着嗓子重复："可你怎么走了，我明明都已经考上年级第一……"

话音未落，她猛地落入林汀云炙热的怀抱，坚实的胸膛里剧烈的心跳一下一下地敲击着她的耳膜。

"大二那年，我以国际义工的名义去过 M 国。可惜我太笨了，钱被人骗走了，认识英语单词和能用英语进行口语交流是两码事，我不知道 M 国还有那么多州，我也不知道你在……"

林汀云俯身吻她，要比以往的任何一次更加急切。

狭小的车厢内温度层层攀升，副驾驶座啪的一声被放倒。

衣衫摩擦的声音清晰无比，许奈奈纤细的手无助地攀上车窗，喘不过气地发出几声呜咽。

他低哑的嗓音带着不均匀的喘息沉沉地落在她的耳边："我想要你。"

许奈奈的眼眸蓄水，她艰难地摸出刚刚在便利店买的东西塞进他的掌心，声音软绵如水："好。"

五个小时前，启耀的办公室。

"阿云有一个哥哥，叫林俞风，当之无愧的天之骄子，众望所归的林家未来继承人，可阿风在七岁那年确诊了 M2 型急性髓系白血病。"

"M2 型？"涉及自己的专业，许奈奈的心里涌起不好的猜测。

她在白血病领域研究了这么多年，见过太多白血病患者案例，几乎是听见开头便能预料到结尾，而 M2 型白血病是其中很难治愈的种类之一。

"幸运的是药物控制及时，没有继续恶化；不幸的是林家倾尽全力，都没有找到适合移植的骨髓。"时雨转动手里的茶杯，"阿风是家族花了大心思培养的继承人，当时各个旁支虎视眈眈，一旦这个消息传出去，后果可想而知。"

无法匹配移植供体的白血病患者，唯一的期望就是——

"所以他们生下了第二个孩子。"

许奈奈心惊，试探着问："是林汀云的脐带血救了林俞风？"

可是她记得林汀云说，他哥哥在八年前就已经离世了。

时雨看向她，纠正说："是第一次救阿风。"

"阿云和阿风的匹配率百分之百，移植成功后，阿风很少出现排异反应，我们都以为他已经痊愈，可是在十六岁那年，阿风突然复发了。奈奈，你是白血病领域的专业学者，应该知道移植后再复发，是什么结果。"

许奈奈脸色凝重地点点头。

身体早就对曾经的治疗药物产生耐药性，时隔八年再复发，无异于与死神夺命。

时雨敛下眼帘："从那以后，阿云就成了他的人体血库。"

八岁的林汀云开始源源不断地为林俞风提供淋巴细胞、幼粒细胞以及造血干细胞。

"那时候阿云身上到处是针孔，年幼的孩子根本达不到大量献血的身体指标，小脸每天都白得跟纸一样……"

时雨深吸一口气："可他太乖了，从来都不喊痛，安安静静地穿着病号服坐在小床上等人来抽血。"

时雨抬手在自己眼前比画了一下，笑了笑："八岁的孩子，才这么高一点儿呢。"

"后来阿风还是走了。"时雨的眼眶微红，"阿云不知道为什么非要学医，最后还是林叔叔调动所有关系将他强行带回来学商科，林叔叔因此生了场大病，爷爷从不参与集团事务，林氏集团遭遇前所未有的危机……好在阿云及时出现，集团转危为安，并更名为'风云集团'。

"再后来，阿姨的精神状态越来越差，他们兄弟二人长得太相似，阿姨经常把阿云当成阿风，也就有了你之前看到的那一幕。"

时雨抬头，苦笑着说："这么多年假戏成真，他们可能快忘了，我其实是林俞风的未婚妻。我们都知道阿云恨他，可是事已至此……"

"你们为什么会觉得林汀云恨他？"许奈奈忽然出声。

时雨一愣。

许奈奈抬眼，声音微颤："你们有没有想过，林汀云为什么一意孤行地想学医？"

金灿灿的阳光透过窗帘的缝隙，落在卧室的大床上。

女人的长发凌乱地铺满枕头，裸露在外的肩膀和脖颈上残留着没有褪去的红痕，光影在她的眼帘下投下淡淡的阴影，卷长的睫毛颤动，许奈奈缓缓地睁开眼。

她模糊地记得昨晚睡过去时，隐隐看到天边已经泛起云肚白。

许奈奈艰难地揉着腰坐起来，脚刚碰到地面便倏然一软。

"小心。"

许奈奈落入一个温暖的怀抱，男人身上清冽的淡香传入鼻间。

林汀云揽着她坐到床边，眼角、眉梢都是餍足的笑意："还疼吗？"

许奈奈的耳根一热，她偏过头不想理他。

林汀云有力的手掌覆上她的手背，他靠过来，轻轻揉捏她的后腰："我去拿点儿药。"

"别！"许奈奈赶紧将他拦住，脸上晕开可疑的红晕。

"我挺好的。"许奈奈掰开他的手指，退避三舍般自力更生地站起来。

林汀云好整以暇地看着穿着他衬衫的许奈奈一瘸一拐地小跑出去，又一瘸一拐地小跑进来。

林汀云的衬衫衣摆堪堪遮住她的大腿根。

她满脸通红："林汀云，我的衣服怎么都破成那样了？！"

林汀云："……"

好在今天是周末，许奈奈没有因为起床晚导致迟到。

林汀云亲自下了厨，经过这段时间的锻炼，除了刀功仍然不太能看，他的厨艺已经突飞猛进。

许奈奈仍然穿着他的衬衫，忽然手机铃声响起，许奈奈接通电话。

"喂？小许哇。"

是房东通知她交上个月的水电费，以及下个季度的房租。

"搬过来住吧。"林汀云给她盛了一碗鸡汤，随口说。

许奈奈刚准备转账的手顿住："还有一个星期到期呢，多浪费。"

"那我过去跟你住。"他十分干脆地说。

许奈奈："……"

她的耳朵有点儿热，明明已经做过更亲密的事，她还是不太能放得开。

"怎么了？"林汀云用指节抵着唇，挑眉问道，"你在害羞？"

许奈奈一个激灵："我没有。"

"哦？"林汀云若有所思，"反正该做的、不该做的都做了……"他俯身前倾，指腹擦掉她粘在唇边的饭粒，低笑，"你还有什么样子是我没见过的，嗯？"

许奈奈的脸红到了脖子根。她慌乱地撇开眼，看见窗台上的芦荟盆栽，结结巴巴地转移话题："你……你为什么只种一盆芦荟？"

真奇怪，寻常家里净化空气都会选择绿萝。

"因为你喜欢芦荟。"他轻声说。

许奈奈十分疑惑："我什么时候说我喜欢芦荟了？"

林汀云："你在鹭城的时候，给我买过芦荟味酸奶。"

她一愣，忽然想到时雨说的那句话——可他太乖了，从来都不喊痛，安安静静地穿着病号服坐在小床上等人来抽血。

"所以你就觉得我喜欢芦荟？"

"我不知道还能从哪里得知你的喜好。"林汀云认真地说。

她的心里顿时软得一塌糊涂："你以前没喝过酸奶吗？"

"没有喝过芦荟味的酸奶。"

许奈奈笑了："那喝过什么味道的？"

"杧果。"

"你哥哥喜欢杧果？"

林汀云沉默下来。

许奈奈从高脚凳上下来，站到他面前，手指轻轻摩挲着他额角的伤疤："你很爱他吧？"

林汀云倏然抬眼，对上许奈奈温柔细腻的目光。

她没有说名字，可他知道是谁。

林汀云的喉结艰涩地滚动："你……"

许奈奈用指腹轻点他的眼尾，笑着说："如果不是因为他，你还会选择致力于生物医药板块的发展吗？"

林氏并不是靠生物领域发家的，反而是跺跺脚金融界就要抖三抖的存在，自从林汀云接手家族企业以来，便开始大力发展实业，其中最突出的就是以生物新型药物研发为背景的产业。

"我很好奇，他是一个怎样的人？"

林汀云揽住许奈奈的腰，将她抱在自己的腿上，轻声说："我很敬佩他。"

许奈奈问："因为他很优秀？"

"因为他带我出去玩。"

许奈奈："……"

很难想象，少年时代清冷的林汀云竟然有这样的一面。

"真可怜。"许奈奈皱着眉，眼眶发酸，小声说，"都不能自己出去玩。"

时雨跟她说过，宋惠不喜欢他，小时候对他很苛刻，后来林俞风离世后，更是将所有过错都推在他身上。

林汀云抵住她的眉心，声音很低："可惜他走了，我还活——"

"嘘——"许奈奈的手指横在他的嘴唇上，"你已经做得很好了。"

林汀云抓住她的手指，仰头吻她。

忽然，一个用塑料膜精心包好的卡通创可贴落入许奈奈的眼帘。

许奈奈一眼就认出来那是她曾经给他贴过的那个创可贴，她撑着他的肩胛骨，组织语言："你怎么还留着？"

林汀云的呼吸滚烫："是你给我的。"

许奈奈的眼尾溢出眼泪，却不单单是生理性的泪水："扔了吧，以后还会有的。"

他稍顿，深邃的黑眸里波涛翻涌。

她终于有机会喘口气："算了。"

许奈奈仰头吻过林汀云额角已经掉痂的伤口，紧紧环抱着他："以后还是不要有了。"

房子到期的前两天，许奈奈联系房东退了租，住对门的好处在此时显现得淋漓尽致，搬家的难度小了太多。

房间的家具都是现成的，许奈奈只需要打包好自己的私人物品即可。

林汀云冷清许久的大三居忽然变得热闹起来。

窗台上孤零零的芦荟旁边摆上了精心培育的绿萝和形状各异的多肉，清一色黑白搭配的衣柜里多了色彩明亮的女士裙裙，浴室台架上摆满了双人洗漱用品，黑灰色调的床单被罩也被许奈奈换成了温暖的白黄色系。

林汀云在搬行李箱的过程中，忽然掉出来一本泛黄的日记本。

他捡起来放好，恰巧一阵风刮过，扉页置顶写着"天道酬勤"，那句"只要加速度足够大，且为正方向，你就一定能够超越"的清秀字迹略有褪色。

林汀云愣了几秒钟。他忽然回忆起很多年前的夏至，短发少女站在天台边缘，眉眼青涩，神情紧张。

"你有梦想吗？"

"你一定可以的。"

"我相信，等长大后变成更好的人，我们的梦想都会实现。"

许奈奈那晚断断续续的哭诉萦绕在林汀云耳边，她说她喜欢了自己很多年。

林汀云后知后觉地意识到这是一本不同寻常的日记本。

他的喉结上下滑动，小心翼翼地掀开第二页。

忽然，无数张细小的纸页唰唰作响。

林汀云一愣，呼吸骤滞。

十多年前的打印纸张陈旧灰白，上面整齐排列着相同的抬头，在微风下簌簌轻飘。

高二上学期第一次月考：林汀云，年级1；许奈奈，年级428。

高二上学期第二次月考：林汀云，年级1；许奈奈，年级398。

高二上学期第三次月考：林汀云，年级1；许奈奈，年级287。

高二上学期期末考试：林汀云，年级1；许奈奈，年级157。

高二下学期第一次月考：林汀云，年级1；许奈奈，年级112。

高二下学期第二次月考：林汀云，年级1；许奈奈，年级100。

高三分班考试：林汀云，年级1；许奈奈，年级478。

高三上学期第一次月考：林汀云，年级1；许奈奈，年级87。

高三上学期第二次月考：林汀云，年级1；许奈奈，年级49。

三校联考，林汀云，年级1；许奈奈，年级36。

七校联考，林汀云，年级1；许奈奈，年级29。

全市联考，林汀云，年级1；许奈奈，年级18。

百校联考，林汀云，年级1；许奈奈，年级6。

时隔多年，胶带的黏性降低，最后一张被岁月侵蚀过的字条落到脚边，与此同时还有一张极其模糊的照片。

林汀云弯腰捡起，一眼认出那是那场篮球赛他的背影。

他翻动陈旧的纸张，瞳孔紧缩，骨节分明的手指将纸张边缘攥出褶皱。

一模，许奈奈，年级1。

林汀云今天有些反常。

"林汀云。"许奈奈被他搂在怀里，嗓音疲惫，"你是不是不开心？"

林汀云呼吸平缓，哑声说："你开心吗？"

许奈奈迷迷糊糊地说："嗯。"

林汀云捋平她的碎发，气息炙热："明天请假吧。"

"为什么？"

"我想带你去见一个人。"

许奈奈不解，但还是点点头，弯起眉眼："我最近终于可以休息一段时间了。"

他的眼睛里带着温柔缱绻："看来你的项目进展得很顺利。"

"其实也是因为这个课题我从本科就开始接触，比较熟悉，后来因为各种现实原因被搁置，好在现在又有机会拣起来。林汀云，你知道吗？"她心疼地抚摸他后背的针孔疤痕，湿漉漉的眼睛里闪着光，"我们马上就可以进入一期临床实验了，是新型白血病靶向药。"

林汀云的目光扫过她的眉眼，心悸动得厉害，吻上她，嗓音喑哑："有没有人告诉过你，不要这样看男人。"

许奈奈："……"

许奈奈第二天理所当然地又起晚了。

"是你很重要的朋友吗？和你同龄吗？要庄重一点儿，还是随意一点儿？"

"随意就好。"

林汀云靠着卧室门眉眼含笑："不用太麻烦。"

许奈奈只当是去见他的普通朋友，便选了条鹅黄色的吊带裙，外面套了件小披肩，长发半披半扎，礼貌性地化了个淡妆。

可是当林汀云的车开向郊区时，许奈奈感到了不对。

"你什么朋友约在这儿？"她突然一愣，映入眼帘的赫然是"陵园"二字。

黑色轿车驶进停车位，许奈奈揪着自己的裙子不敢下车："你怎么不提前跟我说一声？"

第一次来祭奠他的哥哥，她还穿着这么亮色的裙子！

"没事，他不会在意。"林汀云从后备厢拿出准备好的菊花，好笑地单手搭着副驾驶车门，弯腰轻声哄她，"出来吧，他很好说话的。"

许奈奈："……"

总不能回去再换身衣服，许奈奈咬着嘴唇，不情不愿地下了车。

微风和煦，广袤无垠的云层翻滚，偶尔有几声鸟雀在叽喳作响。

私人墓园不见半点儿阴森，反而像一座安静的后花园，修剪花木的园丁忙忙碌碌，在为这里的主人做着清扫工作。

"二公子。"

路过的几位园丁点头打招呼。林汀云浅浅颔首，以示回应。

许奈奈眨了眨眼，有种穿越了的荒唐感。

"怎么了？"见她不走，林汀云侧目。

许奈奈回神，试探着问："他们刚刚叫你二公子？"

"嗯。"

扑哧一声，许奈奈捂住嘴，忍不住笑出声来："对不起，我不是故意的。"

林汀云伸手扣住她的手腕："家里的员工会这样称呼。"

林氏是世家大族，总有些沿袭下来很难更改的称呼习惯，林汀云虽然不太喜欢，但毕竟回来的次数不多，也就没有深究。

许奈奈了然地点头，被他牵着往里走，好奇地打量周围的建筑，沉默了一下，还是憋不住问："这就是大公子的住宅吗？"

林汀云瞥了她一眼："可以了，二夫人。"

许奈奈："……"

他们一直往里走，走过了几条幽静的小路，又越过几座小山坡，终于见到了陵墓的主人。

正值盛夏，蝉鸣声不绝，墓碑周围竖立着一圈大理石护栏，仿佛是私人小院，郁郁葱葱的杧果树上结满了青色的果子。

许奈奈看清墓碑上的照片，忽然一愣。

林俞风，男，生于 1986 年 6 月 21 日，卒于 2015 年 8 月 25 日。

他们长得极其相似，也难怪宋惠神志不清时总将林汀云当成林俞风。

可他们的气质又截然不同，如果说林汀云是无垠苍穹上遥不可及的清冷白云，那么林俞风则是温暖春日里无处不在的和煦微风，即便隔了年岁，仍然不难看出他生前有多么恣意不驯，大抵也是另一个传奇少年。

墓碑前有一捧新鲜的菊花，许奈奈约莫猜到是谁来过。

"今天是他的生日？"

"嗯。"

林汀云将花摆放好，揽过她的肩膀："我的生日是他的忌日。"

许奈奈心里一紧，握住他的手。

从前，他的出生是为了救人；后来，他的生日成了最亲之人的忌日。

许奈奈终于知道，他为什么不喜欢过生日。

林汀云向远处眺望着："我妈妈发病时总会问我，活下来的为什么不是他，后来我也开始问自己，为什么活下来的是我。"

"可你们从来都不是一道选择题，不是吗？"

林汀云一怔。

许奈奈松开他的手，弯腰对着墓碑轻声说："你看，你们已经一样大了。你不是在替他活着。"

时雨说，林汀云小时候不爱穿白色衣服，开始穿是因为林俞风，后来是为了安抚神志不清的宋惠。

许奈奈回眸温柔地说："你也是我心中，历久弥新的白衣少年。"

林汀云被她浅笑的眉眼恍了神，他忽然觉得，这世间风光都不及她勾唇一笑。

他们一直在墓园待到下午才离开，寻了家餐厅吃过饭后，已经到了傍晚。

日头偏西，晚高峰的马路上堵成蜿蜒的长龙。

街边有不少刚放学的学生，路过淮宜一中，许奈奈的目光停顿："好像很久都没有回过母校了。"

这十多年来，学校大门翻新过几次，校门口的书店也不像十多年前那样狭小拥挤，外面的书架上仍然摆着新一期的杂志报纸，却不再是当年火遍全国的杂志了。

许奈奈听程可柠说，她追了那么多年的漫画已经完结了。

林汀云单手搭着方向盘："你想回去？"

许奈奈无奈地耸耸肩："可是现在进不去，保安管得太严了，毕业时说得好好的，欢迎常回来看看，毕业后马上变成社会闲杂人等不准入内。"

林汀云轻笑一声："谁说一定要走大门？"

"不从大门走？"许奈奈不可置信地坐直，"你想做什么？"

林汀云用行动回答了她的问题。

他将车停在学校附近，然后轻车熟路地带着许奈奈绕到了学校外墙偏僻的一角。

林汀云随意打量了一下，"哼"了一声："看来现在翻墙逃课的学生也不少。"

许奈奈狐疑地看着和别处没什么两样的围墙："你怎么看出来的？"

林汀云抬起手臂，在墙檐上一抹，摊开指腹："这儿的灰最少，刺钉弯了，明显是人为的。"

"你好懂啊。"

林汀云弯唇挑眉："翻吗？"

许奈奈一惊，以为自己听错了："翻什么？"

他好心地重复："翻墙。"

许奈奈扯了扯自己的衣服，瞪大双眼："我穿的可是裙子！"

"没事，还有别的办法。"林汀云随手捡起一根棍子，扒拉开一个杂草堆，露出一个大小适中的狗洞。

许奈奈后退几步，难以置信地问道："你让我钻？"

林汀云摸着她的脑袋，笑了笑："今天有点儿仓促，下次一定万事俱备。"

没有下次了！

许奈奈最终咬紧牙关钻了狗洞，等她双手并用地爬出来时，忽然耳边生风，林汀云单手撑着围墙纵身一跃。

林汀云朝她伸手，笑了笑："起来。"

许奈奈抿着嘴，爬起来拍了拍身上的灰尘："你以前没少干这事吧？"

"还行。"

这个点正是第一节晚自习，偌大的校园空空荡荡的，郁郁葱葱的香樟树随风摇曳。

四面环绕的教学楼灯火通明，一楼大厅上仍然贴着光荣榜，上面的少男少女们眉目清秀，校服早已不再是他们那时的蓝白色。

许奈奈出神地凝望着，忽然感叹道："时间过得好快呀。"

林汀云的目光始终在她身上，他将五指穿过她的指缝，与她十指相扣："想上去看看吗？"

许奈奈侧头："天台？"

"嗯。"

"可是我们没有钥匙。"

"不需要钥匙。"

许奈奈小心翼翼地往上爬，每过一次楼梯转角都害怕被巡查的年级主任抓到，而林汀云则惬意得仿佛回了家，还在拐角处等着她。

许奈奈吓得不轻，压低声音说："你干吗？"

万一有老师出来一看，他们不就被抓到了！

林汀云好笑地弯腰半蹲，朝她勾勾手："快点儿。"

许奈奈又怕又急，最终提着裙摆小跑着上楼。

天台的入口仍然在南北楼的两端，临近南楼的教室门前挂着高二六班的门牌。

林汀云轻车熟路地从旁边一团废铁丝里选出能用的工具。

许奈奈在旁边看得目瞪口呆，觉得自己在学生时代大抵对林汀云有些误解。他根本不像外表展露的那样清冷，仿佛除了学习什么也不关心。相反，他除了不怎么学习，翻墙、撬锁样样精通。也难怪那天她被锁在家里，十五层楼他说翻就翻，不等开锁公司过来，就给她修好了门锁。

咔的一声，天台的铁门打开。

外头的夕阳仿佛打开闸门，倾泻出一片金灿灿的阳光。

许奈奈愣了一下，林汀云抓着她的手腕踏出门槛。

视野从暗到明，蔚蓝的天空云层翻滚，蓝紫色的霞光从遥远的天际线发散开来。

时隔十二年，他们再次踏上这片少年时代最后一次产生交集的节点。

林汀云拉着她爬上楼梯，两个人并肩立在天台的边缘，就像当初一起用一个耳机听《盛夏光年》一样。

"我哥白血病复发后，我也被带去了M国。在我十四岁那年，他拼尽全力与我父亲抗争，将我送回国，来到淮宜读书。"

盛夏蝉鸣，脚下是灯火明亮的高中教室，林汀云的声音低沉，第一次对她讲述自己的过往。

许奈奈轻声问："他不愿意让你做他的供体？"

"嗯。"林汀云点头，目光远眺，"那时候他接管集团事务很多年，各个家族纷争不断，他的病情也不能让别人知道。"

林居明那一代旁支旺盛，他自己本人投身物理事业，不愿参与遗产争斗，但林升平遗传了林家的经商基因，他以小辈的身份独揽大局，自然也对自己的下一代要求很高。

好在林俞风天赋异禀，从不让他失望，从小就被当作继承人培养，十六岁开始接触公司事务，二十岁就已经能独当一面。

只可惜天妒英才，林俞风的身体每况愈下，林汀云需要供给的血液也越来越多，那时候林汀云明明身体健康，却始终处在打动员针和抽骨髓的循环中。

林俞风一开始就不想要林汀云做自己的供体，强硬拒绝后，但被林升平霸道地回绝，父子博弈多年，仍然改变不了结果。

后来在一个雨天，林俞风利用自己的人脉竭尽全力将林汀云偷偷送回国，自此，林汀云度过了相对平静的三年。

"所以在鹭城的那位医生是你哥哥的朋友？"许奈奈想到纪霖。

"是。"林汀云浅浅一笑，"他们的关系很好，当年也是因为纪家从中协助，我才能顺利回国。"

顿了一下，他接着说："奈奈。"

"嗯？"

晚风温柔，吹动许奈奈及腰的长发，她黑白分明的眼睛如同积蓄一汪清泉。

林汀云出神地望着她。

林俞风在时，他想学医是为了治疗林俞风的病；林俞风离开后，他仍然想学医，是为了治疗像林俞风一样的人。

可惜天不遂人愿，他身上枷锁重重，梦想太过奢侈。只不过那些兵荒马乱的年岁，他也会偶尔想起很久之前的那天——

晚风温柔，泪眼婆娑的少女，很轻地问他有什么梦想，又很轻地跟他说，相信长大后的他会变成更好的人，他们的梦想都会实现。

林汀云的手指收拢，喉结艰涩地滚动："谢谢，你完成了我的梦想。"

许奈奈一愣。

"2010 年的跨年夜，我爷爷远在首都，父母轮番给我打电话希望我能回 M 国，家里太冷了，我不想待在家里，希望那天的大冒险没有冒犯到你。那晚的初雪和烟花很美，你是第一个知道我酒精不耐受的人，谢谢你的牛奶。"

好美慕能落在他身上的雪，好希望我的世界能按下暂停键。——2011.01.01

"2012 年，我答应了母亲回 M 国。我哥的身体靠药物勉强支撑，终于达到再移植的指标，移植手术比较顺利，我申请了 S 大生物工程的学位。"

林汀云，我考上了 A 大，我还是好喜欢你。——2012

"2013 年，我趁暑假修满了学分。"

林汀云，我今年获得了国家奖学金，你在 M 国应该更厉害吧。——2013

"2014 年，我提前毕业，拿到生物工程预科班的学位，申请了 AMCAS。"

林汀云，我拿到推免名额了，你呢？——2014

"2015年，我考完了MCAT，我哥在给我过生日的时候忽然病发，没有抢救回来，他离开我了。"

林汀云，我发了一篇一作，又偷偷喜欢了你一年。——2015

"2016年，我的医学硕士申请材料被父亲损毁，他发动所有人脉关系，没有任何一家医学院愿意接收我，我只好去S大读了商科。后来的我没有成为一名医生，后来的我也不是特别快乐。"

林汀云，五月天出新歌了，叫《后来的我们》，我好喜欢里面的歌词，"也许你还记得，也许你都忘了，也不是那么重要了，只期待后来的你能快乐，那就是后来的我最想的……"所以，后来的你快乐吗？你有成为一名医生吗？后来的我依然很喜欢你，可是暗恋实在太苦涩了，我可以不喜欢你了吗？——2016

林汀云的声音温柔缠绵，他在跨越时空一字一句地回答着那些尘封在岁月里无疾而终的暗恋。

许奈奈的脸颊感到一阵冰凉，她迟钝地抬手，摸到满脸的泪水。

他俯身，用指腹轻轻地擦拭她的泪痕。

许奈奈的喉咙发堵，她捂嘴哽咽着："你看到了。"

林汀云将她拥入怀中："对不起。"

这段回音让你等了太多年。

他的头抵着她的发顶，声音缱绻："现在还能再喜欢我一次吗，未来的许奈奈？"

落日旖旎，飞鸟盘旋，盛夏的晚风丝丝绕绕地交织成网，错落地搭建成他们的背景。

冥冥之中，当年的那个少女与他一同发问。

你放下他了吗？未来的许奈奈，收到请回答。——2017

许奈奈的眼角落下泪水。

她踮起脚吻上他的唇，是在回答现在的他，也是在回答过去的自己——

"未来的许奈奈收到，未来的许奈奈还是很喜欢他。"

2023年6月21日，是距离他们少年离别后的第十二个夏至。

太阳直射北回归线，白昼最长，黑夜最短，落日辉煌而盛大。

二人拥吻的身影与青涩时期的少男少女缓缓重合，属于青春的列车在这一刻连通首尾。

　　　　我听见回声，来自山谷和心间，
　　　　以寂寞的镰刀收割空旷的灵魂，
　　　　不断地重复决绝，又重复幸福，
　　　　终有绿洲摇曳在沙漠。

（正文完）

Extra 01

启明星

6月底，他们一起去听了一场五月天的演唱会。

其实，许奈奈知道演唱会的时候已经错过了抢票的时机。

她略有遗憾地将这件事随口告诉林汀云，结果不知道他用了什么方法，第二天就拿来两张内场票。

许奈奈嘴上说着肯定浪费了很多钱，还不如等下一场，实际上已经开始做攻略，准备着装，浏览器上的搜索记录全是"看演唱会需要准备什么""看五月天演唱会必备小工具"等内容。

毕竟和那个带她爱上五月天的男孩儿在十二年后的家门口一起去看一场五月天的演唱会，实在是不可多得的机会。

"是去看演唱会又不是去参加董事会，你穿得休闲一点儿！"

许奈奈坐在床边，手里拿着写满攻略的笔记本，再一看衣柜里林汀云清一色的白衬衫、西装裤加西装外套的搭配，简直两眼一黑。

"什么叫休闲一点儿？"的确刚开完董事会的林汀云一边挽着袖口，一边随口问。

"你的衣服以前都是谁买的？"

"助理。"

许奈奈心想，是时候去找于绍聊聊，以后他们家老板的衣服不用他负责了。

"我记得你读高中的时候衣品挺不错的呀。"许奈奈小声嘟囔。

林汀云坐到她身边，问："校服？"

许奈奈："……"

"我不记得我穿过什么了。"

许奈奈回忆了一下遥远的过去，大概是青春的滤镜，那时候他穿什么她都觉得好看。

"这是什么？"

许奈奈一惊，林汀云已经拿过她的平板电脑。她的头皮发麻："就是一些男高中生。"

"嗯？"林汀云危险地眯起眼睛。

许奈奈不自在地清了清嗓子，理直气壮地说："这不是在给你看穿什么去演唱会吗？你不知道，现在的男高中生都……"

叮咚，平板电脑上弹出微信消息。

万施月发来一串链接——《找阳光男孩儿的一百个理由》《惊！男人过了二十八岁这些方面都会开始断崖下降》……

万施月：联姻是不可能联姻的，这辈子都是不可能的，尤其还是跟过了三十岁的老男人！

程可柠：坐吃山空，你也该给家里做点儿贡献了。

咔嚓一声，平板电脑的屏幕变黑，映出许奈奈呆滞的瞳孔。

林汀云慢条斯理地重复："找阳光男孩儿的一百个理由？"

许奈奈："……"

林汀云似笑非笑地说："男人过了二十八岁哪些方面不行，嗯？"

许奈奈悻悻地从他手里拿走平板电脑："是这样的，万施月家里在给她安排联姻对象。"

手腕被拉住，许奈奈只觉得一阵天旋地转，林汀云极具侵略性的气息扑面而来，她整个人被压倒在床上。

"林汀云！"

林汀云的手掌撑在她耳边，他没有将自身的重量压到她身上，毕竟他对她的受力程度再清楚不过。

瀑布般的长发铺满床面，许奈奈双手抵着他坚实的胸膛，侧偏着头，心跳得很快。

"我……我就是跟你解释一下，那个又不是我发的。"

"嗯，我也是想跟你解释一下，有些传言不能信。"林汀云勾着唇，狭长的黑眸暗流涌动。

给林汀云挑衣服这件事因此搁置一天，后来许奈奈将"淮宜无敌霹雳三大美少女"的微信群置顶，但是设置了免打扰，毕竟总有些男人不宜知道的话题独属于小姐妹们之间。

演唱会这天，他们提前出门。

林汀云穿着许奈奈给他挑的短袖白衬衫加黑色工装短裤。

许奈奈则挑了一套与他同色系的白衬衫加黑色百褶裙。她将长发编成一股精致的鱼尾辫，细长的腿在阳光的照射下显得白皙透亮。

"我发现你没有什么腿毛。"许奈奈涂好防晒，转身看见林汀云虽然肌肉线条分明，却没有什么腿毛的小腿。

林汀云双手环胸斜倚着玄关，疑惑地挑眉："嗯？"

他单肩挎着许奈奈装好了充电宝、水杯等物品的背包，工作时的严肃高冷少了许多，取而代之的是少年感，干净又明朗，像极了十二年前的模样。

许奈奈恍惚了一瞬间，手里的防晒霜一不小心多挤了一泵。

她没有犹豫，啪的一下抹在他的腿上："多涂点儿，大白腿别晒黑了。"

等了她快一个小时的林汀云："……"

演唱会的场馆在郊区，他们自驾过去时场馆外已经有很多人了。

场馆外有无数的男男女女拿着荧光棒，入场之后，许奈奈兴奋地在脸上贴了五月天的贴纸，林汀云由着她给自己的脸上也贴上贴纸。

内场的视角全场最佳，忽然灯光熄灭，嘈杂的现场安静下来，许奈奈下意识地抓住林汀云的手，下一秒《盛夏光年》的前奏缓缓地响起。

放弃规则，放纵去爱，

放肆自己，放空未来……

独属于阿信的嗓音娓娓而来。

五彩斑斓的荧光棒疯狂地挥舞，周围爆发的尖叫声一阵盖过一阵。

没想到第一首歌就是《盛夏光年》，许奈奈一愣，他们同时看向对方。

周遭喧哗声鼎沸，聚光灯闪耀迷眼，无数荧光棒挥舞着，歌迷高声的合唱声沸腾喧嚣。

许奈奈抓着林汀云的手收紧，黑白分明的眼里蓄积着复杂的水光："是《盛夏光年》，林汀云，是《盛夏光年》！"

林汀云垂眸宠溺地看着她，黝黑深邃的眼底只有她璀璨若星的笑颜。

我骄傲的破坏，我痛恨的平凡，

才想起那些是我最爱……

音乐响起的刹那，引发普鲁斯特效应，时间的轴线拨动。

光影轮转，岁月荏苒，阿信的嗓音从四面环绕的音响中回到好多年前的耳机里面，无形的命运如宿命般串点成线。

或许在那个夏至的天台上，抑或在更早的大雨之夜，属于他们的命运齿轮便不可逆转地镶嵌在一起。

这一晚，从《盛夏光年》到《突然好想你》，从《后来的我们》到《玫瑰少年》，又从《温柔》到《倔强》，无数人的青春在此刻重返。

演唱会结束后，场馆外人山人海，车开不出去，许奈奈也不急着走，拉着林汀云慢悠悠地在路边打转。

"腿疼吗？"见许奈奈瘫坐到路边花坛上，林汀云笑着蹲在她面前。

许奈奈刚刚跟着音乐蹦蹦跳跳了三个多小时。

"林汀云。"

"嗯。"

"这是我第一次看演唱会。"

林汀云握着她的小腿，手指不轻不重地缓缓揉捏。他勾了一下唇角："开心吗？"

许奈奈撑着脸看他平日严肃的脸上正贴着和她一样的应援贴纸："我好开心。"

人群逐渐稀少，凌晨的大街上慢慢变得萧条。

许奈奈站起来，拉着林汀云的手，漫无目地地散步："我好像没听你唱过歌？"

"不好听。"

"不信。"许奈奈不怀好意地说，"我想听。"

林汀云无情地拒绝："不会唱。"

许奈奈："……"

她愤愤地挣开了手。林汀云笑着拉回来："真不会。"

许奈奈怀疑："你还有不会的东西？"

"嗯，很多。"

许奈奈放弃这个话题，忽然想到："记得读高中的时候你也这样拒绝过别人。"

林汀云蹙眉："什么？"

许奈奈望着广袤无垠的夜空，轻笑："你记得艺术节吗？"

林汀云："……"

许奈奈不指望他记得，继续说："那天万施月邀请你为她伴奏，记得吗？"

"嗯。"林汀云侧目，"你那天穿的裙子很好看。"

许奈奈一惊："什……什么？"

在淮宜一中的那三年，林汀云的朋友不多，除了明炽，为数不多的记忆里有一个纤弱又倔强的影子。

世间的情感不是全部都是恰逢其时的，少年时总有些身不由己和来不及。

但不可否认，许奈奈于林汀云而言，一直是后来提及时仍然能忆起的存在。

因此，在经年之后，他再次看到她的名字时，那些久远的过往如水洗过尘埃，她的模样在他的脑海中再次变得清晰。

"你竟然还记得我。"许奈奈过了好久才找到自己的声音。

那些暗无天日的暗恋时光，竟然还有另一种打开方式。

林汀云垂眸，目光温柔："嗯，一直记得。"

7月初，一年过半，许奈奈的二十九岁生日要到了，家里催婚的势头越来越猛烈。

虽然许慧玲早就知道她有男朋友，但许奶奶等不及了，眼看着村里那些跟许奈奈年纪一样大的人都生二胎了，于是让她把男朋友带回去看看，否则一律按骗人处理。

许奈奈无可奈何，再加上确实已经有小半年没有回家，最终妥协了。

"我还以为你没时间跟我回去。"开车回远宁的路上，许奈奈看着路边一晃而过的田野，随口说。

林汀云轻笑："见家长怎么能没时间？"

后备厢里塞满了从国外带来的保健品，随便一种都不便宜。

许奈奈本来说不用那么麻烦，后来才知道，林居明在听说林汀云要跟她回老家后，就已经特地托人去买了。

"我们这儿路不好走，还好没开你的车。"远宁县的路虽然修过，但通往农村的路上总还有几段坑坑洼洼的。

"我的车也没关系。"

"有关系。"

林汀云转头看向她："怎么？"

"低调点儿。"

许奈奈调整了一下姿势，准备继续睡会儿："你待会儿就知道了。"

近些年大部分农村人口往城镇迁移，小城市的人往大城市搬，留在农村的基本是老年人。这些人每天没啥事就凑到一块儿闲聊，所以每当村里出现一个陌生人，消息都会以村口聚集的中年妇女们为中心扩散，在最短的时间内传遍整个村子。

白车驶进村庄，由于道路狭窄，车辆行驶的速度不得不放慢。

许奈奈不用睁眼都能感受到那群常年坐在村口的人们的灼热视线。

"哟，是老许家的孙女回来了呀！"一位正在嗑瓜子的妇女惊讶地站起来，其他人则好奇地打量着白车以及车里的男人。

"这是男朋友吗？"

"哟呵，长得可真俊。"

"买新车了呀，小许现在可不得了哦！"

"听说在大公司当总监呢，可赚钱了吧？"

"男朋友做什么工作的？准备什么时候结婚哪？"

副驾驶座的车窗降了下来，许奈奈调整好微笑，一一叫了人。

"没什么钱，车贷款买的……他呀，还在事业上升期，也挺艰难的，我和他一起奋斗……嗯嗯，结婚还不急……张阿姨、王阿姨、赵阿姨，我先回去了，再见。"

车窗缓缓关上，许奈奈长出一口气。

林汀云挑眉："一起奋斗？"

许奈奈略微有些尴尬："我们怎么不算一起奋斗？"虽然她奋斗的终点还赶不上他的起点。

林汀云好笑地问："这么熟练？"

许奈奈无奈地说："每次回来都要经过这一遭，能不熟练吗？"

这次还算好的，能开车直接溜进去，以前她一个人步行到这里，总是一项极大的挑战。

林汀云的右手与她十指相扣，单手搭着方向盘，侧脸棱角分明："不喜欢就不必打交道。"

"我可以不打交道，但我奶奶和姑妈不行，"许奈奈轻笑，"她们住在这里，总得让她们脸上有光。"

林汀云不解："那为什么还要低调？"

许奈奈意味深长地拍了拍他的肩："太有钱就会有人来借钱。"

林汀云："……"

是他不懂的领域。

知道他们要回来，许慧玲一大早就在镇上买了新鲜的鸡鸭鱼肉，许奶奶更是天还没亮就起来去地里摘了新鲜的蔬菜。

许爷爷走后，许奶奶的身体也没之前那么硬朗了，家里耕种的菜园子面积大大减小，再也不是许奈奈读初、高中时自给自足的状态，除了些新鲜小菜，大部分都需要去镇上采买。

好在许慧玲回了老家，有人照应。

他们到家时已经很晚了，只能勉强吃顿晚餐。

许奶奶笑得眼睛都睁不开，查户口般询问林汀云的情况："小林，听说你跟我家奈奈是高中同学，现在做什么工作呀？"

林汀云十分有耐心地一一作答，换来老人家热情地又给他添了一大碗饭。

农村大部分人家都是重修的自建房，但因为许家没有成年男性能干活，房屋的构造还是十几年前的平房结构。

许奈奈为此还有些犹豫，倒是林汀云自在地跟回自己家没两样，抑或说，他就没有局促的时候。

"小林，这边是我和奈奈姑妈专门收拾的房间，我们这儿简陋，委屈你了。"许奶奶打开最大的那间卧室门，十分难为情。

平房是两室一厅的格局，外加一个小杂物间。

林汀云礼貌地微笑："不简陋，我习惯住这里。"

许奶奶的眼睛一亮："你也是农村出来的孩子呀？"

许慧玲的头皮一紧。

许奶奶继续说："那你和我家奈奈还真是相像，我们奈奈小时候过得可苦哦！上小学的时候家里经常断电，还要点蜡烛写作业，她看不清题写错了答案，哭得嘞。"

"奶奶！"许奈奈大惊，唯恐许奶奶再说些不能听的"黑历史"，赶紧推搡着她出去，"我帮他整理房间，你们别操心啦！"

砰，卧室门被关上。

许奈奈按着门板，搓了搓羞红的脸，一转身便撞进林汀云似笑非笑的眼里。

"小时候也这么爱哭？"

许奈奈吞吞吐吐地说："什……什么叫'也'？我现在哪里有经常哭？"

"是吗？"林汀云弯腰勾起她的下巴，挑眉道，"要我帮你回忆一下吗？"

许奈奈的脸彻底红了。

许奈奈拉开他的手："你正经一点儿，我帮你收拾完东西就要走了！"

"去哪儿？"

"隔壁呀。"许奈奈莫名其妙，"你以为我奶奶专门给你收拾一间房是干什么？她要是知道我跟你住在一块儿，腿都给我打断！"

许奶奶的年纪比较大，思想传统，在她的观念中，没有结婚的男女接吻都是很出格的行为。

许奈奈蹲在地上收拾行李："这儿还是我的房间呢，我奶奶可真喜欢你，我的东西都不知道被她扔哪儿去……"

忽然她被人拽起，下一秒，许奈奈坠入一个温暖的怀抱。

"这么严重？"林汀云的目光认真。

许奈奈眨了眨眼，心思辗转，故作严肃："对呀。"

林汀云若有所思："那你是不是只能嫁给我了？"

"你想什么呢！"

"你这是要始乱终弃呀，你不对我负责，我怎么办？"

许奈奈："……"这个人能不能不要一本正经地胡说八道！

林汀云低低地笑，胸腔的振动在耳边尤为清晰。

许奈奈挣扎着从他怀里退出来，却不想整个人被他带着滚上床。

林汀云摩挲着她的唇瓣，不知想到什么，眼眸变暗："这是你小时候睡过的床？"

年久失修的床板吱吱呀呀地响动，许奈奈的耳根阵阵发麻："对……对呀。"

"似乎也不小。"

"这也不是单人床，我奶奶说小时候带我姑妈和我爸的时候睡过这张床，你的个子应该够……"

忽然，整个人被搂紧，她听见他用只有两个人能听得见的气音说："别走了。"

许奈奈的瞳孔紧缩："我可是……"

许奈奈当然不能不走，至少回家的第一天还是要遵规守矩，于是她用尽全身力气阻止了他接下来的动作。

7月的天气说变就变，前一天还是艳阳天，第二天便下起了倾盆大雨。

大雨停歇，屋檐仍然不住地落下水珠。

林汀云来之后，许奶奶的热情简直成倍上涨。

以前许奈奈回来不过一个晚上就要被嫌弃，现在每天待在一起，许奶奶竟然还能维持着高涨的热情。

许奶奶正一边择豆角，一边笑着说起许奈奈小时候的事："小林，你不知道，奈奈上小学的时候就自己一个人来回走，那时候让她住校，她哭得嘞。"

"她为什么不愿意住校？"

"她说她害怕！我反正不知道有什么好怕的，这黑灯瞎火的一个人走山路就不怕了？"

另一边，林汀云穿着淡蓝色T恤加黑色工装裤，动辄签几亿元合同的丁正在挑豆了。

"奈奈别看平时闷闷的，实际上倔得很，她坚持的事十头牛都拉不回来。当时我们让她住校，她偏不，小学和初中硬生生地走读了一共九年。读小学的前几年我和她爷爷还去接，后来腿脚不利索，就让她一个人回来了！"

起初，许奶奶在听许慧玲说到林汀云的家庭情况时，十分害怕招待不周，惹人不快，做什么事都小心翼翼的，生怕怠慢，毕竟两家的家庭条件差距太大，倘若让人家看了笑话，她也怕影响到许奈奈在男方家里的地位。

然而林汀云实在谦逊有礼，不但没给许奶奶和许慧玲一点儿压力，甚至备感亲切，到现在她们什么都能说。

到底是有底蕴的家庭教出来的孩子。

"奈奈这孩子也是命苦，出生没多久父母就离婚了，她爸爸也是个……这么多年都是她自己努力，考上名牌大学，给咱们家争了口气。"许奶奶边说边红了眼眶，"小林，我们家不是大富大贵的人家，但要是奈奈受了欺负……"

林汀云握住许奈奈的手，对上她温柔而坚定的眼神："您放心，我不会让她受欺负的。"

言语有时苍白无力，但不可否认它能在某些时刻带来令人心安的承诺。

许奶奶看着两人如胶似漆的模样，心酸也欣慰。

"对了，我还记得有一次，她读初中的时候吧，下好大的雨，镇上的排水道都坏了，那个水涨得嘞——"许奶奶比画了一下自己的大腿，夸张地说，"都到这儿了，他们班的老师挨个儿给家长打电话，我们家那时候就一个座机，被大雨冲断线了，没信号，结果这小丫头片子直接蹚着水，几乎是游回来……"

"奶奶！"没感动几秒钟，眼看着许奶奶又要重提"黑历史"，许奈奈按着太阳穴实在是听不下去了，"我带他去后山逛逛，雨停了，应该有不少野菌，采点儿晚上煮汤喝。"

话刚说完，不等许奶奶回应，许奈奈赶紧拉着林汀云往外走。

"奈奈，早点儿回来！"

"知道了！"

许奈奈去后院拿了个小篮子，林汀云跟在她后面。

"你好像经常一个人冒大雨回家。"

许奈奈拿篮子的手一顿，她无所谓地笑了笑："没人来接我，我不一个人走该怎么走？"

林汀云的心口发涩。

许奈奈继续说："不过那么多辆路过溅我一身水的车，你是第一个折回来给我递衣服的人。"

许奈奈回眸的眼睛闪亮发光。

林汀云知道她说的是高二时的那场大雨。

"那时候我就觉得，你和别人不一样。"许奈奈笑着耸耸肩，心里却很感慨。

没想到时隔多年，那场惊鸿一瞥的初见还能以这种轻松的方式说出来。

忽然，许奈奈落入一个温暖的怀抱。

林汀云将下巴搁在她的颈窝，有些心疼地说："奈奈。"

"嗯？"

"你以前好辛苦。"

许奈奈的瞳孔微缩。

男人有力的手掌抚摸着她的脊背，他低垂着眼，经过这些天和许奶奶的聊天，他能想象到她的过去有多艰难。

"阳光总在风雨后。"许奈奈的心尖颤动，她拉开距离，捧住他的脸，瞳光潋滟，"我现在不是有你了吗？"

大雨来得快，去得也快，被雨水浸润过的山林空气纯净而清新，地上长满了五颜六色的小蘑菇。

"你要不别上来了，都是泥巴。"许奈奈往前看了一眼，到处都是湿漉漉的。

林汀云看着她熟练地换好雨靴，问："还有多余的吗？"

许奈奈翻了几下："有，是我爷爷之前穿过的，你不介意吧？"

林汀云毫不犹豫地接过来往脚上套："没事。走吗？"

许奈奈本来只是想找个理由从许奶奶面前逃走，没想到现在真的要去采蘑菇。

他们并肩往山林里走。

许奈奈发呆的间隙，林汀云忽然弯腰摘下一簇大红的蘑菇，扔到了篮子里。他抬头看见许奈奈的表情，有些疑惑地说："怎么了？"

她的嘴角抽搐了几下："这个不能吃。"

林汀云不解地看着极其漂亮的蘑菇："为什么？"

许奈奈耐心地拿着他采的蘑菇比对了一下自己采的蘑菇："这种叫毒红菇，有毒的，还有种太白的蘑菇也是有毒的。"

"你怎么看出来的？"

"当然是经验啦，我听我奶奶说，早些年就有人吃了山里的毒蘑菇被送去医院抢救。"

许奈奈知道他这种养尊处优的大少爷多半没进过乡野，于是耐心地科普了一下这个季节能吃的蘑菇特征，并手把手教他采了几个，最后掰开那几个颜色鲜艳的毒蘑菇，微笑着说："你也可以闻味道，这种有腥味的大多是有毒的。明白了吗，二公子？"

林汀云："……"

雨后的山路难走，他们并没有往上爬多远。

许奈奈循着记忆拐了几个弯，在半山腰果然见到了一处开阔的平台。

"这儿还是没变。"

许奈奈气喘吁吁地找了块干燥的石头坐下，跟在她后面的林汀云呼吸平缓得完全看不出来爬了半座山。

"你不累吗？"她撑着膝盖回头。

恰好此时云层变化，穿过云层的阳光笼罩着男人修长的身姿。

"不累。"林汀云的眉眼含笑，他体贴地寻了个角度给她挡住阳光。

许奈奈在他遮挡的阴影下抬头，放眼望去，是辽阔的田野和山林，不少人家趁着天气好在田里耕种。

"我小时候经常在这里玩。"

"看起来很快乐。"

林汀云把她挎在臂弯里的小篮子接过来，里面都是刚刚采的蘑菇。

许奈奈靠着他的手臂："你知道吗？我们村的女孩儿很少，大都是男孩儿。我小的时候就跟着那群男孩儿玩，就在那边的田埂上跑……"

她不知想到什么，忽然笑起来，指着不远处："小学毕业的时候大家都在学骑自行车，我也骑上我爷爷的自行车跟他们一起。有一天，他们非要骑车赶鸡，我也跟着他们赶鸡，可那辆车太高了，我的腿又短，结果那些男生不知道怎么几下子拐了个弯，我一个人啪的一下掉进了臭水沟里，被人捞起来的时候浑身都是泥巴，我奶奶把我打了一顿！"

林汀云忍俊不禁："你奶奶还会打你？"

"当然了！"许奈奈皱眉坐直，"我们家当时有这么长的一条戒尺，我每次干坏事被发现，我奶奶都会用那东西打我，为此我还偷偷扔过几次，可过不了多久就被我奶奶又捡回来了！"

"你还干什么坏事了？"

"不告诉你。我继续跟你说，那个戒尺……"

盛夏的山林蝉鸣不绝，雨水洗涤后的天空蔚蓝清澈。

林汀云嘴角含笑，静静地听着许奈奈边比画边控诉，眼底流转着温柔的波光。

许慧玲和杜兴宏离婚后就回了远宁县，由于是两个人离婚后杜兴宏被捕入狱的，许慧玲离婚时分到的财产并没有被杜兴宏拿去抵债。

许慧玲分到的钱足够多，再加上法院裁决出轨方要额外补偿，所以她手里的资产够她生活。

她回远宁县开了家水果店，买了辆"小电驴"来回往返，但大多数时候她都住在店里。

这次许奈奈带林汀云回来，许慧玲往返的次数明显增加。

"隔壁老许家的孙女考上 A 大又有什么用，现在不还是在省城买不起房，买个车都还要贷款，也不知道她男人是做什么的。"

"看那人的气质非凡，多半是个做生意的吧。"

"做生意的还要贷款买车？我看那牌子也不是什么豪车呀。"

下山路上，附近田埂上正在农作的人正讨论着。

林汀云微微蹙眉。许奈奈对他比了个嘘的手势："没必要。"

小的时候她很在乎别人的想法，因为没有父母在身边，心思敏感细腻，很长一段时间里，许奈奈都觉得读书是为了争一口气。

可后来随着年龄渐长，心智更加成熟，她也越来越漠视别人的看法。比起高调炫耀，低调生活、减少麻烦才是她的人生宗旨。

"你们也就认识那几个烂大街的牌子了吧，别的车开到你们眼前，你们认得出来吗？"另一边田埂上，一道阴阳怪气的女声响起。

许奈奈微微惊讶，抬头看到那个蹲在田埂上，被迫把头发染黑的人正是杜梦婷。

"你谁呀？"正在八卦的人不悦地问。

"我是谁你管得着吗？"杜梦婷顶着大太阳翻了个白眼，"福布斯排行榜知道吗？国内最大的生物企业知道吗？就这点儿见识还好意思出来说闲话。"

"你这女娃！"

杜梦婷吐掉嘴里的瓜子壳，站起来不屑地撇了撇嘴。

"见识少就少说两句，真是山猪吃不了细糠。"

杜兴宏入狱后，杜家基本上支离破碎，君颐壹号的房子被法院拍卖抵债，杜家二老也被迫回了老家。很不巧，两位老人的老家也在远宁县。

杜梦婷从小就跟钱翠英亲，哪怕这次父亲的事让她受到了刺激，但仍然改变不了这么多年来的养育亲情，再加上她早就成年，即便父母离异，两家人她仍然走动着。

但她没想到这次回老家能碰上许奈奈带男朋友回来。

一进家门，杜梦婷仍然翻着白眼，一副不待见许奈奈的样子。许奈奈也当作没听见刚刚的话，相安无事地从她身边路过。

许奈奈跟林汀云在后院洗蘑菇，前面许慧玲压低声音的训斥隐隐传来。

"婷婷，她是你姐姐，你甩脸子给谁看？"

"这事本来就是你爸的错，他活该在监狱待一辈子！"

"你已经不是小孩子了，婷婷，你奶奶的话你要有自己的判断力。"

"她好像很怕你。"许奈奈想到刚刚进来时杜梦婷只看了一眼林汀云，就露出一副老鼠见了猫的样子。

林汀云学着许奈奈的动作掰蘑菇，随口说："有吗？"

许奈奈狐疑地眯起眼睛："不对劲。"

林汀云抬眼，勾唇："怎么了？"

"女人的直觉。"

许奈奈越想越觉得不对，甩了甩手上的水，凑上去："你是不是有什么事瞒着我？"

她凑得极近，林汀云微微后仰，看着她近在咫尺的红唇，喉结滚动。下一刻，他伸手捏住她的下巴往前一带。

"喂！"许奈奈惊魂未定地趴在他的胸口，听着林汀云胸腔传出的阵阵轻笑。

"没人过来。"

话音一落，她的下颌被人上挑，林汀云湿热的唇瓣霸道地掠夺了她的气息。

杜兴宏落网后，林汀云和杜梦婷私下见过一次面。

"把你父亲对她做过的事，再复述一遍。"高档会议室内，林汀云坐在主位。

杜梦婷手里捧着刚被人送来的黑咖啡，明明眼前人的语气平缓，可她仍然吓得止不住打战："你……你是许奈奈的男朋友？"

林汀云微微扯唇，不置可否。

"我说了，是她勾引……"

"别让我重复第二次。"

哗啦一声，滚烫的黑咖啡从杯子里洒出，溅到手指上。

杜梦婷被烫得尖叫起来，眼眶吓红了："我……我……"

林汀云的黑眸里压抑着怒气，他双手交叠，似笑非笑："听说你是星宇传媒旗下的小模特？"

杜梦婷猛地抬头："你……你要做什么？"

于绍适时微笑着出声："杜小姐别紧张，那只不过是我们老板朋友名下的公司之一。"

杜梦婷登时脸色惨白，眼前这个看上去云淡风轻的男人在威胁她！

于绍帮她把洒了一半的黑咖啡重新添满，得到林汀云的示意后继续说："现在杜小姐愿意回答我们老板的问题了吗？"

许奈奈到最后也没有问清楚林汀云有什么事瞒着她。她被吻得晕晕乎乎，后来去前院吃饭前用凉水敷了好久，唇瓣才看上去没那么红肿。

林汀云双手环胸倚在门口，嘴角藏不住笑意，最终被许奈奈恼羞成怒地捶了几下才肯作罢。

他们采摘的蘑菇做了蘑菇汤。

杜梦婷毫无食欲，草草吃过饭后便找借口离开。许慧玲第二天还要进货，也没有在家里留宿。

许奶奶的作息时间无比规律，早上五点起床，晚上七点睡觉，许奈奈和林汀云为了不打扰她休息也很早就进了房间——虽然是两个房间。

FY：过来。

许奈奈穿着单薄的小吊带，趴在临时收拾出来的小杂物间的床上打字。

Nacia：我不。

谁让他下午非要亲她，被许慧玲看到最多是感到害羞，被许奶奶看见免不了要教育她一顿。

FY：那我过来。

许奈奈一下子从单人床上跳起来。

Nacia：不行！

开玩笑，小杂物间的隔壁就是许奶奶的房间，她不要命了才会允许他过来。

Nacia：你等着。

Nacia：不许乱跑。

Nacia：我马上过来。

许奈奈胡乱扯了件薄外套，小心翼翼地将房门拉开一条小缝。隔壁卧室灯已经熄了，许奈奈披着衣服蹑手蹑脚地往前面的卧室走去。

她的手刚搭上门把手，忽然门一开，她双眸瞪大，下一刻便被林汀云的手拽着拉进了室内。

砰，门被很轻地关上。

林汀云将她锁在臂弯与墙面之间，炙热的气息将她完全笼罩。

"奈奈。"他的指腹摩挲着她的后脖颈，声音喑哑，"好想你。"

许奈奈的耳根发热，她推了几下他的胸口，他如墙壁一般无法撼动。

这些天为了在许奶奶面前营造"守规矩"的恋爱表象，他们的相处简直比高中生还要纯洁。这样的躲躲藏藏，好像在偷情。

想到这里，许奈奈忽然搂住他的脖子笑："哥哥，嫂子知道了怎么办？"

林汀云一愣，随即眼底暗沉下来："再叫一遍。"

"哥哥，唔……"她笑着躲开他的吻。

林汀云却不给她逃跑的机会："是不是在这里给哥哥发消息祝我新年快乐，嗯？"

许奈奈迷糊中打了一个激灵："你收到了。"

"嗯。"

"那你不回我。"

"抱歉。"

他俯身温柔地吻她的眼睛，低声叹息："那时候事情太多。"

许奈奈又开始心疼了。她搂着他的脊背，抚上针孔的痕迹："原谅你了。"

许奈奈没想到她的床脆弱得连两个人的重量都承受不住，床板断掉的时候，她感觉自己的魂也散掉了。

她敏锐地感知到，隔着客厅和杂物间的另一端，许奶奶穿拖鞋起床的声音。

果不其然，没过多久，门外响起敲门声。

"小林，你这边发生什么事了吗？我刚刚好像听到什么动静。"老太太疑惑的声音响起。

许奈奈吓得打了一个激灵。她双眼一黑，双手扒拉着窗沿随时准备跳出去。

"奶奶，没事，是柜子倒了。"林汀云从容不迫地回应。

许奶奶顿时担忧地说："没砸到人吧？"

林汀云的黑眸深邃，他戏谑地盯着紧张的许奈奈。

林汀云揶揄着挑眉，语气却很平淡："没有，可能吓到了窗外的猫。"

许奈奈："……"

许奶奶最终没有怀疑地折回去继续睡觉，但可苦了许奈奈，走也不是，不走也不是。她没继续翻窗，紧皱眉头看着可怜的床板。

许奈奈坐在旁边的椅子上，眉头皱得能夹死一只苍蝇："你刚刚怎

144

么这样！"

林汀云好笑地倚着墙面："你奶奶又没进来。"

许奈奈抓了抓头发："现在怎么办？"

林汀云微笑："我过去跟你睡？"

许奈奈气极："想得美！"

她咬咬牙，从柜子里搬出一床新的被子扔在地上："你今晚打地铺吧！"

林汀云："……"

来远宁县之前，他们预计在这边待一个星期。

现在才过了五天，还有两天，床的事情必须得解决，还得悄无声息地解决。

好在许奶奶注重客人的隐私，不会随意进出林汀云的房间，倒是给了他们发挥的空间。

"奶奶，您要去后山呀？"第二日清晨，许奈奈双手背后，笑吟吟地看着换上长袖长裤准备去后山逛逛的许奶奶。

许奶奶感到莫名其妙："你也要去？"自己不是每天这个点都去后山遛弯儿吗？

"不，不，不！"许奈奈心虚地连连摆手。

许奶奶更加不解，往后看了一眼，小声叮嘱："人家是客人，好不容易来一次，天天跟你在家待着多无聊？懂点儿事，有点儿眼力见儿，有空带小林去镇上逛逛。"

"好的，好的。奶奶，您注意安全。"

许奈奈假笑着目送许奶奶走远，背在身后的手上正拎着刚刚翻出来的锤子。

他们可不无聊。

工具箱在许奶奶房间的床底下，她走后许奈奈便赶紧跑过去把工具箱拖出来。

许奈奈房间的木床还是 20 世纪村里的木匠打的，现在中间的横梁断裂，要么换一块木板，要么重新钉上。

"几十年前的老古董了，怎么修？"

林汀云半蹲着，修长的手指在工具箱里面来回翻找，思忖片刻：

"还有这个型号的钉子吗？"

许奈奈打量了会儿，又去小隔间拿来一把型号相同的钉子："有。"

林汀云的动作灵活，有力的手臂线条随着发力青筋鼓动。不一会儿，他就将横梁断裂的地方钉得结结实实。

许奈奈目瞪口呆地问道："这也是你哥哥教你的？"

她早就想问了，他对生活琐事的熟练程度完全不像一个养尊处优的富二代。

"不是。"林汀云用手肘试了试床梁的受力程度，淡淡地说，"是我爷爷教给我们俩的。"

林居明虽然出身高门，但一心报国，改革开放后不久，国内科技产业受国外技术封锁，他是最早一批投身核物理研究的研究员，后来作为知青下乡，对乡里的农活手艺十分熟悉。

林俞风刚出生时，林父、林母忙于工作，他大多数时间都跟着爷爷生活。后来他生病，林母开始全身心地照顾他，并逼着林父生下了林汀云。

林汀云虽然当时不被父母看重，也不被允许出门，但也有和哥哥相似的经历，被爷爷带着在大庭院里玩耍。

"难怪你和你爷爷的感情不错。"许奈奈感叹，"我小时候也是爷爷带着我玩，只可惜他没等到我孝敬他的时候，就已经离世了。"

林汀云把工具箱收好，坐到她身边搂住她："所以你当时是因为这件事错过应届生的身份，后来去了鹭大。"

他记得她说过，她爷爷离世时刚好是她博士毕业的那年。

许奈奈轻轻摇头："不全是。"

她将脑袋靠上他的肩膀，目光透过窗户看向天空中的朵朵白云："林汀云，你应该很懂作为患者家属守在病房外无能为力的感觉。"

有人说，医院的白墙比教堂听过更多人的祷告。

他与她在某种意义上是同一类人。

"我的老师曾经告诉我很多次，一种新型靶向药从实验室到用到病人身上有太多难关要闯，我清楚他们的选择没有错，国内外顶级期刊上也没有几项研究能够真正成为大规模生产的产品，可那时候我只是想，我们这些做基础研究的，总要有人记得产业最终是要落地的。"

林汀云摩挲着她肩膀的手指收紧，目光复杂，"你这样的想法很难得。"

当初二人在鹭城重逢，她身上最吸引他的点便是那股和学生时代如出一辙、无法隐藏的韧劲儿。

灵魂真正强大的人，哪怕身处逆境，亦有卷土重来的勇气和自信。

许奈奈耸耸肩，无畏地笑了笑："所以也会摔得很惨，后来与你们公司终止合约也算是给你们及时止损。"

他轻轻地抚摸着她的头发："我知道。"

许奈奈侧目，忽然想到什么，坐起来，犹疑地说："我听说后来冯阳因为犯事进去了，也不知道是谁举报的。"

林汀云："看来是他咎由自取。"

许奈奈正准备点头，可又觉得不对："等等。"她眯起眼睛，"这事跟你有关系吧？"

林汀云挑眉："为什么这么说？"

见他这反应，许奈奈顿时猜了个八九不离十："还有上次杜梦婷，我就感觉她看你的眼神不对劲，快告诉我，你到底做了什么？"

"没做什么。"

"你看我信吗？"

林汀云："……"

"快跟我说呀！"

许奈奈皱着眉头抓住他的手臂，林汀云无奈地微笑，任由她如何摇晃都无动于衷。

咯吱一声，刚刚修好的床板发出危险的预警。

许奈奈的身体登时僵硬起来。她小心翼翼地站起来，并顺带拉起林汀云："别坐这儿了。"

眼看着许奶奶快回来了，许奈奈赶紧把房间收拾了一下，工具箱则由林汀云放回原位。

被大雨冲刷后的天空湛蓝，他们并肩站在屋檐下。

林汀云收敛笑意，正色问："你当时在鹭城遇到麻烦为什么不告诉我？"

"告诉你有用吗？"

"为什么没用？"

许奈奈浅笑："以什么身份呢？你的乙方？还是老同学？"

林汀云一顿。

许奈奈仰头轻叹："这种事情见多了也就习惯了，这世上哪儿有什么绝对公平的地方？"

她不会对生活抱有很大的幻想，但这并不代表她是悲观的，相反，越是看得清楚，越不容易让自己陷入无端的内耗中。

当初冯阳的确在她无处可去时收留了她，许奈奈记得这份人情，所以后来才会忍耐。可当忍无可忍时，她也会走得决绝。

许奈奈眉眼柔和，声音很轻，淡绿色的裙摆随着微风翻飞："还记得你之前对我说的话吗，这世间很多事情都没有办法评判对错。"

林汀云低头看着她，心头悸动，用她之前的回答低声开口："那我们就做我们认为对的事情。"

时过境迁，私人岛屿那晚的对话再次重现。

许奈奈的瞳孔骤缩。

林汀云将她拥入怀中："还好，现在你有机会完成你的梦想。"

他身上的气息清冽，带着淡淡的薄荷香。

许奈奈舒服地眯起眼："不。"她踮起脚，搂住他的脖子吻上去，"是我们的梦想。"

林汀云一怔，随即手掌托住她的后脑勺。男人具有侵略性的唇舌熟练地攻城略地，从回应亲吻到掌握主权不过转瞬间。

许奈奈被吻得喘不过气，又害怕许奶奶突然回来，手不断地推着他结实的胸膛。

终于，林汀云松开了她。她靠在他的肩膀上大口喘息，眼尾湿润："可惜还没完全做到。"

林汀云低声地笑，抵着她的额头，嗓音缱绻："那我陪你一起。"

许奶奶还记得早上说的话，回来后便一直让许奈奈带林汀云去镇上逛逛。

许奈奈无奈，自己挖的坑只能自己埋，只好勉强答应。

农村的路难走，他们没有开车，借了许慧玲的"小电驴"满街逛。

林汀云的长手长腿被迫缩在后面，许奈奈戴着头盔，露在外面的长发被风刮得直往他的头盔上扑。

"我们这儿地方很小，基本上骑'小电驴'二十分钟就能逛完。"

许奈奈在前面给他介绍，林汀云默默地将她散开的长发拢到一侧。

"这里是我的小学，再往前是初中。"许奈奈把"小电驴"停在树荫下，摘下头盔。

盛夏蝉鸣，绿树成荫，十多年前的旧跑道都换成了塑胶跑道。

小学和初中的记忆要比高中的更加遥远。

村口花白了胡子的大叔带着孙子在开放的篮球场上玩，见到许奈奈热情地打招呼。

"奈奈都长这么大了，男朋友长得真好哇！"大叔淳朴地给林汀云递烟。

林汀云礼貌地回绝："谢谢，我不抽烟。"

大叔略有遗憾地"哦"了一声，许奈奈笑着同他寒暄几句后离开。

"那个大叔的大儿子早年在池塘溺死了，后来生的小儿子跟我同岁。他人很好，小时候我家里有什么重活，他都会来主动帮忙。"

许奈奈刚记事的时候，家里还有许多田地耕种，许建保不回家，家里只有刚退休的许爷爷一个劳动力，每年收麦子、种水稻的时候都需要邻居帮助，这位大叔便是为数不多不会看不起许家，主动过来帮忙的人。

许奈奈看着那边的一老一小，无意识地感叹："没想到他小儿子的孩子都上小学了，而我还没结婚。"

"你想结婚？"林汀云低笑。

许奈奈突然回神，不自在地结结巴巴："哪有。"她转过身背对着他踢地上的叶子，"我的闺密们都没结婚呢，不急。"

林汀云勾起她的手，和她十指相扣："你怎么知道？"

许奈奈不解："什么？"

林汀云勾了勾嘴唇不置可否，许奈奈没继续探究。

她沉默了一下，忽然问："我记得你好像抽烟的呀，刚刚为什么不拿？"

虽然他没有当着她的面抽过，但刚住在一起的时候，她在家里的确发现过烟盒和打火机。

林汀云淡淡地说："戒了。"

许奈奈侧目："嗯?"

树荫下光影摇曳，林汀云的声音温和："对你的身体不好。"

许奈奈微微一愣，随即耳根红了："哦。"

蝉鸣的噪声好像也快掩盖不住心跳的振动。

"我……"许奈奈缓缓抬眸对上他温柔的目光。

好过分！为什么不论什么时候，她都会被他的眼睛蛊惑?

休息的时间总是过得很快，一转眼就到了最后一天，这天晚上许慧玲从镇上买了许多好菜给他们践行。

这段时间林汀云和许奶奶相处得十分融洽，不得不说，不论是长相还是性格，他都是长辈们喜欢的类型。

吃过晚餐后，许奈奈和林汀云收拾行李，明天一大早就要开车回淮宜。

许奶奶仍然睡得很早，修修补补的小破床勉强撑了两天，这两天晚上许奈奈说什么也不过去了。

许奈奈刚洗过澡躺在自己的单人床上，正刷着今天的资讯，忽然看到热搜上出现了一个"爆"字。她定睛一看，标题无比显眼——程氏千金与明氏首席执行官的世纪联姻。

上面的配图不是程可柠又是谁?

叮咚一声，手机振动起来，林汀云发来一张图片。

FY：这是你?

许奈奈还没从刚刚的震惊中回过神，又打了一个激灵坐起来，林汀云发来的照片赫然是她放在书架上面的小时候的照片。

Nacia：你干吗?！

FY：它自己掉下来的。

林汀云又发过来几张照片，都是她各个年龄段的照片！三岁时穿着明显小一号的裙子挤出肉嘟嘟的脸、五岁时刚被骂过红着眼睛拍的照片、七岁时扎了三条冲天辫看起来不太聪明的样子……

FY：挺可爱。

许奈奈：……

她按着太阳穴，咬紧牙关打字。

Nacia：我不会过来的！

FY：那我给你收起来。

他又发来几张照片。

FY：这张也怪可爱的。

Nacia：……

许奈奈辗转反侧，看着群里的消息，同样是在热搜上得知消息并联系不上程之柠的万施月早就炸开了锅。

她最终还是妥协般小心翼翼地拉开房门，轻车熟路地绕到自己的房间门口。

房间内，林汀云正在收拾最后一张掉在地上的照片。

他闻声侧眸，薄唇浅浅地弯了一下："不是不来？"

许奈奈的太阳穴直跳，脸上带着羞愤，更多的是窘迫："这些照片有什么好看的。"

她赶紧把装照片的袋子收好，系上带子，踮起脚扔到书柜的最上层，动作一气呵成。

林汀云斜靠着床头，狭长的眼眸上挑，俨然一副"看都看完了，你收起来也没用"的表情。

许奈奈头皮发紧，然而她还有更重要的事要问。她把手机递过去："这是怎么回事？"

林汀云随意地瞥了一眼，见怪不怪地说："联姻，怎么了？"

许奈奈越发觉得他肯定知道些什么，坐到他旁边，往他身上靠了靠："可是柠柠的订婚对象不是于嘉礼吗？她为什么？"

林汀云但笑不语。

许奈奈还想问什么，却在他的吻落下来后再也没了机会。

"喂，奈奈，我今天发现你的床好像坏了哦。"

车窗外的景色后退，许奈奈坐在副驾驶座上跟许奶奶打着电话，看了一眼驾驶座上不动声色的某人。

她清了清嗓子，佯装自然地说："啊，怎么坏了呀？"

许奶奶跟着疑惑："不知道哇，受潮了吧，毕竟好多年了，还好是现在坏了，不然把小林摔了就不好喽！"

许奈奈的太阳穴跳了几下："没事，他摔不坏。对了，下半年不是要重新装修，家里不用的东西就都扔了吧。"

这些年，村子里的很多平房都改建成了小别墅，以前许爷爷在世时他们家就有打算，可惜还没来得及实现人就走了。

许奈奈作为启耀元老级的技术人才，随着项目走上正轨，手头的存款也多了，她决定把家里全部翻新一遍。

对许奶奶嘱咐完，她挂断电话，松了口气。

林汀云骨节分明的手指握着方向盘，眼神温和："聊完了？"

许奈奈"哼"了一声，他显然是听到了自己和奶奶的对话："还不是都怪你。"

林汀云的声音带着笑："是，怪我，给你点儿补偿？"

"什么补偿？"

"你们家下半年装修的事我包了。"

许奈奈往后靠着椅背，撇了撇嘴："不差那点儿钱，我要自己装修。"

林汀云挑眉："为什么？"

许奈奈勾起红唇，似乎是感叹："好不容易有能力了，也想为家里做点儿事。"

正所谓"树欲静而风不止，子欲养而亲不待"。跟着爷爷奶奶长大的孩子最难过的一点便是，当他们有能力独立的时候，爷爷奶奶很有可能已经与世长辞。

许爷爷因病离世一直是许奈奈的遗憾，那时候她没有能力，就连医药费都要四处筹借，好在许奶奶的身体尚且硬朗，她还有很多机会孝敬她老人家。

"还没问你，今天又要飞哪里？"

住在一起之后，许奈奈的车基本闲置，毕竟有专属司机，不用白不用。最近几个月，林汀云已经将集团的很多主要业务转移到淮宜，可这几天好像又开始忙着出差。

林汀云："远宁县。"

许奈奈疑惑地问道："你去我家干什么？"

林汀云随口说："谈了一些捐赠协议。"

他很清楚她的想法，也不会干涉她的决定，但可以在力所能及的范出一份力。

许奈奈点点头，没有深问。

"你知道万施月的联姻对象吗？"

前段时间程可柠和明炽突然结婚，不仅给淮宜的资本圈造成轰动，许奈奈作为闺密更是遭受了不小的冲击。后来经过万施月的解释，许奈奈明白了她们那些家族之间的利益纠葛。

联姻的确是最简洁有效的联盟仪式，而生在那种家庭的人，多半都避免不了这种结果，也包括天天逍遥自在的万施月。

林汀云的表情没什么波动，仿佛见怪不怪："听说过，有生意往来。"

"人品怎么样？"

"合作得挺愉快。"

许奈奈："……"

林汀云的私交不多，最多的联系也只有商业往来。

许奈奈沉默了一下，问出她这几天很疑惑的问题："你不需要联姻吗？"

轿车靠路边停下，林汀云的手指轻轻敲着方向盘，似笑非笑地说："你想要我联姻？"

许奈奈小声嘟囔着："我这不是好奇吗？按照柠柠的剧本套路，下一步大概是……给你五百万元离开我儿子！"

林汀云哽住："你每天都在想什么？"

许奈奈看上去好像还有点儿遗憾："可惜了，错失五百万元。"

林汀云的声音幽怨："为了五百万元你就不要我了。"

许奈奈憋笑，又正色道："不过之前在鹭城，我真的以为你也有未婚妻。"

家庭背景的差异对于那个时候正处于事业低谷的她来说，实在是一条不可逾越的鸿沟。哪怕她已经不会再跟学生时代一样自卑，但巨大的差距仍然让她望而生畏，只有工作和自身的实力才能给她安全感。

因此，随着现在事业的蒸蒸日上，许奈奈和林汀云的相处也越来越轻松。

林汀云当然知道她在想什么："并不是所有人都会联姻。"

联姻无外乎利益结合，而林升平只是挂着董事长的名号，根本管不住他，集团上下皆由林汀云一人裁决，他自己也不会去做这种决定。

林汀云温柔地说：“我只有你。”

许奈奈的心口微动，她出神地看着林汀云出众的容颜。

太犯规！

“我……我上班去了。”在红晕蔓延到脖子前，许奈奈低着头赶紧解开安全带，“你注意安全，早点儿回来。”

“奈奈。”车窗下降，林汀云好整以暇地单臂搭着窗沿，“下次回家，开车的路应该不会太坎坷了。”

8月初，白血病新型靶向药进入第一期临床试验，林汀云以风云集团的名义给远宁县捐款修路后，又为这个项目投资了十八亿美金。

如此大规模的投资必然要经过公司董事会的层层决议，哪怕林汀云是话事人，但以他的性格也会尊重各位董事的意愿。

因此，许奈奈在惊叹他财大气粗的同时，也感觉自己得到了莫大的肯定。

通常来说，新药研发里有个概念叫“双十”，即一款药物从靶点确认、立项再到最后报价上市，整个过程算下来需要“十年”时间加“十亿”美金，在药物上市之前还需要进行一期临床试验的安全性评估，以及二期临床试验的药效评估，上市后同时进行第三期大规模安全及药效评估试验。

但许奈奈因为从本科开始就做白血病新型靶向药的相关课题，对这方面了解很多，再加上白血病新型药物研究也是当今学术界的一大热点，因此在前期实验阶段少走了很多弯路。

启耀虽然是林居明一手成立的，但实际上并没有占什么股份，许奈奈当初不太理解，后来知晓他与林汀云的关系之后，忽然懂了。

这个从年轻时，就完全没有参与家族企业的老人竟然在年迈时忽然转变方向，不惜花费大心血去靠近林汀云的生活。抑或，支离破碎的家庭是他心中难以释怀的遗憾吧。

两个人工作繁忙的结果就是，林汀云刚出差回来，许奈奈便要动身去另一个城市参加会议。

这样的生活持续了快一个月，8月底，两个人终于正儿八经地有了几天在一起的时间。

8 月 25 日是林汀云的生日，刚好周五，许奈奈早早地下了班。她并不确定今晚林汀云会不会回来，下午发过去的消息一直没得到回复，他多半是在开会。

许奈奈先去超市买了些新鲜食材，又慢悠悠地转到红酒区挑了瓶度数不高的红酒。

两个人虽然很忙，没有出去约会的时间，但也会在为数不多的闲暇时间一起做顿饭。

许奈奈早上就定好了蛋糕，回家后做了顿丰盛的饭菜，将蜡烛和蛋糕摆好。

夏夜的微风吹动阳台上鹅黄色的窗帘，十五层楼的窗外能看见外面如星辰闪烁的万家灯火。

许奈奈洗过澡，穿着睡衣，撑着脑袋百无聊赖地等待着。

墙壁上的挂钟指向十点，林汀云还没有回来。

许奈奈今天本来是想给他个惊喜，看来终究是要落空了。

许奈奈望着餐桌上已经冷掉的饭菜，双臂交叠半趴在桌上，不知不觉地睡了过去。

林汀云回来时看到的便是这样一副景象。

女人穿着碎花吊带睡衣趴在桌上睡着了，长发撩到一侧。晚风吹动她墨色的发丝，消瘦的后背一对清晰的蝴蝶骨好像随时都要飞起来。

林汀云眉眼柔和，不由自主地放慢呼吸。

他轻手轻脚地走到她跟前，刚想将她打横抱起，忽然看见餐桌上摆满的食物，以及那个精致小巧的四寸蛋糕。

"你回来了？"

许奈奈没睡踏实，在林汀云靠近后便转醒。

"嗯。"林汀云半蹲在地，将她耷拉在眼前的碎发拨到耳后。

许奈奈打了个哈欠，蒙眬的眼睛缓缓地绽放醉人的光芒。

林汀云的喉结滚动："不是跟你说过，不用等我回来？"

"今天不一样。"许奈奈揉了揉眼睛站起来，回眸一笑，"来尝尝我的手艺？"

林汀云一直都知道许奈奈的厨艺很好，上一次她给自己过生日，还

155

是去年在鹭城。

许奈奈显然也想到了那天。

"今年的'蓝眼泪'应该也很美。"

每年春夏之际，鹭城总会因"蓝眼泪"这种独特的美景引来很多游客，久而久之已经成了这座城市的打卡之地。

林汀云的眼里带着宠溺："想去看吗？"

"不了。"许奈奈生怕他一个冲动又叫来一架直升机，城市中心可没停机坪。

她关掉灯，点燃蜡烛，缥缈的烛光氤氲在二人眼底。

许奈奈双手托腮，轻声说："生日快乐。"

时间实在是一个太神奇的东西，去年的今天他们一起在小岛的尽头并肩而坐，那时林汀云表白被拒绝是意料之外又在情理之中的事。

回淮宜在见到许奈奈之前，林汀云始终沉浸在茫然与落寞里。林俞风离世后，他已经有很久没有感受过那样的情绪。

林汀云定定地看着她在光影流转下含笑的眼睛，心软得一塌糊涂。

"奈奈。"

"嗯？"

"谢谢你。"

谢谢你于我古井无波的生命中，泛起波涛涟漪。

来之不易的夜晚总是令人珍惜，情到深处的水到渠成也会汹涌澎湃。

主卧的大床边散落了一地衣衫，没有卷上的窗帘似乎应着房间主人的节奏来回起伏。

林汀云后天要飞往南半球，少则一个月，多则半年，虽然在淮宜两人也是各自忙碌，但至少晚上能见到对方。

许奈奈有些不舍："什么时候我们可以闲一点儿？"

林汀云的手肘半屈，他拨开她被汗打湿的鬓发，呼吸低沉："明年。"

"嗯？"许奈奈有些茫然。

林汀云将她抱坐起来，吻了吻她的眼睛："明年集团的业务重心都会转回来。"

风云集团的产业遍布全球，以前的重心大部分在鹭城和 M 国，想要转移并非一朝一夕可以完成的，林汀云这段时间的忙碌也正是为了这件事。

许奈奈的眼睛发亮："真的吗？"

林汀云低声说："嗯。"

9月初，公司新进了一批实习生，许奈奈带队去首都参与培训。

10月中旬，启耀生物实验基地关于白血病新型药物衍生的子项目启动，原研发部总监赵志强升职，许奈奈顺利地成为研发部总监。

11月下旬，原先与淮宜大学合作的仪器检测平台进行第二次扩容，风云集团旗下的莱特器械有限公司已经成为启耀研发部的战略合作伙伴。

12月初，冷风如刀，入冬的淮宜寒风萧瑟，深夜的大街上只有常青的香樟树矗立，迎着寒风簌簌作响。

林汀云乘坐的飞机于凌晨五点在淮宜国际机场落地。

隆冬时节，苍茫的天空笼罩着缥缈朦胧的薄雾，遥远的地平线处缓缓升起晨光，林汀云穿着黑色风衣，修长的身姿被稀薄的光晕拉出长长的影子，他比预估的时间早几个月结束工作。

"启明岛那边准备得怎么样？"

于绍一一回答："启明岛的相关基础设施已经建设完毕。"

林汀云轻轻"嗯"了一声，仰头看见天边光影大亮，想着今天是周末，许奈奈应该正在家里休息。他淡淡地说："年末的行程推到明年初。"

"好的，林总。"

许奈奈没想到林汀云会回来："你怎么提前回来了？"

她来不及洗漱，穿着厚厚的居家服、披散着长发在门口见到了阔别半年的林汀云。

这半年来他们经常视频，可真正见面时，还是隐藏不住地激动。

林汀云低笑："因为想你。"许奈奈的耳根一红，她又听他问，"有年假吗？"

许奈奈轻轻"嗯"了一声。

这半年来她加班加点，基本上没有怎么休息。

"要不要去鹭城看看？"他问。

许奈奈不解："为什么去鹭城？"

157

林汀云脱下风衣外套，挂到衣架上，将她抱坐在自己的腿上："之前在鹭城建立了白血病儿童基金会，效果不错。"

许奈奈微微一愣："你什么时候……"

林汀云的薄唇贴上她的额头，他垂眸轻声说："你走之后。"

这并不是他第一次参与这种项目，林汀云接手集团以来，前前后后资助了不少罹患白血病的孩子。

许奈奈心头一动，目光略微复杂："刚好我也想去看看晨晨了。"

一年前，晨晨骨髓移植手术成功，许奈奈离开鹭城后，朱颖每个月都会给她发来复查报告。晨晨恢复得很不错，今年9月份已经能和正常小孩儿一样上小学了。

"你还记得她吧？"

"当然。"

林汀云搂着她，声音低沉："是不是还欠她一次去游乐场玩？"

许奈奈稍微一怔，随即与他相视一笑："是。"

说走就走，许奈奈的假期申请很快就批了下来。顶头上司赵志强十分欣赏她，之前见她那么拼命，早就想让她休息休息，见她请假自然不会有异议。

12月中旬，淮宜落下今年的第一场雪，同一天，他们乘坐飞机南下鹭城。

鹭城是南方的沿海城市，这里的冬天不过是淮宜深秋的温度。

阳光福利院在林汀云的资助下全部翻新，宿舍楼整体修缮，之前因为下雨短路的电箱全部重装。

许奈奈到福利院大门口时，竟然有一瞬间没有认出来。

"奈奈姐姐！小林哥哥！"

新翻修的宿舍楼上，一大群小朋友趴在栏杆上朝他们招手。晨晨从小板凳上跳下来，小跑着撞进许奈奈的怀里。

"奈奈姐姐！小林哥哥！你们终于来看我们啦！"

许奈奈被撞得后退几步，多亏林汀云在背后撑住她的后背。

许奈奈笑着摸摸她扎起的两个羊角辫："头发长得这么长了？"

晨晨连连点头，笑得露出掉了门牙的牙床："嗯嗯！"

化疗时掉的头发可以再生长，新长出来的头发要比以前更黑、更亮。

"我刚刚已经给哥哥打电话啦，他上完课就过来！"

晨晨的亲生父母依然不愿意承认遗弃过女婴，倒是周子珩如之前所说的那样，考上了离家最近的鸾城大学学医。

医学生平时很辛苦，但他仍然挤出时间每周来看晨晨，兄妹二人的关系也越发密切。

朱颖夫妇招待他们一起吃晚饭，并简单讲述了这一年来的情况。

去年白血病儿童基金会成立后在社会上做了大范围的宣讲，不少社会人士关注到了白血病儿童，阳光福利院也逐渐被大众知晓，这一年来收到了不少捐款。

由于福利院的孩子或多或少都身有残疾，无法和正常孩子一样上学，朱颖夫妇便利用这些捐款招聘老师。有媒体闻讯而来，经过报道后，不少残障儿童的家长过来打听，期望能让自家孩子在这里读书。

"我们夫妻俩也没啥本事，现在收到这么多的资助也想为大家做点儿什么，就想着明年把那栋新修的楼空出来做教学楼，开设阳光小学，今年已经通过了教育局的审批。"

朱颖朴实地笑着，她的丈夫也在旁边点头。

许奈奈望着外面玩耍的孩子们，林汀云忽然握住她的手，她回眸，二人相视一笑。

"如果有任何需要都可以联系我们。"

小孩子毕竟是小孩子，哪怕身体不便，但听到能去游乐场玩，一个个都乐开了花。

考虑到他们和寻常小朋友不一样，林汀云让于绍将游乐场包场，并雇佣了专业的工作人员陪同。

去游乐场那天天气晴朗，阳光明媚，偌大的游乐场只有坐着大巴车过来的一群小朋友。

大摆锤来回翻转，跳楼机上尖叫声不止，有些天生腿部有缺陷的小孩儿戴着假肢还能在游乐场里追逐打闹。

"你不去？"

"不。"

许奈奈握着旋转木马的抓杆，拒绝得很干脆。来之前，她以为最受欢迎的会是现在这个无人问津的旋转木马。

林汀云双手环胸靠着栏杆，低笑着说："怕？"

"谁……谁怕了？"许奈奈被击到痛处，硬着头皮说，"我这是不跟小朋友抢玩具。"

林汀云挑了挑眉，俨然一副"你看我信不信"的样子。

"真的！"

林汀云不置可否地勾了勾唇："坐飞机害怕吗？"

许奈奈下意识地回答："飞机才不……"

话说到一半她忽然意识到自己被诈了。她愤愤地抿唇，对上林汀云忍俊不禁的神情。

许奈奈："……"

忽然，几个拿着激光枪的小朋友跑过来两眼放光地仰头看着他们："奈奈姐姐，小林哥哥，我们来玩真人CS（野战游戏）吧！"

小胖指着左边，满脸期冀地说："那边有一大片场地，哥哥、姐姐跟我们一起玩，好不好呀？"

"一起玩嘛！"

"就是！就是！"

越来越多的小朋友跑过来，许奈奈还维持着坐在旋转木马上的姿势，求助般望向林汀云。

她小声说："这个项目晕吗？"

林汀云："……"

也不怪许奈奈不知道真人CS是什么，毕竟她长这么大第一次来游乐场。

林汀云给她简单解释了一下游戏规则，拿起一把激光枪递到她手边。

许奈奈谨慎地扫视着拿着比他们人还大的激光枪的小朋友们，忍不住咽了口唾沫。

小胖兴奋地喊道："那我们就开始抽签吧！"

很不幸，作为在场唯二的大人，许奈奈"光荣"地成了匪徒的领队。

她眼巴巴地看着林汀云穿上警察的装备，兴致勃勃的晨晨在后面扯她的衣摆："奈奈姐姐，我们快藏起来吧！"

许奈奈："……"

真人CS，一方扮演警察，一方扮演匪徒，警察负责夺回匪徒手中的保险箱，匪徒则要逃出警察的抓捕。

随着计时开始，警方开启抓捕模式，许奈奈秉持着匪徒的人设，抱着激光枪四处逃窜。

砰！砰！头顶的感应器随即闪烁了几下。

"Game over（游戏结束）。"机械的电子女声响起。

许奈奈猛地回头，见林汀云穿着一袭警察制服，单手握枪对她歪头一笑。

许奈奈的表情空白且迷惑，她阵亡了？

没有许奈奈的劫匪队犹如鱼没有了自行车，丝毫没有受到影响，几个小朋友身姿灵活地上蹿下跳，完全看不出来他们中有的人还戴着假肢。

林汀云手长腿长，基本上不用跑就能躲开对方的射击。他慢条斯理地将子弹上膛，砰砰几声，一枪一个小朋友。

"你是真不让着他们哪。""阵亡人士"百无聊赖地坐在机箱顶慢悠悠地开口。

林汀云背靠墙面，从容不迫地系上护腕，两条长腿一屈一直地抵着墙根，警察制服勾勒出他完美的身材。

"有什么好让的？"他薄唇微勾。

正被他的制服诱惑得失神的许奈奈突然清醒过来。她不自在地移开眼，冷哼一声："就你欺负小朋友。"

林汀云侧目，挑眉："我第一个击毙的是你。"

许奈奈："……"

外面的"战况"如火如荼，小胖抱着劫匪方的保险箱四处闪躲。

林汀云朝后一瞥，手腕翻动，咔嚓一声，子弹上膛，将枪口瞄准了对面鬼鬼祟祟的小胖子。

许奈奈撑着脸，不知道想到什么，突然坏心思地招手高呼："小胖，晨晨，他在这儿！"

小朋友们反应迅速且十分团结。

砰砰几声，机械的电子女声响起："Game over。"

林汀云："……"

带着一群孩子玩是一件无比耗费精力的事，在游乐场疯玩了一天后，许奈奈躺在床上睡了两天才不情不愿地被林汀云拉着出门。

江梦鱼和苏泽还在鹭大，今年已经研三，正是秋招找工作的时候。

许奈奈抽空和他们一起吃了顿饭，江梦鱼很兴奋地告诉她，她和苏泽都给启耀投了简历。

江梦鱼和苏泽都是淮宜人，研究生毕业自然要回家，许奈奈早就看出他们之间的不对劲，但也没明说，只是祝他们面试顺利。

快乐的时光总是短暂的。12 月 22 日，鹭城温度降到"1"字开头，许奈奈的假期也即将要告罄。

他们住在林汀云在鹭城的房子里，许奈奈也是后来才知道，这边整个园区都是林家的，难怪冷清得没几个人住。

临海的风呼呼地刮着，海浪哗啦啦地潮起潮落，许奈奈捧着热茶靠着沙发面朝落地窗。

林汀云将她拥入怀中："在想什么？"

许奈奈找了个舒服的位置靠好，轻叹一声："时间过得好快。"

"嗯？"

"上次住在这里，还是因为我家失火。"

那时候她也没想过会和他在一起，现在想想，这一切好像在做梦一样。

林汀云垂眸见她微眯的眼睛，温柔地揉按她的太阳穴："还累吗？"

许奈奈摇摇头："怎么了？"

"想不想去启明岛？"他问。

"启明岛？"许奈奈犹疑，"是你上次带我去的那个岛屿？"

"嗯。"不等她继续问，林汀云便回答了她即将问出口的疑虑，"这边有停机坪。"

许奈奈觉得不太对劲，他好像早有准备，她甚至没听见直升机盘旋落地的声音，直升机似乎等候许久了。

有了上次的经验，许奈奈不至于太惶恐，她学着林汀云的动作戴上降噪耳机。直升机起飞的刹那，她被他搂到怀里。

去年来时，这里尚且有些荒芜，经过一年的时间，各项设施开发得很不错。

当时他们并肩看"蓝眼泪"的海滩上此时没了那些杂乱无章的礁石，在最大程度保留自然的程度上，被改造得更为美观。

直升机缓缓盘旋落地，许奈奈低着头，被螺旋桨卷起的大风吹得睁不开眼。

飓风缓缓平息，林汀云帮她整理好被吹散的长发。

许奈奈缓缓地抬头，呼吸瞬间凝滞。

映入眼帘的是一座金碧辉煌的宫殿式临海庄园，大理石台阶泛着亮光，别墅以东种满绿植，别墅以西直连沙滩，海浪浅浅翻涌。

落日没入地平线，亮闪闪的启明星缓缓升起，遥远的海岸线与广袤无垠的天空连成一体，满天繁星仿佛坠落海面。

许奈奈被眼前的美景震撼得说不出话，林汀云牵着她往前走。

"落日余晖中，西方有一颗最亮的星子，叫启明星，它也代表着阿兹特克人的神祇——Quetzalcoatl（魁扎尔科亚特尔）。"林汀云的声线浸透了黑夜，"寓意着重生和希望。"

在古老的东方传说中，启明星同样意味着黑暗中的光明，迷茫中的希望。

西方的启明星如孤灯划破虚空，它与黑夜搏斗成为夜色中最旖旎的星辰。

而在那巨大的天幕之下，一架钢琴出现在浪花拍打的岸边。

许奈奈的心悸动不已，林汀云走向那架钢琴。

男人的手指修长分明，流畅倾泻的音符如振翅欲飞的蝴蝶，在浩瀚的大海边随着夜风丝丝缕缕地回荡。

琴键黑白起伏，与海浪一道翻涌成曲，又化作冬夜中的风浪，席卷着浪漫和狂野的音调，矛盾，却和谐。

他弹奏的是《盛夏光年》，前奏接连男人低沉平稳的声音。

放弃规则，放纵去爱……

许奈奈怔住了，这是她第一次听他弹钢琴，也是她第一次听见他唱歌。

他唱歌的声音与平时说话的声音大相径庭，音色清润纯正，像冬夜里燃起的一把火，让人既意外，又惊艳。

林汀云棱角分明的容颜在月光下惑人心智，带着磁性的歌声与钢琴的节奏一起抵达潮起的最高点。

普鲁斯特效应在此刻发挥到极致，它在半空中凝聚成一条无形的线，宛若狂风将她席卷，飞越过汪洋如海的岁岁年年。

从少年的耳机里第一次听到的《盛夏光年》……

逃离杜家后在冬夜的大街上她颤音轻哼《盛夏光年》……

高三追逐他的无数个黑夜里单曲循环《盛夏光年》……

最终脑中的画面又重叠到他当下的弹唱之中。

最后一个音符落下，林汀云抬起眼皮，黝黑深邃的眼底仿佛盛满浮光。

许奈奈的大脑一片空白，她完全说不出话，只能愣愣地看着他站起身，一步一步朝自己走过来。

"骗人！你明明说你不会唱歌。"她的声音发颤，隐隐意识到有什么事情即将发生。

"抱歉，骗了你。"林汀云低笑，"所以我觉得，或许需要有这样一个正式的机会跟你坦白。"

海风吹动男人敞开的风衣外套，他的眼帘低垂，声音很轻："以往二十九年的人生中，我没想过有一天我的身边会出现一个人，陪我度过漫漫无尽的长夜，我也没想过自己会这么爱一个人。"

林汀云从风衣口袋中拿出一个黑色的方盒，撩开衣摆，单膝跪地。许奈奈捂住嘴，后退一步。

"我有时候会想，你这十二年是怎么过的呢？如果当初我没有离开，我们会不会不必错过这些年？"他仰头看向她。

"岁月"两个字是这么轻，又是那么重，一念之间的选择，却足够穿越时光，演变成另一个结局。

"林汀云……"

砰！砰！砰！忽然，金碧辉煌的别墅东面蹿起一簇簇烟花。它们于穹顶绽放，流光溢彩，绚烂盛大地划破夜空。

"生日快乐。"

星河璀璨若梦，烟火壮丽旖旎。

林汀云的喉结滚动，额前的短发扫过那双情愫汹涌的眼睛："新的一岁，你愿意做我的 Quetzalcoatl 吗？"

林汀云维持着单膝跪地的姿势，那枚闪闪发光的钻戒在月光下熠熠生辉。

许奈奈泣不成声，她捂着脸，泪水从指缝里溢出。

林汀云的眼眸温柔，他抬起手臂，粗粝的指腹轻柔地擦拭她的眼泪："嫁给我，好吗？"

大海漫无边际，海风呼啸作响，闪烁的星辰与烟火成为他们的背景色。

许奈奈几番哽咽，终于凝成一个颤抖的音节："好。"

林汀云作为风云集团的首席执行官，本身备受媒体关注，但他为人低调，再加上不愿意让许奈奈暴露到大众视野中，所以他们的婚礼地点定在启明岛。

"你真的是因为想保护我所以不愿意让媒体出现的吗？"

许奈奈趴在床上刷平板电脑，屏幕上是设计师发来的婚纱图稿。

林汀云坐到她身侧，床垫凹陷下去："当然。"

许奈奈把平板电脑放到一边，撑着脸转头不怀好意地笑："可我怎么觉得不完全是因为这个原因呢？"

林汀云不解地问："什么？"

许奈奈跷起的小腿前后摇晃，拖长声音："我听说——你十五岁那年刚去淮宜一中读高一的时候，街上有星探拍到了你的照片，在那个网络还不发达的年代竟然火遍全网——"

"谁告诉你的？"林汀云的太阳穴处跳了几下。

"是真的呀！"许奈奈一个翻身坐起来，眼睛都亮了，"我还以为你爷爷在骗我呢！"

林汀云："……"

"我还听说，当时隔壁省有几个上初中的小姑娘连夜跨省到一中来找你，见不到你还在学校门口闹，后来校领导实在没办法把你叫出来，哈哈哈！"

许奈奈憋笑憋得脸都红了："结果你骗人家上了你家司机的车，把她们送机场去了？"

林汀云脸不红心不跳地说："是她们的父母在机场等人。"

许奈奈："可还是你骗过去的！"

林汀云："我没有骗她们。"

许奈奈："那她们怎么会心甘情愿地跟你上车？"

林汀云："那是因为……"

许奈奈又话题一转："她们漂亮吗？"

林汀云老老实实地说："我没注意长相。"

许奈奈撇了撇嘴，重新拿起平板电脑换了个姿势盘腿坐好："你可真伤人家小姑娘的心。"

林汀云撑着头，似笑非笑："我看清她们长什么样子对你有什么好处？"

许奈奈小声嘟囔着，看上去有点儿委屈："我就是问问而已。"

林汀云顿了顿，过去搂住她："生气了？"

"没。"

林汀云无声地叹息："的确是没注意，后来因为这件事，我哥让我家司机来接我上下学了半学期。"

十五岁的林汀云穿着简单的蓝白色校服被星探偷拍后迅速在网络走红。

当时林家的大部分产业还在 M 国，林居明又不会上网，根本不知道这件事，也因此公关迟缓，还是在 M 国的林俞风看见弟弟的照片传到了推特上，这才发现事情已经发酵到了很严重的程度。

"所以……"许奈奈露出若有所思的表情，"我高二转来的第一个学期，你是因为这个原因乘坐的你爷爷的车？"

她记得很清楚，除了偶尔几次见他是坐着那辆低调奢华的黑色SUV，大多数"偶遇"，他都是骑着山地自行车。

"是。"谈及高中时期，林汀云的目光温和。

他将许奈奈的身子转过来，俯身去亲她的唇。

许奈奈几下就被他扰乱了呼吸，混乱中支支吾吾地说："对了，柠柠要做我的伴娘，明炽怎么办？"

"他当伴郎。"

理论上来说，结了婚的夫妻都不会再去当别人的伴郎、伴娘。

许奈奈紧皱着眉，着实看不懂这对夫妻在做什么。

手里的平板电脑被林汀云抽走，许奈奈被推着躺到床上。

她用手肘半撑着床，红了耳朵："婚纱还没看完呢。"

林汀云的虎口钳住她瘦削的下巴，薄唇含上她的唇珠："明天再看。"

他们的婚礼定在 2024 年 3 月的惊蛰。

为了低调，林汀云和许奈奈只宴请了相熟的人，一部分是风云集团的长期合作伙伴，另一部分则是他们的好友。

考虑到许奶奶年纪大，怕时间太赶折腾出毛病，许奈奈提前半个月就带着奶奶前往鹭城，然后乘船登上启明岛。

惊蛰意味着仲春伊始，天气回暖，春雷始鸣。

婚礼这天，阳光明媚，微风和煦，浮云朵朵，启明岛风光无限。

许奈奈穿着昂贵的拖尾婚纱，裙摆的珍珠在光影下闪闪发光，她由许奶奶牵着走向红毯的另一端。

红毯尽头，林汀云身穿一袭黑色定制西装，目光温柔地与她隔空相望。

刹那间，许奈奈眼眶泛酸，想到十八岁的自己。

——那个顽强向上的小镇少女，没有辜负自己的每一分努力。

"林汀云先生，你愿意以后谨遵结婚誓词，无论贫穷还是富有、疾病或是健康、美貌或是苍老、顺境或是逆境，都爱她、安慰她、尊敬她、保护她，对她永远忠贞不渝，直至生命尽头吗？"

"许奈奈女士，你愿意以后谨遵结婚誓词，无论贫穷还是富有、疾病或是健康、美貌或是苍老、顺境或是逆境，都爱他、安慰他、尊敬他、保护他，对他永远忠贞不渝，直至生命尽头吗？"

他们在无数人祝福的目光中相视一笑。

"我愿意。"

"我愿意。"

与此同时，一千三百一十四只白鸽被放飞，蔚蓝的海平面波光粼粼。

婚礼结束后，他们准备开始蜜月之旅。

许奈奈去公司交接工作回来的路上，又见到了时雨。

她看起来比之前更瘦了一些，还是一身紫色的连衣裙，在风中孤零零地站着，好像下一秒就要被吹倒。

"奈奈，不知道会不会打扰你？"时雨笑得十分温柔。

她今天化了全妆，粉底遮盖了苍白的脸色，只是那双好看的眼睛带着藏不住的疲倦。

许奈奈摇头："不会。"

时间尚早，她们找了家安静的咖啡馆，对面是已经修缮过大门的淮宜一中。

"阿风以前也在这里读书。"时雨轻轻搅动着手里的卡布奇诺，望向对面，眼里很是怀念，"不过只读了一年，高二的时候旧病复发，然后我们全家都去了 M 国。"

时雨经常说"我们全家"，却不知道在林俞风走后，她自己又该以怎样的身份自处。

许奈奈沉默了一会儿："这么些年，你没有想过再找其他人吗？"

算上今年，林俞风已经走了快十年了。

时雨不知想到什么，笑容有些苦涩："没有人像他。"

人的一生太漫长，可那些刻骨铭心的记忆只会随着时间一点点加深烙印。他死在她最爱他的那一年，从此无人超越。

"你知道吗？阿云真的和他很像。"时雨抬眸，勉强扯了一下唇角，"从眉眼、长相到处事风格，如出一辙。"

许奈奈记得，与时雨为数不多的几次见面，她望向林汀云的目光里总带着外人看不懂的贪恋。

"希望这么说没有冒犯到你，但我的的确确在很长的一段时间里和宋阿姨一样，将他当成阿风。"时雨忍下即将要崩溃的情绪，努力让自己看上去显得云淡风轻，"可我现在不这样觉得了。他们终究不一样。"

许奈奈静静地听她回忆之前的事，面前的咖啡一口未动："你没有冒犯到我，这件事本身受到不公平对待的是林汀云。"她稍微停顿了一下，缓缓地抬眼，"他什么都没做错，不是吗？"

林汀云生来被赋予救人的使命，却没有人将他当成一个需要父母疼爱的孩子，他没有义务成为谁的替身。

许奈奈不认识林俞风，也不会真的与她共情。

"是。"时雨垂眼，"对阿云来说，的确不公平。"

这些年，她总是麻痹自己，沉浸在回忆中，分不清林汀云和林俞风的人不只是宋惠，还有她。

可是那天的婚礼上，时雨看见林汀云望向许奈奈的目光，也有人曾这样看向她，是那么熟悉，却又不属于自己。她忽然就清醒了。

时雨从来没有哪一瞬间那么清晰地认知到，林俞风去世是既定的事实，林汀云不是林俞风，他身边站立的，是他的人生挚爱。

而那个在她初来林家惶恐不安时，会绞尽脑汁逗她开心的少年，已经离开她快十年了。

"对不起。"时雨撑着头，勉强扯动的嘴角有些抽搐，"我不会再将他当成阿风了。"

许奈奈发觉了她的不对劲，担忧地说："你怎么了？"

"没事。"时雨很快调整好情绪，深吸了一口气，似乎做了什么决定，抬头微笑，"奈奈，希望你们可以幸福。"

说罢，她拿起包，站起来准备走。

许奈奈忽然在身后叫住她："大嫂。"

时雨猛地一怔，强忍的眼泪瞬间决堤。她没有回头，任由泪水滑过脸颊，瘦削的脊背隐隐颤抖："哎。"

3 月中旬，他们开始蜜月之旅。

从 M 国的西海岸到 F 城独立厅的自由钟，又到许奈奈打过黑工的 X 州，最后去 S 大走过林汀云求学时走过的每一条路。

4 月底，他们从 M 国乘机回国，在婚假结束前，许奈奈收到了阮茜的邀请。

阮茜毕业后先是去了江南的一家生物公司做研发工作，后来怀孕的事情瞒不住，公司上司和员工明里暗里地排挤她，最终被逼无奈的她提了辞职。

阮茜不敢回去跟父母说，身上又没多少钱。许奈奈在江梦鱼那儿听说这件事后，第一时间给她转了几万块钱。

阮茜自然不要，许奈奈好说歹说，让她日后有条件后再还给自己就行，她这才答应。

2022 年冬天，阮茜顺利生下一名女婴。

她一边带孩子，一边打零工维持生计，因为学历高，加上能力过硬，很快她被一家药企看上，入职后生活慢慢地走上了正轨。

前段时间阮茜将借的钱还给许奈奈，听说她结婚后便提出如果有时间，可以去江南游玩。

林汀云尊重许奈奈的意见，两人一拍即合，回淮宜的机票立刻改成了前往江南的机票。

细雨轻柔，水波荡漾，清幽曲折的水道中慢悠悠地晃荡着几艘小舟。

江南水乡风景如画，建筑风格也与内陆城市的大相径庭。

阮茜特地请了一天假招待许奈奈和林汀云。他们预定的酒店离阮茜家不远，中间有一条蜿蜒的河流。

"许老师，林总。"

"我早就离职了，不用叫我老师。"许奈奈笑着打断阮茜的话。

她身边的林汀云气场太强，阮茜颇有些不自在："奈奈姐，姐夫。"

为了省钱，阮茜租的是旧式楼的一楼，连带个废旧的小院子。被她一番收拾后，里面种着花花草草，院子里有一架闲置的婴儿车，看上去很温馨。

"妈妈，抱。"

忽然，一个穿着尿不湿的小女孩儿跟跟跄跄地跑出来，突然见到阮茜的身边站了两个陌生的大人，顿时小嘴一撇，眼泪就跟不要钱一样一串串地掉下来。

小女孩儿突然号啕大哭，许奈奈有些不知所措。她扯了扯林汀云的袖子往后撤："怎么回事？"

林汀云冷静地说："可能是怕我们。"

许奈奈犹疑："那走？"

"等等，实在不好意思。"阮茜连连劝阻，又抱着女儿哄着，面带歉意，"瑶瑶乖，这是妈妈的朋友，快叫叔叔、阿姨。"

瑶瑶趴在阮茜的肩膀上哭红了眼睛。

许奈奈瞧着心疼极了："要不然，我们改天再……"

话没说完，瑶瑶突然不哭了，红红的眼眶边还挂着泪珠，水灵灵的大眼睛盯着林汀云的脸打了个嗝。

"叔叔。"瑶瑶奶声奶气地小声说。

林汀云："……"

许奈奈："……"

阮茜有些尴尬："那个，你们要抱抱她吗？"

许奈奈不太确定："可以吗？"

阮茜笑了笑："当然可以。"

她一边说着，一边将瑶瑶往外送了送。

许奈奈用胳膊肘抵着林汀云。

林汀云皱眉："我？"

许奈奈酸不溜丢地说："不然呢，她都叫你叔叔了。"

瑶瑶眨了眨眼，伸出求抱抱的小胳膊。

林汀云："……"

林汀云的眉头皱得能夹死一只苍蝇，向来沉稳的人这时候竟然不知道怎么下手。

当瑶瑶落到他怀里的那一刻，他突然觉得心惊。小孩子怎么这么软？好像稍微用点儿力就要碎掉。林汀云的身子僵硬极了。

瑶瑶咯咯地笑："阿……阿姨。"

许奈奈被这声"阿姨"叫得浑身舒畅，她伸出手，眯着眼逗瑶瑶："瑶瑶到阿姨这里来，好不好？"

瑶瑶兴奋地挥舞着小短手，许奈奈娴熟地将她从一动也不敢动的林汀云怀里抱出来。

"我们瑶瑶长得真可爱，眼睛好像妈妈哦。"

许奈奈眉眼温和地逗着瑶瑶，瑶瑶才一岁多，说不出完整的句子，时不时蹦出几个字，惹得两个女人直笑。

微风和煦，阳光正好。

林汀云垂眸望着许奈奈逗瑶瑶的侧颜，心不自主地柔软下来。

忽然，铁门外传来一道男声："茜茜！"

阮茜的笑容凝固，脸色一变，她上前几步关上门，却被男人猛地拦住。

她咬牙小声地说："你来做什么？"

纪盛眉眼带着几分疲倦之色，贪婪地望着她："我来看看我女儿。"

阮茜一听火就起来了："谁是你女儿？她不是你女儿！"

门板往外压，纪盛的手背青筋暴起："茜茜，她不是我的女儿是谁——"

忽然，他眼角的余光瞥见庭院内陌生男人的背影。他登时咬着牙问："那个'野男人'是谁？"

砰！阮茜完全拦不住暴怒的纪盛，庭院的门被大力推开。

纪盛怒火攻心，大步朝前走："你……"

林汀云单手插兜，从容地转身。

纪盛的瞳孔一缩，气焰骤然熄灭："林二叔。"

空气仿佛忽然凝固了。

许奈奈、阮茜："？"

纪家与林家世代交好，由于纪老爷子娶了好几任老婆，生的孩子年龄也相差很大。

纪霖和林俞风的关系不错，也是纪家这一辈最小的儿子，他侄子的年纪甚至和他差不多大。

许奈奈在旁边抱着瑶瑶默默地看戏，阮茜十分头疼。

此时，狭小的庭院里两个身形高大的男人相对而立。

纪盛握拳抵唇，瞥了眼阮茜，换来阮茜一个白眼："林二叔，你怎么会来江南？"

林汀云："'野男人'带你二婶旅游。"

纪盛敢和自家人闹腾，却对林家兄弟很忌惮，大抵是小时候被纪霖和林俞风耍得团团转的缘故。

他试图解释："二叔，这是个误会。"

"嗯。"林汀云仍然没什么表情，往后看了一眼，"那是你的女儿？"

"对。"

"不是！"

两个声音同时响起。

阮茜忍无可忍地拽着纪盛的手臂往外扯："这位先生，请您从我家出去，不然我要报警了！"

纪盛怕伤到她只好跟着往外退："茜茜，你听我说……"

砰！人被推了出去，大门瞬间紧闭，整个动作行云流水一气呵成。

阮茜呼了口气，转过身勉强笑了笑："抱歉，让你们看笑话了。"

她实在没想到都搬了家，纪盛还能找过来。

林汀云对这些事不感兴趣，但纪家的事他多少有所听闻。他淡淡地说："没事，他活该。"

许奈奈垂头看了眼怀里已经睡着的瑶瑶，压低声音做了个手势："把她抱进去吗？"

阮茜小心地把瑶瑶接过来，轻声说："给我吧，你们先进来坐。"

许奈奈点了点头，看着阮茜抱孩子进卧室的背影露出若有所思的表情。

她刚刚多少摸清了这混乱的关系："林汀云。"

"嗯？"

"我们是不是成爷爷奶奶了？"

林汀云："……"

后来，瑶瑶到底是叫"叔叔阿姨"还是"二爷爷二奶奶"的问题不了了之。好在一岁半的小孩子也说不出来几个字，这件事也就心照不宣地过去了。

许奈奈和林汀云没有在江南待很久。

他们和阮茜吃过饭，又去当地景点游玩一圈后，便动身返程。

5月初，他们的生活走上婚后的正轨。由于风云集团的主要业务迁回淮宜，林汀云出差的次数减少，甚至有许多次许奈奈加班回来，他已经在家里做好了消夜。

5月中旬，启耀第二期生物实验基地建成，许奈奈作为研发部总监，办公地点换到了淮宜的另一个区，距离百叶小区二十多公里。林汀云刚好在那个园区有栋别墅，二人商量着5月底搬了过去。

6月初，老家新房的装修接近尾声，许奶奶从镇上许慧玲的家里搬了回去，这段时间许奈奈工作繁忙，除了给钱，大多数时间都是林汀云找人帮忙盯着。

6月中旬，端午节，林汀云开车带着许奈奈回远宁县看许奶奶和新房，顺带祭祖。上次回家那条还坑坑洼洼的村路已经改头换面，黑色轿车出现在村道上时，再也没有人敢跟上次一样随意拦截，那些爱说闲话的妇人在知道林汀云的真正背景后，不敢再对许家有任何轻慢的举动。

许慧玲在镇上的水果店生意不错，每个周末会回来看许奶奶。

杜梦婷辞了在外地不稳定的模特工作，回了老家。

由于杜兴宏入狱有案底，杜梦婷没法儿考公，学历也不高，只能找了个电子厂上班。但小县城的消费低，她跟着许慧玲住，挣的钱也算勉强够生活。听说她最近被许慧玲拉着相亲，近几个星期搬到厂里的宿舍去住了。

6月底，又到夏至，也是林俞风的生日，许奈奈知道林汀云要去祭奠他，一大早就在家里收拾好了东西。

"哥哥喜欢红酒？"许奈奈将长发扎成低马尾，又挑了一条黑色的紧身连衣裙，对着镜子映照出完美的身材曲线。

林汀云从身后拥住她，手掌摩挲着许奈奈纤细的腰线，埋首轻嗅她脖颈的淡香："他还是个法餐大师。"

"嗯？"许奈奈有些惊奇，"真的吗？"

"嗯。"

许奈奈往后靠，笑着蹭着他的下巴："那你怎么刀工那么差，一点儿都没学会吗？"

法餐对刀工要求很高，很难想象林汀云这种"手残党"还有个那么心灵手巧的哥哥。

林汀云挑了挑眉，轻笑着吻她："我这不是有你吗？"

许奈奈嗔怪着推开他："懒得管你。"

她灵活地从他的臂弯里溜走，拎起准备好的东西往楼下走。

夏日蝉鸣，骄阳似火。

他们住的别墅离陵园又远了不少，近乎算得上淮宜的南北两端，再加上早高峰堵车，等他们从高架桥上下来已经过了中午十二点。

许奈奈饿得不行，还好事先准备了小面包，她掰了一块往嘴里送去，另一半娴熟地递到林汀云唇边。

她随口说："昨天爷爷给我打电话，说有空叫你回家一起吃顿饭。"

许奈奈一直知道林汀云和林家的关系不好，除了林居明，她很少看见他跟父母来往。

林汀云咽下她喂的小面包，喉结轻动："你想去吗？"

"我都行。"许奈奈顿了顿。

虽然已经结婚大半年了，但许奈奈在称呼上仍然有点儿别扭。

当初，她因为在医院病房外听见林升平反对林汀云和她在一起的话，许奈奈一度害怕他不会接受自己。

可意外的是，林升平后来再也没发表过反对意见，甚至在结婚之前私下找到她，给了她一只价值不菲的玉镯。

林升平说，这是林家传给下一代儿媳的传家宝，本来该由林汀云的母亲给许奈奈，可惜她的精神状态不太好，只能由他代劳，希望许奈奈不要介意。

那时候许奈奈心里对他的畏惧减少，眼前这个眼神疲惫的中年男人，或许在几方这么多年的裹挟中过得也不好。

最重要的是，她发现林汀云并非完全抗拒回家。相反，对于那个曾经给他带来伤痛的地方，他有着十分复杂的情愫。只是父子两人没有一方愿意低头，他们执拗且不善言辞的性格实在太像了。

思及此处，许奈奈侧目："爸爸应该挺想你的。"

林汀云稍稍一愣，握住方向盘的手指紧了紧，眼帘下垂。他沉吟许久，低声说："什么时候去？"

车辆驶离高高架桥，郊区路段逐渐宽阔起来。

私人陵园清净淡雅，可他们人还没到，离着老远就听见了救护车刺耳的鸣笛声。

林汀云停稳车，许奈奈疑惑地解开安全带。

只见前面交通堵塞，地面血迹斑斑，一辆面包车被撞得变了形。

"爷爷！"

许奈奈刚下车，看见林居明颤颤巍巍地被助理扶着靠在花坛边。老人的眼神空洞混沌，好像被抽走了魂魄。

另一边，医护人员抬着担架，血渍在底面散开，担架上面盖着白布，看不清人脸。

忽然，一截淡紫色的裙摆顺着白布的边缘落下，随着微风轻轻摇晃。

许奈奈猛地抬头，林汀云的瞳孔紧缩。

"那是？"

林居明老泪纵横："小雨……"

时雨死于车祸。

据陵园的园丁回忆，早上他们修剪枯树枝时，见时雨从陵园里面走出来。

每年的这个时候时雨都会来这里坐上一整晚，最初他们还会提醒，后来这些陵园的老员工们见怪不怪，也就没有打扰她。

可没想到一转身，一辆疾驰过来的车便将人给撞了。

员工们吓得不轻，反应过来后赶紧打 120，可救护车来到这里时，她已经完全丧失生命体征。

时雨被拉走后，老爷子一口气没喘过来，被赶紧送到了 ICU。

后备厢里准备祭奠的花束和红酒来不及拿出来，艳阳天迅速转阴，一切变数来得太快。

医院病房外，林汀云双手交叠，撑着额头，许奈奈拎着警察取证后的塑料袋站到他跟前。

她低声问："爷爷怎么样了？"

林汀云仍然闭着眼，声音沙哑："脱离生命危险了。"

许奈奈看着他颓败的身影，喉咙干涩："她留下了一封遗书，书桌旁还有摆好的安眠药，她似乎……"已经不打算活了，哪怕没有这场意外。

林汀云突然睁眼，接过了信。

时雨娟秀的字迹映入眼帘，信中没有长篇大论，只有寥寥几笔。

我去找我的风了。

"你们知道她患有重度抑郁症吗？"许奈奈问。

林汀云喃喃地说："什么？"

许奈奈将手里一沓鉴定资料递过去："我刚刚碰到了她的心理医生，他跟我说，时雨患有重度抑郁症，已经近十年了，警察也在她的家里发现了许多抗抑郁的药物。"

时雨是养在林家的孤女，林家虽然给了她绝对充足的物质保障，可除了林俞风，没有人真正关心过她的心理状态。

林俞风死后，宋惠的精神崩溃，神志不清，时常因为认错人而胡乱伤人，而时雨却和她完全相反。

她安静、内敛，平和得好像什么事情也没有发生，像一滴落进汪洋大海里的雨水，无声无息地悄然融入其中。

林汀云紧紧地盯着那份报告。

许奈奈抿了抿嘴唇，又拿出一张上了年份的检查报告："她好像……"或许是事实太残忍，许奈奈哽咽了一声，"有讨哥哥的孩子。"

这是一份多年前 M 国某私立医院的孕检报告。

泛黄的纸张上密密麻麻的英文昭示着孕七周的结果，下一页，只隔了一个月，英文单词变成了流产的含义，而那个时间正好是林俞风离世的第二个星期。

挚爱离世，腹中尚未成型的孩子也因为伤心过度流产，彼时林家混乱不堪，时雨便将这些打击默默地咽回心底。

许奈奈不敢想象，时雨究竟是用怎样的意志熬过这些年的。

林汀云的后槽牙缓缓咬紧，然后他颓然地呼出一口浊气："我们都不知道这些事。"

许奈奈的心口发堵，她刚想说什么，于绍忽然火急火燎地跑过来。

"林总，林总！"他大口喘息着，"林董事长让您赶紧回去，夫人闹着要跳楼！"

乌云蔽日，上午的艳阳天在瞬间发生变化，厚重的云层好像在下一刻就要坠落下来。

雨滴密密麻麻地落到挡风玻璃上，许奈奈身侧的男人薄唇抿得很紧。

视野逐渐开阔，入目所见是一栋看上去极有底蕴的中式别墅。

这是许奈奈第一次来到林家老宅，却没想到是这样的情况。

此时，宋惠站在三楼的天台边，林升平惶恐地一声声叫她："惠儿，你先过来，那边太危险了。"

"我要见阿风，他已经很久都没有回家了。小雨呢？小雨在哪儿？他们又出去玩了吗？怎么不跟妈妈说一声，外面风大，阿风戴好口罩了吗？他免疫力不高，可不能在外面感染病毒了。"宋惠目光空洞地将一只脚踩在阳台的边缘上，口中不断喃喃地重复着这些话。

以前宋惠情绪不稳定的时候大都是时雨陪在她身边，现在时雨不在了，没有任何人敢上前刺激她。

"阿风为什么都不给妈妈打电话，工作太忙了吗？老林，我早跟你说过，阿风已经很累了，他的身体也不好，你不要太严格。"

"妈！"

宋惠的一条腿已经完全悬空，林汀云跑上楼大口喘息着。

"阿风？"

林汀云的手指解开黑色西装外套，许奈奈赶紧接过来拿好。

"是我。"

他穿着白衬衫与黑色西装裤，小心翼翼地往天台边上走。

宋惠看清对面人的装扮——那是她记忆里林俞风的模样。她逐渐放松警惕，一条腿缓缓收回来："你回来了呀。"

林汀云使个眼色，林升平接到他的示意悄然绕到宋惠的侧后方。

"嗯，我回来了。"

宋惠皱起眉："你好像瘦了，是不是你爸爸又说你了？你别听他的，公司做不好就做不好，人好好的就行。小雨呢？她没跟你一块儿回来吗？听妈妈一句话，赶紧和小雨把婚结了，人家等你那么多年……"

就是这个时候！林升平一把将宋惠从天台边扑下来，两个人抱在一起，在地上滚了几圈。

"啊！"宋惠歇斯底里地尖叫，被稳住的情绪登时崩溃，"你不是阿风！你为什么活着？为什么是你活着？我不要看到你，滚！"

哗啦一声，花盆被踢倒了一排，宋惠被林升平死死地按在地上。她拼命挣扎，手摸到一把小铁铲，她猛地往前一掷！

林汀云下意识地偏头。

砰的一声，疼痛却没有出现在他的身上。

林汀云一愣，随即手疾眼快地搂住许奈奈摇摇欲坠的肩膀。他的呼吸乱了："奈奈！"

小铁铲掉在地上，等在后面的家庭医生赶紧上前给宋惠注射镇定剂，她很快失去意识，被几个人抬进房间。

许奈奈说不出话，只觉得后背发麻，麻痹感消退后便是火辣辣的痛。

林汀云咬紧牙关一把将她打横抱起，三两步跨进卧室。

小铁铲的份量不轻，好在是柄砸到身上，许奈奈消瘦的脊背上留下一小块青紫的痕迹，没有破皮。

医生给她简单地处理了伤处，门外的林汀云眼神阴沉得厉害。

"阿云，奈奈没事吧？"林升平不自在地问。

"皮外伤。"

林汀云浑身散发着拒人千里之外的冷漠，林升平头一次在他面前这么窘迫。

实际上这种事情以前发生的次数不少，只是那时候受伤的总是林汀云，他们理所当然地认为他应该迁就母亲。

林升平几番斟酌："我……"

吱呀一声，卧室门被推开。许奈奈穿好衣衫出来，林汀云牵着她的手往楼下走。

"阿云！"林升平忽然出声。

林汀云背对着林升平的脚步一顿，许奈奈下意识地握紧他的手。

"我准备带你妈妈去 M 国疗养，"骄傲了一辈子的林升平好像在一瞬间衰老，他撑着栏杆，声音颓然，"你爷爷这边就靠你照顾了，如果有机会和时间……就过来看看爸爸妈妈吧。"

轰隆隆！闪电划破黑夜，倾盆大雨磅礴而落，黑色轿车在雨幕中疾驰。

许奈奈知道林汀云心里不好受，她试图说点儿什么，可怎么也开不了口。

呲的一声，车轮在地面尖锐地划过，随后停在路边。

车内安静得出奇，林汀云撑着方向盘，碎发遮盖了他眼底的情绪。

"为什么要替我挡？"

许奈奈沉吟片刻，轻声说："我没有多想。"

当宋惠把铁铲扔过来的时候，许奈奈的脑袋还没有反应过来，身体已经本能地挡在了他跟前。

"还疼吗？"林汀云的声音低沉，似乎在克制着什么。

许奈奈缓缓侧头，猝不及防地看见他通红的眼尾，向来沉稳自持的眼神在此时隐藏着她看不懂的脆弱，许奈奈的心仿佛被狠狠地揪了一下。

"不疼了。"

咔嚓一声，她解开安全带，探身吻上他的眉眼。

林汀云一怔，黝黑的瞳仁微微颤动。

许奈奈双手捧住他的脸，眼里满是心疼："如果你想哭的话，我的肩膀可以借给你。"

哗啦啦的大雨重重地敲击着车窗，路灯缥缈而昏暗，女人的眼睛在这时却无比明亮。

林汀云的喉结滚动，他忽然抬手扣住她的后脑勺吻了上去。

他的吻来得汹涌急切，许奈奈不知何时从副驾驶座坐到了他的身上，她撑着他的肩膀艰难而吃力地回应。

外面的大雨汹涌，狭小的车内温度渐渐上升，肌肤相亲，是人类最原始和本能的慰藉。

"还没叫过她一声大嫂。"林汀云抵着她的额头说。

"我叫了。"她的声音很轻，指腹温柔地摩挲着他的侧脸，"可我没想到那是最后一次见她。"

许奈奈对时雨的印象不差，可是没想到她会以这种方式离开了人世。

"会有父母不爱自己的孩子。"许奈奈再次吻他，眼底覆上一层水雾，"我跟你一样，这是我们作为子女无法选择的结果，但这并不是我们的错。"

她抓住他的手，抚摸着自己的小腹："但我们可以选择……"她眼眶通红，却仍然笑着，"做一对爱孩子的父母。"

他们回到别墅，客厅的灯没打开。

林汀云将她抱坐上沙发背，许奈奈搂住他的肩背难挨地仰起头。

"我想看看。"

林汀云停下动作，被雨水浸润的湿发搭在额间，落下的水珠性感地滑过喉结。

啪嗒一声，一盏昏黄的落地灯被打开。

他托起她的脸，迎上她被泪光模糊的眼眸："看什么？"

"看这里。"她抚摸着他后背骨节上的针孔。

以前她很少主动提及，哪怕知道那些过去，也将其当作过往，不去揭他的伤疤。可今天，她想仔细看看那些留在他身上的烙印。

这是许奈奈第一次认真地打量那些针孔。

过了不少岁月，以前青紫可怖的孔痕淡了很多，但仍然不难看出他那时候经历过怎样的痛苦。

许奈奈的眼眶酸得厉害，红唇轻轻贴上疤痕。林汀云的脊背一僵，同时红了眼眶。

时雨的葬礼在一周后进行，她生前的朋友不多，一切从简。

林居明从 ICU 转到普通病房，后来虽然可以回家休养，但精神状态不比以前，时常看着窗外发呆。自从看完时雨的那封遗书后，他便一直是这个状态。

许奈奈让人将龙鱼从启耀的办公室搬回林家老宅，林居明混沌的眼睛终于有了些波动。

"这是小雨去国外给我带回来的。"林居明坐在轮椅上，雨过天晴，遥远的天边云层翻涌，隐隐约约浮现出一道淡淡的彩虹。

"她说您很喜欢养鱼。"许奈奈搬了个凳子坐到林居明旁边，从茶几上拿了一个苹果给他削皮。

林居明笑了笑："是呀，人老了，就喜欢做点儿打发时间的事。"

林升平在参加完时雨的葬礼后便带着精神状况越来越差的宋惠飞去了 M 国，如果不出意外，他们大抵不会再回来了。

年轻时，林居明投身科研一线，保密协议一签就是好多年，和家里人的联系太少。直到林奶奶去世，他退休回归家庭，林家已经成了如今这般支离破碎的模样。

林升平执拗、固执，林俞风疾病缠身，林汀云沉默寡言，他无法改变任何一个人。

"听说今天有律师过来？"林居明转头看向许奈奈。

"嗯，是关于时雨的遗产分配。"许奈奈回答。

时雨在生前立下遗嘱，将名下的所有财产捐赠给救助白血病患者的基金会。

林俞风临走前给她留下了可供其一生无忧的财产，这些年她进行投资，也赚了不少，加起来是一笔极为可观的数字。

林居明无声地长叹。

许奈奈削完苹果皮，轻声问："您筹办启耀，是因为林汀云吧？"

林居明一愣："你看出来了。"

其实并不难猜，能让一个物理学院士跨学科转研究项目一定是有个人执念在里面。

许奈奈将苹果切成小块，笑着说："林汀云和您挺像的。"

林居明沉默不语。

她继续说："他只是不爱说话，实际上很牵挂家人，也从来都没有怪过大哥。"

不善言辞的孩子容易被误解，更何况他还是家里存在感最低的人。

林居明沉吟许久："其实阿云和阿风并不像。"他仿佛陷入回忆，眉眼慈祥地弯出褶皱，"阿风要比阿云开朗许多，如果不是医院报告单上日渐恶化的生理指标，很难有人看出他得了那么严重的病。"

许奈奈愣了愣。在她的认知中，通过不少人的侧面描述，她一直以为他们兄弟二人都是寡言少语的性格。

"阿云太安静，我还记得他小时候瘦瘦的，也不爱吃饭，每次抽完血小脸白的哦，跟纸一样。"林居明的眼神哀伤，"可惜我这个老家伙说话不管用，他妈妈把他管得太严，这孩子也不会反抗。"

许奈奈握着水果刀的手缓缓收拢。她似乎能想象到八九岁的林汀云，穿着病号服，孤单地坐在冰冷的病房中等待抽血的样子。

林居明絮絮叨叨地说了很多。

云层变化，阳光越来越亮，有些刺眼。

许奈奈推着林居明到卧室休息，说了下次再来看他后便准备离开。

她刚推开房门，猝不及防地看见林汀云。

他站在门口，看样子来了很久。

"要进去和爷爷说话吗？"许奈奈透过门缝看了眼屋里面。

林居明刚刚躺好，看样子是准备休息。

"不了。"林汀云的目光有些深沉。

许奈奈将房门关严实，顿了顿："你听见了。"是陈述句。

林汀云没有否认："嗯。"

时雨的墓地在林俞风旁边，前几天下雨，工期搁置，今天已经修缮完毕。

许奈奈和林汀云趁着天气好去了趟陵园，上一次没有用上的祭品这次变成了两份。

他们将黄色的菊花摆好，撑着黑伞站在墓碑前。

从前孤单的林俞风身边多了一个墓碑，上面写着——林俞风之妻时雨。

他们的照片并排而放，两个人都微笑着，如果将背景换成红色，像极了结婚证上的登记照。

"你和哥哥确实很不一样。"许奈奈打破沉默，轻声开口，"都没见你这样笑过。"

当时二人拍结婚证的照片，摄像师左右开弓，愣是没让林汀云的唇角弯一点儿弧度。后来还是许奈奈看不下去，掰过他的脸亲了一口，那张照片才看上去显得有些喜庆。

林汀云："的确笑不出来。"

许奈奈撇了撇嘴，拉住他的手晃了晃："小可怜。"

林汀云回握她的手，蹙眉问道："怎么？"

许奈奈耸肩："笑都笑不出来。"

他哑然："有这么可怜？"

"当然有。"许奈奈拉着他转身。

墓园绿植成荫，杧果树在林俞风和时雨的墓碑上留下浅浅的阴影。

"你当时在想什么呢？"他们缓步离开，许奈奈问起林汀云被当作血库的那些时光。

林汀云沉默了一会儿，仰望天空，喉结滚动："希望他能快点儿好起来。"

"没有一点儿抱怨？"

"没有。"

微风轻拂，骄阳似火。

背后是渐行渐远的墓园，遮阳伞在他棱角分明的脸上投下淡淡的剪影。

许奈奈忽然停住脚步，皱着眉看向他："怎么办？觉得你更可怜了。"顿了顿，她又佯装叹息，"看来以后要多爱你一点儿了。"

林汀云哑然失笑："不行。"

许奈奈不解："为什么？"

林汀云摸了摸她的头，一本正经地说："我要爱得比你更多一点儿。"

许奈奈不知道别的夫妻在一起久了会不会变得幼稚，但她觉得他们是有逐渐幼稚的趋势了。至少林汀云的某些表现，越来越不像个身价百亿的集团 CEO。

当初从鹭城带来的芦荟周围长了许多小芦荟芽，再不移栽营养会不均衡，整个芦荟可能都会死掉。刚好别墅的小花园还有一块空地，于是他们决定将小芦荟移栽到小花园里。

移栽芦荟的过程中，许奈奈一会儿没注意的工夫，她上星期种的绿豆就被拔了！

此时，她忍着怒火，拿着铲子兴师问罪："林汀云，你能跟我解释一下为什么要把这些拔出来吗？"

林汀云恍若无事发生地卷着袖口，指了指那边："你说这些野草？"

许奈奈深呼吸："那是绿豆苗！"

林汀云："……"

"你没见过绿豆苗？"

"没。"

许奈奈头疼地按着太阳穴，耐心地解释："绿豆苗就是未来可以结绿豆的秧苗，虽然这个季节种是不对的，但过几个月还是能剥出一小碗绿豆的，够咱们两个煮汤喝。"

她心疼地捡起已经枯萎的绿豆苗，蹲在地上教他辨认形状。

林汀云单手撑头，目光却落在她气鼓鼓的脸上，然后鬼使神差地伸手捏了一把。

"你干什么呀！"她一下子站起来。

林汀云忍着笑，忍得连肩膀都在颤抖。

"你还笑！我的绿豆苗没一棵是活的！"许奈奈气极了，攥着拳往他身上捶。

可她的力气对他来说毫无威胁，随手一拽人便落到了他的怀中。

"我再给你种。"林汀云笑着哄她。

许奈奈本来不打算随便原谅，结果林汀云忽然从背后掏出一袋种子。

她的眼睛一亮："路易十四玫瑰的花种？"

"嗯。"林汀云低笑道，"昨天才从 F 国运过来的。"

这段时间，许奈奈的工作没有之前那么忙，她突然开始享受起了生活，不仅在小院子里种各种小菜，还在网上研究起了种花。

许奈奈双眼发光，也忘了绿豆苗"惨遭灭门"的悲剧："你怎么知道我想种玫瑰？"

林汀云将她抱起来，放到旁边的吊椅上："上次看见了你的浏览页面，就让人送来了。"

路易十四属于玫瑰花中的贵族，市场价不便宜，花也不好养，很难买到纯正的花种。

许奈奈后知后觉地问道："F国运来的？"

林汀云随口说："嗯，我在F国有一个花场。"

许奈奈："……"

最后，种芦荟的任务全扔给了林汀云，许奈奈一边在网上找漂亮的小花盆，一边做攻略，查询如何培育路易十四。

之前许奈奈和林汀云说过要孩子的事，这并不是她心血来潮。虽然许奶奶和许慧玲多次打电话明里暗里地催生，但最主要的原因还是许奈奈想要有一个和林汀云的孩子。再有就是越往后推，她的年龄越大，在生育方面的风险也会相应上升。

只是要孩子这件事急不得，这段时间他们积极备孕，可她的肚子就是毫无动静，生理期比任何时候都要准时。

这天午后，西斜的阳光在阳台上懒散地照着，窗台边种着路易十四玫瑰花的小花盆长出健康的小花苗。

床上安睡的女人海藻般的长发铺满整个床面，卷长的睫毛轻轻地扑扇着，许奈奈迟钝地睁开了眼睛。

已经是下午三点半了，她竟然一觉睡到了现在。

许奈奈揉着酸胀的小腹艰难地坐起来，长发乱糟糟地披散在肩膀上。

与此同时，房门被推开，一阵淡淡的红豆香味飘进卧室。

"醒了？"林汀云围着之前她给他买的黑白条纹围裙，手上拿着汤勺，整个人看上去显得十分温和。

"嗯。"许奈奈没什么力气地点点头。

这么多年很多事情物是人非，唯独痛经的毛病伴随着她从少女到成年。以前工作忙的时候她都是吃止痛药，现在林汀云知道后霸道地不准她再硬扛。他记她的经期时间甚至比她自己都清楚，不给她一丁点儿侥幸的机会。

许奈奈捧着他刚煮好的红豆红糖姜汤，靠着他的肩膀。

"你以前痛经似乎也很严重。"林汀云忽然开口。

许奈奈眨了眨眼睛："你怎么知道？"

林汀云轻声说："好几次见你吃止痛药。"

临近月考前，还有运动会……

想到这些许奈奈就很郁闷："没办法，可能这就是所谓的原发性痛经吧，中药、西药都吃过，就是没什么改变。"说到这里，许奈奈忽然想到，"你说会不会是因为这个原因，所以我很难怀孕？"

闻言，林汀云搂着她的手臂紧了紧："上个月不是去检查过吗？"

许奈奈因为常年和化学药剂打交道，总怕自己的身体有问题，加上一直在认真备孕却还没动静，她便拉着林汀云去医院做了全套体检。结果显示他们两个都很健康，没有任何问题。

她望着窗外，喝完最后一口汤，唉声叹气："又白费一个月。"

林汀云的手掌覆上她的小腹，轻轻地打圈，他低声笑道："谁让你老躲。"

许奈奈反应过来，老脸一红："这……这有关系吗？"

她梗着脖子狡辩，脑子里面却想到无数个不能描述的画面。

林汀云气定神闲："控制变量，不是你们研究人员最常用的方法吗，嗯？"

林汀云挑起她的下颌，许奈奈将脑袋埋进他的胸口，耳朵红得快要滴血。

"你怎么老耍流氓！"

林汀云低声地笑，胸腔的振动隔着薄薄的居家服传到许奈奈的耳膜里。

午后闲暇静谧的时光短暂而美好，许奈奈恼羞成怒地"哼"了几声，在他怀里找了个舒服的位置躺好。

"要个孩子真难。"

"不要也挺好。"

许奈奈疑惑地"嗯"了一声："你不想要吗？"

林汀云沉吟片刻，垂眸抚摸着她的头发："不太想要你冒险。"

许奈奈微微一怔。

这段时间在要孩子这件事上他总是反应冷淡，她以为是他的性格所致，抑或不太喜欢孩子，可没料到他会是这样的回答。

"现在的医疗技术很发达的，"许奈奈从他的怀里坐起来对他笑，"你别担心呀。"

林汀云的喉结滚动，心底一片柔软："奈奈。"

"好啦，顺其自然吧，"许奈奈不想再继续这个愈渐沉重的话题，"话说回来，我们好像都没有正儿八经地约会过一次？"

以前他们因为工作忙，恋爱一开始的打开方式就像结婚多年的老夫老妻，能碰面的时间无外乎下班后在家里一起做顿饭，相继出差的间隙窝在房间里静静地享受片刻的空闲。可像正常情侣一样，找一个闲暇的日子，穿着情侣装出门约会却是一次也没有。

"你想去哪儿？"林汀云笑着问。

"就出去吃顿饭，看个电影，逛逛街，"许奈奈突然想到什么，兴奋地说，"对了，前几天我还买了两件情侣装，这个周末一起穿出去玩吧！"

青春期的时候，有些女孩儿极其讨厌穿粉色的衣服，总觉得幼稚、不好看，许奈奈和万施月便是其中一员。

可程可柠极爱粉色，每次出来玩总是从头粉到脚，免不了被万施月一顿冷嘲热讽。

随着时间变化，许奈奈也发现了粉色的魅力。

所以她这次挑的情侣装，主色便是粉色。

此时，林汀云正沉默地看着镜子里穿着粉色 T 恤的自己。

许奈奈对着镜子涂口红，粉色印花的 T 恤加黑色小短裙，衬得她腰肢纤细，双腿笔直。

生理期结束后，她又恢复了生龙活虎。

许奈奈随意瞥了眼镜子："怎么了？"

林汀云欲言又止："一定要穿得这么粉？"

"粉色多好看？"许奈奈放下口红，认真扯了扯他的袖子，"这么阳光。"

林汀云："……"

她总抱怨他的衣服不是黑色就是白色，太过单调，住在一起后她给他新添了不少其他颜色的衣服。最开始还会收敛着，从灰色、蓝色、卡其色入手，后来慢慢添加到黄色、淡青色，现在甚至搭配起了粉色。

林汀云属于冷白皮，个子很高，手长腿长，穿衣显瘦，脱衣有料，粉色 T 恤加黑色短工装裤，看上去像极了温柔的男大学生，效果要比许奈奈想象中更加惊艳。

许奈奈沉浸在自己的审美中无法自拔，最后还煞有其事地点了点头："完美。"

林汀云："……"

许奈奈没什么恋爱经验，制定的约会计划也十分中规中矩。

先去游乐场，然后吃晚餐，最后看电影，晚上送她回家。

"为什么是送你回家？"林汀云听到这里很是不解。

许奈奈靠着副驾驶座的车窗说："因为今天是弥补之前没有来得及的约会。"

林汀云还是不明白："什么意思？"

"简单来说就是将恋爱进度条拉到刚在一起的时候，那时候我们还没住到一起。"

林汀云试图理解她的逻辑："那我们的进度条现在在哪里？"

许奈奈想了想："牵手吧。"

林汀云："？"

许奈奈："所以现在你不可以亲我，也不能抱我，我们要单纯一点儿地约会。"

林汀云："……"以前怎么没发现她有这么多奇怪的想法？

一路堵车到游乐场，等他们买好门票的时候已经快到中午。

大抵上次去游乐场玩时，林汀云为那些福利院的小孩儿包了场，导致许奈奈完全低估了周末游乐场的拥挤程度。

云霄飞车、大摆锤、跳楼机这些游乐设施许奈奈自然是不会去玩的，他们排了两个小时的队，终于等到了摩天轮。

然而到真的要上去的时候，许奈奈看着高耸入云的摩天轮还是忍不住腿软。

"隔壁小孩儿都比你勇敢。"林汀云背着她的托特包，毫不留情地出声嘲讽。

许奈奈："……"还是有点儿怕。

"摩天轮会转得很快吗？"她小心翼翼地指了指天空。

林汀云默默地看着转了半天没有一米位移的摩天轮："你觉得呢？"

队列前面有两个小朋友兴高采烈地在人人陪同下钻进舱内。

许奈奈咽了口唾沫，仿若赴死般拉着林汀云大步往前。

不成功，便成仁！

晴空万里，初秋的温度不高也不低，摩天轮缓缓上升，视野逐渐开阔，整个淮宜市的风光全数映入眼底。

许奈奈开始还有些害怕，可当她发现摩天轮着实转得很慢时终于放下了警惕。

紧绷的后背放松，她出神地望着窗外的风景："好漂亮。"

蜿蜒的江水将城市分隔两半，长长的道路两旁树木葱郁，像是一幅壮美的风景画。

"没有你漂亮。"林汀云的嗓音含笑。

许奈奈稍稍一怔，看着对面的林汀云，勾了勾唇："你现在怎么都会说情话了？"

林汀云笑而不语，朝她勾勾手。

许奈奈不明所以，但还是往前倾身。忽然，男人湿热的唇瓣贴上她的唇。

她的瞳孔一缩，突然推开他："不是说了今天的进度条在……"

"我爱你。"林汀云温柔地说。

与此同时，摩天轮爬到最高点。

云层翻涌，光影流转，时间仿佛在这一刻定格，浪漫而旖旎。

和许奈奈这种玩不了一点儿刺激项目的人来游乐场基本上没什么体验感，可她还是被林汀云哄骗着去玩了看上去最平稳的过山车，然而她实在高估了自己。

当车轮转动的那一刻，她的尖叫声就和耳边的风声混杂在一起，她死死地抓着林汀云的手，下来的时候他的虎口都被她的指甲掐出血印。

"照片不错，拿回去裱上。"林汀云那只被掐得青紫的手拿着刚刚摄像师抓拍的过山车照片。照片上面，许奈奈闭着眼尖叫，表情十分狰狞。

"不行！"许奈奈义正词严地拒绝。

她伸手就要去抢照片，林汀云轻飘飘地举高手臂，她怎么跳都够不到。

许奈奈愤怒极了，心想以前怎么没发现他这么幼稚？！

林汀云发现了一个很神奇的现象，说许奈奈胆子大吧，她连过山车都坐得心惊胆战；可说她胆子小吧，她进鬼屋却能脸不红心不跳。

　　比如现在，鬼屋中一大群人抱头乱窜，许奈奈无比淡定地抱臂弯腰。

　　她慢悠悠地扯开绊住她脚腕的带血的假手臂，脸上是藏不住的嫌弃："排半天队，怎么不是真人NPC（非玩家角色）呀？"

　　林汀云："……"

　　他们从游乐场出来的时候天已经快要黑了，去早就预定好的西餐厅吃了顿晚餐，又掐着时间到达电影院。

　　为了符合约会的氛围，许奈奈选的是一部刚上映的爱情文艺片，周围大都是情侣。

　　"宝贝，你吃。"

　　"不，宝贝，你先吃。"

　　"啊，宝贝张嘴。"

　　"谢谢宝贝！"

　　隔壁的情侣恍若无人地"宝贝"来"宝贝"去。

　　许奈奈尴尬得脚趾抓地，刚一转头，便在忽明忽暗的光线中对上林汀云似笑非笑的眼睛。

　　许奈奈："……"就不该来看电影。

　　爱情文艺片清水得可怕，到最后都没有一个吻戏。

　　但许奈奈已经看完了电影外小情侣的"爱情片"，完全不记得电影讲了什么剧情。

　　电影落幕，影院里顶灯大亮，她只想赶紧找个缝隙溜出去。

　　"宝贝？"林汀云忽然抓住她的手腕。

　　许奈奈被这个称呼喊得头皮发麻。

　　"你干吗？"她瞪眼小声地说。

　　林汀云低声笑着揽住她的肩膀，又叫了她一声"宝贝"。

　　许奈奈实在受不了他这样，挣脱开他的手，噔噔噔地往前跑。

　　可是也没什么用，晚上她还是被林汀云抱在床上一声声地听他叫"宝贝"。

　　真是一次糟糕的约会！

许奈奈发现自己疑似怀孕，是在某一天早上。

她在家里囤了不少验孕棒，最想要孩子的那段时间基本上每天早上都要测，后来被准到不行的"大姨妈"打击，后面也懒得再测。

就像有人说的，生孩子这事靠缘分，越强求越没有。

许奈奈开始变得平常心，这天早上瞥到好久没有拆封的验孕棒，便随手拿来一测。可没想到一直以来的一条杠变成了两条杠，她坐在马桶上愣了很久。

之前那么期待的事情突然发生，她的脑子里却只剩下茫然。

今天是工作日，林汀云乘早上的航班飞去首都开会，她一如既往地去上班，检查项目进度，好像和往常没什么区别，直到进实验室之前她忽然止步。

"许总监？"叶素在后面穿好防护服。

许奈奈出神地隔着玻璃窗看着里面的试剂，其中不乏孕妇不宜接触的化学药品。

"今天你检查吧，我有些事情。"

许奈奈脱了穿到一半的防护服，拿着包往外跑，跑了两步又怕震到肚子，开始慢慢地走。

她去车库准备开车，走到半路又怕自己太紧张出问题，干脆折返到一楼去打车。

车窗外的风景一帧帧往后移，许奈奈双手抚摸着腹部，后知后觉地开始紧张。

排队，挂号，抽血，等待。

医生拿着报告单指着上面她看不懂的指标，向她解释："怀孕了，后天再来检查一次。"

许奈奈心情复杂地摸着小腹，在这一刻，她终于意识到，这里已经有一个小小的种子了。

按照时间周期，许奈奈已经快到生理期。林汀云知道她向来不记得自己的月经时间，例行提醒她。

晚上八点，林汀云结束会议，身在淮宜的许奈奈也下了班。

他们接通视频，许奈奈刚洗过澡，湿润的头发被吹得半干不干："有点儿想你了。"

林汀云身后的背景是总统套房，工作时，他们会安静地将摄像头固定在一处，然后各自忙碌。

　　今天许奈奈没把工作任务带回来。

　　"怎么了？"林汀云停下手头的工作，觉得她今天有点儿反常。

　　许奈奈捧着脸看着他笑，也不说话。

　　林汀云有些无奈地问道："肚子疼吗？"

　　许奈奈摇摇头。

　　林汀云低声宠溺地说："你的生理期快到了，最近不要吃冰的。"

　　卧室门被敲开，许奈奈回头看了一眼，是家里的阿姨给她送红糖水，大概也是林汀云的授意。

　　"知道啦。"许奈奈用眼神向阿姨道谢，话却是在对着他说。

　　家里请了做饭阿姨，两个人都很忙的时候，阿姨就会过来做饭。

　　"你什么时候回来？"

　　林汀云失笑："我今天才走。"

　　许奈奈吹着红糖水上缭绕的热气，真丝吊带落到臂弯，露出雪白的肩膀："可我想你了。"

　　林汀云的眼神暗了暗："哪里想？"

　　两人太过熟悉，以至于只是一点儿音调的变化，他们都能察觉到对方的意图。

　　一滴红糖水的水渍残留在唇角，许奈奈拿着纸巾擦拭，有一滴红糖水滴到了锁骨上。

　　她故意用手肘撑着桌沿，衬得锁骨更加清晰："哪里都想。"

　　许奈奈好像变成了一只妖精，眼角眉梢都散发着风情。

　　林汀云的喉结滚动，声音低了几度："你等我回来。"

　　许奈奈将长发撩至一侧，露出雪白的脖颈，歪头轻笑："等你回来做什么？"

　　林汀云的眉尾挑动，颇有些咬牙切齿的味道："你猜。"

　　很快，一周过去了，11月的淮宜在一夜之间入了冬。

　　许奈奈在别墅二楼的落地窗前吹着暖气打盹，今天她去医院复查，一切指标良好，医生说隔段时间再来做产检。

　　怀孕四十多天，B超单上只有绿豆芽大小的阴影，模模糊糊的，又那么神奇。

忽然，她听见楼下传来汽车声，紧接着是大门打开的声音。

许奈奈一惊，赶紧将B超单藏好。

林汀云大步跨上二楼，带进一室寒气。

"你怎么今天就回来了？"许奈奈站起来，原本膝盖上的毛毯盖在小腹上。

可惜林汀云并没有注意到这点。

那天通话过后，林汀云一再压缩时间，一天恨不得当一周用，这可苦了同行的下属。

最终他们提前一周回淮宜，林汀云下了飞机便直奔家门。

他脱下风衣外套，纯黑的高领毛衣勾勒出完美的腰身比例，暗色调使他看起来危险又神秘。

林汀云一步步朝许奈奈走过来，室外进来的寒气一点点变得灼热。

"上次不是说过了吗？"他俯身挑起她的下巴，眼眸深邃。

许奈奈没想到自己的心血来潮能让他记一个星期，她的确不知道林汀云这一个星期是怎么过的。

"你怎么这么经不起逗？"林汀云埋在她的脖颈，她仰着头，被他的短发扎得很痒。

林汀云坐到床沿上，轻而易举地将她抱到身上。

许奈奈被放到床上，故意不阻止他逐渐失控的气息，甚至很配合他。

直到到了箭在弦上的时刻，她忽然伸手挡住。

林汀云深呼吸了一下："怎么了？"

许奈奈黑白分明的眼底闪烁着水雾："不可以哦。"

她从枕头下摸出一张B超单递到他眼前，然后无辜地眨着眼："你要当爸爸了。"

林汀云的瞳孔骤缩："……"

他大冬天的洗了半个小时的冷水澡。

许奈奈担心极了，拿着毛毯等在浴室外面。浴室门打开，冷气扑面而来，林汀云看见她在外面，又很快关上。

"冷，你别站在这儿。"林汀云沙哑的声音从里面传来。

许奈奈更担心他的身体了："你快出来，今天只有八摄氏度，你小心感冒了。"

如果早知道是这个结果，她说什么也不会逗他的。

哗啦啦，里面又传来水声。

许奈奈的心头一紧，刚想说话，浴室门又打开，这次冒出来的却是热气。

林汀云的短发湿漉漉的，水珠滑过喉结。

许奈奈把毛巾递过去，别开眼："擦擦头发。"她咽了口唾沫，"对不起呀……"

"不准说了。"

许奈奈心虚地后退转身："我不说了。"

可还没走几步，她又被林汀云从后面拥入怀里。

林汀云的头埋在她的脖颈处，声音微微颤抖："什么时候的事？"

"可能是一个半月前……四十多天了。"

许奈奈怀孕后，林汀云推了许多工作，公司的大部分事务交由于绍打理，还给他涨了工资。

林汀云开始学习如何照顾孕妇，哪怕许奈奈现在怀孕还没到三个月。

许奈奈倒是正常地该上班上班，该工作工作，除了不再进一线实验室，生活没有什么变化。

"奈奈姐，你都怀孕了，还这么拼哪？"

江梦鱼抱着刚整理好的资料，正巧看见过来巡查的许奈奈。

许奈奈穿着白色的毛呢大衣，长发扎成高马尾，一副看起来很干练的模样。

她有些好笑："怀孕又不是残疾，怎么不能工作？"

江梦鱼默默地给她竖了个大拇指，又试探着问："奈奈姐，你今晚有时间吗？"

许奈奈"嗯"了一声："怎么了？"

江梦鱼不太好意思地说："我想请你吃个饭，还有我的闺密。"显然后面这句才是重点。

许奈奈想了想："岑栀？"

"嗯嗯嗯！"江梦鱼满脸激动，"你还记得她名字呀！"

许泉泉："你上次在鹭城说过。"

许奈奈离开鹭城后，江梦鱼和苏泽去到另一个很有名望的教授名下继续读研，毕业后他们顺利入职启耀，被分配到研发部门。

江梦鱼很兴奋，给了她晚上吃饭的地址后，无比快乐地离开。

下班后，许奈奈没有跟江梦鱼一起去，项目还有些琐事，她需要加会儿班。

她给林汀云发了条消息，说晚上要出去和朋友吃饭，嘱咐他今晚不用来接她。

FY：鹭大的研究生？

Nacia：嗯。

FY：定位发我，晚上结束我去接你。

许奈奈隔着屏幕都能感受到林汀云的紧张。她不禁哑然，但还是给他发去了餐厅的定位。

许奈奈处理完事情后已经下午六点了，他们约在七点，打个车过去，时间刚好不早也不晚。

"你怎么不告诉我学姐怀孕了呀，'江梦游'！"

"你不要老叫我'梦游'！我哪里知道孕妇有那么多东西不能吃。"江梦鱼委屈的声音响起。

"螃蟹和甲鱼性凉；薏米对子宫平滑肌有刺激；菠菜富含草酸，对胎儿发育不利……"背对着餐厅大门的岑栀穿着白色的羽绒服，头顶扎着可爱的丸子头，点菜的笔恨铁不成钢地戳了戳对面垂头丧气的江梦鱼。

"好了，好了，岑大医生！"这时，江梦鱼看见门口的人，双眼放光，狠狠地摇岑栀的手臂："奈奈姐！"

岑栀下意识地回头，倏然站起来："许学姐。"

江梦鱼很有眼力见儿地挤到岑栀身边，许奈奈坐到她们对面。

许奈奈礼貌地笑了笑："你好。"

刚刚还在数落江梦鱼的岑栀忽然局促地红了脸，却又忍不住偷偷地瞄许奈奈。

许奈奈忍俊不禁："可以光明正大地看，不吃人。"

岑栀的耳朵更红了："那个我……我们刚刚在点菜，您看看吃什么?"菜单被推过来,她又赶紧补充,"这几个孕妇不能吃,我刚刚已经退掉了。"

许奈奈之前听江梦鱼讲过,岑栀是医学生,毕业后回了淮宜工作。

"谢谢你之前帮我们检测样品。"许奈奈笑了笑。

当时在鹭城因为冯阳的原因,江梦鱼将很多样品寄到首都,都是岑栀帮忙检测的。

岑栀腼腆地笑着说:"小事情啦,您当时不也是走的公账吗?我们也没损失。"

江梦鱼看岑栀没出息的样子,忍不住翻了个白眼:"奈奈姐,你可不知道,她可是你的超级'迷妹',我还记得高考前她老说'许学姐说过——'"

"江梦鱼!"岑栀面红耳赤地打断江梦鱼的话。

许奈奈的确记得,2017年她受邀回过一次淮宜一中,当时正好是岑栀他们这届学生读高三。

江梦鱼的性格比较外向,岑栀虽然看似内敛,实则熟络起来也没有那么拘束。

吃过饭后,她们依依不舍地道别。

江梦鱼住在附近,苏泽骑着"小电驴"过来接她。

许奈奈挑了挑眉,没有说话,她转头问岑栀:"你要怎么回去?"

岑栀拢紧围巾,有些不好意思地说:"我男朋友来接我,我们就住在临安区。"

离这边也不远。

许奈奈点点头,又想到什么:"是高中的那个男生?"

岑栀愣了愣,没想到许奈奈竟然还记得,更难为情地说:"对。"

许奈奈笑了笑,岑栀问她:"学姐呢?"

岑栀看了眼许奈奈还未显怀的肚子,漂亮的眼睛在黑夜里闪闪发光:"我记得学姐说过,你在高中时代有一个很厉害的追逐目标。"

高三那年,岑栀一度陷入迷茫与荒芜,直到作为优秀毕业生的许奈奈回校对她说——如果能因为喜欢一个人可以让自己变得更好,那么这份喜欢就拥有它的价值。

"他呀,"许奈奈摸了摸小腹,眉眼温柔,"现在是孩子的父亲。"

岑栀一愣，惊讶地张了张嘴，却又什么也说不出来。

呲！忽然，一道重机车刹车的声音从背后传来。

许奈奈下意识地回头，看见一辆纯黑的重机车赫然停在路边。

作为背景的霓虹灯光怪陆离，巨大的声响引来无数路人侧目。

寒风呼啸，男人驾驶机车逆光而来。他头戴头盔，穿着黑色的真皮飞行员夹克，长腿被工装裤包裹着，整个人散发着桀骜难驯的强大气场。

"你的男朋友？"许奈奈好整以暇。

岑栀别开脸，感觉并不是很想承认："学姐，要不我打车送你回去吧？"

许奈奈笑着拒绝："不用，我老公很快就来。"

"这样啊，"岑栀有些不舍，犹豫地问，"学姐，我以后还有机会约你吃饭吗？"

许奈奈微笑："当然。"

岑栀顿时露出笑颜，朝她挥手："那学姐我先走了，咱们下次再约！"

"再见。"

岑栀拎着包小跑到路边，却没有急着上车。她嗔怪着捶了男人一拳，却被人反手戴上头盔，在她还没反应过来之前，男人的手臂一个翻转将她抱上机车。

男人压低上身，岑栀赌气地不肯抱他。他扭动把手，轰隆隆，机车的引擎启动，岑栀由于惯性撞上他的脊背，他似乎低笑了一声，手背绷紧，猛地加速。

黑色的重机车如一道残影闪过，很快消失在茫茫夜色之中。

"刚刚叫我什么？"

许奈奈正出神地望着他们离开的方向，肩上忽然搭上一件外套。

林汀云将她搂入怀中，摩挲着她的双手，还好，不冷。

许奈奈侧仰头："你偷听我们讲话？"

林汀云轻笑："刚好来得比较巧。"顿了顿，他又说，"再叫一次？"

许奈奈耳朵一热，把外套拢紧："不叫。"

这里不能长时间停车，她小跑着打开副驾驶座的车门。

"慢点儿跑。"林汀云在后面看得心惊胆战。

"我又不是瓷娃娃。"许奈奈不觉得有什么。

车内开着充足的暖气，许奈奈把外套脱下来。

"刚刚那个女孩儿似乎不是你的学生。"林汀云打着方向盘。

"嗯，是学妹。"

"A 大的？"

"一中的。"许奈奈舒服地靠着椅背，补充说，"2017 年我回过母校宣讲，她当时读高三。"

林汀云露出若有所思的表情："优秀毕业生？"

"嗯。"许奈奈调侃，"你那时候在国外，老师们联系不上你，不然我们或许还能见面。"

林汀云认真地想了想，说："我大概不会去。"

许奈奈："……"

"不过这次会。"林汀云侧目，温柔地看着她，"要一起去吗？"

许奈奈还记得上次他带自己钻狗洞的经历，拒绝得很干脆："不去。"

林汀云失笑："这次走大门。"

许奈奈一脸"你看我信不信你"的表情。

林汀云拉出副驾驶座前的储物盒，一份刚签的合同摆在里面："给母校捐了点儿钱。"

许奈奈看着那一串零："……"

她抿了抿嘴，过了好半晌才挤出几个字："你才是真正的优秀毕业生。"

天气逐渐变暖，许奈奈怀孕的反应也越来越明显。

倒不是小家伙折腾人，实际上许奈奈几乎没有孕吐的症状，只是越来越嗜睡，经常一个周末都是在床上度过的。

过了头三个月，两个人稍稍放下了心，孕检报告良好，许奈奈除了腹部开始慢慢显怀，四肢仍然纤细。

一个惬意的午后，许奈奈正在院子里的躺椅上晒太阳，忽然睁开眼："她踢我了！"

她急忙把林汀云拉过来，可林汀云迟迟不敢碰她一下。

许奈奈晃了晃他："你摸摸呀。"

大部分孕妇在怀孕五个月左右会感受到胎动，前几天许奈奈还在怀疑自己是不是有问题，结果今天就感受到了小家伙的回应。

林汀云小心翼翼地碰了碰她凸起的腹部，小家伙很给面子地又踢了一脚。

林汀云浑身一僵，抬眸对上许奈奈温柔闪亮的眼睛。他不敢碰到她的肚子，怜惜地俯身吻她的唇瓣。

许奈奈倒是很主动地搂着他的脖子回应，轻声问："你想要儿子还是女儿？"

"都喜欢。"林汀云的下颌抵着她的发顶轻轻摩挲。

"可我更想要个女儿。"

"为什么？"

许奈奈仰头望天，轻笑一声："可能是上次在江南看到侄孙女了。"

林汀云："……"

许奈奈懒洋洋地往他怀里蹭："上善若水任方圆，如果是女孩儿我们就叫她林若水，好不好？"

林汀云揉着她的后腰，越往后她的身体负担越重，总会腰酸："如果是男孩儿呢？"

许奈奈舒服地"嗯"了一声："水利万物而不争，他应该不会介意这个名字的，是不是呀，林若水？"

淮宜一中邀请林汀云在 6 月中旬回母校，给高三生致辞。

他本来不打算带许奈奈去，毕竟怀孕七个月的身体有些笨重，来回折腾也费心费力，奈何她不愿意。

"上一次就没有见到你演讲，这次我就要去。"

林汀云不明所以："什么上一次？"

许奈奈撑着后腰下楼梯："高三百日誓师大会，是我作为年级第一上台发言，那本来不该是你的机会吗？"

林汀云扶着她："我在也不一定不是你。"

许奈奈回眸："那就是我们俩。"

林汀云沉默了一下，诚实又无情地说："不，我不会上台。"

许奈奈哽住："……"

林汀云揉开她皱成麻花的眉头，有些好笑："那你那天说了什么？"

许奈奈同样冷漠无情地说："不告诉你。"

林汀云："……"

少年时代的林汀云的确不喜欢抛头露面，他总是穿着单调的黑白色衣服抑或与大家一样的校服，站在喧嚣的人群之外。

要不是实验班的班长通过班级排名决定，林汀云也不会当班长。每一次轮到他们班的国旗下讲话，抑或演讲，林汀云都无差别地推托，毕竟身边还有个无比耀眼的明炽，甩给他总没问题。

林汀云的这种习惯沿袭到了成年，哪怕是董事会，他也是惜字如金，不开口则已，一开口必然是直击要害，从不说一句废话。

因此，这次去淮宜一中致辞，成了他人生中为数不多的公开演讲。

此时，微风和煦，阳光正好，临时搭建的电子显示屏放大了国旗下的演讲台。

林汀云的脸出现在大屏幕上的那一刻，场下顿时响起一大片尖叫。

许奈奈甚至能听见前几排小女孩儿激动地喊着"好帅"。

林汀云没有拿演讲稿，一身笔挺的定制西装，眉眼冷淡，磁性的嗓音通过音响传到操场的每一个角落。

许奈奈撑着太阳伞挺着大肚子坐在看台的最后一排。时隔多年，再次这样光明正大地坐在母校，她有种恍如隔世的感慨。

演讲结束，台下哗啦啦的掌声一片。

到了同学们的提问环节，一名扎着马尾辫的女生大胆地站了起来："林学长，请问您这么优秀，在学生时代有遗憾吗？"

林汀云稍微沉默了一下："有。"

"请问学长的遗憾是什么呢？"

"大学没有选择自己梦想的专业。"

话音刚落，场内一片唏嘘，众人纷纷猜测该是什么样的梦想才会让这样的天之骄子感到遗憾。

许奈奈百无聊赖地拿着刚刚别人发的传单扇风，然后又听见他说——

"幸运的是，我的太太实现了我的梦想。"

"哇！"

"林学长的太太是什么样的人哪？"

"救命，这语气好宠啊！"

林汀云的眼神精准地落到看台的最后面，他微微勾唇，声音比刚刚更温柔："我太太怀孕了，麻烦大家不要吓到她。"

"我的天哪！"

"你快闭嘴吧！"

"什么意思？林学长的老婆在现场？"

许奈奈完全没想到林汀云会突然说这么一句话，摇传单的手僵在半空。

摄像头精准地捕捉到许奈奈，与此同时，台下的工作人员很有眼力见儿地递来一支话筒。很快，许奈奈看见自己出现在大屏幕上。

许奈奈尴尬极了："大家好，我是 2012 级毕业生许奈奈。"

"许奈奈？这个名字好熟悉！"

"她不就是'老班'每天挂在嘴边的第一个在平行班考年级第一的理科状元吗！"

"竟然是她！"

"许学姐好漂亮啊！"

"嘘嘘嘘，没看见人家怀孕了吗，别整这出！"

许奈奈窘迫得头皮发麻。主持人却双眼放光地说："看来是高智商夫妇哇，那么林太太作为 2012 级的理科状元，在十三年后再次回到母校，有什么要跟学弟、学妹们说的吗？"

屏幕切换成两半，一边是眉眼含笑的林汀云，另一边是手足无措的许奈奈。

"我……"许奈奈深吸一口气，忽然腹中的小家伙踢了她一脚，她的手不自主地覆上腹部，心软成一片，"如果真要说的话，我送大家四个字——天道酬勤。"

台下呼声一片，林汀云骤然一愣，五味杂陈的感觉翻涌而来，他不自觉地红了眼眶。

"成长之路总是遍地荆棘，年少时总有太多的无能为力，可有人曾对我说，只要加速度足够大，且为正方向，你就一定能够超越。"许奈奈抬头看向他，又仿佛看到十三年前站在百日誓师大会讲台上的自己，"最后一年，愿我们以青春为名的加速度去博一把人生的正方向，我始终相信天道酬勤。命运是一个圆，那些你曾为之努力过的泪水与汗水终将化作累累硕果，以另一种方式归还于你。期待我们都能成长为更好的人，未来在顶峰相见！"

晨风带着掷地有声的话语如十三年前的百日誓师大会一样吹过校园的角落。

许奈奈放下话筒，隔着重重人海与久久失神的林汀云遥遥相望，又微微一笑。

台下的高三学生穿着的校服和十三年前的样式早就不同；学校操场的设施也一再翻新，重修过很多次的塑胶跑道质感很好。

岁月更迭，星河辗转，命运兜兜转转又回到原点。

他们的青春正在缓缓落幕，他们的故事也才刚刚开始。

Extra 02

命运的齿轮

宿命是一把没有倒挡的单向轮。

对梁屹来说，从 2010 年夏末的那场大雨开始，时间的齿轮无声无息地咬合旋转，再也无法逆转来时的路。

"屹哥，对不起呀，今天雨下得实在是太大了，我妈来接我，忘记给你带作业了。"

"没事，我回学校了。"

"这么大的雨还回来，你不要命啦？不就是一天的作业。"

"先挂了。"

倾盆大雨如瀑布般从天空坠落，梁屹几下子擦干破旧的手机揣到怀里。他随便抹了把脸上湿透的雨水，三步并两步跨上楼。

"许奈奈？你有人来接吗？"

"有的，老师再见。"

女孩儿的声音很轻，梁屹的脚步一顿。

他从另一边的楼梯上来，只能看见许奈奈消失在楼梯后纤细的背影。

"梁屹？你怎么又回来了？"郑强刚准备上锁，转头一看还有一个人。

梁屹回过神："郑老师，我回来拿作业。"

郑强欣慰："行，你快点儿，我等着锁门。"

梁屹走进教室快速收拾好桌面上早就堆满的新试卷和练习册。

"梁屹，你妈妈还好吧？"

"嗯，明天就能出院了。"

郑强委婉地说："进入高二了，学习任务比高一重，如果家里有条件，你还是要以学习为主。"

"谢谢郑老师。"

梁屹拿着书包跑下楼。他的衣服湿透了，短发贴着额角，残留的雨水顺着脖颈滴下。

手机又响了，他边走边接听。

"哥哥，你什么时候回来呀？妈妈说她想吃粥。"小姑娘糯糯的声音传来，还混杂着中年女人不让她麻烦哥哥的责怪声。

梁屹的眼神软下来："哥哥马上就回来了，给你们带好吃的。"

结束通话，他弯腰卷起裤腿，忽然眼角的余光瞥见不远处一双细白的小腿。

紧接着，女孩儿撑着伞，头也不回地冲进大雨中。

梁屹略微出神，在心里默念着刚刚听见的名字——许奈奈。

梁母患有心脏病，平时靠吃药维持，偶尔严重了就要住院。梁屹的父亲早年因车祸离世，肇事方逃逸至今没有抓到，顶梁柱倒塌，家里顿时陷入困境。

妹妹年纪小，母亲身体差，能勉强作为劳动力的只有梁屹一个人。

这一次梁母在家忽然休克，多亏梁屹及时发现才没有生命危险。他在医院陪床到现在，连开学的第一次考试都没有参加。

"屹哥，你这次进步好大呀，已经脱离咱们倒数三名的队列了！"

梁屹坐在最后一排烦躁地踹了一脚前桌的马浩："滚。"

成绩单上倒数第四名的成绩无比显眼。

他略一抬眼，便看见靠窗坐着的女孩儿娴静的侧脸。

她扎着高马尾，那双好看的眉毛微微皱着，正在看她自己的成绩单。

马浩顺着他的视线看过去，疑惑地问道："屹哥，看什么呢？你干吗去？"

梁屹唰地一下抄走试卷和练习册去教室外："学习。"

马浩："……"

课间的教室在没有老师的情况下和菜市场没什么区别，有些不想被打扰的同学就会拿着学习资料去走廊的栏杆处趴着学习。

高二六班的教室在五楼的楼梯转角处，旁边有一个狭小的角落。许奈奈平时几乎每个课间都会在那儿学习。她穿着宽大的蓝白色校服，高马尾随风摇晃，或是默背课文，抑或演算习题。

梁屹鼓起勇气与她搭上第一句话，是在高二上学期的第二次月考之后。

"许奈奈，我可以问你道题目吗？"他故作轻松地摸着后脑勺。

那是梁屹第一次和她讲话，他明明已经做足了准备，可在少女回头的那一刻他还是紧张得仿佛连呼吸都凝滞了。

"可以，哪一题？"他听见她声音很轻地说。

她是一个十分努力的女孩儿，每一次月考的成绩都会往前更进一步。

可她似乎总不满足，甚至在某一个晚自习因为过度劳累而晕倒。

那天梁屹刚在市篮球联赛上和二中打完预赛赶回来上晚自习，在门口便听见教室里面传来一阵喧哗。

班主任急着指挥班上的男生将人背到医务室，梁屹想也没想地冲到前面。

"我来。"

女孩儿的身体轻得仿佛像一片羽毛，白皙的脸颊上晕染着病态的酡红。

梁屹背着她跑到医务室，戚校医简单地检查了一下："发烧，吊个水退烧就好了。"

跟着梁屹来的其他同学松了口气。

"好了，好了，同学们都继续回去上晚自习吧。"

郑强招呼大家离开，梁屹走在最后面，忍不住回头看了一眼。

病床上，女孩儿虚弱地半眯着眼，努力说了一句："谢谢。"

梁屹微微一愣，莫名且青涩的情愫在此刻悄然生长。

可他又想，或许她现在根本不知道他是谁。

许奈奈的确从来没有记住过他——成功验证这一点是在运动会前夕，她报名接力赛时。

梁屹作为体育委员理所当然地有了和她接触的借口。

"你真的要报名参加接力赛？"他看着瘦弱的她，还是担忧地问出了口。

"嗯。"许奈奈的神情很淡，"什么时候训练？"

事实证明，人的直觉总是准确的。许奈奈看他的眼神和看其他同学时没什么两样。

每年运动会前夕，各班级参加比赛项目的人都会提前约时间训练。接力赛作为每年运动会的压轴项目，更是需要报名的人花费不少精力，他们的交流也因此多了起来。

在梁屹眼中，许奈奈瘦弱而安静，有时候见她站在走廊上背书，他感觉风再大一点儿都能把她刮跑。

他知道她是为了给朋友解围被迫上阵，总想给她多一点儿关照。

"如果你觉得累的话，我们可以隔两天训练一次交接棒。"梁屹双手插在校服外套的兜里，跑另外两棒的人还没来，他们提前在操场等着。

许奈奈淡淡地说："没事。"

临近 12 月的淮宜天气很冷，许奈奈脱了外套在旁边压腿热身，修身的白色高领毛衣有点儿卷边，勾勒出她窈窕的身材。

梁屹不太自在地挪开目光，随口宽慰："反正重在参与，学习更重要，如果因为这件事又让你生病，那可是我这个体育委员的过错了。"

闻言，许奈奈轻笑一声："我哪有这么娇弱？"

北风呼啸，吹动她散在耳侧的碎发。

这是她第一次对他笑。

梁屹被笑得恍了神。

"屹哥、屹哥！我们来啦！"

"你们吃晚饭了吗？在食堂给你们多带了两个包子。"

马浩和另外一个跑接力赛的女生从操场另一端跑过来。

许奈奈站直身："我吃过了，你呢？"

梁屹倏然回过神，他忽略自己空空如也的胃，挺直腰杆："我也吃过了，开始吧。"

她确实如她自己所说，没有那么娇弱，甚至称得上厉害。

后来的每一次训练她从不拖后腿，男生能跑几圈，她也不甘落后地同样跑几圈。

好几次梁屹想劝她休息，许奈奈也只是一笑而过。

运动会的那一天，许奈奈参加的三级跳远项目忽然改到上午比赛，与梁屹报的男子一百米比赛时间冲突。

他刚刚结束比赛，大步跑到三级跳远检录的地方时，她排名第一的成绩已经在榜首了。

梁屹用手撑着膝盖大口喘息着。

"可以呀，梁屹，你们班这个新来的转校生有两下子哦！"高一时和他在一个班的两个同学打趣道。

梁屹捕捉到话语中的重点，侧头问："谁是转校生？"

其中一个男生难以置信："许奈奈，你不知道吗？她是远宁县来的转校生。"

另一个男生摇头晃脑："听说她以前还是远宁县一中的第一名呢，啧啧，看现在的年级排名也就两三百名，不过如此。"

闻言，梁屹挑挑眉："哦？我看她不考数学的总分应该都比你多吧？"

那个男生面红耳赤："梁屹，你怎么说话呢？！"

啪！梁屹重重地拍了一下他的肩膀，笑意不达眼底："兄弟，管好你自己的事。"

"你——"

高一升高二时学校将全年级的人打乱分班，除了实验班的变动不大，大部分人周围都是新同学。

梁屹本来对自己班上以前的同学都不怎么在乎，更不知道谁原本就是一中的，谁又是转学来的。

他倚在看台边缘的栏杆上，眼角的余光有意无意地关注着不远处的人。

许奈奈拢着围巾坐在看台角落，她的脸色有点儿苍白，看上去不太舒服。

啪嗒——忽然，一盒药掉到他的脚边。

梁屹弯腰捡起那盒止痛药，刚好撞见她慌乱无助的眼睛。

"你在找这个吗？"他心口一紧，几步走过去，弯下腰担忧地问，"你的脸色很差，要不要去——"

"不用。"许奈奈白着脸迅速吞下药片。

梁屹后知后觉地意识到什么："你是不是不方便跑接力赛？"

他有些尴尬，小心翼翼地试探："我可以去找班上的其他女生顶替，反正重在参与，并不一定要得到名次——"

可她没有给他丝毫窥探她的世界的机会。

"我没事，下午能跑。"许奈奈轻声打断他的话。

梁屹看着她匆忙离开的背影，欲言又止。

许奈奈比他想象的要坚毅——明明难受得脸色苍白，她还是一声不吭地站上跑道；明明摔得遍体鳞伤，她仍然能在下一刻迅速爬起来追赶上去。

那天晚上，他辗转反侧，最终拿起手机在年级群找到她的QQ，按下好友申请键。

十六七岁正是少年冲动与热血并存的年龄，梁屹也并无不同，可独独面对她，那满身喧嚣全数化作不敢上前的小心翼翼。

课堂上，语文老师讲到《梅花》。

梁屹万年不变地坐在最后一排，他伸长腿踩着前面马浩的凳子，手上吊儿郎当地转着笔，眼睛望着少女秀丽的侧颜出神。

"梁屹。"一个粉笔头被扔了过来。

啪嗒一声。水性笔掉在地上。

语文老师不悦地点了点黑板："你说说我刚刚讲到哪儿了？"

全班同学齐齐地往后转头，梁屹对上了许奈奈下意识回头看的眼睛。

"梁屹。"看他发呆，语文老师更加不满了。

"在。"梁屹慢悠悠地站起来，摸了摸鼻子，兀自笑了声，"老师您讲到了'墙角数枝梅，凌寒独自开'。"

那一刻，他忽然明白了她在自己心中的形象——犹如一枝在凛冽寒冬中绝尘枝头的梅花，无论环境如何恶劣，始终安静又专注地独自盛开。

可并不是所有人都是梅花。

有的人光是努力活着就已经耗费了所有力气。

那天，梁屹正在上第三节晚自习，中途便被郑强叫了出去。

"刚刚你隔壁的邻居打电话过来，说你妈妈呼吸困难，已经送到医院去了。"

郑强略显怜悯地给他批假离开，梁屹胡乱收拾了一下东西就从后门跑出去。

安静的教室因为他离开的动静引来不少人窃窃私语，唯有那个坐在窗边的少女自始至终演算着习题，没有回头。

梁母的身体不好，她不能做重活，可家里还有一儿一女需要养活。她只能就近找了个工作，是在电子厂上班，虽然离家近，方便，但作息紊乱，经常日夜颠倒地倒班。

梁屹很多次劝她不要再做这份折腾自己身体的工作。他申请了国家助学金，也会在寒暑假的时候打零工赚些钱。

可梁母从来不会听他的劝告，只是不停地跟他说好不容易考上一中，要将心思都放在学习上。今年刚入冬的时候梁母又感染了风寒，好几次呼吸困难，再加上日夜倒班，新病加旧疾，这才又累垮了身体。

病房内，冰冷的仪器嘀嗒嘀嗒地响着。

梁屹身上穿着洗得发白的校服，双手撑在床沿上。他低着头，额前的短发挡住了眼睛，闷闷地说："妈，我想辍学。"

梁母戴着氧气面罩，闻言瞪大了眼睛："你说什——咳咳咳——"

梁屹赶紧上前给她顺气，又看了一眼在旁边看护小床上睡着的妹妹。

他做了决定，并平淡地告知母亲："小愿过两年就要读初中了，她不能再跟现在一样，在家里和医院两头跑。您的身体不好，就在家做点儿零工得了，我去读中专，两年就能毕业。"

啪！一巴掌猛地扇过来。

"胡闹！"梁母瞪着眼睛，扎着针的手背指着他直抖。

"省一中多少人撞破头都进不去，要是你辍学，你爸在天上看到都要死不瞑目！我辛辛苦苦拉扯你和你妹妹到现在，你跟我说辍学？咳咳咳！我怎么就生了你这么个不争气的东西！"

梁屹维持着被打偏头的姿势，垂在身侧的手紧攥成拳。

"是，我是不争气！"他红着眼，压着声音嘶吼，"可我在高中混个两年出去，再去大学混四年又有什么用？！"

淮宜一中作为省重点高中，每年的一本升学率不低于百分之九十，可总有人是那剩下的百分之十。

他早就已经认清了自己每次考试在倒数几名打转的事实。

梁母气得面红耳赤："混什么混，别人都能读怎么就你不能读？你现在给我滚回去上晚自习，你来什么医院？我就是死在这儿也不要你管！滚！"

梁屹双眼通红，额角的青筋直跳。

他的拳头攥紧了又松开，松开又攥紧，然后猛地转身。

砰！病房门被摔得震天响。

梁愿惊坐起来，眼角挂着被吓到的泪痕，抑或她根本就没有睡熟。

小姑娘望着被严严实实关上的门，颤声轻喃："哥哥。"

和母亲不欢而散后，梁屹到底考虑到母亲有心脏病，不能惹她生气，仍然继续上学。

可省一中的进度每天都跟上了发条一样，落下一天的课程就已经和别人隔了十万八千里，更何况他总因为这样那样的原因，漏掉了很多课程。

梁屹的个子高，座位轮不到几次前排就又被调到后面，后来他干脆跟郑强说以后自己就坐在最后一排单人座，不参与座位轮换。

他麻木地继续上早自习、晚自习，黑板上的理综板书越来越像天书，语文和英语的课文也越来越深奥难以理解。

12月的寒风和以往一样刺骨，梁屹却觉得今年好像更冷。

他浑浑噩噩地混着日子，其中也不是没有尝试过继续学习。

可是看不懂的题目让他从烦躁到崩溃，再到最后的索性放弃。

唯一支撑他来学校的动力只有许奈奈。

许奈奈和他穿着一样的蓝白色校服，她始终扎着高马尾，白皙的脖颈在太阳下能看见淡淡的青筋。

如果他一直考最后一名，年级主任就会来把他劝退了吧？可如果真的辍学，或许以后就再也见不到她了吧。

梁屹自暴自弃，又十分矛盾地想着。

高二上学期的第三次月考，他毫无意外地成了班上最后一名，就连马浩都大吃一惊。

"屹哥，你是不是吃错药了？这张卷子我都比你高三分呢！"

梁屹疲惫地挥开马浩举过来的试卷："别烦我。"

班主任和各个科任老师轮番将他叫到办公室谈心。他们或是苦口婆心地劝他，说他脑子不笨，就是在学习上不够用功；或是恨铁不成钢骂他浪费这么好的教育资源，自甘堕落。

自甘堕落。

他的确在堕落，堕落到一片深不见底的深渊，最好再也没有人能找到他。

"报告。"女声清脆，梁屹原本歪歪斜斜地站着，立刻站直。

郑强见许奈奈过来，拿起她的成绩单笑着跟周围的老师打趣。

"奈奈真的很不错呀，这次又进步了，再这样保持下去以后肯定……"

"我们班的那些顽固分子要是有许奈奈一半用功，也不至于让我操心操得头发都白了！"

"梁屹，你看看人家许奈奈，她的英语能跟实验班的林汀云并列年级第一，你跟她一个班的，怎么就不知道利用资源，多向她请教问题，啊？你看你这作文，三句里面两句半的语法都是错的！"

英语老师仍然拿着梁屹没对几道的答题卡责骂，可梁屹好像都听不见，所有感官都将注意力集中在背后近在咫尺的人身上。

"郑老师，这些试卷都要拿下去发吗？"许奈奈的声音很轻。

"嗯，顺便帮我把班长叫过来。"

"好。"

吱呀一声，办公室的门被关上，其他老师继续讨论着自己带的学生，郑强又开始炫耀。

"我跟你们说，带实验班是真的轻松，像林汀云、明炽那种一点就会、举一反三的学生简直完全不用操心。平行班是基础差了点儿，但要是都跟许奈奈一样认真好学……"

梁屹一把拿起办公桌上的英语试卷，头也不回地往外走。

英语老师的眉头一皱："你干什么去？你回来——梁屹！"

"许奈奈！"少女停住脚步，高马尾晃了几下，回眸望过来。

梁屹大步跑过来，喘着气停在她身边，攥着卷子挠了挠头："那个……我就想问你为什么英语能考这么高分……"

许奈奈言简意赅："多读、多背、多刷题。"

"哎——"见她要走，梁屹赶紧跟上去，"我可以问你一下，你平时都用什么资料吗？"

许奈奈想了想："老师发的习题册，再配套一本课外的练习册就行。"

梁屹诧异地问："就这些吗？"

大部分人的配套资料都是三四本起步。

"嗯。"许奈奈抱紧怀里要去发的作业，"买一本足够了，多了浪费钱。"

梁屹想起上次听别人说她是从下面的县城高中转来的学生，想来家庭条件也不是很好。

"原来如此。"他紧张地攥紧手掌，"你家里人应该对你很好吧，陪你来省城读书？"

谁知她只是很轻地笑了笑："没有。"

梁屹愣了愣，他记得她不是住校生。

"你是一个人住？"

"不是。"许奈奈似乎不想再继续这个话题，但还是礼貌地回答了他的问题，"我寄住在姑妈家里。"

梁屹意识到自己的逾矩，可他好不容易和她搭上一次话，更舍不得这样轻易结束。

可她继续往前走，没有等他的意思。

"许奈奈，"梁屹有些急切地又赶上她，心跳加速，他卑劣地放纵自己去问，就好像在溺水时抓住一根救命稻草，"你这么努力读书是因为想改变命运吗？"

许奈奈一顿。

梁屹的呼吸变缓。

北风呼啸，周围长青的樟树一排排唰唰作响。

没有什么温度的日光照在女孩儿的发尾上，透着淡光。

梁屹以为她不会再回答，懊恼又惭愧的情绪丝丝绕绕地弥漫开来。

"对不——"他道歉的话刚说出口，下一秒，便听见她轻笑着反问："知识改变命运。读书是穷人改变人生最好的一条路，不是吗？"

是吗？

他想列出一些低学历的有钱人来反驳，可理智却告诉他，许奈奈说的是事实。

穷人一举成为顶级富豪是幸存者偏差，大多数人终生碌碌无为，苟且度日。

梁屹陷入沉思。他辗转反侧，开始审视自己想要辍学的动机是否冲动，辍学后可能存在的风险，又是否能够让他的家庭承担得起。

冬夜萧索，梁屹骑车回家，破旧的自行车咔嗒一声停在旧小区的楼下。

楼梯间的灯早就坏了，他摸黑爬上三楼，还没掏出钥匙，门已经从里面打开。

"哥哥，你回来啦！"梁愿仰着头看他，满脸惊喜之色。

梁母出了院，仍然做着电子厂的倒班工作，还在上小学的梁愿也比其他小女孩儿早熟得多。

梁屹淡淡地"嗯"了一声，他脱了染上风雪的外套。小姑娘赶紧小跑着去厨房，从蒸锅里端出微热的粥。手被烫得通红，她将手捏在耳朵上直跳脚。

"我给你留了粥哦，是妈妈煮的，妈妈已经睡下啦。"

梁屹垂头看着妹妹亮晶晶的眼睛，忽然蹲下来："小愿。"

梁愿眨眨眼："嗯？"

梁屹与她平视，低声问："哥哥现在去打工来养你和妈妈好不好？"

梁愿撇了下嘴，小声道："小愿不想要哥哥去打工。"

"为什么？"

小姑娘的眼睛红了："工地……工地上好危险，欣怡的爸爸前几天从梯子上面摔下来，还在住院呢！我不想要哥哥那么危险，呜呜呜！"

梁愿的眼泪如断了线的珠子一样掉下来，她胡乱地抹眼泪，可眼泪却越流越多。

梁屹的喉咙干涩，他一把将小姑娘搂到怀里。

梁愿小小的身体缩在他的怀里哭得一颤一颤的，不一会儿眼泪便打湿了他胸前的一片衣襟。

"小愿……"梁屹搂着她瘦弱的脊背，心疼极了，"哥哥不去打工了。"

梁愿的眼睛挂着泪珠，她打了个嗝："真……真的吗……"

"真的，"他垂着眼，声音暗哑，"哥哥和小愿一起好好读书。"

或许是那天许奈奈的话点醒了他，也或许是梁愿的眼泪刺痛了他的心，梁屹终于放弃辍学的想法，和梁母僵持的关系也逐渐缓和。

其实在很久之前，他的成绩并不是垫底的，甚至初中升高中时他是以全校前十名的成绩考进的淮宜一中。

只是近些年梁母的身体越来越差，高中的学习难度是初中的很多倍，他再也无法和初中一样在照顾家里的同时还能把成绩提上去。

——知识改变命运，读书是穷人改变人生最好的一条路，不是吗？

是吗？

是吧！

那就试试吧。

看不懂数理化的题目，那他就去硬啃每一个基础知识点；语文和英语落下太多基础知识，那他就用尽一切碎片时间去背诵课文。

许奈奈仍然会在每个课间拿着书在走廊的角落学习，而在她没有注意过的另一边，也有他举着各科学习资料的身影。

梁屹还是会经常看她——看深冬缥缈的日光把她清秀的容颜照得透白，看她卷长的眼睫毛在眼睛下方投下淡淡的阴影，也看她那白皙的脸颊被寒风吹得通红。

然后他会挑个时间自然地朝她靠近："许奈奈，你知道这道题的这一步为什么要这样解吗？"

许奈奈往往会稍稍思索一下，然后拿出一张干净的草稿纸写下演算步骤："先对这两个地方求面积……"直到预备铃响，她抬头问他，"听懂了吗？如果你不懂的话，我下节课结束再给你讲。"

梁屹故作平静地拿走她演算过的草稿纸："听懂了，谢谢你。"

"不客气。"

她抱着资料从后门走进教室，他捏着被她拿过的纸页边缘久久不能回神。

那样瘦弱、安静的许奈奈尚且可以做到如此努力，他又有什么理由放弃？

许奈奈写过字的草稿纸他一张也舍不得扔，梁屹暗示自己是为了留下解题过程方便以后翻阅，这才降低自己莫名的心虚感。

收藏她给他演算过的草稿纸，总感觉是变态才会做的事。

就这样冬去春来，梁屹的成绩终于在高二下学期的第一次月考中得到了明显的提升。

他从年级吊车尾的名次，考到了五百八十六名——在淮宜一中稳上一本的名次。

虽然这个排名上不了光荣榜，但这一进步仍然让所有任课老师都刮目相看，梁母更是高兴得合不拢嘴。

然而梁屹本人却没什么感觉。以前从来不关注光荣榜的他不知何时关注起了光荣榜，很多人都以为是他自己在乎起了成绩，还过来安慰他进步很大，这次没上以后也会有机会的。

但只有他自己知道不是。

他不是在找自己的名字。

梁屹单手抄兜站在最后排，目光直直地盯着高二六班下面的年级一百一十二名。

她又前进了几十名。

"屹哥，你真的离我而去了，呜呜呜……下次是不是你就在那上面，再也不带我了！呜呜呜……"马浩在一旁夸张地哭天抢地。

梁屹回过神，敷衍地拍了拍他的肩膀："放心，考年级第一都是你屹哥。"

"……"

春回大地，万物复苏，作为生命力最旺盛的季节，春天自带着勃勃向上的生机。

天气变暖，梁母的身体又熬过一个冬天。

她到底是听了儿子的劝告，辞去电子厂的工作，经熟人介绍去了一个有钱人的家里给老人当护工，工资比以前高，那家的老人还没到卧床不起的地步，工作也相对轻松。

梁屹的成绩在一众吊车尾的顽固分子中简直算突飞猛进，他后来的几次月考成绩都稳定在了年级四百名左右。虽然因为之前缺的课太多，无论怎么努力，他都无法再往前一步，但这对梁屹来说已经是一件十分难得的事。

所有事情似乎都在往好的方向发展，他也越来越敢找机会，虽然依旧有些笨拙地和许奈奈搭话。

梁屹很满足。只要能远远地望上一眼独立枝头的梅花——虽然那朵梅花不属于他，但也不属于任何人。

4月份，市里举行篮球联赛。梁屹作为校篮球队的主力，自然要参赛。

决赛那天，他以为许奈奈不会来看，毕竟以她的性格，如果不是运动会实在缺人，她应该只会在看台的某个角落躲起来默默地刷题。

可他没想到的是，她不仅参加了，还主动报名了这次市篮球联赛总决赛的志愿者。

梁屹又惊又喜，接下来几个星期的晚自习，他去体育馆训练的时候都铆足了劲儿。

决赛当天，一切都很顺利，虽然中途因为盛越犯规的事情出了些小插曲，但幸运的是结果不差。

明炽因为腿伤被送到医院，球队的其他人跟着一起去医院。

梁屹临走前想找个机会跟许奈奈打招呼，可他调整状态准备上前时，却看见她抱着手里的水瓶，目光呆滞地看着另一边。

梁屹的脚步一顿，顺着她的目光望去——

是那个刚刚带他们逆风翻盘的一班班长林汀云，此时他的身边正站着另一个打扮明艳的女孩儿。

梁屹的双腿仿佛灌了铅一般再也挪不动一步。他不知道该怎么形容自己的心情。他只知道，许奈奈现在应该不希望任何人打扰自己。

春夏交会的季节气温波动大，梁母又感染了风寒，大半夜发起了高烧。

梁屹在家里安顿好梁愿后骑着自行车去街上找二十四小时营业的药店买退烧药。

他买好药回去的时候途经一条阴暗的小巷子，恰好听见里面传来几个小混混儿不怀好意的调笑声。

梁屹急忙刹车，想也没想扔下自行车，大喊一声："警察来了！"

几个小混混儿慌乱地跑走，梁屹皱着眉，猝不及防地撞见许奈奈缓缓抬起的眼睛。

他浑身一震："奈奈？"

她大概是摔痛了，梁屹下意识地过去扶她。

许奈奈的胳膊纤细得只剩下骨头，他一只手就能完全圈起来。

他看见她的膝盖上蹭破了皮，许奈奈已经往后躲了一下："谢谢。"

梁屹看着她礼貌而疏离地在地上捡起自己的东西，后知后觉地开始后怕。倘若他刚刚来得再迟一点儿她会怎么样？

"你真的报警了吗？"许奈奈问。

"没有。"梁屹努力维持着笑意耸耸肩，"不这样说他们几个人我可打不过。"

她被他逗笑："你真聪明。"

梁屹将手攥紧了，问她为什么在这里？她显然不想回答这个问题，梁屹便也不再追问。

他提出送她回家，可当走到那座富丽堂皇的富人住宅区时忽然不敢再往前走一步。

"你住在这里？"

"嗯，谢谢，我到了，你也早点儿回去吧。"

他快要维持不住微笑："晚安。"

"晚安。"

待到少女纤弱的背影消失在大门入口，梁屹嘴角的弧度彻底消失。

她的寄人篱下好像并不是他理解的那样。

梁屹心情复杂地推车离开。

他又路过那条小巷子，拐角处是一家破旧的打印店，接触不良的电子屏忽明忽暗。

突然，手机响起来。

梁屹随手接起来。

"屹哥，屹哥，屹哥，反杀，反杀，绝地反——"

梁屹把电话拿远了点儿，皱眉道："说重点。"

马浩激动地在电话那头上蹿下跳："刚刚有人发了比赛的视频！就是盛越搞小动作的视频！也不知道是哪位壮士！"

市篮球联赛决赛中，盛越犯规的事本是一中占领绝对的话语权，可高门贵胄的富二代显然是咽不下这口恶气，网上的舆论铺天盖地地颠倒黑白，在一中学生上课不允许带手机的间隙将事情的真实性完全颠倒。

梁屹愣了愣。

等他看到视频的时候，几乎是一瞬间就确定了发视频的人是谁。

别人或许没有注意，可他再清楚不过，能在那个角度拍摄的人只有许奈奈。

所有的蛛丝马迹忽然串点成线。

原来她今晚的冒险，是为了另一个人的名誉。

舆论风向几番转变，最后以林汀云亲自出面发布一个还原后的高清视频定下结论。

盛越犯规是铁板钉钉的事实，赛委会取消了他们当年的所有成绩。

梁屹看见她向来表情寡淡的脸上出现喜悦的笑容，又看见她时常望着窗外发呆，更是跟着她在每一次月考成绩出来时，站在人群之外望着光荣榜上的名字。

人一旦出现怀疑，便会从各方各面验证自己的猜想是否正确。

她想尽办法让林汀云沉冤得雪，高二六班的教室对面是高二一班，她拼命向上所靠近的是另一个他完全无法企及的高度。

后来，梁屹终于挤进了年级前四百名，许奈奈也早就稳定在班级前几名。而在年级第一的那个高高在上的清冷少年，从不曾坠落。

高三分班考试那一次，许奈奈突然发挥失误，从稳进实验班的成绩一下子跌落到普通班的中后段。

梁屹又和她分了一个同一个班。

他看见她将满头长发剪短，本就寡淡的眉眼再也露不出笑容。

无论春夏秋冬，她仍然在每个课间的走廊上安静地背书，高三没有任何课余活动，她也越发沉默寡言，唯一变动的是成绩单上一次次往前飞跃的名次。

三校联考、七校联考、全市联考。

她的排名从三位数到两位数，她和那个少年的距离越来越近，成绩再也不曾掉下来。

"真可惜，林汀云那孩子怎么就突然出国了呢？"

直到某个去交作业的课间，梁屹忽然听到几个老师围在一起讨论。

"有钱人家的孩子有条件的都送出国了，国外的教育资源确实更好哇。"

"以前都没听他说起过，这都要高考了，太突然了。"

"又少了一个好苗子了呀！"

后来，梁屹始终记得那一天。

高三下学期的第一次全省模考。

她成了淮宜一中成立实验班以来，第一个在平行班考年级第一的人。

那时光荣榜刚刚贴上，无数闻讯而来的同学已经炸开了锅。

"天哪，年级第一竟然是个平行班的女生！"

"太强了，这次年级第一竟然不是实验班的！"

他单手插兜，静默地站在人群后面，突然，眼角的余光瞥见许奈奈跌跌撞撞地跑过来。

梁屹望着她，她满脸的难以置信之色，明明考上了年级第一，脸上却没有出现一丝喜悦之情。

周围依旧充斥着对她的议论声，或惊讶、或不信、或质疑、或看戏。

可她从始至终置若罔闻，神情从慌乱到绝望。

梁屹忽然有些不忍。

"奈奈。"于是，他走到她身边，挡住那些她不愿意听见的恭喜和质疑的声音，冷静而又残忍地将她拉回现实，"你不知道吗？他不参加高考，已经出国了。"

时隔多年，梁屹已经记不太清她当时的表情。

他只记得她跟跄着跑开，在后来的二模、三模中用实力证明她的第一名从来都不是侥幸。

高考成绩出来后，梁屹只在报志愿的时候再见过她一面。他听说好几个顶级高校招生办的老师一起到了她老家抢人，学校外面也挂上了印有她照片的光荣榜——2012 级临江省理科状元许奈奈。

少女的照片高清明晰，下面写着和那个人一样的"天道酬勤"四个字。

梁屹站在光荣榜前久久失神。

"实验班竟然还真没有一个人考过她，神人哪。"

"大神的世界我们不懂，反正都是随便选。"

"你们说许奈奈最后选了哪个学校？"

"我听说是 A 大的生工？"

"这天坑专业也太浪费分数了吧！"

"我哪里知道，想想你自己吧！我还在发愁去偏远地方的985还是本市的211呢。"

"屹哥！"马浩从后面跑过来搭上他的肩，"啧啧，没想到许奈奈这么厉害，她刚转来的时候我还以为是走后门进的一中呢！"

梁屹捶了他一拳，笑骂道："你以为谁都跟你一样？"

马浩家里做了点儿小生意，当年中考只过了淮宜一中的第一档择校分数线，交了三万块的择校费才勉强进来。

马浩和梁屹勾肩搭背地调笑："哈哈哈！屹哥，那我哪里能跟你比呀？听说你考了六百二十八分，绝了，报的哪个学校？"

梁屹随口说："公大。"

马浩一惊："啊？你这分数去公大太可惜了吧，淮大都没问题的呀！屹哥，你是不是吃错药了？"

梁屹一把拍开他的手，单手抄兜往外走："怎么？我不能为人民服务？"

"哪儿能啊？屹哥，我这不是为你可惜嘛！"马浩哈哈笑着跟上去，又跳着搭上他的肩膀。

"咱屹哥这身高、这体格进部队都绰绰有余，到时候我回家继承家业，要是遇到什么问题全靠屹哥了。哈哈哈，话说，你真的不再考虑一下……"

盛夏灼灼，毕业的氛围并没有毕业前以为的那样喧嚣。

大家就这样互相讨论着填完志愿，嘴上约定着下一次再见，然后慢慢走散。

7月初，梁屹作为提前批被公大的侦查学专业刑侦方向录取。

8月底，他提前入学，开始进行警校生的军训。

他们的学校之间相隔十二公里，可警校实施警务化管理，他没有出校的机会。

周围清一色血气方刚的男大学生，每天穿着清一色的警服上课、体训，他们从激动到麻木。

梁屹是在男生中很能混得开的性格，对他来说人际交往是非常轻松和自然的事。大一开学几个月后，他因为身材与长相出挑进了学校的国旗护卫队。

9 月初，梁屹接到梁母打来的电话，据说当年肇事逃逸致父亲死亡的犯罪嫌疑人已被警方逮捕。法院判定犯罪嫌疑人赔偿受害人家属六十万元人民币，并对犯罪嫌疑人处以十八年有期徒刑。

尘封多年的正义终于到来，梁屹说不清自己是什么心情，逝者已逝，哪怕有再多的补偿也是于事无补。

可不能否认的是，有了这笔赔偿金，梁母一直拖延的手术也有了充足的费用。于是大一寒假时，梁屹回家陪梁母做心脏手术。

很幸运，手术很成功，梁母的身体恢复得很不错。出院后她辞了护工的工作，拿着这些年攒的钱在自家楼下开了家小卖部，梁愿也上了初中。他们的生活逐渐变好，经济压力也小了很多。

但梁屹依然会经常在公大的体训闲暇之余，奔跑在操场上流着热汗，想起许奈奈。

十二公里之外的她是不是刚结束军训？

A 大的课程是不是压力很大？她还是和高中一样努力且优秀吗？

大一下学期，某大型国际学术会议在 A 大举行。

那场会议无比重要，参会人员来自全球两百多个国家，公大的学生被要求协助当地警方参与安保工作。

梁屹所在的中队很幸运地被分到了 A 大的主会场。

他一边抱着侥幸的心态努力为这次执勤做准备工作——哪怕他们只是协助真正的警方，另一边暗示自己平常心，A 大那么大，怎么可能那么巧？

大抵是皇天不负有心人，在会议开幕的当天，梁屹作为执勤人员遇见了穿着印有 A 大校徽的志愿者服装的许奈奈。

她高三时的短发已经长长了，扎成低马尾，静静地垂在身后。

她比以前更漂亮了一点儿，与其他志愿者交谈时要比高中的时候更加自信和从容。

"奈奈。"

首都的夏天太热，紫外线强劲，经过室外训练和体能测试，梁屹的肤色变成了健康的小麦色。

女孩儿听见他的声音回头，低马尾扫过她的耳垂，那双黑白分明的眼睛弯起好看的弧度。

这一次，她终于记得他了。

"是你呀，梁屹。"

那年公大暑假正常放假，梁屹没有回家，留在某派出所实习，很巧的是实习地点刚好和她学校很近。

或许是因为在一个陌生的城市遇到高中同学备感亲切，这次在国际会议的重逢，让许奈奈和梁屹熟络了起来。

梁屹知道她经常会在图书馆自习到晚上八点，然后在八点半的时候准时到达学校侧门的奶茶店做兼职，刚好那也是他执勤的辖区范围。

他不敢让她知道所有的"偶遇"都是他提前计算好时间人为创造出来的，只会在每一次故作巧合地碰面后笑着跟她说一声"嗨"。

A大是"三学期"制度，医学院的小学期在8月初才结束，梁屹本来打算以老同学的身份约她出来吃顿饭，可没想到他后来无论如何都联系不上她。

发出去的消息石沉大海，校门口的奶茶店也再没看见过她的身影。

难道是因为他表现得太过明显让她发现了自己的心思，所以在躲着自己？

一个月的时间很快过去，梁屹从最开始的自我怀疑、懊恼到察觉不对劲。

他鼓足勇气拨通她的电话，可对面传来的冰冷的停机提示音让他一愣。

梁屹终于意识到事情不是那么简单。

可他不认识她的家人，不知道她是换了手机号还是真的失联。哪怕人就坐在派出所里，他竟然没有一点儿办法可以得知她的行踪。

他们的共同好友实在太少，梁屹前前后后问了一大圈高中同学，可是他们大部分人连她的QQ号都没有加，更别说和她保持联系。

来回辗转，到最后梁屹终于想起她在高二时玩得不错的朋友程可柠。好在程可柠的QQ号一直在使用，梁屹联系上她后，才得知许奈奈参加了去M国的国际义工，因为人生地不熟加上语言沟通不畅被人骗了钱，全身上下只剩护照，还是被万施月带回国的。

"许奈奈，你真的是因为那点儿找去的 M 国，不是为了什么人？"电话那头，万施月的声音隔得有些远，她正调侃的对象是谁不言而喻。

"梁屹、梁屹？"程可柠疑惑地叫了他好几次，"你没什么事的话我就挂了。"

梁屹心虚地"嗯"了几声，放下手机后久久不能回神。

新学期开始后，公大又开始封闭式管理，梁屹没有和许奈奈搭上话的机会，只能将所有精力全数投入各种体能训练和实战练习。

此时，射击室内，梁屹全副武装，护目镜下眉眼冷肃。他目视前方，手指弯曲，扣下扳机。

砰！砰！砰！

咔嚓。

空了的弹夹被他熟练地换下，他没什么表情地再次抬手，扣下扳机。

砰！砰！砰！

"屹哥最近是疯了吧？射击室的靶子都快被他打烂了！"旁边训练的其他同学目瞪口呆地看着那完美的命中率。

又有一个人默默地竖起大拇指，一口地道的首都话："您还真别说，只烂中间。"

"听说上一个枪法这么准的人还是七八年前的某个师兄，现在在 X 市都快混上刑侦副支队了！"

"你们说屹哥是不是失恋了？上次警体课格斗，我的妈呀，那架势太吓人了！"

"咱们这一届有能跟他打的吗？"

"上次隔壁中队不是有人不服，来挑衅他，结果不是被揍得挺惨？"

梁屹戴着降噪耳机，将外界的声音完全隔绝。

他又换上一个新的弹夹，砰砰几声后见到平均九十九环的成绩觉得有些无趣。他放下枪，随手摘下护目镜和耳机。

"屹哥屹哥，你怎么打得这么准？带我们练练呗。"梁屹一出射击室，顿时被同学围住了。

梁屹见怪不怪地挑了挑眉，并煞有其事地朝众人招了招手。

一群人登时围成一团，个个竖起耳朵。

"其实很简单——"梁屹比了个拿枪的姿势，扫视他们，勾了勾唇，

"先拿枪，再把手抬起来，砰——就可以了。"

正认真学习的众人："……"

"好哇，梁屹，你耍我们是吧！"

"你还敢跑！"

"抓住他，抓住他！"

"单人格斗第一又怎么样，大家伙一起上！"

黄昏时分，一群穿着同样蓝色警服的少年们互相打闹嬉笑着与落日融为一体。

大三上学期结课的体能训练与综合测试，梁屹各方面排名第一。

首都的冬天漫长而寒冷，寒假之前的周末，警校生中的不少人都会被分配到各个派出所参与执勤。

时隔一年半，梁屹终于又见到了许奈奈。

那时她刚刚从一个高档小区走出来，围着厚厚的杏色围巾，戴着白色的帽子，整张脸只有一双眼睛露在外面。

"奈奈。"梁屹刚刚执勤结束，也正好要去搭地铁回学校，"你怎么在这里？"

许奈奈看见他似乎有些诧异，笑了笑说："我在这边做家教。"

梁屹惊讶道："这边离你学校那么远，你过来岂不是要一个多小时？"

许奈奈歪头耸耸肩："嗯，没办法，他们给的钱太多了。"

上大学后她明显要比之前更开朗一些，梁屹不禁心跳加速："你很缺钱吗？我——"

"补贴家用而已。"许奈奈适时接话，梁屹倏然回神。

是他关心则乱，差点儿以为她做兼职是因为遇到了什么困难，其实大学生做兼职是再正常不过的事。刚刚他后面的话要是说出口，恐怕要让她多想了。

"你吃饭了吗？"他清了清嗓子。

许奈奈摇头："没有。"

梁屹一喜，表面上仍然保持冷静："我知道附近有一家很好吃的羊肉火锅店，要一起去吗？"

她点点头，没有拒绝。

这一年半的时间中，他们并非完全失去联系。社交平台从 QQ 到微

224

信，他们一直是"点赞之交"。

只不过许奈奈几乎不发自己私人生活的朋友圈，大部分都是转发学院的消息抑或某些官方公众号的获奖公示。

是的，在大学的两年半时间，她参加了不少学术类竞赛。梁屹看不懂那些名词，但能猜到肯定含金量不低。

火锅雾气蒸腾，室内的暖气很足。梁屹脱了执勤的外套，看着对面的女孩儿也只穿了件杏色高领毛衣。

他轻声问："马上就要大四了，你想好去哪里工作了吗？"

许奈奈："还没想好，可能会读研。"

梁屹一愣，眼角的余光瞥见她拉链没拉上的书包里，英语口语的册子露出了边角。

"你肯定没问题的。"梁屹透过水雾看她，试探着问，"我听说你之前暑假的时候去过 M 国，果然是 A 大高才生，我去国外肯定寸步难行。"

许奈奈笑了笑："我没那么厉害，和寸步难行差不了多少。"

梁屹不解："我记得你高中时英语成绩很好。"

实际上，许奈奈去 M 国失联的那次，他一直想找机会询问一下具体情况。

她一个人在国外没有钱是怎么过的？有没有受委屈？又是怎么被万施月找到带回来的？

可是他没有立场去问，甚至她疑惑地问一句他为什么会知道这件事，他都无从解释。

"英语成绩和口语交流没什么关系。"果不其然，许奈奈不准备聊这个话题，她笑着夹起一筷子羊肉，"快吃吧，肉都老了。"

梁屹和许奈奈就好像是最普通的在同一个城市读书的高中同学，他们不会特地联系对方，也不会相约一起回家，只是在朋友圈看着对方的生活，或者在某次碰巧"偶遇"时约上一顿饭。

后来，梁屹只能从各种只言片语中拼凑出她的大学生活。

他听说许奈奈成了某个竞赛协会的会长，带领学弟、学妹参赛得了奖；他又听说她发表了一篇很厉害的期刊文章，被各位导师争相抢夺，最后去了一个很厉害的院士组硕博连读。

大三下学期梁屹开始准备公安联考，后来他在联考中取得优异成绩,留在了首都某派出所的刑侦支队。

自此,梁屹告别了自己的学生时代,开始了比警校时更加连轴转的生活。

2017 年的春天,许奈奈受邀回淮宜一中进行宣讲,梁屹听说这件事的时候她已经回去了。

他不知道这次受邀的人里有没有林汀云,可看着她一如既往地生活着,又侥幸地想,过了这么多年,即便真的有林汀云,他们应该也不过是最简单的同学关系,仅仅会互相寒暄的那种——就像自己和她一样。

毕业后,当初大部分参加公安联考的警校兄弟,有的回了老家,有的还在首都,还有一部分没有参加联考的在本校读研。

学生时代的友谊总是格外深厚,留在首都的人也经常聚餐。

梁屹也是在某次聚餐的时候才知道,公大的研究生和 A 大医学院的研究生有联谊活动。

"屹哥,要一起来吗?"酒过三巡,曾经上铺的兄弟赵宇挤眉弄眼地邀请,"这么多年都没见你有个女朋友,怎么,身体有什么问题呀?"

梁屹叼着烟踹他一脚,笑着骂道:"就你小子女朋友换得勤,别祸害人家女生了。"

赵宇忽然想到什么:"听说这次医学院有个贼清纯的女硕士,是晓晴的室友,哎,我记得她发过朋友圈的合照,我还存了!"

"快快,拿来看看!"

"太漂亮了吧!"

一群人围着手机惊叹不止,梁屹本来觉得没那么巧,可就是那样随意一瞥,他倏然掐灭了烟。

赵宇一拍桌子:"我要追她!"

"追什么追?"梁屹长臂探去,一把拿过手机,嗤笑道,"你跟那个什么张晓晴还是王晓晴的搞明白了吗?"

赵宇不以为意:"哎哟,我跟晓晴就是朋友,这妞儿正,百年难遇,必须动手!"

梁屹对这种物化许奈奈的称呼十分不适,谁知道这个花花公子会拿这张照片做什么?他毫不犹豫地按下删除键。

赵宇脸色大变，跳起来："你干什么？"

梁屹把手机扔回去，再也不想在这里待下去："你追谁都行，就不能是她。"

"梁屹，你站住！"赵宇气得不轻，在后面喊道。

梁屹没理会他，径自走了。

后来梁屹一直没有再和赵宇联系，倒是他们的共同朋友两边劝慰，毕竟大家从刚进警校时就关系不错，现在因为一件还没发生的事情闹成这样总是太难看。

"屹哥，你也知道赵宇就那样，说话没轻没重的，他也不想因为这事跟你闹别扭，他说今晚的联谊你要是过来，必然撮合你和那个姑娘。"

"不用。"挂断电话，梁屹推开手边的卷宗，坐在旋转椅上，狠狠地呼出口浊气。

昨天刚结束一场为期几个月的刑事案件调查，他已经身心俱疲。

梁屹换下警服下班，却还是忍不住去了他们联谊的那家 KTV 门口。

首都的夜晚灯红酒绿，霓虹灯在他的瞳孔中闪烁着五彩斑斓的光，像是在他世界之外的色彩。

夏夜蝉鸣，微风暖热。

梁屹单手插兜，在外面站了很久。他穿着黑 T 恤，几乎与夜色融为一体，隐匿在路边的树荫下，看着他们结束后相继离开。许奈奈穿着白色的长裙和一群女生一起出来，她脸上有些红，看上去是喝过酒。

有同校的男生送女生们搭车回来。梁屹注视着她坐上出租车，直到车辆没入车流，他仍然没有收回视线。

"救命啊！"

"那边有人要跳河！"

"这小姑娘年纪轻轻的怎么就想不开？"

另一边传来不少人的惊呼，梁屹一转头，便看见一名少女站在大桥的边缘，一条腿已经跨了出去。

扑通！

"啊——"

"她跳下去了！"

梁屹单手撑住栏杆，长腿一跃。

紧接着又是一声扑通！

梁屹随手扯下上衣，毫不犹豫地跟着跳下去。

夏天的水温不低，水底一片黑暗，他看不清方向，只能凭借感觉往那个女孩儿跳水的方向游。

忽然，梁屹抓到一只手，他心下一喜，搂住她的腰身往岸边游。

哗啦——

梁屹赶紧将人在地上放平，他裸着上半身，两腿跪在那女孩儿身侧，双手交叠给她做心肺复苏。

"哇——"女孩儿紧闭着眼睛，忽然吐出一大口水。

与此同时，不远处传来救护车的鸣笛声。梁屹心底一松，直起腰，抹了把脸上的水，大口地喘着气。

女孩儿溺水昏迷，所幸抢救及时没有生命危险。只不过当下人还没醒，无法联系到她的家长，梁屹便跟着陪同到了医院。

"梁警官，那个女孩儿醒了，但是问她什么都不说。"急诊室内，主治医师戴着口罩，无奈地望了眼病房。

梁屹单手叉腰，眉头皱得能夹死一只苍蝇："她的家人联系上了吗？"

医生摇头："她还在发烧，但非常抗拒打针。"

梁屹来回踱步，烦躁地低声骂了句什么，推门而入。

病房中的女孩儿闻声抬头，嘴唇苍白，两颊又泛着病态的红晕。

梁屹顿时感觉喉咙中堵了团棉絮，面对刚刚还在求死的小女孩儿，总归是狠不下心去斥责。

"你叫什么名字？"他尽量让自己的声音显得温和，拖了把凳子坐到她身边。

女孩儿仍然定定地看着他，那种眼神很难形容，不是漠然，而是不满，可又带了些猝不及防的惊艳。

梁屹没注意到她复杂的眼神，他撑着额头，刚刚下水后头发还没干："你记得家里人的电话吗？我……"

"是你救了我。"女孩儿刚刚落过水，又发着高烧，声音嘶哑得厉害。

听到她主动搭话，梁屹稍显诧异，轻轻地"嗯"了一声。

女孩儿定定地看着他："为什么要救我？"

梁屹有一瞬间的无语："难道看着你在我面前去死？"

女孩儿偏过头，像是有点儿赌气："为什么不可以？"

梁屹："……"

"黎麦。"

梁屹皱眉问道："你想吃藜麦？"

黎麦梗着脖子又说了一句："我叫黎麦。"

梁屹比了个"OK"的手势，将信息给所里的同事传了过去。

"你是警察。"黎麦注意到他裤兜里露出的警察证的一角。

刚刚下水救她的时候，梁屹把证件扔到岸边了。

梁屹收起手机，站起来对她说："嗯，小妹妹，我们这边已经联系到你的家人了，过一会儿就到。"

"你为什么要联系我的家人！"黎麦顿时炸毛，"警察就可以随意窃取别人的隐私吗？！"

梁屹冷静地俯视着她："第一，你的名字是你自己告诉我的，我没有窃取你的隐私；第二，你由于轻生入院，身边没有监护人陪伴，我联系相关部门同事介入合理合法。小妹妹，你还没成年吧？"

"我……我已经满十八岁了。"到底是个刚刚成年的小姑娘，面对梁屹这种专业刑警的一连串回答，黎麦显然没有刚刚镇定，"你……你不能走！"

梁屹向外走的步子没停。

"你刚刚非……非礼我，你不能走！"

梁屹的脚步一顿，他难以置信地回头："你说什么？"

黎麦面红耳赤，由于高烧大口喘着气："你……你不要以为我刚刚什么都不知道，你救我起来的时候手就放在……放在……"

"那是心肺复苏，"梁屹被气笑了，"黎麦，你威胁不到我的——再者，你从头到尾都没想过轻生吧？"

黎麦一愣，脸上一阵青白交织。

刚才救人心切，很多事没有细想，等事后再回想，作为刑警的梁屹本能地察觉到不对。

她站的桥面高度是普通人跳水的阈值范围，他下水捞她抓到她的手腕时，她的第一反应是赶紧回握，这并不是一个一心求死的人的本能行为。最重要的是，他的心肺复苏并没有按压几次她便能苏醒，从吐出的水量判断，与其说是溺水，不如说是她故意咽下去的。

这个小姑娘有点儿小聪明，还特地选在了人多的地方，只可惜这聪明用错了地方。

梁屹本来不想戳破她。

"那个——"黎麦从床上跳下来，"你别走，我告诉你真相。"

"我不在乎你的真相。"

黎麦不解："你不是警察吗？探究真相不是你的本职工作吗？"

梁屹淡淡地说："这里不是我的管辖范围，待会儿自然有人来找你做笔录。"

"等等。"黎麦赤着脚跑过来抓住他的手腕，再也没有刚才的倔强，"我求你别走。"

梁屹想甩开她的手，可一见她苍白的脸色，好像被他甩开她就要倒下去。

他深吸一口气："你先松开，去床上。"

黎麦一喜，连连点头。

梁屹站在她的床边，双手环胸："首先说明，我不帮你骗人。"

"不骗人，不骗人。"黎麦赶紧说，"你实话实说就好！"

不一会儿，黎麦的父母哭天抢地地跑过来。梁屹冷眼看着黎麦窝在病床上一副睁不开眼睛的样子，瘦弱的手腕上扎着留置针。她眯着眼睛，见到父母仿佛很厌恶地侧过头。

"麦麦，妈妈不逼你了，你不想去国外咱们就不去，国内你想读什么学校、学什么专业，妈妈都依你！"

"是呀，是呀，麦麦，你妈妈已经被爸爸劝好了，可别再做傻事了！"

梁屹："……"

梁屹的确什么也不用做，他只需要站在那里轮流被黎父和黎母感激涕零地握手。

半个小时后，本辖区的警察终于赶到，梁屹一刻也不想多待，赶紧离开。

本来以为那天的事情是个插曲，可没想过半个月后黎母和黎父竟然带着黎麦找上了派出所，还给他裱了面"见义勇为"的锦旗。

"小梁真不错呀，这才来一年，人家连锦旗都送上来了！"

后来的一段时间，支队长看见他就笑得很欣慰，办公室的同事也是动辄就揶揄打趣。

梁屹："……"

他实在受不了这种奇怪的氛围，赶紧申请加入一起跨省并案的刑事案件调查，连夜离开了首都。

只是没想到，这起案件一查就是好几年，其间跨越七省，涉及数起故意杀人案和跨国贩毒案，他们协助缉毒部门将整个团伙在边境缉拿归案。至此长达两年的案件终于尘埃落定。

2020 年，梁屹回到首都，并因为在这场案件中的突出表现连升两级。

他请了一次长假，回了趟淮宜。梁愿快要大学毕业，基本不用人操心；梁母的身体已经和常人无异，家楼下的小卖部开得风生水起。

家里的事基本不用操心，梁屹假期没有结束就提前回首都，也是在这个时候，他又遇到了许奈奈。

那时许奈奈带着许爷爷前往 A 大，可在路上，司机的车突然抛锚，爷孙二人站在路边一时半会儿也打不到车。

"许奈奈，要我带你们一程吗？"梁屹开着新买的车，停在他们身前。

许奈奈愣了愣，似乎是没想到他会出现在这里，犹豫片刻点了点头："谢谢。"

许奈奈订的酒店就定在学校附近，她提前在学校官方程序上填了带亲属入园的申请，因此一路没有受到阻碍。梁屹也是这时才知道她爷爷已经癌症晚期，唯一的心愿是想来孙女的学校看看。

可惜许爷爷身体已经不支，逛了半天就喘不上气，他们扶着他去车上歇息。

梁屹点了支烟夹在手边，看着许奈奈略显哀伤的眉眼，他的一颗心也跟着揪紧。

"以后呢，你怎么打算？"

许奈奈将散开的碎发别到耳后："走一步看一步吧。"

梁屹记得她今年博士毕业，是有留校资格的："不留在首都吗？"

"不了吧。"

梁屹的呼吸一滞，他好半晌才找到自己的声音："为什么？"

许奈奈勉强地笑了笑，声音很轻："待了八年，有些腻了。"

他们没有在首都留多久。最后一天早上梁屹起了个大早，和许奈奈一起陪许爷爷去天安门广场看了一次升国旗，许奈奈便带着许爷爷飞回了淮宜。

几个月后，梁屹看见许奈奈的朋友圈第一次发了非转发类的消息。

没有配图，只有一支蜡烛的表情，以及一句"愿如我父亲般的英雄一路走好"。

被爷爷奶奶带大的孩子总和别人有些不一样，他们对父母的概念很淡薄，对爷爷奶奶却有如同对父母般的感情。

梁屹做刑警这么多年，见过太多类似的家庭，也是在这一刻认识到，许奈奈的原生家庭要比自己想象的更加艰难。

他从来没有像现在一样如此迫切地想要见到她。

2021 年，许奈奈入职鹭城大学。同年，梁屹申请从首都调任鹭城某区缉毒支队，任副支队长一职。

临走之前，队里上至领导下至他刚带的新人无一不进行挽留，别人都是往上走，哪里有向下走的？而且以他的能力来说，留在首都的刑侦支队再熬几年，前途一片光明，根本没必要去其他城市，更何况还是那又苦又累的缉毒支队。

"咱们当警察的，在哪里不是又苦又累？"梁屹并非一时冲动，早在那次与多省并案调查的两年，他便隐隐对缉毒产生了热血沸腾的向往之情。

如果说当年选择公大侦查学是懵懂少年的一腔赤胆，那么现在则是历经沧桑后的返璞归真。

那好像是一条他从来都没有想象过的道路。

跟了他两年的吴骏跟他一起来到鹭城，因为有先前相关工作的经验，他们骤然"转行"，也没有多么不适应。

许奈奈知道梁屹来鹭城后主动提出请他吃饭，毕竟之前带许爷爷去首都也多亏梁屹帮了不少忙。

梁屹自然不会拒绝，甚至有些受宠若惊，在单位宿舍换了好几套衣服，吴骏在旁边手里还抱了一大堆衣服。

"师父，可以了吧，你人长得这么帅，披个麻袋都行。"吴骏垮着脸，果不其然，话末梁屹在他的屁股上踹了一脚，"师父，你还踹我！"

"快看，这件怎么样？"梁屹皱着眉打量镜子里穿着明显不合适的西装的自己。

吴骏欲言又止："……"

"师父你要不别穿……你又踹我！"

"……"

最后两个人经过一番挑选，最终还是敲定了最开始的黑 T 恤加工装长裤。

明明只是许奈奈尽地主之谊请梁屹吃饭，愣是被他们弄出了约会的隆重感。

许奈奈订的餐厅在鹭大附近，吃过饭后他们一起沿海边散步。

海风湿咸，带来一阵暖热的感觉。

许奈奈轻声问："怎么会突然调到鹭城来？"

梁屹笑了笑："上级调遣。"

许奈奈点点头，有分寸地没有往下问："上次在首都多亏你帮忙了，这段时间太忙，一直欠你一句道谢，梁屹，谢谢你。"

她在原地站定，梁屹俯视着她笑道："老同学嘛，在陌生的城市打拼也挺不容易的，互相帮忙也是应该的。"

他的语气很轻松，许奈奈也跟着笑了起来："那你以后要是在鹭城有什么需要我帮忙的尽管使唤我。"

梁屹垂眸看着她含笑的眼睛，心脏漏跳一拍。

他们又谈了些各自近期的工作，许奈奈看了一眼时间："我得先回去了，明天还有事情。"

"是去阳光福利院给残疾孩子当志愿者吗？"梁屹问着，又补充道，"之前见你在朋友圈发过。"

最近这段时间，许奈奈经常会在朋友圈分享一个名为"阳光福利院"的公众号推送。他每一篇文章都认真看过，比较了解。

许奈奈有些诧异："你知道这个福利院？"

梁屹轻轻地"嗯"了一声："还捐过一点儿小钱，虽然不多。"

许奈奈轻轻地笑了笑："谢谢你呀。"

梁屹看着她的笑容，忍俊不禁："你不也是志愿者，跟我说什么谢谢？"

许奈奈："你不知道，这个福利院的知名度很低，能收到社会人士的捐款次数用一根手指头都能数得过来。"

"所以我们算是这个福利院的头几号志愿者？"

许奈奈微微一愣，仰头看他，莞尔一笑："是。"

梁屹特地在某个周末开车去了那家福利院，果不其然，如许奈奈所说，设施陈旧，大部分孩子都是天生残疾，还有个更小的女孩儿罹患急性白血病。

后来的很长一段时间，他们经常通过这个福利院建起联系。

梁屹的工作特殊，他有时候出任务一连几个月都回不来，便提前托许奈奈将自己买的那份营养品送到福利院。

有时候则是许奈奈要做实验走不开，他就开车来鹭大将她购买的学习资料捎过去。

他们的交流在许奈奈眼中是朋友间的互相帮助，可在梁屹眼中却是这么多年来离她最近的时光。

梁屹在警队这么多年，遇事沉稳，抉择果断，很少有失误的时候。可独独面对许奈奈，他犹豫不前，像是习惯了远眺她的背影，而忘了或许能有另一种可能性。

有人说，友情之上倘若进一步，成功则是恋人，不成功可能连朋友都做不了。

可人一旦接近妄想，便不会再满足于遥望。哪怕他的这个隐匿十年的抉择，结果显然属于后者。

梁屹被许奈奈拒绝的那天，是很平常的一天。没有倾盆大雨做背景，海面依然蔚蓝，沙滩边孩童嬉笑玩耍的声音将他衬托得更加孤寂。

一个小时前，梁屹和许奈奈从福利院回来，路过海边，他停下了车。

大抵是在先前的相处中梁屹没有半分逾矩，骤然听到他的表白，许奈奈显然很久没有反应过来。

"你是说……"

梁屹紧张地攥紧拳头："可以给我一个照顾你的机会吗？"

对面的许奈奈沉默良久，低声说了句抱歉，那一刻他就已经知道了答案。

车开到派出所门口，梁屹在驾驶座上点了一支烟。

叩叩叩。

忽然车窗被人敲响，梁屹面无表情地按下车窗。

"你好，请问是××派出所的梁警官吗？"

黎麦剪了短发，大概是在警校磨炼过的缘故，她比四年前瘦了许多，一双大眼睛炯炯有神，和当初那个拉着他配合演戏的叛逆小女孩儿完全不同。

"梁警官，你真的在这里呀，我本来就是碰碰运气。"

"你来鸢城干什么？"刚被拒绝，梁屹的心情不太好，声音也很低。

黎麦才不在乎他是不是黑脸："当然是来报到了！"她一边说着，一边从背包里拿出政审资料和录取通知等相关文件。

梁屹的眉头一皱，他知道今年分来这儿的是个女孩儿，但没想到会是黎麦。

他看了一眼她的简历："怎么来当警察了？"

黎麦不好意思地摸摸头："梁警官，之前的事还没来得及跟你说谢谢，那时候的我吧，就是不想出国读书。"

遇见梁屹的那年，黎麦刚刚高考完，父母非要送她出国读书。

梁屹抬眼，低笑了声："你倒是有意思，家里那么好的条件，偏偏选了个最苦最累的职业。"

"我觉得警察很酷哇！"黎麦否认，"更何况我家也不算有钱，我爸妈就是看别人都送孩子出国读书，非要砸锅卖铁把我也送出去。可我不想让他们搞得跟倾家荡产一样，不然也不至于出此下策了。"

黎麦越说声音越小，梁屹倒是没想到其中是这样的原因。

他的目光在简历上又往下扫了两行："你本科学的经侦，为什么来缉毒？"

黎麦笑着露出两枚虎牙："你做刑侦的都能去缉毒，为什么我学经侦的不行？"

梁屹沉默下来。

黎麦以为他看不起自己，急忙道："我的枪法很好的，梁警官，不信的话你可以——"

"OK。"梁屹比了个禁止的手势，"黎麦，你现在既然已经加入缉毒队，就把你的性子收一收，缉毒并不是枪法好、格斗强就能成功的——"

他点点自己的太阳穴："要用脑子。"

黎麦连连点头。

梁屹将她的简历推回去："去后勤报到，领物资，分宿舍。"

黎麦一喜，站直身敬了个标准的军礼："收到，梁副队！"

黎麦和吴骏差不了几岁，有了她的加入，警队枯燥的日常顿时变得热闹了起来。

梁屹虽然对他们的某些行为感到无语，但也没有多说什么。

那天表白失败后，许奈奈果然和他划清了界限。她再也不会搭乘他的车一起去福利院，将那份男女之间的界限判定得非常严格。

吴骏得知自家师父被拒绝后心里简直觉得天崩地裂。他怎么都想不明白这么优秀的师父为什么会被拒绝？！

于是梁屹的终身大事在吴骏眼中成了比看卷宗更重要的事情。吴骏每天都在梁屹耳边出馊主意，黎麦则是抨击一顿吴骏的直男观念后，酸溜溜地嘟囔几句"既然喜欢得不到回应，为什么不换个人喜欢"。

梁屹本人倒没觉得有什么，依旧看卷宗、出任务、结案、写报告。

他想，只要她还是单身，那他就不算完全没有机会。

直到2022年的春天，一场学术交流大会，梁屹在鹭城大学门口见到了阔别十一年的假想敌。

几乎是在林汀云走到许奈奈身前的那一瞬间，梁屹便觉得自己从始至终都是个局外人。

林汀云看不懂她眼底一闪而过的波澜，可他实在太过熟悉。

仿佛在刹那间，时间回溯到高中时代——她望着林汀云，但她看不见梁屹也望着她。

数个月后，省外某警局暗线跟踪的一桩毒品交易定在鹭城某夜总会，梁屹作为鹭城缉毒副支队长，这次任务自然落在他头上。

他将自己麻痹在连轴转的工作中，夜以继日地部署当天的行动方案。

又是一个灯火通明的晚上，黎麦敲门进了他的办公室。

"梁副队，我可以进去卧底。"

梁屹想也没想地拒绝："不行。"

黎麦早就料到他的回答："郑队已经批准了"。

梁屹抬头，蹙眉道："你这是胡闹。"

黎麦咬紧牙关："你为什么总是不让我上前线？！"

之前，他总说她还是新人，要跟在他后面。她听了，也照做了。每一次见他冲在最前面负伤回来，黎麦都会更加努力地去射击室练枪法，拉着吴骏练格斗。

可她明明已经很努力了，梁屹仍然不让她上前线。

梁屹冷静地反驳："这次行动不需要卧底。"

黎麦的泪光在眼里打转，一字一句倔强地说："梁副队，这是上级的命令。"

说罢，她头也不回地转身。梁屹攥紧笔杆，沉沉地呼出了口气。

夜总会人多眼杂，女人隐藏身份总比男人容易。

黎麦提前一周通过"熟人"介绍成了绿牌陪酒女，她将短发接成长发，并染成了玫瑰红颜色的大波浪。

黎麦的长相偏明艳，她性格外向，加上作为警察的专业素养极好，短短几天就已经融入一众红绿牌陪酒女中。

KTV 外围，梁屹戴着耳麦，看着监视器里女人大胆暴露的服饰直皱眉。

"0839。"黎麦在和周围人调笑的过程中快速地冲胸口的摄像头打了个手势。

梁屹看见后朝后面示意一下，随即摘下自己的装备，装作客人走进了夜总会。

为了伪装，他将头发染成了马仔的黄色，嘴里叼着烟，流里流气地报了个名字，里面的大姐头立刻喜笑颜开地领着他朝目标的包厢走。

包厢门打开的刹那，黎麦正风情万种地被一个"老板"搂着腰。

梁屹心头一跳，面上仍然装作波澜不惊地开始"交易"。

这种执法任务要比在边境的危险系数小，梁屹游刃有余地往后走流程。

直到某个契机，黎麦和梁屹迅速交换了个眼色。

刺啦，开衩的旗袍被黎麦一把撕到头，她修长的双腿在半空划出圆弧，刚刚还在摸她腰的"老板"甚至来不及反应就被她绞住脖子制服在地。

与此同时，梁屹猛地从口袋中掏出手枪："全部别动！双手抱头！蹲下来！"

包厢里的人惊慌失措，尖叫声连连，外面早就等候多时的警察破门而入。

此番涉案人员被全部抓获，缴获冰毒五点八公斤。

收网后，黎麦正检查现场有没有其他物证遗留，忽然手腕一紧，整个人被拽到了包厢角落。

梁屹将膝盖抵着后面的沙发，没有碰到她。

他咬牙切齿地扯出她胸口别的"大麻"："这是什么？"

黎麦后仰着头，咯咯直笑："假的，梁警官，这都看不出来？"

梁屹怎么看不出来，他仍然气得不轻："我是不是跟你说过，办案子要用脑子？这里是内地，远没有边境凶险，你今天大胆地骗过一次，万一下次他们让你吸他们的，你要怎么办？"

黎麦双手后撑，眼神认真地问道："如果是你，你会怎么办？"

梁屹一愣。

黎麦继续："你也会为了保护队友，孤注一掷对不对？"

他不答，她就继续说："梁屹，我告诉你，我的选择和你一样。"

KTV的包厢仍然充斥着暧昧的灯光幻影，两人剑拔弩张。

忽然，梁屹耳根一动，他头也没回，手疾眼快地按着黎麦往沙发上一扑。

砰！

"梁屹！"

KTV的大姐头是"老板"的情人，手上持枪，见事情败露自己难逃一劫，便持枪袭警。

好在梁屹发现及时，带着黎麦躲过那枪，自己的肩膀倒是被子弹擦过，出现了一道骇人的伤口。

他自己见怪不怪，黎麦全程陪着他处理伤口，眼睛都哭肿了："对不起，对不起……"

她捂着脸，肩膀一耸一耸的。

梁屹用手指抵着太阳穴，无奈地给吴骏使了个眼色。

吴骏收到示意后连拉带拽着黎麦："麦子，麦子，咱别吵师父了，他受伤了，要静养。"

黎麦抽泣着："哦，对，对。"

她扶着桌子站起来，一看梁屹的伤，眼泪又流了下来。

梁屹头皮一紧。

下一秒。

"呜呜呜嚯——梁副队我……我对不起你！"

"……"

梁屹的伤问题不大，在医院处理了一下就能回家。

第二天，吴骏一大早就打来电话，说之前委托户籍警那边寻找晨晨的父母，他们已经找到了。

梁屹从床上跳起来，伤口疼得龇牙咧嘴也不管。他先找去了晨晨的亲生父母家，结果吃了闭门羹。

还没等他想出办法再见晨晨的父母一面，就听朱颖说晨晨又被送到了抢救室，他赶紧带着吴骏开车过去。

可他没想到刚跑到抢救室外，一眼撞见的便是林汀云和许奈奈相拥的身影。

那一刻，他觉得枪伤都没那么疼了。

晨晨因为手术成功而病情好转，与此同时，上次鹭城 KTV 一案带出了后面更大的犯罪团伙。

梁屹没有时间逗留，作为参与这个案件的核心人员，梁屹再次带着吴骏和黎麦等人一路追到边境附近。

可就在收网前夕，对接的某支警队中出了叛徒，他们的行踪暴露，雇佣兵团肆无忌惮地将他们包围。

边境接壤处山脉连绵，山崖陡峭。吴骏为了转移对方的注意力，急转掉头，将后面紧追不舍的雇佣兵车队撞下山崖，同归于尽，也因此为警队的其他队员换得了一线生机。

梁屹、黎麦以及其他参与此案的公职人员被迫遣返，自此又成为警界缉毒极其痛心的一案。

吴骏因公殉职，被追授一等功。他的家里只有年迈的父母，梁屹和黎麦送他骨灰回去的时候几乎不敢看两个老人的眼睛。

可逝者已逝，活着的人，唯一能做的就是替他好好地活下去。

"郑队，这次卧底任务，我去。"

关于这次大型跨国贩毒案的案情分析会结束后，梁屹抽完第六根烟。

郑队皱眉："这不是短线卧底任务，你没结婚，也没孩子，你知道的，我们警队挑选卧底人选时一向是优先已婚已育的人。"

"没什么很大的差别，"梁屹将烟按熄，"您也知道的，现在除了我，没有人更合适。"

两代缉毒警沉默地对峙着，郑队深吸一口气："梁屹，我建议……"

会议室门的把手被拧动。

黎麦穿着警服，留着短发，显得十分干练。

她敬了个标准的军礼："郑队，目前也没有比我更合适的。"

此次任务主线是伪装成从内陆到边境靠"运货"发财的夫妻，通过线人引荐打入贩毒线内部，而黎麦现在是警队唯一的女缉毒警。

郑队用目光来回扫视两个人，欣慰之余更是担忧："你们，你们……"

梁屹抬头，黎麦仿佛知道他要说什么，先出口打断："梁副队，我不可能一直躲在你的身后，这次任务很明显我是那个最合适的女性人选。"

梁屹却笑了："我没有说你不适合。"

黎麦愣住了。

两人隔空对望，而后相视一笑。

咔嚓。

命运的齿轮再次开始转动。

Extra 03
风来的方向

"快看，就是她。"

"听说她爸妈都死了，家里一个人都没有了。"

"我妈说她这样的人是扫把星，命里克人，靠近她就会不幸！"

"啊，那她怎么还能来上学呀？"

"都什么年代了，你们还信这些。"

小学大门外，小朋友们被各自的父母接走，小时雨低着头，紧攥着书包带子的手捏得泛白。

她不是扫把星！

时雨憋红了眼，走到一半忽然掉头，头也不回地朝另一个方向跑去。

淮宜市区的大街小巷错综复杂，且布局差不多。时雨一个才十岁的小女孩儿，对这儿人生地不熟，不一会儿便迷了路。

她气喘吁吁地揪着书包带子放缓脚步，脸上还挂着将落未落的泪珠。

这是哪里？

时雨茫然地站在巷子的岔路口，往后退几步，一转眼便又是几条长得一模一样的小道。

这个点正是吃晚饭的时间，万家灯火。小孩子围着大人嬉笑打闹，她一个人站在那儿显得可怜极了。

"迷路了？"忽然，身后传来一个含笑的少年的声音。

时雨倏地回头，瞳孔微缩，蓄积的泪水在眼眶里打转。

咔嚓。男生用长腿将自行车撑杆踢下来，走到她身前。

他单肩背着包，弯腰低笑："怎么还哭了？"

时雨愣愣地盯着他近在咫尺的脸。

男生长得很好看，皮肤很白，嗓音处于变声期却丝毫不难听。

她记得他，是林伯伯的大儿子。

时雨倔强地用手背抹了把眼泪："我没哭。"

林俞风也不戳穿她，他撑着膝盖与她对视，白色卫衣的冒绳垂在胸口轻轻摇晃："怎么不回家？"

时雨警惕地后退一步，小脸快要埋到胸口，撇着嘴哽咽："我没家。"

可话刚说完，她的肚子很不争气地咕噜叫了一声。

时雨的耳根一红，林俞风忍俊不禁："那回我家吗？"

小姑娘眨巴眨巴眼睛。

林俞风摸摸她的脑袋，递给她一盒杞果味酸奶，笑意更深："哥哥带你吃好吃的。"

林俞风骑车带时雨回来时，家里已经炸开了锅。

"你们怎么接的人？那么大个孩子都看不到？

"什么叫学校周围没有监控！我养你们这些人是干什么吃的？"

三十多岁的林升平脾气火暴，一听今晚竟然把时雨给弄丢了，当下动用了所有关系出去寻找。

可就是这样，这个十岁的小姑娘还是在他们的眼皮子底下不见了。

保镖、司机个个战战兢兢地大气也不敢出。

保姆赵玉芬时不时担忧地往外看，忽然眼前一亮："大公子回来了！他后面好像是时小姐！"

众人齐齐转过视线。

山地自行车的后座很高，时雨的脚无法着地，林俞风把车停好后将她抱下来。

宋惠拢着披肩从别墅跑出来，林升平紧跟其后。

"小雨，你去哪儿了？吓死阿姨了。"宋惠蹲下身，扶着时雨的双肩满脸担忧地来回打量。

时雨捏着林俞风的衣摆不说话，林俞风笑着解围："好了，妈，你把小雨吓到了。"

林升平不悦地问道："阿风，你怎么会和小雨在一块儿？"

时雨本来就很怕林升平，听他这一质问，她揪着林俞风衣摆的手更紧了。

可刚刚是她自己冲动乱跑还走迷路的。

"林伯伯，我——"

然而时雨的话还没说完，林俞风不动声色地将她护到身后，语气轻松："爸，是我放学路过小雨的学校，心血来潮地带她出去逛了一圈，她这不是没来过淮宜吗？"

"胡闹！"果不其然，林升平蓄积的怒火全数发泄到了林俞风身上，"为什么一声不吭地就把小雨带走？你知不知道我们在家里有多担心？"

"老林。"宋惠蹙眉。

"你别帮他说话！"林升平对儿子是出了名的严苛，完全无法容忍这种不经过他允许的自作主张，"回自己的房间面壁思过，今晚不准吃饭！"

"老林！"宋惠也来了脾气，几步跟着跑进去。

夫妻俩的争执声隐隐传来。

赵玉芬担忧地看着眼前的两个人："大公子……"

"没事。"林俞风无所谓地耸耸肩，对时雨温和地笑了笑，"赵姨，给她弄点儿吃的吧。"

1999 年，因为一场空难，年仅十岁的时雨失去了父母，唯一陪伴她的奶奶因为伤心过度离世，她成为孤女。林升平作为她父亲生前的好友，将她带回家。

这是时雨来林家的第一个月。

她一点儿也不适应这里的环境。哪怕林家人对她非常好，可一个十岁的小姑娘骤然遭受接二连三的打击，也很难在短时间内完全平复情绪。

学校里面到处都是风言风语，她讨厌听见别人的议论，无论是惊讶还是怜悯。

时雨实在是太想逃离这个地方了，于是她也冲动地做了。可事实是，父母和奶奶都已经离开她，她只有孤零零的一个人，现在除了林家，她无处可去。

时雨小口小口地吃完海鲜粥，宋惠怜爱地摸摸她的头发："小雨，在新学校适应得怎么样？"

时雨轻轻地点头："谢谢宋阿姨关心，同学们都很好。"

真是个又懂事又令人心疼的孩子。

时雨用完晚餐，乖巧地说了句她吃饱了。宋惠看着她提着裙子上楼，轻轻地叹了口气。

时雨并没有直接回到自己的房间。她小心翼翼地看了眼楼下，确保没人注意到她，然后很快地拐了弯，走廊尽头，是林俞风的房间。

砰砰。

几秒钟之后，门板被打开一条缝，里面透出一缕光。

十三岁的少年已经有了一米七五的个头，时雨仰视他时很紧张："给……给你。"

她从怀里捧出一个大苹果，是她刚刚乘人不备从客厅的茶几上拿走藏起来的。

林家家风严格，不允许吃任何垃圾食品，除了定时吃饭，下午茶都有严格的规定，唯一算得上零嘴的也只有茶几上摆着的水果。

林俞风撑着门把手，瞧着小姑娘紧张兮兮的样子，半晌，扑哧一笑。

林俞风的房间很大，巨大的落地窗前有一架钢琴。从这个视角往外看，能将整座山林一览无余。

林俞风一边抛着手里的苹果，一边往里走，时雨怯怯地跟在他身后。

她谨慎地抬头，忽然瞧见一双更为怯懦的眼睛。

小男孩儿正躲在钢琴后面，双手背在身后，皮肤和林俞风一样白。他的腮帮子鼓鼓的，嘴角还残留着一点儿没有擦干净的辣椒壳。

察觉到她的目光，那个孩子一下子又往后缩了缩。

"阿云，出来，躲在后面干吗？"林俞风倚着钢琴，手里的苹果在半空转了个圈又稳稳地落回掌心。

时雨想起来了，林俞风还有个小他八岁的弟弟，今年五岁，叫林汀云。

小林汀云从钢琴后面探出脑袋，眨了眨眼睛。

林俞风笑："这是小雨姐姐。"

"小雨姐姐。"小林汀云乖乖地叫了声。

他的声音带着独属小孩子的软糯，时雨听着顿时没那么紧张，甚至心都要化了："你好。"

她少了许多防备，略有懊恼："抱歉，刚刚只偷了一个苹果。"

林俞风因为她被罚不能吃饭，时雨很愧疚，她也没想到林汀云会在林俞风的房间里。

"没事，他早吃饱了。"林俞风满不在乎地坐到旁边的沙发上。

小林汀云从钢琴后面走出来，小短手往前一伸："给你。"

时雨低头一看，竟然是学校门口几毛钱一包的辣条。

"……"她突然明白林俞风为什么会出现在自己的学校门口了。

时雨抿抿嘴："你们不怕被林伯伯发现吗？"

林升平在这个家里有绝对的话语权，就连宋惠都无法干涉一二。今天仅仅是因为林俞风"带她出去玩"就能被罚不准吃晚饭，倘若知道林俞风大逆不道地跑去买垃圾食品，恐怕腿都要给他打断。

"你不说，我不说，他怎么会知道？"林俞风咬了口苹果，挑眉，"难道你要去告密吗？"

时雨连连摆手："不，不，我……我不会的。"

看她急红了脸，林俞风向前倾身，忍不住笑出声："你怎么胆子这么小？"

今晚确实是为了躲爱告密的纪霖，林俞风不得不绕过自己的学校骑车到几条街之外的小学门口买辣条，这才恰好碰到往反方向跑的时雨。

他好奇她的目的地，却没想到她刚跑到一个岔路口就把自己绕迷路了。

时雨耳根发热，小林汀云坐到哥哥旁边一边吃辣条，一边来回打量着两个人。

忽然，他手里的包装袋被抽走，紧接着，嘴里被塞进啃了一半的苹果。

小林汀云："唔唔？"

"少吃点儿垃圾食品。"林俞风无情地吃掉最后一根辣条，把他拎起来，"自己回去，下次玩乐高别被妈看见了，不然她该一天不让你吃饭。"

小林汀云被残忍地扔出门外："……"

时雨刚被带回林家的很长一段时间都不爱说话，她缩在自己痛苦的壳里，妄图屏蔽外面的一切喧嚣。

她经常在想，如果当时能和父母在同一架飞机上就好了，这样是不是就不会只有她一个人留在这世间。

她的世界像一片没有色彩的荒原，连片黄色的落叶都不肯出现。

直到那天在迷茫的岔路口，少年清润的声音恍若一缕阳光，穿透混沌的大雾照亮她的视野。

从那天以后，林俞风只要有出去玩的机会，总会有意无意地带上时雨。

比如周末郊游、清明踏青、端午划龙舟，甚至连他们中学的篮球赛，他都愿意偷偷地将她带到他们学校。

那时候，林俞风身边所有的兄弟都知道，他除了有个小自己八岁的亲弟弟，还有个小三岁、不是亲生却几乎要宠上天的妹妹。

12月的淮宜冷风刺骨，苍茫的天空飘下簌簌的白雪。

林宅坐落在半山腰，能完美地俯瞰整个银装素裹的淮宜市。

临近年关，林家老宅难得热闹，常年不回家的各个叔叔伯伯从世界各地飞回淮宜。

大年三十这天，吃过年夜饭后，老宅内灯火通明。林居明在主位听着下面儿子、儿媳们相互攀谈，好不热闹。

大人们各留心眼地来回周旋，没有人注意角落处的林俞风悄然离开。

夜色静谧，偶尔有几声鞭炮声从远处响起。

林俞风轻车熟路地从车库里推出自己的山地自行车，时雨担忧地不断往后张望："真的不会被发现吗？"

林俞风检查车身，笑道："你再多看两眼他们就会发现了。"

时雨吓得赶紧收回视线："那阿云呢？"

林俞风往上指了指。

时雨抬头，只见二楼的阳台边，短手短腿的小男孩儿瑟瑟地扒拉着阳台边缘："哥哥！"

林俞风张开双臂，仰头笑道："阿云，跳下来。"

时雨："？"

小林汀云的身子有点儿抖，很明显害怕极了。

林俞风还在下面耐心地诱导："别怕，哥哥会接住你的。"

时雨简直比小林汀云更害怕："要不我们上去把他抱……"

话没说完，她只觉一团小影子从二楼一晃而落，紧接着林俞风后退几步，怀里的小男孩儿紧紧地搂着他的脖子。

林俞风欣慰地摸摸他的脑袋："不愧是我弟弟，真棒。"

时雨："！"

除夕之夜，大街小巷洋溢着新年的气氛。

林俞风骑车从林家后面溜出来，后座上坐着时雨，前面横杆上放着小林汀云。

如此危险的操作他进行得轻车熟路，车轮飞快地旋转，寒风扫过耳边。

而在山脚下，还有一群同样年纪的少年正等着他们。

半个月前，他们就商量好今天都从家里跑出来一起"跨世纪"。

为首的纪霖早就等得不耐烦了，他双手环胸，看人终于来了，一瞬间炸毛："林俞风！你再慢点儿就下个世纪了！"

又有人看到林俞风前面放着一个，后面坐着一个，大声调侃："阿风，你当宝爸带孩子呢！"

林俞风连自行车的手刹都没按，直接从他们旁边嗖的一下过去："快走，还有二十分钟！"

纪霖一愣，单手扶着车把，啪的一声把自行车的撑杆踢起来："林俞风！你还不等老子！你完了！"

"究竟是人性的扭曲还是道德的沦丧？"

"追上他！"

"冲啊！冲啊！"

风雪交加，后面的少年们高呼着往下骑，在盘山公路上拉出一条蜿蜒壮阔的车队阵列。

时雨吓得睁不开眼，她紧攥着他的衣角，林俞风含笑的声音飘散在冬雪中："抱紧我！"

风太大，时雨听不太清："什么？"

小林汀云毛茸茸的脑袋从林俞风的肩膀上探出来："哥哥说让你抱紧他。"

说着男孩儿的小手抓着她的手腕环住少年劲瘦的腰身。

时雨下意识地撞上林俞风的脊背。

她一怔，林俞风侧眸。他的唇角微勾，黑白分明的眼里仿佛盛着雪夜星光。

车速越来越快，不远处隐隐有人放起了烟花。

20 世纪走近尾声，21 世纪的钟声即将敲响。

那时候的时雨太小，尚且不懂心跳加速的缘由。她只是奇怪，明明周围那么喧闹嘈杂，为什么自己却什么也听不见。

——时间好像静止了。

时雨小时候一直和父母生活在 F 国，读小学四年级的时候才回到国内。但由于在国外周围大部分都是华裔，所以她的中文很好。

她吃饭一直吃得很少，本来就瘦弱的身体在林家竟然有越养越营养不良的趋势，为此宋惠操碎了心。

做饭的阿姨被换了一批，中华各大菜系全上了一番。奈何小姑娘就是小鸟胃，做什么饭都吃得不多，好在体检时身体一切正常。

而此时，这位"骨瘦如柴"的小姑娘正在林俞风的房间看着兄弟二人玩游戏机。

"阿云，你怎么又死了？"林俞风嘴里叼着杧果味酸奶的包装袋，毫不留情地嘲讽，"一只手都能打爆你。"

小林汀云盘腿坐在电视机前，头上耷起一缕呆毛，小眉头皱得紧紧的："再来。"

时雨坐在林俞风旁边，看着小林汀云抓头发，又看了一眼林俞风气定神闲的模样，小声说："你是不是把他的按键延迟了？"

看孩子的小手都摁白了，屏幕上的人物才动一下。

林俞风闻言眉头一挑，咔嚓几声咬碎嘴里的棒棒糖，朝她歪头压低声音："当哥的，总得提前教会他人心险恶。"

时雨："……"

最后当然是林俞风以碾压式的胜利打败小林汀云，昨天从实验小学门口买回来的五包辣条只分给了小林汀云一根。

林俞风晃着"战利品"煞有介事地说:"你太小了,哥哥这是为你好。"

小林汀云的脑袋快耷拉到地板上面了。

时雨实在不忍心,刚想说什么,楼下的赵玉芬喊准备吃饭了。

小林汀云打了一个激灵,连一根辣条都来不及拿,手脚并用地爬起来,迈开小短腿跑了出去,关门时还不忘小点儿声。

时雨知道,小林汀云是怕宋惠发现他过来找哥哥玩。

这也是时雨最不解的地方——宋惠对林俞风很溺爱,经常在林升平责罚林俞风时和丈夫对呛,唯独对林汀云十分严格。

家里忽然开始做起了法餐。

意识到这件事的时候,时雨已经连续吃了快半个月的法餐。

她并不挑食,以前跟父母常年在国外生活,对法餐的习惯度要比国内高;小林汀云肉眼可见地蔫了,吃饭如上刑;倒是林俞风对法餐越来越感兴趣,甚至在周末时减少了出去打球的次数,就待在厨房跟赵玉芬学做饭。

那段时间,家里用人每次见着都要调笑着说一句"大公子爱法餐",久而久之,家里所有人都认为,大公子爱法餐。

林家的家庭氛围没有想象中那么严肃,毕竟林升平因为林氏集团的工作,一年回来不了几次,林居明在首都当教授只有过年时才会回来,家里的大人仅剩宋惠,除了林汀云,也没人畏惧她。

时雨的生活要比想象中轻松和愉快。她依然被林俞风带着到处跑,逐渐与他的朋友相熟,也会帮他望风,将小林汀云"偷"出去一起玩。

十二岁那年,时雨去了当地最好的中学读初中。大她三岁的林俞风也以当年全市第一的成绩考上了省重点淮宜一中。

她就这样在年年岁岁中慢慢长大,进入敏感懵懂的青春期。因为林俞风的缘故,她的性格也没有刚来林家时那么悲观。

时雨初一升初二的暑假,林俞风和纪霖等一群玩得好的朋友们决定一起去沿海城市度假。这次他"偷"不出来小林汀云了,但能带上时雨。

虽然此前时雨也经常被林俞风带着去各个地方玩,可这是首次出远门,她隐隐窃喜。

七八月份的沿海城市刚经历过大暴雨，温度适宜。潮水退去，许多大人带着小孩儿出来赶海。

　　时雨以前一直生活在内陆城市，第一次见到这种场景很新奇。她戴着遮阳帽，穿着碎花短裙，提着小篮子准备去赶海。

　　林俞风穿着宋惠买的花花绿绿的沙滩裤加白 T 恤。

　　"阿风，一起打沙滩排球吗？"纪霖隔老远冲他喊。

　　出来玩的一群少年都是长相、身材俱出众的高中生，远远望去是一道十分靓丽的风景线，自然也引来了沙滩上不少人的关注。

　　他们的人数不多，旁边有一群同样出来玩的女生们过来热情地提出组队，她们自然没有被拒绝。

　　"不去了。"林俞风摆摆手，示意了一下时雨，意思是要陪她玩。

　　纪霖扫兴极了，把球扔给队友，小跑着过来："时雨都十几岁了，你还天天跟个老妈子似的，真当养女儿呢？"

　　时雨提着小篮子低着头，林俞风"啧"了一声，一拳捶上他胸口："滚去打你的沙滩排球。"

　　纪霖嘴上骂他当"妈"当上瘾，见他不为所动，最终放弃拉他一起打排球。

　　"你可以去玩的。"时雨捏着衣角小声说。

　　林俞风跟在她的后面，如同之前的每一次出去——就像哥哥对妹妹那样——半开玩笑着说："那你跑不见了怎么办？"

　　时雨的嘴唇抿得更紧，垂在胸口的小辫子随着动作一晃一晃的："我才不会！"

　　忽然，她看见一枚彩色的贝壳，眼睛一亮。

　　"以前没见过海吗？"林俞风已经过了变声期，声音已经初具成年男性的磁性。

　　他走到她身边，身上清冽的香味与海风混杂在一起。

　　时雨的心跳忽然加快："没有，你经常来吗？"

　　林俞风伸了个懒腰，眯着眼望向遥远的海平面："好多年前了。"

　　时雨抬头顺着他的目光看去，却只见到沙滩上不远处穿着比基尼和纪霖他们打球的一群女孩儿。

　　如果不是要照顾她的话，他也会跟那群女孩儿一起玩吧。

林俞风对她的想法毫无察觉，"怎么不走了？"

时雨闷闷地说："这就走。"

赶海的地点也是有讲究的，来之前他们做足了功课。来到目的地，林俞风拿过她的铲子帮她挖沙坑。

时雨还在耿耿于怀："风哥。"

"嗯？"

"你喜欢大海吗？"

林俞风随口道："喜欢。"

果然，他肯定也想跟他们一起玩。

她不想再跟他讲话了。

时雨闷闷不乐，没捡几只虾米就说玩累了。

林俞风自然是宠着她，带她回酒店看电视，叮嘱她有事给他打电话。

时雨嘴上乖巧地答应，实则目送人出去后赶紧到落地窗旁，看着他加入纪霖那群人的队伍打球。

时雨躺在床上来回打滚，又望着天花板憋得眼眶通红。胸口堵得厉害，都不知道自己在难过什么。

时雨不知不觉地睡过去，又被小腹的绞痛疼醒过来。

她往外一看，天已经黑了。她腹部的酸胀感极其陌生，好像有人用拳头不断地重击。

时雨艰难地从床上坐起来，刚刚移开双腿，洁白的床单上出现了一块刺眼的血渍。

嗡的一声，时雨的大脑一片空白，恰好此时林俞风打来电话。

"小雨，你想吃什么？我给你……"电话那头隐隐传来哽咽声，林俞风的脸色一变，"小雨，小雨？你怎么了？别哭，我马上过来！"

服务生换了干净的床单，酒店的女经理在卫生间教她学会使用卫生巾。

明明生物课上已经讲过原理，可真的面对时，时雨还是被吓得脸色苍白。

她后知后觉地认识到这件事的正常性，扭扭捏捏地在浴室换好干净的衣物出来，林俞风正在门口听着那位女经理交代注意事项。

砰。房间门关上，林俞风转身。

时雨的耳根通红："对不起，我没想到会是这样。"

这个年纪的小女孩儿通常需要女性长辈的引导和解释，可时雨太特殊，宋惠不在身边，在场能作为依靠的竟然只有林俞风。

"过来坐。"林俞风倒没有那么尴尬，他从她的行李箱取出一件外套给她披上，"这时候不能着凉，还觉得不舒服吗，饿不饿？"

少年的声音太温柔，他的眼睛好像蓄着一汪湖水，是那么柔和而认真地注视着自己。

时雨鼻子一酸，不知道为什么，忽然委屈得不得了。

她猛地扑进他的怀里："风哥！"

林俞风一愣，随即抬手拍了拍她颤抖的后背，低声笑道："好了，我在呢，想吃什么告诉我，你好好休息。"

2002年的年末，初雪来得格外早，白天先是飘起小雪，到了傍晚小雪又变成了大雨。

学校提前放学，家里的司机还没有来。时雨在教室写了会儿作业，收拾好东西决定去书店逛逛。

乌云成团，滂沱大雨落在地面上。

时雨在书店选好了要买的东西，拢紧围巾站在屋檐下等雨停。

今天的司机好像来得格外迟，她一开始并没有放在心上。

可随着时间一分一秒地过去，周围的同学陆陆续续被家长接走，她隐隐察觉到了不对劲。

又过了一个小时，时雨有些站不住，莫名的不安越来越强烈。

她摸了摸口袋里剩下的零钱，想找电话亭给家里打电话，也就是这个时候林家的车终于停到她跟前。

时雨打开车门，后座还有同样被接出学校的林汀云。

她的心陡然一沉。

时雨赶到医院的时候，林俞风已经进了ICU，白色的墙面看着冰冷又残酷，宋惠靠在林升平怀里崩溃大哭。

跟着来医院的一中班主任说，今天雨雪下得很大，教务处送来了新的课本资料，林俞风是班长，自然带着班里的其他男生顶着风雨去搬书。这种事他们以前做得不少，可这一次在最后一趟书搬到教室后，林俞风忽然开始发烧。

症状出现得太快，救护车赶到学校时，人已经失去了意识。

眼前一片混乱，时雨茫然地站在大人后面。她看见只有八岁的林汀云换上病号服，护士不顾他的挣扎，在他瘦弱的手臂上扎进冰冷的针头。

也是这个时候时雨才知道，原来林俞风在很小的时候得过白血病。

而今天，林俞风白血病复发了。

林俞风是当之无愧的天才少年——十六岁这年，他在兼顾学业的同时，已经在林升平的授意下参与了林氏集团的管理。

他是众望所归的林家下一代继承人，可谁也没想到八年前基本宣布治愈的疾病会在八年后来势汹汹。

旁支各脉虎视眈眈，林俞风的病情必须被隐瞒下来。

林升平和宋惠决定全家搬去 M 国，时雨自然也跟着他们一起走。

林俞风的病情严重，无法自主离开，林家动用私人飞机将人从淮宜直接转到 M 国。

后来的很长一段时间，林家都仿佛被浓重的乌云笼罩，陷入一点就燃的窒息氛围。

温柔的宋惠一次次因为情绪失控而崩溃，与林升平争执的次数越来越多。

林汀云丧失所有社交与学习的机会。他也住在医院，只要林俞风的病情稍有恶化，他便是那个备用血库。

林家给时雨在 M 国安排了合适的中学，她成了家里存在感最低的人。

她有很多次尝试去医院见他，可林俞风一直待在无菌仓，就连林汀云也都只能在外面等待抽血，然后由专业的医护人员送进去。

2003 年春天，林俞风的病情出现转机。也正是这时，他与父亲产生了第一次争执。

"如果要我活着的前提是牺牲阿云，我不会答应。"病床上的林俞风虚弱而坚定。

林升平的眉头一皱，却是宋惠先开了口："阿云身体好得很，给你移植骨髓对你来说是现在最好的方案。"

"他还没成年。"林俞风咬紧后槽牙，仿佛隐忍着什么，他再次强调，"爸，妈，阿云甚至还没有十岁！"

宋惠有些着急，苦口婆心："那又怎么样呢？移植骨髓又不是抽完所有的骨髓，他休养个一年半载的，之后完全没问题，现在最严重的是你，阿风！"

林汀云出生的目的就是利用脐带血救林俞风，林俞风痊愈则两人相安无事，若林俞风复发，那林汀云毫无悬念地成为他的移动血库。

林俞风在无菌仓化疗的这段时间，所需要的各类细胞，都是通过抽林汀云的血来提供。

病房内的争执声越来越大，这是时雨第一次见到林俞风这么生气。他从来都是温和有礼的，哪怕林升平对他非常严苛，他也不会顶撞父母。

"不进来吗？"

宋惠和林升平气急离开，病房内传出声音，时雨背靠着门板倏然一愣。

她往屋里探头，目光与林俞风疲惫又勉强带着笑意的眼神在半空碰撞。

时隔大半年，时雨终于又见到了他。

原本意气风发的少年此时戴着氧气面罩。由于长期化疗，他的脸色苍白如纸，像一块剔透的玉石，仿佛一触即碎。

林俞风在林汀云捐骨髓这件事上要比所有人想象的决绝。

他坚决抗拒，饶是林升平和宋惠再着急也无可奈何。

万幸的是，他的病情没有继续恶化，在药物的维持下有好转的趋势。

林俞风出了院，他着手申请 S 大商科学位，并在同年继续参与林氏集团事务管理。

他太聪明了，知道林升平当下最怕的是他的病情被旁支知晓，所以他两手并抓，在保证学业的同时将集团事务打理得井井有条，一一堵上所有质疑他的人的嘴。

他也太能忍，明明饱受病痛的折磨，却仍然能维持着表面的镇定。化疗剃光了他乌黑的短发，没有人看见的手臂上布满了斑驳青紫的针痕。

棒球帽、黑口罩、白卫衣，露出一双深不见底的眼睛，神秘又强大，是林氏集团未来继承人的典型特征。

2008 年，林俞风瞒着家人，与纪霖里应外合，在 F 城偷偷送走了年仅十四岁的林汀云。

"林俞风，你给老子好好活着听到没有，你要等老子学成归来——"纪霖隐忍的怒声从听筒传来。

周遭风声猎猎，私人直升机盘旋上升。男人的背影瘦削，衣摆随风晃动，黑口罩上方的黑眸深邃而温柔。

"知道了，"林俞风低笑道，"帮我照顾好他。"

直升机很快消失在苍茫无垠的天际，时雨在他的身后站了很久。

"你要怎么跟林伯伯和宋阿姨交代？"

林俞风背对着她放下手机，没有说话。

时雨攥紧拳头，眼眶红了："你有没有想过你的身体？"

"首都的奥运会要开幕了吧。"林俞风仰头望天，轻笑一声，"他这个年纪正是活泼好动的时候，应该回去看看祖国的大好河山，医院不是他应该长待的地方。"

这些年，林俞风从未放弃过和父母抗争。他强撑着依靠药物治疗，拒绝骨髓移植，口中开玩笑说着"等阿云成年了，再回来救哥哥"。

时雨泪流满面："那你呢？他还会回来吗？你要是找不到合适的骨髓怎么办？如果病情又严重了怎么办？林俞风，你太自私了！"

从十六岁到二十二岁，哪怕他外在与常人无异，哪怕他雷厉风行的手段完全不亚于林升平，哪怕外人提到他都要尊称一句小林总，可她太清楚他所遭受的磨难和痛苦。

化疗后的无法进食，后遗症带来的彻夜骨痛，他被冷汗浸透的衣衫。

"我以前总是想，还好我不是你的亲妹妹，偷偷喜欢你不会显得那么耻辱，可是风哥——"时雨哽咽着捂住脸，泪水却从指缝流出来，克制多年的情愫无法压抑，"我现在却在想，为什么我不是你的亲妹妹，我已经成年了，我可以给你捐献骨髓，你要什么我都可以。"

"傻小雨。"林俞风不知何时走到她身前，如初遇那样弯腰与她对视，指腹一寸寸地抚摸过她的泪痕，"还好你不是我的亲妹妹。"

时雨的睫毛上悬挂着泪珠，怔愣的瞳仁倒映着他温柔的目光。她看着他摘下口罩，干燥的唇瓣贴上她的额头，男人低声的喟叹振动耳膜："不然我该怎么爱你？"

林汀云被送回国这件事果然引起林升平勃然大怒，奈何国内有林居明坐镇，他再愤怒也无可奈何。

"白血病并非不治之症，不到万不得已，也可以选择非移植治疗。"前往度假的飞机上，林俞风握住时雨的手。

她的耳根红了："我们就这样跑出来，林伯伯恐怕要气炸了吧？"

先是林汀云被送回国，现在林俞风还与她去 Y 城"出逃"。

林俞风单手垫着后脑勺，挑挑眉："那就让他气炸。"

时雨："……"

林俞风虽然表面上顺从，但面对林升平时总有些按捺不住的叛逆。随着林俞风的年龄渐长，林升平能控制他的地方也越来越少。

时雨今年大二的暑假，林俞风在 Y 城的某个海湾找了一栋靠海的小木屋。

小木屋前面临海，后面却是一片葱郁的森林。这里人迹罕至，是一处极好的度假之地。

"为什么突然带我来这里？"

"记得你说过以前很少见到海。"

海风微咸，朝阳的光晕倾洒在粼粼波光的海平面上。

时雨心口微动，轻笑："那你岂不是吃不到你最爱的法餐了？"

林俞风仰躺在沙滩上，眯着眼："我不爱吃法餐。"

"嗯？"时雨惊讶道，"那你为什么……"

"不是你爱吃吗？"林俞风揽过她的腰，大掌轻轻地抚摸着她的脊背，"还是这么瘦。"

时雨撑着他的胸膛，好半晌才理解了他的话："你是觉得我爱吃法餐，所以才去学着做？"

她小时候一直在国外长大，虽然因为周围是华裔，中文不错，但在饮食习惯方面总是和国内有偏差。那时候她吃的实在太少，宋惠着急，林俞风便想着倘若复刻她在国外的饮食习惯，会不会让她有更多的食欲。

"但那些东西我到现在都没觉得有哪里特别，烦琐又寡淡。"林俞风笑着捏捏她的脸颊，"不过总比刚来我家的时候多了点儿肉。"

时雨鼻尖一酸，整个人扑到他怀里："风哥。"

"嗯？"

她闷闷地埋在他胸口，带着哭腔："我不想要你死。"

林俞风："……"

他失笑，下颌抵着她的发顶："这不是还活着呢？"

时雨不知道想到什么，哭得他胸前的衣襟湿了一片："可我……可我也不想要你每天吃药、打针，风哥唔——"

林俞风捏住她的下巴，轻轻吻了上去。他的吻很温柔，像夏夜傍晚的微风，她由于呼吸不畅张开唇齿，给了他继续攻略城池的机会。

周围的空气浮动出丝丝绕绕暧昧的湿热。他骨指分明的手指穿过她的发丝，海滩的沙子从他们身上滚落，阳光在纠缠的二人周遭笼罩出淡淡的光影。

"小雨，人生不过短短几十年，如果什么都怕，那多没意思。"

林俞风轻轻地抚摸她被吻得红润的唇瓣，黑色的棒球帽在纠缠中落到一旁，最近他停了化疗，头上长出乌黑的发茬。

时雨的紫色吊带裙已经散了一半。他努力调节凌乱的呼吸，刚想帮她拉起来，时雨按住他的手。

"你说得对。"时雨轻轻喘着气，手掌摸着他新长出来的头发，"你能抱我回去吗？"

林俞风眼眸微眯，一把将她抱起来往木屋的方向走，似笑非笑道："你在怀疑我？"

时雨搂着他的脖子，脸埋在他的臂弯里："还记得上次跟你一起去海边已经是很多年前了，那时候我以为你喜欢性感的女孩儿。"

林俞风的脚步一顿，他没有急着将她放下："所以呢？"

时雨仰头朝他笑："所以我后来吃了好多木瓜，以至于很长一段时间看见木瓜就想吐。"

她勾下松松垮垮的吊带，男人的喉结微微滚动，他心软得厉害。

她从他的怀里下来，林俞风的个子很高，时雨踮起脚吻上他的喉结。

那晚的海浪拍打得分外猛烈，溅起的浪花散成水蒸气将空气润得湿咸黏腻。

后来即便是过了很多年，时雨依旧记得那个疯狂的夏日。

他们就像这世间里最普通的一对情侣，忘记疾病和痛苦，没有担忧与迷茫，在没有人的地方疯狂又热烈地纠缠。

暑假结束之前，时雨和林俞风又一次躺在海边的沙滩上晒太阳。

想起下个学期忙碌的课程以及林俞风必然来回奔波的行程，时雨有些沮丧："好不想结束这个假期呀。"

林俞风将人搂在怀里："辍学，我养你？"

时雨："……"

"不行。"

林俞风垂眸："为什么？"

他也不是开玩笑，毕竟他真的有能养她的资本。

时雨义正词严："我已经在你们家白吃白住很多年了，都成年了还要你养，那岂不是跟废物没什么两样？"

林俞风好整以暇地撑着头："废物怎么了？我就喜欢小雨牌废物。"

时雨："？"

她咬紧牙捶了他一拳："你好好说话！"

林俞风在她又一拳捶过来的时候一把握住她的手腕，往怀里一带。他低低地笑着问："以后想做什么？"

提及这个，时雨的眼睛亮了："我上个学期的设计在学校得了奖，下学期应该有机会和导师去 F 国参加一个展出。"

林俞风静静地听她谈及梦想，有一下没一下地抚摸着她的头发。

忽然，时雨一顿，颓然地耷拉下小脸："那下半年我们岂不是真的要聚少离多了？"

"嗯哼。"

"如果我想你怎么办？"

林俞风抚摸着她头发的手指停顿："那就闭上眼睛。"

时雨不解地问："闭上眼睛？"

林俞风示意她照做："感受到什么了吗？"

时雨闭着眼睛，更加疑惑："什么也没有？"

"再感受一下。"

海浪翻滚，海风呼啸，遥远的海岸线边隐隐传来轮船的鸣笛声。

时雨的睫毛被晚风吹动，她犹疑地问："风？"

林俞风垂眸低笑，声音很轻："感受风来的方向。"

"然后呢？"

"那是我在吻你。"

在生病这件事上，所有人都心急如焚，除了林俞风自己。

他好像料定自己一定会好起来，若非时不时要定期去医院治疗，他的日常生活和正常人的没什么两样。

林俞风照常工作、运动、学习，在时雨过生日的时候专门飞到 F 国给她惊喜，就连身材都不似其他病人那样骨瘦如柴。他虽然要比以前清瘦，但轮廓中仍然不难看出特意运动形成的肌肉线条。

可在二十六岁那年，林俞风的病情还是不可控制地加重了。

彼时正在国内读高三的林汀云休学飞回 M 国，他已经成年，身体素质完全达到骨髓捐献的指标。

林俞风没有再劝阻的理由，他被推进无菌仓，等待骨髓移植。

移植的前一天晚上，宋惠和林升平等在外面一直没有离开，时雨却转头去了另一间病房。

昏暗的病房内，林汀云孤零零地躺在病床上。

他刚刚打完了最后一剂动员针，由于副作用比较强烈，整个人发着高烧，脸颊红得吓人。

时雨默默地坐到他旁边，拿起毛巾给他擦拭额角的冷汗。

少年缓缓地睁开眼睛，浑身酸痛又虚弱："我哥呢？"

时雨心口酸涩，勉强笑着："他现在很好，你好好休息。"

十八岁的男孩儿已经褪去了很多年前的稚嫩青涩，他大抵是太难受，合上双眼，嘴唇干裂发白。

时雨听说他还没读完高三就被宋惠逼着回来，心里十分愧疚："阿云，你别怪你哥哥。"

林汀云闭着眼没有说话，时雨无声地叹息，给他掖好被角后离开。

这次移植很顺利，再加上林俞风的身体素质不错，他配合康复训练，一直到半年后都没有出现排异反应。

一切似乎都在往好的方向发展，林升平彻底放权，林俞风成了集团的首席执行官。林汀云申请了 S 大的生物工程学位，那团笼罩在林家头顶近十年的阴影终于散开。

时雨毕业后去了一家大型设计公司工作，地点在 L 城，与林氏集团总部很近。林俞风在附近买了套房子，不算大，却很温馨，从此他们两个人开启了离开长辈的同居生活。

时雨二十五岁那年，林俞风在那套小房子里向她求婚。

不是浪漫的特定地点，没有成群起哄的围观群众。

时雨流着泪说"我愿意"。他们戴上对戒，十指紧扣，就这样在日日夜夜生活的地方定下终身。

历经波折与坎坷，比起旖旎浪漫，他们更加珍惜当下与对方相处的每分每秒。

2015年初，林俞风带时雨回了趟国内。

隔了十几年再回国，两人都有一种物是人非的感叹。

林俞风带着时雨去见了爷爷林居明，又一起走过小时候骑车带她上下过无数次的盘山公路。

"国内的变化好大呀。"时雨的脑袋靠着他的肩膀。

从林家老宅的落地窗仍然能一眼俯瞰淮宜市的全貌。这十几年间，城市里的高楼大厦一座座拔地而起，霓虹灯闪烁，十分繁华。

"想回来吗？"林俞风轻声问。

时雨仰头："可以吗？"

这些年，林氏集团的主要根基都在M国，想要回国并不是一件很容易的事。

林俞风只是笑着说："只要你想。"

时雨心软得厉害，搂着他的脖子跨坐到他的身上："风哥，你怎么这么好？"

林俞风扶着她的后腰，挑眉："哪里好？"

"哪儿都好。"时雨捧住他的脸吻他，男人回握住她的腰身细细回应。

他们心血来潮回国，在淮宜待了几天，又去国内外其他地方游玩一圈，回L城的时候已经是年中。

林俞风的生日是6月21日。这一天，时雨提前下班回家，对着网络上的教程做了个勉强能看的蛋糕。

"二十九岁生日快乐！"

林俞风刚回家，便见时雨穿着女仆装，手里托着插上蜡烛的蛋糕出现在他面前。

他的喉结微动："今天怎么穿成这样？"

时雨故作不懂地举了举蛋糕，歪头："我也不知道呀，就是看到网上说男人可能都比较喜欢这种生日礼物！"

话没说完，时雨整个人被拦腰搂住，歪歪斜斜的蛋糕被男人单手放到茶几上，他擒着她的下巴吻她，时雨有些招架不住地搂住他的脖子。

她哼哼唧唧："等等，蛋糕还没吃呢，我做了一下午。"

林俞风轻笑："待会儿吃。"

后来，如云朵的奶油果然没有被他浪费。

如果能永远这样下去就好了，时雨想。

林俞风发现自己的右耳失聪，是在半个月后的某个清晨。

他一如既往地早起给时雨做早餐，时雨在背后叫了他好几声，他才模糊地从左耳听见。

"风哥，你今天怎么了，心不在焉的？"时雨从背后抱住他劲瘦的腰身，脸颊在他的背上蹭了蹭。

林俞风只愣了一下，很快恢复正常，轻笑着往左侧头："没事，今天加几个蛋？"

8月初，时雨发现自己的生理期延迟了一周。

她隐隐察觉不对，请了半天假去医院检查，果不其然，报告结果显示孕七周。

时雨看着那一串英文单词很久没有回过神，缓慢地抚摸上小腹，后知后觉地感到欣喜。

她想给林俞风打个电话，又转念一想，要给他一个惊喜。

他们的婚期定在今年的9月，到时候作为新婚礼物实在是再好不过。

时雨偷偷地将报告单藏在挎包的暗层里。

洗手间里，林俞风的双手撑在洗手台边，额间的碎发遮挡了他情绪不明的眼睛。

忽然玄关传来一声门锁打开的声音。

林俞风的呼吸微顿，他抽出一旁的纸巾一寸寸地擦拭唇边的血迹，打开水龙头将瓷壁上的鲜血冲刷干净。

"今天怎么回来得这么早？"时雨换好鞋子，奇怪地往里看了看。

林俞风擦干手指从洗手间出来，看见她，眉眼微展："有什么喜事吗？这么高兴？"

时雨摸了摸自己的脸，略有心虚："就是有个项目顺利完成啦！有这么明显？"

"嗯哼。"林俞风走到吧台边倒了一杯红酒，"看来是值得庆祝的一天。"

时雨双手托腮，双腿在高脚凳上来回晃。

她眼角的余光忽然瞥见男人手肘下压着的文件："这是什么？"

林俞风含笑说："给你的新婚礼物。"

时雨不解，打开合同，瞳孔慢慢放大。

这是一份资产转移合同，上面所涉及的金额简直可以买下十个她现在上班的珠宝公司！

"为什么要给我这个？"时雨还没从震惊中回过神。

林俞风从右边将她揽到怀中，笑道："就是想送给你，需要理由吗？"

"有一种……"时雨咽了口唾沫，"被拐卖的不真实感。"

林俞风："……"

时雨仰头亲了他一口："风哥，我是不是被你包养了？"

林俞风："你愿意被我包养吗？"

时雨想了想："我还是比较喜欢工作的。"

沉默了一下，她又说："虽然没几个钱。"

林俞风轻笑："那你就工作，如果在这个公司做得不开心就换一个工作，如果还不开心，你就自己开一个公司。这里还有一份集团的股权赠予合同，虽然无法参与决策，但每年的分红也足够你——"

"风哥。"时雨突然打断他，搂住他的脖子半开玩笑道，"你跟我说这么多干什么？我又不懂你们公司的运营，到时候再问你不就好啦？"

林俞风的喉结滚动，灼灼的目光似乎想要将她印入心底："嗯，我们小雨这么聪明，不用问我也可以做得很好。"

林俞风忙碌起来，他十天内飞去了林氏集团重点涉猎的七个国家，甚至还回国打点了一趟。

直到 8 月中旬，在林汀云的生日这天，林俞风特地推了手头的工作行程，准备开车去 S 大。

"你今年怎么突然想去找阿云过生日了？"时雨从定制蛋糕店出来，有些疑惑。

这些年他们兄弟二人各自有事情要忙碌，虽然关系很好，但交流不多，往年基本是电话联系。

时雨坐在他右手边的副驾驶座上。

林俞风温柔地注视着她的红唇一张一合，手掌撑住方向盘，却忽然没有启动引擎的力气。

"我今天听我们公司的实习生说，他在他们学校可是风云人物哦，好多女孩子都很喜欢他，也不知道他以后会找一个什么样子的女朋友……风哥？风哥！"

殷红的鲜血顺着男人的唇角蜿蜒往下，时雨的呼吸凝滞，她啪的一声打翻了刚刚放到中间的蛋糕。

"风哥……风哥你怎么了？别吓我，你别吓我！"她颤抖着手拨打"911"，颤抖的声音拼凑出断断续续的英文词句。

林俞风口中溢出越来越多的鲜血，他抬手想给她擦泪，却只能有气无力地扯出一抹笑："真可惜，还是没赶上……"

被打翻的洁白的奶油与破碎的鲜红血迹混合，碰撞得艳丽又刺眼。

他猛地又咳出一摊血，时雨挂断电话，手忙脚乱地抽纸巾去擦，却无论如何都止不住血。

"风哥，我们还没结婚，你不能有事，救护车马上就来了。"时雨泪流满面地握住他的手放在自己的小腹上，浑身战栗着，"我们有孩子了，你听到了吗？我们有孩子了，你不能扔下我，风哥！！"

林俞风第三次白血病复发，各器官迅速衰竭。人还没被送到医院，就已经在救护车上停止了心跳。

林汀云赶到医院的时候身上的白大褂都还没脱，宋惠崩溃地哭晕过去，林升平额角暴着青筋揪住主治医师的衣领，怒吼着无论花多少钱只要能把他救回来都行。

可冰冷的病床还是被残忍地推出抢救室，一米八五的男人毫无生气地被白布遮盖。

时雨往后跟跄了一下，她的长发凌乱，淡紫色的长裙上沾染着一片又一片干涸了的血污。

主治医师遗憾地垂首："I'm sorry for your loss（节哀顺变）。"

急性髓系白血病在当代医学中并非完全的不治之症，可总有被上天嫉妒的人在一次次希望之后陷入更大的绝望。

医生告诉他们，第三次复发的白血病发展迅猛。经过这么多年的治疗，林俞风的身体几乎对市面上所有的治疗药物产生抗体，也就是无药可医，再加上出现严重的排异现象，林俞风能坚持到那天已经是奇迹。

时雨忽然懂了那些合同与股权转让证明。

原来林俞风来回奔波，尽自己最大的能力打点好名下子公司，回了趟国，以她的名义在淮宜买了栋新房子，甚至到后来想赶上林汀云的二十一岁生日，都不过是因为他想跟这个世界进行最后一次道别。

原来他早就知道自己不行了。

国人讲究落叶归根，林俞风的遗体要从 M 国 L 城空运回淮宜下葬。

临走的前一天，时雨躺在那张他们无数个夜晚抵死缠绵的床上醒来。

鲜血浸润了床单，她感觉有什么东西撕扯着离开她的身体。

时雨浑浑噩噩地披着大衣打车去医院，当她拿到显示流产的报告单，又听到了那句"I'm sorry for your loss"。

林家的管家打来电话："时小姐，飞机快要起飞了，您现在人在哪里？"

时雨茫然地站在私立医院门口，秋风萧索，红色的枫叶簌簌下落。

9 月的 L 城，竟然比她失去父母的那个冬天还要冷。

管家催促的声音再次传来："时小姐。"

"我不来了。"她挂掉电话，听见自己轻声重复着："I'm sorry for your loss。"

没有人记得，今天本来应该是他们的婚期。

家里的东西都没有丢，时雨将他穿过的衣服从衣柜抱出来堆满了大床。她整个人躺在凹陷的一角，闭上眼睛，被他的味道环绕，装作被他拥抱。

后来很长一段时间，时雨都分不清白天和黑夜。

她整夜整夜地睡不着，抑或很浅地入眠后又猛地惊醒。

她不敢开窗不敢开门，不想让这里剩下的痕迹被外界的空气带走。

她蜷缩在他们的小家，依靠空气中残留着的他存在过的气息，残喘度日。

时雨忽然想起许多年前，他第一次复发的时候。

那时候她的年纪还小，只知道这是一种绝症，如果治不好，林俞风就会和自己的父母一样离她而去。

彼时的时雨日日都生活在惶恐之中，她设想了最坏的打算，如果林俞风也离开她了，她该怎么办？每天在心里上演着离别和痛苦。

可林俞风太乐观了。

他总会一眼看穿她的担忧，笑着说"小雨，我还活着呢"，抑或说"小雨，人生在世短短几十年，如果什么都怕，那还有什么意思"。

他带着她去环游世界，去许许多多她没去过的地方，然后告诉她"小雨，这个世界又多了一个地方有我们两个的痕迹"。

他教她忘记尚未发生的苦难，以温柔如风的轻抚包裹她生命中的边边角角。

可是，真正的离别到来时是不会有一场正式告别的。

它像刽子手落下的刀，在一瞬间斩断你的生命线。

先是成片的麻木与空白，随后巨大的痛苦如溺死人的潮水般从四面八方淹没五感。

死亡这件事本身并不痛，痛的是当你再回首走过你们来时的路，拿起他喜欢的杧果味酸奶，身边却没有他。

他们甚至来不及有一句明明白白的"再见"。

又是一个不知今夕何夕的夜晚，时雨穿着厚厚的大衣，在他们曾经每日用餐的地方倒满一杯红酒。

"风哥，"眼眶已经干涸到再也流不出一滴泪，她痛苦地揪紧头皮，轻声如自言自语，"你听见我后来说的话了吗？"

骨髓移植会有一定的风险出现排异反应。哪怕是百分之百匹配的骨髓，在历史病例中，也有成功移植八年后出现排异致双目失明的病例。

医生说，那时候林俞风的排异反应已经严重到右耳完全失聪，也难怪后来她说什么他都没有回应。

"没有听见也好。"一滴泪落入红酒杯，原来，她还能落泪，"不然你是不是会怪我没有留住他？"

林俞风离开后，林家因支柱倒塌而支离破碎——林升平生了场大病，宋惠精神失常，林氏集团因顶梁柱的离世面临前所未有的危机。

时雨被确诊重度抑郁症后回了趟林家。

林升平强制性地扣留了林汀云所有申请医学硕士的材料，他的各科成绩几乎全部作废，没有任何一家医学院愿意接受他。

"林汀云，你是林家的儿子，你哥哥死了，现在就应该由你来接手他的位置！我再说一遍，你要么读商科；要么滚出去，永远不要回来！"

林升平怒火攻心地一巴掌扇到林汀云脸上，桌面上的东西哗啦啦地被撞散了一地。

林汀云的额角磕在桌角渗出鲜血，宋惠赶紧过去抱住他，双手上下抚摸他的脸，口中叫着的却是另一个人的名字。

"老林，老林，你别对阿风这么凶，孩子还小，慢慢来，慢慢来！"

瘦死的骆驼比马大，哪怕林升平放权多年，但对付林汀云这样的毛头小子还是绰绰有余。

林汀云被迫转去商科，并临危受命，扛下摇摇欲坠的林氏集团。

林俞风死后的第二年，时雨终于有勇气回国。

她来到他的墓地，看着上面的照片，在那里坐了一整晚。

直到第二天天光大亮，前来修剪草坪的园丁发现她时吓了一大跳。

"您别怕，我是……"时雨僵硬地扯动唇角，找到自己合适的身份，"他的未婚妻。"

园丁古怪地看了她一眼，时雨再也待不下去，落荒而逃。

她漫无目的地游走在大街上，好像一只无家可归的小猫。

忽然，街头的大屏幕上出现林氏新闻发布会的直播。

时雨微微一怔。

男人眉眼清冷，声音低沉。

她倏然恍惚。

纵使他与林俞风的神情完全不同，可她不能否认，他们的眉眼极其相似。

随着林汀云越长越大，他的容貌也几乎与林俞风一样。

那样完美的五官不再只存在于墓碑的一张冰冷的照片上，有着相似五官的人在屏幕另一头可以灵活而富有生命力地活动。

时雨近乎贪婪地望着林汀云的脸。

她忽然就理解宋惠了。

这种感觉就像久溺在汪洋中的人忽然抓到一叶浮舟，明知卑劣，可双腿依旧仿佛灌铅，再也挪不动一步。

宋惠的精神状态太差，她时常将林汀云认成林俞风，可一旦清醒过来，便是一场歇斯底里的风暴。

时雨看着林汀云一次次被宋惠伤害，却无能为力。

那时她想，林汀云一定是恨林俞风的吧。

如果不是因为林俞风，他不会成为这样可笑的替身，或许仍然在 S 大攻读医学博士，而不是像现在这样被迫放弃一切梦想，回来依照父母的安排，像个傀儡。

林俞风为她留下的财产足够她下半辈子无忧无虑地生活。

时雨辞去了在国外公司的工作，自己开了一家小的珠宝设计店，取名 Breeze（微风）。

林俞风去世前，他们曾讨论过婚后回国发展，毕竟爷爷在国内，他们也不想常年待在国外。只可惜林俞风还没来得及完成这件事，疾病便先一步带走了他的生命。

时雨回到国内定居，林居明也在去年退休后长居淮宜。

她回国后一直住在林俞风以她的名字买的那栋房子里，装修风格和在 M 国的差不多。她养了几盆小花，透过面朝南面的窗户可以看见漂亮的天空和云朵。

可一个人居住实在太寂寞了，她就开始经常往林宅跑。

知道林居明喜欢养鱼，她就满世界收集龙鱼的拍卖资料，将它们买回来逗老爷子开心。

宋惠的精神状态不好，她见到时雨总爱问"阿风什么时候下班，别太累着"。时雨就笑着说"阿风很快就会回来，等他回来就来看您"。

她也去了世界上的很多地方，当初送走林汀云的 F 城、确定关系的 Y 城，还有一些他们抓紧时间去过的很多很多故地。

抗抑郁的药量一再增大，却也只能堪堪阻止她想要轻生的念头。

时雨有些分不清林俞风是不是真的不在了。

她开始出现幻觉。一切像一场大梦，她看不透虚实，骗宋惠久了，自己好像也真的信了。

她似乎和宋惠一样，只是在家里等林俞风回来。

他其实还活着，只不过公司太忙，需要满世界各处出差，再等等、再多等一等他就回来了。

时雨就这样在虚虚实实中度过了一年又一年。

与宋惠发疯时的不管不顾不同，她看起来和正常人没有任何区别。

宋惠分不清林俞风和林汀云时，时雨也分不清。

但在清醒后，她便对自己越发深恶痛绝，然后去林俞风的墓地前坐上一整晚。她去的次数多了，园丁也见怪不怪。

"阿风，阿云还是不愿意回家，可是怎么办？我劝说不了他，我也不敢多去见他，你们真的长得太像了。

"阿风，我好讨厌现在的自己，我怎么可以把阿云看成你？

"阿风，我到底应该怎么做，才能不再想你？

"阿风……"

2022 年，时雨又去了一次 F 城。

她站在当年送走林汀云的停机坪附近久久失神，她想起这是林俞风第一次亲她的地方。

这么些年，每当时雨清醒时，总会在脑海中倒带似的出现过往的一帧帧图片，可无论怎么推演和模拟，她都想不到林俞风能百分百活下来的方法。

这世上所有人的意志在疾病面前都无能为力，没有人知道疾病会什么时候来，即便找到了合适的骨髓，也没有人能保证白血病永远不会复发。

她被困在了回忆中。

离开的人离开了，却没有人为她解开束缚的牢笼。

时雨知道林汀云在鹭城。

然后她鼓足勇气从 F 城飞到鹭城。

也就是在那时，时雨看见了那个与他十分般配的女人，她的名字叫许奈奈。

时雨派人打听，得知许奈奈是白血病药物领域研究的高知学者——那一刻，她对许奈奈的好感达到了顶峰。

时雨找到丁绍，让他安排与林汀云的见面。

如时雨所料，看在林俞风的面子上，林汀云不会拒绝她。

"阿云，好久不见，你还好吗？"时雨努力维持镇定，可看到他的脸时还是不可抑制地产生波澜。她试图打感情牌来触动他的心。

"我没心思听你叙旧。"男人的声音冷漠，那是林俞风绝对不会对她说话的语气。

时雨垂眸道歉，可她还记得来这里的目的。

这样支离破碎的林家，如果林俞风在天上看见，也一定会难过吧。

"阿云，回来吧，我们都很想你。"

时雨并不指望她的话能真的让林汀云付出行动，毕竟这么多年，她说过不止一次。

可林汀云竟然真的回来了。

时雨十分惊愕，直到她看见许奈奈出现在他身边时，所有的疑惑得到解答。

林汀云因为许奈奈进医院的那次，时雨认出了门外的许奈奈。

那时宋惠不知道在哪里听到林汀云受伤的消息非要闹着去医院，不出意外地将林汀云和时雨拉到一起。

时雨缓缓抬眸，在门被关上的前一秒，对上门外许奈奈愣神的眼睛。

她悄悄扯过林汀云的袖口阻挡了肌肤最直接的接触，然后在心里默念了一句"对不起"。

时雨想，这个女孩儿身上大概真的有魔力。

因为她，林汀云回家的次数都变多了，虽然大部分时候是因为林居明，但至少林家要比以前看上去像个家。

时雨看着林汀云的脸上出现越来越多的除了冷漠之外的表情，欣慰之余又有了些淡淡的伤感。

林汀云和许奈奈的婚礼定在启明岛，时雨本来是没什么身份过去观礼的，却意外地收到了林汀云的请柬。

其实这些年，时雨和林汀云的交流很少。两个人的交流在小的时候，是以林俞风作为媒介；长大后，是以她劝他回林家为媒介。

她一直觉得林汀云应该很讨厌自己，毕竟她没有一个称得上光明正大的身份，却事无巨细地插手林家的私事。

　　直到收到请柬，她忽然发现自己或许没有那么令人讨厌。

　　他们婚礼的那天，时雨选了一件低调的旗袍——那是当年和林俞风商量结婚时定下的一套敬酒服。

　　她穿着那身应该出现在她与林俞风婚礼上的衣服，怀揣私心，在无名指上戴着林俞风求婚的两只戒指。

　　海浪翻滚，人群鼎沸，周遭是喧嚣与欢呼。

　　时雨站在人群之外目送新人礼成，唇角溢出真心实意的笑容。

　　2024 年，是林俞风离开的第九年。

　　时雨的精神状态前所未有地好。

　　浓厚的雾霾好像在心里散开，她给自己化了个很漂亮的妆。

　　其实在读书的时候，她穿紫色的裙子被人嘲笑过老土。那时候好像还是初中，她哭着回来，被林俞风看到。

　　彼时，尚且健康的少年浑身发着光，他笑着对她说：“我们小雨穿紫色最好看了。”

　　时雨在衣柜里挑选出了一条紫色的连衣裙，她没有开车，叫了辆出租车前往墓园。

　　2024 年 6 月 21 日，是林俞风的生日。

　　周遭静谧无声，唯剩她轻浅的呼吸。

　　私人墓地周围的杧果树缓缓摇曳，冰冷的照片定格在林俞风笑意最温柔的那一刻。

　　时雨一如往常地同他轻声讲话。

　　“风哥，阿云他终于愿意回家了。宋阿姨的精神状况还是不太好，但有林伯伯在，也不会再闹出很大的动静。

　　“风哥，阿云身边有一个很有意思的女孩儿，她研究的是治疗白血病的新型靶向药，你说，如果你能撑到今天，会有完全治愈的可能吗？

　　“风哥，我去参加阿云和那个女孩儿的婚礼了，他看她的眼神我好熟悉，就好像你也在这样看着我。

　　“风哥，那个女孩儿叫我大嫂。”

　　…………

风起又落，繁星点点，遥远的天际蜿蜒着瑰丽璀璨的银河。

夏夜的晚风吹过，浅紫色的裙摆摇曳着。

她感受着耳边呼啸而过的风声，似乎又听见那年林俞风宠溺的低语。

"感受风来的方向。"

"然后呢？"

"那是我在吻你。"

是你吗？

是你吧。

真好哇……我终于又要见到你了。

盛夏光年

林汀云知道母亲不喜欢自己。

自他记事起，他就不被允许进行任何户外活动，不准碰哥哥的任何东西，一日三餐必须按照定量的搭配进食，不能吃多也不能吃少，不可以有一丁点儿的反抗，如果有一丝一毫让宋惠不满意的地方，就会换来严厉的惩罚，甚至还会被关进小黑屋面壁思过，直到他承认错误并保证不会再犯为止。

宋惠对他的身体状况有着绝对严苛的要求，她从不满足于他的生理指标只在正常范围内，她的要求精准到极致。只要林汀云的指标稍微和预估数值有偏差，都会换来她的横眉冷斥。

没有哪个小孩子会不期待得到母亲的爱，林汀云也一样。

他小小的身体艰难地承受着宋惠对他近乎变态的要求，只期望母亲能给他面对哥哥时百分之一的笑容。

他也不断告诉自己，虽然同样都是儿子，但母亲爱人的方式或许并不一样，这就是母亲爱自己的方式。

直到 2002 年的岁末，林汀云麻痹自己的说辞不攻自破。

哪怕过了许多年，林汀云仍然记得那个落下初雪的冬夜，寒意要比过往的任何一个冬日都刺骨。

林俞风的白血病复发了。

林汀云就像一个被精心储备多年的后备能源，那些所有严苛的要求都在这个时候显现出了它们真正的目的。

他生来就是为了给哥哥当血库的。

彼时的林汀云才不过八岁，冰冷的针头毫不留情地扎进他的血管和脊椎，他面对母亲冰冷和憎恶的目光却不能喊痛。

从那以后，他失去了所剩无几的社交，被关在充斥着刺鼻的消毒水味道的私人医院中，各式各样的营养针剂如流水般注入他细瘦的手臂上的留置针里。

他像个被吸取养分的躯壳，身体逐渐变得羸弱，越来越吃不下过于滋补的食材，总是上一秒咽下去，下一秒就忍不住吐出来。每当这时总会换来宋惠的巴掌，以及怨恨、恶毒的斥责——

"你怎么这么自私?

"你哥哥还躺在病床上生死未卜，你还有脸在这边挑三拣四?

"生病的怎么不是你?！"

…………

林汀云不知道这样的生活持续了多久，他逐渐丧失了感知外界时间流逝的能力。

就在他以为自己要被消毒水的气味淹没时，林俞风的身体终于出现了好转的迹象。

病中的哥哥看起来要比以前虚弱，但笑起来依旧温柔。

他看着林汀云布满针孔的身体心疼连连蹙眉，不顾宋惠的阻止带着林汀云离开那家他待了好几年的私人医院。

林俞风开始教他拳击、篮球等各种运动，同时教他为人处世。他在处理家族事务之余还会带着林汀云在庄园的马场狂奔，也会陪林汀云认认真真地过每一次不被母亲重视的生日。

他们一起去打高尔夫、去跳伞、去潜水、去品尝无数宋惠绝对禁止吃的食物。

林汀云渐渐变得健康且强壮，他开始有了少年人坚实的肌肉和劲瘦的身体。

在他十四岁的那一年，林俞风在 F 城将他送回了国内。

那天直升机盘旋的风声很大，卷起秋日的落叶，是一场盛大无声的告别。

林俞风给了他温柔的拥抱，打趣地说："等阿云成年了，再回来救哥哥。"

林汀云红着眼睛趴在直升机的窗沿上，巨大的嗡鸣声被降噪耳机隔绝。

他看着林俞风高挑的身影越来越小，泪与风一道消散在太平洋的彼岸。

林汀云很清楚，哥哥并不想让他再回去。他也明白，林俞风能将他送回国内付出了多少代价。

他孤独地住在没有人气的大房子里，家里只有用人，一片冷清。

他的性格本就淡然，再加上桩桩件件不符合年龄的重担压在身上，他变得更加沉默。在很长一段时间里，能支撑林汀云在孤独中走下去的就只有一个信念——学医。

高二那年，淮宜市下了一场很大的暴雨，家里的司机接他回去。

疾驰的车轮唰啦地淌过暴雨留下的积水，他无意间偏头，从后视镜中看到了一个身材瘦弱的女孩儿。她双手抱胸，浑身湿透，不难看出罪魁祸首是谁。

林汀云行动比思绪更快地让司机将车开回去，在回到那个如深渊般孤寂的"家"之前，他遇见了一个有着清澈若水的眼睛的女孩儿。

林汀云对周围的事情不太关心，枯燥的高中生活很难调动他的情绪。

他一面应付着学校的学业，另一边也同时准备着回 M 国的申请材料。

母亲不会放他独自留在国内，他也不可能看着林俞风的身体每况愈下还能心安理得地开始自己的人生。

正如母亲所说，他的生命本就是因为林俞风而存在。

可他偶尔还是会有属于少年人的向往。

林汀云不想一直待在冰冷空荡的房间，于是在那个寒冷的跨年雪夜，他接受同龄人的邀约，一起来到江边跨年。

焰火绚烂，气氛热烈，忽然有人给他递来一盒加热后的牛奶。

那时候林汀云正因为酒精的缘故太阳穴涨痛，他微微侧目，女孩儿仰望着自己，鼻尖被冻得通红。

林汀云又看到了那双清澈的眼睛。

世间的事总有那么多荒唐的巧合，纵然明白这只是少女的无意之举，但也的确是林汀云为数不多和外人的交往中，得到安抚的片刻。

毕竟在他十七年的人生里，除了林俞风，再也没有人察觉到他酒精不耐受。

林汀云突然想起来不经意留在他脑海中的少女倔强不屈的身影，以及她的名字——许奈奈。

因为常年霸榜年级第一，他总会被邀请参加各种演讲和竞赛，但他不爱社交，比起在人前的聚光灯下闪耀，他更喜欢低调地站在幕后，于是同样优秀的明炽成了他最好的挡箭牌。

如果不是盛越中学在市篮球赛总决赛中频频犯规导致好友受伤，林汀云不会穿上那件哥哥最常穿的零号球服。

逆风翻盘毫无意外，林汀云投出决胜比分的"三加一"时全场沸腾。他漠然地站在人群中，不经意回眸，正好将少女垂头收起手机的动作纳入眼底。

他没想到她会在谣言一边倒的局势下将那个视频传到网络上。

许奈奈显然是个不太熟练的互联网用户，不说隐藏网络 IP，就连软件自带的匿名发布都不会用。

舆论迅速发酵，盛越那群人很快通过网络扒到了发视频的真人。

林汀云作为当事人，第一次看了那个视频。

他没什么表情地看着颠倒黑白的评论刷屏。按照他的性格，他压根儿不会理会这种舆论，要不是明炽告知，可能直到校方出面找到他，他才会知道这件事——虽然校方不可能因为这种小事来找他。

林汀云关掉论坛，只沉默了一下，然后在年级群里找到许奈奈的QQ 号添加好友。

她似乎对他能认出她感到很意外，但他并不想解释，只是告诉她"不要回复他们"。

这件事以他发布修复后的高清视频告一段落。

其实林汀云并不是什么很听话的学生，参加高考对他来说可有可无，他不算叛逆，但也没人敢管他。

林汀云知道从学校后门的哪一处围墙最容易翻出去，然后骑着山地自行车到江边一待就是一下午。若是嫌翻墙麻烦，他就干脆撬开天台的门锁，迎着晚风在落日余晖中静待时间的流逝。

再次遇见许奈奈就是在这样一个暖风微热的傍晚。

她好像很惊讶会在天台碰见自己，但实际上这并不是他们第一次在这里相遇。

可是听到她的道歉，林汀云有一刹那的意外。

她看上去十分紧张，一句话说得磕磕绊绊，大概意思是在为自己发视频的冲动行为道歉，以及感谢他会在她被人扒出来真实身份的时候出面修复那个高糊视频。

"这不是你的错。"林汀云停顿一下，继续对她说，"是我应该谢谢你。"

盛越中学的这件事当然不会轻易结束。

不出意外，在某一天回校的途中，林汀云遇到了他们报复性的拦截。

于嘉礼那种人不会亲自出面，来了一群人高马大的男生将他包围，为首的人染着一头黄头发，嘴里叼着烟，嚣张地用手推搡他的肩膀。

林汀云皱着眉瞥了眼他的手指，扔开了挎在肩膀上的背包。

林俞风是个很优秀的散打老师，打架没有章法的小混混们儿再来一群都不是林汀云的对手。

明炽带人赶到时，林汀云正若无其事地推着山地自行车准备继续往前走。

明炽看着一地鬼哭狼嚎的人，半天才笑出一声："下死手哇。"

闻言林汀云只是脚步稍微停顿，不知怎的又想到了少女那双忐忑不安的眼睛，轻声说："他们人肉搜索了一个女孩儿。"

明炽怎么处理那些人不在林汀云的考虑范围，毕竟母亲的催促已经让他自顾不暇。

当然这些并不是最能影响他的事，最重要的是林俞风的身体状况越来越不乐观。

林俞风是众望所归的集团继承人，家族对他的期待越高，他所受的关注就越大。一个颇具底蕴的大型跨国集团，内部的纷争诡谲莫测，每一个看似微小的决策就足够牵一发而动全身。

林俞风患白血病的事不知道被谁走漏了风声，一石激起千层浪，林氏集团的股价受到了不小的打击。

林汀云又一次面无表情地挂断电话，阻隔掉宋惠充斥着恶言的怒吼。他打开和林俞风的对话框，上面还停留在林俞风若无其事地让他好好待在国内时的安慰话语。

手机屏幕映着他淡漠的瞳孔，林汀云感觉自己就像站在一条被拉在悬崖两侧的绳索上，不论哪一端放手他都将面临坠入深渊的后果。在此刻，他的梦想显得那么可笑和微不足道。

可也就是这个时候，有人这样对他说——

"你一定可以的。

"我相信。

"等长大以后变成更好的人，我们的梦想都会实现。"

夕阳辉煌，巨大的红日没入地平线，耳机里恰好播放到《盛夏光年》的那句"放弃规则放纵去爱，放肆自己放空未来"。

傍晚的暖风吹动许奈奈齐肩的短发，少女哭过的眼睛闪烁起逐渐明亮的光。

林汀云觉得她的眼睛很漂亮。

林汀云还是在高三那年回了 M 国，原本以为一切都在往好的方向发展，可惜命运弄人，比绝望更残酷的是以为自己看见了曙光。

他的梦想只能是梦想。

兄长离世，父亲病倒，母亲精神失常，集团内部腥风血雨。林汀云脱下从此以后再也没有穿起过的白大褂临危受命。

他用冷漠掩饰内心的情绪，在经年累月的蛰伏后，终于成长为能够和家族力量对抗的成熟男性。

但林汀云还是会偶尔记起那双眼睛——清澈又灵动，像生机勃勃的小鹿，在他无数个混沌难挨的夜晚里闪烁着星子般的点点微光——这是他对高中时代为数不多的记忆里历久弥新的存在。

斗转星移，光阴如梭。时隔多年，林汀云再次回国，他孤寂地站在浓云雾霭的顶峰，打算用另一种方式完成少时无疾而终的梦想。

助理将一沓国内白血病领域顶尖人才的简历送到他面前。

只此一眼，林汀云再也移不开目光。

简历上女人的照片看起来温柔淡雅，仿佛在一瞬间就唤醒了他尘封多年的记忆。

——那是一个生命力很旺盛的女孩儿。

日历唰唰地往回翻，他骤然回到十七岁那年的夏至。

天台暖风微热，飞鸟振翅，树丛晃动，蓝紫色的天空完全下沉，他们共同听着的耳机里循环播放着五月天的《盛夏光年》。

"你……有梦想吗？"少女轻柔的声音穿过时光的长河再次响在他的耳畔。

"梦想？"

"嗯。"

"有。"林汀云记得那天暮色霭霭，东方亮起的点点星子倒悬夜空，"生物医学。"

"你一定可以的。"

林汀云怔神："是吗？"

"我相信。"许奈奈含着笑紧张地说。

彼时的她心跳如雷，并没有看清少年因为受到触动而微颤的眼眸。

她的声音飘散到他们未重逢的十多年里："等长大后变成更好的人，我们的梦想都会实现。"

梦伊始

2011 年除夕，房间冰冷空旷，偌大的别墅在用人走后更显清冷。

巨大的落地窗前是一架奢靡华贵的钢琴。

少年半靠琴架，手机听筒里传来女人接连不断的哽咽："阿云，回M 国吧，回来吧，算妈妈求你……"

女人声声泣泪，从哀叹到歇斯底里的怒骂，无外乎就是怨他狠毒，没有良心。

"好。"他麻木地应下，不再听那头欣喜的话语，直接挂断电话。

少年又陷入黑暗中，他孤独地凝望着远处朵朵升空的烟花无声璀璨。

突然手机屏幕上方弹出一条 QQ 消息。

零点时分，一个网名叫"叶子"的女孩儿给他发来了一句"新年快乐"。

林汀云的眼帘动了动，紧接着父亲的助理发过来的申请 M 国学校的文件覆盖了那条消息。

林升平到底是独挑林氏集团数十年的董事长，哪怕现在放权给林俞风，也不代表他完全失去权力。就算宋惠不打这通电话，林汀云没有答应回去，林升平仍然有能力将他带回 M 国。

林汀云收起手机，忽然听到远方传来嗡鸣声。

那道嗡鸣声由远及近，带着震动，在寂静的夜里显得尤其清晰——是直升机降落的声音。

林汀云合上钢琴，走到另一边拉开窗帘。

后方的停机坪灯光大亮，直升机盘旋带起的飓风猎猎作响。

机身稳稳地落在修整平齐的草地上，男人颀长的身姿出现在直升机前，他双手插兜，背后卷起翻滚的衣摆。

忽然，他抬起头，在林汀云震惊放大的瞳孔中大笑，朗声道："阿云，新年快乐！"

林俞风回来了。

一起回来的还有时雨。

林汀云站在二楼楼梯拐弯的地方，看着下面忙碌着的两个人还是感觉不太真实。

"阿云是不是又没吃晚饭？让你留个阿姨在家里陪你过年也不愿意，自己还不学做饭，以后怎么找女朋友？"时雨笑着打趣。

从家里用人全部回老家后就再也没有开过伙的厨房现在缭绕起了烟火气。

林俞风是主厨，时雨帮忙打下手。

"你看他那是有喜欢的女孩儿的样子吗？"林俞风熟练地将最后一盘青菜装盘，挑了挑眉，"等以后他就知道什么是危机感了——阿云，下来吃饭！"

三个人的年夜饭是简单的四菜一汤，虽然已经过了零点，但属于他们的新年夜才刚刚开始。

林汀云刚准备回父亲助理的信息，林俞风瞥见后把他的手机放到了一边："不用管。"

"可是……"

"没有可是。"林俞风满不在乎地摸了摸他的发顶。

林汀云垂着头紧抿唇角。

时雨察觉到他的情绪，暗自在桌子下踢了踢林俞风，解释说："这次回来，我们就不走了。"

林汀云一愣。

时雨含笑温柔地跟他解释："你哥现在的身体已经不需要骨髓移植了。"

2009 年底，M 国 S 大某重点临床实验室研发出来白血病新型靶向药。

由于在临床实验阶段，实验室并没有向社会公开，外界对此并不了解，林俞风是接触到了该项目的总负责人才知道的。

那时候他们正在洽谈合作，得知这项实验计划后林俞风抱着试一试的心态参与。

这件事当然不会被林升平和宋惠同意，没有经过临床测试的治疗方案有太多的不确定的风险。

所以林俞风干脆没有告诉他们，整个过程除了参与研究的研究人员就只有时雨知道。

病人在治疗的过程中舒服不到哪里去，最初林俞风产生了不少排异反应。

幸运的是结果不错，三天前是最后一次检查，林俞风的所有生理指标全部达到正常水准，未来只需要定期复查吃药，几乎不会有再复发的可能。即使有万分之一的意外，由于并非骨髓移植导致病人再复发，也完全有救治的时间。

林俞风在三天前计划出院时便申请了国际飞行航线。

他和时雨谁都没有告知，踩着新年的钟声径直飞往淮宜，来陪林汀云过今年的春节。

"总而言之，你哥我现在健康到明天能跟你去蹦极，潜完三百米的水，然后顺便跳个伞。"林俞风单手撑着太阳穴，调侃道，"阿云，你不会在国内待了几年，就把我之前教你的都忘了吧？"

林汀云定定地看着他，过了好半晌才答："没有。"

"这就对了嘛。"林俞风凑过来搭住林汀云的肩膀，正色道，"至于其他的事你都不用管，想做什么就去做什么，天塌下来还有哥给你顶着呢。"

过完年后，高考就进入了最后的倒计时，许奈奈在第一次月考中成为年级第二名。

方小芙拉着她跟跟跄跄地跑到楼下大厅时，许奈奈一眼就看到了光荣榜上并排摆着的两张照片。

她和林汀云的照片之间再也没有其他人的了，他们的下方都只写着简短的四个字——天道酬勤。

"他们两个的座右铭是一样的欸。"

"你们才发现吗？我早就发现了，现在已经是我的座右铭了！"

"该说不说，这两人长得都好好看，怪般配的。"

"哈哈哈……"

许奈奈耳根发热，离开人群时还能听到那边嘈杂的讨论声。

这是她离他最近的一次，但并不是最后一次。

进入高三后，大考、小考不断，考试频率也由月考变成了周考。由于考试次数太多，模拟联考外的小考后不会再更新光荣榜。

但每一次年级排名后，除了常年霸榜年级第一名的林汀云，许奈奈也逐渐成了众人再也无法撼动的年级第二名。考年级第三名的人常常更换，却没有一个人能到达前两名的高度。

2月底是百日誓师大会，林汀云拒绝了代表全体高三学生发言的邀请，于是这个机会自然而然落到了被老师和同学们称为"黑马"的许奈奈身上。

许奈奈从来没有在这么多人的面前演讲过，尤其是台下还有他。

她用好几个本来应该刷理综题目的晚上，将演讲稿修改了一遍又一遍。可到了百日誓师大会那天，高三一班所在的位置并没有他的身影。

也正是在这个时候，旁边有人说林汀云前段时间在年级主任办公室提到要出国的申请材料。

许奈奈因此愣了许久，等到校长叫到她的名字时她才赶紧回过神上了台。

"尊敬的各位老师，各位同学，我是高三十二班许奈奈，很荣幸可以站在这里代表 2012 届全体高三……"

她努力压下刚刚听到那个消息的复杂心情，完成人生中第一次万众瞩目的时刻。

"成长之路总是遍地荆棘，年少总有太多的无能为力，可曾有人对我说——"

许奈奈深吸一口气，或许是因为他不在，那些删删减减不敢说出的话在这一刻有了不顾一切的勇气。

"只要加速度足够大，且为正方向，你就一定可以超越……"

与此同时，高三一班的教室后门突然被人推开，刚刚从首都回来的

竞赛成员一一 莆应，带队的林汀云放下背包时手指微顿。

他听到广播里传出的少女的声音。

"最后一百天，愿我们以青春为名的加速度去博一把人生的正方向，我始终相信天道酬勤。命运是一个圆，那些你曾为之努力过的泪水与汗水终将化作累累硕果，以另一种方式归还于你，期待我们都能成长为更好的人，未来在顶峰相见！"

女孩儿清甜的嗓音徐徐飘散到校园的每一个角落，操场上如雷的掌声直直传到教学楼。

"这个人是谁呀？没听过这个声音。"教室里有人突然问。

"好像是高三十二班的那个'黑马'。"另一个人回答。

"啊，我知道她，这女生真的绝了，云哥，我感觉她的成绩很快就要超过你了呀！"

"这哪儿能呢？云哥可是第一！"

"怎么不能？这几次考试他们的总分差没超过二十分吧？"

"拜托，再往上就是满分了，从哪儿给你找二十分来差？"

周遭议论纷纷。

林汀云垂眸，浅浅勾唇。

由于两个人接连数次取得年级前两名的成绩，校园里渐渐有了关于他们的传说。

许奈奈在百日誓师大会后就没有再碰到过林汀云，关于他要出国的消息更是无从查证真假。

二模即将到来，随着高考倒计时的缩短，许奈奈的神经也越来越紧绷。

这天晚自习的后半段她去对面办公楼向老师问物理问题，在穿过回教学楼的小路时，路灯忽然闪烁了几下，然后熄灭了。

黑暗来得突兀，许奈奈站在原地不敢走。

就在此时，身后传来一声落地的轻响。她吓得陡然惊呼起来，手里抱着的卷子哗啦啦地散了一地。

高挑的黑影在月光下低声说："抱歉，吓到你了。"

——是林汀云。

许奈奈愣住。

他怎么会在这里？

而看他这样子……似乎是刚刚翻墙进来的。

她愣愣地站着，连地上的卷子都忘了捡。

突然，一片树林之隔的另一条小路传来几个女生的议论声。

"这次二模成绩出来了，第二名又是许奈奈，她和林汀云跟锁死了似的，光荣榜上的照片都像他们两个的结婚登记照了。"其中一个女生小声嘀咕。

"你要有她百分之一的努力，就不至于又被喊到办公室谈话了。"另一个女生嘲笑道。

"喂——"

"你们说许奈奈有没有可能真的反超云神哪？"

"怎么没有！太有了！高三真的读得我想吐，现在支撑我来学校的动力就是看下次月考林汀云会不会从第一名掉下来！"

"得了吧，人家霸榜都快三年了，会在这时候'晚节不保'？"

"我劝你们去七班下个注，他们都开好几期了。"

"啊？赌什么？"

"赌早饭哪——"

女生们的声音渐行渐远，刚好路灯在黑暗中再次闪烁，又恢复了光亮。

许奈奈眯了眯被光线刺痛的眼睛，林汀云弯腰帮她拾起满地的卷子。

她骤然回神："没事，我自己来就好！"

初夏的蝉鸣在夜晚响起，男生垂着眼收拢一沓试卷。

这并不是周测试卷，而是高三后期每天都会发的测试卷。有往届高考真题，也有各个机构、学校的模拟卷，由于实在太多，基本上不可能有人做完。而现下这厚厚的一沓试卷全是做完的痕迹，旁边的红色批注字迹秀气，认认真真地记录了每一个考试重点。

林汀云忽然开口："想考第一名？"

少年修长的手指和她同时按住一张卷子的边角，许奈奈如同被灼烧一般立刻松手。

她有点儿尴尬："我……"

她没有想到背后会有人那样传他们两个，明明他们除了排名相近以外没有任何多余的沟通。

"谁都会想吧。"转念觉得不对劲，许奈奈赶紧补充，"我……我不知道他们在背后这样打赌，我现在肯定还不——"

林汀云看到那张卷子背面许奈奈得了满分的大题，微不可察地挑了一下眉尾："这个解题方法很不错。"

林汀云比她高不少，许奈奈要踮着脚才能看到题目："去年月考考过类似的大题，这个方法有参考你当时的解题思路……"

他的试卷向来是全年级传阅的范本，许奈奈自然每次都会认真研究他的解题过程。

林汀云说："去年参加月考的不止你一个人。"

言下之意便是，那么多人都见过他的试卷，但并不是每个人都会举一反三。更何况这个聪明的女孩儿明显有属于自己的独特思考融入其中。

林汀云没有掩饰自己的欣赏，许奈奈的脸热得更厉害了。

她垂在身侧的手指几番蜷缩，鼓足勇气说，还是因为他的解题思路引导得好。

两个人并肩走到教学楼，由于方向不同，在楼梯口分道扬镳。

许奈奈抱着卷子爬了几层楼梯后忍不住转过去看，男生已经消失在另一边路的尽头。

她捂住自己怦怦直跳的心口，按捺不住地弯起唇角。

那天以后，许奈奈和林汀云碰面的次数稍微多了起来。

她住校，每天早上五点起床背完单词后会去操场跑步，操场挨着学校大门。

她偶尔会见到林汀云骑着山地自行车进校门；抑或在上午最后一节课结束后去食堂吃饭，两个人在楼梯转角时用眼神打个招呼；还有时候是在办公室，她没等到老师却恰好碰到他，便会和他在办公室外的走廊上探讨一道理综大题。

高三最后的时间就在这样的日子中飞快地流逝，许奈奈怀揣着可能和他有交流的窃喜里一天天撕掉记录着高考倒计时的日历。

高考前的最后一次模拟考试，他们依旧是雷打不动的年级第一名和年级第二名。到了这个时候，排名的意义已经不大了，躁动的高三学子也逐渐收心，准备迎接高中时期最后的一次考试。

高考前夜，室友方小芙紧张地在宿舍来回踱步，许奈奈望着对面早就布置好的考场微微一笑。

她早就有了交付答卷的底气。

高考为期两天，许奈奈如同平时对待模拟考试一样，有条不紊地答题，正常发挥。

最后一门英语考完，警戒线拉开的一刹那，所有考生蜂拥而出，许奈奈走在人群的末尾试图寻找什么，最终徒劳而返。

6月底高考成绩公布。许奈奈身处落后的小乡村，在她准备去镇上的网吧查成绩之前，学校的班主任先打来了电话。

"奈奈，你是今年的省理科状元，七百四十五分！"班主任郑强激动得声音都在发抖。

这是他执教这么多年来，第一次在平行班教出一位高考状元，还是个女生。

许奈奈被这句话砸得头脑发晕。

她是理科状元？那林汀云呢？

她忽然想起那天听到别人说的，他在不久前提交了出国的资料申请。

许奈奈连夜从镇上赶去省城，回学校查成绩、报志愿的同学们无不惊讶地感叹，甚至还有些之前私下打赌的人惊叫终于有一天看到云神从年级第一名坠落。

许奈奈晕晕乎乎地接受着这做梦般的一切，她想问林汀云去哪里了，可刚想开口又发现没有任何身份、立场。

国内顶级学校招生办的老师接二连三地找她谈话，她最终选择了A大的生物医学工程系。

许奈奈填完志愿走出淮宜一中的那一刻，琅琅的读书声从教学楼传来。

又是一个夏日来临，她望向湛蓝的天空，至此结束了自己为期三年的高中生涯。

人生的离别并不是每一次都有庄重的仪式，她早在喜欢上他的那一刻就该知道高中这几年的交际将会是他们人生中最近的距离。

她努力回想上一次和他见面的场景，好像只是一次不起眼的点头对视，没想到会成为他们最后一次见面。

许奈奈回到了远宁县的小乡村。

她每天陪着许爷爷和许奶奶做农活，顺带为上大学做准备。

7月底她去打了一个月的暑假工，买了人生中第一部智能手机。

8月末的田野晃动着丰收的波涛。

闲暇之时许奈奈看着一望无际的金色土地还是会想起林汀云。

他现在在做什么呢？他去了国外的哪所学校？他选择的是他梦想的生物医学类专业吗？

2012年9月，许奈奈踏上人生的新征程。

她在一个艳阳天抵达A大。

朝气蓬勃的学长、学姐们穿着统一的志愿者工作服在校门口热情地迎接新生。

许奈奈看着指示牌找到医学院的报到处。

"学妹，你是哪个专业的呀？"作为志愿者的学长友好地上前帮她提行李。

许奈奈报上了自己的专业，拒绝了他的好意。

"好巧，竟然能在这里遇到我的直系学妹！"学长笑着拿过来一张校园地图告诉她医学院的活动范围和学校的标志性建筑。

许奈奈认真地听着，由于刚来新学校也不好打断热情的学长。

"许同学，你的宿舍在哪里？我送你……"

"许奈奈。"身后传来一道清朗的男声。

许奈奈浑身一震，缓慢地转过去。

周遭来来往往，人山人海，白衣少年挎着单肩包逆光而立。

林汀云挑眉："好巧。"

许奈奈的大脑一片空白，她完全没意识到他为什么会出现在这里。

她就这样呆呆地仰头看着他，刚刚还在热情讲解的学长不知道什么时候已经离开了。

"你也在这个学校？"她艰难地找回自己的声音。

不等林汀云回答，戏谑的口哨声骤然响起。

"哇哦，阿云，这是你的小女朋友哇？"纪霖贱兮兮地突然探头。

跟过来的林俞风捶了他一拳，笑骂："别吓人家小姑娘。"

许奈奈不看不知道，一看吓一跳——林汀云身后一下子出现了一群人，除了一个穿着紫色连衣裙的女生，其他都是和他身高差不多高的男生。

林俞风戴着酷酷的墨镜，敞开黑色皮夹克，工装裤包裹修长的双腿，站定在林汀云身侧。

他随手将墨镜推向头顶，揶揄地挑动眼尾，选了个含蓄的词："同学？"

林汀云默认："嗯。"

纪霖等人挤眉弄眼，连连啧声。

林汀云单独走过来，低头看向她："这是我哥和他的朋友们。"

他的表情平淡，很明显是被迫让这一群人跟过来送行。

许奈奈喃喃："哥哥好。"

纪霖笑着抢答："哎！小美女好！"引来一阵低笑。

许奈奈耳根子都红了。

时雨适时将来送林汀云的男生们拦在后面，然后和林汀云交代诸如"好好照顾自己，有事给我们打电话"之类的话。

一群人打趣着离开，原地只留下他们。

许奈奈终于松了口气。

"恭喜。"他说。

许奈奈没反应过来："什么？"

林汀云笑着解释："临江省理科状元。"

其实林汀云的高考成绩并不是秘密，七百四十四分，只比她低一分。

只不过那时候所有人都在传他早就准备出国，参加高考就是体验生活，许奈奈没有想过他还会留在国内读大学。

"也恭喜你。"许奈奈歪头想了想，笑道，"临江省理科……榜眼？"

男生低低地笑了一声："谢谢。"

他帮她拎起比较重的行李，问："你的宿舍楼在哪边？"

许奈奈愣了愣，在他又问一遍之前说出了楼栋名。

两个人并肩走在绿荫大道上，俊美的男生身形高挑，和女孩儿窈窕的身姿衬在一起般配又养眼。

不少人频频回头，纷纷猜测他们是来自哪个学院的高颜值新生。

许奈奈将吹到眼前的碎发拨到耳后："我读生物医学工程，在医学院，你呢？"

林汀云低声应道："临床医学，也在医学院。"

许奈奈大着胆子与他对视，莞尔道："那你这算不算要开始完成自己的梦想了？"

林汀云愣了一下。

"是。"他喉结滚动，露出笑容，"以后多多指教。"

蝉鸣起伏，树梢随风而动，十八岁的夏风暖热，朝阳炽烈。

这里是梦开始的地方。